清詩話全编

康熙期七

張寅彭 編纂
楊 焄 點校

上海古籍出版社

第八册目次

柳亭詩話

柳亭詩話提要

《柳亭詩話》三十卷，據康熙四十六年天藹園刊本點校。撰者宋長白，名俊，以字行，號岸舫，浙江山陰人。康熙十一年順天副榜，歷遊福建、寧夏軍幕，選江山縣教諭。有《岸舫詩》。此書有康熙四十四年乙酉自序，四十六年丁亥陶及申、羅坤二序，略述書始作於康熙四十三年甲申，兩年即編成，又兩年即四十六年刊出，成書甚速。内容漫説古今人詩，上自《三百篇》，下迄其子晟《蒼巖草》，凡名物訓詁，事理詞藻，本事佚句，皆一物一詞一題，博采群籍以説之，旨趣略與吴景旭《歷代詩話》同。然隨説隨編，無所詮次，體例固不及吴著嚴整。其説涉獵甚廣，雖博而欠精，致《四庫提要》有明季山人餘緒之譏，然終不失爲一作詩讀詩之武庫也。

總目

序一

唐、宋而下，出則汗牛，入則充棟，詩話耳。其最彪炳者，自適己志，不至相矛盾而已，未嘗肯爲古人分一謗、息一争、解一疑而辨一惑也。雖或長留天地間，飢不可食，寒不可衣，醉不消醒，寐不覺夢；憂者閱之而加憂，病者閱之不足以起病，要於有無奚當哉？書之足當有無者，如迷途之問津也，如闇室之秉燭也。其序事也，簡而該；其竪議也，博而要。上下千餘年是非得失，無不平虚於一言一字之嚴；而搜奇剔隱之子，卒無容憑其私臆而破壞我法律焉。昭昭乎揭日星河嶽而示之，直可前無古人矣。非無古人也。夫人之才力有限，而心思輒無窮。取天地間特鍾之才力，抉古今來秘惜而不欲宣之心思，非胸羅萬象、足躡泰華而俯視滄海者，確乎不能。傖父覆瓿，久荒歲月；夷堅命酒，半溺怪神。傳古也乎哉？誣古也，晦古也！夫古人著書，安有誣且晦而可傳者哉？其必傳者，不待我傳；其不必傳者，不待我不傳。余故不敢謂天下竟無傳書也，不敢謂天下有傳書竟無傳人也。坐余井，窺天下豹斑，不得不推傳《柳亭詩話》。《柳亭詩話》者，余友宋長白手授及門書也。丁亥秋杪，七十二老弟陶及申序於雙山之息椒。

序　二

昔宣城施愚山先生嘗語予曰：「凡操觚家立説著書，雖多述而不作，要必有益於見聞，有徵於典册，使人讀之悦目賞心，斯爲最上一流。」是時徐子伯調在坐，亦曰：「近來作者如雲，大率寡見尠聞，逞一時瀾翻浩瀚，不能援證古今，即其自相牴牾，殆不知凡幾。」蓋甚言述作草草，難垂永久，爲可太息耳。嗟乎！老成凋喪，落落如晨星。年少而操觚者，安得聞斯語而奉爲圭臬哉！予友宋子岸舫，讀書等身，言語妙天下，其推重於名場者幾四十年。甲申之春，客游廣德，柳亭銷夏，著有詩話成帙，受而讀之，屬予爲之序。蓋宋人久有詩話在人耳目間，條舉縷分，固自可喜。第求其考據典核，陶冶性靈，罔尚未之講也。今岸舫自三代以迄今兹，凡涉於詩句、詩聯、詩之格律、詩之長短、本末、名物、象數，罔不兼收畢舉。而一字半語，具有根蒂，正訛闢謬，裨益無窮。如入璚圃珠淵，琳瑯參錯，取之不竭，挹之彌精。又若仙厨瑶席，玉饌天漿，食之不厭其飽，飲之更戀其餘，誠學海之奇觀也。且於運會興衰之際，民彝物則之恒，淵源家學，投贈綢繆，一一闌入，皆成七寶鉢衣，爲几案必不可少之書，洵稱最上一流者矣。而或者謂長譬遠引，類多簡册，未宣之藴，必需廣爲箋注，庶幾一目了然。不知岸舫矢口而談，原以應學人之請。引而不發，正欲使人自得於言外。倘必一一闡明，即充棟尚難竣事。世有賞音如道元、孝標輩，當必有起而述其義者。特恐讀書種子未必皆岸舫其人也。康熙歲次丁亥三月之朔，年家同學弟羅坤拜手。

自序

《三百篇》之序於西河氏也，聖之經而賢之傳也。後儒以己意增損之，亦祇成爲後儒之説《詩》已耳。漢魏以降，風雅寖微，迭興遞變，有不知其然而然之勢，使必家韓嬰而户匡鼎，其不至枘鑿之相違者幾何？鍾嶸作《詩品》，六朝之緒餘也；清晝作《詩式》，三唐之末路也。嗣是而有談，有譜，有論，有評，有旨格，有本事，參伍錯綜，各攄其聞見而止。迨宋人創爲詩話，類取近代之事而揚扢之，邃古來今，缺焉未講。有識者以爲泥於理而不達於情，其失則愚。總角時侍先大夫於家塾，側聞諸長者温柔敦厚之言，浹於瘠寐，而録録因人，卒未有所纂述。甲申春，薄遊廣德，與王子庶歌下榻柳亭。亭故弘敞可喜，而老幹垂條，復婆娑掩映。長夏之交，匡居無事，王子輒以詩學爲請。出吾腹笥，命彼手鈔。越明年，而舊雨重尋，依依似昔。會刺史朱君慫恿成編，老友羅蘿村見而悦之，因爲點次如左。雖不足以觀風俗而知得失，動天地而感鬼神，然於五際六情之旨，不無所啓發云。柳亭者，志所自也。康熙乙酉中秋後一日，山陰宋長白書。

柳亭詩話目次

卷一

卷二

卷三

卷四

卷五

卷六

卷七

卷八

卷九

卷十

卷十一

卷十二

卷十三

卷十四

卷十五

卷十六

卷十七

卷十八

卷十九

卷二十

卷二十一

卷二十二

忘歸　難醉　偷生　睡吟
江南事　過別船　尋夢　英雄夢
輞川圖　次第栽　夜半鐘　兔絲燕麥
首善書院　書窟　金山鐵甕　昌平舊廬
武侯畫像　黄鵠　星宿　家貧身老
詠物　詠史　蜜蒙花　石榴裙
採蓮曲　五柳圖　月在澗　蟾蜍硯
天根　語穽心兵　悲春　四秋
捧硯看題　景仙盤車　闖穌　田園
田一頃　誡子弟　雞皃行　耕織圖

卷二十三

歡粥　寒餓　洗冷腸　榜中名
詩賬　鈇厥趾　問鼎拔山　左馮
膠山絹海　禽荒　汴京　鸎鸎

卷二十四

晚節　二村　桃源　紫藤花
新嘉驛　尺木堦　拋毬曲　湔裙
白獸尊　甘露　紫府清宵　青溪小姑
影娥池　湖龍姑　九仙骨　江東
西山玉泉　劉良女　蓬萊廟　塞烏雲雁
大風行　午睡　於字　擬古詠懷
贊經綸　倦鳥風林　圭峰秋聲　閩派
白燕　朱竹　昭烈嚴陵　明句
沖遠　茂陵風雨　天醉　舊雞犬
仙人詩　管夫人　楚妃吟　得其真
如簧　悲感　言懷　大燈
地棠

卷二十五

禹穴　茂陵　雷平　病櫓酸湖

卷二十六

卷二十七

卷二十八

卷二十九

卷三十

柳亭詩話卷一

山陰宋長白纂

鳳皇歌

周公歸政於成王，天下太平，制禮作樂，鳳皇來庭。成王援琴歌曰：「鳳皇翔兮紫庭，余何德兮感靈。賴先王兮恩澤，臻於胥樂兮民以寧。」見《尚書中候》。或曰：蔡邕擬作也。《山海經》：「丹山有鳥，名曰鳳皇，見則天下安寧。」《吕氏春秋》：「黄帝命伶倫之阮隃之陰，取竹於嶰谷，吹以聽鳳皇之鳴。」楊慎曰：「西有鵕雀，東有諫珂，北有定甲，南有錦駝，皆竊鳳形而似者也。」

猗蘭操

孔子歷聘諸侯，莫能用。自衛反魯，隱谷之中，見香蘭獨茂，喟然歎曰：「夫蘭當爲王者香，今乃獨茂，與衆草爲伍。」乃止車，援琴鼓之，作《猗蘭操》。琴曲十二操，列於第二。韓昌黎、明宣宗曾擬之。應劭曰：「琴之爲言禁也，其曲曰操。言雖失意，不懼不懾，樂道而不失其操也。」

樂論

阮嗣宗《樂論》：「黄帝詠《雲門》之神，少昊歌鳳鳥之跡。」夏侯太初《辨樂論》：「伏羲有豐年之詠，神農有網罟之歌，黄帝有龍衮之頌。」今名存而文亡矣。元次山《補樂歌》有《網罟》、《豐年》二篇，而《龍衮》之什無聞。李善《上文選表》：「羲繩之前，飛葛天之浩唱；娲簧之後，掞叢雲之奥詞。」

三素雲

《黄庭經》云：「元氣所合列宿分，紫煙上下三素雲。」注云：「紫、青、紅爲三。」《入道秘言》曰：「立春日，清朝北望，有素絲白雲者爲三元君。三素，飛雲也。乘八輪之輿，上詣天帝。見元君之輂者，白日升天。」陳師穆《立春日曉望三素雲》詩：「彩光浮玉輦，紫氣隱元君。」李義山《送宫人入道》詩：「九枝燈外朝金殿，三素雲中侍玉樓。」蘇子容《春帖詞》：「萬年枝上看春色，三素雲中望玉宸。」許沖元《春帖詞》：「三素雲飛依北極，九農星正見南方。」袁清容《長春宫》詩：「九枝燈裹開真景，三素雲中賀太平。」

八十一萬歲

君房，祥符時爲學士，楊大年作《閒忙》詩戲之者。又著《麗情集》、《脞說》。

李太白《上雲樂》：「天子九九八十一萬歲，常傾萬歲杯。」按張君房《雲笈七籤·混元聖紀》曰：「混元一始，萬劫至於百成；百成八十一萬年而有太初，太初之始，老君從虚空而下，爲太初師；復八十一萬億八十一萬歲，乃生一炁。唐尊老子爲玄元皇帝，謂其所自出。」篇中所云「文康」者，豈即老子之化身耶？《天禄閣外史》：「天皇祀老子於宫中，自謂紫微玉真帝君。李固表諫。至武德三年，從晉州人吉善行之言，始立廟。乾封元年，追上尊號。蓋萌於漢而盛於唐也。」《外史》，李戒庵謂崑山王逢年僞撰。「文康」，見梁周捨詩。

水碧

《墨子》：「大藥中有水脂碧。」郭景純《江賦》曰：「水碧潛皭。」

江文通詩：「水碧驗未黷，金膏靈詎淄。」又曰：「傲睨摘木芝，凌波采水碧。」注但曰：「水碧，水玉也。金膏，仙藥也。木芝，未詳。」謝康樂《入彭蠡湖口作》：「金膏明滅光，水碧輟流温。」注引《山海經》「耿山中多水碧」、《穆天子傳》「河伯示黄金之膏」爲確。李太白《過彭蠡湖》詩亦云：「水碧或可采，金膏秘莫言。」至梅聖俞《廬山》詩曰：「絶頂水底花，開謝向淵腹。攬之不可得，滴瀝空在掬。」朱晦翁《温泉》詩有「水碧復流温」之句，自注云：「康樂《湖中》詩『水碧輟流温』，豈未見此水耶？」似不作實字解。

魚鳥

《淮南子》："水深則魚聚，木茂而鳥樂。"寫出魚鳥性情。曹子建《離思賦》："水重深則魚悦，林修茂而鳥喜。"全用其意。劉晝《新論·辨施篇》引之。崔日知詩："趣閒魚共樂，情洽鳥來馴。"杜少陵詩："林茂鳥攸歸，水深魚知聚。"又曰："水深魚極樂，林茂鳥知歸。"蓋亦有味乎其言之也。《逸周書·大聚解》："泉深而魚鼈歸之，草木茂而鳥獸歸之。"《吕覽·功名篇》略同。

合浦葉

江總《寄裴尚書》詩："傳聞合浦葉，遠向洛陽飛。"按：合浦東百里有一杉樹，永初五年，葉落隨風入洛陽。城内術士盛廉説其休徵，或謂光武中興之兆。略見劉欣期《交州記》。薛道衡《吴趨行》曰："杉葉朝飛向京洛，文魚夜過歷吴洲。"下句疑用《魏志》"嘉平中有魚二頭，集於武庫"事。或云：晉太康中，有鯉魚二頭，見武庫屋上。張燕公《南中送北使》五韵，起句即用總詩，惟改"遠"字作"曾"字。

吴會

《蔡邕傳》：「亡命江海，遁跡吴會。」曹植《求自試表》：「撫劍東顧，而心已馳於吴會矣。」王舒以父名會，辭會稽内史。朝議謂字同音異，改「會」爲「鄶」。《褚伯玉傳》：「齊高帝手詔吴會二郡，以禮迎遣。」王勃《滕王閣序》：「指吴會於雲間。」皆不如字讀。

魏文帝詩：「惜哉時不遇，適與飄風會。吹我東南行，南行至吴會。」下「會」字正指會稽耳。李太白《贈從弟昭》詩：「長川豁中流，千里瀉吴會。何意蒼梧雲，飄然忽相會。」亦二字同用。太白又有《送薛九去魯》詩：「信陵奪兵符，爲用侯生言。」「爾去且勿諠，桃李竟何言。」二字義同而連用，則趁筆之誤。

二耳

蘇子瞻《送江公著》詩：「方將華省起彈冠，忽憶釣臺歸洗耳。」結云：「簿書期會得餘閒，亦念人生行樂耳。」自注曰：「二『耳』義不同，故得重用。」又《送楊孟容》詩「老龐」、「眉龐」四句疊見。「華省」見潘岳《秋興賦》：「宵耿介而不寐兮，獨展轉於華省。」又廣平公集：「睠彼蘭臺。」古稱「華省」，指秘書省也。程雪樓《寄鄭參政》詩：「竟參華省江南去，定有新聲天上聞。」則借以比行中書省。

榆槐影

劉貢父一日問蘇子瞻曰：「『老身倦馬河堤永，踏盡黄榆緑槐影』，是日影耶，月影耶？」子瞻曰：「『竹影金瑣碎』，又何嘗説日月耶？」按此詩接聯曰：「荒雞號月未三更，客夢還家時一頃。」只須以此復之，何必遠引東野。

茶泉

符昭遠以茶爲「冷面草」，皮光業呼爲「苦口師」。

景陵西塔寺有陸羽茶泉，裴迪嘗題曰：「景陵西塔寺，蹤跡尚空虚。不獨支公住，曾經陸羽居。草堂荒産蛤，茶井冷生魚。一汲清泠水，高風味有餘。」按：羽自作《陸文學傳》，天寶中爲州伶正。又别傳：上元中，與張志和遊，顔魯公《玄真子碑記》所稱「竟陵子」是也。迪詩自輞川倡和外，僅有此首。「高風」或作「心同」，誤。

醒酒石

河南天門山有劉伶醒酒石，相傳伯倫荷鍤卧此。《點蒼志》謂大理所産者，當另是一種，須訪之識者。

李贊皇得醒酒石，置之平泉，一時傳播。葉石林謂靈壁石也。或曰即太湖石。迨牛奇章秉軸，李蘇州復遺以一。白香山記之，且再題之，劉中山從而和之。奇章亦有酬夢得、樂天詩，所謂「詩仙有劉白，爲汝數逢迎」是也。然皮襲美《泛太湖》詩曰：「聞有太湖石，十年未曾識。」「疏岑七十二，雙雙露劍戟。」「討異足邅迴，尋幽多阻隔。」似乎「千頃玻璃」，未易劚雲根、搜石髓也。乃建中靖國元年，朱勔領艮岳之役，一時剔取無算。程致道嘗作《采石賦》譏之。高季迪詩：「黄羅封蓋紅氈裹，萬里貢餉勞車船。」正指其事，不專爲洛陽園墅也。

龍馬鹽飯

馬人，程泰之引《傳燈録》「馬鳴大士」，并荀子《蠶賦》「馬頭娘」事，俱誤。

韓昌黎詩：「衙時龍户集，上日馬人來。」柳河東詩：「青箬裹鹽歸洞客，緑荷包飯趁墟人。」「龍户」謂入海探珠者，「馬人」相傳是伏波軍人遺種，「洞」謂穴居，「墟」乃市集之所。非身歷天南者不能悉其風景。

笭箵

劉肅《大唐新語》曰：「漁具名笭箵，漁服名校褲。」元次山漫叟詩曰：「能帶笭箵，全獨而保生。能學聱齖，保身而全家。」「箵」字與「生」字協韵。蘇子美《松江觀魚》詩：「鳴榔莫觸蛟龍睡，舉網時聞魚鼈腥。我實宦遊無況味，旋來隨爾帶笭箵。」皆作平聲。而《唐書音釋》作「㪊挺」切，《韵略》并失收此字。王介甫《金陵祈澤山》詩：「笭箵沙中來，略彴桑間斷。」宋婺《雙清亭》詩：「笭箵舟航浮上牐，笙歌池館接西清。」乃作仄用，是可互通也。

魚千里

山谷詩屢用「魚千里」三字，「尋師訪道魚千里，蓋世功名黍一炊」，又「小池已築魚千里，隙地仍栽芋百區」，又「争名朝市魚千里，觀道詩書豹一斑」。蓋此三字出《關尹子》：「以盆爲沼，以石爲塢。魚環遊之，不知其幾千萬里也。」第二聯，劉容城用入《新晴》詩。

五相一漁翁

晁公武曰：「樂天與劉禹錫遊，謂之『劉白』，而不陷司馬黨中；與元稹遊，謂之『元白』，而不陷北司黨中；又與楊虞卿姻家，而不陷牛李黨中。進退以義，風流高矣。」

白樂天分司東都，以詩寄留守李絳曰：「白首故情在，青雲往事空。同時六學士，五相一漁翁。」「五相」者，謂裴度、崔群、裴垍、王播及絳也。王元之在翰林時，有同官大拜者，王賀啓曰：「三神山上，曾陪鶴駕之遊；六學士中，獨有漁翁之歎。」正用詩語。

兩東坡

樊漢炳詩：「忠黄江上兩東坡，二老遺風凛不磨。人得矜誇知地勝，天教流落爲才多。」按：白樂天刺忠州，於東坡種花，東澗種柳。其詩有「何處殷勤重回首，東坡桃李種新成」，又「最憶東坡紅爛熳，野桃山杏水林禽」。大蘇謫黄州團練，以爲别號。嘗曰：「平生自覺出處粗似樂天。」蓋慕之也。

匏瓜亭

《天文志》有匏瓜星。《左傳》叔向曰：「苦匏不材，於人共濟而已。」陸佃《埤雅》曰：「長而瘦上曰匏，短頸大腹曰瓠。」《説文》誤以爲一。

趙參政禹卿築亭於别墅，名曰「匏瓜」。王秋澗詩「築亭連野色，架木繫匏瓜」是也。劉静修爲賦三十二韵，略曰：「感君亭上名，發我思聖喟。人知聖人言，孰有聖人志。聖人心如天，何時無生意。時無不可爲，人無不可致。吾道苟寸施，吾民猶寸庇。君子尚有爲，自以無用置。我才尚無用，自以有爲覬。留彼匏中酒，供我浩歌醉。」此詩一氣回旋，略無凝滯，又一手法也。王名惲，劉名因，俱有集。静修《題潁亭》：「春風碧水雙鷗静，落日青山萬馬來。」句甚奇偉。然又見張希孟《會波樓》詩，未知孰是。

搗藥鳥

《羅浮圖志》：「葛仙翁煉丹處有此鳥。」陸《渭南集》亦有此題。

九華山春夏之交，有鳥鳴巖谷間，其音曰：「格丁當。」土人名爲「搗藥鳥」。王梅溪詩：「江南一岳占青陽，多少神仙此地藏。聞説仙翁搗藥處，鳥聲依舊格丁當。」稚川煉藥，不一其地。此鳥蓋嘗食其丹粟，故其音云。

秦望山

「移」、「换」、「吞」、「没」，四字折腰，不如游儀伯《黄鶴樓》詩。

馬自然《詠秦望山》曰：「太乙初分何處尋？空留曆數變人心。九天日月移朝夕，萬里山川换古今。風動水光吞遠嶠，雨添嵐氣没高林。秦皇漫作驅山計，滄海茫茫轉更深。」胡元瑞曰：「此詩句格峥嶸，尚有大曆間意，古今羽客第一首也。」馬名湘，與許碏同時人，俱仙去。

七十峰

陳白沙最重定山，以同效康節法門也。然陳語多悶，莊語多俳。

「偶上蓬萊第一重，道人今夜宿芙蓉。塵埋下界三千丈，月在西巖七十峰。」此莊定山《遊瑯琊寺》

詩也。升庵謂定山晚年詩有可並唐人者，摘其警句於《丹鉛録》。

樹深花近

馬仲良《北留寺》詩：「何處堪消夏？非山即水鄉。樹深渾欲暝，花近反無香。向晚波難緑，迎秋木漸蒼。市譁原未遠，煙景乃微茫。」寺在順天阜城門，舊已湮没。陸五臺重葺之，得斷碑，有貞觀年月，始知爲唐建也。詩亦澹雅有致，特「暝」、「晚」二字犯重。仲良名之駿。

金人鴻門

陳剛中《題博浪沙》曰：「如何十二金人外，尚有民間鐵未銷？」《題范增墓》曰：「平生奇計無他事，只勸鴻門殺漢王。」皆有思致。剛中名孚，嘗賦《太常引》一闋，因母誕不得歸也。讀之，天性油然。

蘇臺館娃

楊誠齋《姑蘇臺》詩：「道是遠瞻三百里，如何不見六千人？」高季迪《館娃宮》詩：「猶恨當年高未極，不能望見越兵來。」二詩結句如出一手。

只堪圖畫 中峰結句乃杜荀鶴《閩中秋思》詩。

中峰本禪師，初不識字，悟後遂能詩。馮海粟嘗作《梅花百詠》，皆絶句也。趙松雪持以相示，中峰經宿得律詩百首，馮、趙驚以爲神。其《詠天目》詩曰：「一山未盡一山登，百里全無一里平。疑是老僧遥指處，只堪圖畫不堪行。」天童老人所云「到者方知洵不誣」也。中峰《船居》詩：「有時待月停梅北，或復因風繫柳西。」鑑湖有柳西别業，詢之主人，乃不知二字所本。

畢鉢羅 略見李元陽《白厓志》。吴懋《點蒼記》謂阿難結集之處。

畢鉢羅窟亦云賓波羅窟，在滇南白崖川西山，層巒複嶂，無路可通。上有獨木橋數處，惟樵人儇捷者得趨而過。每月望，必撤舊木而易以新，亦不知其何自，世傳仙橋也。成化間，石壁上忽見一詩曰：「懸崖萬仞没躋攀，樓觀參差杳靄間。一派水流蒼石罅，數聲猿嘯白雲灣。堪嗟簫史乘鸞去，不見王喬駕鶴還。唯有仙橋高料掉，幽禽惆悵對空山。」不註名氏，或疑非凡人語。「料掉」二字見《傳燈録》。「畢鉢羅」即菩提樹，一名思惟樹也。

方干島

島在會稽山東北麓，實鏡湖中也。一名寒山，亦稱笋莊。干有句曰：「寒山壓鏡心，此處是家林。」又曰：「沙邊賈客喧魚市，島上潛夫醉笋莊。」至如「落葉憑風掃，香杭倩水舂」、「風雷前壑雨，花木後巖春」、「石溪魚不大，月樹鵲多驚」、「涼隨蓮葉雨，暑避柳條風」、「果落盤盂上，雲生篋笥中」，皆自題别業也。同時齊己、崔塗輩有詩遥慕之。宋徐天祐詩曰：「平生心事白鷗知，一卷雲庵處士詩。占得鏡中奇絶處，秖緣身值廣明時。」補唇出處，遂了然矣。

青石版

第一首，《韵滙》作張仲素詩。

蕭山王兵部絲，嘗發地得小青石版，甚薄，上刻詩三首。有曰：「摇漾越江春，相將采白蘋。歸時不覺夜，出浦月隨人。」又曰：「家寄征河岸，征人久遠遊。不如潮有信，每日到沙頭。」又曰：「乘曉南湖去，參差波浪痕。前洲在何處，孤恨與誰論？」字作八分，甚遒媚。意必閨中望遠之作，惜無氏里可考。絲字敬素，景德時人。

訪戴還

「不向幽林敞畫闌，夕陽空伴六朝山。故人爲我留歌興，絶勝溪邊訪戴還。」按：剡溪東五里有子猷橋，即雪夜返棹處。王性之自汝陰流寓於此，因借以爲比。性之名銍，作《龍城録》，託名柳州。又有《雲仙散録》，尤怪誕不經。

老龍形

明太祖過蘭溪，見古柏甚奇，因駐師其下。村民創亭繞之，每中夜，有蒼龍伏於樹上。王世懋詩：「何年古柏尚青青，知是高皇玉輦停。不信聖恩偏雨露，枝枝都作老龍形。」又衢州有樟樹潭，相傳明祖嘗避敵於此，後封樹爲將軍。至今春、秋二祀，香火如新云。庚午歲，於繻葛官署獲漢柏數尺。何晴山謂少室峰頭暴風所折。按諸圖志，乃茂陵登封時所植者。何名鼎，歷官安慶太守。其長公奠維，即吴雪舫女夫。

龍舟浦

歐虞部大任《龍舟浦》詩：「簫鼓中流發，秋風散浦煙。淋池新樂府，汾水舊樓船。賞勝觀濤日，遊非習戰年。甘泉思扈從，回首濯龍川。」此詩句句用事，而無堆垛之跡，初唐上駟也。按馬汝驥《西玄集》云：「浦在瓊華島東北，有水殿，藏龍舟。」其詩亦有「鳳殿臨瑶水，龍舟鎖白雲」之句。詩載朱竹垞《日下舊聞》。

月波九里

靈隱寺月波亭前有松樹一株，高入雲表。宋理宗時丞相史彌遠取爲屋材。寺僧吊以詩曰：「大夫去作棟梁材，無復清陰覆緑苔。惆悵月波亭上望，夜深惟有錫飛來。」明嘉靖時海寇亂浙省，造大舟，四方巨木皆盡，督府胡宗憲獨禁九里松不許擅伐。有僧系以詩曰：「不爲栽松待茯苓，只圖山色四時青。老僧終不將歸去，留與錢塘作畫屏。」靈隱之松何不幸而遇彌遠，九里之松何幸而遇梅林耶！月波亭今已無考，九里松近有人補植者。

黄花老人

耶律楚材有《和黄花老人成趣園》詩，自大定至中統、至元間，當近百歲矣。

滇南大理府崇聖寺，一名三塔寺，在郡北五里。内有黄花老人石刻四絶，字大如椀，相傳以檳榔蘸墨汁書之。其一曰：「王母祠東古佛堂，人傳棟宇自隋唐。年深寺久無人住，滿谷西風栗葉黄。」又曰：「挂鏡臺西挂玉龍，半山飛雪舞天風。寒雲欲上三千尺，人道高歡避暑宮。」老人在宋末自江右來此，住久仙去。詳見《洱海叢談》。按：金大定中，蓋州王修撰庭筠，字子端，自號黄花老人。《城武縣志》載其詩四首，不知何謂。第二首又見許可用《圭塘小稿》。衡山亦有高歡避暑宮。瓦曰「香薑」，可製爲硯。附記於此，以俟知者。

晏嵋

萬曆丙申，黄堌河决，即此處。賈魯故道也。

《丹鉛録》云：李太白有《送族弟至晏嵋》詩：「鳴鷄發晏嵋，别雁驚崍州。」注云：「晏嵋，地名，在單父三十里。」此字《玉篇》不載，惟《宋史・李全傳》有「出没島嵋」之語。按：「嵋」字，李集補注作「堌」；「崍州」作「淶溝」。原注已失。

藻繢

少陵詩：「衣冠迷適越，藻繢憶遊睢。」上句用《莊子》「宋人資章甫而適越」語，下句用陳琳《爲曹洪與世子書》「遊睢涣者，學藻繢之綵」。按任昉《述異記》：「睢涣二水，波文皆五色，故名繢水。」劉氏《杜詩評》「適越」作「適楚」，豈未知出處耶？況上有「豺遘哀登楚」之句乎！「登楚」，或云當作「登粲」，然依劉本在荆州，「楚」字亦可。

賣新絲

聶夷中詩：「二月賣新絲，五月糶新谷。」或謂二月蠶尚未生，新絲烏有？何燕泉曰：「蓋謂貧民預指絲穀作借貸之資耳。至絲穀出時，俱是他人之物，故謂『醫得眼前瘡，剜却心頭肉』也。」馮道語唐明宗曰：「夷中語雖俚鄙，曲盡田家情狀。爲民上者，不可不知。」陸宣公奏議曰：「蠶事方興，已輸縑稅，農功未艾，遽斂穀租。有者急賣而耗其半直，無者求假而費其倍酬。」夷中蓋用其意。後四句則與李紳全同。

勃窣翁

朱晦庵有足疾，程道人鍼之而愈。因贈以詩曰：「十載扶行仗短笻，一針相值有奇功。出門放步人争看，不是前來勃窣翁。」既而復發，遣人追其詩還，曰：「恐以是而誤他人也。」「勃窣」，見《世説》。相如賦：「媻跚勃窣上金堤。」韋昭注曰：「匍匐也。」

獨步洛濱

出《擊壤録》。

程伊川《獨步洛濱呈堯夫先生》詩：「草軟波晴沙路微，手携笻竹着深衣。白鷗不信忘機久，見我猶穿柳岸飛。」此詩似見周茂叔後語，然較之明道，似有檢點在。王摩詰《輞川積雨》結句云：「海鷗何事更相疑。」張綖曰：「尚似機心未盡。」

覼縷

虞永興帖：「臂痛廢書，不堪覼縷。」

昌黎《記夢》詩：「夜夢神官與我言，覼縷道妙角與根。」此二字見王延壽《王孫賦》及吴筠《食移文》：「此乃方寸之恒軌，羌難得而覼縷也。」又作「羅縷」。束晳《貧家賦》：「且羅縷而自陳。」傅咸疏有此字，注云：「次第也。」一曰委曲貌。「覼」，《正字通》作「覶」。

柏崖

錢仲文集有《柏崖老人號無名先生男削髪女黄冠自以雲泉獨樂命予賦詩》一題，略曰：「長男栖月宇，少女炫霓裳。」「窅然高象外，寧不傲羲皇。」此老當是傅雙林、龐居士一輩人，自仲文外，惜無與往還者。

夏屋

《詩》「夏屋渠渠」，注：「大具也。」故有「每食無餘」之歎。自揚子雲《法言》有「震風凌雨，然後知夏屋之爲帡幪也」，其後劉公幹《答魏太子書》：「夏屋初成，而大匠先立。」其下竟襲用爲「屋宇」之「屋」矣。張陽和《嶽麓》詩：「夏屋今仍在，春衣得共遊。」李雪木《檞葉集》有《閔耕者》一首曰：「農無穀，不農則肉。農無服，不農則穀。農蔽惡木，不農則渠渠夏屋。」格調古雅，而落句亦從流俗。凡此皆好奇字者有以誤之也。李尤《七欵》：「夏屋渠渠，嵯峨合連。」李爲蘭臺令史，亦失於考究。

倒騎驢

閬預秦王廷美之禍，所謂弩下逃箭者。「忘却登樓打曉鐘」，幾爲人物色而得之。

潘閬題華山詩：「高愛三峰插太虛，昂頭吟望倒騎驢。旁人大笑從他笑，終擬全家向上居。」好事者繪以爲圖，後人遂訛爲陳圖南云。瑞安卓敬讀書寶香山，嘗避雨入古廟，遇老翁授以僧具，有「夜半出延秋門」之語。騎虎而歸，乃知老翁即逍遥仙也。卓後死革除之難。

回頭看

果老，明皇時道士，欲以公主嫁之。葉法善謂是混沌初分白蝙蝠精，其驢是紙。

畫家有《張果老倒騎驢圖》，或題曰：「多少世間人，不如這老漢。不是倒騎驢，凡事回頭看。」真醒世語。

歸鄉

項羽曰：「富貴不歸故鄉，如衣錦夜行，誰知之者？」梁武既西下，命沈約製新聲三曲，有曰：「蹀鞚飛塵起，左右自生光。男兒得富貴，何必在歸鄉！」借此一轉，乃知吴老公有勝著也。武帝製詞，每命約改定，如《白紵》諸曲是也。

神交

《山濤別傳》曰：「阮籍、嵇康，濤初不識。一與相遇，便爲神交。」《南史》：「阮孝緒博學隱居，不交當世。劉訏造之，即顧神交。」邵陵王蕭綸《贈言賦》曰：「静言神交之際，亦難得而具美。」老杜「神交作賦客」，謂宋玉也，則前輩亦可言「神交」。

同年

榜下諸生例稱「同年」，自唐人始也。李遠《陪新及第赴會》詩：「滿座皆仙侶，同年別有情。」杜荀鶴《試後别人》詩：「同年多是長安客，不信行人欲斷腸。」歐陽原功《試院倡和》詩：「兩榜復科新大比，三人聯事舊同年。」馬伯常《試院雜題》：「連茵夜聽同年語，寫紙朝分舉子題。」

進士

進士科始隋大業中，盛於唐。李太白《贈高鎮》用之。

「進士」二字見於《王制》，入詩則始於唐。徐凝《答施先輩》曰：「料得仙宫列仙著，如君進士出身稀。」原功《京城雜詠》：「行到瓊林春更好，新來進士唱名聲。」「舉人」入詩，則白樂天有「乞錢羈客面，落第舉人心」。「歲貢」入詩，則孟襄陽有「孝廉因歲貢，懷橘向秦川」。

奇怪

陶詩：「奇文共欣賞」，「獨樹始爲奇」；杜詩：「儒衣山鳥怪」，「獨鳥怪人看」。二公好用此二字。

《漢書》：公孫玃曰：「非有奇怪，以難待也。」《魯靈光殿賦》：「雜物奇怪。」江文通詩：「南州饒奇怪。」杜子美詩：「如何有奇怪。」

木天

《唐六典》：秘書閣曰「木天」。

廬陵威王之内，千門相似，萬户如一。施木天以蔽光景，暗如撤燭。後人例稱「翰苑」者，以秘府藏書，清陰略似也。王梧溪《無題》詩：「椒闥珮琚遺白草，木天圖籍冷青藜。」因庚申北狩而發。時明師入燕，翰苑書册或罹兵燹，故後章又有「簡册潛回孔壁光」之句。

玉繩

《春秋元命苞》：「玉衡南兩星爲玉繩。」張融《海賦》：「連瑶光而交彩，接玉繩以通華。」謝朓《贈同僚》詩：「金波麗鳷鵲，玉繩低建章。」又《離夜》詩：「玉繩隱高樹，斜漢映曾臺。」「金波」出《漢書》，謂月也。

黄花

張季鷹《雜詩》：「暮春和氣應，白日照園林。青條若總翠，黄花如散金。」文旨未爲高麗。而太白《送張十一遊東吴》詩曰：「張翰黄花句，風流五百年。誰人今繼作，夫子世稱賢。」以供奉仙才，而傾倒至此，殊足爲步兵長價也。江淹《青苔賦》：「假青條兮總翠，借黄花兮舒金。」醴陵已襲其語。

柳亭詩話卷一終

柳亭詩話卷二

山陰宋長白纂

鏡烟

班孟堅《紀述》曰：「我德如風，民應如草。」曹子建《七啓》曰：「民望如草，我澤如春。」陸士衡衍而爲詩，曰：「我静如鏡，民動如煙。」愈變愈妙，可謂青出於藍矣。

繞指屈體

劉越石詩：「何意百鍊剛，化爲繞指柔。」李太白詩：「屈體若無骨，壯心有所憑。」讀前句，便有英雄失路，托足無門之悲；讀後句，便有老當益壯，寧知白首之心。詩之感人也如是。

玉華鹽

《水南翰記》：「環慶鹽池所産。」

《金樓子》曰：「胡中有鹽，瑩徹如水精，謂之玉華鹽。」按：《北史》魏明帝賜崔浩水精戎鹽一兩，即此。太白詩：「客到但知留一醉，盤中秪有水精鹽。」余在朔方，有以此爲餉者，藏之書篋。啓行時，奴子摒擋行李，以爲礬而置之，真恨事也。貢泰甫《詐馬讌》詩：「日午大官供異味，金盤更換水精鹽。」正是上都所産。

詩無敵

少陵懷供奉詩：「白也詩無敵，飄然思不群。」徐子能《詩説》曰：「李白天才，甫雖稱其敏捷，而於法律上有所未安。其視白如老先生見少年門生，恐其不肯進，故贊他極有分寸」云云。按：太白生於武后聖曆二年己亥，子美生於睿宗先天元年壬子，相望已十四年，則太白實前輩也。杜詩於人或稱官閥，或稱爵里，或曰「丈人」，或曰「先生」，而於太白輒呼其名者，意是忘年之交，不妨爾汝也。若謂少年門生視白，則大不然。或假申公培作《詩説》，其編次列國與原序不同，宣城吴肅公以《經籍志》辨之。然則於古人章句而信口雌黄者，皆臆説也。

光燄萬丈

李、杜長篇，全集中不多見。《北征》一首，沉著森嚴，龍門序事之筆也；《憶舊書懷》一首，飄揚恣肆，《南華》寓言之遺也。「光燄萬丈」，於此乎見之。王百穀曰：「今之學杜者不驚人泣鬼，而木僵膚立；學李者不含霞吸月，而空疏無當，是爲李、杜罪人矣。」

五字仄平

宋文憲集有《杜詩舉隅序》云：「會稽俞季淵，名浙，號默翁。」注：「今其書失傳。」

少陵詩有五字俱仄者，如「俯視但一氣」、「百里見積雪」、「一飯跡便掃」之類；有五字俱平者，如「溪回松風長」、「危堦根青冥」、「移時施朱鉛」之類。層見疊出，古藻紛披。其一句純平、一句純仄者，如「東郊何時開，帶甲且未釋」、「摧頹蒼松根，地冷骨未朽」、「悲風生微綃，萬里起古色」之類；其句平句仄而入於排體者，如「人寰難容身，石壁滑側足」、「明然林中薪，暗汲石底井」、「清暉迴群鷗，暝色帶遠客」之類。寓散於整，動協宮商。更有四句一串而平仄互用者，如「徘徊悲生離，局促老一世。陶唐歌遺民，後漢更歷帝」。要皆才法兼到，辟易萬人。倘信口讀去，安知其神妙乃爾耶！「半壁見海日，空中聞天雞」，仄平互用，太白詩中僅見。

律細

趙曄作《詩細》，蔡中郎謂長於《論衡》。今其書竟無可考。

鈕玉樵琇謂古來詩律之細無如少陵，而律細於屬對之工見之，有板、有活、有疊韻、有沓字、有合句、有分句、有隔句、有下句申上句。老耽詩律細，非即孔子之「從心所欲不踰矩乎」？詳見《觚賸》。

按：玉樵所引「神女」二聯，乃排律中連環交應格也。如「圭竇三千士，雲梯七十城。恥非齊説客，甘似魯諸生」之類亦然。「煖客貂鼠裘」四句乃古體隔句。如以律論，不若「得罪台州去，時危棄碩儒。移官蓬閣後，穀貴殁潛夫」之句爲準。蓋長篇大章，不得不寓變化於規矩之中也。至《江陵》詩四十二韻，隔扇對一篇兩見，尤奇。

下句申上句

郭遐周《贈嵇康詩》：「俯察淵魚遊，仰觀雙鳥飛。厲翼太清中，徘徊於丹池。」此以下句申上句之始。陸機《文賦》：「意司契而爲匠。」老杜用之，《丹青引》曰：「意匠經營慘淡中。」即此可悟「語不驚人死不休」之句。

思王靖節

「何必同衾幬，然後展殷勤」，陳思王句也；「未言心先醉，不食接杯酒」，陶靖節句也。四語參伍讀之，殊覺超曠入神。東方生與公孫丞相書曰：「夫丈夫相知，何必撫塵而遊，垂髪齊年，偃伏以日數哉！」

驅雁

《洛陽伽藍記》：「北風驅雁，千里飛霜。」

鮑照詩：「窮秋九月落葉黄，北風驅雁天雨霜。」「驅雁」二字甚新。王摩詰「居延城外」一首，重一「馬」字。或云當作「暮雲空磧時驅雁」，深有見解。梁簡文亦有「秋霜曉驅雁」之句。

火旂

《考工記》：「龍旂九旒，以象大火；鳥旟七旒，以象鶉火。」李昌谷《吕將軍歌》：「榼榼銀龜搖白馬，傅粉女郎火旂下。」以「吕將軍」爲布者，固非。如用「美人教陣」事，亦與「銀龜」無涉。姚仙期曰：「今日之銀龜榼榼，而摇漾於白馬間者，皆巾幗之士也。」此解得之。「榼榼」二字，生造無理，故有嗤其不善用雙字者。唐制：百官佩魚，武后易之以龜，旋復舊制。

羅裙色

「雨過草芊芊，連雲鎖南陌。門前君試看，似妾羅裙色」，此江總妻詩也。具此才情，當日必與袁大捨輩倡和，而何以别無流傳也？白香山「誰開湖寺西南路，草緑裙腰一道斜」，用其語意。

臨川

湯臨川詩在樊川、義山之間，而其名乃著於「四《夢》」。七字句如「去日漸多烏繞樹，舊遊誰在馬驚香」、「世事始知碁局淺，悲歌全賴唾壺堅」之類，皆沉着有味。其《題龍潭閣》曰：「鏄樹紅無地，巖簷緑有江。蝶花低雨檻，鼯竹亂秋窗。楚瀝杯誰箇，吴歌榜欲雙。崩騰過雲影，浥浥片心降。」尤覺刻畫崎嶔。梅禹金贈義仍詩：「器大苦難用，分乖適不華。繩墨中自諧，安能趨群邪。所虞在爨下，斤斧或見加。」蓋以豫章擬之。范箕生曰：「義仍詩，情瀾縟於用修，骨法蒼於君采。」余謂明季多宗此派，實一時氣運所關。

青石

白樂天《詠青石》詩略曰：「不願作人家墓前神道碣，墳土未乾名已滅。不願作官家道傍德政碑，不鎸實録鎸虚詞。願爲顔氏段氏碑，雕鏤太尉與太師。刻此兩片堅貞質，狀彼二人忠烈姿。」渺小題運以大議論，當與《立碑》一首參看。

靈跡靈境

劉夢得《華山歌》：「靈跡露指爪，殺氣現頭角。丈夫無特達，雖貴猶碌碌。」柳子厚《水簾詩》：「靈境不可狀，鬼工諒難求。忽如朝玉皇，天冕垂前旒。」骨力傲岸，撑拄全篇。

二川奇句

玉川詩：「日月粘髭鬢，雲山鎖肺腸。」臨川詩：「地大山河積，天高日月摶。」皆奇句。若玉川之「功名生地獄，禮教死天囚」，則獷悍太甚矣。

一經

江文通《擬鮑參軍》詩：「豎儒守一經，未足識行藏。」王摩詰《送趙都督》詩：「豈學書生輩，窗間老一經！」高達夫《塞下曲》：「大笑向文士，一經何足窮。古人昧此道，往往成老翁。」皆閱歷到家語，惟班仲升能見及此。而韋雍又云：「挽兩石弓，不如識一個字。」何也？岳忠武屯茶陵，尹彥德犒師三日。岳曰：「君長者，當以《詩》、《書》教其子孫。」乃手書「一經堂」三大字遺之。此則不以長槍大劍爲能事者也。

者也

王龍標詩：「開門望長川，薄暮見漁者。借問白頭翁，垂綸幾年也？」如此落韵，豈是書生文袋。褚朝陽《五絲詠》曰：「水底深休也，日中還賀之。」高常侍《真定》詩曰：「光華揚盛矣，霄漢在兹乎？」以平韵入之排律，便開躲閃法門。諸如此類，不得以唐音曲譬。

曲直

賈閬仙《送沈秀才東歸》詩：「曲言惡者誰？悦耳如彈絲。直言好者誰？刺耳如長錐。」語雖淺露，却是警世之言。荀悦《漢論》曰：「閉口而獲誹謗，况敢直言乎？」蘇子瞻謂：「飯中蠅子，必須吐出而後快。」試一參之。

詠錢

東谷李之彦《論錢》曰：「其籠絡乎一世者，大抵福於人少，而禍於人多。視其形模，金旁著兩戈字，真殺人之物，而人莫之悟也。吁！」

徐夤《詠錢》詩云：「能於禍處翻爲福，解向讐家買得恩。」黄九煙曰：「亦知有於福處翻爲禍，向恩家買得讐者乎?」羅昭諫詩:「朱門狼虎性,一半逐君迴。」陳元孝詩:「只用上邊三四字,從來深愧讀書多。」可與「孔方兄」彙成一宗案卷。

姓四疊

白香山有《雪中酒熟欲訪吴監先寄此詩》,腹聯云:「自然須訪戴,不必待延枚。」陳榻無辭解,袁門莫嬾開。」戴滄州曰:「姓四疊,六朝法也。」高延禮輩便謂失格,但得格而俗,則不能辨矣。元微之《贈韓舍人》詩:「延之苦拘檢,摩詰好因緣。七字排居敬,千詞敵樂天。殷勤閒太祝,好去老通川。」詩中疊人名,實始於班固《詠史》、杜摯《與毌丘儉》也。張喬送鄭谷詩,地名亦四疊。

互換成文

庾開府詩:「有菊翻無酒,無絃則有琴。」互换成文,開後人纖巧一派。梁元帝賦燭曰:「花抽珠漸落,珠懸花更生。」同一機杼。駱義烏《過張平子墓》:「忽懷今日昔,非復昔時今。」盧昇之《梅花落》:「雪處疑花滿,花邊似雪多。」唐初猶有此調也。

迴環見意

「洛陽城東西，却作經年別。昔去雪如花，今來花似雪」，此何遜、范雲聯句也。迴環見意，後人每每效之。李商隱《送王校書分司》詩：「多少分曹掌秘文，洛陽花雪夢隨君。定知何遜緣聯句，每到城東憶范雲。」乃用其事。

四海九州

思王《遊南山》詩：「長者能博愛，天下寄其身。」眼界胸襟，別有至詣。

陳思王詩：「四海一何局，九州安所如。」即「謂天蓋高」、「謂地蓋厚」，「我瞻四方，蹙蹙靡所騁」注脚。想其意味，當是鄄城移東阿時也。杜少陵「乾坤萬里内，莫見容身畔」、孟東野「出門即有碍，誰謂天地寬」倣此。

歲月友朋

錢起「道阻天難問，機忘世易疏」，清晝「大夢覩前事，浮名誤此身」，此二聯可以消歲月蹉跎之恨。

司空曙「乍見翻疑夢，相悲各問年」，張蠙「長疑即見面，翻致久無書」，此二聯足以慰友朋離索之情。宋无逸詩：「艱難人事都非舊，貧賤交情倍覺真。」

六月寒

王百穀《客越志》云：「夜過中壩，水高一丈，雨晴微月，磧聲雷作，信矣如升天也。詩曰：月裏輕舟上急灘，空中瀑布捲簾看。無風自覺衣裳薄，始信瞿塘六月寒。」壩在上虞縣東十里石甃也。

靈峰寺

劉青田《題靈峰寺》有曰：「何處流泉生石上，有人鳴玉下雲中。」又曰：「九霄雲路隨高下，六月風雷送往還。」空明境界，摹寫入神。寺後有松風閣，故首章起句曰：「靈峰寺閣倚松風，風細松高閣更空。」寺外大道直接台州，故次章結曰：「天台向上無多路，鷲嶺煙霞此可攀。」青田於至正末年爲儒學副提舉，請討方谷珍，忤當事，安置紹興路，留題不一而足。所遺《鉗記》，堪輿家至今寶之。

菖蒲澗

嶺南菖蒲澗在白雲山下，巖谷幽異，出石菖蒲，多九節者，服食家重之。相傳安期生嘗隱於此。古詩云：「石上生菖蒲，一寸八九節。仙人勸我餐，令我好顔色。」《典術》曰：「唐堯之世，天降韭於庭，爲菖蒲，故稱堯韭。」道經曰：「餌之長生。」諺語：「見菖蒲花者貴。」梁武帝乃叶其徵。李文山詩：「澗有堯時韭，山餘禹日糧。」蘇長公詩：「舊日菖蒲方士宅，後來薝蔔祖師禪。」此皆詠蒲澗者。王弇州詩：「老去乾坤專一室，少來泉石便同盟。」則泛詠菖蒲。

六時水

江西上饒縣南巖有一滴泉。朱紫陽句：「一竅有靈通地脉，半空無雨滴天漿。」

軒轅與寧封講道青城，因號此山爲五嶽丈人。山崖有自然水，從上灑入澗底。《方輿勝覽》曰：「六時灑水，以代晷漏。陰時則現，陽時即無。」吕汲公微仲詩：「巖暉萬古照，泉漏六時飛。」京仲遠鏜詩：「八千里隔東西境，十二時分晝夜泉。」蓋靈境也。

九曲歌

「玄」字借用，後倣此。

傅玄《九曲歌》：「歲暮景邁群光絶，安得長繩繫白日！」李尤亦有此曲，亦止二句，其意全同。《選詩拾遺》曰：「古歌有《八變》、《九曲》之名，未詳其義。《樂府》諸書亦不收也。」按：《八變歌》即「北風初秋至，吹我章華臺」，凡十句，逸其人。

豔歌

《豔歌》一曰《妍歌》，詞曰：「妍歌展妙聲，發曲吐令詞。」又：「泛泛江漢萍，飄蕩永無根。」又：「庭中有奇樹，上有悲鳴蟬。」又：「青青陵中草，傾葉晞朝日。陽春被惠澤，枝葉可攬結。」皆《妍歌》之遺句也。惟「今日樂上樂，相從步雲衢」十四句獨全。若「翩翩堂前燕」，則《豔歌行》；「飛來雙白鵠」，則《豔歌何嘗行》，皆全。

箜篌引

即《公無渡河》曲，朝鮮津卒霍里子高之妻麗玉爲披髮狂夫渡河而作。曹子建集有此題，曰：「置酒高殿上，親交從我遊。秦箏何慷慨，齊瑟和且柔。」借題寫意，與原調絶不相承。蓋古人樂府原有不拘者。劉熙《釋名》曰：「箜篌出桑間濮上之地，師涓爲晉平公鼓之。」蓋僅述近事也。《史記・封禪書》曰：公孫卿爲武帝言：「太帝使素女鼓五十絃瑟，悲，帝禁不止。故破其瑟爲二十五絃。」唐詩「二十五絃彈夜月」，即其製也。潛確齋曰：「頌瑟長七尺二寸，廣一尺八寸。二十五絃即箏也。」然觀子建所詠，則箏、瑟自是二種。詳見《周禮疏》及《郊祀志》。

桿撥

《辨音集》曰：「李龜年至岐王宅，取沈妍琵琶桿撥而去。」《隋唐嘉話》曰：「貞觀中，裴洛兒彈琵琶，始廢撥用手。」

琵琶乃蕃部之樂，至漢始傳。或曰以鵾雞筋爲絃，用桿撥之。李長吉「桿撥裝金打么鳳」、王仲初「黄金桿撥紫檀槽」、蘇子瞻「鵾絃鐵撥響如雷」是已。馮道有子善彈琵琶，以皮爲絃，號「繞殿雷」。歐陽公在永陽，令其倅彈琵琶，有云：「座中醉客誰最賢？杜彬琵琶皮作絃。」是又以皮爲之。易以絲絃，不知始於何時。唐明皇命羅黑黑彈於屏内，以勝蕃人，似非近時之製。虞永興賦：「尋斯樂之所始，乃弦鼗之遺事。强秦創其濫觴，盛漢盡其深致。」豈三代以前即有此具耶？

一青一紅

此術似起於漢之神君宛若，而後世乃有「紫姑」之名。

有士人袖芭蕉葉試乩仙曰：「我不問功名，第言袖中何物？」乩運筆曰：「袖裹懷來一葉青，知君無意問功名。可憐昨夜三更雨，減却窗前數點聲。」又有人以雁來紅問之，判曰：「蘇武當年膽氣雄，曾將一箭射飛鴻。至今血染堦前草，一度秋來一度紅。」詳見《涉異志》。

丹水青丘

梁元帝《職貢圖序》：「度青丘而跨丹穴。」

沈休文《望海》詩：「煙極晞丹水，月表望青丘。」按《爾雅》：「齊州以南，戴日爲丹穴。」《山海經》曰：「丹穴之山，丹水出焉。」又曰：「䨼山東三百里青丘。」《吕氏春秋》曰：「堯有丹水之戰，以服南蠻。」《淮南子》曰：「堯繳大風於青丘之澤。」曰「極」、曰「表」，似形容混茫之勢，未必指陳實事也。《字説通》「大風」作「大鳳」。

虚宇雲構

謝道韞《遊岱宗》詩：「峩峩東嶽高，秀極冲青天。巖中間虚宇，寂莫幽以玄。非工復非匠，雲構發自然。氣象爾何物，遂令我屢遷。逝將宅斯宇，可以盡天年。」按《尸子》：泰山之中有「神房阿閣」，《史記》有「石閭」之名，道書有「洞天福地」之號，《列仙傳》有「金牀玉几」之語。詩中數言，包括已盡，其氣象亦迥出塵表。而自來選家未有表而出之者，何耶？

十字題門

劉孝綽杜門不出，爲詩十字以題其門曰：「閉户罷慶弔，高卧謝公卿。」其妹令嫺見而續之曰：「落花掃更合，叢蘭摘復生。」合觀此作，則知「城闕」、「山林」之句，非乃兄本意，而「同心梔子」，令妹不妨於贈人也。令嫺乃王叔英妻，其妹令嫺則徐悱妻。姊妹俱工題詠，而劉三娘爲尤著。

石榴雙實

石榴號「三尸酒」。范石湖詩：「玉池嚥清肥，三尸跡如掃。」

邵武郡治有石榴一株，士人視所實之數以卜登科。熙寧庚戌，有雙實於木末，并有附枝而雙實者。是歲，葉祖洽、上官均聯名一二，而何與京則兄弟同登。祖洽系以詩曰：「已分桂葉争雲路，不負榴花結露枝。」

歌姬院

徐莘叟太史甲午典楚試，所得名士甚多，而姚中丞岱麓爲尤契。嘗寄以詩曰：「異時看到歌姬院，手版門生應姓舒。」未四十即乞閒歸，州守顔其閭曰：「林下一人。」太史名致覺，有《遁史詩》十五卷。其兄子銓成字御占，爲余同年生，司鐸桃州。

百子池

漢宫中池也，義取「則百斯男」之語。《西京雜記》：「高祖與戚夫人正月上辰濯濯於此。」韋誕《景福殿賦》：「美百子之特居，嘉休祥之令名。」張謂詩：「美人厭鏡笑窺池。」結曰：「身前影後不相見，無數容華空自知。」一部掖庭實録，大長秋不能注記。

相風烏

伍緝之《述征記》：「長安宫南靈臺有相風銅烏，此烏遇千里風乃動。」傅玄賦：「栖神烏於竿首，候祥風之來征。」庾肩吾《詠風》詩：「相烏一轉翅，千里定非虚。」王涯《宫詞》：「風來竟看銅烏轉，遥指朱竿在半天。」其以雞羽施於船上者，則曰「候綄」，或稱「五兩」。

馬度

顔之推《夜度砥柱》詩：「馬色迷關吏，雞鳴起戍人。」唐太宗《入潼關》詩：「高談先馬度，僞曉豫雞鳴。」按劉向《七略》曰：「公孫龍持白馬之論以度關。」桓譚《新論》曰：「龍嘗論白馬非馬，人不能屈。後乘白馬，無符傳，關吏不聽出。此虚言難以奪實也。」上句指此，下句則田文事。李行言詩：「空亭誰問馬，關戍但鳴雞。」用事全同。

騏驎

《梅福傳》：「欲以三代之法取當世之士，猶以伯樂之圖求騏驎於市也。」杜工部詩：「近聞下詔喧都邑，肯使騏驎地上行？」趙承旨詩：「騏驎騕褭世常有，伯樂不生淹棧豆。」鹽車耶，鼓車耶？孰是天閑上駟耶？

飲酒讀書

「飲酒不至狂，對客不至疲。讀書以自娱，不强所不知」，放翁所謂閒適詩也。如此領會，不必更云「酒無獨飲理，嘗恨欠佳客」、「守書眼欲閉，投枕乃瞭然」矣！歐陽公句：「一生勤苦書千卷，萬事消磨酒十分。」黄俞言句：「杯中有聖方中酒，天上無仙不讀書。」深得此中神理。放翁又云：「著書敢望垂千載，嗜酒猶須隱一官。」彭澤有知，得無笑爲以五斗米折腰乎？

辭酒屬花

玉川詩：「文士莫辭酒，詩人命屬花。」昌黎詩：「直把春償酒，都將命乞花。」一欲引而進之，一欲推而遠之。吾謂果爲文士、詩人，二事亦復何害？倘以例諸輕薄少年，正恐花酒不任受也。

名士

李中詩：「還往多名士，編題尚古風。」

《月令》：「季春之月，聘名士，禮賢者。」《後漢·樊英傳》：「世之所謂名士者，其風流可知矣。」又司馬懿稱諸葛公「全副名士」，張輔有《名士優劣論》。合肥龔尚書詩：「夕陽名士傳，月旦黨人碑。」可作漢、唐、宋、明四朝公案。又《送宋既庭歸吳門》詩：「運當名士遲霄漢，天遣奇書富草萊。」

金粟

顧德輝本名瑛，字仲瑛。築别墅於茜涇，題曰「玉山佳處」。四方名士咸主其家。晚年有悟，稱「金粟道人」。自題小像曰：「儒衣僧帽道人鞋，天下青山骨可埋。回首少年豪俠處，五陵驄馬洛陽街。」何元朗載其事於《語林》。《發跡經》曰：「浄名大士是古金粟如來。」太白詩：「金粟如來是後身。」

玉茗

虞奎章《撫州玉茗堂》詩：「見説瓊花屬廣陵，汝州玉茗賽奇英。瓊花已作無雙觀，玉茗當推第一亭。」按：山茶小者曰「海紅」，淺色曰「玉茗」，深紅曰「都勝」。湯義仍有玉茗堂，屢見諸詩。揚州蕃釐觀有無雙亭，相傳景文公書，或曰歐陽永叔也。陵川詩注：山茶大者曰「月丹」，又大者曰「照殿紅」。

鶯花亭

秦少游謫處州，嘗作小詞，有「花影亂，鶯聲碎」之句。後人因建鶯花亭於其地。陸務觀有詩曰：「河上春風柳十圍，緑陰依舊語黄鸝。故應留與行人恨，不見秦郎半醉時。」世傳放翁爲淮海後身，則此詩可謂自寫小照矣。

雅集亭

《黄圖雜誌》云：「盧溝橋有符氏雅集亭，見蒲道源《閒居叢語》。」袁清容謂之「酒亭」，貢雲林謂之「野亭」。袁詩曰：「茅屋疏煙報午雞，金沙清淺水亭低。」則謂之「野亭」可也。貢詩曰：「粲此一畝宮，而有静者居。濁醪得釀法，好客時與俱。」則謂之「酒亭」可也。袁名桷，貢名奎。

波月

嶺南孫璉字器之，家貧嗜書。善吟詠，不應舉。躬耕織屨以爲食，壽百歲。嘗有《述懷》詩曰：「坐倦秋樹根，攝衣步前丘。横河淡如練，波月西南流。獨持一尊酒，悠然發清謳。俯仰無不足，吾生焉可求。」塵外風致，可想見也，而詩集失傳。

霜月

此詩見《弘秀集》，可爲六十首壓卷。

「霜月夜徘徊，樓中羌管催。晚風吹不盡，江上落殘梅。」升庵謂是貫休絶句。休在晚唐有詩名，此首是樂府聲調，雖非僧家本色，亦可攀清晝而逐得生已。

章臺

「小苑禁門開，長楊獵客來。懸知畫眉罷，走馬向章臺」，庾子山《和宇文京兆》詩也，故以張敞爲比。確似唐人《遊俠》、《少年行》諸絶句。

西清

《上林賦》：「象輿偃蹇於西清。」《甘泉賦》：「溶方皇於西清。」注云：「西廂清淨之處。」「偃蹇」猶「婉僤」也，「方皇」即「徬徨」也。劉楨《贈徐幹》詩：「誰謂相去遠，隔此西掖垣。拘限清切禁，中情無由宣。」乃將二字折而用之。張伯雨《題盧疏齋集》：「人物西清第一流，曾看繡斧下瀛洲。」盧嘗以侍御奉使也。梅村《讀史》詩：「吹笙盡是黄門侣，别勅西清注道書。」則指金篌醮壇事。

木梡

「木梡稀難識，沙門種則生。葉殊經寫字，子爲佛稱名」，此包何詠凈律院梡子樹也。「梡」通作「槵」，其子必一百有八。僧家以作串珠，有銅、鐵之别，忌穢觸。海南産者良。《元豐九域志》：「象州歲貢槵子念珠十串。」李時珍謂即菩提子，非也。

菊枕

《本草》謂菊花明目，去風眩，故人多以製枕。馬伯庸有《菊枕》詩：「東籬采采數枝霜，包裹西風入夢涼。半夜歸心三徑遠，一囊秋色四屏香。牀頭未覺黄金盡，鏡底難教白髮長。幾度醉來消不得，卧收清氣入詩腸。」置諸石田山房，何必「寒生小靨迴鸞動，香入流蘇睡鴨移」也。中丞近體平易可觀，古作非其所長，故嘗以荒學自警。而陳監丞謂公古詩似漢、魏，過矣。

柳亭詩話卷二終

柳亭詩話卷三

山陰宋長白纂

短古

劉方平《烏栖曲》，《品彙》編入絶句，想未識六朝體也。孟郊《臨池曲》之類亦然。

五言短古，《子夜》、《讀曲》神矣，太白、摩詰已入化境。七言短古，梁簡文特擅其長，繼之者，前有徐陵，後有李賀。陵之《烏栖曲》曰：「繡帳羅幃隱燈燭，一夜千年猶不足。惟憎無賴汝南雞，天河未落猶爭啼。」賀之《蝴蝶飛》曰：「楊花撲帳春雲熱，龜甲屏風醉眼纈。東家蝴蝶西家飛，白騎少年今日歸。」譬諸短兵相接，足以辟易萬人。二首之外，佳者不多見也。

六言

《三百篇》「迨天之未陰雨」、「誰知烏之雌雄」，已見其端。著三章則起二句。

六言始於漢司農谷永、北海孔融，長篇則子建之外，傅玄獨擅。繼此者，惟開府《怨歌行》、《舞媚娘》二首而已。嵇康《詠古》、庾闡《遊仙》，裁爲四句。王右丞效之，殊覺洒脱自如。惟李、杜二公全集罕見。張説《破陣樂》、李景伯《回波詞》、劉長卿《酬梁耿》、盧綸《送萬臣》、周賀《送李億》皆用此體，然似優徘口角，不入風騷。

步虚詞

蔣杜陵曰：「孟郊《列仙文》類六朝《步虚詞》，疑非唐人所能作。」

庾開府《步虚詞》十首，託胎於郭弘農《遊仙詩》。然「開經壬子世，值道甲申年」諸句，似確有所指者；至「靈駕千尋上，空香萬里聞」，益非泛言也。屠緯真謂此題古來工者甚少，唐家三百年，惟曹堯賓一人差能鋪績，然不能如此婉縟。可謂善於品隲矣。按：曹唐作《小遊仙》九十八首，非以「步虚」爲題。

純平純仄

高啓《吴宫詞》上句五平，下句五仄。

純平純仄詩自來絶少。五言平，惟古樂府「黄金爲君門」、蔡伯喈「枯桑知天風」、酈炎「靈芝生河洲」、阮瑀「臨川多悲風」、嵇康「彈琴登清歌」之類；五言仄，則古樂府「送客亦不遠」、繁欽「世俗有險易」、應瑒「辨論釋鬱結」、嵇康「但願養性命」之類，俱止一句。接連二句平者，惟古樂府「羅衣何飄飄，輕裾隨風旋」及「蒼霞揚東謳，清風流西歈」而已。若秦嘉《贈婦》詩「憂來如循環，匪席不可卷」，五平五仄，位置天然，千百年來無人敢抗。至七言仄如老杜「有客有客字子美」，七言平如崔象「梨花梅花參差開」，亦不過一句而止。陸魯望《夏日》詩通首皆平，梅聖俞《與婦》詩通首皆仄，何大復《效松陵苦雨》并《吴宫詞》用五平五仄體，皆非擅場之作。憶先大夫集中曾有二首，今録於左：「桃花參差開紅芳，邯鄲歌姬垂羅裳，香薰龍涎和都梁。臨風翩翻歌琳瑯，遊人觀之佳清揚。徘徊頻傾流霞觴，歌聲將終相思長。」「岸柳婀婀舞不歇，落絮滿地似積雪。所歎昔者此際别，歲月幾易信問絶。蕩子遠戍鬢已素，少婦久憶淚應血。」按諸年譜，故是少作也。大蘇《西山戲題》并《和正甫》一首，俱非全璧。

行路高軒

鮑照年十八賦《行路難》二十首，强半作墟墓中語。李賀童年賦《高軒過》，便云「龐眉書客感秋蓬」，其後又有「二十男兒何刺促」諸句，尤爲短氣。古人有言：「言者，心之聲也。」春行秋令，鮮有不隕落者。

竹枝柳枝

《竹枝》爲巴渝之曲。劉賓客特擅其長，以俚詞而入雅調，别有一種風格。自唐以來，未易枚舉。元則鐵崖，明則中郎，駸駸乎有積薪之歎矣。《柳枝》亦《竹枝》之類，但《竹枝》人多作拗體。「盤塘江上是奴家，郎若閒時來吃茶。黄土作墻茅蓋屋，庭前一樹紫荆花」，此名《竹枝》；「清江一曲柳千條，十五年前舊板橋。曾與情人橋上别，更無消息到今朝」，此名《柳枝》，其實一也。

烏臺詩案

種豆爲萁之歌，韓亡秦帝之詠，楊則詞尚隱約，謝則徑情直行，而適皆足以賈禍。甚矣！言之者無罪，聞之者足以爲戒之難也。東坡《獨樂園》詩：「青山在屋上，流水在屋下。中有五畝園，花竹秀而野。」朋九萬《烏臺詩案》尚不能免其牋注，況其他乎！劉静修詩：「若將文字論心術，恐有無邊受屈人。」真長者之言。

幽憤雪讒

中散絶交於吕巽，供奉投詩於永王，《廣陵散》、潯陽獄，此憤與讒之所自也。

嵇中散《幽憤》詩曰：「欲寡其過，謗議沸騰。昔慚柳惠，今愧孫登。」李供奉《雪讒》詩曰：「嗟予沉迷，猖獗已久。五十知非，古人常有。」李舒章有云：「讀息夫躬《絶命詞》，而知爲小人；讀陳思王《責躬詩》，而知爲君子。」則凡不得志於時而中道摧折者，觀其矢口，即可以定其行詣矣。

東海勇婦

太白《東海有勇婦》篇：「捐軀報夫仇，萬死不顧生。白刃耀素雪，蒼天感精誠。」「北海李使君，飛章奏天庭。捨罪警風俗，流芳播滄瀛。名在列女籍，竹帛已光榮。」似目擊其事而賦之者。豈「李使君」即泰和邕耶？惜蕭、楊作注，弗備考其故實，并勇婦姓氏逸之，則奇人奇事淹没而弗傳者多矣。其《秦女休》一篇，則曹子建、左延年俱有此作，是詠古蹟而非述時事也。康熙己巳，蘄州民女李亨大十二齡而復父母之讐。會稽孟遠目擊其事，作《智孝傳》。詳見《傭庵文集》。

江祖

太白《秋浦歌》第九首曰：「江祖一片石，青天掃畫屏。題詩留萬古，緑字錦苔生。」「江祖」是地名，齊賢、士贇未經注出。其第十一首復曰「江祖出魚梁」，《寄權昭夷》亦有「獨上江祖石」之句，周益公《九華山録》有《過江祖訪李白祠堂途中口占》詩：「清溪水色勝於藍，祖石移舟下鏡潭。妙絶畫屏并碧玉，謫仙不見與誰談？」則地當在池陽也。

故鄣

静公以《州志》見委，訂其訛謬，因隨筆及此。

桐汭見杜預《左傳注》，石封、桃州沿革可考，而千百年來從未有見之吟詠者。惟「故鄣」二字創於先秦，至陳陰鏗有《罷故鄣縣》詩一首，而舊志亦不之載。詩曰：「秩滿三秋暮，舟虚一水濱。漫漫遵歸道，凄凄對別津。晨風下散葉，歧路起飛塵。長岑舊知遠，萊蕪本自貧。被裹恒容吏，正朝不繫民。惟當有一鹿，留持贈後人。」此詩凄婉典雅，亟宜載之。吴筠《與施從事書》亦宜彙入。

四明狂客

賀季真，會稽永興人。爲皇太子侍讀，遷秘書監，自號四明狂客。天寶二年，表請入道歸鄉，乞鑑湖一曲。明皇親製詩序，令百僚餞送。以其子典設郎曾爲越州司馬，便於侍養。未幾卒，詔贈禮部尚書。所謂「越州千秋觀，道士賀知章」是也。少陵《贈太白》詩：「昔年有狂客，號爾謫仙人。」《遺興》云：「山陰一茅宇，江海日凄涼。」太白《送賀賓客歸越》詩：「鏡湖流水漾清波，狂客歸舟逸興多。」後有《對酒憶賀監》詩曰：「狂客歸四明，山陰道士迎。」又有《重憶》一首曰：「稽山無賀老，却棹酒船回。」李、杜與賀往還，知之必審。後人以「四明」二字指爲寧波，誤矣。又唐人竇臮有《述書賦》，載其事甚詳。同時張彦遠《法書要録》從之。毛太史蕭山《刊誤》失引此條。賦注又云：「字維摩。」

龍頭鶴髮

蔡尚書齊，性嗜酒。祥符八年，九經及第。賈存道以詩諷之曰：「聖君恩重龍頭選，慈母年高鶴髮垂。君寵母恩俱未報，酒如成病悔何追。」自是非賓客不對酒。按：陶士行每飲有定格。一日宴客，風月佳美，佐史殷浩輩勸更進一觴，泣然曰：「少年曾有酒失，慈母誡之，不敢違約。」如二公者，何必九十而賦賓筵！

神武門

「欲挂衣冠神武門，先尋水竹渭南村。却將舊斬樓蘭劍，買得黄牛教子孫。」東坡謂見於關右壁間者。葉石林謂子瞻謬語以應詔獄，舒信道輩爲其所紿，以爲未嘗讀陶弘景傳也。《砮溪》謂一武人作，不知姓名。《侯鯖録》則謂姚崇嗣作。四明孫一之曰：「詞旨超曠，勇於回頭，縉紳中有此見解者寡矣。」一之名能傳，有《剡溪漫筆》六卷。按：貞白《與從兄書》曰：「期四十左右作尚書郎，投簪高邁。今三十六方奉朝請，頭顱可知。」遂挂冠神虎門，上表辭禄。

木雁

周貫號木雁子，有道術。見《冷齋夜話》。

《莊子》有「不材之木」及「不鳴之雁」語。盧諶《與劉琨書》：「在木缺不才之資，處雁乏善鳴之分。」宋明帝《與王景文詔》：「張單雙災，木雁兩失。」梁元帝《玄覽賦》：「鑿户牖而長望，混木雁而兼陳。」二字合用始此。韓昌黎《落齒》詩：「我言莊周云，木雁各有喜。」王臨川詩：「故人相見如相問，爲道方尋木雁篇。」不讀《南華》、晉宋諸書，則二字難以卒解。

舞馬

《虞書》：「擊石拊石，百獸率舞。」是獸皆能舞也。《山海經》：夏后開舞九代之馬於大樂之野。陳思王《上文帝表》曰：「臣於武皇世得大宛紫騮馬一匹，教令習拜，又能行與鼓節相應。」則知舞馬蓋古有之矣。宋孝武時吐谷渾獻舞馬，謝莊賦之。梁天監中河南獻赤龍駒，能拜舞，張率、周興嗣賦之。張燕公有六言《舞馬詞》。杜工部有「舞馬解登牀」之句。鄭嵎詩：「馬知舞徹下牀榻，人惜曲終更羽衣。」唐子西詩：「天寶舞馬四百蹄，綵牀襯步不點泥。」徐仲車詩：「繡榻盡容騏驥足，錦衣渾蓋渥洼泥。」皆指此也。

蔣永公奇宣曰：「祿山見明皇舞馬，心艷之。後入關，詩示蕃部，曰：『馬見我必拜。』及至，瞠視不動，乃殺之。」又田承嗣得天寶時馬，樂作而舞，以爲怪，撾之。馬懼不中節，愈舞不止。竟捶殺之。同一馬而一以忠見殺，一以佞見誅，何相去之徑庭哉！又明祖將郊，命鐵冠張中筮之，曰：「吉。天馬兩重，似拜似舞。」明日外國進名馬，見太祖乘騎，拜伏而舞，似又非教習而得者。

字數詩

陸機《百年歌》，自十歲至百歲；鮑照《數詩》，自一起至十止；謝莊《明堂辭》、謝朓《郊廟歌》，以五行分字數，虞羲、范雲亦然；張南史《詠草》，自一字至七字。沈隱侯倣高貴鄉公作九字詩，文與可倡和效之；又有《竹》、《石》二詩自一字至十字，何大復《君子有所思行》效之。李西崖《懷麓堂稿》引十一字詩，以李、杜、韋蘇州爲證，此則長篇中偶見，非通體然也。韓昌黎有十三字爲句者，元人喜效之，楊孟載《鐵笛歌》中凡四見。

三句詩

《彈鋏歌》一句，《易水歌》二句，《大風歌》三句。

《玄怪録》載唐人三句詩一首：「楊柳裊裊隨風急，西樓美人春夢中，翠簾斜捲千條入。」以爲奇創。按崔駰詩：「鸞鳥高翔時來儀，應治歸德合望規，啄食竹實飲華池。」岑之敬詩：「明月二八照花新，當鑪十五晚留賓，回眸百萬横自陳。」阮籍《大人先生歌》亦三句，則漢、魏、六朝已先見矣。又詹天衢《寄友》曰：「桂樹蒼蒼月如霧，山中故人讀書處，白露濕衣不可去。」亦閒婉可誦。岑嘉州《走馬川》三句一韵，黄魯直《畫馬試院中作》亦三句一韵，則長篇也。

一字師

曹子建好人譏彈其文，有不善者應時改定。老杜云：「新詩改罷自長吟。」韋莊云：「卧看南山改舊詩。」詩貴於改，不可不知也。

張迥《寄遠》詩：「蟬鬢雕將盡，虬髭白也無。」齊己改爲「虬髭黑在無」，此改二字者。齊己《早梅》

詩：「前村深雪裏，昨夜數枝開。」鄭谷曰：「『數枝』非早也，未若『一枝』。」李頻《四皓》詩：「龍樓曾作客，鶴氅不爲臣。」方干以「稱」字易「爲」字。王貞白《御溝》詩：「此波涵聖澤，無處濯塵纓。」貫休改「波」作「中」。蕭楚材知溧陽，張乖崖作牧，有詩曰：「獨恨太平無一事，江南閒殺老尚書。」蕭改「恨」作「幸」。王平甫《甘露寺》詩：「平地風煙飛白鳥，半空雲木捲蒼藤。」蘇長公以「横」字易「飛」字。薩天錫《龍翔寺》詩：「地濕厭聞天竺雨，月明來聽景陽鐘。」虞道園以「看」字易「聞」字。都穆《節婦》詩：「白髮貞心在，青燈淚眼枯。」沈石田以「春」字易「燈」字。此皆一字之師，點鐵成金者，不止推敲已也。

聯句

《泊宅編》謂起於《詩》之《式微》，「泥中」、「中露」，衛二邑名。劉向謂是二人所居也。

《柏梁歌》，聯句之始；後此則顧愷之、殷仲堪、鮑照、謝莊，各一韵而已；梁簡文、庾肩吾擴爲二韵。其蟬聯而分頂，則顔魯公、陸魯望爲多。「蔓涎角出縮，樹啄頭敲鏗」，韓、孟《城南》詩也。鏤心鉥腎，固自不無，然亦何至冥搜若此。蛙翻蚓死，謂非二公之作俑耶？宋孝武《華林亭》、梁武帝《清暑殿聯句》，俱效柏梁體。唐中宗景龍四年正月五日幸蓬萊宫，帝與韋后，長寧、安樂、太平三公主，上官昭容暨外臣宋楚客等十四人聯句。宫幃、輔佐共聚一堂，點籌之事，不待三思而見之矣。

同異

盧仝自號「僻王」，與馬異爲友，詩尚險怪。嘗作《結交行》曰：「同不同，異不異，是爲大同而小異。同自同，異自異，是謂同不往兮異不至。」劉彦和《序志》曰：「有同乎舊談者，非雷同也，勢自不可異也；有異乎前論者，非苟異也，理自不可同也。」同異之間，應如此解。昌黎云：「往來弄筆嘲同異，怪辭驚衆謗不已。」玉川子外，異詩俱無可采。異《送皇甫湜赴舉》詩，陳氏《類書》載之。

數目

駱賓王好用數目作對，人呼爲「算博士」。杜牧之《華清宫》詩：「一千年際會，八百里農桑。」《洛中送人東遊》詩：「四百年炎漢，三十代宗周。二三里遺堵，八九所高丘。」又有「漢宫一百四十五」、「南朝四百八十寺」、「三十六宫秋夜深」、「二十四橋明月夜」、「故鄉七十五長亭」諸句，殆踵義烏而起者歟？王右丞詩：「墨點三千界，丹飛六一泥。」分貼寺觀，乃見精工。

排偶

潘、陸、顔、謝，排偶之始，上變漢、魏，下沿唐、宋，固氣運所至，有不知其然而然者。迨貞觀、開元之際，英傑輩出，穩順聲勢，而號之爲律，千百年來遵爲矩矱。然六朝名手，已見一斑矣。如庾肩吾《歲盡應令》、徐摛《詠筆》、何遜《詠扇》、陰鏗《夾池竹》、張正見《詠蘭》、徐陵《折楊柳》、沈炯《天中寺》、祖孫登《蓮調》、蕭慤《上之回》、庾信《舟中望月》、江總《夜望山燈》，置諸初唐集中，未易辨其先後也。若陰鏗《安樂宫》一首，則又排律之嚆矢矣。詩曰：「新宫實壯哉，雲裏望樓臺。迢遞翔鵾仰，連翩賀燕來。重檐寒霧宿，丹井夏蓮開。砌石披新錦，梁花畫早梅。欲知安樂盛，歌管雜塵埃。」《詩藪》稱爲「百代近體之祖」，洵爲至論。

集韵

李俊明集韵絶句，唐、宋相兼。

集韵始於傅咸《七經》詩集經語，袁淑《詠啄木鳥》集《左傳》，自晉、宋已有其兆矣。至王介甫特好此體，嗣後祖之者益多：文信公集杜，有二百首；王文節思任集陶，爲律三十四首；沈太常延銘集唐至數十卷，各體俱備，乩仙吕純陽爲之序；施廣文端教集唐至三千首，皆絶句。錫山朱贊皇襄七言律集唐有盛名，丁卯遇於都門，顧梁汾舍人屬余序之。癸未年沈氏采山堂詩會，有「小春」一題，余集唐四十八首，俞鞠陵、劉存白、胡東旭、章含友皆和成帙，當授梓以正大方。

口號

詩題有「口號」，始於梁簡文《和衛尉新渝侯巡城作》。庾肩吾和曰：「步逐天津遠，城隨秋夜長。」至唐遂襲用之，如張説《十五夜衛前口號》是也。「號」字應作平聲。若元微之《酬李六見寄》：「頓愈頭風疾，因吟口號詩。」李義山《詠懷秘閣》：「柏臺成口號，芸閣暫肩隨。」又作仄用。

贈答

嚴儀卿曰：「古人贈答多相勉之詞，蘇子卿曰：『願君崇令德，隨時愛景光。』李少卿曰：『努力崇明德，皓首以爲期。』」余按劉公幹《贈五官中郎將》曰：「勉哉修令德，北面自寵珍。」謝宣遠《答康樂》曰：「行矣勵令猷，寫誠酬來訊。」皆得古人忠告之道。至少陵《送嚴中丞》曰：「君若登台輔，臨危莫愛身。」並不以忌諱爲嫌矣。

諫草

謝景山名伯初，爲許州法曹。六一謫夷陵，謝以詩寄之。

六一居士云：「詩人貪求好句，而理有未通，亦語病也。如『袖中諫草朝天去，頭上宮花侍宴歸』，誠爲佳句，但進諫無用草稿之理。」此駁是已。至載謝景山長韻見寄有曰：「典詞懸待修青史，諫草當來集皂囊。」對句用漢文帝集上書囊爲殿幃故事，而又不之駁，何耶？

采侯

庾信《華林園馬射賦》：「㶣雲五色，的暈重圓。」《家語》：「子路曰：『赤羽如日，白羽如月。』」

天聖二年省試，有「采侯」詩。先景文公句曰：「色映㶣雲爛，聲迎羽月馳。」最爲京師傳誦。時人因目爲「宋采侯」。

問松

北魏彭城王勰嘗從行幸，路有大松，帝顧曰：「汝可作詩，至吾行所而就。」勰時去帝十步，即吟曰：「問松經幾冬，山川何如昔，風雲與古同。」陳思七，史育五，而此君以十步傳。《代州志》謂松在銅鞮山。

山經水牒

《鶴牀經》曰：《山海經》乃夏后師雲華子著。梁江淹嘗欲爲《赤縣經》，以補《山海經》之缺，未成。明朱謀㙔有《水經箋注》。

謝莊詩：「《山經》亟旋覽，《水牒》倦敷尋。」上句謂弘農有注，故可以亟覽也；下句則指桑欽所纂，倦於敷尋者。時酈道元未出，無由知其端緒耳。古人讀書不敢輕爲臆度者如此。浦陽吴立夫曰：「胸中無三萬卷書，眼中無天下奇山水，未必能文。縱能，亦兒女語耳。」吴名萊，宋文憲師，有《淵穎先生集》。

道直家貧

葛常之曰：「余讀許渾詩，愛其『道直去官早，家貧爲客多』之句，非親嘗者不知其味也。《贈蕭兵曹》曰：『客道恥摇尾，皇恩寬犯鱗。』『道直去官早』之實也。《將離郊原》曰：『久貧辭國遠，多病在家稀。』『家貧爲客多』之實也。」按：《丁卯集》「道直」二句，乃《送前緱氏韋明府南遊》之作，非自謂也。

遠遊

李空同評子建詩：「其音宛，其情危，其言憤切，而有餘悲。」

《離騷・遠遊》章曰：「悲時俗之迫阨兮，願輕舉而遠遊。質菲薄而無因兮，焉托乘而上浮。」王逸曰：「屈原履方直之行，不容於世，乃思與仙人遊戲，周歷天地，無所不至也。」曹子建懷才自負，跼促藩邦。欲從征而未能，求自試而不可，因借以名篇，云：「遠遊臨四海，俯仰觀洪波。崑崙本吾宅，中州非吾家。將歸謁東父，一舉超流沙。齊年與天地，萬乘安足多。」「東父」者，東王公也。

大酺

張祜《大酺樂》曰：「車駕東來值太平，大酺三日洛陽城。小兒一技竿頭絶，天下傳呼萬歲聲。」按《史記》：「趙武靈三年大赦，置酒酺五日。」「酺」字創見於此。漢律：「三人以上無故群飲，罰金四兩。」故賜酺乃得聚會。唐時以此爲盛典，車駕臨幸之處必賜酺群臣，往往有應制詩。「竿頭」者，緣橦、都盧之類也。趙冬曦詩：「酺承奠璧罷，宴是合錢餘。」又云：「從容會鵷鷺，延曼戲龍魚。」唐家典制，四語盡之。

侵早

老杜《贈崔評事》詩：「天子朝侵早。」

王建《宮詞》：「爲報諸王侵早入，隔門催進打毬名。」「侵早」即凌晨之謂，作「清早」者非。賈島《新居》詩：「近得雲中路，門常侵早開。」

赴洛

陸士衡《赴洛》詩：「惜無懷歸志，辛苦誰爲心。」又曰：「仰瞻淩霄鳥，羨爾歸飛翼。」又曰：「夕息抱影寐，朝徂含思往。」其《於承明亭與士龍》詩：「南歸憩永安，北邁頓承明。」又曰：「我若西流水，子爲東峙岳。」備觀諸句，似吴亡之後，士衡未嘗與弟偕行也。然晉人有「二鹿入洛，三麞減價」之語，豈小陸亦旋即就道乎？

録別

蘇、李《録別》詩第七首：「鳳皇鳴高岡，有翼不好飛。安知鳳皇德，貴其來見稀。」只此四句，其意已足。若「紅塵蔽天地」以下十四句，出《修文御覽》，當另爲一首。或有注「闕」字於「稀」字之下而竟接之者，無論韵脚不侔於前四句，比興之神亦索然矣。

詠鏡

詠鏡詩極難體會。庾信「光如一片水，影照兩邊人」、王孝禮「分眉一等翠，對面兩邊紅」，可謂現美人身而説法矣。李巨仁「無波菱自動，不夜月恒明」，亦佳。

笑　啼

樂昌分鏡而有「笑啼俱不敢」之句，離合悲歡，安往而非夢境哉！

梁簡文《詠内人晝眠》詩：「夢笑開嬌靨，眠鬟偃落花。」元帝《閨怨》詩：「知人相望否，淚盡夢啼中。」一「笑」一「啼」，寫出深閨秘景。

破　顔

太白《宴陶家亭子》詩：「池開照膽鏡，林吐破顔花。」上句注引漢高帝入咸陽宫得秦鏡爲證，下句失注。按大藏：「世尊拈花，迦葉破顔微笑。」二字本此。

山　居

讀《樂志論》、《歸田賦》，輒有「入山惟恐不深，入林惟恐不密」之意。然風塵落落，願與時違。偶憶唐人山居詩數聯，筆之以銘猿鶴：方干「繞石開泉細，穿蘿引徑斜」，張祜「斫樹移桑斧，澆花濕笋鞵」，王建「閉門留野鹿，分食養山雞」，李咸用「草堂書一架，苔徑竹千竿」，錢起「逸妻看種藥，稚子伴垂綸」，戴叔倫「養花分宿雨，剪葉補秋衣」，許渾「雪夜書千卷，花時酒一瓢」。

萸　菊

仙書：茱萸號「辟邪翁」，菊花爲「延壽客」。後人因費長房、陶彭澤故事，沿爲九日詩料。上官昭容應制詩：「却邪萸入佩，獻壽菊傳杯。」尤見根氐。趙彦昭：「紫菊宜新壽，丹萸舊辟邪。」

芭　蕉

錢珝《詠芭蕉》曰：「冷燭無煙緑蠟乾，芳心猶卷怯春寒。一緘書札藏何事？先被東風暗折看。」結語較辛稼軒「芭蕉漸展山公啓」之句，尤爲風韵。若路德延詩：「葉如斜界紙，心似倒抽書。」未免近俗矣。

松　酒

蘇子瞻《同徐元用遊金山》詩：「松如遷客老，酒似使君醇。」蓋以後凋自況，以心醉美徐也。

黄魯直：「魚游悟世網，鳥語入禪味。」袁中郎：「鶴瘦帶道容，松老入詩格。」琢句雅健，俱得比興之神。

海椶 當作「椶」。

老杜《海椶行》：「左綿公館清江濆，海椶一株高入雲。」陶九成《輟耕録》云：「成都有金果樹，葉如椶櫚，皮如龍鱗，實如棗。番人呼爲『苦魯麻』，一名『萬年棗』。」李時珍曰：「即海椶也。」劉恂《嶺表録》云：「番舶携至中國，名『波斯棗』。」然則結句所云「時有西域胡人識」，正謂此耳。唐子西《遊治平院》詩：「江邊勝事略尋遍，不見海椶高入雲。」是宋時已無矣。

桃竹

梁簡文書：「五離九折，出桃枝之翠笋。」李太白有《酬宇文少府贈桃竹書筒》詩，結曰：「中藏寶訣峨嵋去，千里提携長憶君。」按：桃枝，《竹譜》云：「皮赤，滑勁，可編爲席。」姚辱庵謂即《顧命》之「篾席」也。老杜有《桃竹杖引》。韓君平詩：「銀角桃枝杖，東門贈别初。」但製爲書筒，則未經見。

楊枝

《華嚴・浄行品》曰：「手執楊枝，當願衆生，皆得妙法。」又《疏鈔》曰：「譬如春月，下諸豆子，尋便出土。」老杜《別贊上人》詩：「楊枝晨在手，豆子兩已熟。」刻本訛作「楊柳」。下云：「是身如浮雲，安可限南北。」則用《浄名經》。

紙錢

《唐・王璵傳》：「漢有瘞錢，後里俗稍以紙寓錢。璵因於祭祀用之。」《法苑珠林》謂起於殷長史，其説未詳。王叡詩：「紙錢灰出木棉花。」徐凝詩：「無人送與紙錢來。」李山甫詩：「可要行人贈紙錢。」則相沿久矣。邵康節春秋祭祀亦焚楮錢，程伊川問之，曰：「冥器之義也，脱有益，非孝子順孫之心乎！」

石鏡

張僧鑒《潯陽記》：「石鏡山東有一圓石，懸厓明浄，照人見形。」顧野王《輿地志》：「入湖三百三十里，窮於松門；東西四十里，青松遍於兩岸。」康樂《入彭蠡湖口》詩：「攀厓照石鏡，牽葉入松門。」孟襄陽《泊廬山》詩：「石鏡山精怯，禪林怖鴿棲。」「怖鴿」，用内典鴿依佛光事。

靺鞈

文與可《朱櫻歌》：「金衣珍禽弄深樾，禁籞朱櫻班若纈。上幸離宮促薦新，藤籃寶籠貂璫發。凝霞作丸珠尚軟，油露成津蜜初割。君王午坐鼓《猗蘭》，翡翠一盤紅靺鞈。」升庵曰：「『靺鞈』，寶石也。大如巨栗，肅慎所産。」

索畫

有僧與沈啓南善，嘗以一絶索其畫曰：「寄將一幅剡溪藤，江面青山盡幾層。筆到斷崖泉落處，石邊添個看雲僧。」啓南欣然如其詩意寫之。陳無己有云：「曾買江南千本畫，歸來一筆不中看。」可見詩中有畫者不難，而欲畫中有詩者爲難也。

題扇

晁無咎善畫山水，陳後山愛重之，嘗題其扇曰：「前身阮始平，今世王摩詰。偃屈蓋代氣，萬里如咫尺。」其弟説之，字以道，號景迂，山谷嘗題其《雪雁圖》。

當點心

桃州有古寺，壁間題一絶曰：「磨快鋤頭挖苦參，不知山下白雲深。多年寂寞無煙火，細嚼梅花當點心。」或曰一黄冠過此書之，要亦塵外人也。「點心」二字，唐江淮留後鄭傪妻語其弟事。又，德山往龍潭，於路乞點心。見《傳燈録》。

蓑衣影

唐六如《題釣翁》詩：「直插魚竿斜繫艇，夜深月上當竿頂。老漁爛醉喚不醒，滿船霜印蓑衣影。」此首天趣悠然，覺柳州「西巖」詩後二句真可删却。六如名重一時，而不自檢飭，致有井中下石之禍。晚年益無聊賴，放浪於僧廬伎館。嘗有句曰：「秋榜才名標第一，春風絃管醉千場。」又曰：「難將萱草酬佳客，且摘蓮花供聖僧。」且曰：「吾之所藉以傳者，不在詩也。」然讀其《倀倀歌》，未嘗不爲之酸鼻云。

種樹書

甘彦和詩：「采芝空有曲，種樹豈無書。」

蘿庵池禪師嘗蓄陳老蓮墨蹟一幅，其詩曰：「松桂林中鼙鼓響，老於田畝更何如。夜深喜聽兒童課，愛子先教種樹書。」後以此軸見貽，殊堪什襲也。

柳亭詩話卷三終

柳亭詩話卷四

山陰宋長白纂

葳蕤

《楚詞》、《文賦》、李、杜二集有此字而義異。

顧野王《瑞應圖》曰：「葳蕤，瑞草也。王者禮備至則生。」王粲《公讌詩》：「昊天降豐澤，百卉挺葳蕤。」沈約《望春》詩：「春風摇雜樹，葳蕤緑且丹。」用字典確。至元胡汝爲題葛仙山，亦曰：「真訣不知誰悟得，滿山芳草緑葳蕤。」若唐人所云「望見葳蕤舉翠華」，則用張衡《東京賦》「羽蓋葳蕤」、何晏《景福殿賦》「流羽毛之葳蕤」，借言形似耳。至顧況「春樓不閉葳蕤鎖」，則又借以比鎖鬚。藥名有葳蕤，《本草》曰：「一名黄芝，一名青黏。」

芳訊

陸平原《演連珠》曰：「肆義芳訊。」即《葩經》「其風肆好」之義。又《長安有狹邪行》：「傾蓋承芳訊，欲鳴當及晨。」所謂「毋金玉爾音」也。謝宣遠答康樂曰：「綢繆結風徽，烟熅吐芳訊。」顔延年《答鄭尚書》曰：「君子吐芳訊，感物惻余衷。」唐人皆本此。「烟熅」即「氤氲」，古字通用。

石榴 沈佺期《題椰子樹》：「不及塗林果，移根隨漢臣。」

梁元帝《詠石榴》詩：「西域移根至，南方釀酒來。」按陸士衡《與弟書》：「張騫使外國十八年，得塗林以歸。」即石榴也。又頓遜國以石榴釀酒。二句合用其事。

小楊枝

《吴觚》曰：「如臯冒辟疆，家有園亭聲伎之勝。歌者楊枝，態極妍媚，知名之士，題贈盈卷，惟陳其年擅長。閲二十年，而楊枝老矣。其子亦玉人也，因呼爲『小楊枝』。一日讌集，辟疆出前卷相示。虞山邵青門題其後曰：『唱出陳髯絶妙詞，燈前認取小楊枝。天工不斷銷魂種，又值春風二月時。』」此詩可謂佳證。第不知陳髯原唱與雲郎小照爲何如耳。

歸燕芙蓉 《青瑣高議》章孝標作于化茂。

唐時下第士子多爲詩刺主司，獨章孝標作《歸燕》詩獻侍郎庾承宣曰：「舊壘危巢泥已落，今年故向社前歸。連雲大厦無栖處，更望誰家門户飛？」宣吟諷，恨遺才。及重典禮幃，孝標獲雋。又高蟾下第後以詩獻侍郎李昭曰：「天上碧桃和露種，日邊丹桂倚雲栽。芙蓉生在秋江上，不向東風怨未開。」明年昭知貢舉，亦及第。唐世所謂精切者類皆如此，而蟾詩似能安命。章以「金湯度了出長安」爲短李所譏，高有「君恩秋後葉」爲都官所重，其品誼固可知也。

愛閒

庾杲之致劉虬書：「山水無情，應之以會，愛閒在我。」王僧祐爲司空祭酒，嘗謝病不與公卿遊。高帝謂其從兄儉曰：「卿從可爲朝隱。」儉對曰：「臣從非敢妄同高人，直是愛閒多病耳。」祐嘗贈儉詩曰：「汝家在市門，我家在南郭。汝家饒賓侶，我家多鳥雀。」儉時聲高一代，賓客填門，僧祐不爲之屈。然味其語氣，不當是弟贈兄。劉夢得「功成却愛閒」、姚武功「愛閒求病假」、杜紫微「愛閒能有幾人來」，俱用其語。吕文靖《題天花寺》絶句又用紫微。夢得又有「以閒爲自在，將壽補蹉跎」，伴説更佳。

白馬盧龍

潘元白遊雨花臺，見墻角有無名子細書一律曰：「入洛當年意太濃，尊鱸此日又相逢。黑頭久已慚江總，青史何曾借蔡邕。昔去尚寬沉白馬，今來應悔賣盧龍。清霜凋盡章臺柳，歲晚吴江怨阿儂。」潘語余於華容官署，其詞旨可默喻也。潘名眉，宜興人，歷官興化太守。或曰陳大樽詩。腹聯以朱温、田疇暗比，較頸聯更毒。

怪鳥

孫盛與桓温牋：「州遣從事觀採風聲，進無威鳳來儀之美，退無鷹鸇搏擊之用，徘徊湘川，將爲怪鳥。」

温陵周吏部廷鑨家藏黄石齋一尺牘，末云：「文不成文，武不成武，此之謂怪鳥。非惟怪之，而又呆甚。」蓋殉難前數日筆也。東崖黄景昉題二絶於後曰：「冀北年來鐵騎喧，大安關外雪霜繁。魯公拳爪驚穿盡，塵世虚傳屋漏痕。」「甲申乙酉兩年間，世事瀾翻血濺斑。誦到終篇知絶筆，孤軍從此没黄山。」詳見陶式南《筆獵》。

虎渡龍洲

宋仁宗問張景曰：「卿江陵有何勝？」對曰：「兩岸緑楊遮虎渡，一灣芳草護龍洲。」又問：「所食何物？」對曰：「新粟米炊魚子飯，嫩冬瓜煮鼈裙羹。」雖率爾應對，却是宋人本色詩料。仁宗又嘗問管師復曰：「卿山中何所得？」對曰：「滿塢白雲耕不盡，一潭明月釣無痕。」

批紙尾

楊尚書玢致仕歸，舊居多爲隣里侵占。子弟欲詣府訴其事，以狀白公，公批紙尾曰：「四隣侵我我從伊，畢竟須思未有時。試上含元殿基望，秋風秋草正離離。」此與徐勉《戒子書》意同。玢事蜀王衍，後歸唐。《厚德録》誤稱爲宋人。

蝗蟲感德

米元章爲邑宰，遣吏捕蝗。隣邑謂驅入其境，移文責之。元章批其牘背曰：「蝗蟲本是天災，不由人力擠排。若是敝邑遣去，却煩貴縣發來。」楊次公所謂「二十年來，何處不知有米顛子」者，正此類也。

王半山出鎮金陵，時飛蝗自北而南，劉貢父書一絶寄曰：「青苗助役兩妨農，天下嗷嗷怨相公。惟有蝗蟲偏感德，又隨台旆過江東。」世稱貢父善謔，雖貴顯不避，此亦一證。貢父題淳于髡墓云：「流輠有餘智，滑稽全姓名。」題善謔驛云：「善謔知君意，何傷衛武公。」蓋自解也。

蠶婦圖

洪武間有太學生趙氏者，忘其名，嘗爲一中貴人題《蠶婦圖》曰：「蠶未成絲葉已無，鬢雲撩亂粉痕枯。宫中羅綺輕於布，争得王孫見此圖！」高廟偶見之，問是誰作，中貴以實對。遂召見，命知端州。及任滿，僅持二研歸，曰：「昔清獻一研，吾倍之矣。」時號「趙雙研」。

即事

《列子》：「周之尹士有老役夫，晝則呻呼而即事，夜則昏憊而熟寐。」「即事」，謂趨赴其事也。淵明詩：「即事多所欣。」康樂詩：「即事怨睽攜。」休文詩：「即事既多美。」少陵詩：「即事非今亦非古。」皆本此。後人遂用爲詩題。

尉斗

《淮南子》謂之「熱升」。范石湖《驂鸞録》：「鈷鉧」即「熨斗」。

《隋書》：「李穆奉尉斗於高祖，曰：『願公執威柄，以尉安天下。』」史照《通鑑釋文》曰：「尉斗，持火以伸繒也。」俗加「火」作「熨」。或曰即《王莽傳》所謂「威斗」，以賜三公殉葬者。王建詩：「熨貼朝衣抛戰袍。」則用《何敬容傳》「衣裳不整，伏牀熨之」之語。山西長子縣有熨斗臺，相傳丹朱所築。豈上古即有此具耶？《襄陽耆舊傳》：「宜城縣有熨斗陂。」

借書 杜元凱告膃書曰：「借書爲嗤，借書送還爲嗤。」後人指爲「癡」。

令狐揆卜築漘溪之南，嘗雪中跨馬詣張君房借書。一童子携琴囊、書篋隨之，因得句曰：「借書離近郭，冒雪渡寒溪。」林逸繪以爲圖，可稱韵事。而昔人謂「借書一癡，還書一癡」者，《廣韵》曰：「甁」字之訛也。

步檐 「檐」、「簷」，古通用。

《楚辭》：「曲屋步檐。」《上林賦》：「步檐周流。」注謂：「長廊也。」謝惠連詩：「房櫳引傾月，步檐結春風。」劉孝綽《望月》詩：「秋月始纖纖，微光垂步檐。」本此。老杜「步簷倚杖看牛斗」，有以「蟾」字易「簷」字者，真小兒之見也。

鬉髻 《内則》：「剪髮爲髻，男角女羈。」音曰：「髻，大果切。」

「鬉髻」，《李昌谷集》注曰：「音蕤隋，髮下垂也。」《玉篇》、《廣韵》無「鬉」字。劉夢得詩：「鬉髻梳頭宫様妝。」不作平用。皮日休作「婑媠」，《詠重臺蓮花》曰：「欹紅婑媠力難任。」明公鼐作「倭墮」，《元宵曲》曰：「倭墮旁邊插杏花。」古《陌上桑》、初唐許景先《折柳篇》、李嶠《錫絲結》詩，俱用此字。李義山又作「矮媠」。「媠」、「墮」可通用。「倭」字、「矮」字未詳。

掌痕

僕固懷恩既叛代宗，畜其女於宫中，號崇徽公主。下嫁回紇可汗。其行也，手擊山崕而慟，掌痕在焉。雍陶有《陰地關見入蕃公主石上手跡》詩，即此。歐陽永叔題曰：「故鄉飛鳥尚啁啾，何況悲笳出塞愁。青冢埋魂知不返，翠崕遺跡爲誰留？玉顔自古爲身累，肉食何人與國謀？行路至今空歎息，巖花野草自春秋。」朱紫陽謂「玉顔」、「肉食」一聯是第一等詩、第一等議論。余謂不若戎昱所云「社稷依明主，安危托婦人」之句更爲爽朗也。宜乎憲宗詠之不置，而曰：「魏絳之功，何其懦也！」

功臣寺

蘇子由《功臣寺》詩：「晚陰生林莽，落日猶在塔。行招兩社僧，共步青山月。」又曰：「流傳後世人，談笑資口舌。是非亦已矣，興廢何倉卒。」前甚恬適，後則鋒穎太露。難兄詩賬中亦所僅見。

欸乃

洪駒父曰：「『欸靄一聲山水緑』，世俗誤分『欸』爲二字。」亦創論。

劉言史《瀟湘》詩：「間歌曖迺深峽裏。」蓋舟子口號，以節衆也。劉蜕集有《湖中靄迺歌》，元結集有《湖南欸乃歌》。三者一義，但用字異耳。「欸」本音「哀」，亦作上聲讀。後人因柳州集中有注云：「一本作『襖靄』。」遂欲音「欸」爲「襖」，音「乃」爲「靄」。黄魯直不加深考，又從而實之，誤矣。詳見《項氏家説》，梅宣城引之。然韵書作「欸」，不作「欸」。柳州「西巖」詩本六句，後二語蘇子瞻删之，更覺緊鍊。

鏡中行

陳僧惠標有句曰：「舟如空裏泛，人似鏡中行。」沈佺期更其出句曰：「船如天上坐。」而對句全用之。又有「船如天上坐，魚似鏡中懸」之句。黄魯直謂雲卿得意於此，故屢見之，而不知實出於標上人也。

還珠洞

桂林伏波山在灕江之上，有還珠洞。相傳馬文淵征交趾回，載薏苡經此得名。或云：昔有漁父入水，得大珠以獻郡守，守却之，故名。元人張湖山詩略云：「桂林有山名伏波，蒼崖翠壁交嵯峨。山根陰洞達水府，神姦物怪争撝訶。我來登山復尋洞，直陟風浪攀藤蘿。無誰可問得名始，賴有殘碣堪摩挲。爲言新息昔事漢，老矣矍鑠猶操戈。提師振旅蹴蠻國，下潦上霧寧憂那。仍聞薏苡能禦瘴，採之返載數駱駝。一朝明珠肆讒口，倒囊投棄兹山阿。又言昔有捕魚者，龍宫竊入張網羅。適遭老髯耽晝寢，攫取明月懷青蓑。自知至寶世稀有，惟守可遺詎歸他。守稱賢侯不肯受，亟命返璧無蹉跎。洞名還珠此二説，無乃好事相傳訛。」存此以備口實，亦粤西一典故也。湖山名炌。

上陽子

上陽子姓卓氏，名晚春，莆田人。幼喪父母，丐遊於市。或譏其頭不梳，則曰：「千年渾似醉，一世懶梳頭。」或譏其脚不洗，則曰：「便騎玄鶴歸蓬島，脚帶青天幾片雲。」有詩數十首，龍江林氏載之《寤言録》。

月瓢承露

粤西蔣太守暉嘗遇吕純陽於道觀，徘徊久之，並貽以詩曰：「宴罷歸來海上山，月瓢承露浴金丹。

夜深鶴透秋空碧，萬里西風一劍寒。」余嘗於武林見乩仙一詩，字大如椀，有龍蟠虎卧之勢。詩曰：「劍氣沖霄牛斗寒，爲官不似讀書難。齊家治國平天下，《大學》《中庸》仔細看。」或亦以爲回道人也。

「透」字健而雅。《周書・王思政傳》：「慕容紹宗透水而死。」《梁書》：「侯景透水，羊鷗斬之。」今俗語以急走爲「透」。宋室南遷，呼爲「透渡」。

遇仙橋

會稽陶德望，通敏沉默，篤孝友而淡聲華。萬曆乙酉舉於鄉，出宗伯李長春之門。未幾卒。甲午，長春子雲卿赴成都試，盛氣自得。遇一道士於龍象山，笑曰：「勿妄想，解元屬某人。汝當以庚子獲雋，丁未乃成名耳。」雲卿怒，欲捶之，道士曰：「我陶與齡也，爲乃翁門下士，何怒爲？」雲卿歸白其父，甚訝之。既而所語皆驗，乃建遇仙橋，以書致其弟石簣爲之記。後德望子履中與姑熟李一公爲部曹，李提刑四川，訪問得實，乃賦詩刻諸橋。詩曰：「吾聞八百里鑑湖，煙雲天水粘菰蒲，華陽道侶多精廬。中有一人仙之臞，隱几手弄明月珠。飄然乘風遊蜀都，一笑偶到龍山隅。日暮道遠行人吁，馬首數語開靈符。仙影一去山模糊，事奇語怪驚群愚。蜀山幽閟仙靈居，青城鸞鶴驂霞裾。峨嵋古雪侵肌膚，先生倘在其來乎。」事與羅念庵、沈君典相仿。

仙人隱士

純陽子曰：「天涯到處人求我，行盡天涯不見人。」故鍾離子曰：「仙之求人，甚於人之求仙也。」庾肩吾《贈周處士》詩：「仙人翻可見，隱士更難尋。」然則離世絶俗者，何必規規於熊經鳥伸爲壽而已耶？梁武帝《詠逸民》曰：「事跡易見，理相難尋。」

倪唐

高季迪寄倪元鎮詩：「寒池蕉雪詩人畫，午榻茶煙病叟禪。」徐昌穀寄唐伯虎詩：「交朋零落看書札，花月蕭條問酒錢。」則知清秘閣、桃花塢皆造物特地以處才士之阨窮者也。即謂倪、唐至今存，可也。

清忠

土木之禍，所謂「赤手挽銀河」也。使非忠肅匡濟其間，景泰之不爲靖康者幾何！

王司馬一鶚嘗夢遇于廷益，聞其誦詩二句曰：「空山清淚憑誰訴，萬里忠魂獨自歸。」後當軸適浙撫，傅孟春以改謚疏請，王乃定爲「忠肅」。按：忠肅少時《詠石灰》有「只留清白在人間」之句。又《詠鐘》曰：「驚回夢幻知誰叩，送盡年華是此聲。」及巡撫河南，入覲，又有句曰：「清風兩袖朝天去，免使閭閻話短長。」可見詩本性情，固有因人以傳者也。《吾學編》云：「自上賜外，家無長物，所賜璽書、器用封識於室，歲一謹視而已。」

單雙

鮑參軍《和王義興七夕詩》：「匹命無單年，偶影有雙夕。」包明月《清商曲》以五字束之曰：「單情何時雙？」寓意深奧，耐人咀味。陶公詠管、鮑曰：「奇情雙亮，令名俱完。」諸「雙」字未易下。

是非

陶公《歸去來辭》：「實迷途其未遠，覺今是而昨非。」何遜《贈舊遊》曰：「一途今未是，萬緒昨如非。」古人落筆，未有無來歷者。

兄弟

秦宓詩：「遠遊何所見，所見邈難紀。虎則豹之兄，鷹則鶚之弟。」造語奇横，却自《離騷》化出。

太白「鸞乃鳳之旅」本此。李洞《贈王鳳二山人》詩起句云：「山兄望鶴信，山弟聽烏占。」結句云：「願許爲三友，差將白髮搊。」如此作兄弟稱謂，何必四海之外。

不記人

萬曆間，中官劉若愚繫獄。盧山人龍節聞其名，與之往還，贈以詩曰：「栖遲數載誰曾記，我亦疏狂不記人。自接劉生杯酒語，嘗驚李白屋梁神。宮雲冉冉明千樹，玉漏迢迢隔九闔。祇令陽回春意早，鸘鸞究竟出風塵。」劉初名時泰，以常雲事，禁錮十年始釋。更後名，復爲李永貞案下詔獄。著《酌中志》二十三卷，於妖書極爲詳晰，而梃擊、紅丸、移宮之三案則隱諱爲多，蓋爲其黨卸罪也。盧號九虬，武林人。天啓初，黃忠端以考選入都。客問三案如何決擇？公曰：「朝廷所急不在此。」

答客問

長安之湯泉，有猪龍伏其下。貞觀中，嘗命有司祭之。開元八年，車駕臨幸，又有風雲之異。學士王翰作《答客問》之詞，略曰：「龍躍湯泉雲漸回，龍飛香殿氣還來。龍潛龍現雲皆應，天道常然何問哉？」按：金陵水西門有猪龍爲患，相傳明祖以沈仲榮聚寶盆鎮之乃止。然則阿犖山爲患於天寶，仲榮名富，行三。人因呼爲「沈萬三」。張三丰授以鑪火術，有「八百火牛耕夜月」之句。其富敵國，盆即鼎器也。

豈即湯泉之物所化歟？蔣永公曰：「豬龍」即「豬婆龍」也，善攻岸。有人相岳忠武曰：「此豬龍所化，必掌兵威，然不得其死。」後入獄，偶步月下，提刑周三畏見大豕頭頂一「發」字，至獄而沒。同一豬龍，而禄山何姦，鄂王何忠，相去若是哉！

雁帛

《陵川集》有《狠墻》、《寃鐍》二詩，贈三伴使同事共四十人。半聞蟋蟀，木綿何足以蔽其辜。

雁足傳書，乃常惠教漢使詭托以求蘇武也。《元史》：「中統元年，遣郝經使宋，賈似道幽之真州。有以生雁饋者，經題詩於帛，繫雁足而縱之。汴民獲雁於金明池，達之元主。至元十一年，遂興師伐宋。」是前人有其説，後人遂有其事矣。詩曰：「霜落風高恣所如，歸期回首是春初。上林天子援弓繳，窮海纍臣有帛書。」宋景濂題帛書後云：「在儀真十五年。」以史考之，良然。黄耳紅絲，誠能動物者如此。袁清容《題雁足詩後》：「一寸蠟丸憑雁寄，明年春盡竟生還。」

越王臺

楊誠齋《越王臺》詩：「榕樹梢頭訪古臺，下看碧海一瓊杯。越王歌舞春風地，今日春風獨自來。」此指南越王鋹也。次句從長吉「一泓海水杯中瀉」化出，但以「碧海」而作「瓊杯」，似青赤無定形也。

花卿冢

丹陵縣東館鎮有花卿冢，即斬段子璋之花敬定，山谷所云「至今有英氣，血食其鄉」者也。謝皋羽有詩曰：「濕雲模糊秋草空，雨青沙白丹陵東。莓苔陰陰草茸茸，云是花卿古來冢。花卿舊事人所知，花卿古冢知者誰？精靈未歸白日西，廟鴉啄肉枝上啼，綿州柘黄魂正飛。」結句用杜工部語，與起句「模糊」二字照應。選本有削之者，覺精彩頓減。謝有《晞髪集》，在宋詩中最爲矯健。

鼓吹騎吹

東莞陳副使璉，號琴軒，永樂初獻《鐃吹》、《鼓吹曲》十三篇。

皋羽參文信公軍事，死葬嚴陵之旁。《鹿田聽雨》、《西臺慟哭》諸記，可泣鬼神。至《鼓吹》、《騎吹》諸曲，描寫盛朝已事，生成一部掌故。窺其意旨，似欲於六朝諸君外另辟蠶叢。其質奥處，并有高於張籍、王建者，非若繆襲、韋昭輩之不可句讀也。閩人崔徵仲弔皋羽詩：「魂隨宋寢冬青樹，墓傍嚴陵古釣磯。」

水上浮

毘陵吴中奇，字無奇，崇禎時武進士。工詩文，善書畫，以劍術自命。嘗避讐武林，先大夫館之，更名仚，號衣白，或稱菰蘆生。居三年，忽畫一山水鄣子，題詩於上曰：「五湖何日放扁舟，與子携家水上浮。總趁月明歸棹晚，不因風順被山留。解饞權寫煙中景，得句先題畫裏遊。漫道雄心消未盡，一番披閱一番秋。」遂辭去。後數年，有人見之於洱海，不知所終。先大夫嘗語吴曰：「莫作當官詩。」吴問故，曰：「俗字、套字也。」

長聚首

《孔叢子》：「子高遊趙，與平原客鄒文、季節善。及别，文、節流涕交頤，子高抗手而已。其言曰：『人生則有四方之志，豈鹿豕也哉而長聚乎？』」古詩「人生非麋鹿，安得長聚首」本此。郭遐周《贈嵇康》詩：「離别自古有，人非比目魚。」可以參看。葉來甫曰：「《孔叢子》者，孔鮒爲秦少傅，以焚書之禍，藏此書於壁中，至漢武時始出。朱晦庵謂其文不類西京，恐非定論。」

懷古

《西京賦》：「慨長思而懷古。」傅亮《爲宋公修張良廟教》：「抒懷古之情，存不刊之烈。」詩題「懷古」二字出此。孫興公詩：「淡然懷古心，濠上豈伊遥。」陶元亮詩：「遥遥望白雲，懷古一何深。」已見於詩。

眼中花

閬州有三雅池。土人掘地得銅杯三，其篆文曰「伯雅」、「仲雅」、「季雅」，即劉表遺物也。

張茂先詩：「三雅來何遲，耳熱眼中花。」寫出酒徒渴羌之狀。「眼中花」，梁簡文《箏賦》用之。「三雅」，見魏文帝《典論》。

花舞

宋延清詩：「風來花自舞，春入鳥能言。」「舞」字有本。

梁謝貞八歲作《春日閒居》詩，有曰：「風定花猶舞，鳥鳴山更幽。」其舅王筠見之，曰：「追步惠連矣！」王半山改「舞」字爲「落」字，許彦周以爲「其語頓工」，吾所不解。至「一鳥不鳴山更幽」，則又是「鼈厮踢」也。謝貞同時有王籍者，《遊若耶溪》有云：「蟬噪林逾静，鳥鳴山更幽。」殆與貞暗合耶？張睿父《代醉篇》作謝藺，云出《晉書》，誤。

初字

潮陽蘇福，八歲能詩。或以「初一夜月」試之，韵用「初」字。即吟曰：「氣朔盈虚又一初，嫦娥應是半分無。都於無處分明有，恰似先天太極圖。」王弇州曰：「末二句即湛甘泉亦説不到。」

三三六六 詩之叶韵始於才老，朱紫陽遂引以注經。

吴才老棫《武夷遊記》曰：「山周回百餘里，峰巒大者三十六，有小溪繚繞群岫之間，凡九曲。而煙市雲村，往來多高年古德。李左思詩：『溪流玉雪三三曲，山鎮煙霞六六峰。』大略在是矣。」余從軍七閩，山水登陟殆遍，而緣慳於幔亭、玉柱，由今思昔，能勿悵然？

醉吟

唐張氳自號洪厓先生，烏方帽，紅蕉衣，犀帶白驢，施藥於洪州，侍者負六角扇、垂雲笠、鐵如意隨之。嘗作《醉吟》曰：「去歲無田種，今年乏酒材。從他花鳥笑，佯醉卧樓臺。」摹以入畫，自是神仙中人也。三皇時有伶倫號洪厓先生，與衛叔卿博戲於華山石上者。《仙傳拾遺》亦有此名，即韓昌黎江淮族子之師。按氳本傳，開元七年應召，天寶四載尸解於晉州。唐詩俱誤作「藴」。

黄綬

陳拾遺《送齊少府序》："黄綬位輕，青雲望重。"高常侍《同顔少府旅宦》詩："跡留黄綬人皆歎，心在青雲世莫知。"全用其語。

窮袴

《上官皇后傳》："宫人皆爲窮袴。"師古注曰："褌襠也。"古詩："愛惜加窮袴，防閑托守宫。"洪覺範不知出處，想未讀《後漢書》耳。又見《趙飛燕傳》。

乘蹻 「蹻」與「橇」通。

曹子建《桂之樹行》："淡泊無爲，自然乘蹻。"又《苦寒行》："乘蹻追術士，遠在蓬萊山。"按《抱朴子》云："蹻有三法，一龍、二氣、三轆轤。"蓋導引術也。木華《海賦》："乘蹻絶往。"

杖策

《史記》：魯連却秦軍，平原君欲封之，遂杖策而去。

左太沖詩：「杖策招隱士，荒塗横古今。」即「林下何曾見一人」之意。淮南小山有《招隱篇》。韓子曰：「閒静安居謂之隱。」《説文》：「杖，持也。」《方言》曰：「木細枝曰策。」王康琚《反招隱》詩：「小隱隱林藪，大隱隱朝市。」又爲「身在江湖，心存魏闕」者下一轉語。

度曲

《西京賦》：「度曲未終，雲起雪飛。」應劭曰：「自隱度作新曲也。」師古曰：「度，大各切。漢元帝自度曲，臣瓚曰：『謂歌終更授其次。』」其説不同。古詩：「度曲翠眉低。」王起《聞雅樂》詩：「度曲飄清漢，餘音遏曉雲。」劉憲《燕安樂公主宅》詩：「屏軒洞户旦新披，度曲飛觴夜不疲。」楊巨源《聽李憑彈箜篌》詩：「聽奏繁絃玉殿清，風傳度曲禁林明。」並非切音并薛瓚注意。或曰：瓚，傅瓚也，與荀勗校定《穆天子傳》者。

石葉

吳從先《小窗自記》：「石葉，腹題國所進。」「魏文」誤作「漢文」。

段成式詩：「欲薰羅薦嫌龍腦，須爲尋求石葉香。」按《拾遺記》：常山太守習谷聘薛靈芸獻魏文帝，帝以文車十乘迎之，道側燒石葉之香。未至，數十里膏燭之光相續不滅。故行者謡曰：「清風細雨雜香來。」詳見《魏詩乘》。

延鷺畫烏

朱曰藩極服升庵，嘗懸其畫像，以名香、佳茗祠之。有《帶山閣集》。

楊升庵詩：「山遮延鷺堠，江繞畫烏亭。」上句用元魏改官制，以候望官爲白鷺令，亭堠刻之。下句用《漢明帝起居注》：帝巡狩，有烏鳴，亭長引弓射之。奏曰：「烏啞啞，引弓射，洞左腋。陛下壽萬年，臣爲二千石。」帝悦，遂令天下亭障皆畫烏。其自注如此，真六朝麗句也。

側帶重臺

袁桷《牡丹》詩：「内院賜曾傳側帶。」自注云：「賞花宴有大小側帶。」「江南畫不數重臺。」注云：

「徐熙牡丹無重瓣者，至崇嗣始有之。」「重臺」，婢之下者，見《常談》云耳。結曰：「自是妖紅居第一，他年折桂莫驚猜。」注云：「韓魏公《牡丹》詩：『自慚折桂輸先手，羞殺妖紅作狀元。』」榜名魏公第三，王堯臣第一也。

一門風雅

顧尚書璘，字華玉，與陳沂、王韋肆力爲詩文，時稱「金陵三俊」。有《息園》、《歸田》諸集行世。長子璵，字懋涵。《白牡丹》詩：「玉妃罷酒春無暈，素女凌波夜有香。」《天闕山》曰：「山深六月藏寒霧，地迥諸天散曉鐘。」懋涵之子曰應祥，字孝符。《曉行》曰：「曉行江路月，人語夜船燈。」《遊栖霞寺》曰：「流泉激石嘗飛雨，靈草經寒不斷香。」《除夕》曰：「今宵對雨娱殘歲，明月逢人説去年。」一門風雅，三世淵源也。

柳亭詩話卷四終

柳亭詩話卷五

山陰宋長白纂

萬殊

明太祖有御製《流觴曲水圖記》。

蘭亭修禊共四十二人，孫綽序之，王右軍詩有云：「寥闃無涯觀，寓目理自陳。大矣造化工，萬殊莫不均。」即「仰觀宇宙，俯察品類」之意。謝太傅亦云：「萬殊混一理，安復覺彭殤。」昔人所云「哀樂過人」者，晉人大都如此。惟功曹魏滂所云：「明后欣時豐，駕言映清瀾。」不知群賢少長中，「明后」屬何人也？右軍三十三書《蘭亭序》，三十七書《黄庭經》。

發端

洪覺範曰：「唐詩有『竹徑通幽處，禪房花木深』之句，歐陽文忠公愛之，每以語客曰：『古人工爲發端，心雖曉之而才莫逮。欲仿此爲一聯，終莫之能。』」以文忠公之才而謂不能，詩蓋未易識也。山谷贈惠洪詩：「墮我玉麈尾，乞君宫錦袍。」又曰：「韵勝不減秦少覯，氣爽絶類徐師川。」寂音於宋僧中吟詠有絶佳者，不僅《石門文字禪》也。「宫錦袍」乃武后賜萬回事。

群　公

老杜《水宿呈群公》詩有曰：「策杖門闌邃，肩輿羽翮低。自傷甘賤役，誰愍强幽棲？」蓋言徒步到門，則閽人堅拒；倘欲軒蓋而來，又無資斧修飾；自傷而已，誰能愍乎？「甘」字、「强」字，極寫嗟來咄去之神。題中不着官閥，則所呈之人可知。「群公」者，彼哉之意。先友余左巖岱《寄弟》詩：「負郭若盈田百畝，躬耕盡出葛天民。」非歷盡世途者不知其慘。

奇　才

左太沖《詠史》詩：「英雄有迍邅，由來自古昔。何世無奇才，遺之在草澤。」何無忌謂劉裕曰：「草澤之中豈無英雄！」無忌未必讀記室詩，而乃暗合其語，是亦奇才也。又《雜詩》落句曰：「高志邈四海，塊然守空堂。壯齒不恒居，歲暮常慨慷。」「髀肉」之歎，千古同情。

醉畫竹石

蘇長公嘗飲郭功甫家，醉畫竹石於壁。歌曰：「枯腸得酒芒角出，肝肺槎牙生竹石。森然欲作不可回，寫向君家雪色壁。」真有酒氣拂拂從十指出之意。又題《崔白大圖》曰：「扶桑大繭如甕盎，天女織綃雲漢上。往來不遣鳳銜梭，誰能鼓臂掃三丈？」天然豪放，得諸想像之外，較前語更奇。胡閏《題畫松》曰：「幽人無俗懷，寫此蒼龍骨。九天風雨來，飛騰作神物。」絶似坡翁筆意。

瀟湘八景

米元章《瀟湘八景圖》詩有總序，有散序，復有跋曰：「余購得李營丘圖，拜石餘閒，逐景撰述，主人以當卧遊，對客即如携眺。」其《江天暮雪》曰：「蓑笠無踪失釣船，同雲漠漠黯江天。湘妃獨對君山老，鏡裏修眉已皓然。」不即不離，移易他處不得。曩修郡志，於此種淘汰甚多，老米諸什亦有闕焉。陶待詔汝鼐有曰：「前人詩歌傳者不少，使非生長其地，未免琉璃合眼，尚隔一塵。」然則欲如柳州朱陵以上記，老杜三峽以上詩，固未易易也。與圖繪景，例必以入詩文，亦絶無超出塵外者。遇此等題，自宜閣筆。

五臣

丘光庭作《兼明書》，於經文注解謬誤多所駁正。其闢《文選》曰：「五臣者，不知何許人也。所注《文選》頗爲乖疏，略舉數條，餘可三隅反也。」「郭璞《遊仙詩》：『珪璋雖特達，明月難暗投。』延濟曰：

『特達，美貌。』《明》曰：按朝聘之禮，琮璧必加束帛，珪璋可以獨行聘。《禮》曰：『珪璋特達，德也。』詩意言君子雖有才德，不假外助，然亦不可仕於亂代，如明月之珠以暗投人也。」「阮籍《詠懷詩》：『昔聞東陵瓜，近在青門外。』延濟曰：『秦時東陵侯邵平種瓜於青門外，其瓜甚美，以供賓也。』《明》曰：嗣宗此詩，是遭亂代，思深居遠害，言邵平種瓜，不能深遠，近在青門之外。又色味妍美，遂爲人所啗食。故下云：『五色耀朝日，嘉賓四面會。膏火自煎熬，多財爲患害。』而延濟不喻此意，種瓜以供賓客，何其謬歟！」又謝宣遠《九日戲馬臺》詩，引《月令》以證「霜降休百工」之句；謝康樂《初發石頭城》詩，引《易》、《詩》以證「中孚」、「貝錦」之句，皆有裨於後學。詳具本書。按：《文選》三十卷，李善於顯慶三年表進者，號「五臣注」。呂延祚於開元六年又以呂延濟、劉承祖、張銑、李周翰、呂向、呂良等集注，并其字音六十卷表進者，號「六臣注」。光庭所駁非五臣也。

元后聖君

「劉公幹《贈五官中郎將》詩：『昔我從元后，整駕至南鄉。過彼豐沛都，與君共翱翔。』『元后』，指曹操也；『南鄉』，謂伐劉表之時；『豐沛』，喻譙郡也。王仲宣《從軍》詩：『籌策運帷帳，一由我聖君。』亦指操也。又曰：『竊慕負鼎翁，願厲朽鈍姿。』是欲效伊尹負鼎於湯以伐桀也。是時漢帝尚存，而二子之言如此，正與荀彧比爲高光同科。《春秋》誅心之法，二子其何逃？」此嚴儀卿語也，立論甚正，而張天如《題辭》乃曲爲之諱，何耶？《魏詩乘》注云：「負鼎翁」二句，李善本所無。

雙鳥

青田《二鬼》詩，語更奇怪。劉、宋並擬，則韓、孟可知。

葉少藴曰：「退之《雙鳥》詩殆不可曉。頃以問蘇子容，曰：『似指佛、老二學。』以終篇本末考之，亦或然也。」張表臣曰：「退之《雙鳥》詩，或云謂佛、老，或云謂李、杜。東坡作《太白贊》曰：『天人幾何同一漚，謫仙非謫乃其游。揮斥八極隘九州，化爲兩鳥鳴相酬。一鳴一止三千秋，開元有道爲少留，縻之不可矧肯求？』乃知謂李、杜也。」按：《韵語陽秋》引朱子之言，確不可易。張、葉二君以兩蘇爲準，何異矮人觀劇耶？

二物

韋左司《贈李儋》詩：「絲桐本異質，音響合自然。吾觀造化意，二物相因緣。」東坡有云：「若言絃上有琴聲，放在匣中何不鳴？若言聲在指頭上，何不從君掌上聽！」皆於《楞嚴》三昧有會心處。韋語顯，蘇語密。

苔岑

郭景純《贈温太真》詩：「人亦有言，松竹有林。及爾臭味，異苔同岑。」蓋此時俱在王敦幕下，氣味雖若不同，而志趨昭然若一。故又曰：「爾神余契，我懷子情。携手一豁，安知沉冥。」交情肫篤若此，當知終日無鄙言也。

紀夢

羅一峰集《紀夢詩》有三百餘首。

王文成《紀夢詩序》略曰：「郭景純以詩示予，且極言王導之姦，謂世人徒知王敦之逆，而不知導實陰主之。覺而書其所示詩於壁。」有曰：「我昔明《易》道，故知未來事。時人不識我，遂傳耽一技。」凡一百六十四字，錐心刺骨，不似弘農平日口吻。然文成理學大儒，必無矯假之説。百口相累，在昔人已不能無議。公詩所云「不然三問三不答，胡忍使敦殺伯仁。寄書欲拔太真舌，不相爲謀敢爾云」，可謂實惡深寃已暴於千載之下已。楊用修、孟次微兩論可參看。

襄陽丁卯

張承吉《題孟處士宅》：「高才何必貴，下位不妨賢。孟簡雖持節，襄陽屬浩然。」陸務觀《讀許渾詩》：「裴相功名冠四朝，許渾身世落漁樵。若論風月江山主，丁卯橋應勝午橋。」處士見棄於明主，郢州沉默於下僚。讀張、陸二詩，足以豁才人之憤。

高　楊

徐幼文紀行五古，張來儀題畫七言，遠在二家之外。

七言近體，季迪以雄渾擅長，孟載以纖穠取勝。高詩如「經院葉深秋講散，香臺鳥下午齋分」、「門開紅葉林間寺，泉浸青山石上池」、「林下聞鐘諸客散，澗邊汲水一僧來」，未嘗不雅淡也；楊詩如「酒邀同伴嘗新熟，花趁初晴賞半開」、「高樓錦瑟花連屋，深巷珠簾柳映橋」、「花無桃李非春色，人有笙歌是太平」，亦未嘗不坦易也。補偏救弊，可爲知者道已。明初四傑，略似初唐。嗣後「七子」、「十子」之類，競自標題，玄黄水火，與仕途之門户何殊？

麗句亭

系字公緒，與劉文房善，後隱於南安之九日山。土人目其處曰「高士峰」。

雲門小石橋有麗句亭，因秦系得名。權德輿所謂「劉長卿自謂『五言長城』，系以偏師攻之，雖老益壯」者也。蘇子美《送張行之還越》詩：「五雲山下石橋邊，六月溪風灑面寒。今正炎天君獨往，松間尋我舊題看。」吾越詩人，自永和倡和之外，代不乏人。謝康樂猶鼻祖也，於唐則虞世南、賀知章、嚴維、吴融，於宋則陸游，於元則楊維楨，於明則徐渭爲最著。戴叔倫《題麗句亭》曰：「閉户不曾出，詩名滿世間。」清晝題曰：「獨將詩教領諸生，但愛青山不愛名。」

一先生

東坡集《章質夫送酒六壺書至而酒不達戲作小詩問之》有曰：「豈意青州六從事，化爲烏有一先生。」以「一」對「六」，用《莊子》「學一先生之言」，與「牢九」對「真一」不同。

古杉觀步

松陵唱和喜用險韵僻字。如《古杉》詩排至三十，襲美之「勁質如堯瘦，貞容學舜黴。」、「楂頭禿似刷，㭷嘴利於錐」，魯望之「戰鋒新缺齾，燒岸黑黝䵋」、「峥嶸驚露鶴，𧼮趚駭雲螭」。又《洞庭觀步》詩：「杖斑花不一，樽大瘿成雙。」「已甘三秀味，誰念百牢腔。」和曰：「巇花時有蔟，溪鳥不成雙。」「巖根瘦似殼，杉腹破如腔。」皆劌心鉥腎而成，韓、孟所當退舍也。《楚詞》：「顔黴黎以推敗。」《説文》曰：「物中久雨，青黑色也」。堯、舜二典未詳。

桃花塢

詩家用僻字自沈雲卿始，而松陵極喜效之。然襲美《桃花塢》一首，忽以《閒情賦》體遊戲成文，有曰：「願化爲東風，吹起枝上春。願化作流水，潛浮水中塵。願化爲好鳥，得栖花際鄰。願化作幽蝶，得隨花下賓。朝爲照花日，暮作涵花津。試爲探花士，出作偷花臣。」豈所謂情隨境遷，聊復爾爾者耶？

看花

羅鄴《看花》詩起句云：「花開只恐看來遲，看了愁多未看時。」高啓《百花洲》結句云：「豈惟世少看花人，從來此地無花看。」冷眼旁觀，消盡無邊熱惱。

海會寺

程致道《題海會寺》：「萬杉堆青没山骨，雲埋七峰時出没。飛泉拂石瀉哀湍，下有萬古蛟龍窟。」如此發端，横絶一世。以下只平平叙去，其意已足。結云：「却坐幽堂忽浩歌，回首已失西山日。」流連宛轉，興會無窮。「有美一人」三首，爲鄒志完、曾子開、陳瑩中作，其氣味從張平子《四愁詩》變化出之。至《寄江仲嘉》八首，又似倣顔光禄《五君詠》，特骨力未勁耳。

拗體

詩有拗體，所謂律中帶古也。初、盛唐時或有之，然自有意到筆隨之妙。至昌黎、樊川，則先用意而後落筆，欲以矯一時之弊，是亦不得已而趨蜀道也。宋人厭故喜新，覺有非此不足以鳴高者。續鳧截鶴，形雖具，弗善也。沈休文曰：「文章當從三易：易見事，一也；易識字，二也；易誦，三也。」然則拗體、險韵、僻字，皆不宜嘗試也。

律

唐人近體六句號小律，原本六朝。

律之爲用，見之於樂與兵與刑，而詩亦遵之。一字弗當，一音弗和，與破律、失律、背律等，而人顧往往忽之。或以姦聲雜韵點染全篇，且引古人之錯誤者以自文，曰：某詩某詩云耳。白璧微瑕，何如明珠無纇之爲愈乎？謝茂秦與宗子相論律詩要如孫登請客，此論極佳。

七子

劉彦和評建安七子曰：「慷慨以任氣，磊落以使才。」彼時之所謂「才」與「氣」者，視今日爲何如？朱宗遠曰：「吾於詩怨明，怨七子，尤怨歷下。其所奉爲符璽丹藥者，『擬議以成其變化』一語耳。」

嘉、隆七子，正如山谷所云：「生來富貴人，雖醉夢中，終不作寒乞聲。」然按其品格，未免有腦滿腸肥之態。殘唐、晚宋藉以驅除則善矣，而遽自詡爲《三百篇》之似續也，烏乎可！北地、信陽之歌行，滄溟之七律，弇州之五排，皆獨步一時。

日没月出

《水經注》：「洞庭湖廣五百里，日月若出没其中。」

王麟洲詩如烏衣子弟，風采翩翩。惟《石公山觀日没月出歌》有云：「初終此輪循復環，但見赤玉已换黄金盤。又疑凌空擁天局，左挽扶桑右若木。不然太湖五百里，日月之行何爲出其裏？長空下山山色空，醉來雙眼迷西東。丈夫慎莫蟻視寰海中，六合之外焉可窮？」大似姜白石、楊鐵崖口吻。乃知此公亦自有劈山斧也。麟洲弱冠時，于鱗呼爲「小美」，嘗貽書弇州曰：「小美思火攻伯仁，奈何不善備之耶？」

興福法海

吴匏庵歌行如幽燕老將，不脱弓刀氣色；其於絶句，駸駸乎撮錢、劉之勝矣。如「九塢寒泉一澗流，遥從木末望山頭。春風未掃禪林雪，更爲梅花半日留。」「行盡松杉嶺漸平，日高春谷喜新晴。山樓飯罷渾無事，獨倚危闌聽水聲。」前首題興福寺，後首題法海寺也。

青山黄鳥

王半山有「青山捫蝨坐，黄鳥抱書眠」之句，而集中不見全詩。高季迪《題樂圃林館》一首有云：「山窗捫蝨坐，石榻枕書眠。」高豈偶然符合耶？抑以王詩未盡而故用之耶？杜詩：「鈎簾宿鷺起，丸藥流鶯囀。」劉會孟曰：「更爲清切。」

七十城

黄金臺，土人名爲「招賢臺」。郝伯常詩：「誰知平地幾層土，中有全齊七十城。」桑民懌詩：「誰知燕臺一抔土，可直全齊七十城。」句意全同。郝名經，有《陵川集》。桑名悦，有《思玄集》。

古人趁筆

李昌谷《詠竹》：「無情有恨何人見，露壓煙啼千萬枝。」陸魯望《詠蓮》上句同，而下句則曰：「月曉風清欲墮時。」各有致趣。太白、魏萬「祇今惟有西江月，曾照吴王宫裏人」，兩句全同。沈雲卿、杜子美「雲白山青萬餘里」，此句同；而沈以「何時重謁聖明君」，杜以「愁看直北是長安」結之，一是逐臣，一是羈客也。杜牧《胡笳》詩「遊人一聽頭堪白，蘇武曾經十九年」，胡曾《居延》詩「停驂一顧魂猶斷」，下句却同，惟以「聽」字、「顧」字點題。馬湘、許碏「群仙拍手嫌輕薄，謫向人間作酒狂」二句全同，則又世之稱爲仙者。古人趁筆往往有之。宋子虚《鯨背吟》每首用古詩一句作結，自序云：「蓋滑稽也。」

瘞鶴銘

《瘞鶴銘》款識「華陽真逸」，或云陶貞白所作，書家品隲亦無定名。蘇子美詩：「山陰不見換鵞經，京口空傳《瘞鶴銘》。」黄魯直詩：「《樂毅論》勝《遺教經》，大字無過《瘞鶴銘》。」則竟指爲右軍矣。貞白與梁武評書，以《樂毅論》爲上。

山上飛

趙與時《賓退録》云：陶穀載黄巢遁後爲僧，嘗有詩曰：「三十年前山上飛，鐵衣着盡着僧衣。天津橋上無人問，獨倚危闌看落暉。」此乃元微之《贈智度禪師》詩，共二首，竄易成章，以資口實。王仲言不加考訂，筆於《揮麈録》，劉氏《雜記》亦承其誤，足見稗官家摭拾無稽之陋。與時，字好古。

嚴更

《西都賦》：「衛以嚴更之署。」注謂「督夜行鼓也」。凡五點爲一更，則五轉。伏知道有《從軍五更轉》、隋煬帝有《龍舟五更轉》。唐制：「三嚴已畢，百官相次入朝。」昌谷《梁家謡》曰：「夜歸走馬叫嚴更，徑穿複道遊椒房。」寫得氣焰薰灼，有金吾不敢誰何之意。

碧落觀

章淵《贅筆》曰：「吴興武康縣延真觀，即唐碧落觀，係沈休文故宅。縣令胡傳美詩：『仙宫碧落應徵書，遺跡依然掩故居。』熙寧中，孫莘老守湖，集東晉以來故實爲《吴興集》，偶遺其事。」余按：「碧落」在唐有二，詳見秦再思《洛中紀異》，皆時王薦嚴而建，一屬絳州，一屬澤州。不知武康又爲何事也？

常談

夏侯玄謂管輅：「此老生常談耳。」輅曰：「老生者見不生，常談者見不談。」

俞文豹《唾玉集》曰：「常談習熟，多有不知出處者。『但存方寸地，留與子孫耕』，此賀知章詩。『近水樓臺先得月，向陽花木早逢春』，此蘇麟上范文正詩。又蔡州有一道人工碁，常饒人先，有詩曰：『爛柯仙客妙通神，一局曾經幾度春。自出洞來無敵手，得饒人處且饒人。』」按：常談不止於此，書此以例其餘。

秦碑

王梅溪集有《次韵梁尉秦碑》古風一篇，序略云：「秦頌功德碑，李斯篆，世傳在秦望山，莫知所在。教授莫君好奇嗜古，搜訪尤力。有言碑在何山者，何山，見圖經，在秦望東南。以告會稽尉梁君，梁慨然而行，登山果見之。碑石僅存，字磨滅已盡。墨片紙而還，作古風見示，因次其韵。」詩略云：

「望秦秦望兩嶄截，何山壁立東南涯。豐碑屹立最高處，不知磨滅從何時？剔苔掃墨兩無有，模糊片紙亦足奇。歸來走筆出險語，呵政叱斯同小兒。虚堂默坐對此紙，閉眼暗想君弗嗤。」陸放翁有《登鵞鼻峰絶頂訪秦刻石》詩：「秦皇馬跡散莓苔，如鎸非鎸鑿非鑿。殘碑不禁野火燎，造物似報焚書虐。」鵞鼻正在秦望東南，何胤常避地於此，或「何避」之訛也。今去梅溪、放翁又數百年，無論碑不可識，并何山之名，人亦多誤指矣。張淏《嘉泰志》云：「何山在府城南四里。」則與秦望不符。一云勾踐棲於會稽，置宫娥於山頂，故名「娥避」。

出嶺泛湘

「船頭吹火盧仝婢，馬後肩書穎士奴。安得世間名畫手，寫予出嶺泛湘圖」，此劉後村句也。余自嶺南入楚，勾留三載。船頭馬後，未足供人描畫。每誦此詩，輒妬潛夫之傲我已。

住　山

高菊磵詩：「二十年前欲住山，不禁寂莫掩柴關。如今寂莫禁當得，欲掩柴關却又難。」非深於涉世之人不識此詩真味，豈可與巢、由買山而隱一例抹却？高名翥，宋人。

乾坤一寸金

昌黎《過鴻溝》詩：「誰勸君王回馬首，真成一擲賭乾坤。」辛企弓説金主曰：「君王莫聽捐燕計，一寸山河一寸金。」誦前二句，覺光武得隴望蜀之語、藝祖玉斧畫大渡河俱爲孟浪；誦後二句，覺六國割地賂秦，石晉以山前山後畀契丹，總昧剥床之戒。

青雲

袁象《贈庾易》詩：「白日清明，青雲遼亮。昔聞巢許，今見臺尚。」「臺」謂臺孝威佟，「尚」謂尚子平長，皆隱士也。升庵於「青雲」二字引據甚博，謂宜用於隱淪高尚之士，不宜用於仕途榮顯之流。然《史記》須賈謂范睢曰：「不意君能自致於青雲之上。」又《伯夷傳》：「非附青雲之士，烏能施於後世哉？」則是隱顯皆可用也。趙嘏《送蕭僥歸山》詩：「青雲不及白雲高。」時僥初罷相也。或作李給事。

四皓

温飛卿詩：「但得戚姬甘定分，不應真有紫芝翁。」王文成曰：「漢庭之四皓，非商山之四皓也。」

商山一局，乃子房善爲調劑之術。觀其與建成侯語，可悟其微。而唐人每多責備之言，如杜牧

「北軍不袒左邊袖，四皓安劉是滅劉」、蔡京「如何鬢髮霜相似，更出深山定是非」之類，豈謂真有其人耶！曾記先大夫《詠史詩》曰：「漢使入商山，山人陳厥旨。豈有白髮翁，拒父從其子？留侯翻然曰，予既知之矣。狎鶴羡鵷雛，賤目而貴耳。厖眉數老人，峩冠四皓稱。太子能得士，居然羽翼成。馬上得天下，對妾涕淚零。謀臣計誠善，商山操愈清。」斷盡古來疑案。則知姓名鑿鑿，皆好事者爲之也。先大夫《白登懷古》詩：「如何馬上爲天子，却向城頭假婦人。」留侯、曲逆，同一機智也。

小青

《小青傳》乃支小白戲撰，而詩與文、詞則卓珂月、徐野君爲之。離合其字，「情」也。命名之意，亦無是公也。余與野君爲忘年交，自述於余者如此。李舒章《彷彿行》曰：「世上佳人不易得，小青之墓徒青青。」又絶句曰：「孤山不見小青墳，竹柏蒼蒼空暮雲。」則謂實有其人矣。谷霖蒼學使嘗瘞一夭婢於放鶴亭側，土人戲指爲青墓，過客紛紛題詠。後爲霪潦所潰，有片石識其歲月，則婢名秋英也。

緑珠井

博白縣雙角山下有緑珠井，石崇爲交趾采訪使，以明珠一斛聘梁氏女子，因此得名。後遭孫秀之難，墜樓死。鄒文忠南遷過此，有詩曰：「玉容捐委畫樓塵，一死甘酬石氏恩。古廟有碑旌節義，西風無主逐香魂。」按：珠死於洛陽，而祠祀乃在西粤，文忠此詠寄慨良深，青風嶺上何必作第二首耶？屈翁山詩：「懊儂曾照井泉清，一代紅顏水底明。」即此井。

擷芳亭

歐陽永叔閒居汝陰時，有二妓甚穎，凡公歌詞，悉能記之。筵上戲約他年當來作守。後果自維揚移此，詢其人，不復見矣。一日飲同官湖上，題詩擷芳亭，有云：「柳絮已將春色去，海棠應恨我來遲。」後東坡作守，見詩笑曰：「杜牧之『緑葉成陰』之句也！」

百沸河

崑山縣東有地名黄姑，相傳織女、牽牛星曾降於此。織女以金篦劃河，河水涌溢，因名百沸河。土人爲之立祠，祠列二像。建炎間有范生者，題祠壁云：「商飈初至月埋輪，烏鵲橋邊綽約身。聞道佳期惟一夕，緣何朝暮對斯人？」土人遂撤去牽牛像。

嫦娥

嫦娥竊藥奔月，張衡《靈憲篇》亦曾引之，即少陵亦有「斟酌嫦娥寡」之句。昔人謂常儀占月之訛，是已。蘭廷瑞詩：「當時射日弓猶在，何事無能近月宮！」可破娥爲羿妻之妄。王弇洲詩：「不信雕弧摧九日，却留明月隱嫦娥。」其意全同。

雙字

《南史》：宋孝武選侍中四人，並以風貌。王彧、謝莊爲一雙，阮韜、何偃爲一雙。杜詩用之。

昌黎《贈張籍》詩：「哀情逢吉語，惝怳難爲雙。」用《龜筴傳》「禍與福並，刑與德雙」之句。王半山《金陵懷古》詩「逸樂安知與禍雙」本此。《新論》曰：「禍福同根，妖祥共域。」即「雙」字意。

頓字

《文字解詁》：「續食曰頓。」

《晉書》：「謝僕射、陶太常詣吴領軍，日已中，客比得一頓食。」又：「羅友少時嘗伺人祠，曰：『欲得一頓食耳。』」杜詩「頓頓食黄魚」出此。宋明帝《文章志》曰：「王忱嗜酒，醉輒經日，自號『上頓』。」

是飲酒亦可言「頓」也。《唐書》：「調露元年，高宗幸并州，以度支郎中狄仁傑爲知頓使。」是行宮尚食之處亦皆稱「頓」。元微之《連昌宮詞》：「驅令供頓不敢藏。」

舫字

孫翊有《奉酬洪州江上見贈》詩：「於焉審虞芮，復爾共舟舫。」「舫」字作平用僅見。

雪舫

壬申冬季，雪舫暴卒，余偕劉存白往視含殮。劉以愛女許其嗣子，時年五歲，即爲館甥，今成立矣。而劉乃連抱西河之痛，吾不覺視天夢夢也。

吴雪舫以駢體艷詞擅名當世，然其詩實有出於正宗者。《松風集》授梓過半，遂赴玉樓，梨棗不可問矣。《嶺南遊草》一帙幸存余篋中，俟與有力者共謀剞劂。又甲寅年與余晤言晨夕，記其《孤山謁正氣祠》一首：「灌木動悲風，荒祠枕碧空。中原無故主，天上有遺弓。伏臘衣冠在，君臣涕淚同。西湖歌舞地，不敢哭孤忠。」又《紀異》一首：「浙水稱天府，吴山實帝畿。風先土穴出，城傍海門飛。」自注云：「三月六日暴風大作，省中候潮門城樓飛入海中。」「赤仄官銅貴，蒼生米市稀。安危由宰執，不敢説兵機。」如此體裁，豈規橅徐、庾、温、李者所能頡頏耶？余嘗致書於何晴山，以雪舫既逝，遺稿急宜搜輯。昌黎著述，李漢成之，蓋深有望於何公子也。而機緣不偶，零落爲多，且有公然胠篋以欺世而盗名者，吾不知其肺腑爲何若也。

貞艷

李咸用詩：「松篁貞管鮑，桃李艷張陳。」空同詩：「古人結交如種稷，今人當路栽荆棘。」不讀王符《交際篇》，不知其切。翟公曰：「一死一生，乃見交情；一貴一賤，交情乃見。」人謂是憤世語，我謂是醒世語。涪翁詩：「管城子無食肉相，孔方兄有絶交書。」戲拈成語以釋之曰：「食肉者鄙，毋寧堅守此城；憂來無方，早已步道斷絶也。」

故人耆老

魏文帝詩：「回頭四向望，眼中無故人。」陳思王詩：「不見舊耆老，但覩新少年。」每於羈旅淹留之後，乍還鄉井，諷詠此言，不自覺其酸風貫眸子也。王摩詰《還舊業》詩：「論舊忽餘悲，目存且相喜。」二語足兼前四句之境。蘇長公《除夜贈段屯田》詩：「光陰等敲石，過眼不容玩。親友如摶沙，放手還復散。」就此義而擴充之，亦覺冷峭逼人。

蒲萍

甄逸女將終，作《塘上行》曰：「蒲生我池中，其葉何離離。旁能行仁義，莫若妾自知。」子建傷之，作《蒲生行浮萍篇》曰：「浮萍寄清水，隨風東西流。恪勤在朝夕，無端獲罪尤。」即用其語以命題，不待遺枕之賚而始賦洛神也。十年三徙，較諸擇棗而噉，尚有斯文一脈在。西堂判曰：「曹丕降爲庶人，甄氏却歸子建。」地下袁熙，當破涕爲笑已。

託夢結夢

王仲宣《雜詩》：「回身入空房，託夢通精誠。」梁武帝《擣衣篇》：「沉思慘行鑣，結夢在空房。」「託」字虚，有搔首踟躕之態；「結」字實，是轉展反側之情。

蕙葉梅花

馬太青、王石父少與余同研席，酬倡頗多。馬自費縣解組歸，嘗以詩見贈，有曰：「編成蕙葉衣偏冷，賦就梅花夢亦清。」上句爲余寫照，故是《九歌》中語；下句用先廣平事，則何敢當。土爲壽州牧，中讒去。嘗賦詩曰：「若耶溪畔是儂家，儂愛清溪好浣紗。自恨生來多薄命，門前故意不栽花。」王以烏衣世胄，屢典名邦。歸而僦屋以居，炊煙屢斷，亦可傷已。

雁影

家弟存軒，幼穎悟而漫誕不羈。偶得句，輒以片紙書之，投弊簏，不復檢視。及其亡，無復存者。憶丙午余初上長安，張秦亭、徐野君輩祖道於武林，各有詩見贈。存軒口號一絶曰：「江水明於鏡，山花爛若霞。那堪山水外，雁影一行斜。」筆此以誌人琴之感。存軒名偉，子名祖曧。

柳亭詩話卷五終

柳亭詩話卷六

山陰宋長白纂

晨風望遠

《爾雅》曰：「徒歌謂之謠。」《韓詩章句》曰：「有章曲曰歌，無章曲曰謠。」

古歌謠都作《風》、《雅》體，似詩非詩。惟常璩《華陽國志》載《吴資歌》二首，純乎五言佳境。其一曰：「習習晨風動，澍雨潤禾苗。我后惜時務，我人以優饒。」其一曰：「望遠忽不見，惆悵常徘徊。恩澤實難忘，悠悠心永懷。」此漢順帝永建中事也。若成帝時民謠有云：「邪徑敗良田，讒口亂善人。桂樹華不實，黄雀巢其巔。昔爲人所羡，今爲人所憐。」竟似班、阮以降詠史諸作矣。

婦姑姹女

「隴」，原本作「曨」。注云：「不敢公言，私咽語也。」《城上烏》，《漢詩乘》原注亦佳。

歌謠亦有以七字成文者，然不過一二語而止。惟《漢書・五行志》載桓帝時《小麥謠》、《城上烏》二首，竟可入古樂府。其一曰：「小麥青青大麥枯，誰當獲者婦與姑。丈夫何在西擊胡。吏買馬，君具車，請爲諸君鼓隴胡。」其一曰：「城上烏，尾畢逋。公爲吏，子爲徒。一徒死，百乘車。車斑斑，入河間。河間姹女工數錢，以錢爲室金爲堂，石上慊慊舂黄粱。梁下有懸鼓，我欲擊之丞卿怒。」李天生太史評注甚佳，宜詳玩也。漢魏樂府强半近於歌謡，起伏斷連，自有草蛇灰綫之勢。六朝聲口韶秀，有意爲文，似近而實遠。唐人組織穠麗，人巧勝，天工薄矣。宋人好用議論，似非當行。元、明以還，皆在樊籬之外。

芝房

王充《論衡》：「土氣和，芝草生。」《瑞命記》：「王者德仁則芝草生。」

《漢書》：「元封六年，甘泉宫産芝，九莖連葉，因作《芝房歌》。」杜詩：「今晨青鏡中，勝食齋房芝。」甘泉者，漢武齋居之所，所以祠太乙也。班孟堅《靈芝歌》則在顯宗郊祀時。

流霞

《抱朴子》：「項曼都遇紫府仙人，以流霞一杯飲之。」後世遂借以名酒。柳州詩：「咄此蓬瀛侣，無乃貴流霞。」豈欲以茗柯爲勝地耶？

臨江節士

《漢書・藝文志》有《臨江王》及《愁思節士歌》。宋陸厥合而爲一，曰：「木葉下，江波連，節士慷慨髮沖冠。」自此相沿爲題。按：「臨江王」即栗太子榮，其廢也，周亞夫、竇嬰嘗力争之。餘無可考。然則「節士」者，絳侯與太傅也。

夤緣

《吴都賦》：「夤緣山嶽之岊。」《韵會》云：「連絡也。」孟襄陽詩：「石潭傍隈隩，沙岸曉夤緣。」獨孤及詩：「泛覽親魚鳥，夤緣涉芰荷。」正用其字。後人單指爲私謁。

幕燕蓮魚

《北齊書》：天保六年，使邢邵納蕭淵明於梁，王僧辨拒之。徐陵代淵明作書，往反辨論。陶式南曰：「高氏凶德，亘古所無，而乃有以之爲君者，何哉？」

邢邵詩：「簷翻巢幕燕，池躍戲蓮魚。」上句用《左傳》孫林父事，下句則古樂府「東西南北」之謂。按：北齊自高洋至緯凡五傳，僅二十七年，而其主無不以危爲安，畋遊無度。子才故以二物爲比。邢詩，《杜詩詳注》引之，而《韵匯》謂韋道遜作。考原詩起結，有「賓館」、「寄書」字面，自是奉使時也。

茉莉

茉莉，海南最多。陸賈《行紀》曰：「南越之境，五穀無味，百花不香，惟此花特芳烈，不隨水土而變。」嵇含《南中草木志》亦載之。蘇長公在儋耳見黎女簪茉莉、含檳榔，戲題几上曰：「白雪點頭簪茉莉，紅潮登頰醉檳榔。」或曰當作「抹麗」，以抹殺群花之麗也。按：《大藏》有「末麗夫人」，似此種又出於西域。「末」字尤雅。黄星甫《涼夜》詩：「香透紗厨末利花。」湯臨川《内人入齋》詩：「自賞香瓔末麗花。」

護門草

《太公金匱》：「武王問曰：『天下神來甚衆，何以待之？』太公曰：『請樹槐於門，益者入。』」

王筠詩：「霜被守宫槐，風驚護門草。」按：常山有百靈草，取置户下，或有非物過其門者，草輒叱之。因以爲名「守宫」。槐見《爾雅》，其葉晝聶宵炕。

七條沙

來元成有《七條沙》詩，其序曰：「浙江近西陵一岸有七條沙，江水折下，爲扼要之所。唐人云：『千里長江惟渡馬，百年養士得何人？』蓋勾踐《烏鳶之歌》，傷魂動魄，其聲可譜也。」按：環溪吴沉曰：「是劉洞詩，江南國破後作。」則係南唐矣。德祐丙子，元兵駐錢塘江上，而海潮不至，亦然。

賣蛾眉

雲間蔣大鴻有五言《宫詞》：「漢宫紈扇妾，今復賣蛾眉。笑問諸年少，容顔能幾時？」「賣」字毒甚，勝於「一陣夷齊下首陽」矣。蔣名平階，在吾越爲寓公，自號「杜陵叟」，以丹經爲娱。姜蒼厓垚從之遊，卒葬姚江。

金蝦蟆

《瀟湘録》載唐高宗患頭風，宫人穿地置藥罏。忽有蝦蟆躍出，色如黄金，背有朱書「武」字。宫人奏之，命放苑池。少陵《靈湫》詩曰：「坡陀金蝦蟆，出現蓋有由。」正追詠其事。故下句曰：「至尊顧之笑，王母不肯留。」虞山以《酉陽雜俎》所載「月光燭林」注之，乃長慶年間事，老杜作古久已。則天御製《高宗神道碑》載頭風事甚詳，其起句曰：「朕昔事太宗文皇帝。」全不自諱，蝦蟆食月，金輪以之。

天魔舞

元順帝受西僧秘密戒，以宫女三聖奴、妙樂奴、文殊奴領十六人作天魔舞，奏樂贊佛，史所謂「演揲兒法」也。楊廉夫詩：「十六天魔教已成，背翻蓮掌苦嫌生。夜深不管排場歇，尚向燈前踏影行。」張光弼詩：「西天法曲曼聲長，纓絡垂衣稱艷妝。大宴殿中歌舞上，華嚴海會慶君王。」王建《宫詞》有「十六天魔舞袖長」之句，則是相沿已久，不始於庚申君也。明武宗命番僧塑歡喜佛於後宫，猶踵其故事。王句，薩天錫用入《上京雜詠》。

太乙元君

鄧紫陽名思瓘，臨川人。開元中應召，能役神兵以却西戎。後感虎，駕雲車而化。明皇以詩挽之，所謂「太乙三門訣，元君六甲符。下傳金版術，上刻玉清書」是也。唐世自謂老子之後，崇尚其術，不獨葉法善、羅公遠輩名傾朝野間也。至宣和之林靈噩、嘉靖之陶仲文，垂諸史策，且駕文成、五利而上之矣。

古洞天

出《道聽録》。

徐州鄧玉田挾箕於都下，降筆云：「勾漏山頭古洞天，金臺玉室地相連。門前千尺長松樹，親手栽來不記年。」末書「貞元道人」。

許重來

篁墩乃襄毅公信之子，十歲以神童召試。嘗著《蘇氏檮杌》，力詆眉山，以報洛、蜀九世之仇。士林訝之。

程篁墩既卒，有祈仙者，乩動署其名。詩曰：「江山何日許重來，白骨青燐事可哀。吾黨莫憐清夢遠，海東東去是蓬萊。」遮須國王、芙蓉城主，千載以還，文士之厠名仙籍者不知凡幾。篁墩之在蓬萊，豈竟以海山爲歸處乎？梅禹金編入《才鬼記》，似未當。武林近有扶鸞者，得天池山人降筆。或請曰：「先生曾作《四聲猿》，願演《畢吏部盜酒》一劇。」泚墨如飛，罄紙數幅。蓋真水田月手法也。

梅梁

秦少游《題夏王廟》詩：「一代衣冠埋窆石，千年風雨鎖梅梁。」按：梅梁，相傳嘗飛入鑑湖，與龍鬭，其上有荇藻焉。後失去，郡人易以他木。曾鶴江畫梅補之，作長歌以紀其事。歌載筠厂《耐久集》。曾名益，字謙，與徐文長注昌谷詩。宋延清詩：「茅殿今不襲，梅梁古製無。」是唐時已失傳矣。窆石，傳是葬衣冠之處。明末山寇謂其下當有寶物，掘而斷之，今補綴尚存。

湘江

杜詩：「不知滄海上，天遣幾時回？」柳詩所本。

柳子厚《再上湘江》詩曰：「好在湘江水，今朝又上來。不知從此去，更遣幾年回？」外苦中甘，超出「去國投荒」之句，進境也。《嶽麓志》誤作于武陵詩。范橘洲題柳集曰：「孰謂屈子之後無《離騷》哉？所惋者，屈子以失意於子蘭，放；子厚以得意於叔文，亦放。而千載下惟以寃歸三閭，遂覺柳不匹屈，詩不逮《騷》。」

紅樓

昌黎集有《贈廣宣上人》詩，注稱元和中住安國寺，寺有紅樓。楊景山亦有贈廣宣詩。

紅樓院在長樂坊安國寺，本睿宗藩邸之舞榭。開元八年，始改爲寺。長慶初，釋廣宣奉詔居此，故以「紅樓」名其集。而應制詩云「紅樓疑見白毫光」，結以「自憐深院得迴翔」也。至《再入道場》所云「見闢乾坤新定位，看題日月更高懸」者，時穆宗繼憲宗而立，是爲「兩朝長在聖人前」也。《品彙》誤作沈佺期詩，于鱗選本從之，不知改寺之時佺期卒已久矣。胡孝轅引段成式《長安寺記》及程大昌《雍録》，辨之甚詳。蔣大鴻乃謂廣宣餘詩別無合作。高、李或有所據，何不取雲卿全集考之耶？孝轅名震亨。

衛青

王右丞詩：「衛青不敗由天幸。」高常侍詩：「衛青未肯學孫吴。」皆霍去病事，而二公誤指爲青。《史記》可考。韋莊詩：「西園公子名無忌，南國佳人字莫愁。」對偶甚工，然以魏文作信陵，殊招物議。杜牧詩：「甘羅昔作秦丞相。」亦誤以茂爲羅。

尚書

升庵云：「尚書，即尚衣、尚食之類，應如字讀。」然劉夢得《酬崔宣州》詩：「白衣曾拜漢尚書。」王仲初《宫詞》：「院中新拜内尚書。」俱作平聲。唐詩此二字甚多，是音義可互用也。

都頭

薛能《登城》詩：「無端將吏逡巡至，又作都頭一隊行。」當是作盩厔尉、河陽從事時語。東坡《送劉景文》詩：「路人不識呼尚書，但見凛凛雄千夫。」自注云：「君卒然相訪，逆旅多呼尚書，意君爲都頭也。」宋時稱謂，卒不可解。

習塘

李頎《遊襄陽山》結句云：「逢君立五馬，應醉習家塘。」以「習池」爲「習塘」，借以押韵。此大家之弊，不足效也。牛鳳及《温洛應制》詩：「八神承玉輦，六羽警瑶溪。」以「溪」字代「池」字，亦同。孫逖詩：「上林天禁裏，芳樹有桃櫻。」王建詩：「天寶年前勤政樓，每年三月作韆鞦。」陸龜蒙詩：「招靈閣上霓旌絶，柏梁臺中珠翠稠。」尤爲無理，不可爲訓。

崆峒

高達夫《赴彭州》詩：「峭壁連崆峒，攢峰疊翠微。」按《爾雅》：「北斗戴極爲空同。」地里志凡數見，惟屬平涼者爲黄帝訪廣成子處，字本平聲。趙子昂《題貴溪風洞》曰：「石壁何崆峒，中有風泠然。安知列禦寇，不是此中仙。」亦作仄用。

湖山

范文穆《石湖書事》詩起句云：「湖光明可鑑，山色浄如沐。閒心愜舊觀，愁眼快奇矚。」末段云：「好風吹晚晴，斜照入疏竹。兀坐胎息匀，不覺清夢熟。」一起一結，而永日之流連興會，從可識矣。誠齋嘗稱其詩「清新嫵麗」，爲當時所重如此。

天拔

康樂詩爲六朝之冠，長篇大章俱以全副精力行之。排句如「白雲抱幽石，緑篠媚清漣」、「揚帆采石華，挂席拾海月」、「昏旦變氣候，山水含清暉」、「莫辨百代後，安知千載前」之類；單句如「鄉村絶聞見」、「心跡雙寂莫」、「開顔披心胸」、「結念屬霄漢」之類，真是芙蓉出水，不煩雕飾者。梁簡文《答湘東王書》：「謝客吐言天拔，出於自然。時有不拘，是其糟粕。」千古具眼之言。康樂不以字傳，其曰「客兒」者，小字也。襲封在晉孝武時。謝朓則自齊隨王子隆記室，至永元間死江祏之難，去康樂幾七十年。杜修可誤謂玄暉封康樂公，靈運襲之。而《杜詩詳注》引於《石櫃閣》下，急宜改正也。

故人杯

謝脁《離夜》詩：「山川不可盡，況乃故人杯。」即蘇、李「我有一尊酒，欲以贈遠人」、「獨有盈觴酒，與子結綢繆」之意。司空曙《留盧泰卿》詩：「無將故人酒，不及石尤風。」翻用玄暉，亦有出藍之致。「石尤」，始於宋武帝《丁吁歌》。或作「郵」。詩家互用，其義未詳。《江湖紀聞》曰：「石氏女嫁爲尤氏婦，因夫遠出不歸，結恨而死。」則「郵」字又作何解？

安樂窩

邵子《安樂窩自貽》詩有曰：「不作風波於世上，自無冰炭到胸中。」又曰：「敢於世上明開眼，肯向人前浪皺眉。」程子謂堯夫内聖外王之學，然其自寓止於如此，毋謂《漁樵問對》淺於《皇極經世》也！《韓子》：「奔車之上無仲尼，覆舟之下無伯夷。」使無康節之學而與世推移，其去鄉愿也幾何？

字不滅

《韓詩外傳》：「趙簡子自爲書牘，以授少子無恤。居三年，簡子坐青臺之上，問書所在，無恤出諸左袂。」《十九首》「置書懷袖中，三歲字不滅」用此。太白《酬崔十五見招》又用《選》詩。

不染風

盧携貌陋而口吃，大中初舉進士，人皆笑之，獨尚書韋宙曰：「盧雖貌不揚，然觀其文章有首尾，他日必大用。」携嘗夢人贈句曰：「若問登庸日，庭椿不染風。」初不解，後九年大拜，適庭前有古椿一株，狂風驟雨，不濕不摇。

桂花風

正德初，台州戴顒應試，出閫口占曰：「夜半歸來月正中，滿身香帶桂花風。流螢數點樓臺静，孤雁一聲天地空。沽酒唤回茅店夢，狂歌驚起石潭龍。倚闌試看青鋒劍，萬丈寒光透九重。」榜發奪解。

東流水

謝朓詩：「春夜别青尊，江潭復爲客。歎息東流水，何如故鄉陌。」李太白「請君試問東流水，别意與之誰短長」祖此。《尚書大傳》曰：「晦而月見於西方曰朓。」故字玄暉。今作「眺」字者誤。《齊書》可考。

儷句

鍾嶸曰：「五言居文詞之要，是衆作之有滋味者也。」後生輕詆前人，總是未嘗滋味耳。

駢儷之起在漢，《八變歌》、《君子行》微露其機，《艷歌》一首始作疊句，至蔡伯喈、酈文勝萌芽漸盛。潘、陸以降，斯蔓衍矣。然生成古調，風骨猶存。若庾仲初之「懸崖溜石髓，芳谷挺丹芝」，謝康樂之「銅陵映碧澗，石磴瀉紅泉」，圓穩流利，非近體之前茅乎？嗣是以往，若宋孝武「屯煙擾風穴，積水溺雲根」，鮑明遠「窮途悔短計，晚志重長生」、「投心障苦節，隱跡避榮年」、「歸花先萎露，別葉早辭風」、「侵星赴早路，畢景逐前儔」，謝玄暉「新萍時合水，弱草未勝風」、「獨鶴方朝唳，飢鳥此夜啼」、「窗中列遠岫，庭際俯喬林」，劉繪「風生玉堦樹，露湛曲池蓮」，袁粲「老夫亦何寄，之子照清襟」，梁昭明「落星埋遠樹，彩霧起朝陽」、「牽蘿下石磴，攀桂陟松梁」，簡文帝「沙飛朝似幕，雲起夜疑城」、「洗兵逢驟雨，送陣出黄雲」、「紅蕖間青瑣，紫蔓濕丹楹」，元帝「疊鼓隨朱鷺，長簫應紫騮」、「帆隨迎雨燕，鼓逐伺潮雞」、「連雞隨火度，燧象帶烽然」、「竹密無分影，花疏有異香」，江淹「白雪凝瓊貌，明珠點絳脣」，沈約「山光浮水至，春色犯寒來」，聞人蒨「林有鳴心鳥，園多奪目花」，劉孝威「輦迴百子閣，扇動七輪風」、「二龍巡夏代，八駿馭周朝」，何遜「岸花臨水發，江燕繞檣飛」、「念此一筵笑，分爲兩地愁」、「月映九微火，風吹百和香」、「山鶯空樹響，隴月自秋暉」、「銀海終無浪，金鳧會不飛」，庾肩吾「梨紅大谷晚，桂白小山秋」、「向嶺分花徑，隨堦轉藥欄」、「疏林不礙月，涸浦暫通潮」、「秋樹翻紅葉，寒池墜黑蓮」、

「天衣初拂石，豆火欲然薪」、「野曠秋先動，林高葉早殘」、「月皎疑非夜，林疏似更秋」、「金薄圖神燕，朱泥却鬼丸」、「方憑七廟略，更雪五陵寃」，蕭子範「春情寄柳色，鳥語出梅中」，柳惲「亭皐木葉下，隴首秋雲飛」，王籍「蟬噪林逾静，鳥鳴山更幽」，朱超道「葉飛林失影，冰合澗無聲」，王褒「石壁藤爲路，山窗雲作扉」、「未能扶畢卓，猶足舞王戎」，陳後主「日月光天德，山河壯帝居」、「水映臨橋樹，風吹夾路花」、「天迴浮雲細，山空明月深」，陰鏗「輪摧九折路，騎阻七星橋」、「鶯啼歌扇後，花落舞衫前」、「登臨情不極，蕭散趣無窮」、「亭嘶背櫪馬，檣轉向風烏」，張正見「高柳横遥塞，長榆接遠天」、「馬倦時銜草，人疲屢看城」、「霜雁排空斷，寒花映日鮮」，江總「露浸山扉月，霜開石路煙」、「玩竹春前筍，驚花雪後梅」、「函關分地軸，華嶽接天壇」、「叢花曙後發，一鳥霧中來」、「秋城韵晚笛，危樹引清風」、「曲澗停驄響，交枝落幰陰」、「鳥聲雲裏出，樹影浪中摇」、「猶憶窺窗處，還如解珮時」，周弘讓「風高噴畫角，雲上舞飛梯」，徐陵「猿啼知谷晚，蟬咽覺山秋」、「野燎村田黑，江秋荻岸黄」、「竹密山齋冷，荷開水殿香」，蕭慤「芙蓉露下落，楊柳月中疏」、「讀記知州所，觀圖見嶽形」，庾信「樹宿含櫻鳥，花留釀蜜蜂」、「永韜三尺劍，長卷一戎衣」、「羊腸連九坂，熊耳對雙峰」、「雨歇殘虹斷，雲歸一雁征」、「玉京傳相鶴，太乙受飛龜」、「細縷纏鐘格，圓花釘鼓牀」、「龍媒逐細草，鶴氅映垂楊」、「久敝風塵俗，殊勞關塞衣」，隋煬帝「遠水翻如岸，遥山倒似雲」、「翠霞承鳳輦，碧霧翼龍輿」，薛道衡「飛魂同夜鵲，倦寢憶晨雞」、「空庭聊步月，閒坐獨臨風」，王胄「風度蟬聲遠，雲開雁路長」，孫萬壽「如何載筆士，翻作負戈人」，李巨仁「無風波自動，不夜月恒明」，虞世南「劍寒花不落，弓曉月逾明」，盧思道「怨歌聲易斷，妙舞態難逢」，尹式「秋鬢含霜白，衰顔倚酒紅」、「西候追孫楚，南津送陸機」，邢巨「緑潭漁子釣，紅樹美人攀」，或寓情於景物之中，或遊神於氣象之表。三唐巨手，衣鉢有由。故知作近體者斷須自漢、魏、六朝細細尋繹，而徐徐漸及於唐。譬諸大海瀠洄，必自百川趨赴，而始成其爲大觀也。

極玄

《河嶽英靈集》、《中興間氣集》，選手略同。

姚武功《極玄集》於貞元以前一代詩人不能博采兼收，祇以如其性分而止。其自作《縣居》詩十首并《遊春》詩十二首，殊少射雕伎倆，惟於冷署微員，形容略盡。如「馬隨山鹿放，雞雜野禽栖」、「吏來山鳥散，酒熟野人過」、「從僧乞凈水，遲客報閒書」、「未曉衝寒起，迎春忍病行」、「印朱沾墨研，户籍雜經書」、「一瓶春色酒，數頃野花香」，非身歷其境者不能知也。袁石公《送陶孝若諭祁門》詩：「小史鬚皆皓，隣齋耳未聰。山鳥呼閒客，奇峰禮上公。」苜蓿寒氈，描摹絶倒。

珠露

梁有施肩吾，袁昂《書評》所謂「如新亭傖父」者。唐、宋復有二人，一以詩名，一纂《道藏》。

陳文惠《題施肩吾宅》詩：「幽居正想餐霞客，坐久月寒珠露滴。千年獨鶴兩三聲，飛下巖前一株柏。」按：肩吾有「若期野客來相訪，一室無煙何處尋」之句，江山文藻，消得文惠此詩。

作鬧

蔣楚穉《昌黎詩注》引此。

慶曆中，西師未解，晏元獻爲樞密。會大雪，置酒西園。歐陽永叔爲幕僚，賦詩曰：「須憐鐵甲冷徹骨，四十餘萬屯邊兵。」晏曰：「昔韓愈亦能作言語，赴裴度會時但云『林園窮勝事，鍾鼓樂清時』，不曾如此作鬧。」

種竹

東坡《次韵劉貢父西省種竹》詩：「舊德終呼名字外，後生誰續笑談餘。」自注云：「昔李公擇種竹館中，戲語同舍曰：『後人指此竹，必云李文正手植。』貢父笑曰：『文正不獨繫筆，亦知種竹耶？』時有筆工李文正云。」貢父好謔，偏有此種話言供其脣吻。坡翁即據以爲詩料，更不必誦「猛士守鼻梁」矣。

新婚

蔡中郎《協和婚賦》：「事深微以玄妙，實人倫之肇始。」自是正論。

劉瑗《詠新婚》詩：「琴聲妾曾聽，桃子壻經分。」以奔女、狡童作對，固已奇矣。周弘正《看新婚》

詩：「莫愁年十五，來聘子都家。」竟以一妓、一奴爲配，所謂秦晉、潘楊者竟安在哉！六朝人物，凡閨情院體，每每以倡樓蕩子比興，真是習氣使然，不自知其卑下耳。昌黎所云「齊梁及陳隋，衆作等蟬噪」，當以此類歸之。

吉了果然

惡溪多水怪，段成式爲括州刺史，其怪遂絶，因更名好溪。突星灘即此處。

殷堯藩《贈劉十二》詩：「鶯將吉了語，猿共果然啼。」「吉了」，南方有之，或惡溪所見也。「果然」，《天中記》云：「似獮猴，自呼其名。」《異物志》云：「出九真、日南。」未聞産栝蒼也。又云：「定尋雷令劍，應識趙王笄。」劍用豐城事，或途路所經。磨笄乃在代州，即今之保安州雞鳴山，相去甚遠。此亦僻於對偶之弊。台州亦有惡溪。孟襄陽詩：「欲尋華頂去，不憚惡溪名。」據柳子厚集，閩中亦有之。元微之《和嶺南》詩：「果然皮勝錦，吉了舌如人。」

雪

《説文》：「凝雨也。」《釋名》：「綏也，遇寒而凝，綏綏然下也。」

雪詩欲免痕跡，大是難事。六朝諸君雕繢滿眼，即三唐宗匠亦不能別開生面。「山如銀作甕，宫見璧成臺」，燕公稱「大手筆」人，乃有此等句耶？若李洞「細填蟲穴滿，重壓鶴巢欹」、喻坦之「草開當井地，樹折帶巢枝」、李商隱「簷冰滴鵝管，屋瓦鏤魚鱗」，皆苦搜冥索而得之。「白戰不許持寸鐵」，於艱難中特出奇麗。坡翁雖有是言，未必廬陵心許也。

河南雪

《丁卯集》又有《酬王秀才自越見訪》詩：「煙深楊子宅，雲斷越王臺。」

嶺南無雪。漢章帝時，番禺楊孚嘗移洛陽松柏歸，種之宅畔。其年霏雪盈樹，人皆異之，因目其所居曰「河南」。許用晦詩：「河畔雪霏楊子宅，城邊花發越王臺。」「楊子」，指孚也。孚字孝先，爲議郎，著《交州異物志》。

北枝花

梅嶺因梅鋗得名。《六帖》言庾嶺梅花，南枝已落，北枝未開。而宋考功有「魂隨南翥鳥，淚盡北枝花」之句。翁山曰：「嶺梅與江南異，花頗類桃而唇紅。」蓋嶺頭雪少，積陽之氣所發，故驛名紅梅。

按：梅嶺原名臺嶺，梅鋗寄家於此。後從吴芮入關，封臺侯，因以爲名。其將庾勝嘗守此，亦稱庾嶺。或曰勝，楊僕將也。張曲江始植梅。

秋雪

《史記・趙世家》：「成侯二年六月，雨雪。」《漢書》：「文帝四年夏六月，大雨雪。」

白樂天《望終南山秋雪和劉郎中》曰：「遍覽古今集，都無秋雪詩。」余於丙午七月過飛狐峪，時大雪繽紛，千山玉立。又於丁卯六月過太白山，其最高處如水精屏，土人僉謂積年之雪盛夏不消。故知秋雪秦、晉之界時時有之，但求諸吟詠，誠有如香山所云者。要亦景象特殊，難於著筆耳。雍陶《蔚州》詩：「胡盧河畔逢秋雪，疑是風飄白鶴毛。坐客停杯看未定，將軍已濕褐花袍。」飛狐峪即蔚州地也。《清容集》有《秋雪聯句二十八韵》。

春草

林初文句：「客情似春草，無處不堪生。」極有餘味。徐偉長詩：「人生一世間，忽若暮春草。」便有「樂子無知」之意。

句眼

張芝《與弟書》：「且方有諸分張。」孟獻子請屬鄫於晉，曰：「寡君是以願借助焉。」

温飛卿詩：「簷前柳色分張緑，窗外花枝借助香。」吴子華詩：「灘響忽高何處雨，松陰自轉一峰晴。」不得中二字作句眼，便不陡健。温句實，吴句虚，須於上下文參之。

兩用　岑嘉州集多有一聯兩見者。

「一尊酒盡青山暮，千里書回碧樹秋」，許用晦得意句也，《寄洛中故人》兩用之，惟起結不同。「林晚鳥争樹，園春蝶護花」、「湘潭雲盡暮山出，巴蜀雪消春水來」，亦兩見。李義山詩：「月裏寧無姊，雲中亦有君。」一詠李花，再詠槿花。

生鹿

李清江有《山中》詩曰：「無奈牧童何，放牛喫我竹。隔林呼不膺，叫笑如生鹿。欲報田舍翁，更深不歸屋。」描寫村野情形，如話如畫。杜陵所云「公然抱茅入竹去」，不得謂絶無僅有之事也。

三春鳥　黄阮丘令朱璜謂山下人曰：「六甲日乃上帝造物之辰，是日殺生，爲天所惡。」

彈弋之事，古人不廢。然殺機一動，黄口無遺。嘗見無名氏揭二語於村落曰：「勸君休打三春鳥，子在巢中望母歸。」大爲贊歎。後讀《齊書》，蕭遥欣七歲，見小兒彈飛鳥者，遥欣謂曰：「鳥自翔空，何關人事，無輒殺生。」衆感其言，乃不復彈。以宗室子而能如此存心，吾欲以「童子亦知善，衆生無懼心」二語贈之。

白鳳皇

「礜」字，徐氏《談薈》皆誤作「礬」。

李賀詩：「華清源中礜石湯，徘徊白鳳隨君王。」曹唐詩：「不知今夕遊何處，侍從皆騎白鳳皇。」按《瑞應圖》曰：「赤爲丹鳳，白爲化翼，青爲羽翔，玄爲陰翥，黄爲土符。」白乃西方之色，其應主兵。昌谷爲温泉而賦，故當有此。堯賓既曰遊仙，何亦以白爲尚耶？「礜石」者，硫磺之類，地下有之則泉温。《山海經》曰：「皋塗之山有白石焉，其名曰礜。」贊曰：「礜石殺鼠，蠶食而肥。」《本草》曰：「一名青分石，一名立志石，一名固羊石，又名鼠鄉，以能毒鼠也。凡温泉皆有之。」

蓴菜

蓴菜産於湘湖，必須濯以西湖之水，始結凍如餳，逾春即不可食。陸士龍所謂「千里蓴羹」，當别是一種。張季鷹因秋風而動蓴鱸之興，則非湘湖之産也。鎦涣詩：「湘湖蓴菜大如錢，千頃鷗波可放船。一曲《竹枝》歌未了，水禽飛散夕陽天。」

楊梅

《湘潭記》：「陸展見楊梅曰：『此果恐是日精。』即以竹絲籃貯千枚，并茶花蜜送衡山道士。」

湘湖所産楊梅與洞庭山争勝，餘姚燭溪亦稱佳品。孫文恪詩：「萬壑楊梅絢紫霞，燭湖佳品更堪誇。自從名繫金閨籍，每歲嘗時不在家。」文恪名陞，字志高，忠烈公季子，歷官禮部尚書。放翁詩：「項里楊梅鹽可徹。」自注云：「太白《梁園吟》：『玉盤楊梅爲君設，吴鹽如花皎白雪。』不知楊梅酸者乃薦以鹽，佳品未嘗用也。」「湘湖蓴菜豉偏宜。」注云：「蓴菜最宜鹽豉，所謂『未下鹽豉』者，言下鹽豉則非羊酪可敵，蓋盛言蓴菜之美爾。」引此以結上文兩節之意。

萬年枝

周益公嘗典試，王仲衡出其門。後同爲八座。王以入直詩相示，有曰：「玉堂晝永暑風微，簌簌飛花落小池。徙倚幽欄憑問訊，夏鶯啼出萬年枝。」周次韵曰：「東省南宫切太微，夔龍行集鳳皇池。更哦殿閣薰風句，坐覺微涼生桂枝。」詳見《玉堂雜記》，亦翰苑佳話也。「萬年枝」，冬青樹也。一名女青，葉朱色者名男青。翁山詩：「行人只道冬青樹，不識男青定女青。」

新樂府

周憲王有燉，明高祖之孫，有《誠齋樂府》留傳於世。李夢陽《汴中元宵詞》：「中山孺子倚新妝，趙女燕姬總擅場。齊唱憲王新樂府，金梁橋外月如霜。」蓋指此也。集内如「南浦斷虹收雨去，西風新雁帶霜來」、「採得藥苗還竹徑，著殘碁子坐花陰」之類，皆清逸可誦。中山王名噲，孺子名冰，見《漢書・藝文志》。景帝以未央才人詩賜之者。

憑宵雀

顧茂倫《雜感》詩：「遥望蒼梧鬢已秋，雲山蕭颯動人愁。飛飛只有憑宵雀，猶自銜珠壘帝丘。」注云：「丹州鳥名憑宵，銜珠壘舜冢。」此事未經人道。

柳亭詩話卷六終

柳亭詩話卷七

山陰宋長白纂

石鏡臺

祁陽之浯溪有石鏡臺，乃元道州遺跡。宋陳衍云：「元氏以水爲浯溪，山爲浯山，室爲浯室，『三語』之稱，我所擅而有也。」藍景茂詩：「昏蔽仍須溪水淋，山光始發碧流澄。」謂以水沃之，照始分明也。「行人袛照山河影，不見元顔萬古心。」謂《中興頌》乃魯公所書。楊廉夫詩：「此石曾將獻鳳池，賜還仍對次山碑。分明照見唐家事，不向旁人説是非。」相傳此石曾入内廷，並無形影。發還故山，其光復現。解大紳詩：「水洗浯溪鏡石臺，漁舟花草映江開。不知元結《中興頌》，照見千年事去來。」詳見董傳策《浯溪記》。

草堂遺像

西川草堂有杜少陵遺像，陸務觀題曰：「公詩豈紙上，遺句處處滿。阨窮端有自，寧獨坐房琯。長安貂蟬多，死去誰復算。」包括渾淪，不欲以一節概其生平也。又七言句曰：「杯殘炙冷正悲辛，仗内鬭雞催賜錦。」追説轉去，尤難爲情。

湖陰

楊驥自號湖陰先生，爲《建康實録》所誤。臨川《夢日亭》詩：「湖陰絳氣屬晴天。」亦然。

温飛卿《湖陰詞》曰：「祖龍黄鬚珊瑚鞭，鐵驄金面青連錢。虎髯拔劍欲成夢，日壓賊營如血鮮。」按：王敦犯順，屯兵于湖。明帝單騎陰察賊壘，敦夢日遶帳前，驚曰：「黄鬚鮮卑兒來耶？」遣騎追之。帝以鞭遺村嫗，詭詞脱走。「于湖」蓋地名。《晉書》「湖」字下接「陰察」字，飛卿誤讀破句，且自注云：「有《湖陰曲》而亡其詞，因作而附之。」張文潛作《于湖曲》以訂其訛。王舒傳遣其子允之擊韓晃，戰於于湖。《地理志》：太康中，分丹陽置于湖縣，即今蕪湖也。

文房

劉長卿，字文房。

飛卿《醉歌》曰：「洛陽盧仝稱文房，妻子脚秃舂黄粱。阿耋光頭不識字，指麾豪俊如驅羊。」按：元微之《東南行》有「文房長遣閉，經肆未曾鋪」之句，又羅維《題鮑行軍小閣》云：「文房已得地，相閣是推輪。」杜牧《送西川相公》詩：「彤弓隨武庫，金印逐文房。」或唐時有此成語，飛卿乃用之也。「阿耋」欠註明，豈即玉川之子耶？「光頭」有誤，作「光顔」者尤覺無謂。楊雄《輶軒絶代語》：「宋、衛以八十爲耋。」

折綿

庾肩吾詩：「勁氣方凝海，清威正折綿。」黄山谷變其句法，曰：「霜威能折綿，風力欲冰酒。」張道濟亦有「塞上綿應折」之句。

禍福

嵇中散《攝生論》：「禍不可以智逃，福不可以力致。」

陶靖節《命子》詩：「福不虛至，禍亦易來。」似引塞翁失馬事及劉向《與子歆書》。陸平原《君子行》：「福鍾恒有兆，禍集非無端。」則兼用《老子》「倚伏」意。昌黎詩：「歡華不滿眼，咎責塞兩儀。」從班固《荅賓戲》「福不盈眥，禍溢於世」變化得來。魏泰誤引爲魏人章疏。

木嫁

《左傳》：「成公十年，雨木冰。」《漢書·五行志》：「雨木冰，曰樹介，又曰木稼。」

王介甫作《韓魏公挽詩》曰：「木嫁曾云達官怕，山摧果見哲人萎。」按：《唐書·五行志》，「雨木冰」凡十餘見，惟開元二十九年十一月，「寧王見而歎曰：『諺云「樹木嫁，達官怕」，必有大臣當之。』是月王薨」。上句引此。下句葉石林謂前一歲華山崩。錢牧齋有「木嫁從他怕達官」之句，則戊辰紀事。

三椏

《參贊》：「三椏五葉，背陽向陰。」皮日休與寂上人聯句詠人參「是誰披露記三椏」，字義本此。蘇長公詩：「恣傾白蜜收五稜，細斸黄土栽三椏。」則以葉爲稜。

一稜

陸魯望詩：「我本曾無一稜田，平生笑傲空漁船。」「空」字作去聲用；「稜」字韵書無去音，或以爲土音也。范石湖詩「汙萊一稜水周圍，歲歲蝸廬没半扉」、楊鐵崖詩「剪取瓊田一稜歸，滿天鐵笛走春雷」祖此。

稜科

俗呼「一條」曰「一稜」。杜少陵《夔州》詩用之，曰：「塹抵公畦稜。」俗呼「一株」曰「一科」，羅江東《南園》詩用之，曰：「科圓早薤齊。」

海蝛

皮、陸《江南倡和》詩：「遺客呼林狖，辭人寄海蝛。」又：「度歲賖羸馬，先春買小蝛。」「蝛」即蚶子，吴、越嗜之。樂天《陽明洞》詩：「鄉味珍彭蚏，時鮮貴鷓鴣。」「彭蚏」，小蟹也，吴人呼爲「沙裹狗」。

石蜐

《荀子》：「東海有紫紶。」「紶」字與「蜐」通。江淹賦作「石刼」。

郭景純《江賦》曰：「石蜐應節而揚葩。」按：「石蜐」一名紫薑，《本草》謂之石決明，得春雨則生花。康樂詩「紫薑曄春流」即此。王右丞《送元中丞轉運江淮》詩：「去問珠官俗，來經石蜐春。」皮日休《吴中》詩：「鄉味腥多厭紫薑。」作「薑」字，與「橈」字同押，則用張景陽《七命》「仰折神薑」之句，注謂即「茝」也。《説文》「薑」、「蘺」、「茝」一物三名，《本草》誤作「薑」，《文選》亦然。

親家

婚姻相通，例呼「親家」，「親」字作去聲，蕭瑀曰「天子親家翁」是也。盧綸《王駙馬花燭》詩：「人主人臣是親家。」白樂天有《送皇甫郎中親家翁赴任》詩。

親　眷

《五代史》：裴暐自魏、晉以來世爲名族，居燕者號「東眷」，居涼者號「西眷」，居河東者號「中眷」。是同姓亦稱親眷也。

鮑照《別庾郎中》詩：「已經江海別，復與親眷違。」世俗稱「親眷」有典。謝惠連詩：「因歌遂成賦，聊用布親串。」「串」字音貫。

重　表

姜西銘曰：「南北朝最重表親，盧懷仁撰《中表實録》二十卷，高諒撰《表親譜録》四十卷。」按老杜《送重表姪王砅》詩：「我之曾老姑，爾之高祖母。」則録事乃姪行也，何以曰「重」？「砅」音厲。

王　母

少陵《玄都壇歌》：「子規夜啼山竹裂，王母晝下雲旗翻。」注以瑶池王母當之，非也。按：宣和中，陳彦和掌禽苑，蜀中貢一種鳥，狀如燕，色紺尾翠，飛翥則兩翼翕張如旗，名曰王母，故知子午谷間應有此種鳥也。《酉陽雜俎》謂齊郡函山中有之。王椿齡謂尾長二三丈，五色如旗。殆生色畫也。

天老

徐陵《答周處士》：「優遊俯仰，極素女之經文；升降盈虚，盡軒皇之圖勢。」

《帝王世紀》：「黄帝以風后配上台，天老配中台，五聖配下台，謂之三公。」張平子《同聲歌》通首皆妮妮兒女語，乃於「素女爲我師，儀態盈萬方」之下陡接曰「衆夫所稀見，天老教軒皇」，離奇恍惚，莫可名言。殆古人所云「閨門爲王化之首，禮必始於夫婦」者耶？劉勰曰：「平子淵通，故慮周而藻密。」

細娘

遼時婦人有顔色者呼爲「細娘」，以黄塗面謂之「佛妝」。彭汝礪詩：「有女夭夭稱細娘，真珠絡臂面塗黄。南人見怪疑爲瘴，墨吏矜誇是佛妝。」庾子山《鏡賦》：「靨上星稀，黄中月落」。「黄」字創見於此。《玄怪録》：「神女智瓊額黄。」《北史》：「周静帝令宫人作黄眉。」然以之塗面，未知始於何時。李昌谷有「宫人面靨黄」之句。李義山「八字宫眉捧額黄」、王介甫「漢宫嬌額半塗黄」、司馬才仲「梅粉妝成半額黄」，或亦有所考耶？或稱周天元令婦女黄眉，考大成在位僅兩月，疑誤。

紅蓮稻

范石湖詩：「覺來飽喫紅蓮飯，正是塘東稻熟天。」虎丘事也。

吴地有秈米，最早熟，號紅蓮稻，詩人罕用之。惟陸魯望有曰：「遥爲曉風吟白菊，近炊早稻識紅蓮。」琢句甚工，即「白菊」二字，詩家亦少見。皮襲美有「白菊爲霜翻帶紫」、「霜殘白菊兩三花」之句，司空圖、韓偓、張蠙俱有此題，詩不甚美。許棠云：「人間稀有此，自古乃無詩。」

夜航船

夜航船，吴、越皆有之。或以「航」爲「行」，非也。古樂府有《夜航船曲》。韋莊《和李秀才》詩：「酒市多逋客，漁家足夜航。」皮日休《答天隨子》詩：「明朝有物充君信，攤酒三缾寄夜航。」方虚谷有《聽航船歌》十首。

十八東西

《墨莊漫録》云：「王禹玉寄程公闢詩：『舞急錦腰迎十八，酒酣玉醆照東西。』樂府《六么曲》有

『花十八』，古有『玉東西杯』，設對甚新。」按姜白石詩：「剪燭屢呼金鑿落，倚窗閒品玉參差。」以「簫」對「杯」，亦精。程名師孟。

神丸

喬順二子璋、瑞師事仙人盧子期於栖霞谷，服飛龍藥一丸，十年不飢。魏文詩出此。

唐明皇書魏文帝詩賜諸王憲等，曰：「『西山一何高，高高殊無極。上有兩仙童，不飲亦不食。賜我一丸藥，光輝有五色。服之四五日，身輕生羽翼。』朕每念此，寧如兄弟天生羽翼乎！陳思王才足以經國家，絶其朝謁，卒以憂死。魏祚未終，司馬氏奪之，豈神丸效耶？」余謂明皇評騭往事，固見花萼相輝之美，然三子同日死而宰相以刑措，賞彼西園公子，得無齒冷地下耶！蔣永公曰：「昔人謂魏文、陳思，即論詩文亦宜投合，然子桓受禪，子建痛哭，那得不忌！」

好子孫

倪文正《題徐岱淵别業》云：「蓄樹勝求佳子弟，擁書權拜小諸侯。」用事雅合。

陳亞蓄書數千卷、名畫數十幅，晚年退居，有華亭唳鶴一隻、怪石一株、異花數十本。爲詩以示子孫曰：「滿室圖書雜典墳，華亭仙客岱雲根。他年若不和花賣，便是吾家好子孫。」此與杜暹「捐俸寫來手自較」之語不相上下。平泉癡淚，殆有不自覺其多者乎？

問前程

范文正《詠蚊》詩：「飽似櫻桃重，飢如柳絮輕。但知從此去，不要問前程。」《冷齋夜話》云：「西溪監鹽時作於廨舍。」《孫公談圃》云：「秦州西溪多蚊，使者行部左右以艾煙薰之。有一廳吏醉卧，爲蚊所嘬而死。」余謂文正所詠乃「不遑寧處」之意，未必以薷荷花爲戒也。

梅花落

楊用修有《梅花落》詩，自注曰：「古樂府有《梅花落曲》，皆言其開，不言其落。旅行松次，乃援舊題以成新曲。」有曰：「古梅飄古香，新梅綴新妝。那枝傳妾恨，何樹近君鄉？」又曰：「梅落復梅開，流光似流水。君心在梅花，妾意憐梅子。」二首淡雅多風，非堆金積粉可同日語也。

星回節

劉彦和《辨騷》：「才高者苑其鴻裁，中巧者獵其艷辭。」

「『文藻三閭並，憂懷《九辨》知。雲爲巫峽賦，雪作郢中詞。茅屋還遺址，蘭臺異昔時。鴻裁誰獵艷，空自拾江蘺。』星回之節，夢一美丈夫，自稱宋玉，謂余曰：『公獨無詩贈我乎？』夢中作一首四句，覺後續之。」南詔以十二月十六日爲星回節，亦升庵自注。

才若此

高達夫《送族姪式顔》詩：「惜君才未遇，愛君才若此。世上五百年，吾家一千里。」老杜「昔別是何處」一首亦爲式顔作。二公傾倒如此，而此君乃無一字流傳，何也？鮑明遠有云：「英才異士，沉没而不傳者，安可數哉！」

太湖精

虞翻曰：「太湖有五道。」陸龜蒙曰：「上稟咸池之氣，一水而五名。」

李頎《贈張旭》詩：「皓首窮草隸，時稱太湖精。」此從東方朔「歲星之精」化出。少陵亦云：「嗚呼東吴精。」意必當時原有此語，不但以「顛」名之也。旭有《春草帖》并《山行值雨》三絶句，吴寧野《清紀》載之。

别業

石崇《思歸引》「肥遯於河陽别業」，即金谷園也。李嶠詩：「别業臨青甸，鳴鑾降紫宸。」此貴人别業也。祖詠詩：「别業居幽處，到來生隱心。」此高人别業也。

鏡　湖

漢順帝永建間立鏡湖。任昉《述異記》曰：「軒轅鑄鏡於此。」太白詩「揚帆采石華，乘船鏡中入」指此。後人多稱「鑑湖」。傅俊詩：「楊柳暗藏茅屋小，菰蒲遥映畫橋低。」王諠詩：「僧磬遠聞松寺裏，漁家多住柳塘邊。」

空村落日

王粲《登樓賦》：「白日忽其西匿，鳥相鳴而舉翼；原野闃其無人，征夫行而未息。」摹寫長途景况，令人肌骨凛冽。少陵全用其意，曰：「空村惟見鳥，落日不逢人。」

雪　樹

劉夢得詩：「水底遠山雲似雪，橋邊平岸草如煙。」

何遜詩：「水底見行雲，天邊看遠樹。」謝朓詩：「天際識歸舟，雪中辨江樹。」皆體物到家語，非静會不知其妙。姚合「驛路多臨水，人家半在雲」，高深隱現，似棧道圖。

青絲

顔魯公有《放生池碑記》。唐乾元、宋天禧皆詔沿江諸州置放生池。

唐時州郡有放生池，皆承制爲之，勒文於石。元微之刺越州，題一絶於龜山院，曰：「勸爾諸僧好護持，不須垂釣引青絲。雲山莫厭看經坐，便是浮生得道時。」蓋戒僧以護生之意也。李公垂來遊，見而笑之。未幾，果有寺僧罟於池中，李遂書一絶曰：「汲水添池活白蓮，十千彷彿盡生天。凡庸不識慈悲意，自葬江魚入九泉。」「十千」用《大藏》「流水長者」事。

海米

張華《博物志》：「東海洲上有草，名葹，實如大麥，呼爲自然穀，亦名禹餘糧。」方希古有《海米行》，即葹也。詩曰：「海邊有草名海米，大非蓬蒿小非薺。婦女携籃晝作群，采摘仍於海中洗。歸來滌釜燒松枝，煮以爲飯充朝飢。莫辭苦澀咽不下，性命聊假須臾時。」按：希古家於寧海，其地僻而瘠，旱澇相侵。編民藉此以充口食，宜乎蒿目而傷之也。《蕨箕行》一首與此意同。蕨，即范文正所進烏昧草也。

棋酒

杜牧之有《題樊明府林亭》一聯曰：「堦前石穩碁終局，窗外山寒酒滿杯。」又《題李隱居西齋》曰：「林間掃石安碁局，巖下分泉遞酒杯。」蓉塘姜南曰：「古人於適意處即道之，不嫌其用之重也。」按老杜曰：「且將碁度日，應用酒爲年。」小杜二聯竟可作老杜注脚。

杯杓

金母召群仙宴於赤水，命謝長珠鼓拂雲之琴，舞驚波之曲。坐有碧金鸚鵡杯、白玉鸕鷀杓，杯乾則杓自挹，欲飲則杯自舉。太白《襄陽歌》：「鸕鷀杓，鸚鵡杯。」正用其事，非海南之蠡杓、螺杯也。

晝夜

香宇田藝蘅曰：「王子安《臨高臺》詩：『錦衣夜不襞，羅幃晝未空。』樂而失晝夜也；庾丹《秋閨有望》曰：『羅襦曉長襞，翠被夜徒薰。』愁而失晝夜也。」按：此即《唐風》「角枕錦衾」之意。張茂先詩：「居歡惜夜促，在戚怨宵長。」早已道却。

酸文 「醴」字、「酌」字，疑有一訛。

《松陵集》有起聯曰：「良常應不動移文，三醴從酸亦任醺。」「良常」，山名。《茅君内傳》曰：「衷治良常之山。」魏文帝曰：「良以此爲常也。」「三醴」，未得其解。按李慶孫弔錢熙詩：「《四夷》妙賦無人繼，《三酌酸文》舉世傳。」熙嘗獻《四夷來王賦》及《三酌酸文》，乃宋人也。賈捐之《與友人箋》曰：「午夜一燈，辰窗萬字，豈肯爲此沾沾，徒作酸文耶？」熙蓋用其語。

讀畫

邵子湘《讀畫樓歌寄周櫟園》序略曰：「在金陵鐘山，取元人『讀畫似看山，看山如讀畫』句，賦詩美之。」有曰：「主人愛畫兼愛山，山色堪凭畫堪讀。」於讀畫、看山寫成一片。結曰：「乃知鑒賞心尤苦，才士逢君亦如此。」於櫟園眼界、胸襟一齊描出，佳什也。邵名長蘅，有《青門集》。

寫意

湯垕曰：「畫梅謂之寫梅，畫竹謂之寫竹，畫蘭謂之寫蘭。蓋物之至清者，畫家當以意寫之，不在形似間也。」陳去非詩：「意足不求顔色似，前身相馬九方皋。」余謂世人小照亦名「寫生」，倘清如三物，消得一個「寫」字，否則直謂之「著色骷髏」耳，何以「寫」爲？

飲酒　白香山集「酒」字尤多。

陶靖節《飲酒》詩二十首，小序曰：「余閒居寡歡，兼比夜已長，偶有名酒，無夕不飲。」首章曰：「忽與一觴酒，日夕歡相持。」又云：「寄言酣中客，日没燭當炳。」又云：「父老雜亂言，觴酌行失次。」結章曰：「但恨多謬誤，君當恕醉人。」可知非一身一夕計也。梁昭明曰：「有疑陶淵明詩篇篇有酒，吾觀其意不在酒，亦寄酒爲跡者也。」得之矣！

問生涯　詳見《容齋隨筆》。

崔唐臣與蘇子容、吕晉叔交善，二公登第，崔罷舉。後二公入三館，偕出，經汴岸，見一人艤舟河次，則崔也。問以別後況味，應曰：「差勝應舉覓官時。」邀與歸，不可。明日還署，見刺上有詩曰：「集賢仙客問生涯，買得漁舟度歲華。案有《黄庭》尊有酒，無風波處便爲家。」先府君嘗命吴衣白寫此詩於齋壁。《管子》：「卧名利者寫生危。」注云：「卧，息也。寫，除也。能息名利則除生之危。」曹子建《釋怨篇》「所罵者名，所拘者利。良由華薄，凋損正氣。」阮嗣宗詩：「高名令志惑，重利使心憂。」人能淡於「名利」二字，又何風波之有！

業風飄

蕭翼答辨才詩：「酒蟻傾還泛，心猿躁未調。誰憐失群翼，長苦業風飄。」按：翼奉文皇之命，變姓名入雲門，賺辨才所藏《蘭亭》真蹟。才設缸面酒飲之，且贈以詩。酒傾心躁，翼已自知業風鼓動矣。然帖去而塔以成，還是惡因招善果也。才詩：「非君有秘術，誰照不然灰？」「秘術」二字不意奇驗至此。百花盡放，恐雉奴未必以真本送昭陵也。

破衲衣

《臨川集》有《送達公上都》詩：「艇子湖頭破衲衣，秣陵秋影片雲飛。庭前舊種芭蕉樹，雪裏埋心待汝歸。」「芭蕉」用《浄名經》語。時若士暴下旬日，故以中無有堅爲比。其後又有《水月疏山尋達公遊處》詩：「欲禮名山作草堂，達公曾此費商量。惠休靈徹争來往，慚愧三生恰姓湯。」「湯」字下得有據。此時憨山、蓮池與紫柏號三大老，若士機緣於達公獨契，投贈連篇，不減「琶鼓相逢兩會家」也。

不食姑

唐人有《不食姑》詩，蓋女冠而辟穀者也。于鵠一首絶佳：「不食非關藥，天生是女仙。見人還起拜，留伴亦開田。無窟尋溪宿，兼衣掃葉眠。不知何代女，猶帶剪刀錢。」寫出行雲流水獨往獨來之致。張籍亦有此題，云：「幾年山裏住，已作緑毛身。」又云：「丹砂如可學，便欲住幽林。」觀兩「住」字，則踪跡無定，雲水全真可知已。萬曆時，歸空和尚自伏牛入京，能一再七日不食，惟飲水數升，因號「水齋和尚」，勅居長椿寺。近有破山法乳曰彼岸者，挂錫平越。章太守雨齋與之遊。後自黔過越，來訪雨齋，館諸里門間。其應供不輟，而從無便利，亦奇。

三姑臺

顧逋翁過桃花嶺潘三姑臺，有詩曰：「桃花嶺上覺天低，人上青山馬隔溪。行到三姑學仙處，還如劉阮二郎迷。」因桃花而及天台，未免滋爲口業。三姑有知，應謂文人輕薄矣。蘇子瞻《林媼》詩：

「主人白髮青裙袂，子美詩中黄四娘。」此寡婦也，何得以滿蹊花比之？

碧山家

李騰空乃唐相林甫之女，舍家入道，師事女冠蔡尋真，入廬山學三洞法，以丹藥救人。李太白《送内尋廬山女道士》詩：「君尋騰空子，應到碧山家。若戀幽居好，相邀弄紫霞。」夫林甫不歸紫府，而其女乃弄紫霞，可謂不繫世類者矣。蔡即上清真人，陳少陽聞歌於勾欄者也。孔武仲有《尋真觀》詩，其末曰：「誰道尋真是女郎，朝餐松桂夜焚香。明眸緑鬢今何在，意已霞衣侍玉皇。」

衍波箋

蕭貫少時，嘗夢至一宫殿。群女如神仙，授貫紙，曰：「此衍波箋，請賦宫中曉寒。」貫援筆立成，曰：「十二嶢關隱空緑，獸猊噴洒椒壁複。渴烏涓涓不相續，轆轤欲轉霏紅玉。百刻香殘隕蓮燭，五龍吐水漫寒漿。紅綃珮魚無左當，兩兩懸足瞻扶桑。紅蘋半瓣出波面，回首觚稜九霞絢。鳴鞘遠從天上來，大劍高冠滿前殿。」諸女拱立，曰：「子詩甚有奇語，異日必貴。」祥符中，蔡齊榜果及第。貫詩似效昌谷，而仙女喜之，則賀賦玉樓，信而可徵已。但「紅」字三見，俱重頭，確是夢中語耳。

銀豆謡

天順時，常以銀豆、金錢撒地，觀宫女、宦侍争拾以爲笑樂。楊編修守陳賦《銀豆謡》曰：「尚方承詔出九重，冶銀爲豆驅良工。顆顆勻圓奪天巧，朱函進入蓬萊宫。御手親將十餘把，瑯玕亂洒金堦下。萬顆珠璣走玉盤，一天雨雹敲鴛瓦。喧闐競拾盈雙袖，金璫半墮羅裳皺。贏得天顔一笑看，拜賜歸來坐清晝。君不見民飡木皮和草根，夢想豆食如八珍。宫倉有米無銀糴，操瓢盡作溝中塵。明主由來愛一嚬，安邦只在恤窮民。願將銀豆三千斛，活取枯骸百萬人。」時李文達賢爲選郎，上十策，有「宗節儉」一條。李給事侃謂忠言宜采納，楊宗伯寧曰「吾讀《崇節儉》一疏，殆欲下淚」云。

精微篇

陳思王《精微篇》有云：「關東有賢女，自字蘇來卿。壯年報父仇，身没垂功名。女休逢赦書，白刃幾在頸。俱上列仙籍，去死獨就生。」左延年亦有《秦女休行》，中云：「平生爲燕王婦，於今爲詔獄囚。」延年作於黄初中，當是子建同時事也。但所云「燕王婦」，史傳未詳。至蘇來卿，非入思王文集，并無由識其姓氏。乃知龐娥親、謝小娥輩流傳萬古者，正不易易耳。

白頭吟

《北史》：「盧景裕字仲孺，小字白頭，專經爲學，妻子不自隨從。」「白頭」作小字，亦奇。

孔德昭《宿荒村》詩：「勞歌欲叙意，終是《白頭吟》。」袁朗《秋夜獨坐》詩：「如何悲此曲，坐作《白頭吟》。」意必古人多有此詠，不止卓文君一首也。少陵好用此三字，其意絶不相蒙。

福泉寺

羅向少貧困，常投福泉寺隨僧飯。後二十年持節還鄉，書僧院曰：「二十年來此布衣，鹿鳴西上虎符歸。故時賓從追前事，到處松杉長舊圍。野老共遮官路拜，沙鷗遥認隼旟飛。春風一宿琉璃殿，惟有泉聲愜素機。」王播、段文昌後又有此人。東方生曰「木槿夕死而朝榮」者，士亦不必長貧也。

三歲神童

大中祥符八年，福清蔡伯禧以神童召見，年未二週，誦詩百餘篇。授校書郎，春宫伴讀，并賜以詩曰：「七閩山水多才俊，三歲神童出盛時。家世應傳清白訓，嬰兒自得老成資。初能學步來朝闕，方及能言解誦詩。更勵孜孜圖進益，青雲千里有前期。」自古神童之最幼者僅見此人。或云名伯希，一名伯倫。孝宗時，呂嗣興四歲授從政郎，爲皇孫榮國公伴讀。

玉杯瓊樹

董約山以任子爲宗人府經歷，疏救沈忠愍，爲嚴嵩所搆，賴徐華亭解之，出爲雲南太守。時楊用修在戍所，與之遊，贈以詩曰：「使君高義薄塵寰，邀我尋春慰旅顏。不是蟠胸多磊落，那知絶域有江山。玉杯家學曾親炙，瓊樹風流許重攀。晝戟清香延坐久，村孤城遠漏聲閒。」約山名思近，中峰先生子也。華亭出中峰之門。約山有孫名懋中，爲尚寶卿，疏參袁崇煥，有直聲。

柳亭詩話卷七終

柳亭詩話卷八

山陰宋長白纂

遂初堂

孫綽作《遂初賦》。

遂初堂爲張詹事九思别業，花竹水石之勝甲於都城，常以休沐之暇與同儕觴詠其際。趙承旨詩：「青山繞神京，佳氣溢芳甸。林亭去天咫，萬象争自獻。年多佳木合，春晚餘花殿。雕闌留戲蜂，藻井語嬌燕。退食鳴玉珂，友于此終宴。」《松雪集》以近體擅長，此首殊有小謝風味，宜表出之。

南野亭

虞奎章《南野亭》詩：「門外煙塵接帝扃，坐中春色自幽亭。雲横北極知天近，日轉東華覺地靈。前澗魚遊留客釣，上林鶯囀把杯聽。莫嗟韋曲花無賴，長擅終南雨後青。」此詩於題面極爲洗發，《道園學古録》中可稱全璧。道園平生謹慎，乃以代草詔書致受皮繩馬尾之禍，較諸「作君」、「傳子」一聯憧而獲免，文人遭際，何其險耶！至《霏雪録》所載宣聖示夢之事，恐未必然。

猛虎顧彪

《法傳録》曰：「文皇以儲位未定，嘗密詢縉。縉言立嫡以長，且曰：好聖孫。」

解學士詩多信口而出，故是遊戲成文。然流俗所傳，半居贋鼎，非《春雨集》中所有。其《題猛虎顧彪圖》曰：「虎爲百獸尊，孰敢攖其怒？惟有父子情，一步一回顧。」時成祖有歉於皇儲，味其詩句，遣迎仁宗。此則煞有關係，不得一例視之。海鹽徐泰曰：「吉水獨駕青鸞，翺翔八極。使謫仙遇之，當懸榻以待。」

五步成詩

丘文莊《除夕》詩：「二年餘此日，百歲幾今宵。」

開元中，史育上書自薦能詩，謂：「子建七步，臣於五步之内可塞明詔。」明皇令賦除夕詩，遂矢口而吟曰：「今歲今宵盡，明年明日來。寒隨一夜去，春逐五更回。氣色空中改，容顔暗裏催。風光人不覺，移入後園梅。」帝稱賞，授監門衛將軍。此詩結句甚佳，通體亦稱。或有指爲王涯者，似未識開、寶間聲口也。一云是王諲，又云史青。張説《守歲》詩起二句同。

買山錢

盧天驥詩：「未有買山錢，愁聞有山賣。」

劉改之《賀徐直院啓》：「以載鶴之船載書，入覲清標如此；移買山之錢買研，平生雅好可知。」

「直院」者，淵子也。嘗有詩曰：「俸餘擬辦買山錢，却買端州古研磚。依舊被渠驅使在，買山之事定何年？」啓蓋用其詩語。

金鼇閣

竺法深謂支道林曰：「未聞巢、由買山而隱，固知朱户不若蓬門也。」于頔乞戴符買山錢百萬，事與郗超同，符豈安道苗裔耶？何其幸也！

南安有玉枕山，相對金鼇閣，爲一郡之勝。陳白沙赴召過此，時張東海弼爲守，餞之閣上。白沙口占一詩曰：「一枕横秋碧玉新，金鼇閣上見嶙峋。使君得此渾無用，賣與江門打睡人。」東海遽復之曰：「客囊羞澀客衣單，那有黄金買此山？多少高人眠不得，雞鳴催入紫宸班。」白沙爲之憮然。東海東高崖山曰：「山林之興短，猶勝於市朝之味長。」

桐花鳳

俗名「收香倒挂」。周櫟園曰：「倒挂有之，收香則未也。」《星槎勝覽》曰：「出爪哇國。」蔣永公曰：「出於粤西。」

李文饒有《桐花鳳賦》。劉績謂即「緑毛么鳳」。李之儀謂此鳥以十二月來，好集美人釵上，亦名「探花使」。隱巒詩：「五色毛衣比鳳雛，深叢花裏只如無。美人買得偏憐惜，移向金釵重幾銖。」蓋成都岷江所産，《益部方物記》載之。賦序謂「來自暮春」者爲是。隱巒或作可朋。

鳳車

《古今注》：「蛺蝶大者名鳳子。」《廣東志》：「羅浮山有五色蝴蝶，相傳鮑姑上昇時裙裾所化。或云葛稚川也。土人呼爲鳳車。」韓致堯詩：「鳳子輕盈膩粉腰。」張文昌詩：「五色雲中紫鳳車。」

樹雞

樹雞，蕈也，類榆肉。《酉陽雜俎》曰：「出代州，俗呼猢孫眼。」唐肅宗與張良娣博，聲聞於外。李鄴侯言奏報停壅，乃以乾樹雞爲之。昌黎《答鄧道士》詩：「軟濕青黄狀可猜，欲烹還唤木盤回。煩君自入華陽洞，割取乖龍左耳來。」「華陽洞」見《茅君傳》，「乖龍」見崔奉國《李樹贊》，「左耳」見《大藏》善生王子事。昌黎平素闢佛，或未之見也。

東坡竹 見《九江志》。

富川有東坡竹，相傳大蘇過此，嘗以題壁，餘墨洒叢竹間，其新篁枝葉俱帶墨痕。姑蘇杜瓊有詩曰：「重華南去不南還，二女啼痕在竹間。亦有富川蘇子墨，至今枝葉尚班班。」

文僧

「怪石」一聯，《詩快》作李咸用。

韋蘇州有《覽文僧卷》詩曰：「怪石難爲古，奇花不敢妖。」與平日恬淡一派迥別，殆爲此僧作頂門針也。其《贈徐秀才》云：「清詩舞艷雪，孤抱瑩玄冰。」尤爲工緻。「艷雪」二字，韋集屢見。王榮老之官觀州，阻風於龍宮渡，七日不能濟。投諸物於江神，不應。以黄魯直草書韋蘇州詩扇頭投之，香火未收，天水如一。其詩即「春潮帶雨晚來急，野渡無人舟自横」之句也。左司詩得太史書而益妙，江神可謂兩彩一賽矣。

硯瓦

李咸用《謝友人遺端溪硯瓦》詩：「連漸光比鏡，囚墨膩於瑿。」「囚墨」勝於「殺墨」。或作「因」字，則人人能道者。「硯瓦」二字創見於此。或云唐以前硯皆用瓦，受墨處微凹。然昌谷有「踏天磨刀割紫雲」之句，是詠端石也。硯之製始於帝鴻氏。伍緝之《從征記》：「孔子廟中有石硯一枚。」《漢書》：「宣帝微時與張彭祖同硯席。」陸雲《與機書》：「君苗見兄文，欲焚筆硯。」則相沿久矣。

洞户

温飛卿《洞户》詩二十韵有曰:「畫圖驚走獸,書帖得來禽。」下句乃王右軍帖,上句則指徐景山、楊子華輩。通首對仗精工,足與義山並駕。

南荒風景

劉邵《人物志》云:「好奇之人横逸而求異。」須知横而逸方可言詩,方可立異。

沈雲卿《驩州》詩:「歲貸胸穿老,朝飛鼻飲頭。」張道濟《岳州競渡》詩:「齊歌迎孟姥,獨舞送陽侯。」白樂天《海南》詩:「天黄生颶母,雨黑長楓人。」張祜《寄遷客》詩:「溪行逢水弩,野店避山魈。」項斯《寄流人》詩:「象跡頻藏齒,龍涎遠蔽珠。」陳孚《安南》詩:「鼻飲如瓴甋,頭飛似轆轤。」於南荒風景寫得險怪逼人。此種筆仗,自鮑明遠《苦熱行》始。

答魑魅

唐人七言律部伍精嚴,自雲卿始。

雲卿《答魑魅代書寄家人》四十八韵,惟起手「魑魅來相問,君何失帝鄉」八句是問語,其下「影答余他歲，恩思宦洛陽」八十八句俱屬答詞，笑啼悲憤，一瀉無餘。盛唐巨手乃有此種文字，小生乍見，必謂馬腫背矣。又《赦到不得歸題江上石》二十四韵與此章參看，曲盡遷客逐臣景況。蘇長公過海諸作恢諧頹放，有無入而不自得之意。按其品詣，故自不同。

赤壁

杜牧之《寄李岳州》詩：「烏林芳草遠，赤壁健帆開。」在今嘉魚縣，非黄州赤嶼也。

曹虚齋翰卿《過赤壁》詩：「白石江頭烈火紅，千年遺事説東風。不知畫史將何意，不畫周郎畫長公。」此詩殊有意味，一則可見文士有靈，一則可訂赤嶼之誤。

春波

春波橋，取賀季真「春風不改舊時波」之句。東坡《寓惠集》誤作「黄損」。或云在千秋觀前，或云在鑑湖中。按：今禹蹟寺有春波橋，俗人呼爲「羅漢橋」者是也。

陸務觀乃左丞農師之孫，世爲會稽人，五雲門之華嚴寺是其舊宅。後與去婦遇於沈園，即今之禹蹟寺，所謂「傷心橋下春波緑，曾見驚鴻照影來」也。嘗見宋刻《世説》一册，有跋尾云：「淳熙戊申新定郡守笠澤陸游書。」豈先世僑遷於越而追係里名歟？今其墓在石碁山，有祭者。

杭越

元微之《送王協律遊杭越詩十韵》有曰：「山經秦帝葬，壘辨越王棲。」「葬」字疑誤，一本作「望」字爲是。至通首惟「松門天竺寺」一句屬杭，餘俱越事，偏枯至此，不能爲才子解也。

飛舞

《養魚經》：「魚無鼈守，則乘雨飛去。」《漢書》：「宣帝東浮大河，神魚舞於河。」

庾開府《詠畫屏風》詩：「竹動蟬争散，蓮摇魚暫飛。」張燕公《相州北亭》詩：「萍散魚時舞，林幽鳥作歌。」「蟬散」、「鳥歌」是習見語，以「飛」、「舞」屬魚則甚新。

栖雲

衣和庵主隱居雪竇之妙高臺，結龕其上，下臨不測。有藤一枝蜿蜒於左，號曰「栖雲」。嘗作詩曰：「竹筧兩三升野水，草窗五七片閒雲。老僧活計只如此，留與人間作見聞。」見葉文莊《水東日記》。

麻　胡　詳見徐慥《漫笑録》。

宣和時，有成郎中者，貌不揚而多髭。再娶之夕，其外姑詬曰：「我女如菩薩，乃嫁一麻胡耶！」命成作却扇詩，操筆大書曰：「一牀兩好世間無，好女如何得好夫？高捲珠簾明點燭，試教菩薩看麻胡。」其女亦能隨緣安分，竟偕老焉。「麻胡」二字見《汴河記》。又石勒將麻秋亦呼「麻胡」，以止兒啼。

崑山片玉　略見《剡溪漫筆》。

四明宋僉事儒，有女美而文，適仁和陳輔。合巹之夕，輔剔燈微吟曰：「油凍知天冷。」女應聲曰：「香銷覺夜長。」後生一子，病且死，作詩訣輔曰：「崑山片玉本無瑕，女子生來願有家。豈料中途成薄命，莫教兒子着蘆花。」定情初對，竟與「曙後一星孤」相似，亦詩讖也。「崑山片玉」，晉郤詵對武帝語。

雪衣女　虞文靖集載周韶事甚詳，其同輩胡楚、龍靚詩亦佳。云皆蘇文忠公墨蹟。

武林妓周韶能詩，好蓄奇茗，嘗與蔡君謨鬬勝。蘇子容過杭，召韶紏酒，乘間求落籍。蘇指簷前白鸚鵡曰:「可作一詩。」時詔適衣白,援筆立成,其結句曰:「開籠若放雪衣女,常念《觀音般若經》。」一坐笑賞,遂從之。此女幸遇玉堂學士,得遂隴山之請;若遇玉局仙人,恐未許空冀北之群也。「雪衣女」乃楊太真所蓄鸚鵡,自云夢惡,爲鷹所斃。

買愁村

瓊州臨高縣南有買愁村。胡澹庵南遷過此,賦詩曰:「北往常思聞喜縣,南來怕入買愁村。區區萬里天涯路,野草荒煙正斷魂。」「買愁」二字甚新。近人有《買愁集》四種,或作《賣愁集》以矯之。鄭都官《榆錢》詩:「買花不得買愁來。」

六六峰

晉庾峻曰:「雖有處士之名,而無爵列於朝。商君謂之六蝨,韓非謂之五蠹。」

晁以道與陳叔易俱隱嵩山。叔易被召入都,以道作詩曰:「處士何人爲作牙,盡携猿鶴到京華。故山巖壑應惆悵,六六峰前只一家。」較《北山移文》更爲簡切。故知終南山不易入也。

瀟湘夜雨圖

智永嘗作《瀟湘夜雨圖》上邵西山，西山即題曰：「嘗擬扁舟湘水西，蓬窗剪燭數歸期。偶因勝士揮毫處，却憶當年夜雨時。」問曰：「前輩曾有此詩否？」永因誦義山「問歸」篇，西山矍然，亟取詩以歸。翌日更作一首與之，曰：「曾擬扁舟湘水夜，雨窗聽雨數歸期。歸來偶對高人畫，却憶當年夜雨時。」其意恐犯前人而改之，然不如初作之韵也。永係宋人，非唐初書《千字文》名法極者。

雨絶

傅玄詩「忽如雨絶雲」、潘岳詩「邈若雨絶天」、郭璞詩「一乘雨絶天」，出《三國志·虞翻傳》「罪棄雨絶」。陳琳檄文「雨絶於天」、張率詩「美人之遠如雨絶」、太白詩「雨絶無還雲」，更爲超脱。

簞醪

《素書·上略》曰：「夫一簞之醪，不能味一河之水，而三軍之士思爲致死者，以滋味之及己也。」

徐天祐《簞醪河》詩：「往事悠悠逝水知，臨流尚想報吴時。一壺能遣三軍醉，不比商家酒作池。」

華鎮《考古》云：「勾踐將伐吴，有獻壺漿者，覆之上流。士卒乘流飲之，戰氣百倍。」《水經注》作「投醪河」，今在南澗門，實城内也。青城味江，亦投醪事。

英盼

謝朓《登孫權故城》詩：「江海既無波，俯仰流英盼。」李太白「翰林秉筆回英盼」出此。

拂衣

《左傳》：「叔向與子朱言，拂衣去之。」謝承《後漢書》：「王奂爲漢陽太守，范丹於道候别，拂衣而去。」《楊彪傳》：「孔融自謂魯國男子，明日便當拂衣而去。」《蔡邕傳》：「五原太守王智詬之，邕拂衣而去。」《南史・王僧虔傳》：「我立身有素，豈能曲意此輩！若彼見惡，當拂衣去耳。」康樂詩：「拂衣五湖裏。」醴陵詩：「拂衣釋塵務。」供奉詩：「明朝拂衣去，永與海鷗群。」工部詩：「吏情更覺滄洲孏，老大徒傷未拂衣。」皆從宦途言之，非泛用也。《天寶遺事》：「張彖爲華陰簿，守令抑之，拂衣而去。」

桂子銘旌

栖白《哭劉得仁》詩：「直須桂子落墳上，生得一枝冤始消。」東坡《贈梁將官》詩：「愛惜微官將底用，他年只好寫銘旌。」文字、武功，兩者都無可恃。此虞仲翔所以投身於海島，姚希晏所以匿跡於青城也。

玉巵無當

《南史》：「王球簡貴，門無異客。王曇首曰：『倩玉亦是玉巵無當耳。』」「倩玉」，球字也。

《韓非子》：「棠谿公語韓昭侯曰：『人主而漏泄其臣之語，譬玉巵之無當也。』」左思《三都賦序》：「玉巵無當，雖寶非用。」唐試院以此命題，蔣防有句曰：「清越音雖在，操持意漸隳。」通首俱作悵恨之詞，與《韓子》語無涉。元稹結句曰：「縱乖斟酌意，猶得對光儀。」稍有含蓄。末路善於補過者以此。元稹或併作蔣防。

諸生

《漢書・翟方進傳》：「努力爲諸生學問。」《鍾離意別傳》：「嚴遵與光武皇帝俱爲諸生。」《東觀漢記》：「相者謂班超曰：『祭酒，布衣諸生耳。』」任昉《爲梁武帝策秀才文》：「朕本自諸生，弱齡有志。」此二字高常侍用之於詩：「諸生曰萬盈，四十乃知名。」贈外甥也。方元英《過宋協律故山》亦云：「殘編續《大雅》，稚子記諸生。」范德機《贈别李教授》詩：「諸生五嶺外，之子大河東。」如此用字，方不落空。

秀才 北齊策秀才，有濫劣者，罰飲墨水三升。

《漢書》：「吴公聞賈誼秀才，召致門下。」「秀才」之名始此。《後漢·左雄傳》：「漢初舉賢良方正，州郡舉孝廉秀才。」嵇叔夜有《贈秀才入軍》詩十九首。太白《同吴王送杜秀才入京》曰：「秀才何翩翩，王許回也賢。」楊素謂杜正玄曰：「周、孔更生，尚不得爲秀才。」故以顔子爲比。而曰「許」云者，難之也。升庵引趙武靈王語，乃改「秀士」作「秀才」。

道士

《太霄經》曰：「人行大道，謂之道士。」周穆王因尹軌製樓觀，遂召幽逸之人爲道士。郭景純《遊仙詩》：「青溪千餘仞，中有一道士。」謂鬼谷子也。唐明皇《贈司馬承禎》詩：「青谿道士人不識，上天下天鶴一隻。洞門深鎖碧窗寒，滴露研朱點《周易》。」蓋以子微比王詡云。明皇詩或作《賜葉法善》。

上人

《增一阿含經》曰：「有過能改者爲上人。」《浄名經》曰：「彼上人者難與酬對。」則此二字緇素可通用也。晉時釋子多稱「道人」，或曰「法師」。至鮑明遠始有《秋日示休上人》詩。江文通擬之曰：「日暮碧雲合，佳人殊未來。」謂湯茂遠也。

主人

老杜《卜居》詩：「浣花溪水水西頭，主人爲卜林塘幽。」注謂「主人」者，裴冕也。或曰高適也，與年譜不合。班固《東都賦》自稱「主人」，劉峻《廣絶交論》亦然，則此二字乃公自謂。倘果裴、高輩爲之卜居，自當不日落成，何必待王十五遺草堂貲耶？

華頂

「天台衆峰外，華頂當寒空。有時半不見，崔嵬在雲中。」此靈澈詩也。祁雪瓢雋佳嘗爲余書便面。後見《唐詩選》，「華頂」二字作「歲晚」，不知於上下文義作何融會。

流蘇　《西京雜記》：「飛燕女弟有流蘇帶。」又《鄴中記》：「石虎御牀斗帳，五色流蘇。」

《漢書·禮樂志》有「流蘇」，蓋樂器所懸之飾也。薛瓚注作「流遡」。《續漢書》：「駙馬赤珥流蘇。」《海録》謂即盤線繡繪之毬。《晉書》：「割流蘇爲馬幟。」是則帷帳所飾之具矣。《漢武外傳》：「李夫人初至，坐七寶流蘇輦。」陳後主詩：「銀牀金屋挂流蘇。」江總詩：「新人羽帳挂流蘇。」《倦遊録》謂「五綵同心而下垂」者是已。

椒圖　龍生九子，末名椒圖，形似螺蚌，性好閉，故以司門。

貝瓊《未央硯瓦歌》：「長安昨夜西風早，錦縵椒圖跡如掃。」升庵謂：「閱陸文量《菽園雜記》始悉其義。」按陳孔奂《名都篇》：「九華雕玳瑁，百福上椒圖。」謂是屈戌、金鋪之類亦可。

椒塗　「圖」、「塗」二字，音同義異。

楊子雲《解嘲》：「前番禺，後椒塗。」應劭曰：「漁陽之北界。」則地名也。曹子建《洛神賦》：「踐椒塗之郁烈。」又似椒房之謂。謝惠連《詠蒲》詩：「初萌實雕俎，暮蓝雜椒塗。」即郁烈意。羅昭諫《效玉臺體》：「青樓枕路隅，壁甃復椒塗。」則「塗」字乃「塗飾」之「塗」。

遊蟻

應璩《與曹昭伯牋》：「昔陳司空爲邑宰，所在幽閒，獨坐愁思。幸賴遊蟻，以娱其意。」老杜《獨酌》詩：「仰蜂粘落絮，行蟻上枯梨。」遺山謂「行」字當作「倒」字。須溪謂「行列」之「行」。余意以「遊」字爲凖，更有出處。「螻蟻也知春色好，倒拖花片過宫墻」，「倒」字雖有説，但少陵未必預借後人之言。放翁詩：「會稽城南賣花翁，以花爲糧如蜜蜂。」蜂也，蟻也，得巨公拈入詩料，可謂肖翹之物，莫不各得其性已。

神遊

梅禹金有《悼往》詩，序略云：「黎惟敬南歸，神遊羅浮，見道人笠而杖者，問之，曰：『姓沈。』問爲誰？曰：『宣城故太史也。』則余邑君典云。」詩中有曰：「黎君太岑寂，戲作塵中遊。黄冠復猋忽，云是沈隱侯。初夢若宿昔，奄化偕千秋。天路坐超越，可望不可求。」惟敬名民表，君典名懋學，詳見《鹿裘石室集》。

兩當

趙清獻自成都被召還朝，宿廣鄉驛，有詩曰：「被召趨朝景物疏，兩當中夜宿中途。」蓋驛在兩當縣也。《九域志》：「縣在鳳州城西。」《圖經》云：「東京、西蜀至此，道里適均，故以爲名。」老杜有《宿兩當縣吳侍御宅》詩。神宗嘗問抃曰：「聞卿以匹馬入蜀，獨携琴、鶴，廉者固如是乎？」按：公琴、鶴之外，更有白龜。前已放鶴，再師蜀時，復投龜於淮，故有句曰：「馬尋舊路如歸去，龜放長淮不再來。」後人但知其一琴一鶴耳。

枉渚

《楚辭・涉江》篇：「朝發枉渚兮夕宿辰陽。」《太平御覽》曰：「枉山在郡東十七里，溪口小灣謂之枉渚。」陸士龍《答張士然》詩：「通波激枉渚，悲風薄丘榛。」《楚辭》原注：「謂將去枉曲之渚，而處辰明之鄉。」則「丘榛」二字又作何解？謝康樂《歸途賦》：「發青田之枉渚，逗白岸之空亭。」永嘉郡地也，亦不作虚字用。

龍鶴

馬戴《送李侍御福建從事》詩：「釣渚龍應在，琴臺鶴亂栖。」按福州釣臺山有石刻曰：「全閩第一江山。」相傳越王餘善釣白龍處。又漳州鶴鳴山有潛翁者，修真於此，養一馴鶴。上有風動石，高五丈，圍倍之，風來則動，鶴每栖其顛。

野馬黄羊

杜祁公詩：「雙鳧乘雁常深愧，野馬黄羊亦過憂。」按張説云：「吾肉非黄羊，必不畏喫；血非野馬，必不畏飲。」公詩蓋本此。上句則用馬懷素詩「今兹對南浦，乘雁與雙鳧」。陳止齋《送辛幼安》詩：「乘雁雙鳧滄海上，與君從此恐差池。」

鵜鶘行

魏文帝《鵜鶘集靈芝池詔》曰：「此詩人所謂汙澤也，刺曹恭公遠君子而近小人。」

崇禎午、未間，宜興相引文部郎爲私人政，以賄成鹽官。吴磊齋作《鵜鶘行》刺之，曰：「山林畏豺虎，川澤畏鵜鶘。鵜鶘大身嘴，項有百石壺。挈壺赴春波，抒水如轆轤。鼓翅風雨驟，所集無停汙。巨魚擲千尺，力絶僵泥塗。小魚濡沫乾，駢首安就屠。羶腴飽饞吻，狼藉沾諸雛。果腹坐磐石，睅目思江湖。方笑揭竿勞，終覺網罟愚。瞥然雙屬玉，徜徉意何殊。喙微毛領單，頗似有道癯。飢虚緩行躅，鞠躬俯寒蕪。翻遭鵜鶘嗔，砰磕聲氣麤。鵜鶘亦有云，其云多矯誣。一云丹穴王，竹實供天厨。

再云隨陽使，稻粱事踦敺。玆爾瑣尾臣，致身在菰蒲。鱣鮪方發發，鯤鮞正于于。颺爾頭上絲，保爾一捻軀。在梁幸可托，殄物干天誅。佞哉老鶖舌，凛若操戈殳。神鷺不呑鯉，況乃受揶揄。高蹈謝饕餮，杳向青冥呼。始信百族中，具有穿窬徒。除惡務其本，敢用諏司虞。」時熊大行、姜給事首攻其惡，獲譴最深，故以「雙屬玉」爲比。其曰「諏司虞」者，公以掌垣申救，而諸司噤不發聲也。按：公疏有云：「貪吏如狐，逢人便媚，而其所依倚必有大門墻；貪吏如鼠，遇穴即鑽，而其所盤結必有大要津。」又曰：「人情莫不嗜利，而有不脛而馳之物以汩其神；人情莫不畏禍，而有通神不測之技以撓其膽。」合前後諸疏讀之，淘河之肉，狗彘不食其餘矣。

三命

鄭康成注：《離騒・大司命》曰：「主督察三命。」大指即《黄帝養生經》上壽、中壽、下壽也。謝康樂《感時賦》：「鑒三命於予躬，怛行年之蹉跎。」

孫子荆《征西官屬》詩：「三命皆有極，咄嗟安可保。」若爲幕僚祖餞，則「三命」似出記傳。然下句以殤子、彭聃爲比，當是《孝經援神契》所云「命有三科：有受命以保慶，有遭命以謫暴，有隨命以督行也。」

白龍腰

佑事李後主，與徐鉉、湯悦、張泌俱有文名。嘗應制作小詞，有「桃李不須誇爛熳，已失了東風一半」，蓋諷諫也。

幽州潘佑，母娠時，嘗夢古衣冠人入其室，曰：「我顔延之也，當與夫人爲嗣。」生七歲始能言。忽吟詩曰：「朝遊滄海東，暮歸何太速。祇因騎折白龍腰，謫向人間三十六。」後如期而終。延年生前厭其子之豪侈，易世而猶以塵寰爲苦，要亦果位中人也。事載《南唐書》。

高一步

梅應發字定夫，廣德人。七歲不能言。一日行溪畔，見浮蛙，忽語其父曰：「此『大』字也。」自是穎悟。十歲能詩，郡守延而試之，即曰：「我本山中人，慣走山中路。不用倩人扶，一步高一步。」十九領鄉書，登淳祐進士。「大」字比「出」字更精，蓋夙慧也。見州志。

天上春回

海寧查秉彝爲諸生時，夢入一暗室被杖，額懸「天上春回」四字。後爲給事中，劾嚴嵩父子，廷杖六十，謫定邊典史。追憶前夢，因有句曰：「九重天上春回日，二十年前夢裏身。」可見世間榮辱俱有定數，而人每每邀榮避辱，如脂如韋，以期幸免者，何哉？謝肅字原功，上虞人。少與唐肅齊名，稱「會稽二肅」。洪武中，僉憲福建。時漳泉有虎患，移文境內之神，遂息。後坐事被逮，鞫之，大呼曰：「文華非栲掠之地，陛下非問刑之官。」因下法司，獄吏以布囊壓死。有《密庵集》十卷。

早見幾　詩見徐充《暖姝由筆》。

成化間，曾有一帖子粘於殿前擎天柱，曰：「秦檜當年陷岳飛，至今留得惡名題。於今丘濬排王恕，聖主應須早見幾。」瓊山用醫人之譖，力排三原。及其卒，醫往唁，夫人叱之曰：「相公爲爾排王冢宰，致干清議，何以弔爲？」時又有以盧相、舒王爲聯者，恐未必如是之甚也。

對青山　事載莫氏《語林》，與沈石田《客座新聞》稍異。

盛杲爲御史，王冢宰翶掌考察，以浮躁黜爲古田尉。往辭院長，咸惜之。杲從容曰：「此去在杲猶恕，尚存一『史』字也。」嘗賦詩曰：「縣門如水倚崢嶸，租稅無多訟亦清。有酒可斟詩可詠，也無官長要逢迎。」後移羅江令，韓都憲永熙謂曰：「王九皐不知人，要安排足下，宜置諸車馬轇轕之地，乃置諸山水間耶？」杲答以詩曰：「才劣豈宜居要地，性慵只合對青山。銓曹自有知人鑒，一度移官一度閒。」或謂杲代巡兩廣時，翶爲總制，杲嘗劾之，故修怨致此。按：王忠肅過濟寧，不肯壞都水使者之法，豈肯以私憾逐諫臣耶？然杲詩頗能以義命自安，不似浮躁人語。杲字允高，姑蘇人。

白羊湖

葉子奇《過白羊湖》詩："客思官程意轉迷，湘江南去草萋萋。待尋無樹人家宿，免得中宵謝豹啼。"金南陵曰："此即『打起黃鶯兒』之意。"葉字世傑，龍泉人，以薦主巴陵簿。

别人看

方紫陽《晚春》詩："十載干戈後，辛勤莳牡丹。豈知身是客，借與别人看。"此即"黃金散盡教歌舞，留與他人樂少年"之意。方有唐宋近體詩選，曰《瀛奎律髓》。

柳亭詩話卷八終

柳亭詩話卷九

山陰宋長白纂

取次

豐樂名羨，光之弟也。高元海嘗勸長廣王執之。祖珽告陸令萱所謂「威行突厥」者。

斛律豐樂《歌》曰：「日日飲酒醉，國計無取次。」謂齊主洋也。「取次」，安頓貌，或曰次第也。白香山好用此字，如「老愛尋思事，慵多取次眠」、「遇客踟躕立，尋花取次行」、「閒停茶椀從容語，醉把花枝取次行」、「香毬趁拍迴環匝，花盞抛巡取次飛」。以「取次」對「從容」，似「次第」之義爲長。

佁儗

馬融《長笛賦》注云：「寬閒貌。」

司馬相如《大人賦》：「沛艾赳螑，仡以佁儗。」「佁」讀如「熾」，「儗」讀如「膩」，注：「固滯貌。」《釋韻》曰：「不前也。」二字詩人罕用，惟李供奉《送王屋山人還山》云：「五月造我語，知非佁儗人。」山人即魏萬也。杜工部《西岳賦》：「千乘萬騎，螻略佁儗。」柳柳州《夢歸賦》：「紛若倚而佁儗。」賦家屢見之。

不分

《王僧虔傳》：「庾征西翼書與右軍齊名，右軍後進，庾猶不分。」「分」字仄聲，作「忿」字解，晉人常語也。徐摛詩「恒教羅袖拂，不分秋風吹」、張正見詩「不分梅花落，還同橫笛吹」本此。盧照隣詩「生憎帳額繡孤鸞」、駱賓王詩「生憎燕子千般語」，即「不分」意。杜詩「不分桃花紅勝錦，生憎柳絮白於綿」，乃合用之。

子細

《北魏書》：「源懷字思禮，嘗曰：『爲貴人理世務，但當提挈綱領，何必太子細也。』」似爲拘謹瑣屑者言之耳。杜陵「醉把茱萸子細看」、白傅「世路風波仔細諳」，自有意在。

𨢮子

邵康節詩：「大𨢮子中消白日，小車兒上看青天。」謂酒𨢮也。韵書無此字。紫陽作《康節先生贊》：「閒中今古，醉裏乾坤。」游誠之詩：「閒處漫憂當世事，静中方識古人心。」殊有邵子風味。誠之，張南軒弟子也。

博山

吕大臨《考古圖》曰：「罏象海中博山，下盤貯水，使潤氣蒸香，象海之四環。」

《西京雜記》：「長安巧工丁緩作九層博山香罏，鏤爲奇禽怪獸，皆自然轉動。」古詩：「請説銅罏器，崔嵬象南山。朱火然其中，青煙颺其間。從風入君懷，四座莫不歡。」劉繪有《詠博山香罏》詩，於上下四旁形容備至，殆親見之也。緩又作卧褥香罏，機關轉運四周，而罏體常平，可置被褥。尚書郎給女使，所執者疑即此。

紈扇

《樂府》作《怨歌》，云顔延之擬。

班倢伃既供養長信宫，作《紈扇》詩。其發端曰：「新製齊紈素，皎潔如霜雪。裁成合歡扇，團團似明月。」江文通擬其意曰：「紈扇如圓月，出自機中素。畫作秦王女，乘鸞向煙霧。」從中渲染一筆，即合歡意也。倢伃原倡曰：「出入君懷袖，動摇微風發。」含蓄最深。文通却曰：「彩色世所重，雖新不代故。」班屬自慰，江則旁觀也。末段曰：「常恐秋節至，涼飇奪炎熱。棄捐篋笥中，恩情終斷絶。」

禍水之唾，不獨披香老博士知之也。江曰：「竊愁涼風至，吹我玉堦樹。君子恩未畢，零落在中路。」方是設身處地之言。如此擬古，真似帷燈匣劍。《古今注》：「舜作五明扇。」《西京雜記》：「天子夏設羽扇，冬設繒扇。」《東宮舊事》：「太子納妃，供同心扇。」「合歡」者，「同心」之類也。

寶鴨

《博古圖》有「寶鴨」，乃薰爐也。徐興公詩：「香氣頻聞寶鴨薰。」吴梅村詩：「香銷寶鴨月如霜。」海南琵琶洲出一種鴨，似鳧而小，頭有緑毛，遍身文彩，似鴛央，土人呼爲「寶鴨」。粤歌有曰：「琵琶洲上琵琶鴨，一樣鴛央兩樣看。」

奔䱐

段公路《北户録》云：「鯸魚如指，長七八寸，但有香骨，曝以爲燭，極光明。」與奔䱐相反。

海南嬾婦魚，一名奔䱐，田豕入海所化。土人以其脂爲燭，飲食宴樂則明，誦讀紐紃則暗。詳見《異物志》及《酉陽雜俎》。鄺湛若詩：「丁年誤買奔䱐燭，丙夜誰傳太乙書？」鄺名露，博學而數奇，以中舍終。唐蒙《博物記》曰：「南有野女群行，不見夫，疑即此物。」佛經名爲「饞燈」。

金虎

曹操建三臺於鄴都，首名銅雀，中名冰井，後名金虎。張衡《東京賦》曰：「始於宫隣，卒於金虎。」五臣注曰：「堅若金，惡若虎。」何敬祖詩曰：「望館離金虎。」注曰：「望館，月御也。西方，金也。昴、畢之屬，爲白虎。」

陸機詩曰：「大辰匿躍，金虎習質。」又《贈顧彦先》詩曰：「望舒離金虎。」「望舒」，即望館。《甘石星經》曰：「太白入昴，爲金虎相簿，主有兵亂。」太安、永安之際時運概可知已。原注以下文有「重陰苦雨」之句，僅以「月離於畢」解之，不思「蕭墻」二字非泛引也。況彦先此時亦與季鷹有肥遯之志乎！虞山譏集詩：「風煙極目無金虎，霜露關心有玉魚。」「有」、「無」二字憤激悲涼，而顧欲荷鋤終老，何也？

玉羊

康成别注「雞」爲「箕」，「羊」爲「狼」。

劉孝綽《望月》詩：「玉羊東北上，金虎西南昃。」按《易是類謀》曰：「太山失金雞，西岳亡玉羊。」鄭康成曰：「星在未爲羊。」「玉羊」二字似出此。蓋以未爲月殿，指宫神而言。金虎亦非前解可證，似謂月上而星沉耳。

烏龍

沈份《續仙傳》云：「韋善俊嘗携一犬，號『烏龍』，後乘之飛昇。」韓致堯《香奩集》屢用之，有曰：「洞門深閉不曾開，横卧烏龍作妬媒。」又曰：「相風不動烏龍睡，時有幽禽自喚名。」又曰：「遥知小閣還斜照，羡殺烏龍卧錦茵。」此句又見義山集。《香奩》乃和凝所著，既貴顯，嫁其名於韓偓。善俊，即世傳藥王也。韓億幼得危疾，夢一叟牽黑犬，以藥授之，吞而遂愈。且自述其姓名，非内典之藥王、藥上也。《搜神記》：「襄陽紀信純有犬名烏龍。」《續搜神記》：「會稽張然有犬名烏龍。」《夢溪筆談》曰：「偓有手書詩百餘篇，慶曆中，其四世孫奕詣闕獻之。以忠臣之後，授司士參軍，歷殿中丞。」

妙用真人

《道藏》云：「王母第二十三女。」

三峽有妙用真人廟，即《高唐賦》之「神女」也。或曰是天帝季女，名瑶姬，嘗助禹治水，亦稱雲華夫人。扶乩者得詩一首，有云：「雲雨高唐入夢驚，襄王與妾本無情。只因宋玉多才思，萬古長江洗不清。」顔之推有云：「自古文人多陷輕薄，書此以爲口業之戒。」大蘇《神女廟》詩奇横獨絶，於高唐一事置若罔聞，乃見此公心眼之妙。至云：「蜀守降老蹇，至今帶連環。」自注云：「秦時蜀守李冰降毒龍蹇氏，鎖之江上。」更可補諸書所未備。

雅　正

《窮怪録》載蕭總遊明月峽，神女以玉指環贈之。其誣妄可知已。

吴簡言經巫山廟，題詩曰：「惆悵巫娥事不平，當時一夢是虚成。只因宋玉閒唇吻，流盡巴江洗不清。」夜夢神女來見，曰：「君詩雅正，當以順風爲謝。」明日揚帆，一瞬百里。吴字若訥，宋人。詩與乩筆略同。李義山詩：「襄王枕上原無夢，莫枉陽臺一片雲。」亦雅正也。

明妃曲

自石季倫作《明妃曲》後，詩人吟詠不置。謝中丞杰評杜少陵《詠懷古蹟》第三首云：「公此詩爲近體之冠，稱《明妃曲》中神詩。『一去紫臺連朔漠』，足兼『今日漢宫人，明朝胡地妾』之句；『獨留青冢向黄昏』，足契『漢使相逢頻寄語，黄金何日贖蛾眉』之意；『畫圖省識春風面』，足卑『意態由來畫不成，當時枉殺毛延壽』之調；『環珮空歸月夜魂』，足破『漢恩自淺胡自深，人生樂在相知心』之舛；『分明怨恨曲中論』，足軋『紅顔勝人多薄命，莫怨東風當自嗟』之詞。故曰：公詩，神詩也。」詳見《詹言》。

鹿　女

《大藏》：有牝鹿舐仙人浣衣石而孕，後於石上産一女子。

王右丞《遊感化寺》詩：「雁王銜果獻，鹿女踏花行。」劉辰翁注下句云：「若用《禮記》，『鹿女』舛。」如此箋釋，則知須溪於内典未嘗寓目也。大羅氏致鹿與女，與禪宗何涉！摩詰有知，得無咤爲「今夜吴臺鵲，坊州采杜若」乎？

藍　輿

右丞《酬嚴少尹徐舍人見過不遇》詩：「偶值乘藍轝，非關避白衣。」「藍」字從「草」，對「白」；「轝」作仄聲。白香山《閒行》詩：「病乘藍轝出，老着茜衫行。」亦屢作仄用。蘇長公《次黄魯直韵》：「莫嗟平轝空神物，尚有西齋接勝流。」自注云：「轝音預。」黄滔詩：「白馬嘶風三十轝。」亦從仄。

丈人行

張天覺自漕使至執政，時論不無異同。後家居被召，將行，唐子西適見桃李盛開，而殘梅尚有數枝，因賦詩曰：「桃花能紅李能白，春來無處無春色。不應尚有數枝梅，可是東君苦留客？」「向來開處當嚴冬，桃李樂在交遊中。只今已是丈人行，勿與年少争春風。」以投天覺，大爲稱賞。先是，子西有《内前行》一首，於「商霖」二字極爲洗發。後竟以詩遘禍，謫羅浮。張九一《與吴霽寰書》：「名敵則相掩，位敵則相凌；女並寵者妬，雀並枝者啅，勢使然也。」

蘭蕙同芳

茶陵李希蘧，元統初舉狀頭，洪武間隱居故里，不應徵辟。嘗題《蘭蕙同芳圖》曰：「蘭生花葉短，蕙老花葉長。短長各自媚，異體同芬芳。但依竹石根，不羡桃李場。君子有令德，千載流輝光。」公名祁，字一初。有《雲陽集》，危素序之。乃西涯從祖也。公與余闕同榜，嘗序《青陽集》。自恨不能效死如廷心。

遊嶽載歸

開元中，徐安貞爲中書舍人，内廷製作，多命視草。及李林甫用事，倚爲腹心。林甫敗，遁入衡山，僞瘖疾，屢爲寺僧所侮。李北海遊嶽識之，因戲曰：「『峴山思駐馬，漢水憶迴舟』、『暮雨衣猶濕，春風帆正開』，抑能記否？」因同載北歸。至長沙，謂守者曰：「瀟湘逢故人，若幽谷之覩太陽。不然，委填巖穴矣。」安貞一名楚璧，龍丘人。《舊唐書》曰：「尤善五言詩。」李所吟，其警句也。

賒酒借書

皮襲美詩：「野客共爲賒酒計，家人同作借書忙。」陸務觀詩：「供家米少因添鶴，買宅錢多爲見山。」清貧樂事，世人罕有知其趣者。吾欲繪以爲圖，著之齋壁。

渭南

放翁恩封渭南伯，戲作長句曰：「虛名定作陳驚坐，好句真慚趙倚樓。」自注云：「唐人趙嘏爲渭南尉，當時謂之『趙渭南』。後來將以予爲『陸渭南』乎？」其自寓如此。今人乃僅稱爲「劍南」。《劍南集》二十卷，皆蜀事；《渭南集》四十五卷，則總集。

一句流傳

詩不在多，有以一句流傳千古者，如崔信明「楓落吴江冷」是也。康樂之「池塘生春草」、道衡之

「空梁落燕泥」，則全篇又賴以生色矣。潘大臨「滿城風雨近重陽」之句，自云爲催租吏敗興而止，然此句因此吏以傳，而此吏又因此句以俱傳，詩之爲用大矣哉！謝無逸用邠老起句作三絶。

十倍三分

「劍江春水緑沄沄，五丈原頭日又曛。舊業未能酬後主，大星先已落前軍。南陽祠宇空秋草，西蜀關山隔暮雲。正統不慚傳萬古，莫將成敗論三分。」升庵謂見於武侯祠壁，雖子美或未過之，惜不知其姓氏。按：金人郝俣有《題五丈原武侯廟》詩，氣骨與此伯仲。其以「十倍」對「三分」，尤恰當也。詩曰：「籌筆功名事可哀，長星飛墮蜀山摧。三分豈是平生志，十倍寧論蓋世才。壞壁丹青仍白羽，斷碑文字只蒼苔。夜深老木風聲吼，猶想褒斜萬馬來。」

木末亭

葉臺山《題正學祠》：「兩朝事往君恩在，十族煙銷詔草成。」

吴聽翁嘗語余曰：「方學士以智《題木末亭正學先生祠》『十族可憐無姓字，三楊終不是功名』，爲一時傳誦。甲申後，遂薙髮爲僧，入清凉山。蓋其志意早見於翰墨中矣。」按：此詩見《黄海岸稿》，其結句曰：「此地竟無能拜者，六朝風俗壞諸生。」聽翁之説不知何據。

白雀寺

湖州白雀寺緑竹盈園，枝修節巨。有女子刻詩於上曰：「閒拔金釵撥翠筠，尋春人自惜殘春。幽情無限誰能見，疏雨東風總未真。」後書「吴門蘇氏碧虬題」。按：城中天聖寺壁有管仲姬畫竹，粉墨形似，猶有存者，女郎何不一詠之耶？己酉春，聽翁招遊道場山。與兀庵禪師閒行溪畔，見叢篠中有殘梅數朵，聽翁偶吟曰：「道場最佳處。」兀庵遽曰：「元度偶徘徊。」續曰：「月到梅花裏，清風溪上開。」聽翁拊掌叫絶，遂拾片磁，鎸之於竹。

下九

《焦仲卿妻》詩：「初七並下九，嬉戲莫相忘。」「七」，當指穿針之會；「下九」者，按《采蘭雜誌》，古人以二十九日爲上九，初九日爲中九，十九日爲下九。每月下九，女子爲藏鈎之戲，以待月明。

結同心

《能改齋漫録》云：「西陵在錢塘江之西。」按：西陵屬蕭山境，吴氏蓋誤以東爲西也。錢塘則小小流寓於此。

古樂府詠蘇小小曰：「何處結同心，西陵松柏下。」故注稱錢塘妓。自唐以來，吟詠最多，如「不分錢塘蘇小小，引郎松下結同心」之類。而宋陳子兼《窗間記聞》曰：「嘉興縣西南六十步，地志云晉歌妓蘇小小墓，今石碣尚存。」徐凝《寒食》詩：「嘉興郭裏逢寒食，落日家家拜掃歸。只有縣前蘇小小，無人送與紙錢灰。」豈生寓西湖而殁葬鴛湖耶？羅江東詩：「魂兮檇李城，猶未有人耕。」則嘉興之説未謬。義山《送人之蘇州》詩：「蘇小小墳今在否，紫蘭香徑與招魂。」又欲派往蘇州。

鄉里

鑑湖有柳姑祠。放翁詩：「柳姑廟前魚作市，道士莊畔菱爲租。」

沈約《山陰柳家女》詩：「還家問鄉里，詎堪持作夫。」按《南史・張彪傳》：「我不忍鄉里落他處。」則此二字當指妻言。萬楚詩：「山陰柳家女，九日采茱萸。」結曰：「蛾眉自有主，年少莫踟躕。」通首作《陌上桑》語氣，意當日必有事跡可考，郡志失傳。

退圃

山樵朱承爵曰：「題目詩最難工妙，如東坡爲俞康直作所居四詠，中有《退圃》詩一首曰：『百丈休牽上瀨船，一鈎歸釣東頭鯿。園中草木知無數，獨有黄楊厄閏年。』其於『退』字略不發明，而句句曲盡『退』字之妙，此詠題三昧也。」但「頭」字易「項」字以就粘，微近於俗。《逸》、《遁》、《遠》亦佳。

出東門

作詩，凡一篇之中亦忌自相矛盾。如東坡有「日日出東門，尋步東城遊。城門抱關卒，怪我此何求。我亦無所求，駕言寫我憂。」章子厚評曰：「前步而後駕，何其上下紛紛耶？」東坡聞之曰：「吾以尻爲輪，以神爲馬，何曾上下乎！」參寥子謂其文過似孫子荆所以枕流欲洗其耳，然終是詩病。

梅山亭

「三梅」，即長沙安化縣。熙寧中，章惇始開，至今鮮猺僮之害。其《題梅山亭》二詩，筆甚遒勁，似不當以人廢言。但首章稱熙寧天子之聖，追神堯而陋漢武；次章自序其績，一則曰「臣惇入奏陳地圖」，再則曰「臣惇專持使令車」，小人面目，和盤托出。郡志列於《藝文》，不知與濂溪諸作何分别也。

嶽麓

吴園次《嶽麓書院》詩：「千秋正席朱元晦，一片殘碑李太和。」此甲子歲同遊分韵之句。

嶽麓爲衡山七十二峰之末，昔人謂原名靈麓，至宋始改。然沈傳師、宋之問、齊己有《嶽麓》詩，杜子美、劉文房有《嶽麓道林》詩，則非自宋始也。杜荀鶴「猿到夜深啼嶽麓」、韓偓「借得茅齋嶽麓西」，唐詩屢見。

壦嶅

王喬，犍爲人，食肉芝而身輕。後爲柏人令，於東壦山得道。非周王子晉，亦非爲葉令者。闞駰《十三州志》謂舜納於大麓，即此山也。韓定辭，《梁書》作韓定之，馬彧作慕容郁。

《北夢瑣言》曰：「韓定辭爲鎮州王鎔書記，聘於燕。劉仁恭命馬彧款之，彧贈以詩曰：『遂林芳草綿綿思，盡日相攜陟麗譙。別後壦嶅山上望，羨君時復見王喬。』韓酬以詩曰：『崇霞臺上神仙客，學辨癡龍藝最多。盛德好將銀筆述，麗詞堪與雪兒歌。』」楊用修曰：「『壦嶅』，『嶅』字當作『堥』字，讀如『旄丘』之『旄』。」此本韋昭注班固《答賓戲》「堥敦」，「堥」字音「旄」也。然《顏氏家訓》「壦嶅」作「壦務」，魏收《莊嚴寺碑》用之，非平聲也。或詩誤，楊說亦誤。

皋橋

「皋」多誤作「高」。《玉照新志》載盧陵挽蘇子美詩猶然。

吴門皋橋相傳爲皋伯通故里，即梁伯鸞、孟德曜依廡下處。皮襲美詩曰：「皋橋依舊緑楊中，閭里猶存隱士風。惟我到來居上館，不知何處勝梁鴻？」襲美故自超然，較諸伯鸞，何啻有上下牀之別。

廡傳而館無聞，有以也。

臨平

河畔有石鼓亭，即張華用桐木爲魚，扣之聲聞數里者。今僅有亭，爲佛日下院。

參寥子者，妙總大師曇潛也。俗姓王，錢塘人。以童子誦《法華經》得度，累賜師號及紫伽黎。嘗在臨平道中作詩曰：「風蒲獵獵弄輕柔，欲立蜻蜓不自由。五月臨平山下路，藕花無數亂汀洲。」東坡一見，爲寫而刻諸石，嘗稱之曰：「此釋子詩無一點蔬筍氣，其體製絶似儲光羲，非近世詩僧所能比也。」曇潛，《宋詩僧》作道潛。唐有道士號參寥子。

衰陳

李太白詩：「大雅久不作，吾衰竟誰陳？」

梵林修公，吾鄉馮氏子。少年跅弛自喜，嘗走江上從軍，軍潰，遁入雲門，依雪嶠人師薙染。其詩凄惋可誦，自名其集曰「衰陳」。己酉春，晤於西湖之烏石峰。庚戌夏，余再上長安，與徐野君、張祖望輩會於湯古田齋中，分韵見贈，修老有「如公何但稱才子，忠孝經綸偉丈夫」之句。後以疾卒於族人之室，其稿竟散失無傳，僅見二首於《越郡詩選》，卓子任載入《遺民集》。雪嶠自號青獅翁，示寂於丁亥八月。弘覺老人挽詩有云：「只有駡人三寸舌，曾無諂佛兩行眉。」詳見《百城集》。

直節無枝

寒泉老人爲法門尊宿，所著《直木堂》、《睡香庵》諸集彪炳叢林。其繼席平陽之日，余與契合最深。嗣復主席天童。嘗以拄杖授余，手書一軸爲記莂云：「宋公吾不知其何輩人，勃窣高戴方山巾。長歌短劍走燕秦，詩情酒態秋復春。下視一世茫煙塵，歲晚歸來釣鑑潯。禪爲餌兮法喜綸，大笑衝浪皆凡鱗。聞者見者驚嘆頻，紆轍鹿峰忘苦辛。沙飯細嚼血牙齦，滋味自別眉休顰。烏藤霜絡渾骨筋，隻手提授用貴親。直節無枝光錟新，子韶格物非其隣。」

春野

寒泉以文字妙香代爲佛事，一時會下諸人莫不異口同聲，裒然成帙。獨石庭弘公爲能擺落一切，自成機杼。其全集余嘗序之。西山和尚取入《法苑英華》，皆琅琅可誦也。弘公爲姚孝子後裔，孝子名希唐，號春野，以事母棄官歸，與季彭山、錢緒川、王龍溪、陳海樵遊。徐文長詩所謂「春野山人性頗怪，海縣爲官懶束帶」，即其人也。孝子以孫貴，贈太常少卿。其墓在石碁，爲人盜買。石公走京師，丐錢贖之，不可，乃以其募資建孝義祠於故里。其詩有「魂夢三年雙淚盡，死生萬里一身歸」之句，紀實也。

伏虎寺

金壇蔣虎臣超，丁亥第三人入館，爲學使。夢中有所見，遂以禪悦爲事。後宿峨嵋山之伏虎寺，賦詩曰：「翛然猿鶴自來親，老衲無端墜孽塵。妄向鑊湯求避熱，那從大海却翻身。功名傀儡場中物，妻子骷髏隊裏人。只有君親無報答，生生常自祝能仁。」書竟，端坐而逝。觀此則知趙閲道、楊次公一流人物，不得以逃儒入墨少之。

疑佛疑魔

李卓吾死於逮，馬御史經綸葬之。于弈正過其墓，有詩曰：「此翁千古在，疑佛又疑魔。未效鴻冥去，其如龍亢何？書焚焚不盡，老苦苦無多。（注云：卓吾晚年著書，名老苦。）潞水年年嘯，長留君浩歌。」湯義仍有句曰：「自是精靈愛出家，鉢頭何必向京華。」周汝登亦有句曰：「半成伶俐半糊塗，惑亂乾坤膽氣粗。」按：隆、萬時，閩人林兆恩倡三教總持之説，里人趨之如鶩。卓吾適以偏師游徼其間，而適丁其禍，固非爲法罹難者可同日語也。「白盡餘生髮，丹存不老心」、「遠夢悲風送，秋懷落木吟」，皆卓吾句。

象外句

洪覺範曰：「唐僧多佳句，其琢句法比物以意，而不指言某物，謂之象外句。」如無可上人詩：「聽雨寒更盡，開門落葉深。」是以「落葉」比「雨聲」也。又曰：「微陽下喬木，遠燒入秋山。」是以「微陽」比「遠燒」也。石屋珙曰：「分明月在梅花上，看到梅花早已遲。」於寂音句緇素得出，許汝作個詩僧。

紅白

杜工部曰：「髮短何勞白，顏衰肯更紅。」鄭都官曰：「衰鬢供霜白，愁顏借酒紅。」陳正字曰：「髮短愁催白，顏衰酒借紅。」周遵道謂語意相類，必有定其優劣，不知隋人尹式詩「衰顏倚酒紅」，「倚」字尤有味也。

花柳

唐時殿庭多植花柳，杜子美詩「退朝花底散，歸院柳邊迷」是也。又有松樹藥欄之類，元微之詩

「松間待制應全遠，藥樹監搜可得知」是也。上句謂凡入閣賜對，退立東堦松樹下，候進止也；下句謂入殿奏事，以御史一人立殿門外搜索，而後放入也。宣和御製《宫詞》：「禁宫春色最妖妍，桃李扶疏滿眼前。」是宋時猶踵唐制，元、明以來不復然矣。

紅雨

劉夢得詩：「花枝滿空迷處所，摇動繁英落紅雨。」實自李長吉「桃花亂落如紅雨」化來，而馬西樵謂劉、李出於一時，並非剽竊。吾謂「寸金不换丈鐵」，昌谷爲優。李中詩：「好是經霜葉，紅如帶露花。」亦將杜紫微句點金成鐵。

梅雨

王季重曰：「梅雨在四五月，如婦人之怒，易搆而難解；又如少年無行子，盟在耳門，須臾翻覆。」取喻奇而確。

周處《風土記》：「夏至前雨，名黄梅雨。」《月令廣義》曰：「江、淮四五月間，久雨爲黴天。」《説文》曰：「衣中久雨青黑色也。」《本草》曰：「梅雨水沾衣便腐。」詩人多用「梅」字，薛道衡「細雨應黄梅」、隋煬帝「黄梅雨細麥秋輕」、白樂天「黄梅雨裏一人行」、朱慶餘「梅天馬上愁黄鳥」、鄭谷「梅雨滿江春草歌」、薛能「濕風梅雨滿船輕」，少陵、柳州集俱有梅雨詩。諺云：「夏至一聲雷，倒轉做重梅。」崔翹詩：「杜馥重梅雨，荷香送麥秋。」《埤雅》曰：「三月爲迎梅，四月爲送梅。」

花雨

庾開府《遊山》詩：「澗底百重花，山根一片雨。」屠赤水曰：「後人作登臨詩，曾有此句否？」余謂《舟中望月》詩「山明疑有雪，岸白不關沙」，亦非後人可到。

清音

太沖詩，《玉磵雜書》誤作謝康樂。

梁昭明與諸人泛舟玄圃，或稱此中宜奏女樂，太子初無言，但詠左太沖詩曰：「何必絲與竹，山水有清音。」可見松陰唱導，花下鳴鑣，必非高人勝賞。

草書

懷素以草書擅名當世，戴叔倫贈以詩，有曰：「心手相師勢轉奇，詭形怪狀翻合宜。人人欲問此中妙，懷素自言初不知。」許瑶有曰：「志在新奇無定則，古瘦灕褷半無墨。醉來信手兩三行，醒後却書書不得。」其自序歷舉諸賢評騭，以顔清臣爲首，蓋「古釵脚」、「屋漏痕」爲其心醉也。素書本學張顛，而米顛謂其平淡，不幾力效前顛而反見黜於後顛耶？序稱司勳起爲從父，當本姓錢。而仲文集有《送外甥懷素》詩，豈亦如近世過房出繼之流耶？

剪削

東莞王晞，字元宗，聘同郡楊氏女苕華。未成禮，楊父母俱喪，晞母亦卒。乃舍俗出家，更名竺僧度。楊終喪，自惟三從之義，以詩五篇寄度，有曰：「安事自剪削，耽空以害有。」度報以書，亦以詩五篇復之，有曰：「罪福良由己，寧云已恤他。」楊感悟，亦出家。此事與雲棲夫婦相仿，而王、楊得童真住，更難。《世説》：「王晞字叔朗，人號『方外司馬』。嘗有句曰：『日落應歸去，魚鳥見留連。』」《齊書》：「高演欲以王晞爲侍郎，不受。或勸之，曰：『非不好作要官，但思之爛熟耳。』」一南、一北、一僧，姓名同、時代同，瑯琊、太原譜系俱逸其人。

龍鍾

裴晉公未遇時，過天津橋。有二老倚柱而立，愕然曰：「蔡州未平，須得此人爲相。」僕人以告，公曰：「見我龍鍾，故相戲耳。」昌黎詩：「東野不得官，白首誇龍鍾。」又《送侯喜》詩：「已作龍鍾後時者，懶於街裏踏塵埃。」退之與晉公同時，未必便用其語。《南越志》：「羅浮有籠篾竹，一名龍鍾。」張曲江《答陳拾遺贈竹簪》詩：「遺我龍鍾節，非無玳瑁簪。」是昔人原以名竹，而晉公引之耳。王褒《與周弘讓書》：「援筆攬紙，龍鍾橫集。」《演義》謂藍鬖拉搭之貌。岑嘉州詩：「雙袖龍鍾泪不乾。」蓋老狀也。李俊明詩：「龍鍾不稱凌煙像，只有山林志可酬。」

他年

韋莊《與僕者楊金》詩：「努力且爲田舍客，他年爲爾覔金魚。」又《與女僕阿汪》詩：「他年待我門如市，報爾千金與萬金。」一許以官，一啗以利，寫盡措大未遇時捕風捉影之態。「鼻涕長一尺」、「胡爲乎泥中」，始覺王、鄭二公威令人行也。少陵《示阿段》詩：「郡人入夜争餘瀝，稚子尋源獨不聞。」刁間所以取桀黠奴。中山《贈小樊》詩：「花面丫頭十三四，春來綽約向人時。」曹公所謂「有心青衣」也。

嫦娥報姓名

華容黎淳行謹厚，絶外欲。天順丁丑，公車入都，諸英少拉往勾闌，豫囑妓呼其名。淳口占一絶曰：「十里紅樓百里程，忽聞花裏喚黎淳。狀元本是天生定，故遣嫦娥報姓名。」及對策，果擢狀頭。

隨陽雁

洪武十年，宋景濂侍上御午門，因乞歸。上顧謂曰：「卿來此地跡應稀矣，可能再見否？」濂對曰：「老臣身未就木，當一歲一來也。」華亭朱孟辨芾紀其事，以詩送之，有曰：「城上春雲暖更飛，念卿此地跡應稀。臣身願作隨陽雁，一度秋來一度歸。」此時主眷如是，何末路蹭蹬乃爾耶？

萬鴿飛翔

紹興間，宮中養鴿，群飛於外。有太學生作詩以諷，傳入大内。高宗聞之，因不復畜。詩曰：「萬鴿飛翔繞帝都，朝昏收放費工夫。何如養取雲邊雁，沙漠能傳二帝書。」可與康伯可《題扇》句並傳。張曲江有鴿曰「飛奴」，每令寄書於人。又《輟耕録》、《三餘醉筆》皆有鴿傳書事，惜當日未有以之解嘲者。

柳亭詩話卷九終

柳亭詩話卷十

山陰宋長白纂

五辛柏葉

庾肩吾《歲盡應令》詩，不獨聲調圓穩，爲唐律之祖；至云「聊開柏葉酒，試奠五辛盤」，尤開無限法門。不讀六朝詩，安知三唐所自起乎！

折楊柳

「嫋嫋河堤樹，依依魏主營。江陵有舊曲，洛下作新聲。妾對長楊苑，君登高柳城。春還應共見，蕩子太無情。」此徐陵《折楊柳曲》也。使掩其名姓，得不指爲初唐佳什乎？其《別毛尚書》一首，音調亦同。《同江詹事登宮城南樓》一首，純乎排律矣。庾信《舟中望月》一首，通體穩順，第結句似收煞不住，當別參之。

道林寺

唐人七言排律平韵，自崔融《從軍行》始。

五古通體作排語者甚多，七言罕見。沈君攸「桂檝泛中河」一首已啓其機。至韋蟾《道林寺》一首，工力兼到，雖係仄韵，竟可作排律矣。詩曰：「石門迴接蒼梧野，愁絶陰深二妃寡。廣殿崔巍萬壑間，長廊詰屈千巖下。静聽林飛念佛鳥，細看壁畫馱經馬。暖日斜明螮蝀梁，濕煙散冪鴛央瓦。北方部落檀香塑，西國文書貝葉寫。壞榴迸竹醉好題，窄路垂藤困堪把。沈裴筆力鬥雄壯，宋杜詞源兩風雅。他方居士來施齋，彼岸上人投結夏。悲我未離擾擾徒，勸吾休學悠悠者。何時得與劉遺民，同入東林白蓮社。」大蘇《同程正輔遊白水山》詩，幾有積薪之歎。

隔句對

隔句對始於曹子建《鰕䱇篇》，即《小雅》「昔我往矣，楊柳依依」之章法也。左太冲《詠史》詩「習習籠中鳥，舉翮觸四隅。落落窮巷士，抱影守空廬」、司馬彪《贈山濤》、謝靈運《宿石門》、江淹《貽袁常侍》俱用此體。薛道衡「昔時應春色，引緑泛青溝。今來承玉管，布字轉銀鈎」，蓋詠側理紙也，紙以苔爲之，故云。亦作「陟釐」。盧照隣《東山谷口》外，唐人此體極多。

七言隔句

五言隔句多已，七言惟鄭都官有云：「昔年共照松溪影，松折碑荒僧已無。今日還思錦城事，雪消花謝夢何如?」白樂天《快活》一首、韓致堯《寒食有懷》一首亦用此體。此類雖非至詣,然亦不可不知也。

離合

孔北海作《離合詩》,鮑明遠效之,至權德輿且衍爲數十韵。此如琴譜中之吴歌梵咒,於太和元氣澌滅盡矣。輓近盛作八音裝頭,五字束脚,且用傳奇中語,噂沓不休者,吾不知於四始六義之旨爲何若耶?辛亥遊天津,薛觀察柱斗以方歐餘《四時閨怨詩》屬爲捉刀,即八音五字之體。湯古田見存敝藁中,笑曰:「何故作此狡獪耶!」因急去之。

詩忌

詩有以干支、星宿、建除、字謎、八音、人名、藥名之類遊戲成文者,有所謂迴文、聯錦、連環,及一七令諸體者,皆非大方家所宜,入之稗官小説可耳。鮑參軍有九言詩,昉自高貴鄉公,沈隱侯、文湖州效之;中峰禪師用以詠梅,楊升庵從而和之;盧贊元詠酴醿,已先爲祖之。佶屈聱牙,不作可也。元人七古好用長句,九字至十三字,總不見佳。

詩誤

「西巴」，《説苑》亦作「巴西」。

孟襄陽詩：「伏枕嗟公幹，歸田羨子平。」誤以張平子爲「子平」；李嘉祐《贈韓侍郎》詩：「圖畫風流似伯康。」誤以韓伯休爲「伯康」；黄涪翁詩：「食子不如放麑，樂羊終愧巴西。」誤以秦西巴爲「巴西」；蘇東坡詩：「石建方欣洗牏厠，姜龐不解歎伊威。」誤以厠牏爲「牏厠」；李獻吉詩：「玉峰回首碧參差。」「差」音雌，誤與「家」字同押，則昌黎作俑也；袁石公詩：「慚愧虚名老顧厨。」「厨」音皮，誤作「厨」與「扶」字同押。

改易地名

邢凱《坦齋通編》曰：「詩人好改易地名以就句法。如大孤山旁有女兒港，小孤山對岸有彭浪磯。韓子蒼詩：『小姑已嫁彭郎去，大姑常伴女兒住。』四者之中所不改者一耳。蜀大散關有喜歡鋪，江西萬安縣有黄公灘。東坡《入贛》詩：『山憶喜歡來遠夢，地名惶恐泣孤臣。』乃更『惶恐』以對『喜歡』。」余按徐凝《過馬當》詩：「三月盡頭雲葉秀，小姑新着好衣裳。」白樂天《東南行》：「林對東西寺，山分大小姑。」是唐人已呼爲「小姑」矣。又文信公有「惶恐灘頭説惶恐，零丁洋裏歎零丁」之句。前人所言，後人沿爲故實，特問其詩之佳與不佳、人之傳與不傳耳。

晚暮

楊震客居于湖，衆人謂之「晚暮」。後得三鱣之兆，歷官太尉。

李尤《九曲歌》：「年歲晚暮時已斜，安得力士翻日車。」「年」與「歲」、「晚」與「暮」疊用，在後人必以爲疵矣。王逸《琴思楚歌》亦有「時節晚暮年齒老」之句。曹子建《種葛篇》：「行年將晚暮，佳人懷異心。」劉眘虛《寄孟浩然》詩：「林山相晚暮，天海空青蒼。」尤字伯仁，和帝時爲蘭臺令史；逸字叔師，著《楚詞章句》。

匹夫囚臣

《後漢・傳贊》：「嚴氣正性，與昆玉、秋霜比質。」自是北海定評，移易他人不得。温飛卿《題墓三十韵》頗得其概。

孔北海《雜詩》：「吕望老匹夫，苟爲因世故。管仲小囚臣，獨能建功祚。」李天生曰：「太公滅殷，管子尊周，先生取舍若此，知其懷忠於漢室也。」端明云：「使操不殺公，公必殺操。」千載知己之言。如此看，覺鍾、譚品隲，尚隔一層。

垓下大風

《車鄰》、《駟驖》，見於十五《國風》。逮始皇焚書坑儒，而此中道絶。然《垓下》、《大風》，其人故生於秦季也。天地自然之氣，賴以不絶如綫者以此。《安世房中歌》典雅莊重，一代作手。若戚夫人、華容夫人、烏孫公主、趙后、班姬、文君、昭君、徐淑、蔡琰、蘇伯玉、竇玄妻，雖哀怨不同，而各自攄其情性，千載之下，口吻如生。漢世婦人，何其多才也！

病婦孤兒

古樂府多有不可句讀者，流傳既久，容有脱誤之處。若《病婦行》、《孤兒行》二首，雖參錯不齊，而情與境會，口語心計之狀，活現筆端。每讀一過，覺有悲風刺人毛骨。後賢遇此種題，雖竭力描邈，讀之正如嚼蠟，淚亦不能爲之墮，心亦不能爲之哀也。

阮　張

陳繹曾曰：「凡讀《文選》詩，須分三節：東京以上主情，建安以下主意，三謝以下主辭。」袁宗道曰：「有作始，自宜有末流；有末流，自宜有鼎革。此千古詩人之脉，所以相禪於無窮者也。」

阮嗣宗《詠懷》詩：「彎弓挂扶桑，長劍倚天外。泰山成砥礪，黄河爲裳帶。」設想甚奇，然自《大言賦》得來。張茂先《壯士篇》從而效之，曰：「長劍横九野，高冠拂玄穹。慷慨成素霓，嘯叱起清風。」吴雪舫謂此數語稍見風雲之氣，蓋以鍾嶸謂其「兒女情多」也。余謂左太冲之「振衣千仞岡，濯足萬里流」更爲陡健，宜乎景文公曰：「飄飄有世表意，不減嵇康『目送飛鴻』語。」

貴賤

太冲詩：「貴者雖自貴，視之若埃塵。賤者雖自賤，重之若千鈞。」語意用楊子宿於逆旅事。

天高萬物肅　此句黄涪翁用入《秋懷》詩。

張景陽《秋夜》詩：「房櫳無行跡，庭草萋以緑。青苔依空墻，蜘蛛網四屋。」寫景荒涼，似叢祠古墓間語，不如「天高萬物肅」之句氣岸無窮。

平原

陸平原擬古諸作，如方袍幅巾而談《莊》、《老》，矜貴有餘，疏通絶少。唐文皇令房玄齡、褚遂良修《晉書》，於二陸列傳稱制序之，有曰：「遠超枚、馬，高躡王、劉，百代文宗，一人而已。」

山夜憂

謝希逸以長短句作《山夜憂》，不似賦月人語。使鮑明遠見之，得無噴飯滿案耶？

五君詠

史稱延年疏誕，不能取容當世。出爲永嘉太守，作《五君詠》，述竹林七賢，山濤、王戎以貴顯被黜。

顏延之《五君詠》首首可誦，較《秋胡行》更有剪裁。王仲淹謂其「約以則」，洵然。嵇中散有《秋胡行》七首，與本意無涉。

明遠

蘇、李《録别》之後，五言盛行。建初以還，類多名作。至鮑明遠出，而長調一新。昔人謂上挽曹、劉之逸步，下開李、杜之先鞭，齊、梁之際，故是一樞紐也。

玄暉

李供奉歌行純學明遠，工部所謂「俊逸鮑參軍」也。其於玄暉尤爲服膺，觀全集自見。

平原、康樂之後，少一玄暉不得。譬如五音繁會，酬酢將闌，忽有二八女郎搴帷而奏新曲，殊覺耳目爲之一新。不然，其不至如魏文侯之聽古樂者幾何。玄暉於永元初死江祏之難。沈休文爲梁皇佐命，鍾嶸嘗求譽於約，約拒之。及卒，嶸評其詩，謂：「此時謝朓未遒，江淹才盡，故約稱獨步。」「才盡」之説，吾不敢知，若梁帝謂「三日不讀謝朓詩，便覺口臭」，豈得訾爲「未遒」耶？至沈約《懷舊》詩有曰：「調與金石諧，思逐風雲上。」其推遜爲何如者？記室「三品」與班掾「九品」同科。

文士争權

「空梁落燕泥」，「庭草無人隨意緑」，可爲至戒。王僧虔故用拙筆，大是解人。

帝王家兒與文士争權，三祖之後，斷屬蕭梁。氣運升降之際，有開必先也。

偷句

昔人謂詩家者流，偷句最爲鈍賊，況全篇作胠篋耶？柴廓《行路難》俚鄙可笑，而實月竊之，致廓子贛手本欲訟。此髡固是有目如盲，而鄺子亦可謂自揚家醜者矣！唐人多盜佳句以登第。如楊衡「一一鶴聲飛上天」，竟於闕下詣之，不止「紅鸞」、「白獸」以賄行也。

文筆

樊川有句曰：「杜詩韓筆愁來讀，勝似麻姑養處抓。」謂少陵、昌黎也。

六朝人謂文爲「筆」，所云「沈詩任筆」者，謂約工於詩，昉善於文也。然豈惟昉不善詩，即劉峻、范雲輩亦不能與徐、庾争雄。肩吾有信，摛有陵，挽風騷於垂絶之際。南北分疆，才人適丁其運，於天乎何尤！王無功、虞伯施爲初唐巨手，然自大業時已見一班矣。風氣所開，潛移默運者如此。

萬古流

「王楊盧駱當時體，輕薄爲文哂未休。」初唐四傑，草昧初開，未脱陳、隋風調。射聲逐影之儔，不免隨人軒輊。少陵虚懷樂善，爲後來輕於毁譽者戒，故曰：「爾曹身與名俱滅，不廢江河萬古流。」誠取之也，誠重之也！

如撞鐘

高仲武《間氣集》曰：「《英華》失於浮游，《玉臺》陷於淫靡，《珠英》但紀朝士，《丹陽》止録吴人。」宜於此中大有伐山通道之用。然所選二十六人，未見純粹以精，信乎詩之難言也！韋穀《才調集》、芮挺章《國秀集》手法略同。宋文憲《答章秀才論詩書》於前後師承之旨，言之備矣。

《記》曰：「善待問者如撞鐘，叩之以大者則大鳴，叩之以小者則小鳴。」惟詩亦然。李、杜、王、孟，固難窺其涯涘；舍而之高、岑，之韓、柳，猶具體也；於元、白則近率，於温、李則太纖，於皮、陸則過僻；而且矯之以蘇、黄，以楊、陸，以松雪、遺山，無乃每下愈況耶？而況乎濟南、北地、公安、竟陵之紛紛也！則何不反而歸之唐，歸之漢、魏，且歸之《三百篇》之温柔敦厚而左右逢源之爲愈也。是在善學詩者。吴門徐子能曰：「昔之學詩者病在宂濫，宂濫則禮樂不興；今之學詩者病在横厲，横厲則干戈日起。」

霹靂引

《琴操》云：「楚高梁子遊於九皋之澤，霹靂驟至，玄鶴翔其前，白虎吟其後，因作《霹靂引》。」沈佺期擬之曰：「歲七月，火伏而金生。客有鼓琴於門者，奏霹靂之商聲。」此七言變調之始也。如太白《上雲樂》、子美《桃竹杖》、閻朝隱《鸜鵒猫兒篇》、任華《贈李白》、《寄杜拾遺》、盧仝《月蝕》、貫休《草書》、歐陽公《廬山高》、袁清容《玉署鼇峰歌》、高季迪《青丘子歌》、貝瓊《鐵厓歌》、王新建《泰山高》、李西涯《花將軍歌》、吴匏庵《題鍾進士元夜出遊圖》，皆另有一種氣色，亦須另具一副手眼讀之。薩天錫《四季宫人》詩堆金積粉，膩滑如油，要是北宋畫法作内家裝束，不得以格律繩之。

二石 石齋《早朝》詩：「垂拱再懸新日月，戡黎宜奮舊風雷。」

明局既終，於閩得二石，石齋、石倉也。黄以理學持身，忠節皦然，弗可尚已；曹以博雅擅名，輒起輒仆，蓋棺論定，與黄無間焉。黄詩險孱鈎棘，天性所鍾，流傳者人盡識之；曹詩如《得家信》「驟驚函半損，幸露語平安」、《遊山水》「野亭漁並席，官渡馬同船」、《入蜀》「水田開四野，松石閉孤僧」，置之《長慶集》中，亦復何辨？

千尋高處 鄭清之，《讀書鏡》誤作李文靖。

王安石《詠北高峰塔》曰：「飛來峰上千尋塔，聞説鷄鳴見日升。不畏浮雲遮望眼，自緣身在最高層。」鄭清之《詠六和塔》曰：「經過塔下幾春秋，每恨無因到上頭。今日始知高處險，不如歸卧舊林丘。」瞿宗吉曰：「二詩皆自喻。介甫作於未大用前，安晚作於既大用後。然皆卒如其意，不徒作也。」余按：清之迎合彌遠，矯立理宗，時人已有「安晚如何晚不安」之誚；若安石以經術殺天下後世，誤盡蒼生，總未見其高也。或曰安石詩是詠東武飛來。

玉笋金鹽

譙周《異物志・文章草贊》：「文章作酒，能成其味。以金買草，不言其貴。」即金鹽。

有士人作《遊女》詩，中一聯曰：「不曾憐玉笋，相競採金鹽。」人多不解「金鹽」二字。按《煮石經》云：「五加皮一名金鹽。」始知「玉笋」、「金鹽」對極妙，而初不合掌。亦宗吉語。

數歸期

都玄敬曰：「王孟端舍人作詩清麗。嘗有人久客京師，别娶一婦，孟端作詩寄之曰：『新花枝勝舊花枝，從此無心念别離。可信秦淮今夜月，有人相對數歸期。』其人得詩感泣，不日遂歸。」王名紱，以畫傳。孟端在京邸，聞隣商吹洞簫甚佳，寫竹贈之。商以紅氍毹作餽，乞再寫一枝，大笑走還。

都梁

李時珍曰：「武岡州出蕳草，土人呼爲燕尾香，即都梁也。」

古樂府：「氍毹毾毲五木香，迷迭艾蒳及都梁。」吴均詩：「博山鑪中百和香，鬱金蘇合及都梁。」

按《爾雅翼》：「鬱金和酒，謂之黄流。」《神農本草》：「蘇合香出中臺川谷。」《廣志》：「都梁香出交、廣，形如藿香。」迷迭出西域，魏文帝與建安七子俱有賦。艾蒳，松衣也。「五木」僅及其三，亦猶「百和」之不止於五耳。

泉新

唐高彦休，號參寥，撰《闕史》。太白有《贈道士參寥子》詩，疑即高也。江陰李詡謂是宋人。

《東坡志林》曰：「昨夜夢參寥師携一軸詩見過，覺而記其《飲茶》詩兩句，曰：『寒食清明都過了，石泉槐火一時新。』夢中問：『火果新矣，泉何故新？』答曰：『俗以清明淘井。』當續成詩，以紀其事。」後七年，坡守杭，而參寥已居智果院。於寒食後一日泛西湖謁之，汲泉鑽火，烹黄檗茶爲飲。因憶前事，作《應夢記》。

空静

東坡《送參寥》詩：「欲令詩語妙，無厭空且静。静故了群動，空故納萬境。」以音聲語言而作佛事，深有得於此邦真教體之意，不必成佛在靈運後也。

南宫真蹟

文衡山嘗寫雲山一軸，後草書七律一首，結云：「山齋十日經過斷，榻得南宫水墨圖。」其爲名流所重如此。

蒲城米侍御襄家藏南宫真蹟，許魯齋、方正學各有題詠。許詩曰：「樹色模糊蘚徑平，人家只隔水泠泠。白雲不辨巃嵸出，繞卻峰嵐一半青。」方詩曰：「海嶽庵前覓舊踪，蒼茫雲樹隱南宫。別來幾點青山影，付與寒鷗一笛風。」藍田叔自云曾見米友仁《楚山清曉圖》於燕邸，摹以呈胡大司寇，今存清畏堂中。煙巒變幻，着紙如飛。小虎如是，老顛可知。臨本如是，真蹟更可知已。田叔嘗遊吾越，與陳章侯善，每獨行禹廟，寫古松以歸。吾越競傳其畫，與關虛白同。

社　公

吕太常詩：「治聾社酒分鄰父，含笑山花付侍兒。」

李昉爲翰林學士，月給内酒。兵部李濤嘗因春社寄以詩曰：「社公今日没心情，爲乞治聾酒一瓶。惱亂玉堂將欲遍，依稀巡到第三廳。」社酒能治聾，見《賈氏談録》。而或謂「社公」乃濤小字，不知當否？

止瘧

《函史》云：「傅霖，青州人，與張詠同學。張既顯，三十年不復見。一日來謁，閽吏以名白，張怒駡曰：『傅先生天下賢士，何敢斥名！』霖笑曰：『别子一世，猶然故吾，好怒駡耶？』張問何來，曰：『公將去，來視耳。』翼日而張卒。」余按：乖崖屢有贈逸人詩，不應如此久别。《西清詩話》謂三十八年不相見，見後一月而公薨，俱未確。

張乖崖與傅逸人善，屢欲薦之，傅不可而止。開實中，嘗會於韓城，談論竟夜，隣里病瘧者皆愈。張後有詩憶之曰：「每憶家園樂，名賢共里閭。劇談祛夜瘧，幽夢得鄉書。漸長性情懶，隔年音信疏。終嫌累高節，不敢薦相如。」傅每發家書，必先有夢，腹聯蓋紀其實也。讀少陵詩可以止瘧，豈虚語哉！蔣永公曰：「文潞公花押，佩之止瘧。」徐文長在胡少保幕，諸將有病瘧者請假。文長寫詩與之，曰：「佩此當愈。」從之，瘧止。不獨一少陵也。

若耶

漢鄭太尉弘販薪若耶溪，得遺箭，還之，乃神人也。感分風之報，至今有樵風徑云。

若耶溪創見於《越絶書》及《吴越春秋》。《水經注》云：「上承嶕峴，下注太湖。」唐徐季海浩改爲五雲溪，至獨孤及、許渾始用爲題。歷朝吟詠最多，惟丘爲詩：「溪中水流急，渡口水流寬。每得樵風便，往來殊不難。」四語朴而切，爲一篇之警策。溪水匯於三江，與太湖相去甚遠。酈注大誤。

遺山

儲文懿《金源諸陵》詩：「幽蘭一燼雄圖歇，汝水悠悠入墓田。」

元遺山《壬辰紀事》詩：「複道漸看連上苑，戈船仍擬下揚州。」此金哀宗天興元年語也。至癸巳，則哀宗奔河北，又奔蔡州，故曰：「只知灞上真兒戲，誰謂神州遂陸沉！」而續歌有「虞號分明在眼中」之句，謂孟珙帥師以會元人也。迨乙未，則完顏氏之社屋矣。有曰：「四壁舊聞懸磬宅，一囊今有賣書錢。」此野史亭之所由作也。他若《衛州感事》曰：「劫前寶地三千界，夢裏瓊枝十二樓。」《過羊腸坂》曰：「老來行路先愁遠，貧裏辭家更覺難。」繆悠惝怳，以結金源百二十年之案云。按：完顏本出黑水靺鞨氏，居古肅慎地，遼呼爲「女真」。宋避真宗廟號，呼「女直」。值遼衰，渡混同江，據黄龍府而盡有其地。後又取宋汴京，以淮爲界，可爲强矣。幽蘭一炬遠勝徽、欽，而族屬播遷較靖康尤甚。天道好還，吾讀《遺山集》而益信。

讀李斯傳

「一車致三轂，本圖行地速。不知駕馭難，舉足成顛覆。欺暗尚不然，欺明當自戮。難將一人手，掩盡天下目。」此曹鄴《讀李斯傳》作。《唐文粹》僅摘四語録之，後二句世人習誦，而不知其實出於此。

周亞夫廟

《剡溪漫筆》云：「景州有周亞夫廟，舊有碑，書『漢丞相條侯廟』。記《一統志》載一詩於其下，曰：『漢室深謀只是癡，楚王當事更無機。荒墳寶玦應從葬，宜有神光夜陸離。』」味其語氣，乃詠亞父范增，非亞夫條侯也。此如以王元爲沈約者同。志書紕繆，往往皆然。

細人

宋真宗一日與宰執議政罷，因賜坐，從容語曰：「幸兹太平，君臣亦宜以自娱。卿等各有聲樂之奉否？」俱言有無多寡，惟王文正獨以無對。真宗笑曰：「朕賜旦細人二十，卿等分爲教之，藝成皆送旦家。」見李廌《師友談記》。先大夫嘗系以詩曰：「夏叛遼横未處分，東封西禪儘紛紜。受金附會天書畢，又費君王賜細人。」「細人」二字出《檀弓》并《吴越春秋》。

澀浪

《西都賦》：「左墄右平。」摯虞《决要》曰：「墄，陛階也，平者以文磚相亞次也。」薛綜《兩京賦注》：「階級中分，左有齒，右則平。」即「澀浪」之義。升庵答蔡仲衡語，甚是。而元瑞引黄翻綽「馬經」之謔訕之，過矣。

宫墻疊石多作水紋，有如浪花起伏。温飛卿《華清宫》詩：「澀浪浮瓊砌，晴暘上彩游。」上句指此。陸暢《詠階》詩：「甃玉編金次第平，花紋隱起踏無聲。」亦此義。

玉京

詩家每用「玉京」二字。葛稚川《枕中記》曰：「玉京七寶山，周迴九萬里。」《靈樞奎景内經》曰：「下離塵境，上界玉京。」元君注曰：「玉京者，無爲之天，三十二帝之都。」老杜「玉京群帝朝北斗，或騎麒麟翳鳳皇」，純用《道藏》語。

藕絲孔

謝皋羽《海上曲》曰：「水花生雲起如葑，神龍下宿藕絲孔。」用《大藏》阿修羅與帝釋戰事。

二千仞

劉青田詩：「天穆之野二千仞，天帝所以觴百靈。三嬪不下兩龍去，《九歌》《九辨》歸杳冥。」按《山海經》：「夏后開上三嬪於天，得《九辨》、《九歌》以下。」郭景純謂「獻美人於天帝，竊天樂而下用也」。洪興祖引此注《楚詞》，朱子斥之。羅氏《路史》曰：「天，蓋指舜、禹，尊其賜耳。」此説近之。

黄石白猿

李太白《贈宋中丞》詩：「白猿慚劍術，黄石借兵符。」杜牧之《題西平王宅》：「授圖黄石老，學劍白猿翁。」用庾信《宇文盛墓誌》：「授圖黄石，不無師表之心；學劍白猿，遂得風雲之志。」

鹽澤醋溝

略見《筆叢》。

岑參詩：「雁塞通鹽澤，龍堆接醋溝。」「鹽澤」見《漢書·匈奴傳》。又闞澤《十三州志》云：「山氏城北爲高踰淵，東北醋溝水出焉。」水在中牟。又郭緣生《述征記》云：「醬魁城至醋溝凡十里。」「醬魁」二字更僻。

舞劍臺

唐李崇簡勒名，明李元陽有記。

戚少保南塘，武功將略，垂諸史策；而偶爲吟詠，亦超放自如，有鄭都官、羅江東筆致。鎮薊、遼日，登盤山絶頂，有詩曰：「霜角一聲草木哀，雲頭對起石門開。朔風村酒不成醉，落葉歸鴉無數來。但使雕戈銷殺氣，未妨白髮老邊才。勒名峰上吾誰與，故李將軍舞劍臺。」詩載《止止堂集》，其曰「故李將軍」者，指唐李藥師也。戚名繼光，字元敬，有《紀要新書》，與俞大猷《正氣堂集》並行。

金銀二山

駐蹕山之西曰虎谷，旁有土岡，名小金山。亭午人過，衣色如金。井兒谷有玉峰山，山石盡白，俗呼銀山。無名氏詩：「虎谷名金山，客行初未識。日午山下過，人衣黄金色。」「銀山本在北，萬丈青雲梯。曉見居庸雪，銀山忽在西。」雜見《昌平州志》。

東西二山

太湖有東嶽、西嶽二山，相傳吴王夫差於此置男女二獄。楊郎中備有詩曰：「雷霆號令雪霜威，二獄東西鎖翠微。仿佛酆都叢棘地，巖扉應是古圜扉。」地有獄山，故累朝每興大獄於此。

青山一髮

林德暘《題陸放翁詩卷後》有云：「青山一髮愁濛濛，干戈已滿天南東。來孫卻見九州同，家祭如何告乃翁？」即用放翁語作結，所謂「借他人酒杯，澆自己磈壘」也。「一髮」二字，用昌黎文「其危如一髮引千鈞。」唐清父《杭州紀事詩》：「吴山一髮暮雲孤，愁向湘累訊故都。」虞文靖《題柯博士畫》：「青山一髮是江南，頭白不歸神獨往。」

東山雲門

德暘《東山》詩：「一川白鳥自來去，千古青山無是非。」《雲門》詩：「僧閒時與雲來往，鶴老不知人是非。」命意雖同，氣機自别。宋季詩人，抉千古之樊籬，而自詭於殘山賸水以寓意。末路得一《白石樵唱》，以收垂燼之焰。而唐清父涇、鮑以行輗、曾仲才子良、汪水雲元量輩爲之薪傳。光雖微，不可謂非暗室之一炬也。

蟹胥

張孟陽《登成都樓》詩：「黑子過龍醢，果饌踰蟹蝑。」「黑子」未詳。「蝑」，《爾雅》曰：「蜇螽也。」庾子山《永豐言志》詩：「濁醪非鶴髓，蘭肴異蟹胥。」「蝑」、「胥」疑通用。《周禮》：「庖人供祭祀之好羞。」鄭康成注曰：「謂四時膳食，若荆州之鮺魚，揚州之蟹胥。」陸氏《音釋》曰：「蟹醬也。」此事後來詩人罕用，惟山谷詩：「蟹胥與竹萌，乃不羨羊腔。」

如桃李

升庵曰：「山谷詩可嗤處極多，其尤無義理者，如『雙鬟女弟如桃李，早年歸我第二雛』，稱子婦之顔色於詩句以贈其兄，可謂千古罕聞。朱紫陽謂其詩多信筆亂道，良不誣也。」東坡每見魯直詩，未嘗不絕倒。而當時目爲江西宗派。遺山曰：「只知詩到蘇黄盡，滄海横流卻是誰？」

似郢州

金古良曰：「學何、李而不佳者，其失膚；學百穀而不佳者，其失俗。膚可醫，俗不可療也。」

王百穀少時即以詩名，嘗遊白下，爲袁相國詠牡丹曰：「色借相公袍上紫，香分天子殿中煙。」蓋花名「紫羅袍」也。又張伯起年已七十，其母九十誕辰，王以詩祝之，有曰：「共道麻姑如處女，笑看萊子似嬰兒。」《題梅衡湘平朔方卷後》曰：「美人學舞魚腸劍，厮養能開兕角弓。」偶至泰興，邑令陳君觴之樓上，有句曰：「多君下榻能留穉，有客登樓亦姓王。」皆以實事排偶成文，酷似許郢州矣。《夜過山陰》詩：「白日無多容易落，青山一半不曾看。」則又似楊、陸聲口。

柳亭詩話卷十終

柳亭詩話卷十一

山陰宋長白纂

元句

遺山之於金，亦如皐羽之於宋、廉夫之於元也，故其詩句不入此條。

宋、元之交，遼、金二氏詩不多見，元代名手，奄有二朝。如静修之雄、松雪之雅、道園之曠、鐵崖之豪，皆卓然成家，諸體具備者矣。他若清容、石田、秋宜、淵穎諸集，人自爲宗，亦足表一時之風氣。間有散見於篇什者，因彙摘其警句。五言如貢奎「泊舟隨岸曲，坐石看雲移」，王士熙「闌花經雨白，野竹入雲青」、「地幽迷曉樹，花重壓春煙」，郭奎「淚因明月下，心在故鄉多」，何中「潮生灘響盡，海近夜涼歸」、「水香梅落處，沙潤草生時」，范德機「麥收風漲暑，梅熟雨留寒」，張養浩「池小能容月，墻低不碍山」、「苔香花覆砌，石潤竹通泉」，黄庚「柳疏鶯占影，花雜蝶分香」，薩都剌「鳥道懸青壁，龍池浸白雲」、「海嶂連雲起，江潮入市流」，貢師泰「世事同蕉鹿，人心類棘猴」，袁士元「誰知持戟士，亦有讀書人」，成廷珪「孤花餘晚艷，芳草亂春愁」，楊奂「夢寐嫌爲客，妻孥不諱貧」，陳基「澤國龍分節，邊城虎據關」，倪瓚「借地仍栽竹，巢雲獨傍松」，王逢「露盤迎月早，宫漏出花遲」，丁鶴年「谷虚秋氣早，林茂曙光遲」、「捲幔通花氣，移牀避燕泥」，葉顒「白石和雲煮，青山帶月耕」；七言如歐陽玄「標名花塢鶯争道，集句桃符鹿守關」，龍從雲「寒潭六月猶無暑，老木千年尚有花」，郭奎「花落始知寒食過，雁歸渾是夕陽愁」，江存禮「古壘尚存唐歲月，江山猶識漢衣冠」，可温雅琥「蔓草有風嘶石馬，荊榛無月泣銅駝」，范德機「山驛蛟眠星滿洞，水鄉雁起月迷津」，揭徯斯「天寒劍閣猶車馬，雪滿繩橋正甲兵」，黄溍「雲氣傍花如欲雨，柳絲垂地不驚風」、「落月正當山缺處，細泉猶作雨來聲」，薩都刺「雲外好山如有約，煙中野樹不知名」、「樹銜宿雨藏山鷓，花落春風老杜鵑」，傅與礪「湘江竹暗連春雨，衡嶽花開隔暮雲」，張養浩「山無高下皆行水，樹不秋冬盡放花」，黄庚「樵斧伐雲春谷暗，漁榔敲月夜溪寒」，張翥「家信十年黄耳犬，鄉心一夜白頭烏」，貢師泰「松徑雨晴添虎跡，竹潭風冷聽龍吟」，陳樵「銀色榜題章草字，烏絲闌寫越花名」，張端「絶憐識字翻投閣，肯爲窺園廢下帷」、泰不花「琪樹有枝空集燕，竹花無實漫棲鸞」，王翰「丹楓盡逐孤臣淚，黄菊空憐處士心」，李祁「來依陸氏三間屋，勝得劉公一紙書」，陳基「且臨大令鵞群帖，不戀尚書雞舌香」，張昱「鵑化羽毛猶姓杜，鶴歸華表尚名丁」，黄鎮成「紅樹夕陽蟬噪急，白蘋秋水雁來多」、「遊山采藥辭家早，掃石看雲出洞遲」，梁曾「萬里舟航通鳥道，四時雲雨護龍堆」，余闕「野人籬落通瀟口，賈客帆檣出漢陽」，郭鈺「汗馬功名知命薄，蠹魚文字漫心勞」，王逢「三楚樓臺餘夢澤，兩京形勢自甘泉」，錢惟善「花信欲闌鶯百囀，麥芒初長雉雙飛」，丁鶴年「衣冠栗里猶存晉，雞犬桃源久絶秦」，律以唐音，自是中晚境界。至五、七言古，則吊詭矜奇，每每蕩越於繩尺之外已。

雲間《皇明詩選》刻意矯竟陵之弊，而千篇一律，不能各出機杼。欲觀明詩，當取各家全集讀之，以耳治不如以目治也。朱朗詣《吴越詩選》、毛西河《越郡詩選》，適逢鼎革之際，又當別論。

中聯

楊介夫《送周少宰秦府分封》中二聯曰：「恩波入渭天潢近，使節臨關華嶽低。銓事暫辭流内外，民風兼問陜東西。」王元美《送瞿太史使周府》中二聯曰：「太史授圭開赤社，宗藩如帶指黄河。天邊漢節蛟龍擾，雪後梁園鴻雁多。」張助甫《送高比部爲景府長史》中二聯曰：「礪指恒山爲泰嶽，帶環涓水作黄河。朝廷禮數元王異，賓客文章宋玉多。」邊庭實《送丁考功秉憲關中》中二聯曰：「《周禮》職方分二陜，漢都形勝説三秦。天浮紫氣函關動，雨洗青蓮華嶽真。」句句填實，不肯下一游移字面，氣象輝煌，雅與題稱。首尾只須稍加緼染，而通體皆靈，此真治世之音也。《詩歸》初出，朱太史兆隆詫曰：「安得此亡國之音耶？」

鞠陵

鞠陵與婦翁王百岳先生同著《廉書》，嘗自題其後曰：「寄想在萬里，用意只一字。」又嘗有句曰：「讀書不求名，出處明大義。」

吾越詩人自朱朗詣、毛西河主持風氣，不落訓詁窠臼，沿及近日，唐音不可問已。若俞鞠陵之「荒村藏遠樹，野火送行舟」、「飛花流浪滿，孤艇就煙栖」，謂非元和之法派乎？至若「卧牛斜睨客，倦鳥獨携雛」、「到得無花看，方知作客真」、「一庭明月連花白，幾處家山入夢青」、「遠道無書分客夢，青山有約記僧期」、「狂驅遠雁長風急，亂踏隣園野客頑」、「偶爾會心閒拍手，忽然得意獨窺書」、「雲連海氣圍天白，風奪秋聲入樹粗」，猶可躋諸永嘉四靈之上，非優孟於蘇、陸者所能仿佛也。俞名公穀，字康先。趙壁雲甸、錢荆山霍、傅西涯宗、王山眉嶍四家詩集俱有可采。

長江

「長江風送客，孤館雨留人。」《丹鉛録》謂賈島詩此二句爲平生之冠，而全集不載，僅見於坡詩所引。按：閬仙爲長江尉，人以「賈長江」呼之。此二句豈即作尉時語耶？注東坡詩者，趙彦材、趙夔。

弄明月

蘇子由嘗與兄書曰：「天下論君之文，如孫臏之用兵、扁鵲之醫疾，固所指名者矣。雖無是非之言，猶有是非之疑。又況其有耶！」子瞻見書，爲之悚然。

子瞻自珠厓移合浦，郭功甫寄以詩曰：「君恩浩盪似陽春，海外移來住海濱。莫向沙邊弄明月，夜深無數采珠人。」較文與可「北客若來休問事，西湖雖好莫吟詩」之句，含蓄尤深。有刻四大家詩者，以功甫作混入坡集，當日情事，一併抹殺矣。功甫又有《觀東坡所畫雪鵲作詩寄惠州》，落句云：「正似雪林枝上畫，羽翰雖好不能飛。」舊刻《寓惠集》亦誤作坡詩，新刻改正。

釣煙水

方正學年九歲題《嚴陵圖》曰：「親賢在遠色，治國先齊家。如何廢郭后，寵彼陰麗華？糟糠之妻尚如此，貧賤之交可知矣！羊裘老子早見幾，故向桐江釣煙水。」以經語起，即以宋太尉答光武語證之，可謂老吏斷獄，使人心折也。

雪霜堆

聖歎評詩，如以純錦製水田衣，割裂太多，反添痕跡。徐氏説詩亦然。

金聖歎既死，山左有官署召仙，乩動，乃聖歎也。判一詩曰：「石頭城畔草芊芊，多少愚人城下眠。惟有金生眠不得，雪霜堆裏聽啼鵑。」吴薗次云。

秋光山色

董華亭書莫星卿《語林》後曰：「張乖厓在成都，有幕僚不爲所知，以詩別公，有曰：『秋光都似宦情薄，山色不如歸興濃。』公讀之，歎曰：『幕有詩人而吾不知，吾之罪也。』亟薦於朝，此人遂爲名士。予以此望之東諸侯耳。」星卿名是斗，由鴻臚出爲縣佐，故宗伯及之。王介甫爲提刑，見劉季孫「杖藜携酒看芝山」之句，不問酒務，檄攝州學。蘇子瞻於毛澤民亦同。

門生

霍渭崖不認毛澄。李時爲座主，羅景明上書李西涯，願削門生之籍。此又别有一見。

歐陽永叔與尹師魯、蘇子美俱出杜祁公之門。永叔和祁公詩：「公齋每偷暇，師席屢攻堅。善誨常無倦，餘談亦可編。」又云：「昔日青衫遇知己，今來白首再升堂。」未嘗一日忘祁公也。柳子厚有云：「凡號門生而不知恩之所自者，非人也。」世道之薄久矣，士大夫當日誦此言。詳見《讀書鏡》。張芸叟《哀荆公》詩：「今日江湖從學者，人人諱道是門生。」按：漢儒以親受業者爲弟子，傳業於弟子者爲門生。

碇

司户，劉蕡也，爲楊嗣復門生。中官王守澄惡之，謫柳州。

李義山《贈劉司户》詩：「江風揚浪動雲根，重碇危檣白日昏。」「碇」，木猫也，墜於水以鎮船者，凡江湖深處有吸鐵石則用之。余三過厦門，七渡洞庭，親見其製。梅宛陵集又作「矴」。義山爲御史，能雪李師旦之冤，又於去華綣綣若此，豈是輕薄文人？

字一行

《事文類聚》載其詩，是「雁聲不到歌樓上，秋色偏欺客路中」，則與續韵不符。

王奇少爲吏，縣令偶題《雁》詩於屏曰：「隻隻啣蘆背曉霜，盡隨鴛鷺立寒塘。」落句未就，奇密續曰：「晚來漁棹驚飛去，書破遥天字一行。」令奇之，因使就學。真宗時召見，賜及第。奇賦詩曰：「不拜春官爲座主，親逢天子作門生。」奇字漢謀，歷官御史。

三廟詩

《元詩》載文宗途中一律，頷聯與《早行》二句同，但字法稍異。

明高廟《早行》詩：「兩三點露不爲雨，七八個星尚在天。」宣廟《賜黄淮》詩：「十載相違復相見，霜鬢蕭蕭秋滿面。」扶疏樸摯，絶似兩宋作家。仁廟在東宫時，嘗觀内侍象弈，命曾學士棨詠之，其落句曰：「興盡計窮征戰罷，松陰花影兩殘枰。」仁廟和之，結曰：「等閒識得軍情事，一着功成見太平。」帝王器宇，固非儒生所能及也。

賜新題

閩人林廷綱，洪武初特擢諫垣。嘗侍遊江間殿，太祖偶吟曰：「江間小殿與雲齊，梁上新添燕子泥。」命綱續之，綱應制曰：「雉扇曉開紅日近，龍衣春濕彩雲低。旌旗影裏貔貅息，斧鉞門前騏驥嘶。簪筆詩成同拜舞，太平天子賜新題。」又嘗承旨作《春江漁父圖》，命題於壁。寵遇日隆，賜名恒忠。

蓬池

阮嗣宗詩：「徘徊蓬池上，還顧望大梁。」

李贊皇《述夢》詩：「荷淨蓬池鱠，天寒郢水醪。」注云：「學士初入院，賜食蓬池鱠。夏至頒冰及酒，以酒和冰而飲。」蓋唐禁中有郢水酒坊也。《漢書·地里志》：「開封東北有蓬池。」或云即宋蓬澤。

輕褣

《唐類苑》云：「無花薄紗。」

香山集有《元九以緑絲布白輕褣見寄》詩，所謂「緑絲文布素輕褣，珍重京華手自封」是也。然考之前人，多作「輕容」，如王建詩「嫌羅不著愛輕容」之類。或以爲即「方空」也。蔣永公曰：「昌谷詩：『蜀煙飛重錦，峽雨側輕容。』『輕容』，紗名。與『方空』異。」張睿父曰：「輕容、方空、吹綸，皆紗名。」

梔子

顏師古曰：「支子，一名薝蔔，一名林蘭。」文憲《正韵》曰：「一名木丹，一名越桃。」《爾雅翼》曰：「草木花不過五出，惟梔六出。」按：儋州有六瓣梅花，以六月盛開。詳《嶺南風物志》。

徐悱妻劉令嫺《摘同心梔子贈謝娘》詩：「兩葉雖爲贈，交情永未因。同心何處恨，梔子最關人。」庾肩吾詩：「不如山梔子，猶解結同心。」唐詩「梔子同心好贈人」本此。

桃葉

《古今樂録》曰：「桃葉，王子敬妾也。緣於篤愛，贈之以詩：『桃葉復桃葉，渡江不用檝。但渡無所苦，我自來迎接。』葉答以詩曰：『桃葉復桃葉，渡江不待櫓。風波了無常，没命江南渡。』」《隋書・五行志》曰：「陳時江南盛歌王獻之《桃葉詞》。後晉王廣伐陳，置將桃葉山下。及韓擒虎渡江，大將任蠻奴至新亭，導北軍之應。」以男女慕悦之詞而遂關國家氣運，此《三百篇》之所以不删《鄭》、《衛》也。後世謡歌如《打棗竿》、《劈破玉》、《挂枝兒》、《羅江怨》之類，皆狹斜兒女子語，而一一無不奇驗。故《樂記》曰：「聲音之道，與政通也。」

蘼蕪

一名白茝，《荀子》謂之蘭槐。吴志伊曰：「芎藭也，一名江蘺。」虞山柳如是自號蘼蕪。

古詩：「上山采蘼蕪，下山逢故夫。長跪問故夫，新人復何如？」《爾雅》注曰：「味酢可食。」邢昺疏曰：「一物七名。」《洞冥記》：「光和元年，波祇國獻此草，一根百條。可紉爲布，堅密如冰紈。」故此詩有「織縑」、「織素」之比，而曰「將縑來比素，新人不如故」，猶酢意也。

黄鸝

見《文苑瀟湘》。

蜀人熊眉愚與江進之同官棘寺。一日聞黄鸝聲，江曰：「此中不乏佳樹，何黄鸝之少耶？」熊曰：「此物自來絶少。」江問故，熊曰：「『兩個黄鸝鳴翠柳』，那得多！」

僧字

鄭谷作詩好用「僧」字，如「愛僧不愛紫衣僧」之類。其《雲臺集》僅三百首，而「僧」字凡四十餘。嘗自題卷末曰：「何如海日生殘夜，一句能令萬古傳。」可謂有自知之明者矣。安鴻漸遇贊寧於途，嘲之曰：「鄭都官不愛之徒。」指紫衣也。

秤字

《史記》：「廉頗食肉一秤。」「秤」字平聲。《小爾雅》曰：「斤十爲衡，衡半爲秤。」蓋五斤也。少陵《寄劉伯華》詩：「姹女縈新裹，丹砂冷舊秤。」今人不知韵脚，且謂十六斤爲一秤。廉將軍雖善飯，未必食肉如是之多也。沈存中云：「古秤一斤，當今四兩三分兩之一，一兩當今六銖半。」然《文選》注謂二十四銖爲一兩，相去太懸。束皙《發蒙記》：「廉頗既老，日噉肉百斤。」《北堂書鈔》引以爲據。豈所謂虎將者，必如真虎之善噉耶？

淡菜

辛未夏，西河太史抵郡，會飲於金雪岫齋，時在坐則余與吕葯庵、吴雪舫、方外石公也。談詩正劇，適以淡菜羹作供。西河謂此物不入詩料，前此蓋未有也。余曰：「昌谷詩『淡菜生寒日，鮞魚噀白濤』，孫光憲詩『曉厨烹淡菜，春杼織橦花』，余皇日疏曰：『一名「文嗡」。』《唐書》曰：『一名東海夫人。』李時珍《本草》注曰：『形雖不典，而大有益於人。』似不起於近日也。」時觴政皆舉詩料，余次日箋數十事寄之。

船爲家

庚午夏，習静西湖之孤山，夏八鹵均每月夜棹小舟過訪，與何含白道士劇飲曲院港中。酒氣花光，襲人衣裾。屢欲作詩紀之，未有佳思。後讀陸渭南《同何元立賞荷花》詩，有曰：「三更畫船穿藕花，花爲四壁船爲家。」「不須更踏花底藕，但嗅花香已無酒。」輒歎此老善於形容，爲先得我心也。

司花女

隋煬帝幸江都、洛陽，人獻合蔕迎輦花。帝令御車女袁寶兒持之，號「司花女」。時虞世南草敕於側，寶兒注視良久。帝曰：「昔傳飛燕能掌上舞，今得寶兒，方昭前事。然多憨態，卿可嘲之。」世南因詠一絶曰：「學畫鴉黄半未成，垂肩嚲袖太憨生。緣憨却得君王寵，長把花枝傍輦行。」伯施入唐，以方正稱，而爾時却作此語，殆所謂表正則影直耶？

燕姬歎

黄陶庵《燕姬歎》曰：「燕中姹女顔如玉，腰素盈盈纔一束。翠翹寶靨試新妝，皓齒青蛾矜艷曲。

十斛明珠許换歸，初言松柏比心期。流蘇帳開珠箔掩，破盡工夫與畫眉。何知覿面成捐棄，只買朱顔難買意。北邙蕭瑟白楊風，一半春宵酬秘戲。」陶庵不肯和柳少君《閨中》詩而肯作如此語，亦《三百篇》「褰裳」、「復關」之微旨，借之以醒世也。陶庵《告文昌疏》、《復父書》字字血性，與鄉墨小結四句俱可驚天泣鬼，宜乎殉節既久，猶能現「碧血」二字以警門人也。

龍舟

天啓乙丑午日，帝泛龍舟於西苑。内豎劉思源、高永壽盪槳，帝操柁。風起舟覆，太監譚敬投水扶駕出，二豎死焉。陳悰紀以詩曰：「琉璃波面浴輕鳧，艇子飛來若畫圖。認著君王親盪槳，滿堤紅粉笑相呼。」「風掠輕舟霧不開，錦鱗吹裂彩帆摧。須臾一片歡聲動，捧出真龍水面來。」先是，武宗南幸，漁於江上，亦嘗有覆舟之厄。坐不垂堂，此時紀言動者，伊何人哉？

兔兒山

重陽日熹宗幸兔兒山，鐘鼓司丘印執板唱《洛陽橋記》，攢眉黛鎖，不開一闋。次年亦如之。宫人相顧，以爲不祥。陳悰有詩曰：「美人眉黛月同彎，侍駕登高薄暮還。共訝洛陽橋下曲，年年聲繞兔兒山。」山即旋磨臺也。

房山

姚庸《題高尚書墓》詩：「月射羊岡玉樹林，山齋猶在白雲深。」土名「羊頭岡」也。

高尚書彥敬，西域人，畫宗米襄陽而變爲設色，元時推爲第一。危素詩曰：「房山居士高使君，系出西域才超群。」張翥詩曰：「老筆精神如米虎，此山秀氣敵天台。」周伯琦詩曰：「西域才人畫似詩，雲山高下墨淋漓。」皆紀其實也。余於丁未歲得一小軸於慈仁寺，乃房山真本。携歸敝廬，魯翔庵集詫爲至寶。後爲松江趙使君持去，疑復還燕邸矣。

西城西苑

嘉靖間，禱祠事起，輔臣勳貴競以青詞求媚。帝亦齋居，勿還大內。王世貞《西城宮詞》有曰：「新傳牌子賜昭容，第一仙班雨露濃。囊裏相公書疏在，莫教香汗濕泥封。」「兩角鴉青雙箸紅，靈犀一點未曾通。自緣身作延年藥，憔悴春風雨露中。」張元凱《西苑宮詞》有曰：「夕烽千里照甘泉，一紙降魔勑已傳。急遣六丁乘羽駕，火輪金甲浄幽燕。」「靈藥金壺百和珍，仙家玉液字長生。朱衣擎出高元殿，先賜分宜白髮臣。」吟詠最多，惟此四首得風人之旨。

養生家言

張侗初《贈錢先生》：「養生者省言，常護氣息，念自通神。」

羅文恭念庵，年二十六舉嘉靖己丑狀元，官贊善。嘗遊衡岳，楚石某禪師欲以外丹授之，公謝曰：「吾道自足，不須也。」其詩往往作養生家言。《除夕》云：「能持一息靜，還與百年同。」《趺坐》云：「息深非一氣，坐久只單趺。」《龍虎山》云：「數息知天度，冥心養谷神。」《次邵康節觀物吟》云：「寅到戌時觀月窟，子連申處起天根。」年六十一，卒於松原。故人時復遇之，蓋屍解也。《獻徵録》曰：「洪先講學石蓮洞，王宗沐訪之，曰：『君可聞者，吾言也。所從出此言者，君不得聞也。』王畿訪於松原，語之曰：『世間豈有現成良知，非萬死功夫，不能得也。』」此實從禪宗悟出，不必强爲之諱。

應夢

越賓與力士同朝。力士艷傳史册，其《詠笋》詩人盡知之。而此君非潛岳一行，并無從識其吟詠。「手污吾足高將軍」，烏乎噴乎？

唐明皇夢入潛岳，憇於井亭，有人自稱九天司命，因遣内官王越賓及諫議大夫李抱朴訪其處，錫名「應夢」。越賓以詩紀之曰：「碧塢煙霞晝未開，遊人到處盡徘徊。憑誰借問巖前叟，曾托吾皇一夢來。」「托夢」二字出蔡中郎《檢逸賦》：「晝騁情以舒愛，夜托夢以交靈。」王仲宣詩：「托夢通精誠。」

浩劫

曹唐詩：「甲子初開浩劫長。」

《廣韵》曰：「浩劫，宫殿大堦級也。一曰塔也。」按：詩人用此二字，微有不同。如裴休《題泐潭》云：「浩劫有窮日，真風無墜時。」林寬《寓興》詩：「王母一杯酒，空言浩劫春。」似引《度人經》「惟有元始浩劫之家部制我界」之語，非指堦級言也。楊去奢曰：《韵會》謂宫殿階級爲浩劫，不詳何據。杜詩《慈恩墖》一首十家注，並不見『劫』義。」

盜泉惡木

《尸子》曰：「孔子至勝母，暮矣而不宿；過盜泉，渴矣而不飲，惡其名也。」《管子》曰：「夫士懷耿介之心，不蔭惡木之枝，而況與惡人同處乎！」陸士衡《猛虎行》曰：「渴不飲盜泉水，熱不息惡木枝。」時處楊駿、趙王倫之際，蓋有戒心而爲是言也。王右丞《贈鄭霍二山人》詩：「息陰無惡木，飲水必清源。」

懷間絶句

玉樵《觚賸》曰：「長沙朱氏女遇吴逆之亂，爲營兵所掠。氏志堅，衆莫敢犯。舟至小孤山，投江死。其尸逆流三日，浮至故居水濱，夢訴於父母。驚起跡之，獲其尸，得懷間絶句十章。有曰：『少小伶俜畫閣時，詩書曾奉母爲師。濤聲向夜悲何急，猶記燈前讀《楚詞》。』又曰：『狂帆慘説過雙孤，掩袖潸潸淚欲枯。葬入江魚浮海去，不留羞冢在姑蘇。』」按：陶式南《筆獵》載漢陽漁舟獲一女子尸，是己丑六月間事。漢陽上接長沙，三日可逆流而上。小孤之説或傳聞之誤也。其詩十章，亦與《觚賸》不同。

蠹魚無知

朱方旦至金陵，於雨花臺畔作二眉書院，遂僭登講筵，説「子謂顔淵」一章，諸大吏莫不列坐以聽。何翰林采方家居，聞之作詩曰：「戎服相將入講筵，不談老子説顔淵。蠹魚最是無知物，食盡神仙食聖賢。」按：魏閹肖像太學，有貲生爲季路擊死。吾意方旦説「用舍行藏」時，燭光内亦當現「仲由」二字，以警世之無知者。

化鳴梟

《考城謡》曰：「父母何在在我庭，化我鳴梟哺所生。」按《後漢書》：「仇覽爲蒲亭長，有陳元者，其母告其不孝。覽乃親詣元家，爲言人倫孝行，譬以禍福。元感悟，卒成孝子。」覽之得稱父母也固宜。其曰「考城」者，覽所生也。一名香，字季智。王奐嘗謂香曰：「聞在蒲亭，陳元不罰而化，得無少鷹鸇之逐耶？」香曰：「以爲鷹鸇不若鸞鳳，故不爲也。」

尺布斗粟

《漢書》曰：「淮南厲王長，高帝少子也。廢法不軌，文帝徙之蜀嚴道，長不食而死。時人爲作歌曰：『一尺布，尚可縫。一斗米，尚可舂。兄弟二人不相容。』」高誘作《鴻烈解》，叙其辭曰：「一尺繒，好童童。一升粟，飽蓬蓬。兄弟二人，不能相容。」起法更古健。

笑怒

《涼州歌》曰：「大笑期必死，忿怒或見置。嗟我樊府君，安可再遭值。」按《後漢書》：「光武時，樊曄爲天水太守，政嚴猛，善惡立斷。人有犯其禁者，率不生出獄。吏民及羌胡畏之，乃作歌。」夫「善惡立斷」，似非乳虎、蒼鷹之比。然細按之，尚覺義過乎仁。何如吏畏其威，民懷其德，臨淮朱文季之吏進耶！

輕薄兒

《後漢・宗室傳》：「李寶勸劉嘉且觀成敗。光武聞之，告鄧禹曰：『孝孫素謹善，當是長安輕薄兒誤之耳。』」孝孫，順陽侯字也。沈約詩：「洛陽繁華子，長安輕薄兒。」全用其語。賈至詩：「笙歌日暮能留客，醉殺長安輕薄兒。」

薄命何

見王同軌《耳談》。

嘉靖庚戌，宫人張氏死，身畔有羅巾，系以詩曰：「悶倚雕闌强笑歌，嬌姿無力怯宫羅。欲將舊恨題紅葉，只恐新愁上翠蛾。雨過玉階天色净，風吹金鎖夜涼多。從來不識君王面，棄置其如薄命何。」按：世廟溺於金籙醮壇之術，後宫罕幸。此詩嗚咽堪憐，寫盡長門永巷之苦。然身死而名傳矣，勝於「寒氣逼人眠不得，暗蛩催月下回廊」，并無由知其姓氏者。

感秋詩

「玉階蟋蟀鬧清夜，金井梧桐辭故枝。一枕淒涼眠不得，呼燈起作感秋詩。」陸務觀見於驛壁，知是驛卒之女，納爲小星，夫人妬而逐之。又嘗有小詞，所謂「只知眉上愁，不識愁來路」是也。務觀前妻見逐於其母，此妾又見逐於其妻。釵頭雙鳳，大小一揆。廬江吏、馮敬通殆合而爲一身者乎？

雉朝飛

古樂府有此題，乃牧犢子作。一云衛女傅母所製。

陶筠厂《筆獵》載《雉朝飛》一闋，云無名氏哀玉田黄貞烈而作，詩曰：「雉朝飛，振羽翼。重徘徊，下朝食。南山網羅張，北山蘆矢直。草間挾彈恣强力，哀哀孤雛不敢匿。吁嗟世人苦相逼，刺繡頸，裂錦臆，絶命當前爾何得？君不見玉田嶺上空巢阿，青青桂樹珊瑚柯。」激昂頓挫，有鮑明遠筆意。又無名氏《紡織行哀俞孝烈》、顧久也《和吕林英沙城曲》，皆可入采風之選。詳本集。筠厂，石簣先生之裔，所著又有《四書考》、《紀元本末》、《耐久集》。

蠟丸繫燕

田琢從軍塞外，有巢燕，土人欲捕之，琢曲爲防護。秋社前一日，飛止坐隅，巧語移時。琢曰：「汝來别我耶？」因作一詩，以蠟丸繫其足。後八年，琢爲潞州判，一燕飛鳴公廨，集於研屏，諦視，則前燕也。蠟丸尚在，命龐鑄繪爲圖，序以傳之。詩曰：「幾年塞外歷崎嶇，誰識烏衣亦此飛。朝向盧陂知有爲，暮投茅屋重相依。君憐我處頻迎語，我憶君時不掩扉。明日西風悲鼓角，君應先去我何歸？」姚玉京紅絲繫足，郭紹蘭湘浦傳書，燕固多情也哉！琢，金人，歷官安撫使。

紫姑

吾越斜橋旅舍有請紫姑者，以「櫓」爲題，即運乩曰：「寒巖雪壓松枝折，斑斑剥盡青虬血。運斤巧匠斲削成，劍脊半開魚尾裂。五湖仙子多奇致，欲駕神舟探禹穴。碧雲不動曉山横，數聲摇落江天月。」陶貞白嘗云：「得作才鬼，亦當勝於頑仙。」此類殆才鬼憑依而出者乎？句句唐音，當在《詠木蘭花》之上，不比「八」、「煞」二字以險韵驚人也。

真娘鄧仙

虎丘山真娘墓、麻姑山鄧仙冢，詞人墨客，憑弔爲多。有題墓碣曰：「虎丘山下冢纍纍，松柏蕭條盡可悲。何事世人偏重色，真娘墓上獨題詩。」有題冢碑曰：「鶴老芝田雞在籠，上清那與俗塵同。既言白日昇仙去，何事人間有殯宫？」前首爲舉子譚銖，後首則但曰天嶠遊人也。此《雲溪友議》所載，亦以翻案居奇。然流風逸韵，何代無傳，正不必掃盡前人，自稱獨步耳。

御史娘 香山集有《聽田順兒歌》。

劉夢得《與歌童田順郎》詩："「天下能歌御史娘，花前葉底奉君王。九重深處無人見，分付新聲與順郎。」《樂府雜録》云："「貞元中，有善歌田順爲宫中御史娘子。」今據此詩，又似御史娘授曲於田順者。呼之曰「郎」，則非娘子可知。其次章亦曰："「惟有順郎全學得，一聲飛出九重深。」

津陽門

鄭嵎《津陽門詩一百韵》序略曰："「門者，華清宫之外闕。開成中，嵎嘗下帷於石甕寺，暮及山下遇老翁，自言曾事明皇。夜闌酒餘，爲嵎道承平故實。」翼日於馬上裁爲長句。有口「津陽門北臨通逵，雪風獵獵飄酒旗」，凡十八句，屬緣起。「翁曾豪盛客不見，我自爲君陳昔時」，則承上起下，屬此翁口語。其於開、寶時事，纖悉無遺，皆翁語而嵎注之也。至「逢君話此空灑淚，却憶歡娱無見期」，是老翁所語已畢，嵎乃曰「主翁莫泣聽吾語，寧勞感歎休呼嘻」，凡十二句，答之亦以慰之也。讀此覺《明皇雜録》、《天寶遺事》諸書尚有掛漏。

沙門妻

令暉即鮑照妹，所謂「才亞於左芬」者。明朱澤民有外宅婦，詩曲盡其情。

鮑令暉有《代葛沙門妻郭小玉詩》，結曰：「持妾一生淚，經秋復度春。」六朝以前，清規未立，世人呼爲「梵嫂」、「師娘」者，往往有之。使李重光知此，不必更署「鴛央寺主」矣。林三教嘗欲具疏，令天下僧尼盡爲配偶，未必無見。劉晝《與高歡書》：「尼與優婆夷，實是僧之妻妾。損胎殺子，其慘難言。」蓋因元魏而發。狄梁公《諫造大像疏》：「身自納妻，謂無彼我。皆托佛法，詿誤生人。」此時白馬寺主正在北門出入也。海南至今呼僧之畜妻者爲「火宅」。又黄冠有室家者，名曰「寄褐」，即火居道士也。唐開元中嘗禁之。

鐵鈎鎖

黄文節集有《謝斌老送墨竹十二韵》云：「古來作生竹，能者未十輩。吴生勒枝葉，荃宲遠不逮。江南鐵鈎鎖，最許誠懸會。」注云：「世傳江南李王作竹，自根至梢，一一鈎勒成，謂之鐵鈎鎖。自云惟柳公權有此筆法。」按：柳中丞以書法擅名元和間，畫竹曾未之聞，豈澄心堂中當時尚有粉本耶？

碧雲

西山碧雲寺爲中官創葺，踵事增華，焜耀巖谷。興化吴相公詩曰：「對山如對僧，幽澹乃本色。金碧爲莊嚴，無乃山之厄。」吴橋范相公詩曰：「蒽茜天生成，人工加點綴。法王依帝城，自應如此麗。」二公藻鑒，各行其意。厄耶？麗耶？須印之有智主人。吴名甡，范名景文。

香山

劉同人《詠香山》詩：「獨翠封山謨萬壑，來青經野敕諸天。」「謨」、「敕」二字險而確，以神廟御書在上也；王守溪詩：「陋洗遼金元殆盡，氣凌韓趙魏皆低。」三朝、三國攝入一聯，亦似注疏筆法，皆創句也。鮑照《大雷岸書》：「從嶺而上，氣盡金光；半山以下，純爲黛色。」余嘗遊香山碧雲，欲以四語勒之於石。

北闕

《漢高帝紀》：「蕭何治未央宫，立東闕、北闕。」師古曰：「未央殿雖南嚮，而上書奏事謁見之徒皆赴北闕。」《藝文志》有《宫宅地形》二十篇。襄陽詩「北闕休上書，南山歸敝廬」，青蓮詩「北闕青雲不可期，東山白首還歸去」，寄慨同而隱顯異，一以告君，一以私詠也。易水梁志盛有《游年定宅書》二卷，其論九宫八法甚奇。王肯堂序曰：「其法始於黄石公，授之留侯。未央之製，皆留侯指示也。」屠本畯謂梁山人受之劉海田，海田受之僧了元，了元得之中官曹憲，蓋内府秘密之書也。

東西門

魏武《東西門行》：「神龍藏深泉，猛獸步高岡。狐死歸首丘，故鄉安可忘。」此與「月明星稀，烏鵲南飛」同一神理。姦雄雖慘刻無情，然迴望枌榆，亦未嘗漠然無動也。又嘗有謡俗詞曰：「甕中無斗儲，發篋無尺繒。友來從我貸，不知所以應。」當是初舉孝廉時語。

春明門

元微之《西歸》詩：「春明門外誰相待，不夢閒人夢酒卮。」劉夢得《别牡丹》詩：「莫道兩京非遠别，春明門外即天涯。」元句憤，有仰天大笑之態；劉句慘，有眷懷故國之心。

柳亭詩話卷十一終

柳亭詩話卷十二

山陰宋長白纂

十年不歸

閻母《與宇文護書》不可不讀。讀錢塘吴敬夫詩，不能不爲其子慥惜也。

餘姚洪浩，熙寧間入太學，十年不歸。其父寄以詩曰：「太學何蕃且一歸，十年甘旨誤庭幃。休辭客路三千遠，須念人生七十稀。腰下雖無季子印，篋中幸有老萊衣。歸時定約春前後，免使高堂賦《式微》。」世有違親遠客者，日誦此詩一遍，不必更望白雲也。彭淵材久客京師，家中菽水不給，屢以書促之。一旦携一巨囊猝至，曰：「吾富，且不貲矣。」親串皆喜，以爲必資生之具也。解其囊，惟奚邽舊墨一丸、文與可畫竹一幅、歐陽公《五代史》草稿一卷而已。事雖怪僻，猶勝音信杳然。

夢中所見

進士丁渥在太學，嘗夢歸家，見其妻於燈下握管作書，末係以詩，曰：「淚濕香羅帕，臨風不肯乾。欲憑西去雁，寄與薄情看。」後得書并詩，皆夢中所見。讀前詩可爲缺於温凊者戒，讀此詩可爲薄於伉儷者戒。崔球在太學，夢其妻燈下作詩，有「夢魂不怕險，飛過大江西」之句。後得家信，正是其詩，與此同。

逍遥堂

姜肱、陽城之後，吾於二蘇每抱鴒原永歎之憾。飛鴻踏雪，老淚淫淫已。

東坡《和子由逍遥堂》詩：「别期相近不堪聞，風雨瀟瀟已斷魂。猶勝相逢不相識，形容變盡語音存。」按：夏馥避黨禍，變形易姓，入林慮山爲冶家傭。後其弟静遇於涅陽市中，已不識，聞其音聲，乃覺而拜之。末二語蓋用其事，較諸「夢繞雲山」之句，此時猶藴藉也。子由原倡：「逍遥堂後千尋木，長送中宵風雨聲。誤喜對牀尋舊約，不知漂泊在彭城。」即用韋蘇州《與弟》詩「那知風雨夜，復此對牀眠」之句。

撥鐙法

《筆記》曰：「辴音辨，乃《柳辴傳》『辴』字之訛。」撥鐙法，李後主、徐氏兄弟皆能之。楊鐵崖詩：「書出撥鐙侵繭帖。」元時猶有其法也。先友王不庵煒有《撥鐙八法解》，見《鴻逸堂稿》。

陸希聲善雙鈎字，謂之撥鐙法，以授沙門䛒光。入長安爲翰林供奉，希聲猶未達，以詩寄之曰：「筆下龍蛇似有神，天池雷雨遍逡巡。寄言昔日不龜手，應念江頭洴澼人。」光感其言，因引薦之，後至宰相。漆園有言曰：「既以與人，己愈有；既以爲人，己愈多。」羅隱《送䛒光》詩：「禹祠分手戴灣逢，健筆尋知達九重。」當是越僧也。

樵隱近詠 詳見《觚賸》。

黄九煙性簡傲，以詩文就正者，恒哂而置之。寓武水時，遇隱士崔金友於市，肩負擔而口吟哦，蚩蚩然也。黄遽揖之入室，并索觀所著。崔出《樵隱近詠》相示，其《書懷》曰：「花落無人境，雲飛到處山。」《訪友》曰：「野曠天垂遠，花深月出遲。」《憶舊》曰：「因風去住憐黄蝶，與世浮沉笑白鷗。」《贈友》曰：「吟思白社傾佳釀，坐對青山讀異書。」黄不覺驚賞歎服。誰謂唐球「詩瓢」之後，斯世遂無其人也！韓熙載見詩文荒惡者，令伎以艾熏其卷。可見薔薇、露玉、蕤香不是尋常可用之物。

三紅秀才 見《因話録》。

應子和詩有「兩岸落花紅」、「風過落花紅」、「蠟炬短燒紅」，人號「三紅秀才」，以比「三影郎中」。三「影」，張子野詞句。先景文公遇子野於朝，呼曰：「子非『隔墻送過秋千影』郎中耶？」張應曰：「公乃『紅杏枝頭春意鬧』尚書也。」時人因稱公爲「紅杏尚書」。

勒將軍　漢有勒尊，晉有勒滿。

勒，僻姓也。唐有勒思齊，歷陽人，與張説、郭元振爲十友。李供奉詩：「特生勒將軍，神力百夫倍。」刻本誤作「勤」，詩亦疑有脱誤。

功名　遺山《論詩》曰：「風雲若恨張華少，温李新聲奈爾何。」謂鍾記室也。

張茂先《答何劭》詩：「自予及有識，志不在功名。虚恬竊所好，文學少所經。」又《雜詩》曰：「伏枕終遥昔，寤言莫予應。永思慮崇替，慨然獨撫膺。」注云：「昔，夜也。」《晉書》：「華爲度支尚書，決勝緣江地近萬里。羊祜曰：『終吾事者，惟當華耳。』武帝屢與密謀，卒平江左。」豈真無志功名者耶？又嘗賦《鷦鷯》曰：「委命順理，與物無違。」誰謂審機觀變，非博物君子所優爲乎！世人第以韋忠所云「華而不實，衆怨所歸」二語概其末路，吾不能不爲之三歎。

聲音

陸士衡《贈顧彦先》詩：「形影曠不接，所悦聲與音。音聲日夜濶，何以慰吾心？」士衡功名之士，彦先曠逸之儔，其投分當别有在，不似後人之强作和同也。

不娱

陳孔璋《遊覽》詩有云：「高會時不娱，羈客難爲心。」又云：「閒居心不娱，駕言從友生。」前句似以西園冠蓋爲煩，或追憶冀州時事；後句當是同阮元瑜在記室語。何進欲召四方勇猛，琳嘗諫之，與王粲策袁、曹。成敗機智，不相上下。

料理

桓沖語王徽之：「卿在府日久，比當相料理。」梁末童謡曰：「黄塵污人衣，皂莢相料理。」老杜《江畔尋花》七首，有曰「詩酒尚堪驅使在，未須料理白頭人」，出此。《急就篇》注：「皂莢，一名鷄栖樹。」

北郭先生

《高士傳》：「楚王使人聘北郭先生。謀諸婦，婦曰：『結駟連騎，所安不過容膝。』遂辭之。」後漢廖扶居汝南，不應辟召，亦號「北郭先生」。李太白《尋范居士》詩：「忽憶范野人，閒園養幽姿。酸棗垂北郭，寒瓜蔓東籬。」杜子美《與李十二同尋范十隱居》詩：「更想幽期處，還尋北郭生。」以其居在北郭，遂借以稱之耳。

松門丙舍

「山半松門度石梁，流泉泱泱嚮僧廊。置身着色屏風裏，梨葉新紅柿子黄。」「中官丙舍印花宫，松柏林前梵磬風。試上精廬高處望，樓臺金碧夕陽中。」此朱文恪《西山雜詠》也，酷似大、小李界畫山水，光彩耀人。

金碧

漢宣帝時，方士言益州有金馬、碧雞，可祭祀而致，因遣王褒使蜀。雲南府西南三十里有碧雞山，顔師古所謂「金形如馬，碧形如雞」者也。張雄飛過此，有「雨霽龍歸洞，風生虎過溪。尋梅穿竹徑，采藥躡松梯」諸句，要亦一佳境也。張名翔，元人。

石華

木華《海賦》：「玉珧海月，土肉石華。」

《孝經援神契》曰：「神靈滋液，百姓寶用，爰有石華。」謝康樂《遊赤石》詩：「揚帆采石華，挂席拾海月。」《臨海志》曰：「海月，即海鏡。」

黕字

微之集有《表夏》、《解秋》詩各十首，詩俱奇奧，題亦創見。

元微之《嶺南》詩：「風黕秋茅葉，煙埋曉月輪。」《閒居》詩：「青衫經夏黕，白鬓望鄉稠。」「黕」字創見。遺山詩：「寒潭海眼浄，黕黑自太古。」

豩字

「豩」，呼關切，讀作頑。劉夢得有「杯前膽不豩」，趙嘏有「吞船酒膽頑」，似劇飲淋浪之謂。《唐韵》無此字，《禮部韵》亦不收。

兒字

宋藝祖一夕玩月，命學士盧多遜曰：「可作一詩。」遜請韵，祖曰：「用『兒』字。」遜乃奏曰：「太液池邊月上時，好風吹動萬年枝。誰家玉匣新開鏡，露出清光些子兒。」用老杜「塵匣元開鏡」之句也。王山農嘗謂危太樸文多譎氣，余謂厓州一生，「譎」字盡之。若沈雲卿、元微之輩，尤蹈此弊。詩如其人，信已！

尊宋

李獻吉勸人勿觀漢以後書，何仲默嘗言宋人書不必收，宋人詩不必觀，皆一偏之見，足以貽誤後人。

都玄敬極尊宋詩，曰：「昔人謂詩盛於唐，壞於宋，近復有謂元詩過宋詩者，真陋人也。」引劉後村語爲證，曰：「宋詩豈惟不愧於唐，蓋過之矣。」又引方正學二詩曰：「前宋文章配兩周，盛時詩律亦無儔。今人未識崑崙派，却笑黄河是濁流。」「天曆諸公製作新，力翻舊習祖唐人。粗豪未脱風沙氣，難抵熙豐作後塵。」天曆乃明宗年號，此時元統已如爝火之光，即有虞、黄、柳、揭，亦不能起而振興之矣。「泰山拳石」之喻，與正學二詩雖不隨聲附和，要亦理障未除也。

石曼卿

魏泰曰：「石延年長韵律詩善於序事，《籌筆驛》、《銅雀臺》、《留侯廟》爲一集之冠。」

朱紫陽極喜石曼卿詩，謂其豪雄而縝密。引《籌筆驛》「意中流水遠，愁外舊山青」之句，而惜其不見全篇。又曰：「『樂意相關禽對語，生香不斷樹交花』，形容得浩然之氣。」其於本朝諸詩家評騭妥貼，不似論文之太苛也。

天上來

宋藝祖微時嘗作《日》詩曰：「欲出未出光辣撻，千山萬山如火發。須臾走向天上來，趕却殘星趕却月。」國史潤色之曰：「未離海嶠千山暗，纔到天心萬國明。」徒作門面壯語，神氣索然。而或指爲明太祖詩，豈未見《晞髮集》中所引耶？劉靜修《續集·南樓風月》第二首結句：「誰知萬古中天月，只辦南樓一夜涼。」自注云：「『才到中天萬國明』，宋太祖《月》詩也。」誤以「日」爲「月」。李戒庵《漫筆》第三句作「須臾擁出大金盤」，謂後，百八十七年金人入冠之徵，太穿鑿。

西風戰

孝陵嘗詠菊曰：「百花開時我不發，我若開時都嚇殺。要與西風戰一場，滿身穿就黄金甲。」氣骨傲岸，與藝祖同。

一點酸

宋徽宗一日幸來夫人閣，偶書白團扇曰：「選飯朝來不喜餐，御厨空費八珍盤。」顧内當曰：「汝有能吟之士，可令續之。」當以里隣太學生薦，召入内侍，省讀宸翰，不知所指。帝曰：「朝來不喜餐，必惡阻也。」生遽續曰：「人間有味都嘗遍，只許江梅一點酸。」進呈，大喜，遂賜及第。「酸」字甚精，然出之措大口中，還是自呈本色。稗史載明祖微行，詠虹霓，得二句。有一生續曰：「玉皇知道鸞輿出，萬里長空駕彩橋。」又一日潛飲小市，書木几上，得詩二句。適對席有一生，戲令續之。生遽吟曰：「他時若得臺端用，要向人間宰不平。」二生初不知爲帝也，一賜以官，不受；一擢爲廉使。二生氣概固自不同，而明祖藻鑑尤精，非若袁柳莊所謂「秀才皇帝」也。

梅

崔道融《詠梅》詩：「香中別有韵，清極不知寒。」楊誠齋極愛之。後周蘇子卿「只言花是雪，不悟有香來」，似又探驪得珠矣。誠齋曾有句曰：「如何屋角西南月，只照梢頭一兩花。」亦工緻無比。

春雪

周伯仁《春雪》詩：「照天不夜梨花月，落地無聲柳絮風。」雅有思致，超出「銀杯」、「縞帶」之外。李舒章「殿盡廣寒寧獨月，城疑不夜別愁人」，氣韵略同。然總不若姚康「無柳花常在，非秋露正漙」之句爲殊絶也。

萬柳堂

都門萬柳堂，元時廉野雲所築。一日置酒邀盧疏齋、趙松雪飲，命歌兒解語花歌元遺山所製《小石調》曲，「驟雨打新荷」是也。松雪喜而賦詩曰：「萬柳堂前數畝池，平鋪雲錦蓋漣漪。主人自有滄洲趣，遊女仍歌《白雪》詞。「手把荷花來勸酒，步隨芳草去尋詩。誰知咫尺京城外，便有無窮千里思。」歲久淹廢，益都相公因改築於沙河門。休沐之暇，時與名流觴詠其際，亦一佳話也。

舊酒瓢

廖凝宰都昌，嘗有句曰：「風清縣閣留僧宿，雨濕庭莎放吏衙。」後秩滿將去，題修江寺曰：「五斗徒勞更折腰，三年兩鬢爲民焦。今朝解印吟歸去，還挈來時舊酒瓢。」凝字熙績，與李建勳爲友，唐詩并逸其名。

浣青衫

白沙「直知花是路，不覺月隨身」諸句，翁山序梁無悶詩，引以爲比。

陳白沙極喜周翠渠「木蘭谿上浣青衫」之句，兩形之赤牘。其後，周守桃州，有句曰：「宦情秋夢短，世事海波深。」翠渠當承平之日，有循良之譽，不知何以忽作此語。若吴薗莰守苕溪，方解組，梅村祭酒適過之，有曰：「官如春夢短，客比亂山多。」則情境適符，不妨出諸投贈之中矣。周名瑛，嘗令童子置樹葉於懷中，以破幻術。

南北限

文帝詔王朗等曰：「今將栖備高山，沉權九淵，不臘西歸矣。」此溺人必笑之説也。

魏文帝欲下江南，臨流歎曰：「嗟乎，此天所以限南北也。」遂旋師。韓魏公《過古北口》詩：「東西層巘鬱嵯峨，關口纔容數騎過。天意本將南北限，即今天意又如何？」借前人之言作一轉語，有無限牢愁，不堪説破也。

長樂老

蒼雪和尚《無題》詩：「石頭城擬受降城，莫問三公及九卿。畢竟江南長樂老，爲全桑梓失高名。」劉盆子舉止羞澀，王夷甫自謂少無宦情，不消此髡劈面一唾。和尚名讀徹，吴太倉極重之，贈詩最多。

多魚漏師

李舒章《過陽羨弔盧司馬》、宋轅文《參軍行贈楊機部》二詩，慷慨悲凉，包括當年情事。然一則曰：「北軍中尉來匆匆。」一則曰：「按兵不動高中監。」似乎躁進之與逗留，猶未有成讞也。惟吴梅村

《悲鉅鹿》詩有「豈料多魚漏師久」一語，則尚書之死、參軍之去，不得不歸獄於椓人矣。其後又有詩曰：「諸將自承中尉令，孤臣誰給羽林兵？」又曰：「朝廷議論安危外，兄弟關河風雪中。」參之葉聖野《弔楊機部》詩「盧諶流落劉琨死，回首章門一惘然」之句，則廟謨顛倒，寧獨致痛於人之云亡而已耶！

彭城寇

薛千仞《彭城寇》詩，目擊情形，悲憤兼到。前章曰：「從來援師集，殘疆已無盜。」次章曰：「道路有萬目，看叙賊退功。」熱腸冷眼，何減皇甫子浚之《順義行》。薛名岡，皇甫名冲。李長吉《黄家洞》詩：「閒驅竹馬緩歸家，官軍自殺容州槎。」當時經略其事者皆名臣也，而形勢亦已如此。若陶鞠延《湖南寇事》云：「往例自拔幟，官軍得張弧。」彼馮、李一輩人，又何足數哉！

吴趨會吟

陸士衡《吴趨行》發仞泰伯，歸功大皇。謝康樂《會吟行》始於文命，終於勾踐。有曰：「淑美難窮紀，商榷爲此歌。」有曰：「牽綴書土風，辭殫意未已。」皆撮其大旨言之，不沾沾以鋪叙爲長。至唐人《帝京》諸篇，始必極其瑰異奇觀，末必形其寂寥衰颯，非獨聲調異也。夫亦氣運所至，有不得不然之勢耳。

玉衡

《十九首》："玉衡指孟冬，衆星何歷歷。"《春秋運斗樞》曰："玉衡，北斗第五星。"晉灼曰："斗之中央也。"《淮南子》曰："孟秋之月，招摇指申。"此詩有促織、秋蟬之景，則是漢朔之孟冬，非夏正之孟冬也。《漢紀》："高帝以十月至灞上，因用爲歲首。至武帝太初元年丁丑五月，始改夏正。"然則此詩爲漢初人作，又何疑哉？陶式南謂上古迭用三正，而不改四時之名，以《商書》"元祀"、"三祀"、書十二月爲證。然則此詩所云，豈漢世并改其時耶？以十月爲歲首，於三正之義何居？

黑螈商羊

張景陽《雜詩》十首，其卒章曰："黑螈躍重淵，商羊舞野庭。"江文通《擬古》所謂"張黄門苦雨"也。句句典確，遠出《愁霖》諸賦之上。文通所擬較爲淺薄已。"黑螈"見《淮南子》，神蛇也。音麗。

未央才人

《臨江節士歌》亦厥所著。厥在宋、齊間以博雅名，字韓卿。

《漢書·藝文志》："詔賜中山靖王、噲及孺子妾冰《未央才人歌詩》四篇。"師古注曰："孺子，妾之有品號者，冰其名。」陸厥有《中山王孺子妾歌》：「歲暮寒飈及，秋水落芙蕖。賤妾終已矣，君子定何如？」靖王與冰未聞有顛越之事若昭信、望卿者，而厥詩詠之如此，何耶？太白亦有此題，所云「芙蓉老秋霜」，正用厥語。而起結以延年、戚姬爲比，豈別有所據歟？

元丹丘

太白任俠談玄，與元丹丘最善，贈詩凡十餘首。其《西嶽雲臺歌》有曰：「我皇手把天地户，丹丘談天與天語。」楊子見引《開皇神告録》，謂即此人。余按：唐高祖自開皇末聞老翁之語，袖劍詣丹丘子，覩其儀表，心駭神聳，伏謁而歸。及武德初，又命太宗密訪之，室已墟矣。太白生於聖曆二年，至開元時，距國初已百有餘歲，是時明皇侈言仙術，或别有出入九重、歸隱西嶽如羅公遠、葉法善輩與白往還，非即嚮日之丹丘子也。《餐霞樓上送别序》：「霞子元丹，煙子元演。」似又姓元名丹。《神告録》謂與神堯近籍，則彼固姓李也。

黁公

「黁」，奴敦切。《晉書》：「西涼有郭黁，工天文。」《北夢瑣言》：「唐有牟黁，謁柳玭於渝州。」李義山《樓堂書所見》詩：「疑穿花逶迤，漸近火温黁。」押韻創見。皮襲美《詠金灘鸂鶒》、楊廉夫《題移居圖》，亦用「温黁」二字。

「滿院秋光濃欲滴，老僧拄杖青松側。只怪高聲問不譍，嗔余踏破蒼苔色。」東坡《書黁公詩後》

云：「見於逆旅祁宗祥壁上，蓋滏水僧寶麐筆也。」麐本名清戒，俗呼「戒和尚」，年百三十死，人復有見之者。此詩似不食煙火人語，遠出琴聰、密殊之上。放翁詩：「柴門雖設不曾開，爲怕人行損緑苔。」

明冰

富嘉謨《明冰篇》曰：「陽春二月朝始暾，春光澹淹度千門，明冰時出御至尊。」每三句換韵，凡七轉，即古樂府之解數也。後人合爲一首，誤。范德機《贈鄧提舉》詩似楊素《送薛播州》章法，亦不當合爲一首。

田園樂

事詳《憲章録》。或誤作錢宰。按：宰以耆儒，曾纂修《孟子節文》，不知即此人否。

明祖閲《孟子》，至「土芥」、「寇讐」語，曰：「臣子之言何得如是！」議去其配享，有敢諫者，命金吾射之。錢唐抗疏極諫，坦胸受矢。太祖悟，命療其傷，孟子仍配享。唐一日偶吟曰：「四鼓冬冬起著衣，午門朝見尚嫌遲。何時得遂田園樂，睡到人間飯熟時。」或有傳之禁中者。明日宴文華殿，諭曰：「昨日好詩，然誰人『嫌』汝？毋寧朕也。何不作『憂』字？」唐悚謝，未幾放還。若唐者，可謂有擔當、能灑脱者矣。

得便宜

陳希夷曰：「優遊之所勿久戀，得意之地勿再往。」邵康節嘗誦其語，曰：「得便宜事不得再作，得便宜處不可再往。」故詩曰：「珍重至人嘗有語，落便宜處得便宜。」

自足知足

沈隱侯《寄懷》詩：「雖云萬重嶺，所翫終一丘。堦墀幸自足，安事遠遨遊？」《遊沈道士館》：「曰余知止足，是願不須豐。遇可淹留處，便欲息微躬。」可謂隨緣放曠，任意逍遥者矣。而乃以鹿蔥賈禍，何哉？

門外青山

慈湖名簡，陸象山高第。知温州，首移文罷妓籍。

楊慈湖有六言詩曰：「浄几横琴曉寒，梅花落在絃間。我欲清吟無句，轉煩門外青山。」胸次悠然，絶無學究語氣。雲門雪大師嘗有句曰：「青山個個伸頭看，看我庵中喫苦茶。」想見此老胸中真是活鱍鱍地。

曾丘九重

淵明《遊斜川詩》：「迥澤散遊目，緬然睇曾丘。雖微九重秀，顧瞻無匹儔。」按《淮南子》：「崑崙山有增城九重。」駱庭芝曰：「斜川有曾城，落星寺在其上。」古字「曾」、「增」、「層」通用。

金庭觀

《龜山白玉上經》曰：「第二十七洞天曰金庭，即天台華頂之東門也。」

褚伯玉居金庭山，齊高帝以名其觀。孔稚珪從而受道，爲之立碑。沈約詩：「都令人徑絶，惟使雲路通。」即此處也。釋小白詩：「羽客相留宿上方，金庭風月冷如霜。直饒人世三千歲，未抵仙家一夜長。」羅隱《送裴饒》有「金庭路指剡山隈」之句，或即《南史》所云「瀑布山」也。

水晶宫

吴興之水晶宫不載圖經，惟范質嘗語人曰：「霅上號水晶宫。」楊漢公爲刺史，於九月望賦一絶曰：「江南地暖少南風，九月炎涼正得中。溪上玉樓樓上月，清光合作水晶宫。」後滕元發作守，林子中復寄以詩曰：「清風樓下兩溪春，三十餘年一夢新。欲識玉皇香案吏，水晶宮主謫仙人。」嗣是沿爲故事。歐陽永叔《送胡學士》詩：「吴興水晶宫，樓閣在寒鑑。」張蜕庵《公宴》詩：「我亦玉堂揮翰手，題詩合在水晶宫。」

薔薇洞

王季重曰：「供奉《東山》詩，致語大是曉語，可以唤起文靖，不必多憾。」

王性之《東山記》曰：「山半有薔薇洞，相傳謝太傅携妓遊宴之地。」按李供奉詩：「不到東山久，薔薇幾度花。白雲還自散，明月落誰家？」後人或附會其説，以爲「白雲」、「明月」乃二妓名。李文正有詩，其落句云：「太平宰相休云云，清言非罪亦非勳。四郊多壘一身樂，吾憶冶城王右軍。」幾令「小草」、「遠志」一時語塞。按：東山因太傅得名者有三，一在臨安，一在金陵，惟始寧乃其故居，俱詳本傳。

迷人

張睿父謂劉、阮遇仙天台山，非桃源事。桃源在武陵，乃秦人避世之所。文人往往誤用之，如李涉《贈長安主人》云：「上清真子玉童顔，花態嬌羞月思閒。仙路迷人應有術，桃源不必在深山。」余按：王之渙《惆悵詞》「晨肇重來路已迷，碧桃花謝武陵溪」，以「晨肇」撥入「武陵」，誤之甚者。「迷」字始於少陵「須令賸客迷」之句，即「迷津」意。至若徐文長「流出桃花賺阮郎」、劉言史「又向花間魅阮郎」，下字更尖，幾令「銷恨花」翻成「薄幸春」矣。然考劉、阮事蹟，原有「山頭桃樹」之語，似亦不妨借用也。

感春

昌黎《感春》詩有云：「亹亹新葉大，瓏瓏晚花乾。青天高寥寥，兩蝶飛翩翩。」四句内以疊字起頭，以疊字束脚，亦創格也。

暮春

邵堯夫《暮春》詩：「林下居常睡起遲，那堪車馬近來稀。春深晝永簾垂地，庭院無風花自飛。」西山謂近世評詩者以淵明之詞甚高，而其旨出於老、莊；康節之詞若卑，而其旨原於六經。余謂如此詩未嘗用一六經字面，而其旨未嘗不高。詩固不可以一例言也。康節又有句曰：「若無揚子天人學，安有莊生内外篇。」即此見先生學無不窺，非一味板腐拘墟者可比。

春牛

《閩小紀》云：「會城迎春，必於忠懿王廟前乞土爲春牛。」曹能始詩：「馬從太守分驂去，牛向前王乞土來。」《五國故事》云：「忠懿王，審知也。」漳州亦有忠懿王廟，今爲浄衆寺。余從軍時寓此。主僧號韵木，其徒曰勺溪，嘗與余偕夏鹵均三過虎崆巖。

總成空

「愚濁生瞋怒，皆因理不通。休添心上燄，只作耳邊風。長短人人有，炎涼處處同。是非無實相，究竟總成空。」此王介甫詩也。當是見蔣山後方有此語，否則以未平之心持經世之意，清泠雲中，無往而非霹靂火也。其後又有句曰：「泔魚已悔當年事，搏虎方驚此日身。」回光返照，殆神遊鍾山之候乎？「泔魚」事出《荀子》。

寄語沙鷗

或云邢宥爲蘇州太守，議丈量，有以詩刺之者。邢疑劉廷美所作，甚怨之。

張江陵當軸，行丈量法。吴中有無名子作詩曰：「量儘山田又水田，只留滄海與青天。如今那有閒洲渚，寄語沙鷗莫浪眠。」嗚呼！虚糧飛洒之弊非清丈不可，惟在執事者遵其法而善用之，周之屏所謂「伸縮由吾輩」也。此與拗相公作用自是不同。《文苑》謂宋人刺賈似道詩有二首。休寧吴斌嘗作《量田謡》，起句云：「朝量水田雪，暮量山田月。青山白水人如雲，朝暮量田幾時歇？」結云：「安得長風天外起，吹倒崑崙填海水，更出桑田千萬里。」斌字韞中，明初人。

李波小妹

隆、萬間，山東有紅羅女，與雍容略似。吾鄉周允大曾紀以詩。

《北魏史》：「廣平人李波，宗族强盛，殘掠不已。公私咸患，爲之謡曰：『李波小妹字雍容，褰裙逐馬如轉蓬。左射右射必疊雙，婦女尚如此，男兒安可逢。』」韓致堯曰：「相州人作《李波小妹歌》，疑其未備，因補之。」起句即用其語，而繼以「窄衣短袖蠻錦紅」。結曰：「海棠花下秋千畔，背人撩鬢道㥈㥈。」姚寬謂所補不合，純是閨情。蔣大鴻曰：「安知當時不别有所感，托之於此女子耶？」

蒲履

五代時，蒲履盛行，《九國志》云「江南李昪嘗履蒲鞁」是也。然當時婦人履亦有用蒲者。劉克明詩：「吴江江上白蒲春，越女初挑一様新。纔自繡窗離玉指，便隨羅襪步香塵。石榴裙下從容久，玳瑁筵前整頓頻。今日高樓鴛瓦上，不知抛擲是何人？」胡元瑞謂近世婦人以纏足故，絶無有用之者，殆未見吴下阿娘耶？

紅絲

李長吉《詠馮小憐》結句曰：「玉冷紅絲重，齊宮駕妾鞭。」曾鶴江謂「玉」即琵琶，「絲」即絃。丘曙戒謂「玉」即身，「絲」即衣，蓋從井出也。若紅絃經水，未必較重耳。朱卓月曰：「小憐出井，已非齊宮物矣。」賀書法一定，所謂欲蓋彌彰者也。誰謂詩、史各自體裁？按：小憐，齊太穆后從婢也。慧黠，工歌舞。後主嬖之，自淑妃立爲左皇后，願得生死一處。周師攻齊，從後主奔青州，爲周武所獲，賜代王達。彈琵琶，因絃斷，作詩曰：「雖蒙今日寵，猶憶昔時憐。欲知心斷絕，請看膝上絃。」當周師入鄴，小鄰出諸井，乃穆后亦斛律從婢也。母名輕霄，莫知氏族。小字黄花，後字舍利，入宮名邪利。有幸於後主，宮中稱爲「舍利大監」。姚山期曰：「一時得兩婢爲后，不亡何待？」

柳亭詩話卷十二終

柳亭詩話卷十三

山陰宋長白纂

江南曲

《太平御覽》：「梁武帝謂周捨曰：『柳惲才藝，足了十人。』」

柳吴興詩：「汀洲采白蘋，日落江南春。洞庭有歸客，瀟湘逢故人。」解詩者謂二人相遇於旅次，若傾蓋然也。丘光庭曰：「據其題稱《江南曲》，是樂府閨情之遺。言婦人因夫出行於外，春日采蘋洲次，見有人爲客而歸自洞庭者，因問其夫之消息。其人答言：『於瀟湘之上逢見汝夫，更前去也。』此婦遂竊念曰：『故人去不返，春華復將晚。』喻言己之顔色將漸衰也。『不道新知樂，祇言行路遠』者，慮其夫在外戀新人而不歸，托言行路遠耳。『故人』，正婦人指其夫而言。」如此看，於上下脈絡方覺有情。《物理論》曰：「能理亂絲，乃可讀詩。」

宛轉歌

樂府至晉而一變，《清商》、《子夜》諸曲不獨開齊、梁儇薄之端，已預創《花間》、《草堂》之局矣。劉妙容《宛轉歌》：「月既明西軒，琴復清寸心。斗酒争芳夜，千秋萬歲同一情。」陶貞白《寒夜怨》、徐孝穆《長相思》乃有此種聲口。

碧城

李義山《碧城》詩三首，蓋詠公主入道事也。唐之公主多請出家。義山同時，如文安、潯陽、平恩、邵陽、永嘉、永安、義昌、安康，先後丐爲道士，築觀於外，頗失防閑。其以「碧城」爲題者，用《集仙録》王母所居玉樓十二事也。「附鶴」、「栖鸞」，「當窗」、「隔座」，皆去來無定之詞。故曰：「若使曉珠明又定，一生長對水晶盤。」明明以賣珠兒會葬灞陵之事比之也，而注引《參同契》「日爲流珠」作證，朱長孺因謂「水晶盤」爲月，皆失之矣。次章曰：「不逢蕭史休回首，莫見洪厓又拍肩。」如金仙、玉真師事道士史崇元，皆不逢蕭史而拍洪厓肩者也。「鄂君」、「繡被」則暗用「心悦君兮君不知」之語以證之。末章曰：「武皇内傳分明在，莫道人間總不知。」如劉中山《題九仙公主舊院》詩「武皇曾駐蹕，親問主人翁」也。元遺山曰：「詩家總愛西崑好，只恨無人作鄭箋。」

金鍐

《東京賦》：「龍舟華艤，金鍐鏤鍚。」「鍐」，謂以金箔入火塗飾諸物也。江文通詩：「朱櫂麗寒渚，金鋄映秋山。」此字未經人道。蔡中郎《獨斷》有「金鑁」，謂馬冠，高廣各四寸，但言其形製耳，於塗飾之義未詳。

簄字 子華，名融。

陸魯望《寄吴子華》詩：「到頭江畔尋漁事，織作中流萬尺簄。」「簄」，取魚具也。《酉陽雜俎》云：「晉時錢塘有人作簄，年收魚億計，號『萬尺簄』。」此字《唐韻》不收。《北齊書》：「慕容儼鎮郢城，梁都督侯瑱、任約於上流鸚鵡洲造荻洪數里，以塞船路」。則「簄」字乃加竹於洪内之義。東坡詩：「暮回百步洪，散坐洪上石。」楚人呼水之溜者曰「洪」。

齴字

曾茶山《和曾宏父餉柑》詩：「莫向君家樊素口，瓠犀微齴遠山顰。」「齴」謂齒怢也。此字《玉篇》不載。湯義仍《病齒》詩：「徵角清吟齰不辭。」義同而字異。或以爲音側。

⿱輕疋字

梅聖俞《送寧鄉令張沆》詩：「長沙過洞庭，水泊風搖矴。青山接夷蠻，白晝鳴⿰弓鳥鸋。竹存帝女啼，夔學林雍鏨。不嫌卑濕憂，清風入詩興。」「鏨」字出《左傳》：「刜林雍之足，鏨而乘於車。」從「金」，此字《正韵》兩存之。

兹字

《吕覽・任地篇》：「今兹美禾，來兹美麥。」高誘注曰：「兹，年也。」《十九首》「爲樂當及時，何能待來兹」、應璩《百一詩》「斗酒當爲飲，無爲待來兹」，皆本此。

束字

張景陽《雜詩》：「密葉日夜疏，叢林森如束。」「束」字自《國風・揚之水》三章得來。元微之《連昌宮辭》：「歲久無人森似束。」東坡《過李公擇故居》詩：「四隣戒莫犯，十畝森似束。」則皆指竹。

凹字　東方朔《神異經》：「千里無凹凸。」

周繇《虎跑泉》詩：「爪擡山脉斷，掌托石心坳。」「坳」字出《莊子》：「覆杯水於坳堂之上，則芥爲之舟，置杯焉則膠。」施慶徵曰：「即『凹』字。」「種竹補山凹」、「魚沉水面凹」、「睡愛珊瑚枕上凹」。

綹　字

音「柳」。張光祿《水南翰記》載《嘲唐皐》詩：「争奈京坡剪柳多。」竟誤作「柳」。

沈雲卿《七夕曝衣篇》有云：「上有仙人長命綹，中看寶媛迎歡繡。」《説文》：「緯十縷爲綹。」押韵創見。

醫卜星相

王季重曰：「堪輿禄命，醫道相法，人百其口，理亦有屈伸互帝之日。」

朱晦翁《山寺逢僧談命》詩：「此地相逢亦偶然，漫將牛斗話因緣。時行時止非人力，莫問流年祇問天。」是李虚中、徐子平無所置其喙矣。姚恭靖《贈袁柳庄》詩：「岸幘風流閃電眸，相形何似相心優。凌煙閣上丹青裏，未必人人盡虎頭。」則揣骨聽聲，不必誇風鑒之精也。蔣道林題醫士杜仁夫《復春集》曰：「安排必定非由我，燮理從來自屬人。堪歎世人渾不解，九還丹裏苦婾生。」似乎岐、黄、盧扁皆不足憑。若李士實《贈日者》詩：「蕭蕭雙鬢亂秋雲，一日身閒荷聖君。山澤老癯顔不改，封侯須看李將軍。」違卜而妖夢是踐，竟蹈宸濠之罟，豈蓍蔡兩端，竟可置之度外耶？

考亭

或曰子稜名端，爲御史；或曰端公其謚也。元人熊禾有《考亭書院記》。

洛陽黄子稜，字元威，隨父入閩，居建陽之東觀山。嘗有詩曰：「青衫木笏尚初官，未老金魚是等閒。世上幾多名將相，門前誰有此溪山？市樓晚日紅高下，客艇春波緑往還。人過小橋頻指點，全家都在畫圖閒。」及父卒，葬於山麓，因作《望考亭》以誌感。後朱韋齋過此，謂：「溪山清遠，可以卜居。」紹熙壬子，晦翁欲成先志，乃自崇安徙居。後人以「考亭」稱朱子，誤矣。周櫟園《閩小志》亦以爲非。

地理

庾子山詩：「關山連漢月，隴水向秦城。」江總持詩：「函關分地軸，華嶽接天壇。」地理之祖。

何信陽送人赴湖南，有「江漢元朝海，樓臺半入吴」之句。金長真曰：「詩句連地理者，詞氣多高壯。」要之，情思、筆路自然相合，非有所承襲也。如楊炯「漢國臨清渭，京城枕濁河」，杜審言「楚山横地出，漢水接天回」，張説「孤城臨楚塞，遠樹入秦宫」，崔湜「楚山霞外斷，漢水月中平」，韋元旦「楚塞雲中出，荆門水上來」，孫逖「春水經梁宋，晴山入海沂」、「驛繞巴江轉，關迎劍道開」，孟浩然「已失巴陵雨，猶逢蜀坂泥」，王維「樹色分揚子，潮聲滿富春」、「窗中三楚盡，林外九江平」，岑參「驛路通函谷，州城接太行」，杜甫「浮雲連海岱，平野入青徐」、「吴楚東南坼，乾坤日夜浮」，儲光羲「吴山遲海月，楚火照江流」，皆歸聿離婁，象態萬千。登高臨勝時誦此數語，意興與山川同廓矣。

長笛

《史記》：「黄帝使伶倫伐竹於昆溪而作笛，吹之如鳳鳴。」《風俗通》謂武帝時丘仲作，非也。馬融曰：「丘仲言非所自出，而不知其弘妙。」因爲辭曰：「近世雙笛從羌起，羌人截竹未及已。龍鳴水中不見己，截竹吹之聲相似。剡其上孔洞通之，裁以當邁使易持。易京君明識音律，故本四孔加以一。君明所加孔後出，是謂商聲五音畢。」「君明」者，京房字也，精於《易》，因呼「易京」。按此則笛起於上古而流入羌中，本四孔而君明加以商聲也。《方輿記》：「武夷山有奪秀亭，胡寅、劉衡同建。衡善吹鐵笛，寅贈以詩曰：『更煩横鐵笛，吹與衆仙聽。』亭後圮。朱晦庵與客尋其故址，忽有笛聲起自林表，因復作亭，名曰『鐵笛』。」胡字明仲，衡字兼道。

神龍

司馬彪，晉高陽王睦之子。爲父所擯，不得嗣位。以詩贈山濤曰：「苕苕椅桐樹，寄生於南嶽。昔也植朝陽，傾枝俟鸞鷟。今者絶世用，倥傯見迫束。班匠不我顧，牙曠不我録。焉得成琴瑟，何由揚妙曲。」純用虚字回斡成篇，乃見心煩意亂之實。結曰：「冀願神龍來，揚光以見燭。」時巨源方以澄清流品爲世所推，故屬望如此。

懸風

吴叔庠《詠懷》詩：「懸風白雲上，挂月青山下。心中欲有言，未得忘言者。」「挂月」易擬，「懸風」二字未經人道。

里麻

冒辟疆有《後里麻行》，序云：「吴太守國倫以古文詩歌名隆、萬間。隆慶五年冬，倭犯高州，吴與參戎陳豪擊敗於里麻，有《里麻行》。予作此追美之。」起句曰：「君不見漢代吴公治行稱第一，未聞將將師以律。又不見魏邦吴起夙嫻兵，未聞筆陣能縱横。」中云：「直以偏師當八面，東突西馳疾如電。一戰功成粤嶺東，姓字於今輝志傳。」然明卿原唱有云：「輕裘緩帶五花馬，親提義卒屯中野。千人殊守奮登陴，將軍却似從天下。」是已環城居守，而豪獨馘殄群囚也。故曰：「白猿黄石非吾略，書生豈敢攘天威！」詳見《高州志》。

觀山

觀山去茂名縣四里，吴留村司馬有小序曰：「自祖逆變後，村落丘墟與荆棘相半。偶爾登眺，因賦此詩：『秋深聊縱目，落日獨徘徊。海闊人初散，天高風自來。川原無起色，荆棘有餘哀。慚愧君恩久，嗟非濟世才。』」閩、粤之變，留村與姚憂庵少保戡定之功爲多。余往來二公幕下，見其磨盾揮毫，俱堪不朽。二公往矣，余尚伏守蝸廬。偶記此闋，以志升沉之感。

天塗河水

阮步兵詩：「日月經天塗，明暗不相讐。窮達自有命，得失又何求？」鮑參軍詩：「君子樹令名，細人効命力。不見長河水，清濁俱不息。」阮旨遥深，鮑言磊落，士夫胸中不可無此見解。

蘭　菊

所南嘗曰：「大宋不以有疆土而存，無疆土而亡。」

鄭所南隱居吴下，每寫蘭根，下不著土，以無土可著也。嘗自題其上曰：「純是君子，絶無小人。

深山之中，以天爲春。」又《題菊》曰：「禦寒不藉冰爲骨，去國還同金鑄心。」作《心史》一書，函以鐵，沉諸井。其後有人得之，於宋事悉其顛末云。倪高士、宋逸民俱有題鄭所南畫詩。

黄葵

「檀心自成暈，翠葉生有光」，東坡句也。若李涉、韋莊諸作，多誤指向日葵。

晏元獻《詠黄葵》詩：「脈脈倚雕闌，北方比象難。鑄金承露巧，銼檗染絲乾。麗服朝裁綺，芳心夜點檀。不須輕采折，留映羽人冠。」此即秋葵也，自來吟詠絶少。但第二句疑有錯誤，惜無善本可考。

墨蘭

「滋蘭九畹空多種，何似墨池三兩花。近日國香零落盡，王孫芳草遍天涯。」葉静齋《草木子》云：「趙仲穆者，子昂學士之子，宋秀王之後裔也。能作蘭木竹石，有道士張伯雨題其墨蘭，仲穆見而愧之，遂不復作。」

水上山前

駱義烏《軍中行路難》有云：「龍鱗水上開魚貫，馬首山前振雕翼。」二句内攝入四物，筆力驃悍之極。但二十五句前有「龍韜」、「龜壘」，後又有「烏號」、「龍文」，「雁門」、「鴛被」，「龍頷」、「鳳樓」諸句，得無似白地光明錦裁爲負販袴耶？同時辛常伯亦有此作，則用長短句。「負販」二字出《曲禮》，《世説》作「版」。

鼓騎雲吹

樂府有鼓吹、騎吹、雲吹之名，《建初録》云：「列於殿庭者，名鼓吹；列於行駕者，名騎吹；列於樓船者，爲雲吹。」宋之問詩：「稍看朱鷺轉，尚識紫騮驕。」此言鼓吹也。謝朓詩：「鳴笳翼高蓋，疊鼓送華輈。」此言騎吹也。簡文詩：「廣水浮雲吹，江風引夜衣。」此言雲吹也。詳見《丹鉛總録》。

五原

羅蘿村曰：「雲中，亦號五原。」徐子能曰：「延安府。」

盧思道《從軍行》有曰：「庭中奇樹已堪攀，塞外征人殊未還。白雪初下天山外，浮雲直上五原間。」按《漢書》：「宣帝甘露二年，呼韓邪單于款五原塞，遂朝於甘泉宫。」《長安志》「五原」指此，非蜀中之五丈原也。李白樂府：「蕭條萬里外，耕作五原多。」張敬忠《邊詞》：「五原春色舊來遲。」皆指此。劉須溪評杜詩「五原空壁壘」曰：「五丈本不可省，與花溪同。」是未嘗知詩中所詠乃榆林，地與靈州接壤者也。劉《詩九種評注》大率類此。「奇樹」或作「琪樹」。

崑崙關

楊廉夫《崑崙關》詩：「賓州海月光團團，劍花火樹燒斕斑。將軍如内客未散，捷書已克崑崙關。當時諫臣輕武士，豈知辦賊遽如此。嗚呼銅面將軍今豈無，世無丞相龐公甘老死。」王宫保《西行紀》云：「崑崙關，狄武襄破儂智高於此。運釘錢之巧秘，托銅面之威神。萬古英靈猶在關前，乃一樓圮不復存，從來不一享祀。豈惟報功之典未彰，而設險之規遽廢，不幾令人扼腕乎！」因捐俸葺其樓，撥兵以守之。太保名揚德，號宛委，有《百甓堂詩集》，冒起宗序之。太保有子名襄，字公簡，以都督殉難。

山莊行

太保有《山庄行》，自注曰：「雲門深山中，高祖給諫公讀書處也。向以虎狼出没，頹壞不治。余因修之，習静其中。」詩略曰：「水盡耶溪近柵頭，萬山横列不通舟。古木垂藤夾修竹，風嘯影摇心縮朒。盤桓愈入山愈深，白晝猿啼鬼夜吟。惟我從來無束縛，峭壁懸崕偏着脚。今人何必非古人，先世埋名此斲輪。千秋骨鯁留青瑣，百年茅茨猶如新。叢菊野菜連山蕨，對面青山補墻缺。晨夕不聞鷄犬聲，只我書空常咄咄。」公後投筆從戎，舉進士。歷鎮巖疆，入爲緹帥，拜征蠻將軍。年八十四薨。嘗注《太乙奇門六壬》并醫術。祁慎原端詩：「重鎮元戎符剖七，輕裘儒將印懸三。術疏黄石虚金鎖，書述《丹經》尚玉函。」明代將軍印天下有七，而公歷佩江南、粵東、西三印，故云。

吟詩臺

劉夢吉《題瀛王吟詩臺》：「朝廷乃自樂，山林爲誰憂？何當剷疊嶂，一洗他山羞。」又《翟節婦》詩末云：「千年吟詩臺，峩峩太寧巔。爲招馮太師，和我《節婦篇》。」宋儒以長樂老爲大人，與静修眼光相去幾里，較諸「十主九龍」之謔，不幾嚴於斧鉞耶？

五人墓

徐莘叟《題五人墓》詩後段曰：「鴟革乘潮應有待，魚腸論義不如君。最憐五百田横客，青史芳名了未聞。」怯夫慕義，何有於身後之名，而金閶抔土，竟與蓼洲並傳千古。如而夫者，可謂能自壽者矣！

孝陵衣食

石齋有孫名仲猛，遁於漳之野，力耕而解文。胡別駕宮嘗延致之，與余善。

黄石齋《自輓》詩：「粲粲朝陽霞，峨峨太山石。瑩瑩七尺劍，温温半尺璧。化爲白板宮，宛宛置路側。漢人一顧問，胡人一歎息。蘭膏空自煎，瑚璉空自擲。狐狸踞龍宮，蜉蝣噉白日。妻子不得知，親朋但酸鼻。寒從孝陵衣，饑從孝陵食。孝陵何淒淒，風雨庇松柏。」石齋與蕺山氣誼相若，牽裾伏蒲之事，百折不回。要典乃詆爲僞學，然則如之何而後爲正學哉？鼎革時，有乩仙降筆，自署崇禎年號，曰：「吾悔不用黄道周、陳子壯之言，以致於此。」東林講學與角立門户者如何？

蘭璧

《南史》：劉湛欲袁淑附己，而淑不爲改意，由是大相乖失。因賦詩云：「種蘭莫當門，懷璧莫向楚。楚少別玉人，門非植蘭所。」當門之蘭，即曹瞞待楊德祖、孔文舉已事；向楚之璧，范增、王猛輩皆當酸鼻。江夏王鋒嘗著《修柏賦》以見志。明帝使人害之，江斅嘆曰：「芳蘭當户，不得不鋤，其修柏之謂乎？」

南山

楊子幼《報孫會宗》詩：「田彼南山，蕪穢不治。種一頃豆，落而爲萁。」竟罹當日文網。淵明《園居》詩：「種豆南山下，草盛豆苗稀。」正用其語，而後人以淡遠高曠目之。豈漢法刻深，而晉、宋之交反恢闊有餘耶？亦其生平樹立，大有不同耳。

世短意常多

升庵云：「《古詩》『生年不滿百，常懷千歲憂』，淵明以五字盡之，曰：『世短意常多。』若東坡所云『意長日月促』，則倒用陶語耳。」按唐子西詩：「山静似太古，日長如小年。」奚翅延七日以爲一劫。

城上草

大蘇詩：「蝸涎不滿殼，聊足以自濡。升高不知疲，竟作粘壁枯。」可與俣詩參看。

劉俣詩：「城上草，植根非不高，所恨風霜早。」仲升礪志於「大才晚成」之語，長源受誡於「天覆地載」之歌。三復俣語，可爲英鋭逼人者作一良藥。

别人遊山

張思光《别人》詩：「白雲山上盡，清風松下歇。欲識離人悲，孤臺見明月。」孔德彰《遊山》詩：「石險天貌分，林交日容缺。陰澗落春榮，寒巖留夏雪。」曠如奥如，五言短古中不可多得。

關山月

徐孝穆《關山月》二首，其一曰：「關山三五月，客子憶秦川。思婦高樓上，當窗應未眠。星旗映疏勒，雲陣上祁連。戰氣今如此，從軍復幾年？」李太白五言佳境俱從此出，不止似陰鏗已也。

鶴樹

陳子昂《登九華觀》詩：「鶴舞千年樹。」李太白《尋雍尊師》詩：「松高白鶴眠。」或有謂鶴未嘗集於樹者。按《抱朴子》：「千年之鶴，能隨時而鳴，登於木上。」余丙午歲策騎雲中，見喬木之上有二白鶴，引頸長鳴，聲徹山谷。又回中王母宫相傳有雙鶴栖於桃樹之上。余亦嘗過之，惜未之見。

温泉行

「玉殿空掩扉，秋風動琪樹。昔日繁華事，盡逐流水去」，此楊太真《温泉行》也。寫景蒼涼，絶似驪山鬼語，不比「羅袖動香香不已」娓娓動人。

流杯池

上官昭容《遊長寧公主流杯池》詩：「仰循茅宇，俯眄喬枝。煙霞問訊，風月相知。」似銘似贊，宜乎秤量天下人物。又曰：「書引藤爲架，人將薜作衣。」「鬪雪梅先吐，驚風柳未舒。」脱盡主家套語。景龍文館諸絶句亦佳。

姊妹三

「昔聞南國容華少，今見東隣姊妹三」，此魚玄機《和聯句》詩也。自注曰：「光、威、裒姊妹三人，少孤而始妍，乃有是作。雖謝家聯雪，何以加之！有客自京師來者示余，因次其韵。」黄九煙云：「三美之才，不得幼微表章，誰知之者？惜乎詩不多見，并其姓亦不傳。詩人中有無名氏，詩媛中乃有無氏氏耶？」九煙《唐詩快》十六卷，目曰「驚天」、「泣鬼」、「移人」。既爲之序，復系以詩，略曰：「諸家非一家，衆體非一體。寧俟一人知，毋爲衆人喜。」於王、李、鍾、譚之外别創一論，亦足令人解頤也。

緑窻詩

孫蕙蘭，名淑，年二十三，歸傅若金於湘中，五月而卒。有《緑窻詩》十八首，若金序而傳之。其未成章者，如「窗前垂柳分春色，鏡裏幽蘭對晚妝」、「自傾甕裏春泉水，親灌階前石竹花」之類，皆飄逸有致。

細宋

《閩小記》云：「細宋許配福州翁登墀，年八歲。後十年，未婚墀死。又四年，乃殉。」

五言最長者惟《廬江吏焦仲卿》一首，爲句凡三百五十有四，爲字凡一千八百有奇。慷慨悲涼，序次全如《左氏》。高雲客《瑶江烈女詩》爲句凡三百八十八，爲字凡一千九百四十。譬諸傳奇，《廬江》詩以仲卿、蘭芝爲主，而母與兄副之，若令、若守、若丞，不過從旁點綴而已；《瑶江》詩則全部排場，真如亂絲在握，頭緒紛披。看其倉皇窘迫之中自有暇豫安閒之勢，五提細宋，而一則曰「天地郎共聞」，再則曰「天地郎共聞」，血脈齧然，一絲不漏。「好以衆整」，「好以暇」，無謂古今人不相及也。

如蘭

長樂曾如蘭適同邑林邦基，寄籍武林。癸未夏，邦基以哭母得疾死，曾誓以身殉。其舅漢朝白於邑令，令以立孤終養勉之。至丙戌秋，漢朝亦死。曾葬畢，遂絶粒十四日，正襟危坐，索筆賦詩曰：「鏡裏菱花冷，三年淚未乾。已終姑舅老，復咽雪霜寒。我自歸家去，人休作烈看。西陵松柏下，夫子共盤桓。」擲筆而逝。馮山公景作《高行傳》，詳見《解春集》。

愁醉

白香山詩：「百年愁裏過，萬感醉中來。」蘇老泉衍爲七言，曰：「佳節每從愁裏過，壯心偶傍醉中來。」

超悟

謝茂秦曰：「少陵超悟之妙，若『白摧朽骨龍虎死，黑入太陰雷雨垂』，至藴至深，此不必解。李長吉超悟之妙，若『金盤玉露自淋漓，元氣茫茫收不得』，明暢而有風刺，造語太奇，較之老杜，異軌同轍耳。」鄭都官《淮上别故人》詩：「君向瀟湘我向秦。」茂秦顛倒其句，所謂「超悟」者安在哉！而庵駁之良是。

對雨編

淵明《田園》詩，陳述古本止有五首，韓子蒼從其説。

洪景廬《對雨編》云：「陶淵明集《歸田園居》六詩，其末『種苗在東皐』一首乃江文通《雜體》，悮編入陶。東坡據而和之。又『東方有一士』詩十六句，重載於《擬古》九篇中，坡公遂亦兩和之。皆隨意即成，不復細考耳。」余謂長公天資豪邁，矢口成文，其不經意處甚多，不獨悮讀「長頸高結」之句，任人爲他山之石也。又《宿餘杭法喜寺》八韵，中聯「稻涼初吠蛤」二句乃唐人祖詠詩，《送小本禪師》「是身如浮雲」二句乃少陵詩。王孟揚《古劍行》「憶君清淚如鉛水」、高廷禮《函關歌》「秦時明月漢時關」，皆直用唐詩。

黄子廉

《風俗通》曰：「子廉每飲馬，輒投錢於水。」

陶靖節詩：「昔在黄子廉，彈冠佐名州。」按《後漢書》：尚書令黄香之孫，名守亮，字子廉，爲南陽太守，即三國時黄蓋之祖。但以太守爲佐州，豈别有所考耶？李供奉詩：「阮籍爲太守，乘驢上東平。」按：嗣宗爲東平相，而太白稱爲「太守」，或亦可通用也。

暢鍊師

盧綸有《同暢當宿藏公院》諸作。

唐有詩人暢當，即題鸛雀樓者，蓋僻姓也。桐江謂汝南有此姓，其族爲黄冠者十之八九。有女鍊師，姿首妍麗。秦少游見而挑之，不動，因贈以詩曰：「瞳神剪水腰如束，一幅烏紗裹寒玉。超然白有姑射姿，回看粉黛皆塵俗。霧閣雲窗人莫窺，門前車馬任東西。禮罷曉壇春日静，落紅滿地乳鴉啼。」少游擬作張于湖，而此女不屑爲魚幼微，可謂嚼然塵埃之表者已。

二十四美人

徐存永《題二十四美人圖》曰：「蟬鬢蛾眉各鬭妍，人人皈佛禮諸天。金釵擁出成雙隊，寶瑟彈來斷一絃。梓澤園中偕勝友，廣陵橋畔簇神仙。雕闌上下花如陣，風信頻催綺閣前。」東坡詠崔廿四，人以爲奇，似不如石麟之多多益善也。

十三竿

存永有《詠十三竿竹》詩：「叢竹生孫若比肩，幾枝籠月幾枝煙。醉時却記當今日，自注云：五月十三日爲竹醉。種處偏逢是閏年。留作魚竿分釣艇，裁爲鳳管合箏絃。自注云：箏十三絃。葛陂倘化群龍去，六逸騎來訪七賢。」此種題應有此種洗發，若以唐音宋調繩之，得毋培塿之山欲移松柏於其上耶！

秋後葉

鄭都官《酬高蟾先輩》詩：「張生故國三千里，知者惟應杜紫微。君有君恩秋後葉，可能更羡謝玄暉。」自注云：「君有《宮詞》曰：『君恩秋後葉，日日向人疏。』」按：「張生」者，祜也。其詩乃詠《河滿子》，牧之所謂「千首詩輕萬户侯」者也。唐有兩高蟾，俱進士，一僖宗乾符，一昭宗乾寧，俱載《登科記》。自乾符甲午迨乾寧丁巳，凡二十四年。都官卒於乾寧時，稱爲「先輩」，則前高也。

玉京遊

李翺牧江淮，盧儲携詩卷謁之。李方有公事，置卷於几。時長女已及笄，尋繹其詩，謂小青衣曰：「此人必爲狀頭。」李聞其語，遂約爲婚。明年，盧果舉第一人。殿試甫畢，竟赴佳期。有詩曰：「昔年曾向玉京遊，第一仙人許狀頭。今日已成秦晉約，果教鸞鳳下妝樓。」詳見《上庠録》。習之素不能詩，何得便有此女？或曰唐有二李翺，則知此人非與張籍以文鳴者。

柳亭詩話卷十三終

柳亭詩話卷十四

山陰宋長白纂

習氣

維誠即秦亭之祖。秦亭序湯古田詩，言《詩麈》甚詳。

「在六朝無六朝習氣者，左太沖、陶彭澤也；在唐無唐習氣者，初唐陳拾遺，盛唐孟襄陽，中唐韋蘇州、韓昌黎，晚唐司空圖也；在宋無宋習氣者，謝臯羽也。蓋六朝之習靡，唐之習囂，宋之習萎，非其人有超焉者，曷以臻此？」右見張蔚然西園《詩麈》。先大夫評其後曰：「射洪、襄陽、蘇州脱習氣，信已，他或未然。若青蓮、少陵，豈囿於習氣者乎？」又曰：「維誠夫子，先嚴曁先伯皆及門，以程、朱道學與黄學憲汝亭、沈孝廉守正齊名，未嘗以能詩稱，而詩評頗近肯綮。當逆廠擅柄時，以江、浙道望偕先伯，幾陷不測。雖有來相國崇道、毛中丞一鷺力旋而晦迹免禍，亦見才猷無施不宜也。」

公子行

聶夷中《公子行》曰：「花枝滿墻頭，花裏誰家樓？美人樓上歌，不是古《梁州》。」升庵注曰：「傷新聲日繁，古調日微也。」

東坡跋叔黨詩

蘇端明在惠，曇秀來訪，叔黨贈以詩，有云：「自欲灰心老南嶽，猶能繭足慰東坡。」坡即手書全什以貽秀，并跋曰：「余病已絶不作詩，兒子過粗能搜句，時有可觀。此篇殆咄咄逼老人矣。」按：少陵每念「熊兒」、「驥子」，而二君乃無一字流傳。阮兵曹巨斧之投，得無虛譽耶！伯達、叔黨皆能以詩自鳴，雖雛鳳未必清於老鳳，而眉山家學，三世淵源，可爲盛已。詩内直稱東坡，亦如大令之呼逸少也。

青眉對酒

京兆李才，字子構，年十七能詩。嘗從趙承旨飲於海澱，有小姬侑盞。趙喜而賦詩，有「小姬勸客倒金壺，家近荷花似鏡湖」之句。李和之曰：「馳道塵香逐玉珂，彤樓花暗鼓雲和。光風漸緑瀛洲草，細雨微生太液波。月榭管絃鳴曙早，水亭簾幙受寒多。少年易動傷心感，唤取青眉對酒歌。」後竟夭死。松雪稱其詩雜於唐人中未易辨，爲可惜也。而貢雲林集全載其什，僅易五字，於趙、李當時情景漠然無與，必屬編緝貢詩者誤爲竄入耳。《風雅體要》又誤指爲盧亘。

道中書景

祁季朗徵曜爲忠敏公從孫，英年嗜古，落筆迥不猶人。赴長沙趙使君約，遂客死。其遺稿爲沈梵陵手輯。曾見其《自常山至玉山道中書景》詩十四首，偶摘其四，有曰：「籬落翠微間，溪山白雲裏。春曉逐東風，踏花行數里。」「空山曠無人，花開復花墜。白日溪流寒，照我橋上坐。」「獨樹看飛花，空山聽啼鳩。何時向此中，夜弄松間月。」「蕭蕭叢竹深，沿溪幾家住。日暮起墟煙，蒼茫影高樹。」俱有出塵之致，而享年不永，惜哉！季朗卒後，梵陵以愛女嫁其子，且將經理其家，可謂生死不相背負者矣。

李園

劉同升《李園小集》詩：「小橋行過柳溪灣，爲訪園亭竟日閒。出郭已知依緑水，登樓更喜見青山。寒泉落木疑丘壑，瘦馬深衣自往還。剩采東籬尋舊約，君應無夢到塵寰。」園在都城三里河，武清侯別業也。

西施山

唐蘇拯有《西施》一詠，説得天心人事，倚伏怕人，覺女戎禍水之喻，猶似尋常。文人之筆，固毒於美人之舌哉！崔道融詩：「宰嚭亡吳國，西施陷惡名。浣紗春水急，似有不平聲。」

越郡五雲門外有西施山，俗呼「土城」，相傳勾踐教歌舞處。袁中郎過此，題曰：「西施山，一片土。不惜金作城，貯此如花女。越王跪進衣，夫人親蹋鼓。買死傾城心，教出迷天舞。一舞金閶崩，再舞蘇臺拆。槌山作館娃，舞袖猶嫌窄。舞到夫差愁破時，越兵潛渡越來溪。」此雜體詩也，中郎自附於樂府之後。篇中雖用故事，而出筆尖穎，仍不相襲。又《雁字》七律十首亦佳。

婪尾

唐人行酒，以最後杯爲婪尾。景文公《守歲》詩：「迎新送故只如此，且盡燈前婪尾杯。」胡嶠有「瓶裏數枝婪尾春」之句，謂芍藥也。芍藥殿春，因借以爲名。蘇鶚《演義》曰：「南朝有異國貢藍牛尾，長三丈。」則「婪」當作「藍」。香山、東坡俱從之。或曰：藍，潁水名，深三丈，時人取以釀酒。

旌節花

《黎州圖經》曰：「漢源縣琉璃城有旌節花，去地二三尺。」

王處回庭前忽生一樹，其花甚異。有道人過之，曰：「此旌節花也，官如其數。」後果歷三鎮。蘇子由詩「緑竹琅玕色，紅葵旌節花」，正用其事。但不知此花形色果何似耳。景煥《野人閒話》云：「道士王桃枝，書名於竹葉。謁處回，出囊中花子種之，頃刻成花。」

北雁南雁

鍾伯敬序《問山亭詩集》，謂其出没幻化，非復一致，要自成其爲季木而已。

「雁雁爾勿南，火雲滿衡山，射工在湘潭。黄梅雨方酷，青草瘴又毒，燠傷爾毛濕傷足。何如北地黄蘆裏，雌雄咿啞雙哺子。只將字排雁門月，歲省一萬六千里。年年木落爾趨南，砂磧征人都愁死。雁雁爾其止，偃我征鐃折我矢。」「雁雁爾勿北，代雲插天沙礫塞。紇干山頭雀腦枯，老雕秋翎吃霜力。猛士鏃如雨，小兒也操弋。爾息不得息，爾食不得食。八月江南水滿湖，湖有蓮子水有魚。暖日晴灘蘼蕪枕，女郎不肯驚爾寢。」此王季木《擬樂府》二首也。鑱削之中，如綿裹鐵。季木名象春，新城人。又《題程嬰祠》一首，亦奇崛。

沙上日

岑在封常清幕下，故西域事甚詳。如《熱海行》、《優鉢羅花歌》，皆唐人所無也。

岑嘉州《過賀延磧》有句云：「沙上見日出，沙上見日没。悔向萬里來，功名是何物？」可見塞外風霜不若江南花柳，而世人每以「功名」二字甘作雁臣，何也？

爲將善覘

廬陵《送李太傅知冀州》詩發端曰：「吾慕李漢超，爲將勇無儔。吾愛李允則，善覘多計籌。」結曰：「漢超雖已久，故來尚歌謳。允則事最近，猶能想風流。將此聊爲贈，勉哉行無留。」竟以本朝人物作當家譜系，寓規於頌，以史才作詩料，可謂此道捷訣。

金吾行

《漢官儀》：「金吾緹騎二百人。」《周禮》注：「緹，色纁。」《玉篇》曰：「色黃。」

王元美《金吾行贈戴錦衣》云：「金吾緹騎不可當，迥若饑鶻搏大荒。碧瓦珠甍戰嶒崒，貂裘玉勒紛輝光。但令奚雛剪頭至，赤手卧奪黄金章。」寫得氣焰逼人，髮解膚粟。以下則歸美於戴。明代廠衛之酷，亘古無倫，此《錦衣志》之所由作也。又《錦衣戴伯常過訪》有句云：「猶餘廣柳車中淚，誰問陵陽石裏心。」更慘切。

典琴

粤東鄺湛若中翰雅好琴，嘗得宋理宗舊物，曰「南風」；又得明武宗所御，曰「緑綺臺」。遊屐所至，輒挾以行。有《西湖修琴社》及《琴酉送羽人》諸詩。家故貧，嘗以此二物歸質庫，有句曰：「三河十上頻炊玉，四壁無歸尚典琴。」後殉庚寅之難，抱琴而終。

女官

良玉事蹟詳見《綏寇紀略》。

秦良玉，石砫女官也。崇禎間，帥師勤王。召見，御製詩四首旌之，有曰：「蜀錦征袍手製成，桃花馬上請長纓。世間不少奇男子，誰肯沙場萬里行？」按：良玉策楊嗣昌、邵捷春必敗，可謂洞晰機宜。甲申諸將得毋人人巾幗者乎！御製詩更有「從此凌煙高閣上，功臣先畫美人圖」之句。錦繖夫人、繡旗娘子不能專美於前。

金芝

徽宗時，里巷門神喜畫虎頭男子，飾之以金。不必拆合「宣和」二字，已兆北轅之釁矣。

宣和元年，道德院奏金芝生，車駕往觀，因幸蔡京第，於鳴鑾堂置酒。京獻詩，徽宗和曰：「道德方今喜迭興，萬方從化本天成。定知金帝來爲主，不待春風便發生。」其後中秋，於苑内賦晚景曰：「日射晚霞金世界，月臨天宇玉乾坤。」宣示宰臣，甚爲得意。至靖康元年閏十一月二十五日，金人遂入汴，真詩讖也。梁武帝《冬日》詩：「雪花無有蒂，冰鏡不安臺。」簡文《詠月》詩：「飛輪了無轍，明鏡不安臺。」李戒庵曰：「臺城之讖也。」

十四日

謝疊山被挾北行，在道十四日不食。作詩曰：「精神時與天往來，不知飲食爲何物。」劉蕺山殉節，亦絶粒十四日。遥同龔勝，鼎峙乾坤。《漢書》：王莽僭位，遣使迎龔勝。勝謂門人高暉等曰：「吾受漢家厚恩，豈以一身事二姓！」遂不復開口飲食，積十四日死。

腐儒手

昔人有言：宋人之腐，不若晉人之玄。程自修詩：「乾坤悮落腐儒手，只遺空言當汗馬。西晉風流絶可人，悵望千秋共瀟灑。」只一「共」字，而清談、道學攝入個中，其爲痛哭也宜哉！程名志吾，洛陽人。宋亡，元好問薦其言行，以禮部郎中召，遂遁去。詳見《忠義録》。遺山詩：「去去江南庾開府，鳳皇樓畔莫回頭。」又曰：「空餘韓偓傷時語，留與纍臣一斷魂。」俱極凄惋，而乃浪薦故人，何也？

無雙譜

劉孔昭曰：「畫鬼魅者易爲巧，摹犬馬者難爲工。既工且巧，吾於《無雙譜》見之。」

《無雙譜》，吾友金墨禪所作。始於張子房博浪之椎，迄於文信國柴市之歌，凡若干人，效鐵厓、玉笥體詠其事，繪爲圖，而又爲廋語於左。及門盧使君、屠大尹雕板行世，而余與諸君序之。東坡詩云：「論畫以形似，見與兒童隣。賦詩必此詩，定非知詩人。」吾欲墨翁再向竿頭一轉。翁名古良，有《歷朝詩選》。

紫濛

《晉書》：慕容氏自云有熊氏之裔，邑於紫濛之野。

紫濛，幽州地名。《舊唐書》：張守珪受降，帥師次於紫濛，即此。韓魏公《安陽集》有《奉使過紫濛遇風》詩：「草白岡長暮驛賒，朔風終日起平沙。寒鞭易促障泥躍，冷袖難勝便面遮。迴嶺卷回雲族破，遠天吹入雁行斜。土囊微乞緘餘怒，留送歸程任擺花。」「雲族」用《莊子》語，言雲散而無雨，風愈厲也。「擺花」用杜牧之「如今風擺花狼籍」之句。

漸江

葉石林《避暑録》亦云：「漸江即浙江。」王百穀《客越志》翻稱其誤，何也？

浙江亦稱「漸江」，《水經注》所謂「漸江之源出三天子都」是也。自來詩人不經用之，惟謝惠連《西陵遇風獻康樂》詩有云：「昨發浦陽汭，今宿漸江湄。」李善注《文選》不加考訂，改作「浙江」。張伯起近刻亦從之，可見注書之難也。

西陵

肩吾，字希聖，詩是思歸之意，而《閩州名士傳》謂周匡物作，「西興」仍作「西陵」，俱誤。

蕭山有西陵驛，即《水經注》固陵城也。晉時改爲西陵，謝惠連《西陵阻風》詩可證。至唐亦仍其名。樂天《答微之西陵驛見寄》詩：「煙波盡處一點白，應是西陵古驛臺。」明指錢塘隔岸處也。昌谷以下，往往見之詩句。至郎士元《送李遂之越》有曰：「西興待潮信，落日滿孤舟。」而施肩吾有「錢塘渡口無錢納，已阻西興兩信潮」之句，當是改於天寶以後、長慶之前。而或謂吴越時改者，訛矣。介甫詩：「煙中沙岸似西興。」大蘇詩：「爲傳鐘鼓到西興。」寂音詩：「夢隨柔櫓到西興。」皆指此地，而杭人乃以西泠古蹟稱爲西陵者，不知何意。

螌蝥

螌蝥，蟲名。《本草》曰：「一名青娘子。青蛙能啗之。」元微之《江邊四十韵》詩：「池清漉螃蟹，瓜蠹食螌蝥。」今人作「斑猫」，誤。

蝦蟆

昌黎《答柳州食蝦蟆》詩曰：「余初不下喉，近亦能稍稍。當懼染蠻夷，平生性不樂。」香山《和張十六蝦蟆》詩曰：「嘉魚祭宗廟，靈龜貢邦家。蠢蠢水族中，無用是蝦蟆。」按：漢武帝欲除上林苑，東方朔以「土宜薑芋，水多鼃魚，貧者得以家足人給」爲諫。又霍山曰：「丞相擅減宗廟羔兔鼃。」師古注云：「三者所以供祭祀。」是此物上登俎豆，何獨以見啗爲嗤耶？然蝦蟆與鼃自是二種，蝦蟆狀類石鱗，閩人所謂以不脱錦襖爲佳者也；青鼃則差小而無磈壘，取用更爲慘毒。讀王丹麓「分明殺个小娃兒」之句，宜仁人爲之掩目，況下咽耶！

飲馬長城窟

《飲馬長城窟》一首,《文選》作古辭,《玉臺》謂蔡中郎作。通篇凡七换韵,在漢自屬創調。結云:「上有加餐食,下有長相憶。」而雕木以「食」爲「飯」,遂失一韵。陳孔璋亦有此題,以長短句行之,遂爲鮑照先鞭。思王所謂「鷹揚於河朔」者,良不誣也。

黄鵠歸故鄉

和親始於高祖,武帝遂踵其事。元封中,以江都王建女細君爲公主,遣嫁烏孫王昆莫。

公主歌曰:「吾家嫁我兮天一方,遠托異國兮烏孫王。居常思土兮心内傷,願爲黄鵠兮歸故鄉。」以漢武之雄才大略,而屈意和親至此,遂爲歷朝口實。觀唐人送公主入蕃應制諸詩,真有笑啼俱不敢之態,而猶美其名曰「此盛德事也」,噫!錢惟善《靈壁手印篇序》略曰:「公主過靈壁,嘗扶以石。後人鐫石爲模,腕節分明。故述其事而爲之詞。」有曰:「靈壁亭亭立空雪,石痕不爛胭脂節。」與崇徽公主事相同,而前人從未之説。

武溪深

樂府有《武溪深》一曲,《古今注》曰:「馬援南征,門下袁寄生善吹笛,援作歌以和之。」歌曰:「滔滔武溪一何深，鳥飛不渡，獸不敢臨。嗟哉武溪多毒淫。」「毒淫」二字寫盡瘴雨蠻煙之酷。即「仰視飛鳶跕跕墮水中」意，却只如是而止，更不旁及一語。覺後人《從軍行》鋪張揚厲，未免過情。

白狼王

《東觀漢記》：明帝十七年，益州刺史朱輔以唐菆《慕化歸義》詩三章，令郡掾田恭譯之，獻於朝。故《蜀都賦》有「陪以白狼，夷歌成章」之語。鍾伯敬評曰：「奇奥處從樸野出，譬之腥羶椎髻，懷中有寶玉氣。」斯言得之。

思鄉詩

同光係莊宗年號，而升庵《滇載記》稱鄭買嗣以光化三年始改國號，陶篘庵《紀事本末》又稱天復二年，未知孰是。

同光三年，長和國使人布爕來貢，作《思鄉》詩曰：「瀘北行人絶，雲南信未還。懸心秋夜月，萬里照關山。」按：南詔篡蒙氏，改國號曰大長和。「布爕」，其官名也。天曆間，有安南國王陳益稷詩。明黎澄《南翁夢録》載安南詩十餘首。外國詩自白狼王後，多出海表。唐永徽初，新羅國女王真德織錦作五言《太平歌》以獻。宋咸平五年，海商周世昌至日本國，與其國人滕木吉來有唱和詩。《列朝詩選》有日本詩僧五人。明成化中，張寧使朝鮮，與陪臣朴元亨有倡和百韵詩。正德八年，有日本貢使普福詩。萬曆三十九年，有交阯裴福寧詩。至若朝鮮之許景樊、趙瑗妾李氏，皆婦人也。許七歲號神童，其二兄篈、筠皆彼國狀元，後適進士金誠立，夫死守節，自號蘭雪主人，有《遊仙曲》百首。李殉倭難，亦號玉峰主人，《平攘録》載其詩。則知四始六義之旨，不獨中華文獻、鬚眉男子能之也。

夢中詩 見《堯山堂外紀》。

張子原少有異才，多異夢。嘗作《夢録》，記夢中詩曰：「楚峽巫嬌宋玉愁，月明溪浄印銀鈎。襄王定是思前夢，又抱霞衾上玉樓。」殆不類人間語也。或云名子厚，紹聖進士。

五衢四照

庾子山詩：「五衢開辨路，四照起文烽。」按《山海經》：「少室有木，其名帝休，葉狀如楊，其枝五衢。」郭璞注曰：「樹枝五出，若衢路也。」又云：「招摇之山，其花四照，名曰迷穀。佩之不迷，言其光遠燭也。」顧野王詩：「争攀四照花，競戲三條術。」「術」字出《禮記》，音遂，猶衢也。韋誕《景福殿賦》：「出此入彼，欲返忘術。」《廣雅》曰：「道也。」梁元帝集：「苣亂九衢，花含四照。」王巾《頭陀寺碑》：「九衢之草千計，四照之花萬品。」沈約《郊居賦》：「開丹房以四照，舒翠葉而九衢。」皆不作「五」。

垂手折腰

李義山《牡丹》詩：「垂手亂翻雕玉佩，折腰争舞鬱金裙。」按：舞袖有大垂手、小垂手，「折腰」則用梁冀妻孫壽事。集作「招腰」，《文苑英華》作「細腰」，俱誤。又《題望苑驛》「分明十二樓前月，不向西陵照盛姬」，亦誤作「戚姬」。

全目左肘

王右丞《老將行》曰：「昔時飛箭無全目，今日垂楊生左肘。」按《帝王世紀》：『后羿有窮氏與吴賀射雀，賀曰：『射其左目。』羿悮中右目而慚。」又《莊子》：「俄而柳生其左肘，其意蹶蹶然惡之。」注曰：「柳，瘤也。」全目固無分於左右，而以「垂楊」代「柳」字，竊恐猿臂將軍未堪著此大樹也。又《贈胡居士》詩：「徒言蓮花目，豈惡楊枝肘。」何異讀《勸學篇》而食蟛蜞耶！

天花春草

李新鄉《題璿公山池》：「指揮如意天花落，坐卧閒房春草深。」蔣大鴻曰：「此聯妙入禪理。」滄溟效之，遂有「行車麥秀隨春雨，卧閣花深對夕陽」之句。文雖不類，而源流在此。

江風山月

楊誠齋年未七十，退休南溪之上。老屋一區，僅蔽風雨。長須赤脚，纔三四人，如是者十六年。嘗有詩曰：「江風索我吟，山月唤我飲。醉倒落花前，天地爲衾枕。」徐靈暉贈詩曰：「清得門如水，貧惟帶有金。」

月暈牽牛

梅聖俞詩：「月暈每多風，燈花先作喜。明日挂歸帆，春湖能幾里？」謝臯羽詩：「牽牛秋正中，清白夜疑曙。野風吹空巢，波濤在孤樹。」以成語起興，接入情景，格古而調高，不落凡境，真奇句也。

煙江疊嶂 柳待制有《松雪老人臨王晉卿煙江疊嶂圖歌》。

范致能《煙江疊嶂》詩序云：「太湖石也，王晉卿嘗畫爲圖，東坡作詩，今借以爲名。」詩略曰：「江上愁心惟畫圖，蘇仙作詩畫不如。當年此石若並世，雪浪仇池何足書。」雪浪石在定州學宫，余嘗兩度觀之。仇池石，即坡翁欲與晉卿易韓幹二散馬者。

臥吹銅笛

朱希真居嘉禾，陸務觀嘗詣之。聞笛聲起自煙波間，從者曰：「此先生吹笛聲也。」頃之，棹小舟而至，則與俱歸。其家以果實噉客，詠詩曰：「青羅包髻白行纏，不是凡夫不是仙。家在洛陽城裏住，臥吹銅笛過伊川。」詳見《會心編》。

君不見

《陳武別傳》曰：「武常牧羊，作《行路難》曲。」《續晉陽秋》曰：「袁山松酒酣歌之，聽者莫不流涕。」

鮑明遠《擬行路難》有曰：「君不見柏梁臺，今日丘墟生草萊。君不見阿房宫，寒雲澤雉棲其中。」《樂府解題》曰：「備言世路艱難及離别悲傷之意。多以『君不見』爲首。」按：二字雙疊實始於潘安仁《内顧》詩「不見山下松，隆冬不易故。不見澗邊柏，歲寒守一度」，明遠用入長句起頭，更覺飛揚盡致。至吴均、柴廓以下，則多單領。

茅山歌

茅濛字初成，師鬼谷子。於始皇三十九年九月庚子上昇。三茅，其玄孫也。秦以臘爲嘉平，乃茅山謡中語。

《茅山父老歌》：「三神乘白鶴，各在一山頭。白鶴翔青天，何時復來遊？」謂盈、固、衷也。事在漢平帝元壽二年，世所謂三茅真君也。儲光羲詩：「玉簫遍滿仙壇上，疑是茅家兄弟歸。」陸魯望有《迎真》、《送真詞》二章，袁清容補和其韵，俱佳。

河車

《參同契》曰：「河上姹女，靈而最神。得火則飛，不見埃塵。」後漢《陰真君歌》曰：「北方正氣名河車，朱雀調運生金花。」太白《草創大還》詩：「姹女乘河車。黄金充轅軏。」「大還」者，九九昇鍊之説也。

餐霞

《楚詞》：「漱正陽而餐朝霞。」杜詩：「明霞高可餐。」

九華真妃曰：「日者霞之實，霞者日之精。」餐霞之道甚秘，致霞之道甚易。司馬長卿《大人賦》：「呼吸沆瀣餐朝霞。」顔延年詩：「中散不偶世，本自餐霞人。」

謝客巖

温州積穀山下有謝客巖，因康樂題詩石壁，遂傳其名。宋許景遊此，再題於壁曰：「出守雖云遠，登臨不厭頻。五言多好句，千載獨斯人。風月樓長在，池塘草自春。超然高世意，遺跡日埃塵。」

證因亭

呂涇野曰：「枏嘗薄唐詩人，若表聖者，豈可以詩人目哉？」

司空表聖《題證因亭》詩：「峰北幽亭願證因，他生此地却容身。上方僧在時應到，笑認前銜記寫真。」又《題商山》詩：「清溪一路照羸身，不似雲臺畫像人。國史數行猶有志，只將談笑繼英塵。」按：虞鄉詩十卷，此二首可謂自譜誌銘。一生忠憤，氣薄雲霄，至使寇盜望王官谷而不敢入。年七十二而追跡首陽，真有唐一代偉人也，豈僅「高士」二字足以盡之哉！梁震、韓偓、羅隱三人庶可並跡虞鄉。

俗字

嵇、阮酣飲竹林，王戎後至，阮曰：「俗物已復來敗人意。」人也、客也、事也，總着此物不得。

王無功《調琴》詩：「從來山水韵，不使俗人聞。」張文昌《宿寺》詩：「卷簾無俗客，應只見雲來。」

章左司《山家》詩：「丘中無俗事，身世兩相違。」杜少陵《漫成》詩：「眼前無俗物，多病也身輕。」味四公詩句，非獨立高山之上，歡與麋鹿同群者，未易識此。

漓風

桑民懌《贈湯厚庵侍御》詩：「漓風從何來，吹彼淳朴散。滿城桃李花，當春自光炫。隨風已飄颺，安禦霜雪變。所以古君子，心惟葛懷羨。」此詩作於成化初年，民懌方在成童也。詳見《公餘日録》。

尋春

朱紫陽嘗作一絶曰：「川源紅緑一時新，暮雨朝晴更可人。書册埋頭何日了，不如抛却去尋春。」陸象山聞而喜曰：「元晦至此覺矣。」象山、紫陽，顔、曾之流亞也。《語録》所載「死了告子」之説，乃門人妄爲蛇足，以誣其師，而後學復紛紛聚訟而莫之止，是未嘗取朱、陸倡和之詩而讀之也。

説經臺

蘇老泉讀《孟子》，上方安讀《楞嚴》，却有别解，與而今不點，古其風不同。

何大復《説經臺》詩：「有欲誰觀妙，無爲自覺尊。」原評曰：「《老子》『嘗有，欲以觀其妙；嘗無，欲以觀其竅』，『有』、『無』二字一讀，言大道超有、無而爲言也。若連下爲句，豈有欲能觀其妙乎？」先生無書不讀，必無點黈之悮。但作詩時姑仍俗讀，如淵明之言「古諸」耳。紫陽嘗謂二字一讀，不妥貼見性理。

白沙

陳白沙詩，於宋儒六子之外自立門庭，其真率處皆澹雅可歌。湛甘泉云：「先生詩文或借用佛、老之言，而不自以爲嫌，人遂以爲佛、老。然則孟子引陽貨之言，亦謂爲陽貨，可乎？」莊定山曰：「喜把炷香焚展讀，了無一字出安排。」又曰：「爲經爲訓真誰識，非謝非陶莫浪猜。」以言其自然也。自然則安排之迹何所用之？

玄風洞

桂林城東有慶林山，山有一洞，常出風。淳化間，州守柳仲塗開嘗避暑於此，刻銘石上，曰「玄風洞」。張孝祥詩：「山入烏蠻連越嶲，天開平野對珠宫。應憐桂海長炎熱，乞與清涼萬竅風。」余謂盡大地是鑊湯鑪炭，何獨桂海爲然。安得清涼石化作毘嵐風，消盡人間熱惱耶？

淋池

《三輔黄圖》載漢昭帝《淋池歌》曰：「秋素景兮泛洪波，揮纖手兮折芰荷。涼風淒淒揚棹歌，雲光開曙月低河。萬歲爲樂豈云多。」《拾遺記》云：「始元元年，穿淋池，廣千步，中植芰荷。帝時命水嬉，畢景忘歸。」按：昭帝初立，年僅十齡，況在涼闇之際，不宜有此。或即靈帝裸遊館所云「青荷晝掩葉夜舒」之事，而子年分而爲二也。然其詞特佳。知博陸侯之忠，識上官桀之詐，昭固一代賢君也，不可不辨。

雙鶴

此平叔以雙鶴比己與鄧颺也。管公明目爲鬼幽、鬼躁，乃痛惜之詞，非詆之也。應休璉《與杜偉忠書》：「羊寄虎穴，鵲托鷹巢。心懷怵惕，豈其任哉！」

何平叔《擬古》詩：「雙鶴比翼游，群飛戲太清。常恐失羅網，憂禍一旦并。」《名士傳》云：「時曹爽輔政，識者慮有危機。晏負重名，與魏姻戚，内雖懷憂，而無復退也。」其後竟罹其害。雖欲逍遥放志，胡可得焉！晏幼育宫中，曹瞞欲以爲子。晏以堊畫地，自處其中。曰：「此何氏之廬也。」小時了了，而末路卒如管輅之言。

夢遊仙

王子安《夢遊仙》詩有云：「翕爾登霞首，依然躡雲背。電策驅龍光，煙途儼鸞態。」琢句詭幻，爲沈雲卿、盧玉川所宗。

清江水

巴陵女子韓希孟，乃魏公五世孫，爲賈尚書子瓊婦。岳州破，被俘之明日，以衣帛書詩，其末曰：「借此清江水，葬我全首領。皇天如有知，定作血面請。願魂化精衛，填海使成嶺。」長興沈判官托劉光履屬趙子昂書其詩以傳世。劉諾而未言，一夕夢一婦人，言「趣爲我求書，以發揚幽憤」。趙聞而異之，因爲寫其全詩。如此詩偏要如此人寫，只恐柳骨顔筋，王孫未堪回想。

滿宫春

明太祖二十二年，選番禺女子屈氏入宫，擢爲美人，恩寵甚渥。裔孫大均嘗作《洪武宫詞》，有曰：「新選珠娘作美人，瀟湘香草滿宫春。《離騷》數爲君王誦，諷諫心勞似楚臣。」詳見《翁山詩外》。

柳亭詩話卷十四終

柳亭詩話卷十五

山陰宋長白纂

消夏灣

姑蘇消夏灣，相傳爲吴王避暑處。范致能詩：「蓼磯楓渚故離宮，一曲清漣九里風。縱有暑光無處着，青山環水水浮空。」高季迪詩：「涼生白苧水浮空，湖上曾開避暑宫。清簟疏簾人去後，漁舟占老柳陰風。」二詩韵脚既同，風神亦似，竟如倡和之作。

雁蕩

蔣永公曰：「雁蕩在萬山中，外觀不見，故康樂好遊，亦不識此。」

沈存中記曰：「雁蕩爲天下奇秀，然自古圖籍未嘗言之。謝康樂守永嘉，遊歷殆遍，獨不言此山。至祥符中，因造玉清宫，伐木取材，人始見焉。」按懷素《與律公書》：「雁宕，諸矩羅尊者所居，在東南大海際。山以鳥名，村以花名。」是唐人已識之矣。吕文靖詩：「往年遊海嶠，上徹最高層。雲外疑無路，林間忽見僧。虎蹲臨澗石，猿挂半巖藤。何日拋圭組，孤峰許再登。」自宋以後，其名大著。

雙魚 見《蜀都碎事》。

涪州鑑湖上流有石刻雙魚，皆三十六鱗，一銜萱草，一銜蓮花，有石秤、石斗在旁。土人云：「現則年豐。」新城王學士過此，有詩曰：「涪陵水落見雙魚，北望鄉關萬里餘。三十六鱗空自好，乘潮不寄一封書。」學士即阮亭，有《漁洋集》。

漁浦

謝康樂《富春渚》詩：「宵濟漁浦潭，旦及富春郭。」《十道志》云：「漁浦在蕭山縣西三十里，舜漁處也。」按：定山、赤亭皆在江中，自宵達旦，可至富春。潮汐未及，故曰泝流。丘遲、常建、陶翰、潘閬俱有詩，並無言及舜事者。陸務觀絶句云：「桐廬處處是新詩，漁浦江山天下稀。安得移家常住此，隨潮入縣伴潮歸。」當是從嚴陵放舟，順流而下也。《十道志》疑屬附會。

魚䗀

松陵詩：「三泖涼波魚䗀動，五茸春草雉媒驕。」「䗀」，韵書謂與「綿蕞」之「蕞」同。徐廣曰：「置表標位也。」疑即今之魚罾。「媒」，謂罥雌雉以誘雄者。昌谷所云「齊人織網如素空，張在野田平碧中。網絲漠漠無形影，誤爾觸之傷首紅」是也。「三泖」，湖名；「五茸」，地名，隸松江。

姑惡

梅聖俞有《四禽言》，蘇子瞻有《五禽言》。

姑惡，鳥名也。相傳上世有婦人見虐於其姑，結氣而死，化爲此鳥。詩人每譜入禽言。來元成有句云：「不改其尊稱曰姑，一字之貶名曰惡。」來氏以《春秋》名家，書法之妙，即於此見之。

周周

阮步兵詩：「寒風吹四壁，寒鳥相因依。周周尚銜羽，蛩蛩亦念飢。」「周周」，見《韓子》，首重而尾屈，必銜羽而飲於河；「蛩蛩」，善别甘草，而不能行。距蟁能行而不能擇食，乃負蛩蛩以行，得食則分啗之。《爾雅》名爲「蟨」。

五色鳥

《禪寄筆談》曰：「成化庚子八月初二日，杭人李東崖偕同輩晨入文廟，忽有五色鳥集於明倫堂，凡二日乃去。李賦詩曰：『文彩翩翩世所稀，講堂飛止正相宜。祇因覽德來千仞，不爲希恩借一枝。羨爾能知鴻鵠志，催人同上鳳皇池。青錢入選尋常事，更向天衢作羽儀。』是歲，李以《易經》發解，甲辰廷試，遂魁天下。」李名旻，歷官吏部侍郎。陸儼山《金臺紀聞》：「旻字子陽，與深論《綱目》。」

白翎雀

吴立夫《聽彈白翎雀歌》云：「東海來，西海去。」而楊鐵厓則曰：「西極來。」鐵厓小序謂「能制猛獸，尤善禽鴐鵞」，而張光弼則謂「生來毛羽弱」。其曰「西河伶人火倪赤，能以絲音代禽臆」者，即鐵厓所謂「世皇令侍臣製詞而譜入琵琶」者也。張思廉又云：「教坊國手碩德閭，傳得開基太平樂。」當是火初擅此技，而碩受其傳也。王原吉小序云：「世皇聞此曲，曰：『何其末有孤嫠悲怨之音耶？』」又與鐵厓「柳林婦人」之説不符。虞伯生、薩天錫俱有此歌，則單詠雀而琵琶之義無聞。余嘗登賀蘭山，頻見此物，諸詩屢稱烏桓城者近是。「雀」、「鶻」互用，「碩」一作「石」。

浮石潭

衢州浮石潭在府治北五里，有石高丈餘，大漲不没。白樂天《酬張使君》詩：「浮石潭前停五馬，望濤樓上得雙魚。」張時剌衢也。

浮山

浮山在盱眙縣西一百四十里，北臨淮水。山下有穴，去水丈餘。水長即浮，水落如故。上有浮空亭。東坡詩：「人言此地是鼇宫，升降隨波與海同。共坐船中那得見，乾坤浮水水浮空。」夏禹使庚辰鎖無支祈以靖水患，即此地。《戎幕閒談》載李公佐聞楊衡所説甚詳，乃永泰中李陽事。或謂明太祖常探鎖視其形，力踰九象；又云宋藝祖事，俱未確。李肇《國史補》「無」作「巫」。

展江

公西湖詩止一首，葉石林誤稱爲二。

許昌有西湖，相傳曲環作鎮時取土作城，因瀦爲湖。先莊獻莒公爲守，因稍濬之。嘗有詩曰：「緑鴨東陂已可憐，更因雲竇注新泉。鑿開魚鳥忘情地，展盡江湖極目天。向夕舊灘都浸月，遇空新樹便留煙。使君真欲稱漁叟，願賜閒州不記年。」其後韓持國作亭水中，名曰「展江」。「魚鳥」一聯，陳白沙嘗書於屈青野軒中，固知詩以人重也。

上林色

泰州西溪鹽舍，即海陵監也。吕文靖官於此，手植牡丹一本，有詩曰：「異香穠艷壓群葩，何事栽培近海涯。開向東風應有恨，憑誰移入五侯家？」范文正公蒞監，因題曰：「陽和不擇地，海角亦逢春。憶得上林色，相看如故人。」後人因二公詩筆，續和尤多。詳見《宋類苑》。

桃花馬

張玉笥歌：「天台九曲溪流芳，解鞍春水浮丹光。」俱言天台者，意必有實事可據也。

《名勝志》云：「龍泉縣有白馬墓，即開國勳臣胡公深之桃花馬也。公征陳友定，遇害。馬馳歸，悲嘶而殞，因葬之，號『白馬墓』。」章溢有詩曰：「硃砂染瓣色重臺，勾引春風上背來。慎勿解鞍橋下浴，恐隨流水入天台。」詩見馬祖常《石田集》。首句作「白毛紅點巧安排」，三、四句字眼亦異。以元詩而作明人，《彙書》乃仍其誤，何耶？

莣題草

《漢書·地里志》：「清河郡有莣題縣。」師古注云：「莣，古莎字。」

莣題草，生白帶山，在房山縣西南十里，亦稱小西天、石經山。隋僧静琬承南岳思大禪師付囑，自大業迄貞觀刻藏經於石，沙門智苑續成。開元時，金仙公主重修葺之。姚恭靖詩有云：「峩峩石經山，連峰吐金碧。秀氣鍾烋題，勝概擬西域。竺墳五千卷，華言百師譯。琬公懼變滅，鐵筆寫蒼石。片片青瑶光，字字太古色。功非一代就，用藉萬人力。大哉洪法心，吾徒可爲則。」萬曆間，紫柏尊者復經理其蹟，而憨山和尚爲之記。

石橋碑

宋文憲前生爲姑蘇半塘寺僧，二世刺血寫《華嚴經》，後以墨筆補完。見歸奉世《雜記》。

王梅溪自云前生乃嚴伯威，爲族叔之師。又有《紀夢》詩云：「石橋未到神先到，日裏還同夢裏時。僧叫我名劉道者，前身曾寫石橋碑。」曰「嚴」、曰「劉」，蓋悟夙因兩世矣。世之達官長者多是歷生淨行中來，偶現慧業文人，以酬宿願。吾越朱文懿幼習制藝於屋後之瑯琊山，自署曰「圓覺洞」。大拜後，有峩眉僧來訪，云其師曾手書《圓覺經》一部，未竣事而示寂，遺命於小瑯琊訪之。遍歷名山，始知在越。文懿一見，欣然爲重書一册，俾持歸蜀，而留其原本於宅。暇日續完，其書法毫無分别。裔孫曾蠡與余善，言此蹟至今寶之。張方平遊瑯琊山寺，續寫《楞伽經》半部，東坡序之，刻於浮玉山，與文懿同。

見心斯道

見心，名復元；侍郎斯道，即廣孝。

明初詩僧二人：先宦而後僧者，來見心也；先僧而後宦者，姚斯道也。「金盤蘇合來殊域，玉椀醍醐出上方」，一則嬰逆鱗而委順，所謂把髻投衙，真贓現在也；「江水無潮通鐵甕，野田有路到金壇」，一則驚病虎於同儕，得毋眉毛挂劍，血濺梵天耶！

幽州臺

阮步兵登廣武城，嘆曰：「時無英雄，遂使豎子成名。」眼界胸襟，令人捉摸不定。陳拾遺會得此意，《登幽州臺》曰：「前不見古人，後不見來者。念天地之悠悠，獨愴然而涕下。」假令陳、阮邂逅路歧，不知是哭是笑？太白詩：「沉湎呼豎子，狂言非至公。」是誤以劉季爲豎子也。遺山詩：「成名豎子知誰謂，擬喚狂生與細論。」是併欲隆準沐猴而較量之也。嗣宗有知，要當白眼以待。

感遇

從孫懼聞是有《感遇》百首，自負一時，梓以問世。後以博學鴻詞薦，不赴。其子洢，爲松江别駕。父子俱没於官署。有一孫，棄家爲僧，詩亦無有傳之者。嘗贈余詩二首，結云：「後先一語無偏諱，朱陸何曾有異同？」又曰：「他年戎馬經臨處，試問寒荒講讀廬。」蓋漳南講學時也。

嗣宗《詠懷》詩高邁卓犖，續漢、魏之遺徽，杜齊、梁之輕靡。至唐初而陳伯玉、張子壽效之，作《感遇》詩。陳之奇灝，張之森秀，當令潘、陸、顔、謝望而却走。而李滄溟謂「唐無五言古詩，而有其古詩」，謬矣！王適見子昂《感遇》詩，驚曰：「此子必爲天下文宗。」張説與張九齡通譜，嘗曰：「後出詞人之冠。」

挽歌

挽歌者，即《左傳》「虞殯」之類。譙周《法訓》曰：「出於田橫之門人。世所傳者，《薤露》、《蒿里》二曲。」《事物紀原》曰：「李延年始分之，《薤露》以送貴人，《蒿里》送士庶也。」薤葉至滑，露水勿留，比光陰之迅速也；蒿草滿徑，嘉樹不生，喻瘞埋之龐雜也。

雙角

《晉書》云：「橫吹有雙角。」張騫自西域傳其法於長安，惟得《摩訶兜勒》一曲。李延年因造新聲二十八解，惜其曲不傳。延年，倡也。「北方有佳人」一曲，致動英主之問。故當上紹優孟衣鉢，下爲黄旛綽輩傳燈。

琴言

李新鄉《琴歌》：「一聲已動物皆静，四坐無言星欲稀。」可爲善琴者不言琴也。

屠門高《琴引》起句曰：「酒坐俱毋往，聽吾琴之所言。」序云：「秦倡也，見宫女幼眇寵麗，乃援琴歌之。」漢無名氏「請説銅爐器」一首，其發端曰：「四坐且莫喧，願聽歌一言。」實祖其語。可見嬴秦以前，聲歌廣有，特以祖龍一炬，未盡傳於世耳。《西山》、《易水》，見之史者，人皆信之；《飯牛》、《擁檝》、《扊扅》、《采葛》之儔，音調殊絶，何遽謂後人僞託耶？《漢書》黄門名倡有丙疆、景武之屬，其即屠門高之流亞歟？在梁則曰徘妓，至隋文始罷之。自唐以還，專隸教坊矣。

花月

唐人有《春江花月夜》一題，同時張若虚、張子容皆賦之。若虚凡二百五十二言，子容僅三十言，長短各極其妙，增減一字不得。讀此可悟相體裁衣之法。此題創自陳後主，隋煬帝有絶句二首，温飛卿亦有長歌。

纖巧句

初唐有極纖巧句，如盧照隣「竹嬾偏宜水，花狂不待風」、上官昭容「石畫裝苔色，風梭織水紋」、張曲江「簷風落鳥毳，窗葉挂蟲絲」、張燕公「尋山屐費齒，書石筆無鋒」，使掩其姓名示人，未有不信口雌黄者。如王勃「鷹風凋晚葉，蟬露泣秋枝」、祖詠「稻涼初吠蛤，柳老半書蟲」、常袞「墨潤冰紋繭，香銷蠹字魚」、郎士元「蟲絲粘户網，鼠跡印牀塵」、賈島「螢從枯樹出，蛩入破階藏」、杜牧「小蓮娃欲語，幽笋稚相携」，又莫不羡其精思冥會，着意臨摹。然由前觀之，尚爲拙速；由後觀之，是曰巧遲。兩兩勘較,以悟其微,始覺「運用之妙,存乎一心」之語,古人不我欺也。

句斷意不斷

詩有句斷而意不斷,一氣連綿,十字如一字者。庾肩吾「樓上徘徊月,窗中愁思人」,發軔於此。太白、子美集中最多,而摩詰手腕靈妙,掩有二家。如「古木無人徑,深山何處鐘」、「時倚簷前樹,遠看原上村」之類,未易枚舉。初唐則如楊師道「芳草無行徑,空山正落花」、王勃「與君離別意,同是宦遊人」。繼此則如裴迪「入門穿竹逕,留客聽山泉」、顧況「一身千里外,百舌五更頭」、錢起「清吟送客後,微月上城初」、劉長卿「古路無行客,空山獨見君」、張籍「月色當窗入,鄉心半夜生」、杜荀鶴「漁樵不到處,麋鹿自成群」、李中「偶尋花外寺,獨立水邊樓」,皆融貫入神,毫無朕跡。禪家所謂「着鹽水中,飲水方知鹽味」者,惟在觸類旁通焉耳。

七言亦有

七言中亦有此法。王、杜、高、岑尚矣,外此則如蘇頲「雲山一一看皆異,竹樹叢叢畫不成」、張謂「竹裏登樓人不見,花間覓路鳥先知」、盧綸「家在夢中何日到,春來江上幾人還」、皇甫曾「曙色漸分雙闕下，漏聲遥在百花中」、劉長卿「細雨濕衣看不見，閒花落地聽無聲」、劉禹錫「面帶霜威辭鳳闕，口傳天語到鷄林」、韓翃「落日澄江烏榜外，秋風疏柳白門前」、温庭筠「三秋梅雨愁楓葉，一棹蓬舟宿葦花」、許渾「溪雲初散日沉閣，山雨欲來風滿樓」、韓偓「静中樓閣深春雨，遠處簾櫳半夜燈」，不獨上下融化，風致嫣然，尤妙在不斤斤作二五句法。舉一臠以該全鼎，無亦爲含英咀華之一助乎！蘇長公《重遊終南》詩：「溪上有堂還獨宿，誰人無事肯重來？」陸務觀《雨霽》詩：「小樓一夜聽春雨，深巷明朝賣杏花。」虞伯生《和馬伯庸》詩：「退朝每想花邊散，得句應從竹上題。」張仲舉《浮山道中》詩：「入境漸聞人語好，看山不厭馬行遲。」無謂宋、元人不知此中三昧也。

弘秀集

李龏《弘秀集》自云：「三百年間得詩僧五十二人。」然寶月，梁人也，《行路難》本柴廓所作。《梁書》謂寶月善音律，武帝嘗勅其作歌，以教太樂。惠標，陳人也，有《詠山水孤石》詩，何得援以入唐？施匪莪《唐詩韵滙》，如沈滿願、弘執恭之類皆不細考，且古律多誤作絶句，惜無人正之。

讀周易

魏鶴山詩：「遠鐘入枕報新晴，衾鐵衣稜夢不成。起傍梅花讀《周易》，一窗明月四簷聲。」嘗於先輩陸秋蓬齋頭見無名氏《偶書》二句：「夜半梅花深雪裏，小窗燈火讀書聲。」以爲其境清絶，非肉食人所能理會。偶誦鶴山詩，因并識之。

碧玉樓

白沙爲總督朱英所薦，憲宗以古命圭爲聘，遂建樓藏之。黄泰泉詩：「百年聞道屬斯人，碧玉中藏太古春。」鄺湛若詩：「碧玉樓前千仞雪，肯容狂簡禮簪裾。」

周茂叔嘗訪佛印元於鸞溪，聞「滿目青山一任看」之句。一日忽見窗前草生意勃然，乃曰：「與自家意思一般。」以偈呈印，印肯之。三山林兆恩曰：「朱子謂濂溪拙賦雜以道家語，今即佛印事觀之，則二氏之學亦濂溪所不廢也。」余按：陳白沙臨終詩「托仙終被謗，托佛乃多修。弄艇滄溟月，聞歌碧玉樓」，乃知「道學」二字埋没人多少性靈，苟非上上根器，鮮有不被擔板漢惑者。白沙句似靈源叟菩提、闡提語。

尋藥草

羅念庵《夢中贈道士》詩：「談道人多知道少，閒來漫向閒人道。見説人生百歲期，何事紛紛頭白早。汞易走兮至難倒，倒得汞時成至寶。紛紛更笑世人癡，盡向山中尋藥草。」即純陽子「却向人間覓秋石」意。念庵從事良知之學，而又透徹玄關。殁後現身都下，復有見之燕、齊海上者，非無自也。

四大奇人

王晉溪爲本兵，與陽明初不識面。得其畫像，懸之中堂，與相對痛飲，語諸子曰：「生兒如此，方爲天下奇男子。」

明代三百年，四大奇人皆出吾浙，劉誠意、方正學、于忠肅、王新建是也。三公之才品學術，惟新建足以兼之。乃於趨事赴功之日，每懷急流勇退之心。一則曰：「石門遥鎖陽明鶴，應笑山人久不歸。」再則曰：「何時却返陽明洞，蘿月松風掃石眠。」合諸「開門原是閉門人」之語，即謂公爲儒、爲佛、爲仙，都無不可。而必於俎豆一席，横生訾議，得無類蚍蜉之撼大樹耶？文成卒後，門弟子言曰：「先生之學本於致知，而宣之爲文章，發之爲政事。在犯顔敢諫，爲節義；在誅亂討賊，爲功業。三百年全人，先生一人而已。」孫奇逢《理學宗傳》深得其旨。

七十四回遊

詳見《玉海》。

洛陽劉伯壽名几，温叟孫也，耆英會中人，每登嵩頂回，則於峻極院記其歲月，蓋七十四次矣。後其孫之静偕王輔道至其處，追憶前蹟，留題壁上云：「爛紅一點出浮漚，夜坐嵩峰頂上頭。笑對松窗談祖德，當年七十四回遊。」張芸叟《畫墁録》記其遇仙。張文潛《明道雜誌》云：「有道術，一云自號

『玉華庵主』，每攜萱草、芳草兩侍兒，乘牛吹笛，行山谷中，醉而歸。」余少時嘗與孫德參、王石甫三上香爐峰，夜榜虎穴而卧。更欲一登，渺不可繼。七十四回，安得有如此濟勝之具耶！孫名宣化，家姪同榜生，令陽曲。王名永倎，與余爲中表，刺壽春。

精神

元豐中，王岐公餞文潞公歸洛詩有「精神如破貝州時」之句，用白樂天《上裴晉公》詩：「聞説風情筋力健，只如初破蔡州時。」

合離

馮敬通《自陳疏》：「富貴易爲善，貧賤難爲工。」此雨裘堂蓑之憤，大有不能已於言也。

曹顔遠詩：「富貴他人合，貧賤親戚離。」按《晉書·殷浩傳》引《慎子》：「家富則疏族聚，家貧則兄弟離。」摅蓋用其語也。又《蘇秦傳》：「貧窮則父母不子，富貴則親戚畏懼。」近有人反其語曰：「富貴則父母不子，貧窮則親戚畏懼。」可爲世道人心一慨。渭南詩：「寒士邀同學，單門與議婚。」信陽詩：「身經貴賤知交態，事到安危憶古人。」俱妙。

隱侯

文太青《隱客像贊》有曰：「月不以斧修益白，日不以海浴增紅。」夫如是，斯謂之真隱。

《河南志》：盧元明《侯山記》云：「漢有王元隱於此山，景帝再徵，不屈，就其山封侯，因以爲名。」宋之問詩「王元拜隱侯」指此。王介甫《草堂懷古》：「周顒宅作阿蘭若，婁約身歸窣堵坡。他日隱侯身亦老，爲尋陳迹到煙蘿。」世人以爲沈休文，誤矣。

明府

漢制：藏錢之所，天子曰少府，諸侯曰私府。

《漢書》：王生謂龔遂曰：「明府且止，願有所白。」《齊書》：沈麟士謂張永曰：「明府德履沖素，留心山谷。」則「明府」二字乃稱太守之詞。自唐人用入詩題，并入詩句，相沿稱縣令矣。其於縣尉或稱「少府」，如李供奉《贈瑕丘王少府》、杜工部《贈華陽李少府》之類。然「少府」在漢自屬宫禁近臣，而邵二泉謂即今之典史，亦踵唐人之悮也。明詩有稱縣令爲「使君」者，尤非。

相公

《羽獵賦》：「相公乃乘輕軒，駕四駱。」「相公」二字肇見於此。王粲《從軍行》：「相公征關右，赫怒震天威。」指曹公也。

寫真 頰上三毫，乃寫真神品。

描貌曰寫真，又曰寫照，又曰寫生，俗所謂傳神肖像也。《顔氏家訓》曰：「武烈太子，偏能寫真。」梁簡文《詠美人看畫》詩：「可憐俱是畫，誰能辨寫真？」老杜《天育驃騎歌》：「故獨寫真傳世人，見之座右久更新。」是人、物俱可言寫真也。

驢牽船

「前望同舟遠不分，打頭風急御河渾。蹇驢無力牽船纜，行到楊村日已昏」，此馬虚中《舟次楊村作》也。「驢牽船」正與「犬牽簰」相類。宋正獻公本《至治集》有《驢牽船賦》。虚中名臻，有《霞外集》。

金潾 「毒」字有作「青」字者，尤非。

金潾，地名也，在交趾，《水經注》所謂「金潾清渚」也。張文昌詩：「銅柱南邊毒草春，行人幾日到金潾。」刻本訛作「麟」。

潭水松風

岳忠武《題湖南龍居寺》詩：「潭水寒生月，松風夜帶秋。」宛是唐人佳句，不止緊峭動人。又《題池州翠光亭》曰：「輕陰弄晴日，秀色隱空山。」皆作家語。

冰絃彈月

有客泊湘妃廟，夜半偶見輿衛入廟中，置酒鼓瑟。迨明，隱隱絶水浮空去。因入廟，見題詩墨未乾，云：「碧杜紅蘅縹緲香，冰絃彈月弄新涼。峰巒向曉渾相似，九處堪疑九斷腸。」此係許彦周所傳。余謂英皇未必肯作唐調，或是水仙之流也。

木居士

衡州耒陽縣鼇口寺有木居士，遠近祈禱無虚日。韓昌黎作詩譏之，所謂「偶然喚作木居士，便有無窮求福人」。後因禱雨不驗，縣令怒焚之。蘇東坡聞而喜曰：「世間有此明眼人乎？」其後村民復刻像以祀。張芸叟謫郴州，題詩於壁曰：「波穿木透本無奇，初見潮州刺史詩。當日老翁終不免，後來居士欲奚爲？山中雷雨誰宜主，水底蛟龍自不知。若使天年俱自遂，如今已復有孫枝。」牛王姓冉，伯喈司菜，琵琶祀爲大王，豈但杜十姨配五相公耶？

社公壇

吴康齋嘗畜一雞，爲狸奴所啗，戲以詩告社神曰：「茅廬深隱白雲間，養得黄雞作鳳看。野有狐狸來咬去，家無良犬爲追還。甜株樹下毛猶濕，苦竹林中血未乾。欲寫青詞申上帝，先將詩告社公壇。」不知此雞與吾家處宗所畜何似，而聘君悼之如是。

傀儡吟

《唐書》：段綸徵巧匠，楊思齊造傀儡。太宗怒其淫巧，削綸階。

「刻木牽絲作老翁，雞皮鶴髮與真同。須臾弄罷渾無事，還似人生一夢中」，此明皇《傀儡吟》也，當是南内後作，回思天寶風流，真是一彈指頃。宋人遊春、黄胖諸詩那能如此藴藉。傀儡，一作窟磊子。云梁鍾詩，疑誤。

奎藻

宋徽宗既北狩，有御筆畫扇留睿思殿。高宗每把玩流涕。一日，有大璫竊出示康與之，與之紿璫入内取果核，遂泚筆題一絶於上，曰：「玉輦宸遊事已空，尚餘奎藻繪春風。年年花鳥無窮恨，盡在蒼梧夕照中。」璫出，見之大懼，而康已醉，無可如何。明日携入内廷，伺間叩頭請死。高宗亟取視之，一慟而已。北轅之慘，若越人視秦人之肥瘠，而乃享尊養之報於遐齡，豈果射潮兒後身耶？吾是以有感於阜陵。

侯城

仁宗嘗語廷臣曰：「方孝孺輩皆忠臣。」因宥其家屬。

方正學之殉難也，詔令籍其家。時魏澤自刑部尚書謫爲寧海尉，乃匿其幼子，以故方氏有遺育。後過其故居，有詩弔之曰：「筍輿衝雨過侯城，撫景追思感慨生。黄鳥向人空百囀，清猿墮淚只三聲。山中自可全高節，天下難居是盛名。却憶令威千載後，重歸華表不勝情。」正學欲行三代之法於建文，遂致靖難之禍。山中自全，豈讀《周禮》、講《衍義》者所肯出乎！然謂其盛名難居，則良藥也。魏字彦思，溧水人。讀彭惠安《臨江詞》及陶子昌《吴王濞歌》，革除一事，瞭如指掌已。

末代孫

趙忠定汝愚既去國，太學生敖陶孫作詩曰：「左手旋乾右轉坤，群兇相煽動流言。狼胡無地歸姬旦，魚腹終天痛屈原。一死固知公所欠，孤忠賴有史長存。九原若遇韓忠獻，休説渠家末代孫。」侂胄聞之，編管嶺南。陶孫，字器之。

五世孫

司馬夢求爲沙市監鎮，至元十二年殉江陵之難。劉麟瑞《昭忠》詩曰：「下官名姓君知否，涑水先生五世孫。」魏公、温公同爲宋室純臣，兩朝顧命，清忠粹德，其品詣爲何如者，而子孫判若薰蕕若此，何哉？元兵入閩，執建寧朱浚，欲降之。曰：「豈有晦翁孫而失節者。」遂自殺。南軒之孫張唐，起兵復湘潭諸縣，及敗被執，曰：「若降，何面目見魏公於地下。」遂遇害。此二公者，方不愧乃祖一生道學。

三百口

僞吴讓皇溥既禪位於徐知誥，遷居鍾山，渡江賦詩曰：「江南江北舊家鄉，三十年來夢一場。吴苑宫幃全冷落，廣陵臺榭亦荒涼。煙凝楚岫愁千點，雨滴吴江淚萬行。兄弟四人三百口，不堪回首細思量。」史稱溥諸子姓約近十，歲徐氏必賜冠帶、誥勅，即日斃之。嗟乎！何慘酷至此。吴太子璉以知誥女爲妃，既篡位，以女爲永興公主。女聞呼輒悲感不勝，未幾死。

十九年

閩人知有《牧羊》詩，而不知有《蛾眉篇》，以窮達論人，未免皮相。

福唐林春元七歲能詩，有人以「牧羊」試之者，即吟曰：「三百群中步獨先，有時高叫白雲天。曾從北海風霜裏，伴過蘇卿十九年。」後舉於鄉，更名章，字初文。謝在杭十歲題《牧羊圖》：「上林飛雁來何晚，空牧羝羊十九年。」尤有風味。

枕石頭

楓溪陳老蓮洪綬，當鼎革之際，與姜綺季廷榦、朱仲軼曾蠡遁跡湖上。嘗書先大人扇頭曰：「世事悠悠枕石頭，頭陀不上暴書樓。且從積稿閒抽擊，倘見《春秋》大復讐。」老蓮以畫擅名，自號悔遲。蕭山來西老吕禧，其婦弟也，從之學畫而變其習。與余訂交於金臺，因地震墻壓死，無後。

遊天外

李于鱗《答許殿卿》詩：「彭澤妻孥相對老，淮南賓客自言尊。」「尊」字有據，但不當屬之賓客。許名邦才，爲周藩長史，有《梁園集》。

淮南王雜見於《漢武故事》及《神仙傳》，蓋好文而尚異者也。樂府舞曲云：「淮南王，自言尊。」又曰：「少年窈窕何能賢，揚聲悲歌音絶天。」又曰：「繁舞寄聲無不泰，徘徊桑梓遊天外。」此即誤稱寡人、罰守都厠、雞鳴天上、犬吠雲中之概也。馮猶龍曰：「漢法深峻，而武帝好神仙。賓客托言八公同昇之事，以疑帝而息禍耳。」此言良是。

女道士

薩天錫《詠吴山女道士》詩：「不見遼東丁令威，舊遊城郭昔人非。鏡中春去青鸞老，華表山空白鶴歸。石竹淚乾斑雨在，玉簫聲斷彩雲飛。洞門花落無人掃，獨坐蒼苔補道衣。」序略云：「浙民丁姓者，棄族爲全真，忽召其妻入山，付詩四句云：『嬾散六十三，妙用無人識。順逆兩俱忘，虚空鎮長寂。』抱膝而逝。其妻遂束髮簪冠爲道士，不下山者二十年。因賦此贈之。」丁號野鶴，其妻姓王名守真，有祠在紫陽山。

吐綬鳥

「庭院春陰護薄寒，山禽飛下玉闌干。胸中錦繡無人識，閒向東風自吐看。」右見鄭允端《肅雝集》，可爲借題寫意，恐湮没而無聞之證。允端字正淑，宋丞相安晚五世孫，適平江施伯仁，卒於至正丙辰，年三十。族人私謚曰貞懿。武林錢惟善序其集。

柳亭詩話卷十五終

柳亭詩話卷十六

山陰宋長白纂

古歌

皇娥《白帝歌》、許由《箕山歌》、虞舜《卿雲歌》、夏禹《玉牒辭》，皆以七言成文，古奥天成，大似出土法物。即使後人擬作，决非漢以後語。至若《飯牛歌》、《履霜操》，則又聲情俱到，非身歷其境者不能也。

木蘭歌

越王夫人《渡江歌》，文雖出於趙曄，似非西京以後人語。

七言長篇，斷推《木蘭歌》爲第一。相其音調，非齊、梁以後人能辨，即鮑明遠亦當頫首。或以「朔氣傳金柝，寒光照鐵衣」數語，疑出於唐，殆未見六朝文集者也。樂天《長恨歌》、微之《連昌辭》、鄭嵎《津陽門詩》，鋪序非不匀稱，然大段有痕跡可尋，難云天衣無縫矣。稱其君曰「可汗」，志其地爲黄河，必拓跋氏之世也。或云隋人，煬帝逼之而死，贈孝烈將軍。此小説之最淺陋者，而來氏《彙書》猶載之，何耶？《文苑英華》謂韋元甫作，魏泰謂曹子建作，俱謬。

盧女

《樂志》：「魏武帝宫人有盧女者，故將軍應叔之姊也。七歲入漢宫學鼓琴，善爲新聲。」王右丞《楊駙馬秋夜》詩「對坐彈盧女，同看舞鳳皇」、張子容《除夜逢孟浩然》詩「妙曲逢盧女，高才得孟嘉」，皆本此。若「盧家少婦鬱金香」，則屬石城妓「十六生男字阿侯」者也。

三郎

東坡《開天遺事》詩：「三郎官爵如泥土，争唱弘農得寶歌。」用劉朝霞獻俳文於明皇事，所謂「遮莫你古來五帝，怎如我今代三郎」。明皇兄弟六人，其一早亡；寧、薛二王，兄也；申、岐二王，弟也。「朔方老將」指哥舒翰，「八姨」則虢國夫人。

四目

「擲火」、「流鈴」，詳見《道藏·四溟神咒》。

杜牧之詩：「老翁四目牙爪利，擲火萬里精神高。」上句用《天蓬咒》「蒼舌緑齒，四目老翁」語，而刊本誤以「目」爲「日」；下句則用《度人經》「擲火萬里，流鈴八衝」之語。東坡《芙蓉城》詩「仙風鏘然韵流鈴」本此。眉山張遠霄遇重瞳老翁，以竹弓一、鐵彈一質錢三百千。後有人謂曰：「四目老翁，君之師也。」遂遊青城山，得道仙去。蘇老泉有《張遠霄贊》。

史記典論

老杜《瘦馬行》：「此豈有意仍騰驤。」用《史記·鄒衍傳》：「此豈有意阿世，苟合而已哉。」《諸葛》一首「伯仲之間見伊吕，指揮若定失蕭曹。」上句用《典論》：「傅毅與班固，伯仲之間耳。」下句用《陳平傳》：「誠能去兩短，集兩長，天下指揮則定矣。」庾子山有曰：「胸中無學，猶手中無錢。」欲爲詩者，斷須自博學始。

泗州塔

章得象《遊落星巖》詩：「來遊未盡登臨興，且喜南風阻去船。」煞用意味。

東坡《泗州塔》詩：「耕田欲雨刈欲晴，去得順風來者怨。」語氣全用劉夢得「同施於陸，其時在澤。伊穜之喜，乃稑之厄。同舟於江，其時在風。沿者之吉，泝者之凶」。李德遠《東西船行》祖其意而擴充之，似不如髯蘇之一語包盡也。

琵　琶

干寶《搜神記》作「鼙婆」。郭忠恕《佩觿》曰：「麒麟、琵琶之字，才子從俗而入聲。」則「麒」字亦可仄用。

秦再思《記異録》：「温州朱使君有一妓善胡琴，忽亡，追悼之。有詩曰：『魂飛寥廓魄歸天，只住人間十八年。昨日施僧裙帶上，斷腸猶繫琵琶絃。』」「琵」字作仄聲。王百穀《青琴》詩引之。此詩見韋莊集，云悼楊氏妓。

蒲字琵字

白香山《上裴令公》詩：「羌管吹《楊柳》，燕姬酌蒲桃。銀含鑿落盞，金屑琵琶槽。」「蒲」字從仄，「琵」字亦然。又有「酒餘送盞推蓮子，燭淚堆盤壘蒲桃」、「深山老去惜年華，況對東溪野枇杷」之句。唐宣宗《弔樂天》詩：「侍兒能唱《琵琶》篇。」則指潯陽一曲。

司　字

「司馬」，「司」字作仄聲。老杜「殊錫曾爲大司馬，總戎皆插侍中貂」、武黄門「惟有白鬚張司馬，不言名利尚相從」、白樂天「四十着緋軍司馬，男兒官職未蹉跎」，亦止於夏官用之，餘司罕見。東坡詩集以「蒲團」爲「團蒲」，「青紫」爲「紫青」。「蒼茫」，「茫」字作仄音。「花絮」，「絮」字作平音。皆遊戲成文，不可爲訓。

而字

歐陽廬陵送裴如晦知吳江，以「黯然消魂，惟別而已」爲韵。坐客七人，介甫、子美、聖俞、平甫、明允、姚子張、焦伯强也。老蘇得「而」字，押「談詩究乎而」。介甫復作「而」字二詩，其一「采鯨抗波濤，風作鱗之而」，用《考工記》「爪人深其爪，出其目，作其鱗之而」，注謂「頰頷」也；其一「春風垂虹亭，一杯湖上持。傲兀何賓客，兩忘我與而」，亦歷落有致。而或謂欲與老泉爭勝，似未必然。

長萬丈

《布裘》詩曰：「安得萬里裘，蓋裹周四垠。」并不計丈與城矣。

樂天詩：「百姓多寒誰可救，一身雖煖亦何情。安得大裘長萬丈，一時都蓋洛陽城。」用老杜《茅屋爲秋風所拔》語。覺莊宗作「六合被」，遠遜二公度量。

酒債

岑參詩：「愛客多酒債。」又云：「家貧酒債多。」胡埕《蒼梧雜記》云：「孫權有叔名濟，嗜酒，不治産業。嘗負人酒錢，謂人曰：『尋常行處，欠人酒債，欲質此緼袍償之。』或云老杜『酒債尋常行處有』出此。」按：埕嘗箏削陳東《伏闕書》，爲當事所忌，編置遠州，則此事必非無稽之談。然他書俱未之見。太白《贈劉都使》詩：「歸家酒債多，門客粲成行。高談滿四座，一日傾千觴。」後人誤指爲孔北海作。

望闕亭

衛公既貶，著雜文數十篇，號《窮愁志》。有曰：「雖抱至寃，固不爲恨。」歐陽永叔欲以衛公文與昌黎並稱曰「韓李」，而汰柳州。

李衛公在珠崖郡，有望闕亭。公題詩曰：「獨上江亭望帝京，鳥飛猶是半年程。碧山也恐難歸去，百匝千遭繞郡城。」悱惻可傷，不必「八百孤寒齊下淚」也。

漳浦驛

衛公起家任子，功業炳然。殁後能示夢於令孤綯，故是一代偉人也。與感雷陽之竹者，後先頡頏矣。宋人謂趙忠定是其後身。

衛公又有《過漳浦驛》詩：「嵩少心期杳莫攀，好山聊復一開顔。明朝便是南荒路，更上層樓望故闕。」較諸「感恩知有地，不上望京樓」之句，厚薄爲何如耶？

悲樂

韓退之多悲詩，三百六十，言哭泣者三十首；白樂天多樂詩，二千八百，言飲酒者九百首，見方勺《泊宅編》。余謂吏部骨鯁性成，凡其所悲，蓋深惡夫既不自悲，而又禁人之悲者也；分司天趣悠然，即其所樂，於詩酒琴棋之外，憂生歎老、去國離家之慘，無處無之。許渾千首水，杜甫一身愁，亦各從其志也。

露兄

米元章詩：「飯白雲留子，茶甘露有兄。」人不解「露兄」語，往叩之。元章曰：「只是甘露哥哥耳。」「雲子」見《王母内傳》，少陵有「飯抄雲子白」之句。下句故是老顛本色語也。

南宮

《周書·立政篇》「庶常吉士」乃總結衆職之言，而今專稱館選曰「庶常」，亦相沿爲故事也。

漢建尚書省曰「南宮」。鄭弘爲尚書令，前後所陳補益王政者，著之南宮閣，上以爲故事。陳忠亦然，是「南宫」不專指禮部也。至唐以禮部郎中掌省中文翰，謂之「南宫舍人」，後人遂以南宫屬之禮部矣。老杜《别唐十五》詩：「南宫吾故人，白馬金盤陀。」謂賈至也。至時以禮侍知東京貢舉，故云。下句則用賈逵事，以切其姓。

腰帶

謝惠連《擣衣》詩：「腰帶準疇昔，不知今是非。」王元禮《行路難》云：「猶憶去時腰大小，不知今日身短長。」謝語懇至，王語激昂。唐人閨情、懷遠，總不越其神理。

細腰

王僧孺《寵姬怨》曰：「是妾愁成瘦，非君重細腰。」《爲姬人自傷》曰：「斷絃猶可續，心去最難留。」皆真情實境語。本傳謂其文多麗逸，喜用新事。如此種句，麗逸不無，然何嘗用新事耶？

月隨人

朱超《舟中望月》詩：「大江闊千里，孤舟無四鄰。惟餘故樓月，遠近必隨人。」截去後四句方有神氣，否則舉體拖沓矣。祖詠在試院賦《終南餘雪》，僅四句。有司詰之，詠曰：「已盡。」

螢苑

廣陵大儀鄉有螢苑。按：隋煬帝於景華宮求流螢數斛，夜出遊山，放之如火，光滿巖谷。杜牧之詩：「秋風放螢苑，春草鬭雞臺。」上句指此，下句借用吴王夫差事。張蜕庵《螢苑曲》曰：「騎行不用燒紅燭，萬點飛螢照山谷。」又曰：「腐草無情却有情，年年爲照雷塘墓。」好景紅輝之讖，阿麽早已自道却也。車武子映以讀書，螢渚傳爲勝蹟；丁崖州貯之囊中，竟與財賄並籍。丹鳥遭際，何其異也。

將軍引 真順勸伯玉勿爲寨主，又嘗與伯玉自繫於獄，亂兵以爲罪囚而縱之。壽至一百一十五歲。

俞指揮良輔南征入粵，誅諸寨之未附者。潮陽郭氏名真順，從其夫周伯玉依溪頭寨。俞兵將臨，真順製長歌曰《將軍引》，令伯玉上之。俞覽詩大喜，歛兵而回，一寨獲全。詩曰：「將軍開國之勳臣，早附鳳翼攀龍鱗。煙雲慘淡蔽九野，半夜捧出扶桑輪。前年領兵下南粵，眼底群雄盡流血。馬蹄帶得淮河冰，灑向江南作晴雪。潮陽僻在南海濱，十載不斷干戈塵。客星移處萬里外，天子亦念遐方民。將軍高名邁千古，五千健兒猛如虎。輕裘緩帶踏地來，不減襄陽晉羊祐。此時特奉明主恩，金印斗大龜龍紋。大開藩衛制方面，期以忠義酬高旻。宣威布德民大悦，把菜一笠誰敢奪？黄犢春耕萬里雲，蟄龍夜卧千溪月。去歲壺陽戍守時，下車愛民如愛兒。壺山蒼蒼壺水碧，父老至今歌詠之。欲爲將軍紀勳績，天家自有麒麟筆。願屬壺民頌太平，磨崖勒盡韓山石。」余嘗輯《彤史皺》一書，有「勇略」、「文藻」二部。若真順者，殆所謂二美具者耶？同時三衢宋氏題常德驛壁詩，太祖見而郵之。婦人作長篇者僅此二人，皆不朽大筆也。

翠微亭

岳鄂王將兵過池州，登翠微亭，有詩曰：「經年塵土滿征衣，特地尋芳上翠微。好水好山看未足，馬蹄催趁月明歸。」韓蘄王既解兵柄，建翠微亭於湖上，蓋傷忠武而隱寓其意也。讀錢希言《剪頭仙人傳》，則「三字獄」之寃至今未雪。

銀瓶娘子詞

劉瑞《孝娥井銘》有曰：「娥叫父寃寃莫雪，赴井抱瓶泉化血。」

王逢吉序《銀瓶娘子詞》曰：「娘子，宋岳鄂王女，聞王被收，負銀瓶投井死。祠今在浙西憲司之左。」詩中有云：「井臨交衢下通海，海枯衢遷井不改。銀瓶同沈意有在，萬歲千秋露神采。」來元成引《金陀粹編》辨銀瓶事，詳見《樵書》第九卷。然逢吉去宋不遠，其説自當有據。

蓑衣仙

戊辰春，與吴聽翁、茅天石寓守中堂，嘗偕余廣霞往尋其蹟。

張光弼詠何立事，結句曰：「視身已是閒軀殼，一領蓑衣也是多。」注略云：「立爲押衙官，受秦檜指往東南第一山，恍若見檜，令歸告其妻曰：『東窗事犯矣。』立復命後棄官學道，蜕骨在蘇州玄妙觀，人呼爲『蓑衣仙』。」按：檜嘗夢游雁蕩，悟前世爲老僧，而誤國殃民，竟至於此。泥犁之報，豈千佛所能懺哉？歸奉世《雜記》作「莎衣真人何中立」，與《廬陵集》所載不同。

難緘口

鄭俠字介夫，初從王安石學，後舉進士，監東京西上門。時王方秉政，以詩致之曰：「何處難緘口，熙寧政失中。四方三面戰，十室九家空。見佞眸如水，聞忠耳似聾。君門深萬里，焉得此言通。」使貛郎能於此詩致警，又何必繪《流民圖》也。俠安置英州時，號大慶居士。還鄉後，更號一拂居士。宣和元年，夢鐵冠道士遺之詩，乃東坡也，因作詩二章以授其孫而卒。

捶楚

《唐書》：代宗命劉晏考所部官，五品以上劾治，六品以下杖訖奏聞。

唐時參軍、簿尉皆以士流任之，故有戎幕十年而歷樞要、登節帥者，有自縣倅而入爲給事、御史者。其職綦重而其品最卑，小有過悞，不免笞扑之及，殆與府史胥徒同類。杜少陵《贈高適》曰：「脱身簿尉中，始與捶楚辭。」韓昌黎《贈張工曹》曰：「判司卑官不堪説，未免捶楚塵埃間。」杜紫微《寄小姪阿宜》曰：「參軍與縣尉，塵土驚劻勷。一語不中治，鞭笞身滿瘡。」語曰：「刑不上大夫。」則自此以降，概可知已。而或者謂職在録囚，日與杻械相習，非身受之也。然嚴武杖殺章彝，則留後刺史亦在鞭笞之下，彼區區小吏，庸足計乎？

鳴鏑

《宋書》：「蒼梧王以骲箭射蕭道成。」

鳴鏑曰「髇」，俗所謂「響箭」也。亦作「骹」。《魏・百官志》云：「拜三公，賜鶉尾骹箭十二枚。」亦作「䯽」。元稹《江邊》詩：「破竹箭鳴骹。」皮日休《言懷》詩：「鶻下撲金䯽。」李白《遊獵篇》：「雙鶬逆落連飛䯽。」柳如京《題較獵圖》：「鳴骹直上三千尺。」皆互用。《廣韻》作「骲」，字隸入聲四覺部。按：《周禮・輪人》云：「其一以爲骹圍。」注云：「人脛近足細於股者。」徐廣曰：「喻車輻之梢也。」

畫學

政和中，建設畫學，以古今詩句命題。其一「煙鎖橋邊賣酒家」，善畫者惟於橋邊竹外懸一酒帘而已；其一「踏花歸去馬蹄香」，於馬後畫數蝴蝶；其一「萬緑叢中紅一點」，於密樹濃陰之内，有半面美人凭樓遠眺，此皆得其神趣者也。曹松《題霍山》曰：「直是畫工須閣筆，況無名畫可流傳。」

樹雜

梁元帝《巫山》詩曰：「樹雜山如畫，林暗澗浮空。」李君實曰：「山之精彩浮動全在於樹，樹雜則穿插掩映，有幽深層沓之趣。元帝善畫，二語已破山水之的。」柳待制貫曰：「善畫如攻詩，意到即奇警。」董思白作《秋林圖》，自題其上曰：「畫秋景惟楚客宋玉最工，『寥慄兮若遠行，登山臨水送將歸』，無一語及秋，而難狀之景都在言外。韋蘇州『落葉滿空山』、王右丞『渡頭餘落日』，差足嗣響。」

界字

徐凝詩：「一條界破青山色。」用孫綽《天台山賦》「瀑布飛流而界道」、張纘《南征賦》「界飛流於臯薄」。凝嘗以此句與張祜爭能，而東坡極詆之，以太白在上頭也。

女墻

《左傳》：襄公六年，「晏弱圍萊，堙之環城於堞。」注云：「堞，女墻也。」《釋名》曰：「言其卑小，比之於城，如女子之於丈夫也。」《廣雅》曰：「睥睨也。」劉文房詩：「女墻猶在夜烏啼。」劉夢得詩：「夜深猶過女墻來。」多言夜景者，以城樓掩蔽，落照易昏云耳。

文衡　王仁裕事略同。

裴皥爲禮部尚書，放三榜，四人拜相，桑維翰、竇正固、張礪、馬裔孫也。清泰二年，裔孫知貢舉，榜發，引諸生詣座主拜謁。裴以詩示曰：「宦途最重是文衡，天與愚夫著盛名。三主禮闈年八十，門生門下見門生。」此實一時之盛，較諸「文章舊價留鸞掖，桃李新陰在鯉庭」，差遜於楊嗣復之具慶耳。

明月泉　伯玉名璪，歐陽公、王介甫共薦曾子固者。治平間，知越州事。唐時有一張璪，字文通，李群玉嘗題其畫壁，即玄覽禪師所謂「無事疥吾壁」者。畢宏嘗問所受，答曰：「外師造化，中得心源。」

張伯玉嘗過姑熟，見李太白《十詠》，歎美久之。周行泉石間，見一水清激，詢土人曰：「此何名？」以「明月泉」對。張曰：「太白不題此泉，應留以待我也。」遂賦詩，有曰：「至今千丈松，猶伴數巖雪。不見纖塵飛，寒泉照明月。」按：清溪有半月泉，蘇長公曾題絶句，至今石刻猶存。而端公遺句，姑熟無有知之者。蘇子瞻謂《姑熟十詠》不類李白。王平甫曰：「李赤詩也。」赤見柳子厚集，後爲厠鬼所惑而死。

持山去

「有人夜半持山去，頓覺浮嵐映翠空。試問安排華屋處，何如零落亂雲中？能回趙璧人安在，已入南柯夢不通。賴有霜鐘難席卷，繫船來聽響玲瓏。」此詩起甚奇兀，通體亦極穩貼，非信口亂道者。詳見《宋文鑑》。注云：「湖口李正臣畜異石九峰，因示東坡，作《九峰詩》。後石爲好事者持去。崇寧元年，山谷繫舟於此，正臣來訪，出前詩，追和其韵。」按：坡公原題曰「壺中九華」，欲以百金買之，與仇池石爲偶。

尊石公

唐鄭璠於嶺南象江得怪石，紺冰而平理，彈之有好聲。輦歸滎陽，費錢六十萬。雖贊皇、奇章，何以過之？東坡因王晉卿欲奪仇池石，往復三詩，卒至心無一物，可謂玩物而不爲物移者矣。

米仲詔以百夫運房山奇石，至良鄉不能前，衛以垣墻，覆以葭屋。薛千仞聞之，代石作書以報，仲詔以書答之。葛震甫作長歌紀其事，末云：「主人好禮尊石公，神物亦豈甘牢籠。不如就此樹高閣，居處常對飛來峰。」老顛袍笏之後，餘韵猶有存者。惜不令楊次公見之耳。震甫名一龍。虞奎章有「試問堂前石」并代石答各五律，乃知此公被牢籠者，不獨唐之牛、李，宋之蘇、米也。

東園柳

天台宋氏，本素封之家，後中落，鬻其廬於隣。價既成，作詩曰：「自歎年來刺骨貧，吾廬今已屬西隣。殷勤説與東園柳，他日相逢是路人。」其隣見詩即還券，并以值畀之。此隣不減蘇長公，惜逸其名氏也。

文獻祠

張曲江爲有唐一代人物，立朝大節，在首識禄山之姦。明皇僅以風度稱之，末已。少陵《八哀詩》亦未盡其底藴。區海目《謁文獻祠》有曰：「一代孤忠在，《春秋》大雅存。詩才推正始，相業憶開元。曝日陳《金鑑》，蒙塵想劍門。更吟《羽扇賦》，摇奪不堪論。」此詩穩而確，勝於張承吉《讀始興公傳》。區名大相，高明人，萬曆間官中允。

黨碑

安民乞免，書名碑上。琢玉坊工人李仲寧痛念蘇、黄，人心尚在也。

林靈素以「海上青牛」聳動人主，及見元祐黨碑乃稽首。徽宗怪而問之，對曰：「碑上姓名皆天上星宿，臣敢不稽首。」嘗有詩曰：「蘇黄不作文章客，童蔡翻爲社稷臣。三十年來無定論，不知姦黨是何人？」又嘗上疏曰：「蔡京鬼之首，童貫國之賊。」遂封鎖前後賜物，私出國門而去。林之强直如此，不得以方士少之。

滿地金

景文公曰：「人不可以無學，要得數百卷書在胸中，則不爲人所輕誚矣。」

王介甫《題殘菊》詩：「黄昏風雨打園林，殘菊飄零滿地金。」歐陽公見之，戲曰：「秋花不比春花落，憑仗詩人仔細吟。」介甫聞而笑曰：「歐九不學之故也。不見《楚詞》曰『夕餐秋菊之落英』乎？」蔣永公曰：「『可惜歐九，極有文章』，此劉貢父譏廬陵語。然歐公即不讀書，斷無不讀《楚詞》之理。蓋菊不宜落而落，屈子正自狀其放廢。半山君臣魚水，而以落英自況，故歐公以不比凡花諷之也。」

口爲碑

正德中，流寇起河北，攻裕州。山陰郁采爲州同，登陴誓死。左右曰：「有母在。」采曰：「曾是偷生以爲孝乎？」以母托其友莊士儁。會州守開門遁，賊乘勝入。采巷戰被執，罵賊死。賊據裕二旬始退。士儁於亂屍中辨其骸而殮之，哭以詩曰：「身後《春秋》有是非，路人争以口爲碑。重於岱嶽捐軀日，怒若雷霆罵賊時。那忍范滂猶有母，可憐伯道竟無兒。皇天我墮睢陽淚，半月荒城未裹屍。」高陵吕柟爲撰墓志，并賦《裕州哀》七章。其末曰：「結交結君子，生死皆可訓。要知郁亮之，但看莊士儁。」亮之，采字也。詳郡志。

雉帶箭

韓退之從張僕射獵徐州，賦《雉帶箭》曰：「原頭火燒静兀兀，野雉畏鷹出復没。將軍欲以巧伏人，盤馬彎弓惜不發。」蔣楚穉曰：「『出復』一作『伏欲』。」按：雉出復没，而射者不肯輕發，正是形容持滿命中之巧。改作「伏欲」，神采索然矣。「伏」字亦不宜重。《爾雅》：「雉五色備曰翬。」杜預曰：「雉有五種，東曰鶅，西曰鷷，南曰翟，北曰鵗，伊、洛之間曰翬。」寇宗奭曰：「雉飛如矢，一往而墮，故字從矢。」李時珍曰：「《尚書》謂之華蟲，《曲禮》謂之疏趾。」

蒼巖草

次兒晟歸自嶺南，撿其篋，得《蒼巖草》一帙，知爲緑園高比部新詠。挑燈細讀，輒歎中州清淑之氣，繚繞於楚江、越嶠間也。琴川趙子於弁言摘其警句曰：篇首「高懷天地闊，古道性情真」，直自寫照。如「雨消江岸暑，帆挂曉雲秋」、「愁人秋雨急，遊子晚風寒」、「開囊金盡詩盈篋，説劍星寒酒滿斟」，以之送别，情何固耶！若「官閒容問字，情至樂銜盃」、「但看心如水，何妨月滿船」，至「故園頻問訊，深夜每忘眠」、「骨肉知無恙，桑麻賴有年」、《謁比干墓》「荒丘萬古寒雲鎖，深殿千秋夜月明」、《輓沈太守》「無端造次西風起，泰岳先頽第一峰」，雋句不異唐人。然無非倫教，不涉閒情艷語，豈非性情中流出乎？書此以誌風雅正宗，并爲矯枉與詭隨者戒。

華巖洞

粤西靈川縣華巖洞去縣二十里，相傳有桃花片，闊寸許，自洞中流出。石壁上有詩二首：「巖前流水無人渡，洞口碧桃花正開。東望蓬萊三萬里，等閒歸去等閒來。」「跨鶴歸來不計年，洞中流水緑依然。紫簫吹徹無人見，萬里西風月滿天。」不著年代名姓，要是高人遺蹟也。

第一人

唐有二李揆，其一相德宗者，中外稱爲第一人。盧杞擠之，出使吐蕃，其主問曰：「爾國有第一人李揆者，得無是卿耶？」揆懼留，倉皇應曰：「彼第一人豈肯來耶！」大蘇《送子由使契丹》詩：「單于若問君家世，莫道中朝第一人。」正用其事。

古北口 見《塞北小鈔》。

古北口僧寺刻蘇文定《道中》詩，曰：「亂山環合疑無路，小徑縈迴長傍溪。彷彿夢中尋蜀道，興州東谷鳳州西。」按《宋史》：元祐間，轍嘗代其兄軾爲翰林學士，尋權吏部尚書，使契丹。館客者侍讀學士王師儒，能誦軾文及轍《茯苓賦》。外國重才如此，至梅宛陵《春雪》詩織錦以售番船，而中原人士反擠之，又下石焉者，何也？

對弈

王半山與人對弈，未嘗致思，勢將敗，輒以手亂其局。有詩曰：「莫將戲事惱真情，且可隨緣道我贏。」似乎能忘情於得失者。乃又有詩曰：「諱輪寧斷頭，悔悞仍批頰。」則執拗之性，不自覺其盡露矣。至《題謝公墩》詩，并争名字於千載以上，豈獨受氣太剛一端而已耶！

復官

成化時，李文達奪情起復。羅太史一峰疏諍，謫去，蓋學士陳文之譖也。及文死，山陰薛御史綱投以詩曰：「九原若遇南陽李，爲道羅倫已復官。」李又死在陳之前也。萬曆丁丑十月朔，彗星見西南，光芒亘天。時江陵聞外艱方四日，有奪情起復之議。吴編修中行、趙檢討用賢上疏直諫，下詔獄。而刑曹艾員外穆、沈主事思孝復以疏諍，俱拜杖謫戍。鄒進士元標復上疏諍，亦杖戍。有爲謗帖揭之通衢者，曰：「居正身不正，用賢相不賢。思孝心何死，中行道始全。蓄艾能醫病，元標欲轉天。五賢一不肖，千載定須傳。」事詳《星變志》。雖非詩評，亦一典故也。

重使西域

曾棨《送陳郎中子曾重使西域》結句曰：「却笑虎頭班定遠，身親百戰覓封侯。」王直亦有詩，結云：「想見遠藩歸聖德，自西河水亦東流。」金南陵曰：「曾詩結語諷，字字情深；王詩結語頌，字字得體，可以並傳。」

朝鮮倡和

成化中，張寧以禮垣奉使朝鮮，與陪臣朴元亨倡和百韵。寧詩有「溪流殘白春前雪，柳折新黄夜半風」之句，朴閣筆曰：「不能和矣。」寧有《方洲集》，其侍妾寒香、晚翠誓死守節，四十年不下樓。詳本傳。

買妾行

湯廷尉沐有《買妾行》曰：「東鄰買妾費萬錢，西鄰亦不減十千。半爲身衣置羅綺，半爲首飾收花鈿。歸來妝束苦膏沐，夜夜歡聲徹華屋。自言龍虎得同登，管取鴛央不孤宿。張姑李姑日來往，費酒烹羔會親黨。不知荆布糟糠人，欲寄寒衣正補紉。」自注云：「丙辰釋褐後，鄉里同年多有納妾者。因作數行，以發謹厚者一笑。」湯字沂樂，弘治進士。有論薛文清從祀議，李如一稱其定詣、定識非餘人可及。其冢孫世賢潛心風雅，尤工八法，王弇州所稱「湯湖州」也。

白頭翁

弘治中，有老儒貢授校官，爲少年所侮。翰林中相知者題《白頭翁畫》贈之，係以詩曰：「幽谷多年滯羽翰，泮林今借一枝安。世人莫笑頭空白，看盡春花雨後殘。」魏文靖、海忠介皆起家黌校，而卒爲一代名臣，人固不可以遲暮論也。善乎鬻熊之對周文王曰：「捕虎逐麋，臣老矣；使坐而策國事，尚少也。」時年已九十而文王師之。彼白面書生，烏足較輕重於其間哉！

白犢

李太白《田園言懷》詩：「賈誼三年謫，班超萬里侯。何如牽白犢，飲水對清流。」「白犢」用《列子》「宋人好行仁義」之事，與「塞翁失馬」相同。「清流」，則許由事。

柳亭詩話卷十六終

柳亭詩話卷十七

山陰宋長白纂

米　薛

米海岳書爲宋朝第一，涪翁謂如「快劍斫陣，强弩射人」，晦翁謂如「天馬脱銜，追風逐電」。其《寄薛紹彭》詩略曰：「歐怪褚妍不自持，猶能半踏古人規。公權醜怪惡札祖，從兹古法蕩無遺。張顛與柳頗同罪，鼓吹俗子起亂離。懷素獦獠小解事，僅趨平淡如盲醫。可憐智永研空臼，去本一步呈千嗤。二王之前多高古，有志欲購無兼資。」薛與米以書畫往還，評較得失，人或以米、薛並稱。海岳復寄以詩，有曰：「世言米薛或薛米，猶言弟兄與兄弟。」故知老顛於此道中，直欲卧王濛而坐徐僾，何有於唐人也。讀此詩，亦如子路未見孔子時，與大蘇題王逸少帖略同。紹彭，名道祖。

流民醉歸

魯祭酒鐸題鄭俠《流民圖》，通篇摹寫入神，讀之使人酸鼻。其結句曰：「願將此圖繼《無逸》，重摹圖本陳吾皇。」又題任月山《五王醉歸圖》，跌蕩頓挫，宛轉盡情。其結句曰：「鴒原終古存風教，珍重丹青任月山。」皆有關於世道人心，非草草作長歌者比。鐸，字振之。

女較書

黄九煙云：「明代有勝事一、憾事二。無酒榷則增出許多興會，無官伎、女冠則減却許多妙詩。」

薛濤以女較書馳名當世，其詩頗有可觀。若《高駢筵上聞邊報》一首，竟似高、岑短什矣。詩曰：「聞説邊城苦，如今到始知。好將筵上曲，唱與隴頭兒。」一云上韋臯也。官伎之設，即漢人官婢之遺。官婢不知革於何時，若官伎則自唐迄宋，相沿不改。明初亦有十四樓之設，至顧總憲佐始奏除之，遂使劉採春、嚴蕊之儔絶無影響，亦一缺典也。楊宛叔、馬湘蘭輩雖與名士往還，較之洪度，似乎不侔。

琵琶花

李紳《南梁行》注曰：「其花明艷。」元詩，《雲溪友議》作韋臯，或作王建，或作胡曾，俱誤。

元微之詩：「萬里橋邊女較書，琵琶花下閉門居。」謂薛濤也。按：駱谷中有琵琶花，與杜鵑相似。後人不知，改爲枇杷。莫廷韓所謂「滿城簫管盡開花」者，想亦未見《唐詩紀事》也。廷韓，名是龍，與屠赤水、袁履善聯句。

黄鶴芙蓉

陳後山謂少陵以詩爲文，昌黎以文爲詩。此言似近而實遠，以未悉二公肯綮也。如東坡《黄鶴樓》詩以馮當世語作紀事，中云：「非鬼非神意其仙，石扉三叩聲清圓。」末云：「願君爲考然不然，此語可信馮公傳。」《芙蓉城》詩爲王子高志軼事，有云：「雲舒霞卷千娉婷，中有一人長眉青。」末云：「從渠一念三千齡，下作人間尹與邢。」實者虚之，虚者實之，即前後二《赤壁賦》意，安在文法不可以入詩乎！

王褒邢邵

王褒詩：「産空交道絶，財殫密親疏。」邢邵詩：「衰顔依候改，壯志與時闌。」性情境遇，總在個中。樂天、文昌祖此一派。燕公張説詩：「氣將然諾重，心向友朋開。」端明蘇軾詩：「垂死初聞道，平生誤信書。」奎章虞集詩：「識字頭先白，謀生計轉勞。」廉訪高叔嗣詩：「愁多長畏客，官拙竟隨人。」凡此皆驗歷仕途者也。在心爲志，發言爲詩，唐、宋、元、明有一不自六朝發軔者乎？如謂歡娱之詞難工，而愁苦之言易好，彼數君者，豈皆無病而呻吟者耶？

歌舞

觀伎之詩，不離「歌」、「舞」二字。「歌清隨澗響，舞影向池生」，梁元帝句；「燕姬奏妙舞，鄭女發清歌」，劉孝綽句；「明月臨歌扇，行雲接舞衣」，陳子良句；「山邊歌落日，池上舞《前溪》」，劉删句；「鶯啼歌扇後，花落舞衫前」，陰鏗句；「怨歌聲易斷，妙舞態難逢」，盧思道句；「合舞俱迴雪，分歌共落塵」，弘執恭句；「並歌時轉黛，息舞暫分香」，江總句。唐人近體，梁、陳芽蘖其間者如此。《復齋漫録》亦嘗捆拾之，則自梁及唐。

花蕊夫人 或云花蕊入宋宫，昌陵甚惑之，後爲太宗所殺。

宫詞自王建後，花蕊夫人亦有百首。雖屬獻諛呈媚之詞，而口齒俱作唐調，亦巾幗中之矯矯者。不知「十四萬人齊解甲，更無一個是男兒」之句即此人否？或徐或費，不必深求。但前王、後孟俱有花蕊夫人，而俱足以亡國，亦異已。

宣華苑 衍所唱乃韓琮詩。《蜀檮杌》誤以爲柳。

蜀王衍嘗以重陽日宴群臣於宣華苑，自唱柳子厚詩曰：「梁苑隋堤事已空，萬條猶舞舊春風。何須思想千年事，誰見楊花入漢宫？」侍臣宋光溥詠韓曾詩曰：「吴玉自恃秉雄才，貪向姑蘇醉緑醅。不覺錢塘江上月，一宵西送越兵來。」如此酬唱，可謂有是君則有是臣矣。雖顧珣著《十在文》以進，亦與優俳等耳，何益哉？

愛妾换馬 裴晉公《戲答白樂天乞馬》：「君若有心求逸足，我還留意在明姝。」

梁簡文樂府有《愛妾换馬》詩曰：「誰言似白玉，定是愧青驪。」其結句曰：「真成恨不已，願得路旁兒。」《解題》曰：「《愛妾换馬》，淮南王所作，今不傳。」錢希言《戲瑕》引魏任城王曹彰以伎换馬，號曰「白鶻」，獻之文帝，此説最爲佳證。張祜詠此題：「侍宴永辭春色裏，趨朝休立漏聲中。」似得其解。若唐之韋、鮑二生及東坡事，皆稗官家言，不足信也。

微詠

癸未三月，會講於武林之沈園，洪昉思偶談及此，余曰：「以陳明卿之博覽，而悮認劉西澗爲晉人，則鬻書賈當從末減。」

宋王微，字景玄，小字荆産。嘗有《詠賦》一篇，《廣文選》悮以「王」爲「玉」，遂列楚大夫名於題下，而曰《微詠賦》，此真咄咄怪事也。宋人亦曾有辨之者，陳仲醇《枕談》援以爲説。乃陸魯望《自遣》詩二十二首，中有一章曰：「月淡花閒夜已深，宋家微詠有遺音。重思萬古無人賞，露濕清香獨滿襟。」天隨子在唐素以博洽聞，而此事何以見之聲詩耶？不可解已。魯望又有句云：「但得伍員騷思少，夫差剛免似荆懷。」誤讀「員」字作平聲。許丁卯「當年國門外，誰識伍員忠」、丁鶴年詩「乞食誰能辨伍員」，俱誤。

弓雕

補之名衮，嘉靖時光禄卿。

水南張補之《翰記》云：「有國子祭酒和人詩，以『琱弓』作『弓琱』。一監生見而笑之，戲爲詩曰：『琱弓難以作弓琱，似此詩才欠致標。若使是人爲酒祭，算來端的負廷朝。』」又嘗聞有蘇州别駕同人遊山，見墳間翁仲，呼爲「仲翁」。一士人作詩嘲之曰：「翁仲如何作仲翁，衹緣書讀欠夫工。馬金堂玉應難到，只好蘇姑作判通。」并書此，爲負腹將軍戒。

二月二十二

明制：小閹服藥後過堂，令誦「二月二十二」一句，驗其口吃與否。此五字見李義山集：「二月二十二，木蘭開坼初。」服藥者初爲椓人也，事隸兵部。「二十二」，《日涉編》誤作「二十三」。

三教布衣

王秀之爲晉平太守，謂人曰：「吾山資已足，豈可久留。」

陳陶行迳與秦係相近，大中末，隱豫章之西山，多植柑橙，賣以自給。貫休嘗題其廬曰：「高步前山前，高歌北山北。數載賣柑橙，山資近又足。」開寶間，南昌有一丫髻老翁，與老嫗賣藥於市，得錢沽酒，歌舞道上，曰：「藍采和，藍采和，塵世紛紛事更多。何如賣藥沽美酒，歸去青崖拍手歌。」或以爲即陶夫婦云。陶字嵩伯，自號三教布衣。明萬曆間，閩人林兆恩著《三教正宗》一書，盧文輝梓之。周櫟園觀察曰：「吾於術不解林《三教》。」

官閒年長

盧貞詩：「名早緣才大，官遲爲壽長。」

「官閒人事少，年長道情多」，文昌句也；「年長風情好，官高俗慮多」，樂天句也。兩兩比照，似文昌渾融。若耿湋之「家貧童僕慢，官罷友朋疏」，無乃太敷露乎？

金玉

蔣杜陵曰：「五言近體，部曲之嚴，實自盈川始。」

楊盈川《和劉長史》詩：「五龍金作友，一子玉爲人。」張燕公《贈姚紹之》詩：『難兄金作友，媚子玉爲人。』李較書端《酬丘拱》詩：「禮將金友等，情向玉人偏。」此種字面，唐人每每用之。按：「五龍」故典甚多，然連「金友」二字，則用《前涼録·辛攀傳》「五龍一門，金友玉昆」之語。《梁·王份傳》：其孫銓錫，時人亦呼「玉昆金友」。

白石

姜堯章夔爲南渡名流，詩皆清婉可誦，范石湖稱其有「裁雲縫月之妙手，敲金戛玉之奇聲」。晚號白石道人，係以詩曰：「南山仙人何所食，夜夜山中煮白石。世人喚作白石仙，一生費齒不費錢。仙人食罷腹便便，七十二峰生肺肝。」趙子固目爲詩家申、韓，而世人祇傳其小詞，何也？《神仙傳》：「白石先生，中黄丈人弟子，煮白石爲糧。」又焦孝然嘗煮白石遺人。

六更

《開元遺事》：「宫漏有六更。」

楊誠齋詩：「天上歸來已六更。」汪水雲詩：「亂點傳籌殺六更。」《七修類稿》云：「五更絶，點鼓遍作，謂之蝦蟆更。」按：藝祖聞陳希夷之語，命宫中轉六更，不知「更」與「庚」同音。宋自建隆庚申受禪，至景定元年，歷五庚申，越十七年而宋社屋。希夷蓋以術數推測，而隱托其詞耳。希夷云：「寒在五更頭。」故藝祖命前後二更各去二點，今仍其舊，非。

懷忠會館

邊廷實《題文山祠》：「花外子規燕市月，柳邊精衛浙江潮。」即用信公語意。

「龍馭兩宫厓嶺月，貔貅萬竈海門秋」，此文信公柴市絶筆也。懷忠會館即丞相祠堂，後人題詠最多，惟顧東江清「南去星潮嗟往事，北來祠廟豈公心」之句深得肯綮。若章楓山懋所云「穆陵地下應含笑，不負臚傳第一人」，似猶存邪郭之見也。葬信公者，江南義士張千載十人。指公葬處者，織綾婦緑荷，乃公舊婢也。

叉手微吟

吴少常麟徵嘗夢一白衣人叉手向背微吟，曰：「山河破碎風飄絮，身世浮沉雨打萍。」旁有人曰：

「此處士劉宗周也。」吳初不識劉，後於禮部題名中識之，竟成至契。崇禎末，吳殉難燕邸，劉以文祭之，備載其事。未幾，劉亦繼首陽之節云。馬文忠世奇嘗夢中詠信公詩二句：「從今別却江南日，化作啼鵑帶血歸。」

挽疊山

楊仲弘《題疊山遺墨》曰：「忠臣效死招魂合，烈婦捐生報雉經。」兼指謝夫人也。

謝疊山賣卜建陽，魏天祐挾之北去。病居憫忠寺，見壁間《曹娥碑》，泣曰：「小女子猶爾，吾豈不汝若耶！」遂不食死。胡文友挽詩有云：「諸臣争頌莽，一士獨傷周。場屋言終棄，風塵恨未休。」「奉使危城裏，提兵小邑中。報韓如有托，興漢豈無功。」「張儉終亡命，虞卿但著書。何人分葬地，有客獲喪車。」至景泰間，韓襄毅雍《請謚宋臣謝枋得》一疏有云：「登科對策，力詆權姦；發策漕司，極攻時政。受任於運去祚移之後，抗敵於兵疲民散之餘。著爲文章，發明道學。乞加贈謚，録其子孫，以增志士仁人之氣，以沮亂臣賊子之心。」與胡詩互爲表裏。後得請，文謚「忠烈」、謝謚「文節」。左蘿石北使，作絶命詩曰：「丹心碧血消難盡，蕩作寒煙總不磨。」當與文山並傳。若張玄著，則似疊山。

野史亭

遺山《野史亭》詩：「私録關赴告，求野或有取。秋兔一寸毫，盡力不易舉。」又《移居》詩有云：

「我作南冠來，一語不敢私。胸中有茹噎，欲得快吐之。」本傳：嘗自云：「國亡史興，己所當任。」元世祖欲以館閣處之，未用而卒。庶幾爲金源一朝遺老，與宋之謝、元之楊後先比烈矣。

鶴來遊

正德中，安仁劉麟、建業龍霓、湖州陸崑、長興吴玧與太初稱「苕溪五隱」。或云安化王之親支也。

孫太初一元隱居苕上，有陳陶、秦系之風。死葬道場山，嘗有鶴栖其側。王弇州詩：「死不必孫與子，生不必父與祖。突作憑陵千古人，依然寂寞一抔土。」「道場山陰五十秋，那能華表鶴來遊。君看太華蓮花掌，應有笙歌在上頭。」蓋酹其墓也。至明末，委諸草莽。康熙八年，吴園次爲郡守，始表而出之。吴梅村作文，泐諸石。

東山草堂

李獻吉《送劉東山歸草堂歌》，沉雄頓挫，在西涯相公之上。楊邃庵召督三邊，頗有以出處爲疑者。東山之歸，豈遽忘造膝密籌時耶？歌中所云「慘淡誰聞《紫芝曲》，獨善不救蒼生哭。禄食靦竊胡爲乎，乃知我公真丈夫」，審時度勢之言，不獨爲東山長價，兼可爲邃庵雪屈也。

江陵伎

袁江、鈐山之作詆諆更甚，此則因家禍而然也。

弇州《江陵伎》六解，爲遼王而作，讀「一家亦不哭，太姬方啗粥」，及「官今當大赦，不願赦王歸」諸句，似乎憐之之情不勝其幸之之意。觀異日史料所載，不能爲羅織其事者諱，何獨爾時竟暴揚若是耶？許以忠《答曹明府書》：「讀江陵逸事，知先生乃天下士也。洪司寇不坐遼王反，實從公議云。」

馬蹄

《晉書》：「山濤與石鑒共宿，謂鑒曰：『知太傅卧何意？』鑒曰：『宰相三日不朝，與尺一歸第耳。』濤曰：『咄！石生無事馬蹄間也。』」老杜「全生學馬蹄」，注引此證之，不如《莊子·馬蹄篇》之更穩也。

瀉水

鮑參軍《行路難》：「瀉水置平地，各自東西南北流。」用劉真長答殷深源語「譬如瀉水著地，正自縱横流漫，略無正方圓」者。

鵮字

《南越風物志》：「凡果實不經蟲鳥食者，有毒。」元稹《送人之嶺南》詩：「菌須蟲已蠹，果重鳥先鵮。」蓋謂此也。韋莊《李氏池臺》詩：「花落魚争唼，櫻紅鳥競鵮。」「鵮」，猶「銜」也。此字僅見。

籋字

此字見漢樂府《天馬歌》，與「躡」字義同。米南宫《天馬賦》用之。

鑷白，乃鬱林王故事，詩家每每用之。獨蘇長公作「籋」，有云：「病骨瘦欲折，霜髯籋更疏。」又云：「籋盡霜鬚照碧銅，依然春雪在長松。」凡數見，則用《説文》徐氏注。《博羅香積寺》詩：「豈惟牢九薦古味，要使真一流仙漿。」「九」字乃「丸」字之訛，强對「一」字也。自引束皙《餅賦》爲證。「薄夜」亦悞作「薄持」。孔北海有云：「鄭康成多臆説，人見其名學，謂有所出也。」

單用一姓

坡詩：「幸與登仙郭，同依坐嘯成。」又：「歸來又見顛茶陸，多病仍逢止酒陶。」郭泰、成瑨、陸羽、陶潛，如此驅遣，自駱義烏《軍中》詩「獻凱多慚霍，論封幾謝班」句法得來。班固《幽通賦》：「養流睇而猿號兮，李虎發而石開。」單用一姓之始。吳筠《詣周承》詩：「一隨平原客，寧憶豫章徐。」

翻案

詩中有翻案法。如吕衡州《劉郎浦》詩：「誰將一女輕天下，欲换劉郎鼎峙心。」杜紫微《赤壁》詩：「東風不與周郎便，銅雀春深鎖二喬。」張文定《歌風臺》詩：「淮陰反接英彭族，更欲多求猛士爲。」鄭毅夫《蠡湖口》詩：「若論破吴功第一，黄金只合鑄西施。」禪宗所謂「殺活自由」，兵法所謂「致人而不致於人」也。拈此四則，以例其餘。

道學風流

陳後山、朱紫陽嚴氣正性，凜若冰霜。然陳有句曰：「不惜捲簾通一顧，恐君着眼未分明。」朱有句曰：「日暮天寒無酒飲，不須空唤莫愁來。」乃知真道學未有不風流者。程明道曰：「昨日席中有妓，今日胸中無妓。」知此，則梨頰微渦正不必謂「世上無如人欲險」也。北齊許散愁爲國子助教，太子集諸儒講《孝經》，謂曰：「先生在世，何以自資？」對曰：「散愁自少以來，不登孌童之牀，不入季女之室，服膺簡策，不知老之將至。

平生素懷，若斯而已。」比之陳、朱，過於矯激。

檀板驚飛

蔡君謨守温陵，嘗召客，李覯與陳烈赴之。酒半，出妓行觴，歌乍起，烈擲杯踰墻走。泰伯於坐上賦詩曰：「七閩山水掌中窺，乘興登臨對落暉。誰在畫樓酤酒處，幾多鳴櫓送潮歸。晴來海色依稀見，醉後鄉心積漸微。山鳥不知紅粉樂，一聲檀板便驚飛。」烈聞之，遂投牒訟覯，君謨解之而止。華筵嘉會，作此殺風景事，可與《徧畐圖》并繪矣。大蘇《和葉教授龍井之遊》：「華堂鬧絲管，眸子漲春緑。先生疾走避，面冷毒在腹。」宋時以道學標榜如此，不必燒車與船也。

陽　橋

弘治間，彭綏之守泰州，忤部使者，歸適邑令。以考滿還任，鄉人皆趨迓之。彭投以詩曰：「洎陽纔駐使君鑣，本欲趨迎懶折腰。莫怪野人疏禮節，好從陽晝説陽橋。」用劉向《説苑》宓子賤治單父事也。程編修念齋見之，笑曰：「綏之譏吾邑人深矣。」彭名福，樂平人。「橋」本作「鱎」，《荀子》作「鮍」。

馬肆

檀韶爲九江刺史，聘周續之、祖企、謝景夷講禮城北，所住公廨近於馬肆。陶淵明示以詩曰：「周生述孔業，祖謝響然臻。」「馬隊非講肆，校書亦以勤。」「願言誨諸子，從我潁水濱。」蓋諷之也。

罇尊

《淮南子》曰：「聖人之道，猶中衢而致尊邪？」注云：「道六通謂之衢。尊，酒器也，六尊爲衢尊。」晁无咎《和東坡梅詩》：「一篇尚可三致意，聽人酌去如衢尊。」言原倡充溢，挹之無盡也。此二字創用。晁有《雞肋集》七十卷。

莊馗

王仲宣《從軍》詩：「館宅充廛里，士女滿莊馗。」與「愁」字押韵。《爾雅》曰：「六達謂之莊，九達謂之逵。」《說文》曰：「逵，或作馗。」《文選》注引《韓詩》：「肅肅兔罝，施于中馗。」蓋古字通用也。

五洩

宋景濂《山水志》曰："五洩山在婺、杭、越三州境上，北距富春，南據句無，東接浦陽，其山水最號奇峭。齊元卿嘗以採藥深入其中，而刁景純、吳處厚亦頗遊焉。"按周鏞詩："路入蒼煙九過溪，九穿巖曲到招提。天分五溜寒傾北，地秀諸峰翠插西。鑿徑破崖來木杪，駕泉鳴竹落榱題。當年老默無消息，猶有祠堂一杖藜。""默"，謂靈默也。自宋以後，吟詠始多。郭亢詩："兩源秋色排千嶂，五級泉聲落半天。"蘇緘詩："嵐翠已知冬更好，地涼應與夏相便。"丁竇臣詩："花間越鳥鈎輈語，溪外秦人彷彿逢。"

四明

梅子真記曰："四明山，周圍八百餘里。"孫興公賦："涉海則方丈、蓬萊，登陸則四明、天台。"

施肩吾《登四明山》詩："半夜尋幽上四明，手攀松桂觸雲行。相呼已到無人境，何處玉簫吹一聲？"按《松陵集》：謝遺塵者，有道之士也，嘗隱於四明之南雲。一旦訪龜蒙陸子，語以山中之奇，品爲九題，索詩，皮日休和之。宋施宿曰："遺塵所稱及皮、陸諸詩，世雖競傳之，而山中居人乃不知異境所在，蓋可聞而不可即者也。"明永樂十三年，詔道士朱大方圖畫以上。

無央

陳陶《朝元引》：「無央鸞鳳隨金母，來賀薰風一萬年。」曹唐《小遊仙》：「無央公子停鸞轡，笑睨嬌妃索玉鞭。」道書「無央」，即竺典「無量」之義。元始天尊説經一遍，無央聖衆從空而至。竺典亦有作「無央」者，如「法華三昧」之類。

聖賢中庸

陳賈爲司諫，劾朱元晦。有人作詩曰：「姬周大聖猶遭謗，伊洛名賢亦被譏。堪笑古今兩陳賈，如何慣把聖賢非！」明胡廣，洪武狀元，仕至尚書。及病篤，人投以詩曰：「漢朝胡廣號中庸，今日中庸又見公。堪笑古今兩奸宄，天教名姓正相同。」名姓相同而賢奸迥别者，如趙高、王莽、袁紹之類，指不勝屈。然賢在前而人思效之，固已；乃有奸在前而人故同之，其意何居？二詩聊備口實，不如「鵰鴿啼巃子規啼」之句耐人咀味。

當當

李當當，元名妓也，姿藝超群，一旦若有所悟，遂爲女道士。段天祐贈以詩曰：「歌舞當年第一流，洗妝拭面别青樓。便隨南岳夫人去，不與蘇州刺史留。璚館月明簫鳳下，綺窗雲散鏡鸞收。却嫌癡絶潯陽婦，嫁得商人已白頭。」唐人送女冠入道詩最多，此首與于鵠氣味略同，結更健。

真真

元時有一真真，姚文公於玉堂宴集時配王棣者。若《聞奇録》所載，則幻已。

太常博士鄭還古寓東都，與柳將軍同巷。鄭赴調西都，柳設宴餞之，出家伎侑飲。謂鄭曰：「此沈真真，本良家女，頗能文詞。請公一詩，以定情好。候公拜命，即當送賀。」鄭欣然詠曰：「玉洞出神仙，清聲當管絃。詞輕《白苧》調，歌遏《碧雲》篇。既未生裴秀，何妨乞鄭玄。不堪金谷水，横過墜樓前。」柳大喜，俾真真拜謝。鄭至京拜伊闕令，柳送真真赴約。鄭既見，執手而喜曰：「柳公信人也。」長吁一聲，凄然而卒。鄭詩落句不知何以遽及於此。盧氏《雜説》云：「伎至嘉祥驛，鄭已亡殁。及櫬歸，柳遂放伎他適。」與《卮言》異。《抒情集》載段東美事，與真真同一結局。

鄭重

《前漢·王莽傳》:「皇天所以鄭重降符命之意。」師古注:「頻煩也。」《三國志·倭女傳》:「國家哀汝,故鄭重賜汝好物。」樂天《謝庾順之送紫霞綺》云:「千里故人心鄭重,一端香綺紫氤氳。」「鄭重」二字出此。蔡中郎《胡廣碑》:「頻繁機極。」《志》又云:「費禕以奉使稱旨,頻煩至吴。」《抱朴子·欽士篇》:「雖頻繁而不辭其勞。」庾亮《表》:「頻繁省闥,出總六軍。」「煩」、「繁」二字通用。老杜「丞相祠堂」一首「三顧頻煩天下計」出此。

水覆

太白詩:「雨落不上天,水覆難再收。」出《光武紀》「反水不收」,又《何進傳》「覆水不收」。而或有引小説姜太公令馬氏覆水者,可發一笑。

割生

忠愍《答陳鳴埜》詩:「勞寄音書知夢在,細籌世路驗歸難。」

沈忠愍謫田保安,痛憤權姦,束稾三像盧杞、秦檜、嚴嵩而射之,作《射虎行》。會嵩黨楊順巡撫宣、大，以口外居民截馘獻功，忠愍作詩曰：「割生獻馘古今無，解道功成萬骨枯。白草黄沙風雨夜，冤魂多少覓頭顱。」順聞之，嗾諸分宜，竄公名於白蓮教，論死。後邀卹，與楊應山同謚，蓋取「危身奉上，在國逢難」之義云。公名鍊，字純甫，號青霞，會稽人。宋張居中詩：「偃月堂中猖鬼散，水晶屏上美人來。」按：李林甫當國，除拜朝官，必用猖鬼敗亡之日。下句則楊國忠事。自古權奸忌刻而奢淫者，到頭總一結局，不獨分宜爲然也。

平陵

盧昇之《詠史》詩：「昔有平陵男，姓朱名阿游。直髮上衝冠，壯氣横千秋。」指朱雲請尚方劍斬張禹事也。起句用縮脚字，次句以調笑語繼之，於褒貶之旨不符。張憲《送陳惟允》詩「觀其辭氣間，已類朱阿游」仿此。龔合肥詩：「四海同心推季布，三公流汗對朱游。」吴筠詩：「才勝商山四，名高竹林七。」此縮脚字之始。

續椒山

孫文忠《南陽集》有《三十五忠詩》，因璫禍而作。朱竹垞曰：「東林之君子，已得十八九焉。」

左忠毅《道中感懷》詩：「幸未遭嚴譴，居然許放還。願難成栗里，禍恐續椒山。」《送楊大洪歸里》詩：「觸階流血君方見，叩閾排簾官始移。」痛定思痛，亦未料後日之禍如是之烈也。及檻車至濠梁，得大洪書，乃云：「含淚看書猶罵賊，同心共請祇呼天。此生莫作無家別，萬死惟知有劍懸。」蓋至是而知事之决不可回矣。觀陳黄門作《忠毅公序》，當日情形，寧獨一忠賢操縱於其閒哉！黨惡之罪，舍微秀其誰歸！錢虞山《丁卯十月書事》詩有云：「阿璫總曳尚書履，頌廠還乘御史驄。」「霜清狡兔争營窟，月白驚烏盡揀枝。」「死後故應來大鳥，生時豈合點蒼蠅。」時崇禎以八月即位，逆案尚未定也。

擊鵰吻

沈石田《挽蔣御史》詩：「肝膽都消血肉中，老夫和淚哭英雄。」御史名欽，乃正德二年請誅逆瑾，三受廷杖而死者。前有振，後有瑾，更益之以忠賢，漢、唐宦寺之禍，至明代而兼併無遺已。

湯若士《觀劉忠愍手筆口占》曰：「危言奉天門，疾雷擊鵰吻。骨肉了無餘，銀鈎見忠愍。」按：正統五年，雷震奉天門鵰吻，詔求直言。劉侍講球以王振擅權爲對，下錦衣獄。指揮馬順阿振意，夜率小校斷其首，骨肉竟無存者。臨川所見手筆，不知即疏藁否？土木之禍，天鑒已兆於此矣。廷振《山居》詩有曰：「水抱孤村遠，山通一逕斜。不知深樹裏，還住幾人家？」被害後，餘姚成器爲文以祭之，至今靈緒山有祭忠臺。或謂龍泉山者，誤也。

七　哀

按：此題，陳思王集有七解，一本多六句。樂府作《怨歌行》，《玉臺》作《雜詩》，張天如兩存之。王仲宣有三首，以「西京」、「荆蠻」、「邊城」爲起句，所該者廣，不僅一事。張孟陽則二首，《陽秋》所評不甚悉。

余忠宣《青陽集》有《七哀詩》，末云：「寄言帝京友，勉樹千載名。一身未足惜，妻子非無情。」後殉陳友諒之難，妻妾俱赴井死。劉炳哀之，作歌曰：「漢之季金古良稱。」其質奥勝李商隱《韓碑》詩。

紫邏

《舊唐書》：薛仁貴爲邏沙道行軍總管，即吐蕃之都城也。音「落素」。太白詩「雲山紫邏深」、子美詩「春山紫邏長」，皆指此地，猶云「紫塞」也。楊去奢《箋》以「邏」字作「山色」，誤矣。又偵探曰「邏」。《江表傳》曰：「昭烈日遣邏吏，候望權軍。」《晉書》：「羊祜屯襄陽，減戍邏之半。」楊鐵崖《鞶婆引》「鶗絃根根金邏沙」，作平聲。

西伯

邯鄲淳《别曹植》詩：「我受上命，來隨臨淄。」本傳謂淳自荆州内附太祖，遣詣植，則「上」字指操。又云：「既庇西伯，永誓没齒。」是以「西伯」比植也。下云：「今也被命，義在不俟。」謂自植邸召爲給事中也。詩雖作於黄初，然自内附時已稱操爲「上」，則攀龍附鳳之心，不待山陽受璽之日矣。王、劉一輩稱操爲「元后聖君」，而操且愚其下曰：「吾其爲周文王乎？」不知淳乃以西伯諛煮豆人也。

平　楚

張邦昌叛附金人，僭號僞楚。高宗反正，安置潭州，後遣馬伸賜死。邦昌徘徊嶽麓，登平楚樓，乃失聲就縊。「平楚」二字，用沈傳師詩「目傷平楚虞帝魂」也，非謝宣城「平楚正蒼然」之句。邦昌倘能用呂頤浩之策，其罪尚可末減。

世上雄

密能獻三策於楊玄感，而不能用。王伯當之言，寧非禍來神昧耶？

李密《淮陽感秋》詩末云：「樊噲市井屠，蕭何刀筆吏。一朝時運合，萬古傳名字。寄言世上雄，虚生真可愧。」密之行履，高蹈不如徐洪客，審機不如李藥師，乍起乍仆，與桓靈寶相似。或曰：密既敗，變姓名爲劉智遠，教授山中。然考諸《唐書》，殊無實據。「簫管有遺音，梁王安在哉？」固與玄同一轍也。

舊臣心

陳友定被執，作詩曰：「失勢非人事，重圍戟似林。乾坤今已老，不死舊臣心。」按：友定以驛卒起兵，爲元守七閩，明師執之，其子宗海亦自將樂來就死。於君臣父子之間，能見大義矣。

柳亭詩話卷十七終

柳亭詩話卷十八

山陰宋長白纂

三百二十歲

白香山《洛中九老會》注云：「會中遺老李元爽，年一百三十六。」

文潞公居洛爲耆英會之次年，年七十八。時和煦、司馬旦、席汝言皆同年，各賦詩一首。潞公詩曰：「四人三百二十歲，況是同生丙午年。招得梁園爲賦客，合成商嶺采芝仙。清談亹亹風盈席，素髮飄飄雪滿肩。此會從來誠未有，洛中應作畫圖傳。」讀此，覺靈山一會，儼然未散。潞公起法用香山「七人五百七十歲」之句，司馬温公真率會亦云「七人五百有餘歲」。

賜名

《宋史》謂公詩因同年葉清臣見戲而作。第二句後三字是「玷華纓」。

莊獻莒公在翰苑，神宗欲大用之，爲同列所譖，言姓名應讖，因賜改後名。公有詩曰：「紙尾何勞問姓名，禁林依舊接群英。欲知《七略》稱臣向，便是當時劉更生。」可見紗籠中人必非娼嫉者所能制也。

黄野人

蔣永公曰：葛仙化時有「留與人間作地仙」之句，即指黄也。

羅浮山有隱者，自稱「黄野人」。嘗題詩山間曰：「雲來萬山動，雲去山一色。長嘯兩三聲，天高秋月白。」或曰洞賓之流也，或曰葛稚川之弟子。咸淳中，復有人來往此山，見人不語。一日醉歸，以煤書壁上，曰：「雲意不知滄海，春光欲上翠微。人間一墮千劫，猶愛梅花未歸。」豈即野人之儔耶？

白玉芽

丹砂以辰州爲上，服食家奉爲至寶。絶大者名「芙蓉」，有牀承之，狀似玉盤，包佶詩「鼎煉芙蓉伏火砂」、松陵詩「更開封檢試砂牀」是也。增城鳳皇岡有何仙姑宅，相傳仙姑嘗往來羅浮，其行如飛。天寶九載，見形於麻姑壇。大曆中，又見於小石樓。廣州刺史高翬上其事，詔賜明霞衣一襲，取所作《餌雲母》詩入大内。詩曰：「鳳臺雲母似天花，鍊作芙蓉白玉芽。笑殺狂遊勾漏令，却從何處覓丹砂？」觀此，則是雲母又在丹砂之上，稚川所采非大藥也。胡元瑞辨仙姑事，謂當在慶曆之間，似未深考。或云姓趙名何。

入内説法

《玉照新志》謂孝聞既死，有和州道士冒其姓名爲之。

崇寧間，蜀人雍孝聞廷對，力詆時政，授右列，不拜。政和末，變姓名爲道人，入内説法。徽宗謂其得林靈素之半，因賜姓木，更名廣莫，竟不知其爲孝聞也。嘗自詠曰：「百萬人中隱一身，渾如勺水在滄溟。獨醒雖負賢人酒，天闊難尋處士星。照影自憐湖水碧，高吟贏得蜀山青。城南老樹如相問，不枉翻空過洞庭。」德操爲僧，孝聞入道，豈所謂「儒門淡薄，收拾不住」者耶？此詩之外，亦未見有如倚松者。「城南老樹」用純陽子「獨自行來獨自坐」詩。

變律

蘇涣少年爲剽盜，人呼爲「白跖」。後折節讀書，舉進士。崔瓘辟爲從事，復棄去。嘗作變律詩十九首干廣帥，一則曰：「禍亦不在大，福亦不在先。」再則曰：「徒有疾惡心，奈何不知機。」其後竟死歌舒晃之難。此與戴淵出處略同，而末路不及。袁石公詩：「結交遍四海，鄉人無半識。恥納無意儒，寧結有心賊。」少陵稱涣爲「静者」，又比之白起，殆以其爲「有心賊」也。

棗木槊

雄信種棗樹十八年，伐爲槊，號「寒骨白」。

貫休作《懷素草書歌》曰：「忽如鄂公捉住單雄信，秦王身上搭着棗木槊。」按：史稱敬德善避矟，與元吉鬭勝，嘗三奪之。後秦王與王世充戰，雄信躍馬奮槊，幾及秦王。敬德横刺，雄信墜馬，蓋實事也。

玉魚

唐高宗營明堂，每夜見數十騎行殿上，使術士劉明奴詢之，曰：「我漢楚王戊之太子也。」明奴曰：「楚王與七國謀反伏誅，寧有太子乎？」曰：「王起兵時，吾適在長安，天子憐我，養宫中。死後葬此，殉以玉魚一雙，今在殿東北角，頗見拘碍。乞改葬高敞處，毋奪我玉魚。」少陵詩「昨日玉魚蒙葬地」，用此事也；下句「早時金盌出人間」，則用漢武帝事，非盧充也。沈炯《通天臺表》曰：「甲帳珠簾，一朝零落；茂陵玉椀，遂出人間。」以「金」字易「玉」字，交互成文耳。

桃花行

施慶徵謂是宋之問作。《韵滙》編入徐彦伯。

《劉氏鴻書》：唐中宗賞桃花，賦詩應制凡十餘人。最後一小臣獻絶句曰：「源水叢花無數開，丹跗紅萼間青梅。從今結子三千歲，預喜仙遊復摘來。」此詩一出，群作皆廢。中宗令宮女唱之，號「桃花行」。然不知作者姓名。《唐詩百家》皆不載。《海録碎事》：貞觀中，康居國獻金桃，早熟者爲「絡絲白」，晚熟者爲「過雁紅」。

春草生

林初文「客情似春草，無處不堪生」，勝於徐偉長「人生一世間，忽若暮春草」之句。

韋蘇州詩：「微雨夜來過，不知春草生。」李昌谷衍爲七言，曰：「但知微雨夜來過，不覺池塘春草長。」較諸李嘉祐截去「漠漠」、「陰陰」四字者，奚啻霄壤。

二愛

陸渭南集有《二愛》詩，其序云：「陶淵明詩曰：『孟夏草木長，繞屋樹扶疏。衆鳥欣有托，吾亦愛吾廬。』孟東野亦曰：『遠岸雪難暮，勁枝風易號。霜禽各嘯侶，吾亦愛吾曹。』予暇日詠二詩有感，作《二愛》詩。」按：靖節、貞曜出處固殊，氣味亦異，然此二詩可稱合璧。破壁陳書，歎息歲暮，有感正在於此，非故以老子與韓非同傳也。

雙童

宋延清詩「溪邊逢五老」，「五老」乃劉寵事；「橋下覓雙童」，「雙童」，地名，《吴越備史》「錢王鏐以錢爽守雙童」是也。李公垂《西陵》詩：「未見雙童白鶴橋。」即今之白鶴鋪。

白馬三郎

徐存永《過忠懿王墓下》詩：「閩國璽書傳五代，鼎湖弓劍葬三郎。」自注云：「閩王自號『白馬三郎』，墓在胭脂山下，土色深紅。相傳王有少女，洗妝於此。」按：審知終於閩王，洎延鈞僭號，僞稱太祖，歷延翰、延羲、延政，凡五代，皆其子。梅村《即事》詩：「柳營江上羽書傳，白馬三郎被酒眠。」時正用師七閩也。漢閩越王郢第三子號「白馬三郎」，即除三丈之蟠者。柳營在龍溪，王潮下福州，駐兵於此。

妃子

唐明皇於沉香殿看木芍藥，曰：「賞名花，對妃子。」嗣後詩人稱「妃子」者，惟太真當之，他無與焉。鮑溶詩：「金輿未到長生殿，妃子偷尋阿㒔湯。」湯名甚異，特未知其所指，俟考之。張祜《耍娘歌》：「妃子偷行上密隨。」又云：「上皇驚笑悖拏兒。」「耍娘」、「拏兒」，即念奴、王大娘之類，所謂「前頭人」也。又云：「虢國潛行韓國隨，偷把邠王小管吹。」三郎末造，總一「偷」字盡之。

平原君

戰國四君，惟信陵真能爲國。邯鄲之役，平原不敢自比於人。虞卿能解相印，而公子究不能庇魏、齊。斬姬謝躄，適以自豪而已。使非毛遂、李同左右其間，吾未見趙之不入秦也。高達夫詩：「未知肝膽向誰是，令人却憶平原君。」李長吉詩：「買絲繡作平原君，有酒惟澆趙州土。」較諸王摩詰《夷門行》，似被趙勝熱瞞一上。

蒿里行

竟陵《史懷》曰：「曹公《蒿里行》：『軍合力不齊，躊躇而雁行。』正指諸侯攻董卓，持疑不進也。又曰：『持利使人争，嗣還自相戕。』則指劉岱、喬瑁、袁紹、公孫瓚相殺事也。大抵群雄舉事，在初起手時局面已定，落曹公眼中久矣。」余按：此詩全在「淮南弟稱號」以下八句，即桓溫謂王敦「可兒可兒」之意，老瞞不自覺其捉鼻也。

品松

孟東野有《品松》詩，略曰：「此松天格高，聳異千萬重。抓拏巨靈手，擘裂少室峰。擘裂風雨獰，抓拏指爪牖。賞異尚可貴，賞潛誰能容？」通篇尊奬之至，幾於力排造化。而其後又有《罪松》一首，大肆譏訶。劉孝標所謂「寒谷成暄，春叢落葉」，文人筆墨，固又不可測度者也。

浮玉

《山海經》曰：「浮玉之山，北望具區。」劉辰翁曰：「山有二，在歸安者爲小浮玉，在孝豐者爲大浮玉。」按陸魯望詩：「入雲構浮玉，宛與昆閬匹。」此正浮家苕霅之事，非明皇所改之金山也。

濯龍

簡文《京洛篇》：「回瞻龍首堞，遠望德陽宫。」

濯龍，門名也。《馬皇后紀》：「於濯龍門前見外家，車如流水，馬如游龍。」宋延清《龍門應制》詩：「群公拂霧朝翔鳳，天子乘春幸濯龍。」「濯」，《詩正》誤作「鑿」字。《洛陽圖經》：「歌曰：『濯龍望如海，河橋渡似雷。』」《東京賦》注：「德陽之北，斯曰濯龍。」

黄姑

《續齊諧記》：「成武丁有仙道，謂其弟曰：『七月七日織女當渡河，暫詣牽牛。』」俗傳始此。

梁武帝歌：「東飛伯勞西飛燕，黄姑織女時相見。」《荆楚歲時記》曰：「黄姑者，河鼓也。牽牛謂之河鼓。」後人訛其聲爲「黄姑」。李後主詩：「迢迢牽牛星，杳在河之陽。粲粲黄姑女，耿耿遥相望。」則又誤以「黄姑」爲織女矣。七夕詠牛、女始於《古詩》「迢迢牽牛星，皎皎河漢女」之什，至李充、蘇彦以後，未免千篇一律。獨不爾者，少陵、昌黎而已。

黄華

史稱嗣宗「外坦蕩而内淳正」。葉紹泰曰：「其作《樂論》，一以平和雅正爲宗，豈放浪者耶！」

阮嗣宗《詠懷》詩：「昔余遊大梁，登於黄華巔。應龍沉冀州，妖女不得眠。」按《戰國策》：趙武靈西至河，登黄華之上，夢處女鼓琴歌詩，因納吴廣女娃嬴孟姚。其先七世而兆於簡子之夢，及入宫而奪嫡亂國，豈非妖女乎！張平子《應問》曰：「女魃北而應龍翔。」合而觀之，可見其微意。蓋當是時魏明帝郭后、毛后妬寵相殺，正類武靈王事。故隱語怪説，亦「定哀多微辭」意也。右見《詩話補遺》，所引《國策》事當與《史記·趙世家》參看。《應問》本作《應間》，所引「女魃」句亦無謂。

帝梧

《遁甲書》：「桐知日月正閏，從下數，一葉爲一月，閏則十三葉。視葉小者，即知閏在何月也。」《爾雅》注：「榮木，梧桐也。」陶詩：「冉冉榮木，結根於兹。」

《瑞應圖》：「王者任用賢良，則梧桐生於東廂。」張正見《鳳棲梧》詩：「丹山下威鳳，來集帝梧中。」魏彦深詩：「願寄華庭裏，枝横待鳳棲。」皆從《卷阿》章出。賀季真《送張説上集賢學士》詩：「枯朽霑皇澤，翾飛舞帝梧。」劉中山《述懷十韵》：「步武離臺席，徊翔集帝梧。」

袖峰

范石湖詩：「詩情故峯律，袖有天都峰。」袁石公詩：「幽奇無大小，袖裏九華峰。」「袖」字本於老米，拈作簷額亦佳。

祠柏

《儒林公議》曰：「武侯祠柏大數圍，段文昌有記刻石。唐末漸枯，至宋乾德五年，枯柯復生，郡守田况繪爲圖。」杜詩「錦官城外柏森森」指此。至「柯如青銅根如石」，則夔州之武侯祠也。

夕葵

少陵《孟氏》詩：「負米夕葵外，讀書秋樹根。」盧文子謂用陸機《園葵》詩「種葵北園中，葵生蔚萋萋。朝榮東北傾，夕潁西南晞」之句。刻本「夕」字訛作「力」，宜劉會孟之不解也。《選》注謂齊王冏譖機爲趙王倫作禪文，成都王穎救之，故作此詩以謝穎，而乃不避其諱，何耶？

靈芝

子建《靈芝篇》：「伯瑜年七十，彩衣以娱親。慈母笞不痛，歔欷淚沾巾。」《困學紀聞》曰：「今人但知老萊子，不知伯瑜。」按：原詩又有丁蘭、董永，乃後人所競傳者。以之入詩，自思王始。胡元瑞謂董永或魏或晉，殊失於考究。

上留田

樂府《上留田》云：「里中有啼兒，似類親父子。回車問啼兒，慷慨不可止。」《古今注》云：「地名也。其地有父母死而不字其孤弟者，隣人作歌以風之。」李子德曰：「觀詩意，似諷父之聽後婦而不恤前子。注未合。既曰『里中』，又曰『似類』，責其父不以爲子也。『回車』一問，有無限不可言者，以『慷慨』二字括其不平。」太白賦此題曰：「昔之弟死兄不葬，他人於此舉銘旌。」與注又別。平原、康樂爲傷時感逝，簡文爲田家相勞之詞。

房中

劉元城《語録》云：「《房中樂》十七章，格韻高嚴，規模簡古，駸駸乎商、周之《頌》。《竹竿》、《載馳》，方之陋矣。」

《安世房中歌》俱作《雅》、《頌》體，中間忽插二語：「大海湯湯水所歸，高賢愉愉民所懷。」氣魄雄毅，足以凌轢千古。史稱漢高以馬上得天下，文字非其所長，然聞陸賈《新語》，每篇稱善。則《唐山》之作，或亦稟命爲之也。

過錦

何次張《宫詞》：「昆明池水漾春流，夾岸宫花繞御舟。歌舞三千呈過錦，琵琶一曲唱《梁州》。」吴雪舫云：「宫中以饒戲爲『過錦』，得之黄開平座上高内相所言。」宫詞故實甚多，然歷朝各有所尚。「五百揀花」、「三千掃雪」、「番經」、「奏籙」之類，詩人尚未摭拾也。

跳脱

顧阿瑛《宫詞》："玉蠶倒卧蟠條脱，金鳳斜飛上步摇。""條"、"跳"互用。

繁欽《定情詩》："何以致契闊，繞臂金跳脱。"唐宣宗嘗問宰相："古詩『輕衫襯跳脱』是何物？"無有對者。帝曰："腕釧也。"《真誥》言安妃有"斲粟金跳脱"，温庭筠以"玉步摇"對之。飛卿以此忤令狐綯，故有句曰："悔讀華陽第二篇。"刻本作"南華"者，誤。

步摇

簡文《答新渝侯書》："九梁插花，步摇爲古。"《漢書·江充傳》："冠襌纚步摇冠，飛翮之纓。"似男子亦有此飾也。沈炯《少年行》："步摇如飛燕，劍鍔似舒蓮。"

《東觀漢記》曰："鄧太后賜馬貴人步摇一具。"《釋名》曰："兼用衆物成其飾，上有垂珠，步則摇也。"沈滿願詩："珠花蒙翡翠，寶葉間金瓊。"得其形製。羅虬詩："妝成渾欲認前朝，金鳳雙釵逐步摇。未必慕容宫裏伴，舞風歌月勝纖腰。"寫其風神。

十千

徐子能《書清平調後》云："開元天子最風流，秉燭春宫夜夜遊。遥聽花神呼萬壽，次呼妃子十千秋。"

金聖歎、杜湘草極稱賞之。而或謂「十千」無典，子能以《大藏》「十千天子」爲證，是已。梁簡文《與蕭臨川書》曰：「黑水初旋，未申十千之飲。」用曹子建語。唐詩「新豐美酒斗十千」、「十千沽酒不辭頻」，此類甚多。

泰　娘

劉夢得有《泰娘歌》，序略曰：「韋尚書爲吴郡得之，命樂工誨以琵琶。後爲蘄州刺史張愻所得，愻被謫，流落武陵，日抱樂器而哭。洛客聞之，爲歌其事。」詩略曰：「泰娘家在閶門西，門前緑水環金堤。有時妝成好天氣，走上皋橋折花戲。風流太守韋尚書，路傍忽見停隼旟。斗量明珠鳥傳意，紺幰迎入專城居。」此叙其始也。中云：「蘄州刺史張公子，白馬新到銅駝里。自言買笑擲黄金，月墮雲中從此始。」注曰：「謝康樂《與東陽溪女贈答》詩：『但問情若何，月就雲中墮。』」此叙其自韋而就張也。末云：「舉目風煙非舊時，夢尋歸路多參差。何如將此千行淚，更灑湘江斑竹枝。」有感有諷，不似《琵琶行》攬入己身也。太倉《卞玉京歌》視此更爲綿密。

宜　城

曹子建《酒賦》：「宜城醲醪，蒼梧漂清。」

襄陽宜城東有金沙泉，造酒甚美，世稱「宜城春」，又名「竹葉清」。張華《輕薄篇》：「蒼梧竹葉清，宜城九醞酒。」梁簡文《烏栖曲》：「宜城醞酒今朝熟，停鞭繫馬暫栖宿。」湖州長興縣亦有金沙泉，太守致祭，以製茶進御，其事甚異。詳郡志。後「醞」字，原本作「酘」，注云：音「豆」。《齊民要術》音「投」。簡文，《類函》誤作元帝。

事君

曹子建《事君行》曰：「百心事一君，巧詐寧拙誠。」《吁嗟篇》曰：「願爲中林草，秋隨野火燔。磨滅豈不痛，願與根荄連。」《雜詩》曰：「願爲南流景，馳光見我君。」《魏志》曰：「植每欲求别見，幸冀試用，終不能得。常汲汲無歡。」其《求通表》有云：「每四節之會，塊然獨處。左右惟僕隸，所對惟妻子。高談無所與陳，發義無所與展。未嘗不聞樂而拊心，臨觴而歎息也。」又曰：「生無益於時，死無損於數，直牢圈中物耳。」其汲汲者以此。

潘左

潘河陽詩：「誰謂晉京遠，室邇身甚遼。誰謂邑宰輕，令名患不劭。」二疊成章，實倣「河廣」、「一葦」之語。左記室《詠史》：「吾希段干木，偃息藩魏君。吾慕魯仲連，談笑却秦軍。」永平、元康之間，斯爲創調已。

賣眼

《楚詞》：「滿堂兮美人，獨與余兮目成。」此「賣眼」二字藍本。

梁武帝《冬歌》：「賣眼拂長袖，含笑留上客。」《白紵詞》：「短歌流目未肯前，含笑一轉私自憐。」「流目」出湯惠休《白紵歌》「流目送笑不敢言」。「賣眼」，李太白櫽括用之。

眼疼

王建《同于汝陽賞白牡丹》詩：「價數千金貴，形相兩眼疼。」「疼」字創見，「十蒸」部不收。湯臨川有「惜花疼殺小金鈴」之句。

鼮

李義山《上盧司空三十韵》有曰：「終童漫識鼮。」按：漢武帝時，得鼠如豹。孝廉郎終軍以《爾雅》爲對，賜絹百匹。《爾雅》又有「鼤鼠」、「鼨鼠」，郭注俱云未詳。又光武時靈臺亦得此鼠，竇攸識之。又唐辛怡諫得異鼠，以爲鼮而賦之。盧若虚指爲鼣，以《説文》爲證。若虚，藏用弟也。

蟬

《張酺傳》：「被矢貫咽，音聲流喝。」《子虚賦》：「榜人歌聲流喝。」注：音「餲」。戴若思詩：「笛喝曲難成，笳繁響還咽。」

張正見《詠蟬》詩：「長楊流喝盡，詎識蔡邕絃。」「喝」字古雅。或疑「唱」字之訛者，非也。若王由禮曰：「園柳吟涼久，嘶蟬應序驚。」「嘶」字用之於蟬，較用於雁者更佳。駱義烏詩：「西陸蟬聲唱。」「唱」字稍稚已。韓、孟《雨中聯句》「騰口甚蟬喝」，用正見語。

茶嬌

唐有妓名火鳳，伯敬以「火」字爲奇，余謂「茶」字更奇。遺山詩注云：「唐人以『茶』爲小女美稱。」

茶嬌者，長安妓也，以色慧稱。劉貢父作令，甚嬖之。及還朝，嬌就别，貢父贈以詩曰：「畫堂銀燭徹宵明，白玉佳人唱《渭城》。唱盡一杯須起舞，關河風月不勝情。」將抵關，歐陽公迓諸塗。貢父以中酒起遲爲謝，公笑曰：「非獨酒能病人，茶亦能病人也。」詳見《過庭録》。

佳期

謝莊《月賦》：「歌曰：佳期可以還。」

《楚詞》：「與佳期兮夕張。」注謂以「佳人」比君也，不敢斥言尊者，故隱其詞。謝康樂《石門》詩：「美人遊不還，佳期何由敦？」謝玄暉《呈沈尚書》詩：「良辰竟何許，夙昔夢佳期。」梁元帝《七夕》詩：「妙會非綺節，佳期乃涼年。」至唐以後，則習用之。如錢仲文「佳期難再得，清夜此雲林」、武黄門「幾度相思不相見，春風何處有佳期」之類，指不勝屈矣。

淚水

劉商《古意》：「風吹昨夜淚，一片枕前冰。」香山《閨怨》：「夜來巾上淚，一半是春冰。」「枕前」、「巾上」，一癡一醒，慧心男子自能識之。

秋海棠

《采蘭雜記》曰：「一名『斷腸花』，又名『八月春』。」

秋海棠，花之最柔媚者。相傳爲思婦淚痕所化，真有楚楚可憐之色。顧東橋詩：「陰葉翠瑶濕，薄英紅粉香。絶憐秋苑下，復爾見春光。」陳石亭詩：「露重柔姿膩，風回宮袂涼。無緣被春色，猶得向秋陽。」「海」字未見，「淚」義亦無。

素馨花

《草木狀》：「一名『悉耶茗』。」

海南有地名「花田」，産素馨花，似茉莉而差密。相傳劉鋹有歌姬號素馨，死葬於此，因以爲名。按：梁章隱曾詠素馨花曰：「細花穿弱縷，盤向緑雲鬟。」則不自鋹始也。土人嘗以此花製爲燈毬，餤蠟熊熊，其香酷烈。吴聽翁亟稱賞之。郡人岑霍山詩：「燈事尚傳遊子艇，墓田曾誌美人銘。」

黄心樹

忠州鳴玉溪有花如蓮，葉似桂，四月初開，土人呼爲「黄心樹」。白香山爲刺史，見而詠之曰：「如折芙蓉栽旱地，似抛芍藥挂高枝。雲埋世隔無人識，惟有南賓太守知。」或謂即木蓮花也。陸放翁《老學庵筆記》云：「臨邛白鶴寺有之。」周濂溪詩曰：「枝懸縞帶垂金彈，瓣落蒼苔墜玉杯。」蓋純白也。黄山雲谷寺亦有此花。余友鐵公繪以爲圖，見示於武林方虞臣，謂即西域之寶檀花。香山又有《畫木蓮圖寄元郎中》詩：「花房膩似紅蓮朵，艷色鮮如紫牡丹。惟有詩人應解愛，丹青寫出與君看。」則又有紅色一種，江文通贊所云

「緗麗碧巘，紅艷桂洲」也。

烽火樹

漳州有木棉庵，即鄭虎臣誅賈似道處。

木棉，土名班枝花，高十餘丈，大數抱。閩、越皆有之，尉陀所云「烽火樹」也。蕊純黄，花六瓣，作深紅、金紅二色。嘗有桐花鳳之類宿於花房。屈翁山詩：「燭龍銜日來滄海，天女持燈出絳紗。」陳元孝詩：「巢鳥須生丹鳳雛，落英擬化珊瑚樹。」形容盡之矣。汪廣洋有《班枝花曲》。

珊瑚林

山丹，一名珊瑚林，一名不夜花。《唐本草》呼爲「賣子木」，以花敷而子落也。翁山曰：「變亂以來，民多窮困。雖有山丹紅艷之兒女，不能相保。」有詠者曰：「昨日官錢鬻一兒，今日官錢鬻一女。山丹更莫生紅花，我家兒女無如許。」讀此覺《苕華》、《萇楚》之篇猶未抵其沉痛也。

歲寒枝

仁、英、高、孝四朝皆有木成文，作「天下太平」字，惟淳熙中更異，見來氏《彙書》。

金人侵宋，伐香巖寺木造舟。木中有文成詩，曰：「栽松種柏興唐日，解板成舟破宋時。可惜香巖千載樹，等閒零落歲寒枝。」詩讖至此，在理與數之外已。

繞竹行

饒節《答吕居仁見寄》曰：「長憶他時對短檠，詩成重改又鷄鳴。如今老矣無心力，口誦君詩繞竹行。」節字次守，江西人，舉進士。嘗投書於曾布，論新法不合。棄去爲僧，名如璧，號德操。有集，名《倚松》。

三閭書院

三閭書院，屈翁山别業也。余薄遊嶺表，會吟於此。時吴園次、張桐君、王位北、季偉公輩皆流寓，而梁藥亭、陳元孝諸君則後先爲地主者也。一日吟詠正酣，適王大將軍至，酒闌，麾下已呼騶從，王洮筆揮一絶句，結曰：「殷勤小隊休催去，細雨輕風好鬬茶。」梁昭明有云：「追憶談緒，皆爲悲端；昔經聯事，理當酸愴也。」王名永譽，三韓人。翁山手訂拙稿，欲刻爲《屈宋合選》。園次聞而笑曰：「乃欲以岸舫爲弟子耶？」遂止。

小照

吴興茅天石麐，工詩善畫，戊辰同客吴門，爲余寫《賀蘭山磨厓圖》，又寫一小照於册子。諸公謬爲評騭，凡雜文詞句彙入《苔岑録》。録其詩：沈篤人五桌二首：「少時同學氣如雲，倚馬風流獨數君。二十年來圖畫裏，淡然相對到斜曛。」「灑落襟裾抱古初，肯將鬚鬢狎樵漁。當年海國談兵夜，客帳猶存數卷書。」羅宏載三首：「六朝裙屐興翛然，抱膝清吟似偓佺。誰把梅花寫冰骨，却同秋水淡無邊。」「屈原弟子好鬚眉，冰雪爲神玉作姿。七泛洞庭君未倦，瀟湘我亦采江蘺。」「等閒意氣俯龍湫，萬里空囊説壯遊。最愛詞場同掉首，幾人把臂擬曹劉。」王載南一首：「相逢脈脈歎頭顱，何若胸中一字無。莫把形骸圖七尺，東方昔日羨侏儒。」姜開先一首：「群賢詞藻總清新，題品芝巖盡入神。留却前身曾未道，惟予知是謫仙人。」沈梵陵二首：「龍性由來不易馴，拂衣原屬射書人。窮經作賦尋常事，尚恨丹青肖未真。」「卅年長劍佩峥嶸，不少探奇萬里行。他日漢廷揮彩筆，教人重認舊書生。」

磨崖圖

丁卯秋，同李静庵都護、張岫庵舍人登賀蘭山磨崖，以紀歲月。天石爲余作圖，聽翁題《沁園春》

於幀首，而西河復係以詩：「宋公英雄姿，意氣本慷慨。觀書垛丘山，落筆盪瀚海。伏蠖薄孔明，買駿笑郭隗。因之汗漫遊，西去仗劍櫑。磨盾靈武臺，飛罕元昊壘。一笑登賀蘭，四顧盡煙靄。青天空茫茫，黄河且浼浼。拂袖將勒銘，振腕直揮灑。蠻女捧硯嬌，胡僧望嵩駭。青天有時傾，黄河有時改。惟此磨崖圖，相看已千載。」吴詞并附：「絶塞雄山，從前及今，文人未來。況揮鞭馳遍，千屯白草；磨崖鑿破，萬仞青苔。碧眼驚看，紅妝借問，宋玉真成軼代才。吾還笑，笑短衣射虎，誰許追陪？　羨君此舉奇哉，把舊日興亡更感懷。想旗分靈武，王圖已往；鎖横西夏，霸業都灰。酒盡黄龍，碑殘白雀，豎子成名眼倦開。還須問，問奚囊憑弔，好句多裁。」時與岫庵倡和凡數十首，雖未得江山之助，而太史、太守，一詩、一詞，竊自幸附青雲以不朽矣。李名嗣興，綏德人；張名世勳，蕪湖人。

柳亭詩話卷十八終

愧張蒼

王百穀《哭袁汝南》詩曰：「山上杜鵑花是鳥，墓前翁仲石爲人。」《謁文榮公祠》曰：「馬策叩門惟有淚，雀羅張户不勝悲。」《起居相國夫人》曰：「路隔雲堦難入拜，獨憐身賤愧張蒼。」感懷知己，不減李義山過舊府時。

柳亭詩話卷十九

山陰宋長白纂

高春

梁昭明《答湘東王書》：「高春既夕，申之以清夜。」元帝《遊後園》詩：「斜景落高春。」又《後園》詩：「高春斜日下。」按《淮南子·天文訓》曰：「日經於泉隅，是爲高春；頓於連石，是爲下春。」高誘釋曰：「高春，時加戌也。」唐人屢用之。如李義山「碧虚隨轉笠，紅燭近高春」、柳子厚「越絶孤城千萬峰，空齋不語坐高春」之類，不一而足。「泉隅」，本作「淵虞」，唐人避諱改之。楊時偉謂「高春爲寅，下春爲申」，蘇子美《答韓持國書》「三商而眠，高春而起」，唐子西謂「漏下三刻爲三商」，則「高春」似當屬寅。然《淮南子》此條名例甚繁，尚須參考。廖連陽注「三商」，以《通雅》、《士昏禮》爲據。

簷花

《禮·明堂位》：「復廟重檐。」「檐」、「櫚」、「簷」，古文通用。

徐孺子《與陳仲舉書》：「簷花細雨，豈不願承一夕教。淒其旅思，孤帆欲遂東矣。」少陵詩「春夜沉沉動深酌，燈前細雨簷花落」，正用其語，注家俱未之引。至欲改爲「簷前細雨燈花落」，此正羅什所云「嚼飯與人，非徒失味，乃令嘔穢也」。「簷花照月鸞對栖」，見李暇《擬古》；「夢落簷花夜雨飄」，見陳敬初《夷白齋藁》。

天雞

「鵫」、「鶾」，俱音「翰」。

張泌知貢舉，試題「天雞弄和風」，但用《文選》中謝康樂詩句，未詳其義。有進士白云：「《爾雅》『鵫天雞』、『鶾天雞』，未知孰是？」泌大驚，不能對。亟取《爾雅》檢視，一則《釋蟲》，一則《釋鳥》。蟲乃莎雞之類。按：康樂出句「海鷗戲春岸」，則此句自應屬鳥。

爟火

《周禮》：「司爟掌行火之政。」張晏曰：「狀若桔槔，欲令光明遠炤，通於祀所也。」《呂氏·本味篇》：「爝以爟火。」高誘注曰：「讀如『權衡』之『權』。」

虞山《戊辰紀事詩》：「南郊爟火照罘罳，正是秋衾夢斷時。才薄可憐仍貶謫，爐灰畫盡不成詩。」自注云：「王元之《南郊大禮》詩：『可憐此夜商於客，畫盡爐灰淚滴衣。』」按：是年崇禎即位，郊大禮成。虞山以八月例召，旋即聽勘，故引此。《漢書》注：「罘罳，復思也，交綱如屏。言百官奏事，至此當復思也。」然唐甘露之變，文宗抉殿後罘罳而出。似又非樹之前列者。蘇鶚《演義》謂織絲爲之，象羅網交文之狀。朱晦翁乃取程泰之《演繁露》語。

射干

步兵《詠懷》詩：「修竹隱山陰，射干臨增城。」又云：「建木誰能近，射干復嬋娟。」《荀子・勸學篇》云：「西方有木，名曰射干。」《易通卦驗》曰：「冬至，射干生。一名烏扇。」《爾雅翼》云：「葉似蠻薑，排列如翅。六月開花，如萱草而小。」則非木本。《藝苑彙雋》曰：「蛺蝶花也。」唐荆川詩：「何言金色翅，翻在碧林中。」蛺蝶花有二種，一開於春末，色微紫，非射干也。荆川所詠，當是開於夏秋之交，其色黄。

蔗漿

前漢《郊祀歌》：「泰尊柘漿析朝酲。」注謂取甘蔗汁以爲飴也。此二字見《楚辭・大招》。「柘」、「蔗」古字通用。王右丞《敕賜櫻桃》詩：「飽食不須愁内熱，大官還有蔗漿寒。」曰「飴」、曰「漿」，似今之沙糖也。若堅凝成質，則謂之「糖霜」。

菽乳

孫司業大雅《詠菽乳》詩略曰：「淮南信佳士，思仙築高臺。人老變童顔，鴻寶枕中開。異方傳世人，此物乃呈才。戎菽來南山，清漪浣浮埃。轉身一旋磨，流膏入盆罍。大釜氣浮浮，小眼湯洄洄。頃待晴浪翻，坐見雪花皚。青鹽化液滷，絳蠟竄煙煤。霍霍磨昆吾，白玉大片裁。烹煎適吾口，不畏老齒摧。蒸豚亦何爲，人乳聖所哀。萬錢同一飽，斯言匪徘詼。」即世俗所云豆腐也。易名甚佳，詩更周核。詳見《戒菴漫筆》。孫名作，江陰人，明初以薦起。

瓜

敦煌有龍蹄瓜、女臂瓜，見《廣志》。

《禮記》：「爲天子削瓜。」又：「天子樹瓜華。」即今之西瓜也。劉楨賦：「藍皮密裏，素肌丹瓤。」陸機賦：「東陵出於秦谷，桂髓起於巫山。摛文抱緑，披素懷丹。」豈王瓜、甜瓜之可比乎！李嶠詩：「龍蹄繞珠履，女臂動金花。」用事甚僻，惜未有注之者。《五代史》謂其種得於胡嶠。洪忠宣、王弇州紛紛置論，皆可不必。道經曰：「世有神瓜，則飲食可廢。」《本草》曰：「一名水芝。」楨賦又有「日踰萍實，冷亞冰圭」之句。《類函》所引劉峻《送橘啓》，乃用楨語也。

蒲萄

蒲萄産於西域，博望侯始携種歸。有所謂「馬乳」者，大如琴軫，其味尤佳。長條之下綴以柔絲，蓋一本而二實。細者即俗呼「瑣瑣」也。余在湟中，趙勇略嘗以此相餉，因歎物非親見，未易悉其形似。韓昌黎詩：「若欲滿園堆馬乳，莫辭添竹引龍須。」陳一廉詩：「未誇馬乳堆枝上，先喜龍鬚引架長。」鄭元祐《題温日觀畫蒲萄》詩用之。

錦竹

梅宛陵集有《錦竹》詩曰：「雖作湘竹紋，還非楚�質。化龍徒有期，待鳳曾無實。本與凡草俱，偶親君子室。」自注云：「草也，似竹而斑。」按：老杜有《從韋二明府覓錦竹》詩，黄鶴云：「其皮似繡，或曰即錦竹也。」但有「亭亭蒼翠拂波濤」之句，斷非草本可知。揚雄有《錦竹頌》，蔡夢弼注：「産漢洲紫巖山。」自是二種。

竹爐

張亨父《詠竹爐》詩：「霜根不着冶煙侵，小石屏前伴素琴。虚碧暖含沉水玉，古斑清傲博山金。風微篆裊湘雲細，月冷煤添嶰雪深。銀葉有香勤續火，莫教灰却歲寒心。」李西涯嘗稱太倉天才敏絶，人莫敢攖其鋒。有《滄洲正續集》行世。

水碓風罏

岑嘉州詩：「岸花藏水碓，溪竹映風罏。」寫景閒曠，脱盡兜牟氣色。又：「野罏風自爇，山碓水能春。」雖語意似乎重複，然前二句眼在實字，後二句眼在虚字，并存可也。賈長江易上一語，而用其下句；白香山則兩句全用之。

二姓

雍陶《聞杜鵑》詩：「碧竿微露月玲瓏，謝豹傷心獨叫風。」以「謝豹」作杜鵑，用成都舊事。

張道濟詩：「高林帶雨楊梅熟，曲岸籠雲謝豹啼。」以「楊」、「謝」二姓爲對。顧逋翁詩：「白沙洲上江蘺長，緑樹村邊謝豹啼。」亦以二姓對。前一聯，《才調集》作張泌，爲是燕公手筆，疑未必有此體裁也。

楖栗

羅宏載曰：「僧人肩上擔瓢鉢衣囊之具也。」

蓮峰祥菴主句「楖栗横擔不顧人，直入千峰萬峰去」，蓋杖名也。唐詩俱作「栗」。范石湖「病憐楖櫪隨身慣，老覺屠蘇到手遲」，又作「櫪」。曾三異《因話録》曰：「雲水藏衣物之具，名『避秦』。出班、馬書。」二字甚新。

倒插句

庚子山《初晴》詩：「燕燥還爲石，龍殘更是泥。」此倒插句也。杜少陵五、七言俱有此法，無不工妙入神。若蘇頲「魚貫粱緣馬，猿奔樹息人」、昌黎「舞鏡鸞窺沼，行天馬渡橋」、香山「仙眉瓊作葉，佛髻鈿爲螺」、姚鵠「夜燈明雪牖，春夢閉雲房」、鄭谷「班雖沾玉筍，香不近金鑪」，皆雅練醒豁，略舉數條，以爲詩鵠。

宋人警句

方虚谷曰：「學詩者不於三十年間上溯下沿，窮探邃索，而徒追逐於近世之所偏，非區區所敢知也。」此言甚正，可爲救時良藥，不得以西江一派掩之。

唐人好詆六朝，而杜子美獨稱許之；明人頗譏兩宋，而方希古獨尊獎之。物盛則衰，時極而轉，大抵然也。余於六朝，既摘其麗句，以爲唐人嫡乳；今於兩宋，復采其尤雅者，以見一朝風軌。揣鑰捫鐘，當莫逃於具眼人也。林君復《山居》：「鶴閒臨水久，蜂嬾得花疏。」王元之《茶園》：「採近桐花節，生無穀雨痕。」《釋褐》：「位卑松在磵，俸薄菜經霜。」范文正《觀潮》：「長風方破浪，一氣自横秋。」《小隱亭》：「是非不到耳，名利本無心。」梅聖俞《山行》：「好峰隨處改，幽徑獨行遲。」《黔州》：「巖風來虎嘯，江雨過龍腥。」《春晚》：「鳩鳴桑葉吐，村晚杏花殘。」余安道靖《廣州西園》：「地含春氣早，月映暮潮生。」王介甫《泛江》：「地蟠三楚大，天入五湖低。」蘇子瞻《偶題》：「酒醒風動竹，夢斷月窺樓。」《緑筠堂》：「谷鳥驚碁響，山蜂識酒香。」黄魯直《春寒》：「夢中驚夜雨，醉裏度春寒。」唐子西《舟行》：「山轉秋光曲，川長暝色横。」程致道俱《山居》：「紙窗先得曉，布被最知秋。」汪彦章藻《過臨平》：「麥風能起柁，梅雨不鳴江。」王梅溪《燕竹》：「龍孫初迸處，燕子正來時。」《荼蘼》：「日烘香倍遠，雨浥韻尤清。」趙紫芝師秀《赴華亭》：「水程春有雨，海岸曉無山。」《桐柏觀》：「瀑近春風濕，松多曉日青。」翁靈舒卷《括蒼》：「不雨溪長急，非春樹亦新。」徐文淵璣《夏日懷友》：「月生林欲曉，雨過夜如秋。」戴景明昺《秋曉》：「草潤蛩聲滑，松涼鶴夢清。」范致能《醴陵驛》：「人稀山木壽，土瘦水泉香。」《道中》：「客愁無錦字，鄉信有燈花。」朱晦庵《梵天觀雨》：「讀書清磬外，看雨暮鐘時。」林德暘景熙《宿台州》：「霜增孤月白，江截亂峰青。」《新昌》：「山痕經燒黑，土脈入泉紅。」回視六朝，似有秋月春花之别。子瞻《自嶺外歸》：「浮雲時事改，孤月此心明」，陳簡齋《渡江》：「雨餘吴岫立，日照海門開。」吴正仲：「木落千山瘦，天高一雁横。」張文潛：「春雲藏澤國，夜雨嘯山城。」謝臯羽：「戍近風鳴柝，江空雨送船。」

七言警句

六朝駢儷之句，書不勝書；若七言，則唐人獨擅矣。使必祖唐而祧宋，是徒知大宗之主器，而不知旁支分派亦有當璧之時也，其可乎？間摘數條，以附五言之例。徐鼎臣鉉《送陳秘監歸泉州》：「三朝恩澤馮唐老，萬里鄉關賀監歸。」《夢遊》：「窗前人静偏宜夜，户内春濃不識寒。」《新居》：「清風不去因栽竹，隙地無多也鑿池。」王元之《題李中舍公署》：「閑拖屐齒防横笋，静拂琴牀有落花。」韓稚圭琦《康樂園》：「樹密只喧閒鳥雀，臺高猶得好山川。」梅聖俞《東溪》：「野鳧眠岸有閒意，老樹着花無醜枝。」張復之詠《貽傅逸人》：「門連酒舍青苔滑，路近沙汀白鳥飛。」又：「微風吹雨雁初下，落葉滿堦蟲正鳴。」王介甫《金焦》：「天末海雲横北固，煙中沙岸似西興。」《清暉閣》：「水涵尊俎清如洗，山染衣巾翠欲流。」孔毅甫平仲《西軒》：「樹影轉簷碁未散，荷香飄枕夢初回。」張文潛《夜》：「寒生疏牖人無夢，月過中庭樹有霜。」米元章《甘露寺》：「兩州城郭青烟起，千里江山白鷺飛。」徐仲車積《和路朝奉》：「朝衣脱後常耽睡，野史修成或借書。」王盧溪廷珪《東村》：「鳥不住啼天更静，花多晚發地應偏。」朱韋齋松《招友生》：「讀書有味虀鹽好，對境無情夢寐清。」范致能《入秭歸界》：「幽禽不見但聞語，野草無名都着花。」《鄂州》：「漢樹有情横北渚，蜀江無語抱南樓。」趙紫芝《送翁卷》：「小雨半畦春種藥，寒燈一盞夜修書。」方巨山嶽《平山堂》：「非無煙雨無奇語，自有乾坤有此山。」《旅思》：「兩戒山河饒虎落，五湖煙水欠鴟夷。」林德暘《元日》：「江湖舊夢衣冠在，天地春風鼓角知。」《栝州》：「沙鷗欲近如招隱，關樹無多亦厭兵。」何巖叟夢桂《感遇》：「江山有恨留青史，天地無情送白頭。」高菊磵翥《天衣寺》：「山向馬頭回禹穴，溪分燕尾入雲門。」沈必先與求《即事》：「經從野店初嘗筍，行盡江村始見梅。」晁叔用沖之《送王敦素》：「緩歌《玉樹》翻新曲，趣入金鑾續舊書。」若此之類，聊見一班。若歐、蘇、楊、陸諸公，當於全集中求之，不多贅也。

句讀

趙撝謙《考古臺》詩：「誰云沈約知音甚，未許揚雄識字多。」

山谷《和晁仲考韵》：「編名混甲乙，謄寫失句讀。」轉音當作「逗」。下云：「絺布澀難縫，快意忽破竹。」以「讀」字與「竹」字押韵，乃江西宗派也。黄文節有《正集》、《外集》、《别集》，凡九十七卷。其《退聽堂詩》則在陳留時自編者。

蟬聯

詩有一題數首，次章起句即從首章結句蟬聯而下者。《三百篇》後，始於曹子建《贈白馬王彪》，「我馬玄以黄」，即繼曰「玄黄猶能進」，凡五六見。謝康樂《與惠連》詩「汀曲舟已隱」，下曰「隱汀絶望舟」；張正見《藉田》詩「旌門擁玉輦」，下曰「玉輦帶非煙」；楊素《與薛播州》詩「應思北風路」，下曰「北風吹故林」，皆祖其格。袁清容《送馬伯庸奉使西河》八首，排比尤嚴。

定文

丁敬禮嘗謂曹子建曰：「文之佳惡，吾自得之。後世誰相知定吾文者耶？」憶癸亥秋，遇吳聽翁於嶺南，屈指菇城接席，時已閱十五年矣。辱以《藝香詞》謬誘，而次君彤本復以《西瀛全集》索序。明年秋，同赴星沙，分韵拈題，略無虚日。嗣此南舟北馬，聚散無期。迨戊寅，次兒晟復遇彤本於珠江，以見懷一首遥寄。名父之子，委頓風塵，且手札有「錯認顔標」之語，懷袖三年，曷勝於邑。詩曰：「廣平十載信常訛，到處聞歌唤奈何。才子難逢甘退老，英雄無命托禪多。悲涼道路秋風客，少壯功名春夢婆。喜見神駒頭角勝，好參繡佛樂巖阿。」彤本有子曰愷三，幼即能詩。余爲序於菰蘆別業。

百一

應璩謂曹爽曰：「公今聞周公巍巍之稱，安知百慮有一失乎？」李充《翰林論》曰：「休璉五言詩百數十首，以風規治道，蓋有詩人之旨。」孫盛《晉陽秋》謂「百三十篇」，張方賢《楚國先賢傳》謂「一百一篇」。然世所傳者，僅「下流不可處，君子慎厥初」一篇見諸《文選》，本集有三首。餘若「細微可不慎，隄潰是蟻穴」之類，係之《雜詩》。《樂府廣題》曰：「『百』者數之終，『一』者數之始。士有百行，終始如一，故曰『百一』。」張天如曰：「休璉歷事二主，喉舌可舒，而世無賞音，嗟乎，命也！」休璉《三叟詩》古朴有味，而世人以淺近忽之，是以美疢當惡石也。

雲營

胡元瑞評少陵絶句，引岑嘉州「丈夫鵲印摇邊月，大將龍旗掣海雲」，并「洗兵魚海雲迎陣，秣馬龍堆月照營」四語，以爲雄渾高華，後世咸所取法。仇氏《詳注》云：「胡氏所引岑參《凱歌》，『雲』、『營』不同韵，蓋悞記兩首爲一章耳。」余按：胡氏原引岑詩，以爲對結之證，未嘗合爲一章也。

龔尚書

合淝龔尚書工於鍊字。「櫓柔輕白浪，山妙領黄昏」、「樹痕奔峽口，石氣盪天門」、「草樹封樵徑，魚龍散櫓聲」、「霧密峰全動，帆輕壑半吞」、「問俗浮兵氣，還山狎浪花」、「虎氣凌孤柝，蛩聲駐早秋」、「花凌晴壑秀，鳥逼暮天青」、「客破藜牀夢，杯偷竹葉春」，皆入粤詩。徐蕢村學士語余曰：「尚書嘗因休沐，將偕余輩出遊，時微疾初起，三夫人各有所戒。甫駐車，即信口吟曰：『閨中密受三章約，飲酒遊山莫作詩。』遂於是年薨背云。」

越窑

晉杜毓《荈賦》：「器澤陶揀，出自東甌。」蓋甌，越也。陸羽《茶經》曰：「盌，越州爲上。」是龍泉窑。

陸魯望詩：「九秋風露越窑開，奪得千峰翠色來。如向中宵承沆瀣，共嵇中散鬭遺杯。」所謂秘色窑器「雨後晴天色」者，世傳柴皇帝始重之。或謂錢氏有國，越州燒進，臣庶不得擅用。然唐人已有此詩，則知不始於五季矣。《松陵集》又有「越甌犀液發茶香」之句。《齊書》：「何點隱居鐘山，竟陵王子良遺以嵇叔夜酒杯、徐景山酒鐺。」魯望《酒杯》詩起句曰：「昔有嵇氏子，龍章而鳳姿。」結句曰：「兹器不復見，家家惟玉巵。」中散遺杯，陸氏或見之耶？又一首曰：「製爲酒中物，恐是琴之餘。頹然擲林下，身世俱何如？」似又非窑器矣。

琉璃河

琉璃河，宋敏求《入番録》作「六里河」。范石湖云：「又名劉李河。」袁小修詩：「飛沙千里障燕關，身自奔馳意自閒。日暮郵亭還散步，琉璃橋上看青山。」按：劉鄩與李晉王夾河大戰，或稱「劉李」亦是。

金鼇山

台州臨海縣祥符寺法堂有宋高宗御座，蓋建炎三年十二月幸金鼇山之遺跡也。先是，有人題詩於壁曰：「牡蠣灘頭一艇横，夕陽多處待潮生。與君不負登臨約，同向金鼇背上行。」高宗以爲詩讖，求其人不可得。所御竹榻，寺僧以黄帕覆之。復有詩壁間曰：「黄帽當年駕舳艫，東浮鯨海出三吴。中興事業風波惡，好作君王座右圖。」亦不著姓氏。

白馬篇

朱文公曰：「舉世無忠義，這些正氣忽自施全身上發出來。」其稱許如此。

劉静修《白馬篇》云：「白馬誰家子，翩翩秋隼飛。袖中老蛟鳴，走擊秦會之。事去欲名留，自言臣姓施。」此詠衆安橋事也。末云：「惜此博浪氣，不遇黄石師。」以留侯擬之，似乎太過。或如王著殺阿哈馬於殿下，亦可雪萬夫之憤也。詩詳《容城遺稿》。

蘿村歌

蘿村於己未以博學鴻儒與吴慶伯農祥、徐仲山咸清、朱敬身士曾同赴館試。

甲寅之變，山賊蠭起。明年秋七月，猝至倉塘。時羅宏載坤遭母喪，獨守柩側。賊渠感其誠，揮梟去。蒲城吴天章雯聞其事，作《蘿村歌》：「蘿村孝義今所無，母死迸血雙眼枯。賊來寢苫不肯去，生兒甘與死母俱。里閭奔散巷井寂，比隣空屋鵂鶹呼。忽然騰躍白刃至，果有群賊争紛拏。蘿村意定神不渝，眼視獰賊如孤雛。無言端拱繐帳側，雞骨但用青藤扶。豈知忠信格金石，頓令異類皆欷嘘。有賊有賊泣呱呱，君今大孝皇天愉。健馬不踏君園舍，快刀豈犯君頭顱。君但守母我自去，人心盜賊皆難誣。我聞此語重感激，服膺百拜精誠攄。生亦不羡萬户侯，生亦不敬大金吾。富貴要津徒赫赫，寸心偏折煢煢孤。小人有母在中條，中年守志遭艱虞。少小不知盡禮養，隱然負罪心如瘏。既壯一貧只如此，東西南北無良圖。常恐母衰養不及，人生反不如烏烏。吁嗟乎！人生反不如烏烏。」天章有《連洋集》，陳其年太史序之行世。而此歌作於江南客次，宏載嘗以手蹟見示，因録之爲人子勸。是年六月，余自侍御舅宅徙居墨蓮巷。七月，郡城戒嚴，時太夫人在堂，余扞禦城上，不敢聲言賊勢。會提標以援師至，蹴賊於陶堰，而郡守許公亦督兵力戰，賊遂潰。余賦《東陽太守行》紀其事。

隱士僧房

孟東野《懷南岳隱士》詩：「飯不煮石吃，眉應似髮長。楓狸揞酒甕，鶴蝨落琴牀。」「狸」，或作「根」。枯寂之狀，一一畫出。又有《宿僧房欲登高閣》詩，其起句曰：「欲上千級閣，問天三四言。」其落句曰：「一寸地上語，高天何由聞。」即古樂府「佇立吐高吟，舒憤訴穹蒼」之意。沈君烈詩：「四野天圍圓似甕，幾人呼透甕中音。」

散花天

高季迪《賦得真娘墓送蟾上人之虎丘》結句云：「高僧方宴坐，身在散花天。」此從宋延清《浣紗篇與陸上人》脱化得來，較諸「携妾不障道，來止妾西家」尤韵。

債主醉人

李播《見志》詩：「去歲買琴不與價，今年沽酒未還錢。門前債主雁行立，屋裏醉人魚貫眠。」情真景真，讀之令人失笑。立者自立，眠者自眠，世間那得此賢債主哉！赧王之臺，可以不設。

歸思即事

王弇州《歸思》詩：「躬如韋杜長宜曲，跡似湘山盡可疑。」茅石民《即事》詩：「諸將朱提消貝錦，群豪白骨間青娥。」皆身經目擊而得之者。王語隱而謔，茅語憤而悲。按：「朱提」音「殊持」，此借對耳。

雁重蠶寒

庾肩吾有《賦得嵇叔夜》詩：「雁重翻傷性，蠶寒更養身。」戴滄州曰：「『雁重』、『蠶寒』，唐人那敢下。」按《養生論》云：「形恃神以立，神須形以存。」「性」字、「身」字從「形」、「神」想出。

秋蘭十二月

蘇子卿《贈李陵》詩：「燭燭晨明月，馥馥秋蘭芳。」繼以「寒冬十二月，晨起踐嚴霜」，蓋漢之十二月，乃今之九月也。武帝太初元年，始改夏正。《史記・李將軍傳》云：「天漢二年，陵從貳師將軍將射士步兵五千，出居延北，戰敗而降。」然遣中郎將蘇武賂單于在天漢元年，是武被留在前，而陵出兵在後。自太初丁丑距天漢辛巳已歷五年，贈答之時，難以臆斷。

天一隅

武詩四首，確是送陵之作。惟陵與武三首，一則曰：「風波一失所，各在天一隅。」再則曰：「行人難久留，各言長相思。」三則曰：「嘉會難再遇，三載爲千秋。」則又明明是送武歸朝而已身獨留也。于密菴謂是送武出使之詩。然太史公與蘇、李同時，其出使、從軍年月井井，特以世遠人湮，無從辨其酬倡，不僅「河梁」二字起人擬議也。

避世

《河圖要元篇》曰：「勾金之壇，其間有陵。兵病不起，洪波不登。」《焦氏易林》曰：「四嶽、三塗、陽城、太室，神仙所居，無有兵革，皆避世處也。」

「燕南垂，趙北際，中央不合大如礪，惟有此中可避世。」《後漢書·五行志》曰：「獻帝初童謡。公孫瓚以爲易地當之，遂徙鎮焉。建安三年，袁紹攻瓚。瓚敗，引火自焚。」「不合」二字妙甚，言此中僅可避世，非可藉以弄兵也。東坡《送梁左藏赴莫州》起句用之，易「中央」二字爲「其間」。

長生

《吴書》稱融父兄質素，而融獨爲奢綺。其去「蘆葦單衣篾鈎落」者幾何。

孫亮時，公安有童謡云：「白鼉鳴，龜背平。南郡城中可長生，守死不去義無成。」明年，諸葛恪敗，其弟融鎮公安，刮金龜屑服之而死。避世而世不肯避，長生而生不可長。潢池三窟，可爲炯戒已！

鎖夢

沈約詩：「夢中不識路，何以慰相思？」用張敏、高惠故事。齊己反其語曰：「重門不鎖夢，每夜自歸山。」趙令畤乃隱栝二意，填入《烏夜啼》詞。岑參詩：「關門鎖歸路，一夜夢還家。」又在己公之前。

簪花

東坡詩：「人老簪花不自羞，花應笑上老人頭。」康節詩：「花見白頭人莫笑，白頭人見好花多。」讀前句，當作陶公「宜惜分陰」之想；讀後句，當具《唐風》「且以永日」之心。

三百顆

王右軍書帖子云：「奉橘三百顆，霜未降，不可多得。」韋蘇州詩：「書後欲題三百顆，洞庭更待滿林霜。」正用其語。

妥貼

諺語「妥貼」，猶愜當也。王逸《楚詞序》：「事不妥貼。」陸機《文賦》：「或妥貼而易施。」張遜《上隋文帝表》：「幅員暫寧，千里妥貼。」韓昌黎詩：「安置妥貼平不頗。」又「妥貼力排奡」，出此。

虀芽

庚翼與人書：「小兒輩賤家雞，愛野雉，皆學逸少書。」

劉夢得《酬柳子厚》詩：「柳家新樣元和脚，且盡虀芽斂手徒。」柳復以詩報之曰：「世上悠悠不識真，虀芽盡是捧心人。」劉意蓋謂諫議書法此時方有盛名，柳與同宗，所有書帖必盡付愛女，故前示孟、崙二童有「臨池尋已厭家雞」之句；柳則謂吾雖有女，不堪效顰西子，那能如官奴之付《樂毅論》乎！「虀芽」二字出相書。「官奴」，子敬小字。丙午於雲中旅次得董華亭手書二詩。其一：「松風謖謖度霜臺，好及膺門御李來。」其二：「白門朱户總悠悠，中有王孫静者流。」皆容臺贈行作。又甲寅之亂，有汛兵歸自楓溪，出華亭所書《滕王閣序》求售，余以青蚨三貫得之。後有華亭自跋，略云：「昔昌黎欲讀滕王閣三王之文，則知當時故有石刻，默而詞丈歸南昌，謀復之，因書此以塞其請。」又有楊龍友一跋，略云：「無垂不收，無往不復，此思翁書法心印經也。」前詩爲王友韓持去，後序并仇十洲《列女圖》一軸，亡友沈孟發借觀於京邸，并致沉没，至今不無遺憾也。

檳榔

俞益期《與韓康伯牋》：「檳榔大者三圍，高者九丈。葉叢樹端，房結葉下，花秀房中，子結房外。」《南史》：「劉穆之爲丹陽尹，令廚人以金盤貯檳榔一斛，送妻之兄弟。」太白《玉真公主館贈張衛尉》詩：「何時黄金盤，一斛薦檳榔。」正用其事。但玉真既云入道，豈張卿曾尚之於先耶？按：上元元年，李輔國遷上皇，并出玉真公主。是玉真猶在肅宗之朝。公主字持盈。蘇子瞻《食檳榔》詩：「面目太嚴冷，滋味絶嫵媚。牛舌不餉人，一斛肯多與。乃知見本偏，但可酬惡語。」原案檃栝已盡。「牛舌」則用劉孝綽《有人乞牛舌乳不付因餉檳榔》詩事。

萊字

宣和間，景靈宫落成。御製詩有「萊」字韻，應制者多不叶，獨鄭達甫所作云：「殿上神光瞻舜禹，壁間俊氣識伊萊。」不獨冠絶一時，且於落成穩貼。

點字

老杜《秋興》詩：「幾回青瑣點朝班。」樓鑰引束晳《補亡詩》「鮮侔晨葩，莫之點辱」、左思《唐林贊》

「二唐潔已，乃點乃污」，謂「點」與「玷」同。齊陸厥《答內兄顧希叔》詩：「屬叨金馬署，又點銅駝門。」按太史公《報任安書》：「適足以見笑而自點耳。」當從此出。焦弱侯謂「點」如「點軍」之「點」，王建詩「殿前傳點各依班」是也。「晨葩」，注：「舜也。」即木槿。《廣記》謂之「日及」。

青白

王右丞詩：「一從歸白社，不復到青門。」起句已用「青」、「白」二字，腹聯更用「青菰臨水映，白鳥向山翻」，似是偶然誤用。而徐子能乃謂「大手筆，人不嫌重複」，未免矯枉過正。徐名增，有《而菴詩說》行世，其論排律獨佳。右丞又有「未能舍餘習，偶被世人知。名字本皆是，此心還不知」，二「知」字義同而疊下，較諸二「馬」字更甚。又《送朝集使》「褰帷向九州」、「垂象滿中州」，二「州」字義亦同。

分頂互承

少陵「吹笛秋山風月清」一首，頸聯分頂「風」、「月」二字；「春日春盤細生菜」一首，頸聯互承「盤」、「菜」二字。此則另一詩格，實肇端於崔灝之詠黃鶴樓也。

聞落葉

李堎字公起，耳聾而瘖，有《盟鷗集》。曹能始合唐汝詢，作《二異人傳》。

唐汝詢《夜别陸長倩》詩起句曰：「悵别高樓酒易醒，坐聞落葉滿沙汀。」用一「聞」字，自供任耳而不任目已。下云：「春來倘憶同遊地，無限垂楊夢裏青。」看垂楊於夢裏，總是暗中摸索之景。昔人謂孟襄陽「春眠不覺曉」之什是一瞎子，吾讀仲言詩而益信。仲言七歲而瞽，家人口授以書，其後遂能著述。《唐詩解》一編語雖敷淺，而平易近人，亦可謂能自壽者已。世有雙眸炯炯而飽食終日者，吾不知其何心。

詠時禽

陸機《悲哉行》曰：「傷哉客遊士，憂思一何深。目感隨氣草，耳悲詠時禽。」「詠」字逸甚，與「啼」字、「嘶」字更别。韋莊云：「蜂簇野花吟細韵，蟬移高柳咽殘聲。」之二蟲又何知。

腹中知

陳叔度《秋夜曲》：「悔却與歡期，空房香燼時。那能如賓鴨，冷暖腹中知。」陳名鴻，侯官人。少寒微，無有物色之者。曹石倉招入社，名其詩曰《秋室篇》，取昌谷詩「秋室之中無俗聲」也。

上邪

漢樂府有《上邪》篇，一作「雅」。愚意古「邪」、「耶」通用。味全篇語氣，首二字一讀，有疑而訊之之意。何承天擬此篇云：「上邪下難正，衆枉不可矯。」則竟作「邪正」之「邪」矣！《上陵》、《石流》諸篇，尤難理會。

壯士

太白《留别》詩：「空名束壯士，薄俗棄高賢。」《送族弟》詩：「空手無壯士，窮居使人低。」前句「束」字，後句「低」字，合看始見憤世嫉俗之情。

高深

襄陽集有《示孟郊》詩一首曰：「當時高深意，舉世無能分。鍾期一見知，山水千秋聞。」處士終於開元二十八年，東野生值永、元之世，相去已百餘歲。有云誤編入者，是已。香山集有《聞貫休下世》詩。按：樂天著名長慶，而禪月出世在大順間，相去七朝。若云「下世」，當屬百年之外矣。

客遊

唐人送别詩盈千累萬，而《陽關三疊》獨譜絃歌，以其聲情俱到也。丁卯春，余偕岫菴將赴靈武，時祖員外廣淵率其長公中江，張别春明門外，執手低徊，不勝於邑。因誦王子安「客心懸隴路，遊子倦江干」之句，於途次各賦十章，寄呈中江。由今計之，已十八年矣。是役也，李都護以名馬畀余。二人至無定河，余單騎亂流而濟，岫菴爲之咋舌。迨癸酉，訪中江於婺源，適岫菴令嗣在坐，因以畫册遥寄，并序中江《竹枝詞》。今中江分府靈州，磨厓之句，或當見之也。

小步馬

《漢書・西域傳》：「烏桓出小步馬。」師古注曰：「小，細也。」孟康贊曰：「種小能步，百步千跡。蹄堅如鐵，善於涉磧。」韓昌黎詩：「横飛玉盞家山曉，細蹀金珂塞草春。」可拈似之。

騾馬《明紀》：「成祖北征，金幼孜墜馬鞍裂。楊榮以所乘馬讓之，自乘騾馬。」

牛馬不鞍而騎曰「騾」。令狐楚詩：「少小邊州慣放狂，騾騎蕃馬射黄羊。」元魏制：婦人妬者乘騾牛狗部中。

柳亭詩話卷十九終

柳亭詩話卷二十

山陰宋長白纂

五鳳樓

韓浦與弟洎俱有才學。洎嘗曰：「吾兄爲文，繩樞草舍，僅庇風雨而已；吾之文直是修五鳳樓手。」浦聞之，因遺以蜀牋，題詩曰：「十樣鸞牋出益州，新來寄自浣溪頭。老兄得此全無用，助汝添修五鳳樓。」洎矜而浦謙如此，可謂怡怡自得矣。眉山之「卯君」，弇州之「小美」，世間那得如此雁行？洎雖浪用火攻，猶勝於壁蝨、溪魚之類也。

秋霞影

代州壽寧寺有劉海蟾古詩十韵：「醉走白驢來，倒提銅尾秉。引過碧眼奴，擔着獨壺癭。自言秦世事，家住葛洪井。不讀《黄庭經》，喜燒龍虎鼎。獨立都市中，不受俗人請。欲携霹靂琴，去上芙蓉頂。吴牛買十角，溪田耕半頃。種秫釀白醪，便是仙家景。醉卧古松陰，閑立白雲嶺。要去即便去，直入秋霞影。」題云「廣寧閒民劉操書。」元遺山云：「此詩宋日皞子西曾次韵。」子西於詩，號爲專門極力，曾未能仿佛，仙材凡筆，固自不同。世俗所傳劉翁入道詩，所謂「予因太歲生燕地，十六早登科甲第」者，吾知翁碧眼奴亦當羞道之矣。今全真家推翁爲祖，翁之姓名鄉里且不能知，況其道乎！

翠毦

陳繼儒《群碎録》：「毦，音餌，羽衣也。一名兜鍪。」

劉先主好結毦，或曰以髮爲之，巾幘類也。梁武帝《銅鞮歌》：「龍馬紫金鞍，翠毦白玉羈。照耀雙闕下，知是襄陽兒。」則又似可飾以翠，若「五就」、「七就」之盤纓也。庾子山詩：「金羈翠毦往交河。」《蜀志》：「有人送犛牛尾，玄德手自結之。」又孔明《與兄書》曰：「先帝帳下白毦，西方上兵也。」又《答孫權書》曰：「所遺白毦薄少，重見辭謝，益以增慚。」《齊書·扶南傳》：「白銀兜鍪孔雀毦。」《韵會》謂兜鍪上飾者爲是。

屠酥

孫思邈有「屠酥」酒方，亦作「屠蘇」，謂屠絶鬼氣，蘇醒人魂也。

服虔《通俗文》：「屋平曰『屠酥』，或曰『草庵』。」蕭子雲《雪賦》：「没屠酥之高影。」則是屋也。又大帽名「屠酥」。晉人謡曰：「屠酥障日覆兩耳。」則是帽也。劉孝威詩：「插腰銅匕首，障日錦屠酥。」乃用晉謡。後人釀酒於草庵，因借以名酒。

椒柏

崔實《四民月令》曰：「元日進椒柏酒，却病延年。尊卑次列，以年少者爲先。」庾開府詩：「柏葉隨銘至，椒花逐頌來。」裴夷直詩：「自知年紀偏應少，先把屠穌不讓春。」

棗楊

楊升菴《與張禺山千里面談》載宗懍《春望》詩：「都尉新移棗，司空始種楊。」注云：「漢人尹都尉著《種植書》，中有『棗鼠耳』、『槐兔目』之語。《淮南子》：『二月之官司空，其樹楊。』」用字稍僻，故須略注。

巡撫

明宣宗《賜許廓巡撫河南》詩：「爾有敦厚資，其往勤撫字。諮詢必周歷，毋憚躬勞勣。」

王子安《春思賦》：「寧知漢代多巡撫。」虞永興《奉和長春應令》詩：「如何事巡撫，民瘼諒斯求。」「巡撫」二字始見於此。垂拱五年，以狄仁傑巡撫河南；明正統十一年，復以于謙巡撫河南、山西，是皆求民瘼者也。王猛《辭位表》：「總督戎機，出納帝命。」「總督」二字亦有本。

都護

盧綸《送鮑中丞》詩：「專幕臨都護，分曹制督郵。」蓋不分文武，因事兼充也。元和中，馬總自刺史遷都護，從經略觀察使，可據。

《漢書·鄭吉傳》：「威震西域，遂并護車師以西北道，故號『都護』。」王褒《燕歌行》：「隴西將軍號都護。」始見於詩。《唐書》：「貞觀十七年，置安西都護府，于闐以西、波斯以東十六都護府隸焉。」老杜《高都護驄馬行》結句云：「青絲絡頭爲君老，何由却出横門道。」按：仙芝以天寶六載破小勃律，建立邊功。此時罷閒京邸，故借馬以諷，言長才棄却，爲可惜也。宋武帝《丁旿歌》又在王褒之前。

蒲杏

儲光羲詩：「蒲葉日已長，杏花日已滋。農人要看此，貴不違天時。」按王融《策秀才文》：「杏花蒲葉，耕穫不愆。」徐陵《侯安都碑文》：「望杏敦耕，瞻蒲勸穡。」「蒲」，謂菖蒲也。《吕氏春秋·任地篇》：「冬至後五旬七日，菖葉生，乃耕。」昌谷《正月》詩：「早晚菖蒲勝綰結。」「杏」字，《詩歸》誤作「荇」。

烏鬱

陳藏器《本草圖》曰：「菰首小者，擘之，内有黑灰如墨，名烏鬱。」庾肩吾詩：「黑米生菰葑，青花出稻苗。」少陵《秋興》用之。

緑林

《後漢・劉玄傳》：「諸亡命藏於緑林。」注謂地在荆州當陽縣。自李涉博士《宿井欄砂》有「緑林豪客夜知聞」之句，後人竟稱此輩爲「緑林」，不知於當陽土著作何位置？錢仲文詩：「誰知緑林盜，長占彩霞峰。」説出「盜」字爲妥。

黠吏豪民

劉孝綽詩：「黠吏本須裁，豪民亦難御。」不讀《酷吏》、《遊俠傳》，不知此語之妙。至老杜云：「必若救瘡痍，先應去蝥賊。」則又有拔本清源之法。

關西渭北

岑嘉州《送李太保》詩：「弓抱關西月，旗翻渭北風。」《寄嚴許二山人》詩：「雲送關西雨，風傳渭北秋。」用意用事全同，而自有虚實相生之法。前二句以襯貼見妙，後二句以掩映生姿。嘉州又有「雨過風頭黑，雲開日脚黄」、「苦戰邊城黑，防秋塞草黄」，「黄」、「黑」二字疊見。解大紳「天連銅柱蠻煙黑，地接朱厓海氣黄」，鄭翰卿「磧上陰雲連塞黑，關門落日帶沙黄」。

黄　沙

沈雲卿《移禁司刑》詩：「白簡初心屈，黄沙始望孤。」「黄沙」，獄名。晉武帝置司徒高柔次子光爲黄沙御史。雲卿以考功郎得罪，遂有驩州之謫。曰「屈」、曰「孤」，疑有人以主之耳。駱義烏《獄中》詩：「青陸春初動，黄沙旅思催。」老杜亦用之。李公垂有《追昔遊詩》三卷，備紀被謫之由，自注其下，較雲卿更爲憤恨。詩人忠厚之意，掃地盡矣。

六皇帝

元微之《連昌宫辭》：「爾後相傳六皇帝，不到離宫門久閉。」林西仲曰：「肅宗後，止代、德、順三宗，便傳憲宗，『六』字疑悮。或曰自明皇算起，恐『爾後』字説不去。」其總評曰：「前半可作天寶以後小史，後半可作小史論贊。」

千金公主

千金公主者，後周宇文氏女，嫁爲突厥沙鉢略妻。隋滅周，隨其夫歸朝，改封大義公主。及平陳，以叔寶屏風賜之。公主自傷宗祀絶滅，寫詩於屏曰：「惟有《明妃曲》，偏傷遠嫁情。」保身勝於樂昌，感激比於南陽，寧得謂「白沙在泥，與之俱黑」耶！千金詩本石季倫《明君詞》：「傳語後世人，遠嫁難爲情。」

桃花夫人 劉文房、施希聖皆有詩。

「細腰宫裏露桃新，脈脈無言幾度春。畢竟息亡緣底事，可憐金谷墜樓人」，此杜紫微《過桃花夫人廟》詩也。夫人爲息嬀，《左傳》載之甚詳，所謂「生堵敖及成王」者。而《列女傳》謂楚王出遊，嬀潛見息侯而死，不知何據。王右丞詩亦有「看花滿眼淚，不共楚王言」之句。今其廟在益陽，即唐之新康洲。余嘗雨中過之，聞隔岸簫聲，作《御帶花》詞以紀其事。韓范《左傳評》曰：「蔡禍始於息，而息禍亦從之，亡蔡滅息而又殺子元焉。夏姬之外，又一不祥人矣。」

阿最

李群玉有《龍安寺佳人阿最》詩八首，蓋詠小尼子也。聲口都作《子夜》、《讀曲》體。至云：「不是求心印，都緣受緑珠。何須同泰寺，然後始爲奴。」律以梵網，當得波逸提罪，不僅「十五嫁王昌」之無禮也。以佳人屬寺，更奇。

天女帶香

皎然《答季蘭》詩：「天女來相試，將花欲染衣。禪心竟不起，還捧舊花歸。」用革囊弊惡人故事，參以《浄名經》。曹鄴《雜誡》詩：「帶香入鮑肆，香氣同鮑魚。未入猶可悟，已入當何如？」用釋迦示阿難魚茅香紙事。皆現身説法語，不得以「大用現前，不存軌則」掃之。皎然名清晝。季蘭，李冶也。

蕭鍊師

許郢州《贈蕭鍊師二十韻》有云：「曾試《昭陽曲》，瑶齋帝自臨。急宣求故劍，冥契得遺簪。」輿以鳳輦鴛衾，比以南山東海。殆女冠而供奉内廷，若寇天師之類者。至鼎湖一去，遂放還山耳。此首爲《丁卯集》中之冠。

十斛明珠

吴聽翁極喜丁卯詩，余嘗同舟自粤之楚，每口誦其警句云。

對屬親切，李廷彦《百韻詩》已有謔談，然在近體中何容抹殺。韋莊《題許渾詩卷》云：「江南才子許渾詩，字字清新句句奇。十斛明珠量不盡，惠休虚作碧雲詞。」山屋有知，可無憾於「荆樹」、「橘林」之議已。

長調

唐人用仄韻者，惟劉允濟《經廬嶽迴望江州》一首足與子山並傳。

庾子山《和張侍中述懷》詩：「陽窮乃悔吝，世季誠屯剥。」凡六十句，長調用仄韻，駢儷到底，無一懈字，真傑構也。唐人排律以宋延清爲第一，至高常侍、杜工部始多長調，若李公垂《過吴門二十四韵》、《到宣武三十韵》，白樂天《陽明洞天五十韵》，劉夢得《武陵書懷四十韵》，亦可稱中駟已。

生煙

謝康樂賦：「披宿莽以迷徑，覩生煙而知墟。」朓詩所本。

謝玄暉詩：「遠樹曖芊芊，生煙紛漠漠。」晏元獻謂作「生熟」之「生」，語乃健。按：劉禹錫「瀼西春水縠紋生」、王建「自別城中禮數生」、熊孺登「水生風熟布帆新」，皆宜如此看。

軍持

軍持，禪人汲水瓶也。《寄歸傳》曰：「甆瓦者浄用，銅鐵者濁用。」《西域記》名「捃稚迦」。放翁詩：「出門雙不借，汲水一軍持。」賈島詩：「我有軍持憑弟子，岳陽江裏汲清流。」「持」，或謁作「遲」；「不借」，草鞋也。

摻撾

太平興國時，淑獻《事類賦》一百篇，太宗嘉之，命注釋以行。

漁陽摻撾，乃禰正平故事。南唐徐鍇在秘書省，吴淑爲校理，凡古樂府「摻」字，淑多改爲「操」。

鍇曰：「非可一例。若『漁陽摻』者，七鑒反，三撾鼓也。古歌曰：『邊城晏開漁陽摻，黄塵蕭蕭白日暗。』」淑乃歎服。按庾信《擣衣詩》：「聲煩《廣陵散》，杵急《漁陽摻》。」已傳自六朝已。魏鶴山謂「摻」本作「操」，曹魏時改。愚意當改於黄初、太和間，未必始於正平作鼓吏時也。

藏橛

晏元獻於中書省壁書《上竿伎》詩，文潞公不能無疑。厓州於夏詩置之漠然，亦足多也。

藏橛者，即都盧、緣橦之類，俗謂踏桶戲也。丁謂爲玉清昭應宫使，夏竦爲判官。一日讌集，優人爲此伎。謂曰：「古人無詠藏橛。」竦即爲一絶曰：「舞袖挑珠復吐丸，遮藏巧便百千般。主公端坐無由見，却被旁人冷眼看。」蓋以諷厓州也。「橛」當作「撅」。《連昌宫辭》：「李謩擫笛傍宫墻，偷得新翻數般曲。」

三翼

三翼，戰船也，出《越絶書》。伍子胥水戰，兵法《内經》。張景陽《七命》曰：「浮三翼，戲中沚。」則泛指遊船矣。梁元帝詩「日華三翼舸」、張正見詩「三翼木蘭船」、元微之詩「光陰三翼過」，皆祖此。

上元

司馬温公居洛陽，值上元節，夫人欲出看燈。公曰：「家中點燈，不必出看。」夫人曰：「兼欲看人。」公曰：「我是鬼耶！」

上元然燈，或云沿漢祠太乙自昏至晝故事，至唐特盛，蘇味道所謂「火樹銀花合，星橋鐵鎖開」、郭利正所謂「爛熳惟愁曉，周遊不問家」是也。初止三、四、五日，後增十七、十六兩夜。《侯鯖録》謂京師上元放燈三夕，錢氏納土，因進錢買兩夜。豈唐以後又革去二日耶？太平興國時，三元不禁夜，上元御乾元門，中元、下元御東華門，則是宋時放燈不止于正月矣。李空同《觀燈行》：「正月十四十五間，有勑大駕觀鼇山。」引蔡京、蔡攸、李師師爲比。蓋借徽宗以諷武宗也。詳見《夢華録》。

耗磨日

唐人又以二至爲「窮愁日」。《六壬書》曰：「四離日也。」

正月十六爲耗磨日。張燕公詩：「耗磨傳兹日，縱横道未宜。但令不忌醉，翻是樂無爲。」又曰：「上日今朝減，流傳耗磨辰。但令不事事，同醉俗中人。」相傳是日市不交易，諸事盡弛，惟轟飲爲宜。今此習不復行矣。

送窮

唐人以正月下旬送窮。姚合詩：「萬户千門看，無人不送窮。」按《金谷園記》曰：「顓頊有子，性喜著敝衣。新者，裂而燒之乃著。以正月晦日死，葬曰『送窮子』。」韓昌黎、段柯古有《送窮文》。

中和

唐人以正月晦爲令節。李鄴侯請改用二月一日，號「中和節」，乃著令與上巳、九日爲「三令節」。吕渭和德宗詩：「皇心不嚮晦，改節號中和。」然則舊時以晦爲節，不知果何義也？吕渭或作王季友。

藏煙

桓譚《新論》：「太原以隆冬不火食五日。」是又不在清明矣。

寒食禁火，石勒嘗令除之。隋李崇嗣詩：「普天皆滅燄，匝地盡藏煙。」是雖除於後趙，而他未嘗改也。王劭修《起居注》，以上古有鑽燧改火之義，於是上表請變火，從之。元稹《連昌宫辭》：「初過寒食一百六，店舍無煙宫樹緑。」自注云：「火禁甚嚴。」按：《周禮》司烜氏「以木鐸修火禁於國中」，原以節宣天道，何必附會綿山也。相沿至元，始除其禁。

流觴

劉楨《魯都賦》：「素秋二七，天漢指隅。人胥祓禳，國子水嬉。」則曹魏祓除乃七月十四日。

流觴曲水，晉束晳對武帝，以周公成洛邑，因流水以泛酒；秦昭王飲河曲，金人奉水心劍爲據。乃《景龍文館記》曰：「四年正月晦，上幸滻水。」宗楚客應制詩：「御輦出明光，乘流泛羽觴。」則正月亦祓除，泛觴不必專在上巳也。此在德宗未改之先。周公謹曰：「上巳當作十干之己，如上辛、上戊之類。若首午尾卯，則上旬無巳矣。」按《史記·律書》：「巳者，言陽氣之已盡也。」則又當作「巳」。

五日

謝承《後漢書》曰：「陳臨爲蒼梧太守，以孝悌導人。後徵還，郡人以午日祠臨於東城門，令小童潔服而舞。」魏收《五日》詩：「因想蒼梧郡，兹日祀陳君。」此事僅見《齊書》、《初學記》，與祭屈作聯甚佳。

化生

《楞嚴經》：「卵胎濕化，是爲四生。」《北夢瑣言》：「大食國有化生人，乃樹上花形也。」

俗於七夕以蠟作嬰兒形，浮水中爲戲，曰「化生」，謂婦人宜子之祥。元稹《女樊》詩：「翠鳳輿真女，紅蕖捧化生。」薛能《宫詞》：「芙蓉殿上中元日，水拍銀盤弄化生。」袁桷《宫詞》：「天孫夜渡玉潢清，内托銀盤涌化生。」顧瑛《宫詞》：「後宫學做金錢會，香水蘭盆浴化生。」陳明卿曰：「本出西域，謂之『摩侯羅』。」三詩以清容爲確，薛、顧二君似誤指七月之望。

桂子

魏鶴山《巖桂》詩：「虎頭點點開金粟，犀首纍纍佩印章。」

駱義烏《靈隱寺》詩：「桂子月中落。」劉績《霏雪録》詳載其事。白香山詩：「偃蹇月中桂，結根依青天。天風繞月起，吹子下人間。」自注云：「杭州天竺寺有月中桂子。」按《漢武洞冥記》：「有遠飛雞，嘗含桂實，歸於南土。」蓋月路也。自此詩人多襲用之。績字孟熙，《續説郛》誤逸其姓名。

登高

登高不止重九。晉李充有《正月七日登剡山寺》詩，「命駕升西山，寓目眺原野」是也。張望爲桓温參軍，亦有《七日登高》詩。隋楊休之有《人日登高侍宴》詩。唐中宗景龍三年正月七日，御清輝閣，登高遇雪，宗楚客應制詩「九重中禁啓，七夕早春還」是也。韓昌黎有《人日城南登高》詩。石虎《鄴中記》有正月十五登高之戲。隋文帝亦於正月十五率近臣登高，時元胄不在，令馳召之是也。然則古人登高，初無定例。後人因費長房故事，遂相沿爲重九耳。魏文帝《與鍾繇書》：「九爲陽數，日月並應。俗嘉其名，故以宴享高會。」淵明詩：「日月依辰至，舉俗愛其名。」

大清明

將樂、歸化二邑，以三月爲小清明，八月爲大清明。展墓者或廢小，而不敢廢大。周觀察詩：「孤墳亦識歲時更，短竹齊挑八月籯。赤壤青松雪色紙，鏞州獨作大清明。」詳見《閩小志》。或曰將樂以十月三日爲小清明。

流澌

《說文》曰：「流冰爲澌。」字從「仌」，不從「水」。

《九歌·河伯》篇曰：「與女遊兮河之渚，流澌紛兮將來下。」注曰：「流澌，解冰也。」故李東川有「流澌臘月下河陽」之句。然東方朔作《七諫》，其《沈江》篇曰：「赴湘沅之流澌兮，恐逐波而復東。」世傳屈子以五日沉淵，何得此時尚有冰耶？

霧淞

「淞」音「送」，寒氣結木如珠，見晛乃消。齊、魯謂之「霧淞」。

曾南豐詩：「園林初日浄無風，霧淞開花樹樹同。記得集英深殿裏，舞人齊插玉籠鬆。」又《齊州冬夜》詩：「香清一榻氍毹煖，月淡千門霧淞寒。」或曰堅爲木介，霧淞召豐，木介召凶。

雲泥

戎昱詩：「山上青松陌上塵，雲泥豈合得相親。」近人帖子亦多用「雲泥」二字，而不知其所始。按東漢吴蒼《遺矯慎書》：「乘雲行泥，棲宿不同。」晉丁彬書：「雲泥異途，邈矣懸隔。」則其來也遠矣。

流浪

陶淵明《祭從弟敬遠文》曰：「余嘗學仕，纏綿人事，流浪無成，俱負素志。」鮑參軍《行路難》：「流浪漸冉經三齡，忽有白髮素髭生。」「流浪」二字出此。

他鄉

古歌：「高田種小麥，終久不成穗。男兒在他鄉，焉得不憔悴。」至情實境，何減「式微」、「行野」之篇。顏之推《家訓》曰：「殘杯冷炙之悲，戴安道猶遭之，況汝曹乎！」故知高適所云「世上何人不識君」、張謂「知君到處有逢迎」者，姑爲大言以自快耳，其實不堪回想也。

莫傜

老杜《歲晏行》：「漁父天寒網罟凍，莫傜射雁鳴桑弓。」按《隋·地里志》：「長沙郡有夷蜑，自言先世有功，得免征傜，故稱莫傜。」劉夢得有《連州臘日觀莫傜獵西山》詩。黄元鎮《莫傜行》曰：「千村　過如蝗落，婦滿軍中金滿槖。」蓋至順間嘗以土司應調，故其害如此。

華林

李空同《土兵行》因陳金而作。

正德間，江西華林峒賊反，都御史陳金檄田州岑猛從，征兵剽掠。民謡曰：「華林賊，來亦得；土兵來，死不測。黄狐跳梁白狐立，十家九家邏柴棘。」詳見田汝成《炎徼紀聞》。可見客兵之害與汛兵約束不嚴者，皆民生之大患也。

城隍廟

城隍原委詳見《水東日記》及何子容《辨論》，不止慕容儼鎮郢州事也。

羊士諤《城隍廟賽雨》詩有曰：「積潤通千里，推誠奠一卮。回飈經畫壁，忽似偃靈旗。」又曰：「零雨慰斯人，齋心薦緑蘋。山風簫鼓響，如祭敬亭神。」古人旱則舞雩，原無定所。後世既立城隍，遂爲一方司命。此二字《周易》有之，其創爲廟者，或曰江州祀灌嬰始也。杜詩：「壽酒賽城隍。」

社

《周禮》：「社祭五土之神，山林、川澤、丘陵、墳衍、原隰也。」丘光庭曰：「祭邦國鄉原之土神也。」

《風俗通》：「共工之子曰修，好遠遊，舟車所至，靡不窮覽，故祀爲社神。」嵇含《社賦序》曰：「漢卜丙午，魏用丁未，晉則孟月之酉。各因其運，三代固有不同。」然自唐以來皆屬里人醵會，無所謂遠遊與因運之説。王右丞詩：「婆娑依里社，簫鼓賽田神。」昌黎詩：「麥苗含穟桑生葚，共向田頭樂社神。」張演詩：「桑柘影斜春社散，家家扶得醉人歸。」

燒祠

陳監丞旅有《毁夷陵曹操廟》詩：「此地殷勤祠魏武，何人辛苦得荆州？」可與凝詩參看。劉中山詩：「曹操祠猶在，濡須塢未平。」《一統志》謂無爲州、和州俱有之。

徐凝有《浙西李尚書奏廢淫昏廟》詩，中曰：「欲慰靈均恨，先燒靳尚祠。」靳尚有祠，奇已；祠在浙西，更奇。按：狄懷英爲河南巡撫，以吴、楚多淫祠，奏焚一千七百餘所，係垂拱五年戊子。至李公垂爲觀察，在文宗太和丁未，相去百四十餘年，而淫祀又復如此。江河日下，安得世世有湯宫師者，繼狄、李而廓清之哉！

狐王

嗣宗嘗卧病，家人私爇紙錢以祈福。嗣宗呼而止之曰：「神苟有知，豈肯枉受賄耶？」

邠州有狐王廟，相傳能於人爲禍福，州人禱祀無虚日。王嗣宗來守，集獵師百餘，焚其廟，薰其穴，其妖遂息。後移帥長安。种處士放者，嘗奉詔許便宜言事，偶來見，嗣宗不爲禮。放責之，聲色俱厲。嗣宗怒，遽起批其頰，放即乘驛訴諸朝。真宗命於嵩山之陽作書院以處之，而嗣宗弗問。後去郡，有人贈以詩曰：「終南處士威風减，渭北妖狐窟穴空。」嗣宗謂其子曰：「吾死勿爲碑誌，但刻此詩於墓石足矣。」按：明逸與蘇易簡初在盧朱厓門下，盧既竄，更名爲處士。

陳希夷嘗戒之，其母亦嘗責之，要如漢人所云「盗虚聲而無遠謨」者也。嗣宗此舉，不得以揚子留後爲比。隨駕隱士，何代無賢。

貧女　題語甚質奥，髯蘇之解，超出大明寺水。

臨川柄國時，有人題相國寺壁云：「終歲荒蕪湖浦焦，貧女戴笠落柘條。阿儂去家京洛遥，驚心寇盗來攻剽。」人皆以爲夫出，婦憂荒亂也。及臨川罷相，子瞻召還，時公飲蘇寺中，以此詩問之。蘇曰：「於『貧女』句可以得其人矣。『終歲』，十二月也，十二月爲『青』字。『荒蕪』，田有草也，『艸』、『田』爲『苗』字；『湖浦焦』，水去也，『水』旁去爲『法』字；『女戴笠』爲『安』字；『柘』落『木條』，剩『石』字；『阿儂』是吴言，合『吴』、『言』爲『誤』字；『去家京洛』爲『國』，『寇盗』爲『賊民』。蓋言『青苗法安石誤國賊民』也。」按：唐廣德三年，税天下青苗錢。大曆五年五月，詔自今以後宜一切以青苗爲名。包何有《送韋侍御奉使江嶺諸道催青苗錢》詩，曰：「手持霜簡白，心在夏苗青。」劉長卿《送鄭元兩判官》詩亦然。則此害實自代宗始也。李師中謂司馬君實曰：「王安石似王敦，他日亂天下，必此人也。」吕誨彈安石曰：「誤天下蒼生者，必此人也。」蘇老泉《辨奸論》比二公更爲先覺。或曰長公事後作此，借父爲名。

吾祖

長山翠峰寺，相傳爲陶朱公故宅。范文正有詩曰：「翠峰高與白雲閒，吾祖曾居山水間。千載家風應未墜，子孫還解愛青山。」按：少伯沼吴之後，扁舟以適五湖，未有定居。而文正實産吴門。詳味詩意，必有譜系可考，不得以狄武襄少之。范景仁《歸成都》詩：「不學鄉人誇駟馬，未饒吾祖泛扁舟。」是少伯苗裔，蜀亦有之也。賈浪仙《送李餘往湖南》詩：「若尋吾祖宅，寂莫在瀟湘。」謂太傅也。二范用字本此。

烏舅

盧延遜詩：「樹上諮諏批頰烏，窗間嗶剥叩頭蟲。」

烏舅，鴨鵊鳥也，亦名批頰。楊去奢曰：「一名山呼。」廖百子曰：「即戴勝。」張祜詩：「落日啼烏舅，空林露寄生。」胡宿詩：「二月辛夷猶未落，五更烏舅最先啼。」陸龜蒙詩：「行歇每依烏舅影，批頰時見鼠姑心。」題云：「掇野蔬也。」對仗尤工。

木棉

《一統志》："哈密出白氎，本野蠶結繭苦參上。土人采之，織爲布。"「吉貝」，見《異物志》，狀如鵝毳，中有實如珠。自是二種。

《泊宅編》云："閩、廣多木棉，名曰『吉貝』，織爲布，即白氎也。"李琮詩："腥味魚中墨，衣成木上棉。"姜西銘曰："「白氎，即棉花也。唐時未入中國，至元朝始傳其種。」與方氏所説不同。然木棉與綿花其形迥别，一樹生，一草本。《南史》：梁武帝有木棉皂帳。楊用修引史照《釋文》，謂即今之綿花，亦誤。王尚文《詠綿花》曰："採得西風雪一籃，禦寒功在倍春蠶。世間多少閒花草，無補於人也自慚。"

龍池

李義山《龍池曲》："夜半宴歸宫漏永，薛王沉醉壽王醒。"《容齋續筆》曰："岐、薛諸王皆薨於開元中，而太真以天寶三載方入。"此首與元微之《連昌詞》"行官隊隊避岐薛"俱誤。

雕陵鵲

「雕陵」見《莊子》，子慎借用其字。王勃《七夕賦》"莊叟命雕陵之鵲"，亦然。

庾肩吾詩："寄語雕陵鵲，填河未可飛。"《爾雅翼》云："七夕，鵲無故皆髡，相傳役以爲梁。"姚石耳注昌谷詩曰：「《焦林大斗記》：『天河之西，有星煌煌，與參俱出，謂之牽牛；天河之東，有星微微，在氐之下，謂之織女。』如是而已，乃隔河須津梁以渡，故析木爲津。析，昔也。鵲之昔昔，又鵲能安梁，遂訛以爲填橋耳。」然一夕盡髡，理不可解。

喜逢口

許可用有《喜逢口》詩，序云：「灤陽驛東北四十里，有雙塚。相傳昔有久戍不歸者，其父求之，適遇此山下。相抱大笑，喜極而死，遂葬於是。因謂『喜逢口』。」詩略曰：「兒寒解衣重撫摩，兒饑推食孰忍訶。長成與國遠負戈，一去不返當如何？去時云戍東北鄙，直出榆關度遼水。白頭郎罷與影俱，豈憚山川千萬里。天教此地適相逢，父曰從天墜吾子。笑疲樂極俱殞身，誰謂情鍾遽如此。」詳見《圭塘小稾》。「郎罷」二字，閩人以呼父者。顧逋翁《哀囝》詩創用之。段柯古記逋翁年七十，喪一子，以詩哭之。有曰：「聲逐斷猿悲，跡隨飛鳥滅。」後復生一子，七歲能自敘前生事，即非熊也。明張宣，字藻仲，洪武初徵修《元史》，高帝呼爲「小秀才」。後因事謫死，以詩寄父曰：「出世再當爲父子，此心終不間幽明。」可見天性所關，古今一理。苟非朽株破塊之徒，不能不讀其詩而流涕也。

柳亭詩話卷二十終

柳亭詩話卷二十一

山陰宋長白纂

樂以詩爲本

陸儼山引鄭漁仲語曰：「樂以詩爲本，詩以聲爲用。古之詩，今之辭曲也。若不能歌之，但能誦其文而説其義，可乎？」朱文公亦謂聲氣之和有不可得聞者，此讀詩之所以難也。夫樂之義理，詩詞是也；聲歌，猶後世之腔調也。兩者俱諧，乃爲大成。漢古樂府如《朱鷺》、《君馬黄》、《雉子斑》等曲，其辭皆存而不可讀。想當時自有節拍短長高下，故可合於律吕。後來擬作者但詠其名物，詞雖有倫，恐非樂府之全也。白傅《贈張籍》詩：「張君何爲者，業文三十春。尤工樂府詞，舉代少其倫。」劉勰所謂「志感絲簧，氣變金石」者，蓋戛戛乎其難之矣。真西山曰：「樂聲淡而不傷，和而不淫。樂不得其聲氣之元，此亂徵也。」韓慕廬曰：「樂章之欲擬於古，難矣。習其數者，不能明其義；爲其詞者，不能度其曲，此後世之通患也。」

秋風蘭菊

《文中子》曰：「《大風》安不忘危，其霸心之存乎？《秋風》樂極悲來，其悔心之萌乎？」

《詩家直説》曰：「『秋風起兮白雲飛』，出自『大風起兮雲飛揚』；『蘭有秀兮菊有芳，懷佳人兮不能忘』，出自『沅有芷兮澧有蘭，思公子兮未敢言』。漢武讀書，故有沿襲；漢高不讀書，多出己意。」此言是已。但虞廷賡歌，不知所讀何書？

靈臺月節

漢章帝作《靈臺十二月詩》以侑神也。古樂府有《月節折楊柳歌》，自正月至十二月并閏月，後人每效之。李長吉有《河南府試詩》十三首，陳元孝有《十二月折楊柳歌》，皆古雅可誦。

巫山高

《山海經》曰：「巫咸封於此。」真行子曰：「禹駐巫山之下，遇雲華夫人，拜而求助。」

《巫山高》，漢鐃歌曲也。大略言江、淮水深，無梁可度，因望遠思歸耳。自王融、范雲雜以陽臺神女事，至唐以後，皆踵其説矣。惟范石湖此題末段云：「楚客詞章元是諷，紛紛餘子空嘲弄。玉色頩顏不可干，人間錯説高唐夢。」可謂掃盡群英矣。何信陽詩極嚴整，然賦此題，亦有「行雲」、「薦枕」之語。鮑溶詩：「誰傷宋玉千年後，留得青山辨是非。」

芳樹

應璩《百一詩》，馬子侯自云解音律，而以《陌上桑》爲《鳳將雛》。樂府淆訛，自古然矣。若魏、晉之《氣出唱》、《度關山》諸體，使人卒不可解，而反有以之爲高曾榘矱者，真可謂「詩有别腸」也。

《芳樹》，鐃歌十八首之一，傷妬而作，故曰：「妬人之子愁殺人。」王融、謝朓但言時歲衰暮，衆芳歇絶而已。嗣後絶無以「妬」字解此題者。

雁門

《雁門太守行》，漢時祭洛陽令王涣之歌也。李廣、魏尚嘗守是郡，皆有德於民，故借以美涣云。李長吉之上昌黎，詞雖工，失其旨矣。何大復《樂陵令行》以平原太守比許忠節，得其遺意。梁簡文亦有此題，全無交涉。

白紵

《宋書・樂志》有《白紵舞》詞，曰：「質如輕雲花如銀，製以爲袍餘作巾，袍以光軀巾拂塵。」此巾乃手中所持之物，即帨也。然古人巾幘亦未嘗忌白。雍陶「新裁白紵作春衣」，可爲製袍之證；白樂天「青筇竹杖白紗巾」，可爲作巾之證。歷代史，帝王有戴白帽、御白衣者。世人翻以爲嫌，何耶？《藝林伐山》云：「唐時士子入試，皆著白衣，至宋猶然。」《七修類稿》云：「洪武二十四年，方易藍衫。」

紅綸

昌谷《縞練》詩：「淚濕紅綸重，栖烏上井梁。」「綸」或作「輪」。曾鶴江曰：「即吹輪，婦女所執，如暖扇之類。」然沈隱侯詩：「畫扇迎初暑，紅輪映早寒。」以「扇」與「輪」分屬寒暑，當是暖手薰爐也。徐君蒨《初春携内人行戲》詩：「樹斜牽錦帔，風横入紅綸。」費昶《春郊望美人》詩：「金輝起步摇，紅采發吹綸。」鶴江之説，似乎有據。義山詩：「碧瓦銜珠閣，紅輪結綺寮。」其用又别。

桃李陰

王表於大曆十四年試《花發上林》詩，落句云：「方知桃李樹，從此别成陰。」人皆以「桃李不言，下自成蹊」解之，不知《説苑》有「春種桃李，夏得成蔭」之語，尤於「陰」字有關合也。

桔柏渡

蜀中昭化縣桔柏渡有張亞子廟。唐明皇西幸，嘗有雙魚夾舟而躍。廣明時，僖宗避巢難過此，復有陰兵示現。因幸其廟，解劍贈之，封爲濟順王。王鐸詩：「爲報山東諸將相，柱天功業賴陰兵。」嗚呼！神堯以一旅之師取天下，而其後藩鎮如林，翻以陰兵助順爲幸，豈身都將相者，曾姚萇、王建之不若耶？鐸後遭李山甫之刼，竟死於高雞泊。蕭遇《和王鐸謁梓潼張惡子》詩：「鄴侯爲國新簫鼓，堂上神籌更布兵。」《文昌化書》曾載其事。「惡」，古「亞」字，通用。

草木年

《豫章圖經》：「王季友，鄷城人，家貧賣履，博極群書。嘗有詩云：『自耕自刈食爲天，如鹿如麋飲野泉。亦知世上公卿貴，且養山中草木年。』有高尚其志之意。李勉刺洪州，引爲賓客。」少陵《可歎》一首：「近者抉眼去其夫，河東女兒身姓柳。」歷數其事，殆與朱翁子同調矣。時撫州有楊志堅者，其妻以家貧求去，堅賦詩送之。妻詣州請牒，顔清臣决其妻，而拔志堅於幕。時同、地同、事同，竟可作一合傳。

女兒花草

「西湖女兒鄉，六橋花草地。本無英雄心，但有媚人致」，此係張公亮《西湖冂號》也。自香山、東坡爲此湖特開生面，從未經如此評隲。較之林丹山《詠冷泉亭》「流出西湖載歌舞，回頭不似在山時」，無乃更爲唐突耶！張名明弼。

二憾三快

汾陽朱之俊遊西湖，有「二憾三快」之語。引白傅詩「翠黛不須留五馬，皇恩只許駐三年」，并大蘇詩「我在錢塘六百日，山中暫來不暖席」之句爲證。因賦詩百餘篇，示張公亮，差足爲西子解嘲矣。

天下景

東坡詩：「西湖天下景，遊者無愚賢。淺深隨所得，誰能識其全？三百六十寺，幽尋遂窮年。所至得其好，心知口難傳。」具此眼識，宜乎六橋至今口於婦竪。放翁詩：「名山如高人，豈可久不見。」又曰：「遊山如讀書，深淺皆可樂。」世有蘇、陸二公，吾願躡屩從之。

水仙王

東坡《書林逋詩後》有云：「詩如東野不言寒，書似西臺差少肉。平生高節已難繼，將死微言猶可録。」四語括盡和靖一生。末云：「我笑吴人不好事，好作祠堂傍修竹。不然配食水仙王，一盞寒泉薦秋菊。」乃未幾而三賢堂作於本朝，則此詩似爲己身預占地步也。

天目

鄭徵士詩：「武肅百年鍾霸氣，文忠千古欠辭題。」謂錢王發祥於此，而長公未嘗遊也。

伍餘福登天目山絶頂曰：「天假良緣，人酬夙願。」因賦詩曰：「自是神龍十二宫，依然雙目與天通。不知下界人多少，都在山靈雲雨中。」遂勒之石。伍字寒泉，有《苹野纂聞》。

山椒

謝莊《月賦》：「菊散芳於山椒。」

《廣雅》：「土高四墮曰椒。」康樂詩：「税駕登山椒。」惠連詩：「悲猿響山椒。」陳圖南詩：「倏爾火輪煎地脉，愕然神瀵湧山椒。」「神瀵」，出《列子》。

夕朝

謝康樂《石門》詩：「早聞夕飈急，晚見朝日暾。」升菴謂此語殊有變互。其《酬從弟惠連》曰：「夕慮曉月流，朝忘曛日馳。」非山居習静之久，不能得其景況也。按老杜《橋陵》詩：「宫女晚知曙，祠官朝見星。」唐荆川《遊西山碧雲寺》詩：「宵看朝旭升，晝見昏星列。」用意全同。劉滄《題德星亭》：「高處月生滄海外，遠郊山在夕陽西。」開闔自如，亦見寫景之妙。劉滄，或作薛能。

尺牘 楊升菴作「赤牘」。

《漢書》：「陳遵善書，與人尺牘，主者藏弆以爲榮。」杜篤《弔比干文》：「敬申弔於比干，寄長懷於尺牘。」謝宣遠詩：「誰謂情可書，盡言非尺牘。」二字入詩，創見於此。今人作書，末署「不盡」二字，亦從此出。「弆」字，刻本訛作「去」。

西飛孤鶴

吴匏菴《過赤壁》詩：「西飛孤鶴記何詳，有客吹簫楊世昌。當日賦成誰與注，數行石刻舊曾藏。」自注云：「世昌，綿竹道士，與東坡同遊赤壁，所謂『客有吹洞簫者』，即其人也。」按玉局文曰：「元符五年十二月十九日，東坡生辰，置酒赤壁。有進士李委作《鶴南飛》以獻。」豈所謂「二客」者，即楊、李二人耶？抑郭、石二生耶？世昌又見《蜜酒歌序》并《次韵孔毅父》三首之末。今畫家作《赤壁圖》，不畫道士而畫一僧，指爲佛印，且又指一人爲黄山谷，不知何所據耶？《長公外紀》作郭、尤二生。又東坡《和王晉卿詩序》云：「詞雖不甚工，憐其貴公子有志如此，故和其韵。欲使詵姓名附見予詩集中，然亦不以示詵也。」此與少陵「東知我者，不必寄元」意同，而何以世昌名字賦中不一載之耶？第不知匏菴之説又出何書。

摩舍那灘

「好山如隱士，避世不自露。不應官道旁，乃有見山處」，此楊誠齋《過摩舍那灘作》也。乃知康樂、柳州搜奇抉險，盡翻山水窠臼者，不欲以淺易近人，一覽而盡耳。《地理書》曰：「真龍本是閨中女，豈肯抛頭露面行。」洪震老《東泉》詩：「雲深路絶無人處，縱有佳山誰得知？」又爲誠齋下一轉語。

雲門寺

「一山門作兩山門，兩寺原從一寺分」，此香山爲韜光、靈隱而作，然於越州之雲門、廣孝尤切，以韜光尚踞山巔也。蘇子美《雲門寺》起句：「翠嶂環合封白雲，中有蕭寺三爲隣。」自注曰：「雲門爲梁武所作，今分爲三寺相連。」意北宋時尚有一支提相雜其間，今止二寺並列，猶狺狺不置也。東坡有《天竺寺》詩，序云：「予年十二，先君自虔州歸，言近城天竺寺有樂天親書詩，筆勢奇麗，墨跡如新。今四十七年，予來訪之，則詩已亡有，石刻存耳。」然考之《長慶集》，此詩非虔州所詠，何以遂有石刻而明允尚見之耶？《贛州志》謂是寄韜光禪師詩，或當時流傳至彼耳。

江行

錢起《江行》五言絶句一百首，邊幅窘澀，殊乏風人之致。惟「咫尺愁風雨，匡廬不可登。祇疑雲霧窟，猶有六朝僧」，又「曾有煙波客，能歌西塞山。落花惟待月，一釣紫菱灣」二首，含蓄有味，不愧文房並稱。又「霽雲疏有葉，雨浪細無花」，排句亦佳。

石門洞

洞與沐鶴溪相連，《青田記》謂謝康樂遇二女浣紗於此，以詩嘲之。陳明卿纂入《類書》。

栝蒼山有石門洞，邵經邦挐舟往遊，日將暮，聞漁者歌曰：「浪花汩汩下前溪，夜久天長月色低。蕩槳不知何處去，白雲無數石門西。」又見一浣紗女歌曰：「郎去東甌訪謝公，妾家正住石門東。風寒草冷不知處，恨殺猿啼一逕通。」二詩大似巴渝遺響，即使劉賓客見之，亦當心折。詳見《石門洞記》。

金華三洞

金華三洞，上有劉先生講堂，孝標嘗讀書於此，《山棲志》所謂「春青冬緑，三面周繞」者也。洞之左有椒亭，所從入之路一竅廣三尺，高倍之。人仰卧小舟而進，石去鼻寸許。壁上有句曰：「一水穿開巖底石，片槎引入洞中天。」方鳳與謝臯羽俱有記。鳳字韶卿，有《三洞長歌》，效昌黎。按：後漢劉嚴，字仲卿，爲射聲校尉。因弘恭、石顯專權，隱於婺州之金華山雙溪别界，亦稱劉先生。

麏麚

蘇子由《夷中》詩：「江流日益深，民語漸已變。遥想彼中人，狀類麏麚竄。」或謂江流既深，不宜以麞麃爲喻。余按：洞庭汗漫，粘天無壁，然秋水歸漕之候，正可亂流而渡。嘗與潘元白、徐荆菴聯騎過青草湖，儦俟殊滿眼也。

魚鼠

曹子建《當事君行》上六言，下五言，共八句。此格特創。

歐陽公《送劉原父》詩：「魚枕蕉，一舉十分，當覆盞；鼠鬚管，爲物雖微，意不淺。」當作上三下三中四字讀，亦創格也。又有句：「静愛竹時來野寺，獨尋春偶過溪橋。」上三下四，所謂「折腰格」也。

絹牀

裴潛爲兖州太守，嘗作一胡牀，及去，挂之梁柱。梁簡文詩：「不學胡威絹，寧挂裴潛牀。」下句指此。上句則「清畏人知」事。潛嘗爲代郡太守，服烏丸三單于之亂。曹操召之還，單于復叛。

腰品

劍具稍短，佩於脇下者，謂之腰品。隴西韋景珍常衣玉篆袍，珮玉鞢兒腰品，酣飲酒肆。李太白識之，有詩曰：「玉劍誰家子，西秦豪俠兒。」謂景珍也。見陶穀《清異録》。「䩨」，即帶胯也，亦作「銙」。唐制：三品以上金胯，六品以上犀胯，九品以上銀胯，庶人鐵胯。《柳渾傳》：「玉工爲帝作帶，悮毁一銙。」即此。餘見《談薈》。

公莫舞

李長吉《公莫舞》詩，摹寫楚、漢當日情景，著紙如生。鬼才而運以雄風，真傑構也。謝皋羽《鴻門讌》一篇，雖有嶔嵚歷落之致，然張空拳、冒白刃，不足當劍首之一吷。楊用修謂李賀復生，亦當心折，非篤論也。憶先大夫有《鴻門行》一篇，兒時成誦於口，今録左方：「望夷宮前鹿爲馬，山東鼠竊竊天下。一炬秦關百二重，細人舉玦鴻門中。裂眥壯士盡卮酒，劍花未冷真人走。項籍方將炫錦衣，范增何須椎玉斗。吁嗟范增愚甚夫，龍成五采天子符。天子不死其知無，不事天子胡爲乎？昔者項籍意如此，泗水[一]亭長一孺子。酒中禽之豈丈夫，天下智勇孰如吾？」何大復亦有此篇，排比甚佳。然搏蔟尚欠嚴整，具眼者自當識之。

【校勘記】

〔一〕「水」，原文誤作「山」。

夢周公

李清臣少負才名，嘗謁韓魏公，門吏以公方睡辭之。清臣因題詩於壁曰：「公子乘閒卧碧幮，白衣老吏慢寒儒。不知夢見周公後，曾説當年吐哺無？」公起見之，驚曰：「吾識此人久矣。」竟屬東牀之選。較劉魯風名紙毛生，不爲通者大異。《烏臺公案》摘蘇子瞻《送李邦直》詩「載我當時舊《過秦》」，引清臣爲證，及試策，絀元祐之政，則此公非佳士也，不知何緣得入黨碑？或曰謝客者乃魏公猶子，則與「白衣老吏」不合，且「吐哺」二字亦無着落。《青瑣高議》曰：公父爲諫議大夫，故稱「公子」，時知中山也。

真宰相

夏英公竦赴制科，有宦者以吴綾手巾乞詩。公題曰：「殿上衮衣明日月，池中旗影動龍蛇。縱横禮樂三千字，獨對丹墀日未斜。」楊徽之見而歎曰：「真宰相器也。」可見此公手段，在初進時已勝蔡君謨一籌。時人以韓、范、歐、富在朝，而竦以一人敗之，立論似乎太苛。若後身業報爲龍，則以嗔心太盛耳。

御書錢

錢文未有草書者，淳化中，太宗嘗以宸翰爲之，既成，以賜近臣。崇寧、大觀御書錢，猶襲其故事。王元之謫商於，有詩曰：「謫官無俸突無煙，惟擁琴書盡日眠。還有一般勝趙壹，囊中猶貯御書錢。」

黄州《小畜集》不强人意，其《贈种明逸》一首推奬過甚，然僅於母子喁喁中稍見層折，餘俱平平耳。

四鳥

駱義烏詩：「傣風啼迴日，驚月達疏枝。」韓昌黎詩：「唤起窗前曙，催歸日未斜。」或謂四物皆鳥名，然又有從而駁之者。以意逆志可也。

二花

張司業《逢賈島》詩：「僧房逢着款冬花。」鄭都官《過島故居》詩：「日落風吹鼓子花。」芝山施重光曰：「款冬耐寒，鼓子無聲。」言島死聲消也。則島一生比得二花。《本草》云：「款冬無子。」傅咸賦：「以堅冰爲膏壤，吸霜露以自濡。」又云：「鼓子，土名纏枝牡丹。」疑誤。

五柞三楊

寧州泥陽故城内有五柞亭。

王半山《次韵酬龔深甫》詩：「北尋五柞固未憖，東挽三楊仍有繆。」按《輿地志》：「鐘山本少林木，劉宋時使諸州刺史罷歸者栽松三十株，下至郡守，各有差焉。山之最高峰有五願樹，樹柞木也。元嘉中，百姓祈禱於此。」下句則用李供奉《白下亭》詩：「驛亭三樹楊，正當白下門。」

晚節清風

吴巒穉絶筆詩：「只因老友相從急，故遣臨行火浣衣。」西河所載與本傳異。

張玄著先生遁跡海隅，爲寺僧所給，殉節杭城。幕友羅自牧、侍童楊貫死之。所著詩文散亡殆盡，間有一二留傳人世。有曰：「何事孤臣竟息機，魯戈不復挽斜暉。到來晚節慚松柏，此去清風笑蕨薇。雙鬢難容五嶽往，一帆仍向十洲歸。疊山遲死文山早，青史他年任是非。」元人謂文山遇便即逃，疊山有髪即剃。先生落句，其寓意良深矣。先生名煌言，寧波人。江陰既破，黄介子毓祺被執，在獄作《詠史》詩九十三首。及將赴西市，先一日書偈於扇，跏趺而逝。弘覺禪師存其稿。

冷香亭

明季宣城方虎隣，名召，以兵部司務視篆江山，揭牌二，曰「不愛錢」、「不惜死」。署有井亭，顔以「冷香」二字。聞兵至七里橋，書一詩於便面，有「獨守孤城誰是伴，只留烈骨可招魂」之句，遂赴井死。今其墓在景星山。或曰「骨冷泉香」四字，乃先生夢授於過客者。「文官不愛錢，武官不惜死」，乃岳忠武對宋高宗語。

百篇科

唐有百篇科。皮日休《贈孫發》詩：「百篇宫體喧金屋，一日官銜下玉除。」陸龜蒙亦有「直應天授與詩情，百詠惟消一日成」之句。宋太宗時，趙昌國自陳乞應百篇舉，御試出五言四句爲題，曰：「秋風雪月天，花竹鶴雲煙。詩酒春池雨，山僧道柳泉。」凡二十字，字爲五篇，篇四韵。詩雖未全，亦賜及第。詳見《中吴紀聞》。

小狀元

孫何、孫僅，學行文詞傾動場屋。咸平元年，何既爲狀元，王黄州禹偁覽僅文，書其後曰：「明年再就堯堦試，應被人呼小狀元。」後榜發，僅果第一。黄州復以詩寄曰：「病中何幸忽開顔，記得詩稱小狀元。粉壁乍懸龍虎榜，錦標終屬鶺鴒原。」并寄何詩曰：「惟愛君家棣蕚榜，登科記上並龍頭。」先莊獻、景文二公同榜狀元，人艷稱之，而孫氏罕傳。

村長官

東坡長子邁，字伯達。少年嘗有句曰：「葉隨流水知何處，牛帶寒鴉過别村。」東坡見之，笑曰：「此村長官詩也。」坡後貶惠州，伯達求潮之安化令，以便饋親，竟卒於官。語曰：「知子莫如父。」吾竊喜髯翁無譽兒癖也。

白打

周櫟園曰：「白打，即白戰。不持兵刃而手搏也。」「十八般武藝終以白打」，可證。

王建詩：「寒食内人常白打，庫中充散與金錢。」韋莊詩：「内官初賜清明火，上相閒分白打錢。」齊雲論云：「白打，蹴鞠戲也。兩人對踢，爲白打；三人角踢，爲官場。宋人則呼曰『圓社』。」宋人《蹴鞠》詩：「背裝花屈膝，白打大廉廝。」放翁《筆記》：「黄牖綽告明皇，求爲白打使。」《項氏家説》曰：「白打錢，戲名。」「打」字，歐陽《集古録》作丁歷切，今内典如之。

雞鳴

南渡時，京口旅邸有無名子效《風》、《雅》體作《雞鳴》詩，書於壁上曰：「鷄鳴，刺縣尉下鄉也。雞鳴喈喈，鴨鳴呷呷。縣尉下鄉，有獻則納。雞鳴於塒，鴨鳴於池。縣尉下鄉，靡有孑遺。雞既鳴矣，鴨既羹矣。鑼鼓鳴矣，縣尉行矣。《雞鳴》三章，章四句。」見《豹隱紀談》。昌谷詩：「縣官踏餐去，簿吏復登堂。」於尉乎何有！

詅癡符

景文公《題三泉龍洞》詩，西洛田漕刻諸石，搨以遺公。公答書曰：「江左有文拙而好刻石，人謂之『詅嗤符』，非此類乎！」按顔之推《家訓》有曰：「吾見世人至無才思，自謂清華，流佈醜拙，亦已衆矣。江南號爲『詅癡符』。」「嗤」與「癡」疑有誤。公所云「江左」者，指和凝事也。而顔係北齊人，則所云「江南」當别有指。宋御史李庚自名其集曰「詅癡符」，凡二十卷。簡文《答湘東王書》：「煙墨不言，受其驅染；紙札無情，任其摇襞。」甚矣哉！文章横流，一至于此。倘梁帝與景文公今日尚在，不知更作何語？

金錯刀

張平子《四愁詩》：「美人贈我金錯刀，何以報之英瓊瑶。」按《續漢書·輿服志》：「佩刀乘輿，黄金通身。雕錯諸侯，黄金錯環。」《東觀漢記》：「賜鄧通金錯刀。」則是刀也。又《食貨志》：「王莽更造大錢，金錯其文，曰一刀直五千。」則是錢也。平子所云，刀乎？錢乎？少陵詩：「金錯囊徒罄，銀壺酒易賒。」昌黎詩：「聞道松醪賤，何須吝錯刀。」梅都官詩：「爾持金錯刀，不入鶱眼貫。」則皆指錢。孟襄陽詩：「美人騁金錯，纖手鱠紅鮮。」錢昭度詩：「荷揮萬朵玉如意，蟬弄一聲金錯刀。」則皆指刀。略見《繼古叢編》及《藝苑雌黄》。

食本刀

日本，古倭奴國。唐永徽間改稱日本，以國近日所出也。作「食」者，不知何義。

《尚書》出自魯壁，古文、今文，紛如聚訟。歐陽公《食本刀歌》末段云：「徐福行時《書》未焚，逸《書》百篇今尚存。令嚴不許傳中國，舉世無人識古文。先王大典藏夷貊，蒼波浩蕩無通津。令人感激坐流涕，繡澀短刀何足云。」故知古來書籍散失於四方者爲多，中原收藏之富，反不如外徼弘護之嚴也。翁山《送張超然往日本序》：「欲其手書《尚書》之未經秦火者以歸。」

採樵圖

苻堅將伐晉，其妾張氏上疏諫曰：「天道崇遠，非妾所知。以人事言之，未見其可。」濠曰：「吾以不用婦人之言而亡其國。」殆與堅同。

宸濠有逆志，其妃婁氏屢阻之。一日攜《夫婦採樵圖》示妃，妃即題曰：「婦語夫兮夫轉聽，採樵須是擔頭輕。昨宵雨過蒼苔滑，莫向蒼苔險處行。」蓋因圖中作婦隨夫後，夫回顧而若相偶語者也。濠不從，竟致於敗。妃又有句：「欲借三杯壯行色，酒家猶在夢魂中。」即餞濠也。

黄金臺

黄金臺因郭隗而築，詩人屢用。而《槎菴小乘》、《齊東野語》論辨不同。惟《草堂詩箋》以陸賈《春秋後語》爲證，其説近是。至於《水經注》謂在固安縣，《述異記》謂在幽州城中，《上谷圖經》謂在易水東南十八里，或謂昭王所創，或謂太子丹所修，疑信參半，迄無定形。按鮑照《放歌行》曰：「豈伊白璧賜，將起黄金臺。」李善引王隱《晉書》爲證，則流傳固已久矣。羅隱詩：「思量郭隗平生事，不殉昭王是負心。」江東爲吴越書記，蓋有感於此也。

青樓

「大路」句，韋莊用入《劉生》詩。陸麗京《吴中》七律「望來雁斷黄榆塞，到處鴉啼青漆樓」，用「漆」字僅見。

古樂府「大路起青樓」，注引《齊書》：「武帝興光樓上施青漆，謂之青樓。」曹子建詩：「青樓臨大路，高門結重關。」駱義烏詩：「大道青樓十二重。」上官儀詩：「青樓遥敞御溝前。」王昌齡詩：「紅妝漫綰上青樓。」明指金、張門第。而後人例呼妓館，則始於梁劉邈《采桑行》：「倡女不勝愁，結束下青樓。」而太白《樓船觀妓》詩則曰「對舞青樓妓，雙鬟白玉童」也。

勾闌

《沙州記》：「吐谷渾於河上作橋，勾闌一百五十步，甚嚴飾。」李昌谷詩：「啼蛄弔月勾闌下，屈戌銅鋪鎖阿甄。」王仲初《宫詞》：「風簾水殿壓芙蓉，四面勾闌在水中。」即今長廊中闌干也，宋人以呼教坊。

只孫

蔣一葵《長安客話》：「工部造只孫八百付，乃校尉鵝帽錦衣。」

元制：親王及功臣侍詐馬宴，皆衣只孫。「只孫」者，華言「一色衣」也，亦名「質孫」。其色絳，肩背飾以大珠。柯丹丘詩：「萬里名王盡入朝，法官置酒奏簫韶。千官一色真珠襖，寶帶攢裝穩稱腰。」鐵厓集又作「織孫」。

瀑布

亦呼「天紳」。昌黎詩：「懸瀑垂天紳。」東坡詩：「餘波猶足挂天紳。」

唐宣宗避武宗之忌，遁跡爲僧。與黄檗禪師同行觀瀑布。檗吟曰：「千巖萬壑不辭勞，遠看方知出處高。」宣宗續曰：「溪澗豈能留得住，終歸大海作波濤。」其後竟踐大位。陸放翁《避暑漫鈔》曰：「宣宗以後接懿、僖之時，海内遂致不靖。則『波濤』之語，豈非讖耶！」宣宗《題百丈山》：「日月恰從肩上過，山河長向掌中看。」自非等閒人物。觀懿文父子「新月」之句，則其末路可知。

秋風亭

喬白巖《秋風亭》詩起句曰：「荒亭寥落野煙空，漢武雄才想像中。」一往情深，宛是唐人家數。至云：「山分秦晉群峰斷，水入河汾兩派通。」王、李諸公，故應擊節也。希大嘗受經於李茶陵、楊石淙之門，與北地、姚江切磨。爲古文，所著遊記獨多，皆明白簡易，文如其人。

羯鼓綹

福唐彭演嘗宿甘泉驛，閒步至一官舍，見梁上有紅絲羯鼓綹數條。一老人倚杖謂曰：「此開元興慶宫也，二百餘年，至此者十二人，皆有留題，請賦一絶。」演即書曰：「長安宫闕半蓬蒿，塵暗虹梁羯鼓綹。惟有水天明月夜，一條空碧見秋毫。」事甚幽異，第不知花奴何在，尚能舞香山一曲否？

玉局遊

《錦里志》云：「漢永壽初，老子與張道陵説《南斗經》，有局脚玉牀自地涌出。」

東坡《過嶺》詩有云：「劍南西望七千里，乘興真爲玉局遊。」後提舉此觀，人因呼爲「玉局仙」。

柳亭詩話卷二十一終

柳亭詩話卷二十二

山陰宋長白纂

漁陽

《渌水亭雜誌》云：「幽州，古漁陽地也。樂府《出自薊北門行》多述其風景。唐時惟陳子昂、張説、高適集中間有之，此外遊宦於兹土者寡。宋則非奉使不至，故題詠亦無多。自王之涣至范鎮，僅得數十首。」余意李益、王安石、元好問、唐順之諸詩，當附足之。李詩曰：「惆悵秦城送獨歸，薊門雲樹遠依依。秋來莫射南來雁，縱遣乘春更北飛。」王詩曰：「涿州沙上飲盤桓，看舞春風小契丹。塞雨巧催燕淚落，濛濛吹濕漢衣冠。」元詩曰：「雙鳳簫聲隔彩霞，宫鶯催賞玉溪花。誰憐麗澤門邊柳，瘦倚東風望翠華。」唐詩曰：「塞下孤城古白檀，半臨平野半依山。秋來亭堠無烽火，官馬千家苜蓿閒。」李則《送客還幽州》，王《充使即事》，元則《梁園春詞》，唐則《登懷柔城》也。自遼、金、元至永樂定都之後，吟詠漸多。張肖甫：「塞雁啼雲皆北向，濁河歸漢亦東流。」徐子與：「天落黄河蟠廣武，書飛白日走呼韓。」謝茂秦：「關開涿鹿雲連樹，路出螀狐雪滿城。」胡仁夫：「刁斗風清初禁夜，毡帷月冷盡防秋。」唐荆川：「雪後錦裘行塞外，月明清嘯滿樓中。」鄭翰卿：「霜色欲將關樹折，河聲如帶戍樓奔。」又：「亂山獨馬嘶殘月，遠磧離鴻叫曙霜。」謝在杭：「風吹紫塞草欲盡，馬蹴黄河冰未殘。」袁小修：「白羽扇中麾屬國，青油幕底拜降王。」邢子願：「風煙不改盧龍塞，客子今過飲馬泉。」以上對句，雖不盡屬漁陽，然悲壯之氣，颯颯如生。

燕趙佳人

古詩：「燕趙多佳人，美者顔如玉。被服羅裳衣，當户理清曲。」周青士曰：「燕趙婦女，雖曰穠麗，大約調朱殺粉，塗飾爲多。十三輒嫁，至三十而顒頩矣。此如蕣華易落，何『如玉』之有？至於青樓之伎，多着窮袴，其被服羅裳者亦鮮也。」按：燕、趙當戰國時，平原君、太子丹之流争飾美人，以資説客。彈箏擊筑，習以成風。至石晉以山前山後盡畀契丹，數百餘年，薰染益甚。匪獨地氣使然，亦天時、人事有以致之耳。

梅花心事

何潛齋《寄留夢炎》詩：「白髮門生憐未老，青衫留得裹遺尸。」留亦宋狀元也。

文文山死宋，而其弟文溪附元。時人有詩曰：「江南見説好溪山，兄也難時弟也難。可惜梅花有心事，南枝向暖北枝寒。」文山二子道生、佛生皆以流離中死，治命以文溪之子陞爲後。皇慶中，陞復仕元爲學士，奉使贛州道。卒時有挽之者曰：「地下修文同父子，人間讀史各君臣。」此聯可繫文氏宗祠。

梅花書屋

諸暨王元章隱於九里山，自號煮石山農。工於畫，以胭脂作没骨梅花，人共傳之。《寫懷》詩曰：「草肥燕地馬，花老蜀山鵑。泠澹無歸計，蒼苔滿石田。」即題梅花書屋也。元章謂危太樸文多譎氣，後遇於大都旅次，即默晰其姓名。梅花换米，真皭然泥而不滓者也。

依樣葫蘆

胡衛、盧舉在翰林草明堂赦文，有「江淮盡掃於邊塵」之句。太學生以詩嘲之曰：「邊塵已被江淮掃，却道江淮盡掃於。傳語胡盧二學士，不如依樣畫葫蘆。」宋太祖謂陶穀語也。

缺字

先莊獻、景文二公共讀韓詩「清歌緩送款行人」，於「款」字訛「感」字，景文公先識其訛。

杜少陵詩：「身輕一鳥過，槍急萬人呼。」刻本偶缺「過」字，有數人擬之，各謂愜當。後得完本，方服「過」字之妙。孟襄陽詩：「到得重陽日，還來就菊花。」刻本遺一「就」字，時人亦有擬之者。後得善本,乃知「就」字。又老杜曾手書「林花着雨胭脂濕」二句於一寺壁,「濕」字剥落。蘇、黄諸公偶見,而擬之皆未當。識此可悟鍊字之法。

虚字

王右丞《輞川》詩:「漠漠水田飛白鷺,陰陰夏木囀黄鸝。」正在四虚字下得有情,寫出積雨神理。而李肇謂是李嘉祐詩,或又謂本係五言句,而右丞用之。按《通考》云:嘉祐天寶七年進士,則是右丞後輩。況此聯截去「漠漠」、「陰陰」四字,成何格局?即嘉祐集二卷亦無此句。肇説誠誤也。

月臺 沈佺期詩:「既能明似鏡,何用曲如鈎。」梅溪蓋用其意。

越城府署雄踞龍山。元微之觀察是邦,屢誇勝於白傅者也。向有月臺,尤爲登眺之最。王梅溪詩:「明珠遥吐卧龍頭,漸覺清光萬里浮。人望使君如望月,更須如鏡莫如鈎。」婉而多風,移易他處不得。

梅山

越州萬山如簇,獨梅山絶無依附。山有祠,祠子真也。陸相詩:「一峰寒影墜江天,花落層崖泣杜鵑。

却笑子真原未隱，尚留名姓在山川。」按：史稱吴羌避王莽之亂，與梅福同亡。福入會稽而羌隱於清溪，後人因呼其山爲「吴羌」。語云：「名者，無翼而能飛，無脛而能行。」寧獨首陽、綿上留傳塵世也哉！

嚴李

徐獻忠評嚴維詩曰：「神情疏暢，時出俊語。如『柳塘春水漫，花塢夕陽遲』、『野燒明山郭，寒更出縣樓』、『夜静溪聲近，庭寒月色深』，皆有自然之致。」高仲武評李嘉祐曰：「綺靡婉麗，吴均、何遜之儔。至於『野渡花争發，春塘水亂流』、『朝霞晴作雨，濕氣晚生寒』，文華之冠冕也。又『禪心超忍辱，梵語問多羅』，使許詢更生，孫綽復在，窮思極筆，未到此境。」余按：徐、高二家之説，似馬文淵徘徊天水時，未嘗見劉文叔也。

丁壬

昌黎《陸渾火》詩：「女丁夫壬傳世婚。」董彦遠曰：「玄冥之子曰壬夫，娶祝融之女曰丁苹，俱學水仙，是爲温泉之神。」用修曰：「韓句奇，董解又奇，但不知所出。」今星命家以丁、壬爲淫合，則其説亦古矣。東坡《真一酒歌》：「壬公飛空丁女藏，三伏遇井了不嘗。」得自昌黎。

龍威

《河圖緯象》曰：「洞庭山林屋洞，即大禹藏真文處。吴王闔廬命龍威丈人入山，得書一卷，凡百七十四字。吴王不識，以問孔子。孔子曰：『吾聞童謡云：「吴王出遊觀震湖，龍威丈人山隱居。北上包山入靈墟，乃造洞庭竊禹書。天地大文不可舒，此文長傳六百初，今强取出喪國廬。」』吴王懼，乃使歸其書。」此亦萍實、羵羊之類。讖緯所記，未必全誣。而或謂「山隱居」即龍威之姓名，則臆説也。

徵君

東漢後，隱士多稱「徵君」，如韓康、黄憲、郭泰、庾承輩是也。魏、晉以來，無用入詩題者。至江淹《雜擬》三十首，始有許詢、陶潛二題。任昉答何徵君、贈徐徵君，則同時人也。少陵詩「徵君已夫獨松菊」、「徵君晚節傍風塵」，則此時之所謂「徵君」者可知已。

信字

杜摯《贈毌丘儉詩》，連引八人爲比，復以無知、袁盎證之。結曰：「聞有韓衆藥，信來給一丸。」

《文章叙録》曰：「摯與儉鄉里相親，故爲詩與儉求藥一丸，以感切求助也。」儉答詩曰：「體無纖微疾，安用問良醫？韓衆藥雖良，恐便不能治。」摯竟無成，儉亦隨敗。按：古人以使爲信，至唐猶然。今則第以爲書信耳。儉與文欽起兵淮南，特王凌之續耳。習氏謂感明帝顧命，可謂忠臣。似非定論。

蘇　字

漢之班、宋之蘇，二世俱以三人擅名。而休璉三世，乃得五人。《百一》之外，尺牘尤奇。陳孟公後，莫與京已。

應璩詩：「少壯面目澤，長老顔色粗。粗醜人所惡，拔白自洗蘇。」「蘇」，即「梳」也，古人通用。

時　命

夏侯湛《抵疑》曰：「有其才而不遇者，時也；有其時而不遇者，命也。」劉得仁《晏起》詩：「浮生自得長高枕，不向人間與命争。」按本傳：得仁，貴主之子，自開成至大中，昆季皆歷膴仕，惟得仁出入舉場三十年竟無成。又嘗有句曰：「外戚帝王是，中朝親故稀。翻令浮議者，不許九霄飛。」才也，時也，究竟逃一「命」字不得。宜栖白之過其墳而慟哭也。李西涯《送桑民懌司訓泰和》有曰：「甲第久慚唐李郃，奇才終誤宋劉幾。」上句自喻，下句則歐陽公事。民懌會試策内「胸中有長劍，一日幾回磨」，論中有「我去而夫子來」語，一爲吴汝賢所黜，再爲丘仲深所黜，故起結曰「十年三度試春幃，壯心還向碧天飛」也。

忘歸

陸士衡詩：「焉得忘歸草，言樹背與襟。」用《伯兮》第四章語。焦弱侯謂「忘歸」誤認，「背」字亦誤。張睿父則謂加一「歸」字，正得詩人之意。「背」爲北堂，則面南庭除亦可作「襟」。又引羅愿之説爲證曰：「使以『諼』爲萱草，則樹之何難，而曰『安得』耶？」

難醉

蔡江門司李潭州，艱危之際，不廢吟詠。劉孝廉自華以酒杯爲貺，作詩還之曰：「此日應難醉，何煩寄酒杯。」《送傅禧芷監軍武昌》詩：「山河爾亦老，天地不曾愁。」竟殉難於碧湘門。桑日昇《江門紀遺》曰：「有《思母》詩四首，并雜題若干，今無考矣。」余嘗至醴陵坡拜公墓，因作《忠烈傳》，存郡志。

偷生

杜詩：「偷生惟一老。」

劉蕺山將殉節，其壻秦祖軾以書慰之。蕺山報其書，係以詩曰：「信國不可爲，偷生豈能久。止水與疊山，只爭死先後。若云袁夏甫，時地皆非偶。得正而斃焉，庶幾全所受。」蓋答其書意也。姚江邵廷采作《蕺山先生傳》，考核最詳。

睡吟

許善心《於太常聽蔡子元校正聲樂》詩有曰：「悲來未減瑟，淚下正聞琴。詎似文侯睡，聊同微子吟。」此與王令言聞《安公子》曲，以爲宫聲往而不返者，同一神解。而阿麼且謂離别只經年，可爲目不見睫者矣。宇文化及之篡，善心不賀而見殺。陳用揚責其不死于陳亡之時，吴街南比諸婦人再醮而殉後夫，未免吹毛求疵。

江南事

金陵昇元寺，即古瓦棺寺也。南唐末，有人於寺基掘得古石刻一章，乃詩讖也。詞曰：「若問江南事，江南事可憑。抱雞昇寶位，謂李煜以丁酉生。走犬出金陵。謂宋師以甲戌渡江。子建居南極，時曹彬列栅城南。安仁秉夜燈。時潘仁美以火攻。東隣嬌小女，騎虎渡河冰。謂錢俶以戊寅入朝，盡獻浙西之地也。」詳見《方輿勝覽》。庚申在温陵，有人以鷺門磚文見示者，乃萬曆時修古寺而得，不知何人豫記，實應臺灣之讖。

過別船

吕文焕既降元，偶與龍鱗洲遊琵琶亭。吕令賦詩，龍即吟一絶曰：「老大蛾眉負所天，忍將離怨付哀絃。夜深正好看秋月，却抱琵琶過别船。」吕大慚。襄陽之圍，五年死守，焕非全無心肝者。然則驅之而過别船，實賈賊有以致之也。

尋　夢

昌谷《巫山高》曰：「大江翻瀾神曳煙，楚魂尋夢風颸然。」辱庵謂玉茗「尋夢」二字本此。殊不知王少伯《送人歸江夏》詩「曉夕雙帆歸鄂渚，愁將孤月夢中尋」，先已道却。又權德輿《斗子灘》詩「春江風水連天闊，歸夢悠揚何處尋」，亦在長吉之前。

英雄夢

《長沙志》載明太祖一詩：「馬渡沙頭苜蓿香，片雲和雨過瀟湘。東風吹醒英雄夢，不是咸陽是洛陽。」相其氣概，籠罩萬夫。又采石磯無相寺亦嘗有詩鐫之於石，後竟湮没無存。有人題壁間曰：「玉輦曾過野寺中，皇言猶在翠華空。斷碑世遠無人識，落日鶯啼古殿風。」又桃州祠山殿有七律一首，勒石尚存。

輞川圖

華陰道上有宗留守石刻二詩，其一曰：「菅茅作屋幾家居，雲碓風帘路不紆。坡側杏花溪畔柳，分明摩詰輞川圖。」此與岳侯《翠微》一詩略同。可知二公意氣，别有相孚之處，不僅以孫、吴韜略互相推許也。宗字汝霖，義烏人。留守遺表云：「但知懷主，甘委命於鴻毛；無復婾生，期裹尸於馬革。」忠義之氣，發爲文字如此。黄晉卿《讀忠簡公遺事》詩：「上表方出師，嗚呼孔明死。」即連呼「過河」者三誦老杜「出師」二句之意也。

次第栽

歐陽永叔謫滁州，令幕僚謝判官幽谷種花。謝請要束，公批紙尾曰：「淺紅深白宜相間，先後仍須次第栽。我欲四時携酒去，莫教一日不花開。」此亦醉翁之意别有在也。

夜半鐘

張繼《宿楓橋》詩：「姑蘇城外寒山寺，夜半鐘聲到客船。」歐陽公謂「鐘聲無半夜者」，然皇甫冉有「夜半隔山鐘」之句，又陳羽「隔水悠悠午夜鐘」、王建「未卧嘗聞半夜鐘」、温庭筠「無復松窗半夜鐘」、于鵠「遥聽緱山半夜鐘」、李洞「月落長安半夜鐘」，是半夜鐘聲隨處有之。至孫仲益「烏啼月落橋邊寺，欹枕猶聞夜半鐘」、陳白沙「寒山鐘近不成眠，人在姑蘇半夜船」，則又皆楓橋實事矣。張禺山《點蒼歌》：「葉榆三百六十寺，寺寺半夜皆鳴鐘。」滇南風景，更自不同。

兔絲燕麥

古樂府：「道旁兔絲，何嘗可絡；田中燕麥，何嘗可獲。」言虚名無用也。徐禎起擬古全用其語，而繼以「人生天地間，虚名固無益」，得其解已。

首善書院

吴門歸奉世《與顧益庵書》於逆黨情事，可謂深切著明。

京城首善書院創於泰昌元年，爲鄒忠獻、馮恭定講學之所。天啓間，閹黨倪文焕借「東林」二字，詆爲僞學。疏曰：「聚不三不四之人，説不痛不癢之話，作不淺不深之揖，吃不冷不熱之茶。」遂仆碑毁主，而天下之書院俱廢。至崇禎壬申，始稍復之。馮太史元飈有《感舊》詩，略曰：「惟貞皇帝神授符，詔出明光徵大儒。有臣元標首應詔，誰並進者臣從吾。請爲天子建書院，揭以首善天之衢。彼譖人者亦太甚，曰宋之敗由程朱。封疆在今多事日，褒衣博帶何其迂。乙丙之際不可説，故老欲哭徒嗟吁。」當日顛末，此詩檃栝無餘。詳見《帝京景物略》及《春明夢餘録》。宋光宗紹熙元年，劉光祖乞禁道學之譏。帝下其章，讀者至於流涕。何澹見之，怳惚無措。寧宗慶元二年，胡紘又進僞學之黨。三年，從劉三傑之言，籍僞學五十九人，時韓侂胄專權也。明末之弊，與宋一轍。讀孫夏峰集，約略盡之。

書竄

李師中《送子方》詩：「去國一身輕似葉，高名千古重如山。」張東海《送羅一峰》詩：「百年事業丹心苦，萬古綱常赤手扶。」可參看。

梅聖俞《書竄》詩：「皇祐辛卯冬，十月十九日。御史唐子方，危言初造膝。」於文潞公排擯不遺餘力，至直斥其名曰：「宰相文彦博，邪行世無匹。」潞公弘才偉望，都官亦一時之彦，而極口訾議如此。天下是非，果未可定耶？其後潞公運回天之力，召還子方。休休有容之度，宜乎齒德兼隆也。

金山鐵甕

范文正爲宋朝第一流人物，而函蓋乾坤之量，亦往往見之於詩。如「金山寺近塵埃絶，鐵甕城高氣象雄」，絶似唐人家數。又如《過嚴灘》詩：「漢包六合網英豪，一個冥鴻惜羽毛。世祖功臣三十六，雲臺争似釣臺高。」足與「山高水長」四字並揭祠壁。

昌平舊廬

葛易之《劉蕡祠》詩，注稱本朝天曆間建書院。或有稱大定初者，誤也。

大和三年，劉去華以對策指斥宦官，遂被放，坎壈終身。至昭宗時，從羅衮之請，始贈諫議大夫。天曆間，昌平驛丞宫祺奏爲立祠新縣，即舊廬也。自唐至明，過客憑弔者不一，惟王文恪一首極爲周到，詩曰：「荒灣野木古城隅，何處昌平是舊廬？氣帶幽并多感慨，策如晁董亦迂疏。同時下第誰云屈，此外求言總是虚。不盡懷賢千古意，執鞭無路欲何如。」噫！近日風漢列名孫山外者不知凡幾，其不至周章罔措如楊嗣復者幾何！錢牧齋《過劉諫議祠》有句云：「千秋流恨成甘露，兩字驚心是北司。」設身處地，不覺墮入玄中。

武侯畫像

草廬有裔孫名當，元末隱遁，明初屢薦，竟不出。是又匹夫不可奪志者也。

吴草廬《題諸葛武侯畫像》云：「含嘯沔陽春，孫曹不敢臣。若無三顧主，何地著斯人？」又《自題草廬》曰：「抱膝《梁父吟》，浩歌《出師表》。」又《題大乾廟壁》云：「身合沈江甘殉楚，心知蹈海勝歸秦。」其心固未嘗忘宋室也，何至因雪樓一薦，累膺膴仕？明儒有謂許衡、吴澄不當仕元者，亦正論也。潘聲甫《遠遊》詩：「方從草廬公，共究鵝湖旨。奈何執德偏，一聘翻然起。」

黄　鵠

《韓詩外傳》：「田饒謂魯哀公曰：『夫黄鵠一舉千里，止君園池，啄君稻粱，君猶貴之，以其從來遠也。故臣將去君，黄鵠舉矣。』」晉樂府「黄鵠參天飛，半道還哀鳴」，出此。陳阮卓《賦得黄鵠一遠别》結曰：「一舉千里未能歸，唯有田饒解深意。」

星　宿

「宿」字作「秀」音，始於庾信《哀江南賦》「金精動宿」，與「東陵麟鬪」押韵。

焦弱侯曰：「『星宿』之『宿』，《韵略》音『秀』，誤也。『宿』是日月五星之次舍，以『止宿』爲義。《陰符經》『移星易宿』與『龍蛇起陸』叶韵。又古語『知星宿，衣不覆』，亦作入聲讀。」此祖嬾真子馬永卿語。則知昌黎《南山》詩、東坡《鄆州新堂》詩與「秀」字叶，皆誤也。《容齋隨筆》、《示兒編》皆以《韵略》爲誤。

家貧身老

司馬德操《與子書》：「聞汝充役，室如懸磬，何以自辦？論德則吾薄，説居則吾貧。勿以薄而志不壯，貧而行不高也。」斯言可銘座右。

張文昌詩：「家貧長畏客，身老轉憐兒。」人情物理，披寫無餘。吕晚村句：「病嫌賓客滿，貧覺子孫多。」雖脱化於此，然溪刻太深，不若文昌之渾厚也。黄星甫《偶書》：「身老方知生計拙，家貧漸覺故人疏。」較藴藉。

詠物

蔣大鴻曰：「巨山爲博所累，想其下筆過貪，有同錢癖。」

初唐詠物詩，惟李巨山最多，句句皆有典，故非淹博人不能詮解。少陵則又別有鑪錘矣。元微之詠物諸什亦有可採，但好爲譏刺，有努目張牙之態，宜杜紫微之痛詆也。金陵謝宗可有詠物一百首，俱七言近體。汪澤民謂「綺靡而不傷於華，平淡而不流於俗」。見《元人詩選》。

詠史

辛延年《羽林郎》、宋子侯《董嬌嬈》，此詠史之先驅也。張都事詠史亦用古體，能發前人未發之藴。見《圡笥集》。

詠史始於班孟堅，前人多用古體。至杜牧、汪遵、胡曾、孫元晏、元好問、宋无輩，以絶句行之，每每翻案見奇，亦一法也。劉後村詠史詩有三百首，游清獻愛之，携入都堂，故全帙不行於世。孟郊《贈鄭鲂》詩：「天地入胸臆，吁嗟生風雷。文章得其微，物象由我裁。」會得此語，方可詠物詠史。

蜜蒙花

畢文簡《答王黄門寄蜜蒙花》詩曰：「多病眼昏書嬾讀，煩君遠寄蜜蒙花。愁無内史詞兼翰，爲寫真方到海涯。」其孫將叔注云：「家有唐人所摹《十七帖》、《來禽》等四物外，又有《蜜蒙花》詩一種。」黄長睿謂《書法要録》並未載，此事不知何緣，畢氏有之。楊升菴謂此花可以染紙，引晉武帝以大秦國獻三萬，賜杜預萬幅，寫《春秋釋例》。則所云「真方」者，乃「染方」也。畢名士安，宋賢相。黄名伯思，有題跋諸法帖。「來禽」，或曰即林檎也。唐高宗時，李謹得五色者以獻，賜謹爲文林郎，因號「文林郎果」。

石榴裙

太白嘗作《長相思》樂府一章，末曰：「不信妾腸斷，歸來看取明鏡前。」夫人從旁視之曰：「君不聞武后詩乎：『不見比來嘗下淚，開箱驗取石榴裙。』」太白爽然自失。此即所謂「相門女」也。具此才情，故當與尋真、勝空爲侣，第不知嬌女平陽能繼林下風否？

採蓮曲

瓊山嘗有句曰：「眼前景致口頭語，便是詩家絶妙辭。」未免爲淺見寡聞者藉口。

丘瓊山《採蓮曲》云：「蓮花紅，蓮葉碧。紅似妾容妝，碧如妾裙色。輕紅易落碧易衰，情人道來竟不來。停橈轉棹日過午，藕絲斷盡蓮心苦。」妖艷非常，不似《大學衍義》中語。廬陵負斂錢之謗，而得謚文忠；瓊山以《鍾情麗集》爲人指摘，遂不得謚「文清」。細觀此曲，人言未必無根也。中郎詩「錦袍白馬誰家哥，郎不如卿奈妾何」，益蕩矣。于廷益亦有此題。金古良云：「艷情中具俠骨，方是忠肅本色。」

五柳圖

李超無《題五柳圖》：「凄慘江城柳萬條，淡煙疏雨夜蕭蕭。輕柔不似先生節，逢着東風便折腰。」熱譏冷刺，撇却尊題格之説。李名至清。《廬山録》有一詩曰：「五字高吟酒一瓢，廬山千古想風標。至今門外青青柳，不爲東風肯折腰。」是爲正格。

月在澗

「殘月低清渚，疏鐘隔翠微」，《曉發江上》句，亦佳。

藍明之詩：「暮歸山已昏，濯足月在澗。衡門栖鵲定，暗樹流螢亂。妻孥候我至，明燈共蔬飯。

佇立松桂涼，疏星隔河漢。」寫景閒曠，非以枯淡寂寥自命爲彭澤、蘇州者也。明之名智。洪武時辟薦。

蟾蜍硯

《宛陵集》云：「劉涇州以所得李士衡觀察家蟾蜍硯，其下刻云：『天寶八年冬端州刺史李元得靈卵石造。』示劉原甫。原甫辨云：『天寶稱「載」，此稱「年」，僞也。』遂作詩。予方飲酒，因與江隣幾諸君和之。」詩末曰：「仰天大笑飲君酒，硯真硯僞休開口。願封漆匣還與侯，請共江翁獨持守。」原甫素稱博物，不止辨龍雀雙環已也。雙池俞氏流寓金陵，嘗以宋徽宗畫鷹見示，下有王晉卿贊。余一見曰：「僞物也。」衆問故，余曰：「君前臣名。」

天根

康節詩：「乾遇巽兮觀月窟，地逢雷處見天根。天根月窟閒來往，三十六宫都是春。」又云：「忽聞夜半一聲雷，萬户千門次第開。若識無中含有象，許君親見伏羲來。」又云：「唐虞揖讓三杯酒，湯武征誅一局碁。」又云：「讀書每到天根處，常懼諸公問極玄。」元會運世之旨，早已逗漏了也。

語穽心兵

《史記·趙世家》：「李兑謂肥義曰：『毋爲怨府，毋爲禍梯。』」劉晝《新論》引之。韓退之《秋懷》詩：「詰屈避語穽，冥茫觸心兵。」四字雖屬生造，却與「怨府」、「禍梯」頡頏。

悲春

「悲春」二字見於《豳風》。自楚大夫有《悲秋賦》，無有更言春者。惟鮑明遠詩：「節運同可悲，莫若春氣甚。和風未及燠，遺涼清且凛。」以《葩經》爲祖。此外則昌黎有「皇天平分成四時，春氣漫誕最可悲」，東坡有「春來故國歸無期，人言悲秋春更悲」，皆以參軍爲準，餘罕見。鮑詩，《類函》誤作陸機。

四秋

《文心雕龍》曰：「春日遲遲，秋風颯颯。情往似贈，興來如答。」故自昔聖賢，以此二時紀事。

凡物始生爲春，成熟爲秋。《管子》曰：「歲有四秋，分佈四時。」農事作春之秋，絲纊作夏之秋，五穀會秋之秋，女工成冬之秋。《國風》：「一日不見，如三秋兮。」是以日爲秋也。唐以天子生辰爲千秋節，是以歲爲秋也。《莊子》：「冥靈以五百歲爲秋，大椿以八千歲爲秋。」較諸前言，奚啻日劫相倍。

捧硯看題

藍田王霞卿嘗旅寓會稽，一日遊唐安寺，題詩壁上，係以序曰：「光啓三年，陽春二月，王氏霞卿登於寺閣。臨軒軫視，覩物增悲。雖觀焕爛之華，但比淒涼之色。時有輕綃捧研，小玉看題。」詩曰：「春來引步强尋幽，恨覩煙霞簇寺樓。觸目盡爲停待景，雙眉不覺自如鈎。」序佳於詩，亦以春爲悲者也。唐安寺，今無考。

景仙盤車

歐陽永叔《贈李景仙》詩：「無爲道士三尺琴，中有萬古無窮音。彈雖在指聲在意，聽不以耳而以心。」《題盤車圖》詩：「古畫畫意不畫形，梅詩詠物無隱情。忘形得意知者寡，不若見詩如見畫。」「梅詩」者，謂宛陵曾題也。兩章段落俱有至詣。琴耶？畫耶？詩耶？其得無聲三昧者耶？

闖觻

梅聖俞《送方士遊廬山》詩有云：「老僧避俗去足跣，野客就澗開門闖。」又云：「塢田將獲鳥雀橫，秋果正孰猿猴觻。」「闖」、「觻」二字未經人道。《國語》：「闖門而與之言。」《音義》曰：「闚門也。」《類篇》曰：「門不正開也。」「開」、「闖」二字犯重。「觻」，噍齒聲，《孔雀明王經》音「懂」。

田園

方岳《深雪偶談》曰：「石湖《田園雜詩》驗物切近，但太憑力氣，於唐人之藩，尚窘步焉。」

范石湖《四時田園雜興》詩，於陶、柳、王、儲之外別設樊籬。王載南評曰：「纖悉畢登，鄙俚盡録，曲盡田家況味。」知言哉！其《村田》樂府十首，於臘月風景，縇染無遺。吴中習俗，至今可想見也。孫大雅謂宋孝宗欲相范致能，以其不知稼穡之艱，遂中止。致能因賦《田園雜興》詩六十首。詳見湯延尉《公餘日録》。

田一頃

桓帝永康末童謡曰：「茅田一頃中有井，四方纖纖不可整。嚼復嚼，今年尚可後年鐃。」《風俗通》

作「譊」。「鐃」、「譊」二字總不可解，或是「澆薄」之「澆」、「磽瘠」之「磽」。

誡子弟

張東海嘗以詩誡子弟曰：「父兄勞於官，子弟逸於家。一逸已過分，況乃事奢華。軒軒傲閭里，僕僕趨縣衙。不知禍所係，方謂勢可誇。勢亦有時歇，禍來或無涯。何如慎德業，庶幾永無譁。」真藥石良言也。高門貴胄，宜人寫一通，置之座右。東海爲部郎，作《假髻》詩以諷時事，出爲南安太守。

雞鳧行

陳名基，臨海人，出黄文獻之門。

陳敬初《雞鳧行》曰：「雞與鳧，皆鷇育，鳧愛水游雞愛陸。鳧昔未辨雌與雄，母不顧之雞爲伏。雞渴不飲飢不啄，以腹抱鳧誰敢觸。鳧脱鷇，雞鼓翼。日日庭中求黍稷，啄啄呼鳧使之食。鳧羽日𧝓褷，一朝下水不顧雞。雞在岸，鳧在水，賦性本殊徒爾耳。雞知爲母不知鳧，恨不隨波共生死。」觸物比興，唤醒癡人不小。似我似我，物固有之也。

耕織圖

劉侍詔松年作《耕織圖》，宋孝宗頒行郡縣。李石城宗伯嘗賦之，有曰：「少婦每憂蠶利薄，老夫惟愛秫苗多。」又曰：「播穀競趨新禹甸，條桑猶記舊《豳風》。」乃月泉吟社題也。宋樓璹爲於潛令，嘗以此爲式。明鄺璠知吴縣，纂入《便民圖》。

柳亭詩話卷二十二終

柳亭詩話卷二十三

山陰宋長白纂

歠粥

解學士《歠粥》詩起云：「水旱年來稻不收，至今煮粥未曾稠。」結云：「早間不用青銅照，眉目分明在裏頭。」張子正云：「不識歲之凶荒而飽食終日者，可以省矣。」詳見《宦遊紀聞》。杭人「煮飯何如煮粥强」之詠，可謂自嘲仍自譽也。

寒餓

《後漢書》：「耿恭謂岑彭曰：『方今漢基頽圮，英雄寒餓。』」杜牧之自序本此。蘇子瞻《答趙薦》詩有云：「詩人例窮蹇，秀句出寒餓。」又有「秀語出寒餓，身窮詩乃亨」之句，乃次韵仲殊者。王盧溪《贈洪覺範》詩：「世間何處著斯人，秀句天教出寒餓。」又以坡句爲「狐白裘」也。楊誠齋有云：「人皆以飢寒爲患，不知所患者正在不飢不寒耳。」此語殊有至誚，不第爲詩人言也。

洗冷腸　王子晉論墨翟之徒，世謂熱腹；楊朱之侶，世謂冷腸。

正德時嘗幸湯泉，有宫人題詩石上云：「滄海隆冬也異常，小池何事暖於湯？溶溶一脉流千古，不爲人間洗冷腸。」余謂世間從無有熱腸者，雖以大塊爲鑪，雙丸爲炭，盡四海水而百沸之，求其暫爾融和，了不可得。而此郎欲以華清礐石遍浣天下沈痾，悮矣！

榜中名　唐宣宗嘗自稱「前鄉貢進士李道龍」，彼時重榜中名如此。

魚玄機遊崇真觀，覩新及第題名處，慨然垂羨，因賦詩曰：「雲峰滿目放春晴，歷歷銀鈎指下生。自恨羅衣掩詩句，舉頭空羨榜中名。」幼微欲求三清長生之道，而未忘解珮薦枕之歡，皆名根不斷，有以致之也。畢命咸宜，又安得所謂「無價寶」乎！

詩賬

坡集有《杭州故人信至齊安》詩，末云：「一年兩僕夫，千里問無恙。自注云：故人相約醵錢僱僕，未一歲，再至黄。相期結書社，未怕供詩賬。注云：僕頃以詩得罪有司，移杭，取境内所留詩，杭州供數百首，謂之詩賬。還將夢魂去，一夜到江漲。注云：江漲，橋名。」讀此可見公與杭人上下交孚之至，舒亶、李定輩肉寧足食乎？勿軒熊鉌《題東坡集後》：「公詩蓋三變，每變輒近正。少年縱横習，豈易造此境。」當是過海以後詩也。

鈦厥趾

原注曰：「鈦」，徒故反，足鉗也。

歐陽公《送朱職方提舉運鹽》詩，中有云：「治國如治身，四民猶四體。奈何窒其一，無異鈦厥趾。」注云：「鈦，音第。」《史記》：「私鑄器煮鹽者，鈦左趾。」時鹽禁太厲，公即以職方之策述之於詩。因繼以鹽官，皆謂然。丞相曰：「可喜安頓有情，不比大蘇聞《韶》之詠，取憎於人也。」

問鼎拔山

唐玄宗《途次舊宫》詩：「長懷問鼎氣，夙負拔山雄。」似齊、梁諸鎮分争口角，殊無撥亂反正之心，可怪也。紫陽謂《度蒲津關作》「姿稟英邁，有帝王氣燄」。新都謂「藻鑑不及文皇，而氣骨過之」，引「翠屏千仞合，丹嶂五丁開」諸句爲據。康樂《道路》詩：「滿目皆古事，心賞貴所高。」紀遊寓目，不可無此見解。

左馮

蘇頲《長春宮》詩：「赫赫惟元后，經營自左馮。」鄭谷《上狄右丞》詩：「昔歲曾投贄，關河在左馮。」稱左馮翊爲「左馮」，亦如以河南尹爲「河尹」也。「馮」讀如字，不作「平」音。白樂天有「左馮雖穩我慵來」之句，劉禹錫有《自左馮歸洛下》詩。

膠山絹海

章孝標《詠破山水屏風》頸聯曰：「雨滴膠山斷，風吹絹海秋。」二句以生造出奇。

禽荒

唐人應制詩有「都俞」，而無「吁咈」。惟魏知古《從獵渭川十韵》起句曰：「嘗聞夏太康，五事訓禽荒。」中云：「此欲誠難縱，兹遊不可常。」結云：「辛甲今爲史，虞箴遂孔彰。」骨鯁良言，不意於《長楊》、《上林》中見之。李日知《陪宴安樂公主館》詩：「所願但知居者樂，無使時稱作者勞。」中宗重之。

汴京

彦沖名子翬，世稱屏山先生。

劉彦沖《汴京紀事》詩：「神霄宫殿五雲間，羽服黄冠綴曉班。詔許群臣親受籙，《步虚》聲裏認龍顔。」「輦轂繁華事可傷，師師垂老過湖湘。縷衣檀板無顔色，一曲當時動帝王。」此二首含情無限，絶勝《建康六詠》。或有以次首爲師師自作，此真不知馬之幾足者也。

𪓐𪓐

《吴都賦》作「𪓐」，《唐韻》作「𪕸」，《正韻》作「𪓐」，《周書·王會解》作「費費」，曰：「北方謂之土螻。」師古曰：「梟羊也。」俗謂「山都」。按《山海經》：「梟陽國在北朐之南。」訛作「羊」。《廣東新語》曰：「即人熊。」「𪓐」又作「𪓐」。

許郢州《送王隱居歸南海》詩：「林藏𪓐𪓐多殘筍，樹過猩猩少落花。」「𪓐𪓐」即狒狒，見人則大笑，舌覆於面，遂掩其目。行人預袖長釘，釘其舌而走。此物甌越山中亦有之。猩猩但聞其嗜酒，豈亦能啗花耶？皮襲美《寄瓊州楊舍人》詩：「行遇竹王因設奠，居逢木客又遷家。」日南風土之惡如此，故古人以爲畏途也。

故山秋

島每於除夕以酒脯祭其詩文，曰：「勞吾精神，以此補之。」

「獨行潭底影，數息樹邊身」，此賈閬仙句也。自注其下曰：「二句三年得，一吟雙淚流。知音如不賞，歸卧故山秋。」魏泰曰：「不知此二句有何難道，至於三年始成而一吟淚下也！」島矜而泰刻。吾欲以少陵「爲人性癖耽佳句」二語，并渭南「作詩未必能傳後」二語爲二君解紛，有識者定不以爲錯下名言也。泰字道輔，著《碧雲騢》，駕其名於梅都官。

乞米乞食

梅聖俞：「幸存顔氏帖，況有陶公詩。乞米與乞食，皆是前人爲。」按：顔魯公乞米於李大夫曰：「拙於生事，舉家食粥。」今其帖尚存。乞食不止陶公，前有羅友。

清陰清影

達兼善《題柯敬仲畫竹》結云：「娟娟惟有窗前竹，長是清陰伴夕暉。」又云：「記得九霄秋月上，滿庭清影露蒼苔。」兼善即泰不華，以台人爲台守，部民呼爲「到底清」者。後死方國珍之難，謚忠介。

鼻亭公　嶺南有鼻天子墓，王文成有《象祠記》。

涪翁《鷓鴣》詩：「真人夢出大槐宮，萬里蒼梧一洗空。終日憂兄行不得，鷓鴣應是鼻亭公。」按《山堂肆考》：「鼻亭祠在道州，相傳象封於此。」柳子厚嘗作《斥鼻亭祠記》。周愛蓮詩：「憂兄常説行難動，爾亦胡爲不得歸。」鷓鴣啼聲「行不得也哥哥」，故二公以「兄」字醒之。「鼻亭」，引據僻甚。鷓鴣飛必南翥，恒以木葉蔽身。晉安呼爲「懷南」，江左名曰「逐隱」，一名「花豸」。

張　夏

張祖望紀行有《張夏店》詩，略云：「側身入土岡，緣路盤地裂。雜沓樹陰生，蔥蘢谷雲結。」自注曰：「古莊嶽地，後人訛傳今名。」余謂秦亭所注，必有考證。然或謂兩山相夾，故曰「張峽」。秦亭生平著述甚富，歿後乏人經理。大兒昱手訂其稿，湯古田壽諸梓，僅十分之一云。

北幹

蕭山城内有清風坊，相傳爲許詢故里。劉真長曰：「清風明月，輒思玄度。」因取以名坊。一云詢有園在北幹山下，築室其上，蕭然自放，因號蕭山。宋徐天祐詩：「高栖不受鶴書招，北幹家園久寂寥。明月空懷人姓許，故山猶自岫名蕭。」毛西河《刊誤》云：「蕭山其來已久，非因玄度得名也。」

剡紙

顧逋翁《剡紙歌》：「剡溪剡紙生剡藤，噴水搗爲蕉葉稜。欲寫金人金口偈，寄與山陰山裏僧。」陸魯望詩：「剡紙光如月。」歐陽永叔詩：「剡藤瑩滑如玻璃。」黄山谷詩：「剡藤蜀繭照松煙。」一名「玉版」，一名「敲冰」。東坡、聖俞俱有詩，今絶響已。舒元輿有《悲剡藤文》，在唐時已預憂藤之將盡也。

榕葉

閩、粵之間，其樹榕有大葉、細葉二種。紛披輪囷，細枝着地，遇水即生，亦異品也。前人取爲詩料，始於柳子厚「榕葉滿庭鶯亂啼」。蘇子瞻有「卧聞榕葉響長廊」，楊誠齋有「榕樹梢頭訪古臺」，程雪樓有「老榕能識舊花驄」，湯臨川有「榕樹蕭蕭倒挂啼」，此外無有專詠者。按：《爾雅》、《説文》諸字書皆遺此字，《本草・木部》亦無榕木。《嶺表録異》曰：「蛤蚧多巢榕木間。」又福州府名榕城。《正字通》補入之。

碧天垂影

大明湖在濟南府，歷下最勝處也，亦名西湖。曾南豐詩：「湖面平隨葦岸長，碧天垂影入清光。一川風露荷花曉，六月蓬瀛夜坐涼。」彭淵材嘗恨子固不能詩，存此一臠，以當解嘲。其《金山寺》一首，中二聯亦佳。至《詠金綫泉》詩「界破冰綃一片天」，又祖徐凝之句，不知蘇長公曾見之否？

鵝溪絹

潼州鹽亭縣西北八十里，有地名鵝溪，出絹甚佳。文與可《寄子瞻》詩：「待將一匹鵝溪絹，掃取寒梢萬尺長。」蓋以畫竹爲寄也。東坡和之，亦有「爲愛鵝溪白繭光，掃殘雞距紫毫鋩」之句。按庾肩吾《答武陵王賚絹啓》：「闕東之絹，濳織陋其卷綃。」杜少陵所謂「東絹」者，以其産於東川也。「寒梢萬尺」，倘如坡翁較量，取作襪材，便足了一生矣。

小宛堂

趙凡夫小宛堂去支硎山十里，自署其名曰寒山。名流造訪，每以畦蔬園果作具。王辰玉詩：「月白松已花，雷驚笋初出。分彼鳥雀糧，聊爾供口實。」陳仲醇詩：「泉流茶竈下，藥繞竹溪間。相看不忍別，松月共牀眠。」皆實録也。仲醇《題香祖庵》：「異人常在漁樵裏，老鶴多眠蘭蕙中。」

十年事

按：壁間句乃杜荀鶴《旅懷》二首之一，其起句曰：「月華星彩坐來收，岳色江聲暗結愁。」

吴薗次曰：「宛平有歐先生者，忘其名。爲諸生時，夢入古寺，壁間有『半夜燈前十年事，一時和雨到心頭』之句，醒而異之。後督學粤東，行部較士，遇雨，避入古刹，宛若夢中。壁間恰題前句，墨跡猶新。呼僧詢之，則三日前一過客所書也。徬徨不寐，漏三下而罷官之報適至。先生乃嘆數由前定，遂掛冠，學道終南山去。」

黄牡丹

「國色朝酣酒，天香夜染衣」，詠牡丹無有過於此者。成化時，湯克難琛、張豫源淮用中峰《詠梅》韵，即席各賦百首。一序於都南濠穆，一序於錢東湖仁夫，皆刻成帙。惜無人纂入《牡丹譜》中。

鄭超宗家有黄牡丹，盛開時製一金叵羅，曰：「賦詩最佳者，以此酬之。」番禺黎孝廉遂球詩成爲最，因得此觥。「燕銜落蕋成金屋，鳳蝕殘英化寶胎」、「月華醮露扶仙掌，粉汗更衣染御香」，其警句也。徐子能有序。黎字美周，嘗自題小像曰：「狀貌若婦人，力能挽强弓。豈是木蘭女，無勞問雌雄。」後與楊、萬、龔、姚四人殉難，贈太僕少卿。有五忠祠，在鬱孤臺側。

玉井蓮

昌黎《古意》詩：「太華峰頭玉井蓮，花開十丈藕如船。」施青臣曰：「始意退之自爲豪偉之詞，後見《關尹傳》：『老子曰：真人遊時，各坐蓮花之上，花輒經十丈。』諸家注韓詩皆遺而不收，因表出之。」按内典：千葉蓮花，其大幾十由旬。如置十丈於旁，何異粺米之在太倉耶！

改爾止

桐城方文，字爾止，謁故人於江右，得疾死。後有請仙者，乩動，乃爾止也。判云：「半生詩酒作生涯，老死江干未到家。我到黄泉無所見，閻羅仍舊帶烏紗。」爾止平日作詩皆如此類，又好改人詩，人因呼曰「改爾止」。爾止好講道學，每自稱老名士。有妾死，繪《抱鴛圖》，懸之帳中。里人作小詞刺之，詳載《今雨聞》。

削不成

《山海經》云：「太華之山，削成而四方。」古人謂稟西方肅殺之氣，故骨立無膚。余嘗兩過其下，一盛暑，一嚴冬。煙消雪霽，真有移步換形之妙。因憶張燕公詩：「寒空類削成。」而岑嘉州增一字，曰：「天外三峰削不成。」後賢竭力形容，早已被神后一言刊定也。玉女峰頭有遺老孫岫雲遁跡於此。張賜卣嘗訪之千尺幢，謬期與余一晤，乃自河湟返轡，雪阻華陰，停鑣數日，留題廟壁而南，真生平一大恨事也。

高軒過

《昌谷集》有《韓員外皇甫侍御見過》詩，注云：「賀七歲能詞章，二公未信，過其家，使賦詩。援筆立就，目曰《高軒過》。二人大驚，自是知名。」余按《仁和里雜序詩》注曰：「湜新尉陸渾。」中有云：「安定美人截黃綬，脱落纓裾瞑朝酒。」黃綬尉服，正指湜也。末云：「欲雕小説干天官，宗孫不調爲誰憐？」乃自謂也。夫曰「不調」，則居奉禮久矣。而湜自尉遷侍御，安得七歲時遂署其銜耶？況「秋蓬」、「死草」，尤非細瘦通眉語氣。則知歷來傳爲口實者，皆未就本集細考之故也。昌黎作《諱辨》，皇甫湜曰：「若不明白，子與賀且得罪。」是賀舉進士不成，方就奉禮，而湜尉陸渾適與同時。迨湜遷侍御，賀已踰弱冠之年矣。姚辱庵評注尚欠精細在。

桂問答

王無功《問春桂》:「桃李正芳華,年光隨處滿,何事獨無花?」《春桂答》:「春花詎能久,風霜摇落時,獨秀君知否?」此以五言三句成文者。盧玉川問答諸什,其題祖此。

清商曲

包明月《清商曲》:「當曙與未曙,百鳥啼前窗。獨眠抱被歎,憶我懷中儂,單情何時雙?」與沈玩《前溪歌》:「黄葛結蒙蘢,生在洛溪邊。花落逐水去,何當順流還,還亦不復鮮。」同一機調。

負心

謝康樂《去郡》詩:「牽絲及元興,解龜在景平。負心二十載,於今廢將迎。」按:「元興」係晉安帝壬寅之歲,「景平」則宋滎陽癸亥間也。歷兩姓四主,實二十二年。「去郡」者,以孟顗構之，去永嘉郡也。迨元嘉初，復自侍中遷臨川内史。又曰：「寸心若不亮，微命察如絲。」而卒不免於禍。「負心」二字，乃此公天真發露處。羲唐《擊壤》之喻，毋亦溺人必笑耶！《廬陵墓下》云：「平生疑若人，通蔽互相妨。」吾欲以此二語還質之。《過始寧墅》云：「違志似如昨，二紀及兹年。」「違志」二字，可與「負心」二字對勘。

獨往

何遜《示同僚》詩：「在昔愛名山，自知歡獨往。」杜牧《期沈舍人遊樊川不至》詩：「邀侶以官解，泛然成獨遊。」「獨」字妙甚。王季重所謂「滿臉舊選君氣，足未行而肚先走，山水之間着不得」者，即此故也。

巧婦才人

白樂天《見小姪龜兒詠燈詩并臘娘製衣因寄行簡》一首結曰：「巧婦才人常薄命，莫教男女苦多能。」老人閱歷既多，關心自切。可見騎羊𧖅鳳，詠絮銘椒，直與庭前瑞草等耳，何必多。

世情公道

羅鄴詩：「年年點檢人間事，惟有春風不世情。」杜牧詩：「公道世間惟白髮，貴人頭上不相饒。」松直棘曲，鵠白烏玄，不必更下轉語。

千歲憂

《荀子》：「人生無百年之壽，而有千歲之信士，何也？曰：以千歲之法自持者，是乃千歲之信士矣。」《十九首》：「生年不滿百，常懷千歲憂。」王梵志云：「人是黑頭蟲，枉作千年調。生鐵鑄門限，鬼伯拊掌笑。」此偈又爲《荀子》別下一錘。

想夫憐

李涉《聽多美唱歌》曰：「一曲《梁州》聽未了，爲君別唱《想夫憐》。」白樂天有《想夫憐》詩題，結曰：「長愛夫憐。」第二句「請君重唱夕陽開」，注曰：「王右丞詞『秦川一半夕陽開』。」如此箋釋，難以臆解。而或謂「想夫憐」者，係「相府蓮」之訛，蓋庾杲之「緑水紅蓮」故事也。

室思

徐幹有《室思詩》一首，凡十句，所謂「人靡不有初，想君能終之」是也。又有五首，《玉臺》編入《雜詩》，《藝文》以三首仍作《室思》，亦每章十句。有云：「自君之出矣，明鏡暗不治。思君如流水，何有窮已時。」六朝以下，每截其首一句爲題，宋孝武亦有此作，當以《藝文》爲正。

堂皇

《漢書・胡建傳》：「列坐堂皇上。」注：「室無四壁曰皇。」劉孝威詩：「堂皇更隱映。」江總詩：「石路接堂皇。」《西京雜記》：「思賢苑有堂隍六所。」又作「隍」。

題畫

唐六如《題畫》云：「百尺松杉貼地青，布衣衲衲髮星星。空山寂莫人聲絶，狼虎中間讀道經。」又云：「紅樹中間飛白雲，黄茅檻底界斜曛。此中大有逍遥處，難説於君畫與君。」蓋自題幀首也。他作雖多，此二首獨有出塵之致。

戲題

元微之《水上寄樂天》詩，每句頂針滚下，亦以疊字爲戲筆。

近體詩有一篇之中疊字數見，如「龍池躍龍龍已飛」、「杜牧司勳字牧之」之類，人所識也。至如長孫輔佐《别後夢别》一首，人所未知。今録於後：「别中還夢别，悲後更生悲。覺夢俱千里，追期難再期。翻思夢裏苦，却恨覺來遲。縱是非真事，何妨夢會時。」柳子厚《種柳》詩云：「柳州柳刺史，種柳柳江邊。」自云：「戲題。」陶淵明《止酒》詩連用「止」字二十。梁湘東王《春日》詩十八句，「春」字凡二十三。鮑泉和之，用「新」字凡三十，尤奇。張蜕庵水字五言律，通首用水傍四十，尤爲狡獪。

曉妝

楊盈川有女姪，曰容華，嘗賦《曉妝臨鏡》詩。盈川向鄭羲真誦之，鄭大擊節。復誦己作數首，鄭皆曰：「不如首作。」詩曰：「啼鳥驚眠罷，房櫳曙色開。鳳釵金作縷，鸞鏡玉爲臺。妝似臨池出，人疑向月來。自憐方未已，欲去復徘徊。」初唐四傑近體猶踵六朝。容華字字入律，以擬盈川，勝於道韞之駕封胡。其詩與《朝野僉載》小異。

映水曲

范靖同妻沈滿願坐後園觀灑翠池，又上洗心亭，共索筆硯爲《映水曲》。沈先成，曰：「輕鬢學浮雲，雙蛾擬初月。水澄正落釵，萍開理垂髮。」靖奇之，不復敢作。按：滿願詩雜見於諸集，靖亦從無和之者。滿願，隱侯孫女。靖，或作静。

梅杏

「壯士軍前半死生，美人帳下猶歌舞。」不意二姬攘爲粉本。

趙丞相南仲嘗避暑水亭，作詩，僅成六韵，忽睡去。侍兒小梅、小杏戲續云：「公子猶嫌扇力微，行人尚在紅塵道。」南仲以爲得風人之旨，遂存之。吾意欲以柳枝、萱草雜置梅、杏之旁，爲四大書記。龐德公《於忽操》：「行者艱而莫休，居者坐而笑歌。」古人之言，何其質直耶！蔡中郎《青衣賦》：「精慧小心，趨事如飛。」梅、杏有之。

瓊花

揚州瓊花，天下祇一本。自隋歷宋，士大夫愛重之，作亭花側，署曰「無雙」。德祐乙亥，北師至，花遂萎。趙棠國炎以詩吊之，曰：「名擅無雙氣色雄，忍將一死報東風。他年我若修花史，合傳瓊妃列女中。」山礬玉蕋，辨論風生，究不知此花出處爲何如也。

紅木樨

宋時象山縣士子史本家有木樨一株，忽變紅色，因獻闕下。高宗畫於扇面，仍製詩賜從臣，曰：「月宮移就日宮栽，引得輕紅入面來。好向煙霄承雨露，丹心一點爲君開。」又曰：「秋入幽巖桂影團，香深粟粟照林丹。應隨王母瑶池宴，染得朝霞下廣寒。」自是四方争傳其本，歲接數百，史氏遂致富焉。《堯山堂外紀》以第一首爲明高廟作，誤甚。《群芳譜》謂洪武年間事，二詩俱指高廟，尤誤。

冬青樹

楊髡發宋陵，林景曦結義士，紿西番僧，得高、孝兩陵骨，貯以函，葬東嘉。移常朝殿前冬青樹一株，植以爲識。其《夢中》詩十首，有曰：「一抔未築珠宫土，雙匣親傳竺國經。只有春風知此意，年年杜宇哭冬青。」又曰：「空山急雨洗巖花，金粟堆寒起暮鴉。水至蘭亭更嗚咽，不知真帖落誰家。」詳見鄭元祐《遂昌雜録》。

拜杜鵑

杭城失守，汪元量有詩曰：「西塞山邊日落處，北關門外雨來天。南人墮淚北人笑，臣甫低頭拜杜鵑。」《題王導像》曰：「秦淮浪白蔣山青，西望神州草木腥。江左夷吾甘半壁，只緣無淚灑新亭。」後隨謝后北遷，故官人能詩者皆元量教之。元世祖命爲黄冠，號水雲。久之，得南還。少主瀛國公及諸王故相、昭儀王清惠以下二十有九人分韵賦詩餞之，以「勸君更盡一杯酒，西出陽關無故人」爲韵。水雲歸，少主復有詩曰：「寄語林和靖，梅花幾度開。黄金臺下客，應是不歸來。」

三賢堂賣酒 豫章徐孺子亭賣酒，劉後村以詩諷之，與此略同。

寶慶丙戌，袁樵尹京於西湖三賢堂賣酒，有人題壁曰：「和靖東坡白樂天，三人秋菊薦寒泉。而今滿面生塵土，却與袁樵課酒錢。」按：南渡時，有一袁紹知臨安府，多惠政，人稱爲「袁佛子」。其姓名與本初全同，罕有知者，而此袁反以賣酒傳。

朝京圖

白塔橋印賣《朝京里程圖》，士夫往臨安，必買以披閲。有人題壁曰：「白塔橋邊賣地經，長亭短驛甚分明。如何祇説臨安路，不道中原有幾程？」此詩較「直把杭州作汴州」，語更藴藉。

誓儉草

元世祖建大内，移沙漠莎草，種於丹墀，以示子孫，曰「誓儉草」。柯九思詩：「黑河萬里金沙漠，世祖深思創業難。數尺闌干護青草，丹墀留與子孫看。」傅咸嘗謂：「奢侈之費，甚於天災。」世祖作法於涼，其計久遠也深矣。而庚申君竟以驕奢自壞，土偶淚下，天實爲之。《草木子》曰：至正間大司農達不花《宫詞》。

詠薔薇

「女真黄」三字乃文潞公牡丹名。

劉静修《詠薔薇》曰：「色染女真黄，露凝天水碧。花開日月長，朝暮閲兩國。」其《詠海南鳥》曰：「聲聲解墮金銅淚，未信吴兒是木人。」較王景略之語苻堅，含蓄尤深。

觀物吟

王筠《野中吟》曰：「蘭薰種而不茂，櫂蕕剪而還多。」邵康節用爲《觀物吟》，曰：「芝蘭種不榮，荆棘剪不去。二者無奈何，徘徊歲將暮。」白樂天《齊物》詩：「青松高百尺，綠蕙低數寸。同生大塊間，長短各有分。」天覆地載，何所不容？知其不可奈何而安之若命，非天下之達人，其孰能與於斯？程明道謂堯夫襟懷放曠，如空中樓閣，四通八達。如云：「須信畫前原有《易》，自從删後更無《詩》。」從古未有人道得。

棡鼓曲

計甫草《寄朱子容》詩結曰：「我有黄帝棡鼓曲，爲爾載奏衝奇寒。」按《雲笈七籤》：「黄帝出師涿鹿，以棡鼓爲警衛，其曲有十。」今無考矣。此二字詩家罕見。甫草因湯仲舒被難，子容責其不能力救，故以詩報之。魏四明嘗質於顧茂倫，乃悉其情事云。錢湘靈《哭甫草》詩：「詩篇零落追高適，佛土薰修失右丞。」甫草氣骨傲岸如常侍，而又與湘靈依止檗庵老人，故云。

柳亭詩話卷二十三終

柳亭詩話卷二十四

山陰宋長白纂

慶善宫

唐太宗《幸武功慶善宫》詩：「壽丘惟舊跡，酆邑乃前基。粤予承累聖，懸弧亦在兹。」此帝生時故居也。貞觀六年九月，車駕幸之。因宴從臣，賞賜閭里，樂而賦詩。起居郎吕才請叶宫商，被之管絃，命曰《功成慶善樂》。使童子八佾爲《九功》之舞，與《破陣樂》偕奏於庭。史稱魏徵見《九功》舞不視，見《七德》舞則諦觀者即此。蔣大鴻曰：「文皇詩，其源出於建安，而雅尚子桓。故風氣雖移，音情彌遠，非獨文似，抑亦人似矣。」

白水丹陵

太宗《重幸武功》詩：「白水巡前跡，丹陵幸舊宫。」以下復用「碧空」、「丹闕」、「霜白」、「日紅」諸字，其氣象亦如草昧初開，諸事未暇遑也。「於焉歡擊筑，聊以詠《南風》」，似非其境。

出關

魏玄成《出關述懷》詩：「中原還逐鹿，投筆事戎軒。縱横計不就，慷慨志猶存。」結云：「季布無二諾，侯嬴重一言。人生感意氣，功名誰復論。」此從李密歸唐，授秘書丞，出關招集時也。妙在直述本懷，不作一毫粉飾。蔣杜陵曰：「唐人五古深得漢、魏風格者，首推此篇。」宜于鱗以之壓卷也。按：太宗在洛陽幸積翠池，命群臣各賦一事。徵賦《西漢》詩曰：「終藉叔孫禮，方知天子尊。」太宗曰：「魏徵每言，必約我以禮。」所謂「深懷國士恩」者，於後來尤驗。

夜坐

孔毅父《夜坐庵前》詩略云：「翛然耳目静，覺此宇宙寬。晏坐得俄頃，境幽心已閒。所以學道人，類多隱深山。」《送謝仲規致仕》詩略云：「急流能勇退，千古未有一。鴻鵠羽翼成，高飛脱羅罻。鷦鷯未有巢，側目空自失。」泠然嗒然，見道之言。

錯莫

鮑照《行路難》：「今朝見我顔色衰，意中錯莫與先異。」沈滿願詩：「風彌葉落未離索，神往形返情錯莫。」此二字老杜用之《瘦馬行》，餘則元詩屢見。太白詩：「長吁莫錯還閉關。」「莫錯」二字數見，豈即「錯莫」之訛歟？

紜紛

棗據《表志賦》：「蹈紜紛之絶軌，攀大椿之疏柯。」陸機《遂志賦》：「惟萬物之運動，雖紛紜而相襲。」吴筠《贈别》詩：「紜紛巫山石，合沓洞庭瀾。」陰鏗《送始興王》詩：「紛紜連山暗，潺湲派水清。」則此二字可互用。

觀劇

虞山《觀劇》詩：「青袍便擬休官在，紅粉還能入道無？」上句余即以「食寧留碩果，飲遽散初筵」

爲注，下句即以「割肉歸神社，挑燈送佛錢」爲注，所謂「本地風光，兩彩一賽」也。第不知於絳雲樓、我聞室能印可否？虞山又有句曰：「人生百年一戲笥，郭郎鮑老多憔悴。」故以禪悦爲味也。

觀碁

虞山於金陵、武林俱有《觀碁》詩四首。於金陵則曰：「老夫袖手支頤看，殘局分明一着難。」於武林則曰：「世間國手知誰是，鎮日看碁莫下碁。」喻以六朝，比諸兩兔，此正庾子山所云「但坐觀於時變，本無心於急難」，宜乎有「白馬」、「盧龍」之諷也。《丁卯書事》云：「獨對空枰嘗歛手，每臨殘局更談碁。」《己巳》又云：「長安碁局日紛紛，着眼争如局外人。」《辛卯京口六絶》云：「年來覆盡楸枰譜，局後方知審勢難。」傳曰：「舉碁不定，則不能勝其偶。」歐陽公有語曰：「勝碁所用，敗碁之着也；興國所用，亡國之臣也。」杜陵《秋興》之悲，當不外此。

晚節

遺山詩：「風霜侵晚節，天地入歸心。」静修詩：「吾儒關世運，晚節見初心。」漢、唐以來，於「晚節」二字能着眼者，有幾人哉！

二村

《忠義集》七卷，當宋、元之交，南豐劉二村裒集真忠實義之人，據所見所聞而録之，挽以詩，而以殉節諸公并遁跡山林之遺詠附焉。里人趙景良萃爲一編，至弘治時，王僉事廷光重梓以行，盱江何尚書喬新序之。二村者，水村名壎，如村名麟瑞。此書世不多見，余家有之，可補《宋史》之缺文，可摭宋詩之未備。第哀絃促管，難以卒讀云。

桃源

高屯田斗光，字明水，一字如晦。《舟泊桃源》詩有云：「楚國山川周甲子，秦人雞犬漢桑麻。」二句中四國名，如銀鈎鐵畫，不可動摇。

紫藤花

崇禎遺墨有御書折疊扇一絶曰：「蕭蕭翠竹野人家，静裏經春玩物華。緑樹千章啼百舌，香風吹落紫藤花。」見高寓公集。寓公名承埏，屯田子。《吊同年殉難》詩有曰：「可憐李黼榜，偃蹇老維楨。」《病中述志》曰：「和陶書甲子，吊屈賦庚寅。」又曰：「惟將前進士，慘淡表孤墳。」讀其自譜家乘，幾欲廢《蓼莪》之什。

新嘉驛

寓公有《新嘉驛紀女子夢》詩二首，其一曰：「驛壁題詩説會稽，新嘉幽恨草萋萋。小窗夜半滄洲夢，鸚鵡能言是隴西。」錢牧齋《和袁小修新嘉驛詩》三首，但云會稽女子，而不知其實姓李也。

尺木堦

易簡本名冠，與种英同在盧多遜門下。盧謫朱厓，二人獨送之。蘇更今名，累官參政。种更名放，以薦爲諫議大夫。

蘇易簡登科時，宋白爲主文，後相繼入院爲學士。宋贈詩曰：「昔日曾爲尺木堦，今朝真是青雲友。」蓋以龍頭喻之也。歐陽公於王禹玉南省主文相距十六年，同爲學士。歐有詩曰：「喜君新賜黄金帶，顧我今爲白髮翁。」宋制：學士入院，有朱衣引馬，帶易黄金。故諺曰：「眼裏何時赤，腰間甚日黄。」蔣永公曰：「龍得尺木而升天。」宋意己爲主文，不過爲蘇升騰之堦耳。

抛毬曲 慎言或作「謹言」，宋人避諱也。

海州士人李慎言嘗夢至一處，似水殿，中有宫人戲毬，并歌《抛毬曲》十餘首。醒後惟記二闋，有曰：「侍宴黄昏曉未休，玉墀月色浄如流。朝來自覺承恩醉，笑倩旁人認繡毬。」又曰：「堪恨隋家幾帝王，舞茵揉盡繡鴛央。如今重到抛毬處，不是金罏舊日香。」昔曹公嘗載歌伎至濡須口，中流舟覆，後人往往於水際聞絲竹音。楊氏作清夜遊時，或亦有此事而失傳耶？

湔裙

北齊竇泰母夢風雷暴起，感而成娠。期年不産，有巫告曰：「渡河湔裙，産子必易。」從之，生泰。王初《銀河》詩：「猶餘仙媛湔裙水，幾見星妃渡襪塵。」上句正用其事，下句則兼用「凌波海上行」之語。王初，或誤作胡宿。

白獸尊

臧榮緒《晉書》：「元會設白獸尊於殿上，有獻直言者飲之。」蓋杜舉之遺意也。歐陽炯句：「日射紅鸞扇，風清白獸尊。」《蜀檮杌》載李壁登科，侯氏子賄小吏而竄易文卷，全用其語。

甘露

香山詩：「當君白首同歸日，正我青山獨往時。」傷之也，莫作幸災樂禍看。

甘露之變，事起倉卒。訓、注固屬首禍，而王涯、賈餗輩亦昧厝火積薪之戒。義山《有感》二首以屈氂、王商諸人爲比，左證不誣。次章云：「古有清君側，今非乏老成。素心雖未易，此舉太無名。」似又爲南衙諸公推開一步，第不知「老成」、「素心」斷屬何人？恐玉川諸子未足前席而籌也。其《重有感》曰：「竇融表已來關右，陶侃軍宜次石頭。」則指劉從諫、王茂元一輩人。錢龍惕箋注得之。《纂異記》載會昌元年，許生於嘖玉泉聞諸鬼倡和詩，俱酸楚異常，即遭甘露之變者。

紫府清宵

魏文帝詩：「客從南楚來，爲我吹參差。」謂簫也。《三餘帖》：「一名『石弦』，一名『紫珮』。」

厲玄渡江，見一婦人遺骸，收而葬之。夜夢入深山，明月初上，清風徐來。忽聞吹笙聲，一美女在林下吟曰：「紫府參差曲，清宵次第聞。」及應試，得《緱山月夜聞吹笙》題，用爲頷聯，遂獲雋。時以林下美女必所葬婦人之魂也。果爾，則錢仲文《湘靈》落句，或亦有冥報存焉者乎？《離騷》：「吹參差兮誰思？」《風俗通》曰：「舜作簫，參差其形，象鳳翼。」則「參差」不當爲笙曲。但《世本》與《博雅》有十六管、二十四管之分，則又似笙形，非若今之洞簫也。《爾雅》：大笙謂之巢，小者謂之和；大簫謂之管，小者謂之筊。

青溪小姑

古樂府《青溪小姑曲》：「開門白水，側近橋梁。小姑所居，獨處無郎。」「小姑」者，或謂蔣子文第三妹。李義山詩：「神女生涯元是夢，小姑居處本無郎。」

影娥池

《洞冥記》：漢武帝於望鶴臺西起俯月臺。每登臺眺月，宮女影入池中，因名影娥池，亦曰眺蟾臺。上官儀《詠雪》詩：「花明栖鳳閣，珠散影娥池。」

湖龍姑

鐵厓、玉笥集俱有《湖龍姑曲》。玉笥起句曰：「洞庭八月明月寒，湖龍捧出玻璃盤。」其下十一句與鐵厓全同，當是師弟一時擬作，或誤分爲二首也。内中字法稍異，抑或思廉原稿，而廉夫裁潤之耶？

九仙骨

《抱朴子》：「有神人謂劉根曰：『汝有仙骨，故得見吾。』」《列仙傳》：「滑子者，齊人。好餌术，至三百年乃見於齊，後授伯陽九仙誥。」唐肅宗聯句贈李泌：「夜抱九仙骨，朝披一品衣。」鄴侯力白建寧之冤，且誦《黄臺瓜》詞曰：「陛下已一摘，慎無再摘。」衣白、衣紫，又何加於珊珊鎖骨耶！

江　東

仲任曰：「居不幽則思不至，思不至則筆不利。」於《超奇篇》極推周長生《洞歷》，今并亡矣。

上虞王充著《論衡》，中土未有傳者，蔡中郎至江東得之。則是「江東」專指錢塘之東，非江左可混用也。自唐以來，詩人相沿不改。惟杜紫微「江東子弟多豪俊」之句，不指此地。米南宫詩：「秋帆尋賀老，載酒過江東。」「賀老」者，季真也。

西山玉泉

玉泉在西山之麓，上有吕公洞，下爲裂帛湖。金章宗、明宣宗嘗駐蹕於此。李文正詩：「舊識郵亭猶問路，漸多僧寺不知名。」劉忠宣詩：「幾處白雲前代寺，數村流水野人家。」意同而語别，深悉此間風景。

劉良女

明武宗幸劉良女，南征宸濠，携入御舟。師還，駐蹕應天。薛蕙《紀事》詩：「燕姬玉袖抱箜篌，馬上長隨翠輦遊。春來照影秦淮水，愛殺江南雲母舟。」指良女也。朱竹垞《日下舊聞》云：「劉良乃樂户，其女爲武宗所幸，非以『良女』爲名。」胡纘宗《擬古》詩：「驚喜君王至，西華夜啓扉。後車三十乘，載得美人歸。」良女居騰禧殿，以黑琉璃爲瓦，俗呼「黑老婆殿」。薛詩，《日涉編》作王蒙，誤。

蓬萊廟

詳見周南林《纂要》。

蜀人張俞嘗遊蓬萊廟，偶吟曰：「玉帝樓前鎖碧霞，經年培養牡丹芽。不防野鹿踰垣入，銜出宫中第一花。」又曰：「金玉樓臺插碧空，笙歌迭響入天風。當時國色并春色，盡在君王顧盼中。」夜宿漚泉，夢青衣童子邀至蓬萊第一宫，見太真，曰：「感君詩妙，增壽一紀。」據此則《長恨歌》所云「中有一人字太真」，必非臨邛道士僞託也。

塞烏雲雁

劉孝綽嘗有詩曰：「塞上群烏返，雲中旅雁歸。」齊高帝見之，奪侍郎。後又有詩曰：「城闕山林遠，一去不相聞。」乃復其官。沈約曰：「卿以詩失黄門，還以詩得黄門。」孝綽曰：「此即『既爲風所開，還爲風所落』也。」余嘗愛范石湖「吹開紅紫還吹落，一種東風兩樣心」之句，可舉以似之。

大風行

龔尚書《大風行爲周櫟園作》，竟可作雪冤疏讀。有云：「七月十日曾幾時，風翻雨驟何相隨。天心倚伏殊有意，冰山毒霧空爾爲。陰陽休咎關三府，人果回天天不怒。」又有《送南還》詩十首，語無虚設，事不旁緣。非獨見生死交情，實可謂文章知己。吳園次《報櫟園書》：「幸風雷之見異，致天日以爲昭。」

午睡

孤忠峻節，固不必以詩傳，而矢口成文，使後人讀之而不覺涕之無從，則以字字從至性中流出，而未嘗參以一毫人欲之私也。如楊忠愍《午睡酬胡敬所》詩，一則曰：「聖君賜我安閒地，好做羲皇世上人。」再則曰：「於今祇合昏昏睡，笑殺當時勳業人。」三則曰：「本來面目頻頻照，恐落寰中第二人。」憫時嫉俗，肝膈盡呈。蓋不待生前未了事留與後人補，而其志已決矣。鄒太史汝愚爲劉吉所陷，謫吏目。《辭朝》詩曰：「盡披肝膽知何日，望見衣裳只此時。但願聖朝無一事，孤臣萬死更何悲？」危身奉上同，而在國逢難異。鄒之終於石城，而楊之不久於狄，道也？天也？

於字

何大復《還至別業》詩：「人情倦懷土，富貴豈常於。無爲泥形跡，所願恒相俱。」原注云：「『於』字甚古，始於曹大家之《離思賦》：『況骨肉之相於兮，永緬邈而兩絶。』」按：古樂府《緩聲歌》：「東流之水，必有西上之魚；不在大小，但有朝於。」詩中創見。曹子建《日苦短》云：「廣情故，心相於。」杜詩：「此行非不濟，良友幸相於。」劉得仁：「片雲孤鶴肯相於。」唐人用此字者甚多。《正韻》曰：「即也，居也，代也。」楊仲弘《送范德機》詩：「往歲從君直禁林，相於道義最情深。」楊、范於皇慶初同爲史官也。孔北海《與韋甫休書》：「岸幘廣坐，舉杯相於。」《世説》：「殷中軍道王右軍曰：『逸少清真人，吾於之甚至。』」

擬古詠懷

正德間劉瑾用事，大復移書當路，言宜振立以抑瑾權。瑾聞而銜之，乃謝病歸。因作《擬古》十八首，中有云：「聽曲各言好，知音良獨難。」又云：「一心奉光惠，常恐君遺忘。」忠厚篤摯之忱，溢於言表。其後《詠懷》十首有云：「千金買一壺，爲豫當及早。」又云：「忠信苟不顯，殺身亦何爲？」憂讒慮危，又何其兼至耶！世以何、李並稱，余謂北地鋒穎太露，不若信陽之善刀而藏。仲默七古純學初唐，《明月篇序》中已備述其旨。若《大梁行》、《漢將篇》諸作，則又參以新鄉、嘉州之體，不斤斤以四傑爲指歸也。前此周是修、曾子啓，後來唐應德、吴駿公俱宗此派，而首尾穠至，則在信陽、太倉。

贊經綸

郭定襄登《送岳季方釋累還京》起句云：「早承黄閣贊經綸，欲報君恩敢愛身。」直將季方心事寫出。頸聯曰：「青海四年羈旅客，白頭雙淚倚門親。」移孝作忠，可謂一人知己。腹聯曰：「嗚當又喜趨仙仗，補衮還思用舊臣。」英廟原有「岳正倒好，只是大膽」之語也。結曰：「漫道歸來心便了，天涯多少未歸人。」推開一步説，覺後來徐武功一輩人猶未遇斯曠典。李西涯曰：「國朝武臣能詩者，莫過定襄。」定裏有《聯珠集》行世。「聯珠」者，公自録其詩，而先之以其父鈺暨其兄武之作，凡二十二卷。他如「人經蠻塞愁蛇蠱，客聚盤江趁虎場」、「澗底泉聲消永日，堦前草色换流年」、「石棧夜添蠻雨滑，曉江晴壓瘴雲低」諸句，皆不愧古人。

倦鳥風林

劉青田《旅興》云：「倦鳥冀安巢，風林無静柯。路長羽翼短，日暮當如何？」此與「老驥伏櫪」之意相同。按其神詣，尚非西湖見五色雲時也。《題釣渭圖》中二聯云：「浮雲看富貴，流水澹鬚眉。偶應非熊兆，尊爲帝者師。」宛如自寫小照。其《覆瓿集》乃元季作，《犁眉公集》則明初作。

圭峰秋聲

盧琦字希韓，泉州人，至正進士，所著有《圭峰詩集》，如「嵐氣滿林晴亦雨，溪聲近驛夜如秋」、「潮生遠浦歸帆小，雨過蒼崖古木寒」、「客衣半濕松花雨，鶴影先分竹院風」、「龍出洞雲浮檻白，鷄鳴海日射窗紅」、「小橋跨澗村春急，老樹吹花野店香」、「暮雲松徑僧歸寺，夜雨蓬窗客在船」、「梧葉幾番深夜雨，梅花一樹短籬霜」，本地風光，披寫盡致。又邵武黄鎮成有《秋聲集》十卷，如「青山盡處海門闊，紅日上來天宇低」、「花竹一家巢絶頂，煙塵九點認齊州」、「潮來估客船歸市，月上人家水浸空」、「山驛水流花落盡，石田雲暖麥抽齊」，皆七律中警句也。吴非熊詩：「舟中喧水碓，城上出人家。」「荔子家家種，榕陰處處遮。」「居民晴著屐，市女晚簪花。」皆真境也。

閩派

子羽爲膳部郎，御試《龍池春曉》、《孤雁》二詩得名。

明初林子羽鴻以詩學倡三山，後人效之，因有閩派。如「山鐘知遠寺，海月憶貧家」、「溪橋寒吐月，驛樹晚藏煙」、「淮邊木落南天盡，江上雲寒北雁飛」、「亂山背水孤城晚，獨樹臨關一葉秋」，皆唐人中、晚境界，清婉可誦。或比諸高廷禮《品彙》之中，或詆鄭少谷、謝在杭輩爲其所誤，未免軒輊太懸，不足以服其心也。魏時敏詩「殘曆愁中盡，流年夢裏過」、「野水帆歸雨，秋山燒隔雲」、「砧杵搗殘千里夢，一尊傾盡百年心」、「南畝雨添耕後草，西齋塵掩讀殘書」，周如塤詩「柴門去郭無多路，翠竹臨流自一村」、「百花潭上漁竿在，五柳門前鶴徑荒」之類，不下林初文也。

白燕

海叟卒後，好事者於故里作白燕庵以祠之，題詠成帙。

袁景文以《白燕》詩擅名於時，然其佳處故不在此。宋轅文嘗評之曰：「『故國飄零事已非，舊時王謝見應稀』，是作家語；『月明湘水疑無影，雪滿梁園尚未歸』，上句稍巧，下句則唐人俊語也；『柳絮池塘香入夢，梨花庭院冷侵衣』，則全乎温、李矣；『趙家姊妹争相妬，莫向昭陽殿裏飛』，乃宋學究詠物詩耳。」余謂此係定評，不似獻吉之一味偏憎也。《新知録》謂凱以元人而入仕籍，感慨風刺，意味深長。「躬耕豈願將軍顧，肥遯聊成處士名」、「隣翁小圃春相接，漁父扁舟晚更尋」，皆七言警句。

朱竹

道州瀧中有丹竹，宜都飛魚口有紅竹，黔陽有赤岡竹。

周櫟園有《朱竹》詩，序略云：「頃過劍津西山，數頃琅玕，丹如火齊，乃知此君亦戲着緋。爲賦二詩。」中有「舊族傳爲絳縣老，孫枝近作赤城人」，又「翻新競比《紅兒曲》，截管留吹《赤帝歌》」，排比停匀，得其神致。余向遊此地，亦嘗見之。乃知眉山寫照，故有粉本也。

昭烈嚴陵

何大復《題昭烈廟》：「中原無社稷，亂世有君臣。」徐文長《過嚴陵祠》：「不知天子貴，自是故人心。」雄深雅健，如對文章太史公。翁山《題恕吴樓》：「三分先帝淚，六出武侯心。」自然合拍。至《嚴灘》頸聯二語，全用文長，何也？

明句

金觀察嘗云：「唐人詩中，用地理者多氣象。」余謂明人深得此法，如高季迪《送汪參政之陝西》詩：「函關月落聽雞度，華嶽雲開立馬看。」金文靖《龍虎臺》詩：「山繞平原煙樹緑，天連碧海暮潮平。」薛文清《沅州》詩：「翼軫衆星朝北極，岷嶓諸嶺接南條。」李空同《登明遠樓》詩：「地平嵩嶽窗中出，天倒黄河檻外流。」何仲默《華州》詩：「天上嶽蓮開二華，雲中關樹引三秦。」李于鱗《黔中》詩：「江嶂忽分三楚斷，海天不盡百蠻開。」《崆峒》詩：「長城雪色當峰盡，大漠春陰入塞多。」王元美《嶺右》詩：「桂嶺風來秋色早，盤江木合瘴煙多。」《縹緲峰》詩：「千家射日魚鱗上，百舸穿雲雁字排。」朱蘭嵎《弘濟江》詩：「風定千艎帆影亂，波流中夜月明多。」徐子與《玉女潭》詩：「石鏡月華流桂樹，錦屏秋色散芙蓉。」邊庭實《居庸關》詩：「雄吞巨海山形斷，秀壓中原地脉多。」曹能始《送人之西安》詩：「月明渭水浮三輔，花滿驪山繡七盤。」吴六益《嵩嶽》詩：「三花琪樹西壇發，六代穹碑少室多。」於風雲氣象之中，具磊落英多之致。律以唐音，要非元和以後所能幾也。

沖遠

劉水村《補史詩・弔李忠節》云：「吾非莒杜厲，敢以死醜主。正自常事耳，命義逃安所。沖遠誰與儔，睢陽有張許。」自注云：「吉挹字祖沖，丁穆字彦遠，皆晉忠臣。」沖、遠二公不遇水村表出，人亦何從知之？其自跋云：「襄圍以來，死忠者蓋不止此。然多所不知，知其詳且顯者，莫如十公。十詩存，即十公不亡。非深於詩、精於理者，勿輕示之。」噫！水村與十公俱不亡矣。如村《昭忠逸詠》五十律仿此。晉孝武四年，苻堅陷魏興，吉挹死之。堅曰：「周孟威不屈於前，丁彦遠潔己於後，吉祖沖閉口而死，何晉之多忠臣也！」

茂陵風雨

林初文嘗渡揚子江，中流舟覆，據書簏而遇救。又嘗夢人貽以扇，僅書「茂陵風雨」四字，心甚惡之。後以上書得禍，因作《蛾眉篇》以自況，有「茂陵風雨千秋夢，揚子波濤一夜悲」之句。初文以《春秋》舉於鄉。嘗從戚大將軍遊，座上作《濼陽宴别序》，酒未三巡，詩序并就。又嘗抗疏請止礦税，并陳立兵行鹽之策。時相承中貴指，密揭請逮治，即日下獄死。二子君遷、古度皆能詩。「獨憐山寺月，相送海門秋」、「無家逢寺好，多病見僧親」，皆初文遺句。

天醉

陳卧子《秋懷》詩曰：「不信有天常自醉，最憐無地可埋憂。」上句用秦穆公夢與天公博事，下句則用仲長統「寄愁天下，埋憂地下」語。

舊雞犬

沈青霞曰：「人皆貴自樹，能自樹而後可以樹人。」吾於雲間、太倉重有感於斯言。姜如須《寄學士》云：「梧桐摧爲薪，蘭蕙化爲枳。中夜坐長歎，皓首思君子。」

吴太倉《詠古》詩曰：「入山山易淺，飲水水不清。一身累妻子，動足皆荆榛。」又曰：「廣柳可以置，置當猛虎蹊。複壁可以藏，藏憂黠鼠窺。」其將終也，遺命題墓道曰：「詩人吴某之墓。」回思「我本淮南舊雞犬，不隨仙去落人間」之句，能弗爽然增痛耶？《清涼山贊佛》詩窈渺恍惚，歌哭無端，以定、哀之微詞寫《離騷》之變調，綜三朝故事而融貫於筆端，非深悉當年宫禁之情者，未易窺其底蘊也。詠史諸作倣此。

仙人詩

許宣平賣薪於市，擔上常挂一花瓢及曲竹杖。每醉歸，吟曰：「負薪朝出賣，沽酒日西歸。借問家何處，穿雲入翠微。」又題詩庵壁曰：「隱居三十載，築室南山巔。静夜玩明月，閒朝飲碧泉。樵人歌隴上，谷鳥戲巖前。樂矣不知老，都忘甲子年。」李白東遊，見詩歎曰：「此仙人詩也。」就庵訪之，不得見，留題庵壁而返。詩載全集中。《列仙傳》又載「一池荷葉衣無盡」四句，乃隱山和尚偈，有二首。《指月録》作大梅。仙釋互傳，似無確據。

管夫人

虞山觀管夫人畫竹并書松雪《修竹賦》，有詩曰：「仲姬寫竹如作書，八分篆籀相扶疏。仲姬作書如寫竹，雨葉風枝披簡牘。」結曰：「却笑吹簫吾瞎子，諧謔空傳倒好嬉。」按：吾竹房有印章，曰「好嬉子」。松雪嘗携仲姬畫相示，吾倒箝其印於幀首。仲姬見而訝之，松雪笑曰：「此瞎子謂婦人善畫，倒好嬉子耳。」詩詳《有學集》。

楚妃吟

「窗中曙，花早飛。林中明，鳥早歸。庭中日暖，春閨香氣亦霏霏。香氣漂，當軒清唱調。獨顧慕，含怨復含嬌。蝶飛蘭復薰，裊裊輕風入翠裙。春可遊，歌聲梁上浮。春遊方有樂，沉沉下羅幕」，此王元禮《楚妃吟》也。真如百囀春鶯，彈丸脱手。筠嘗爲沈約作《草木十詠》。約曰：「此詩指物呈形，無假題注。」

得其真

《荀子》：「桃李茜粲於一時，時至而後殺；至於松柏，經隆冬而不凋，蒙霜雪而不變，可謂得其真矣。」左記室詩「峭茜青葱間，松柏得其真」出此。

如簧

劉夢得《一七令詠鶯》曰：「千門萬户垂楊裏，百囀如簧煙景晴。」雖用經語，却從風景上描寫。章楓山《禁中聞鶯》曰：「東風空費如簧舌，不道明廷有鳳儀。」下一「舌」字，便刻入一層。李石城《初入館試禁苑聞鶯》結句曰：「君王厭聽如簧語，莫向金門弄晚聲。」用一「厭」字，加一「弄」字，幾令金衣公子置身無地。回視太白《龍池柳色》之歌，愛憎天淵矣。

悲感

曹公詩：「憂從中來，不可斷絶。」寫出無限纏綿。張司空曰：「前悲尚未弭，後感方復起。」是絶妙注脚。後人送别、懷遠諸詩，總不能出其範圍。

言懷 譙周誦讀典籍，欣然獨笑，以忘寢食。

太白《讀書言懷》曰：「觀書散遺帙，探古窮至妙。片言苟會心，掩卷忽而笑。」非個中人不能道，亦不能知也。漂麥燃糠，翻覺天真錮閉。

大燈 江文通《燈賦》：「螢光别桂，蛾命辭蘭。」

蔡君謨守福州，上元日令居民然燈七盞。陳烈作大燈丈餘，大書曰：「富家一盞燈，太倉一粒粟。貧家一盞燈，父子相對哭。風流太守知不知，猶恨笙歌無妙曲。」君謨見之，還輿罷燈。蔡公屢作韵事，而屢爲此公所窘。水薤當門之舉，難乎行於今之世矣。謚曰「忠惠」也宜。何鏡山喬遠《忠惠祠》詩：

「美芹豈必嫌團餅，嘉樹仍聞譜荔枝。好事已傳《埤雅》注，行人還看洛陽碑。」「美芹」借以翻歐陽公語，餘俱君謨實事。

地棠

大防名錀，有《攻媿集》。

樓大防詩：「山裏春風無間斷，海棠開過地棠開。」按：地棠，細葉柔條，花色黄。人多誤謂薔薇。

柳亭詩話卷二十四終

柳亭詩話卷二十五

山陰宋長白纂

禹穴

「大禹陵」三字乃正德中郡守南大吉所建。

《太史公自序》曰：「上會稽，探禹穴。」或謂即陽明洞也。魏鶴山詩：「禹穴無從一罅通，禹陵原在亂山中。飲泉窆石皆如舊，誤却東遊太史公。」王梅溪詩：「好古貪奇司馬遷，胸中《史記》越山川。如今禹穴無尋處，洞鎖陽明石一拳。」楊升庵必欲闌入蜀中，著其辨於《丹鉛録》。汝南陳晦伯即以《史記》駁正之，真不刊之論也。詳見《天中記》。「禹穴藏書地，匡山種杏田」，此太白《送二季之江東》詩也。太白本蜀人，而未嘗妄摭蜀事。升庵并欲將匡山硬扯入蜀，何不就「江東」二字一思之耶？曹能始有云：「事在有無，語類不經。人心愛之，夸耀爲真。」乃題太白碑者。

茂陵

義山集有《茂陵》一題，其腹聯曰：「玉桃偷得憐方朔，金屋妝成貯阿嬌。」按：唐史，武宗好遊獵，又親受道士史歸真法籙，深寵王才人，欲立爲后。故通首全借漢武事以諷之，而隱寓其意曰「茂陵」

也。升庵謂第五句是「瑶池宴罷歸王母」，無論他本俱未經見，即八句内横插穆王一事，亦覺比擬不倫矣。朱長孺駁之，良是。裴庭裕《東觀奏記》作趙歸真，爲宣宗杖殺。

雷　平

襲美《和魯望》五言：「應在雷平上，支頤復半醺。」

陸魯望《道院書事寄襲美》詩：「可中值著雷平信，爲覓閒眠苦竹牀。」皮有《懷茅山廣文南陽博士》三首，魯望復和之，曰：「想得雷平春色動，五芝煙甲又芊眠。」雷平山在句容縣，有田公泉，飲之能除三尸。《南史》：陶弘景葬此，昭明太子爲之誌。

病櫓酸湖

明末詩文之弊，以險仄居奇。一時名流，趨向過當。然原其初意，止因白雪樓邊蹈襲可厭，思有以矯之耳。至其資格性成，亦有不知其然而然者。三唐、兩宋之後，自少此種不得。嘗見倪文正手書一幅，似罷司成後過西湖作。此蹟在舊水樓，字如其詩，至今光怪陸離也。詩曰：「叫破鵁雛夢，粗吟與細呼。柔風扶病櫓，瘦影點酸湖。舫額元題米，堤身合姓蘇。山山有新意，不是畫葫蘆。」徐、袁以後，故是傑出矣。

丁東

西蜀嘉定州學宮有丁東洞，因水聲而名。黄魯直改爲「方響洞」，系以詩曰：「古人題作丁東水，自古丁東直至今。我爲更名方響洞，信知山水有清音。」書此爲不識「丁東」者一噱。黄詩自方干《聽方響》詩得來：「葛溪鐵片梨園調，耳底丁東十六聲。」又韓偓詩：「坐久忽聞鈴索動，玉堂西畔響丁東。」

塔岡

袁石公《月夜登塔岡》詩：「秋山瀲瀲滴青霧，城外人家城裏樹。白埃一道衝紅亭，正是馬蹄離别處。」大似趙千里畫意，著色之中，頗饒淡遠佳構也。

華山百韵

次兒晟讀翁山集，有句曰：「名士有緣偏佞佛，才人無命貫從軍。」翁山初爲僧，字一靈，又嘗預粤西戎幕。

番禺屈大均以《華山百韵詩》受知於陳觀察永祺，遂有王華姜爲之配，然非其至詣也。《翁山詩外》力祖唐音，而於太白爲最近，張祖望詩「吾愛屈翁山，詩詞擬李白」是已。吾欲以竟陵所云「有霸氣而不必其王，有菩薩氣而不必其佛」，移以贈之。華姜自關中隨翁山過嶺，栖於屈沱。後小有齟齬，遂夭死。翁山以詩哭之慟。梁葯亭、陳元孝嘗爲余言其概云。

遠山

張秦娥嘗賦《遠山》詩曰：「秋水一林碧，殘霞幾縷紅。水窮霞盡處，隱隱兩三峰。」後流落不偶，劉昂遇之，贈以詩曰：「遠山句好畫難成，柳絮才高總是情。滿眼詩魂招不得，倚罏空聽煮茶聲。」哀怨相遭，何減「重覩雲英掌上身」耶！

蓬萊縣君

費鉛山女嫁宜興吴尚書子，嘗以詩寄父曰：「洞房孤負十年春。」事略同。

王臨川有女適吴安持，爲蓬萊縣君，然琴瑟不諧，居常悒悒。嘗以詩寄父曰：「西風吹入小窗紗，秋氣應憐我憶家。極目江山千里恨，依然和淚看黄花。」臨川以新釋《楞嚴經》付之，并和其韵曰：「青燈一點映窗紗，好讀《楞嚴》莫憶家。能了諸緣如夢幻，世間惟有妙蓮花。」元澤生前去婦，蓬萊半路出家，介甫平生執拗，而夫人又似過之。佳兒佳女，戾氣釀成，正須以密因了義消其顛倒，庶幾因緣自然，不至妄想流注耳。

修門

《楚詞・招魂》：「魂兮歸來，入修門些。」注謂郢城門，楚所都。柳子厚《汨羅》詩：「重入修門自有期。」正楚地也。

「金盤露」、「椒花雨」，楊誠齋自製二酒名。嘗賦詩以鳴得意，其結句云：「祇堪獨酌不堪分，老夫猶要入修門。」謂侵早趨朝，須藉以禦寒耳。吴正傳《書事》詩：「修門此日逢佳客，咫尺清光倘照臨。」錢牧齋《應召》詩：「三年嚴譴望修門，隨例趨朝又北轅。」皆借指都門也。

危於葉

范文正《淮上遇風》詩：「一棹危於葉，旁觀欲損神。他年在平地，無忽險中人。」陳輔之曰：「雖弄翰戲語，卒然而作，濟險加澤之心，未嘗忘也。」

不耐寒

胡元瑞謂黎惟敬喜誦此詩，首句作「誰家一女子」，與《性理》所載異。

江進之曰：「寒山詩，其中五言一首絶是唐調。詩曰：『城中蛾眉女，珠珮何珊珊。鸚鵡花間弄，琵琶月下彈。長歌三日響，短舞萬人看。未必常如此，芙蓉不耐寒。』」寒山詩不多見，此首確是六朝家數，不僅作唐調也。芙蓉一名綺帳，一名拒霜，又名文官花。

枇杷山鳥

陳漢昭《題枇杷山鳥圖》曰：「盧橘垂黄雨滿枝，山禽飽啄已多時。那知歲宴空林裏，竹實蕭疏鳳亦饑。」蓉塘曰：「此詩怨刺之意，見於不言之表。較孟浩然『不才明主棄』及薛令之『苜蓿長闌干』之句，辭雖隱而意愈露矣。」按：盧橘非枇杷也，《上林賦》曾並列。張睿父引太白詩，又誤以「蒲萄」二字作枇杷。

折枝竹

陳仲醇曰：「文湖州竹，生平僅見真蹟一幅，乃折枝也。」柯九思題曰：「湖州放筆奪造化，此事世人那得知。跫然何處見生氣，仿佛空庭月落時。」金粟道人阿瑛題曰：「湖州昔在陵州日，日日逢人寫竹枝。一段枯梢作三折，分明雪後上窗時。」按：湖州寫竹，嘗爲女奩具，後致二家成訟，則筆墨在當時亦無多也。讀東坡《書晁補之所藏與可畫竹》三首，可悟其微。

柳葉

新安有方元白，其妻程氏名璋，字弱文。方久客不歸，程以楊柳葉題二絶寄之，曰：「楊柳葉青青，上有相思文。與君隔千里，因風猶是君。」又曰：「柳葉青復黄，君子重顔色。一朝風露寒，棄捐安可測。」宛是齊、梁聲口。又倣退之《原道》，作《原愁》及《染説》諸篇，惜無傳之者。

春歸春在 梅花尼名習静。

白香山與元集虚十七人游廬山大林寺，時已孟夏，見桃花盛開，乃作詩曰：「人間四月芳菲盡，山寺桃花始盛開。長恨春歸無覓處，不知轉入此中來。」梅花尼子行脚歸，有詩曰：「着意尋春不見春，芒鞋踏破嶺頭雲。歸來笑撚梅花嗅，春在枝頭已十分。」二絶可謂得禪機三昧矣。

東郊草堂 謝康樂有云：「豈以名利之場，賢於清曠之域耶！」知此則會心處正不在遠。

魏野在陜州，於東郊冠草堂，鑿土衷丈，曰「樂天洞」。寇平仲嘗訪之，野以詩謝曰：「晝睡方濃向竹齋，柴門日午尚慵開。驚回一覺遊仙夢，村巷傳呼宰相來。」真宗祀汾陰，遣陜令王希召之，不至，詔圖其所居以觀。盧鴻一後，與林君復共傳矣。仲先有《鉅鹿東觀集》。

草堂示弟

岑嘉州《題高冠草堂》云：「自憐無舊業，不敢恥微官。」三十而仕，何以宦情都欲闌耶？許郢州《示弟》云：「家貧爲客早，路遠得書稀。」以文字付之煙波，無怪乎淚痕長滿也。流連二詠，不覺作惡者久之。

白雲觀

丘處機應元世祖聘，從獵山東，謂世祖曰：「天道好生，陛下春秋高，畋獵非宜。」因罷獵。時中原板蕩，民罹俘戮。長春還燕，使其徒持牒招來於戰伐之餘，由是爲人奴者得復爲良，與瀕死而得更生者無慮數萬。年八十，留頌而逝。今都城西南白雲觀，即長春宫也。朱文恪詩：「一言止殺古人難，多少逋臣藉爾安。辛苦捐軀文信國，得歸也擬著黄冠。」文恪名國祚。

王孫爵

洪武三年，庚申君殂於沙漠，詔謚曰「順帝」。是年獲其孫買的里八剌，封爲崇禮侯。宋文恪訥《壬子過故宫》詩：「侯封一代皇孫爵，帝紀千年太史書。」指其事也。宋以勝國進士歷官閣學，故曰：「街頭野服儒冠老，曾是花磚視草臣。」王逢吉詩：「秦地舊歸燕質子，瀛封曾畀宋孫兒。」因洪武七年之事而追感之也。

楊花曲

連江陳季立以諸生爲俞將軍大猷所知，勸其立武功以自見，薦於譚襄毅綸。居薊鎮者十年，與戚南塘論兵相得。已而俞死戚罷，見幕府驕横不法，作《楊花曲》，略曰：「春光迅速若轉蓬，丈夫建樹難爲功。李廣不侯馬援謗，至今慨歎傷英雄。傷英雄，徒拂抑，鬢華忽似楊花色。不如匣劍歸去來，南山之南北山北。」遂拂袖歸里，爲名儒以終。陳名第，有《毛詩古音考》。

太液波

王蒙少時嘗擬《宫詞》一首，曰：「南風吹斷《采蓮歌》，夜雨新添太液波。水殿雲房三十六，不知何處月明多？」仁和俞友仁見之，以爲盛唐佳作，遂以其妹妻焉。《七修類稿》曰：湖州王旬字子宣，非叔明也。詩中「月明」二字作「晚涼」。

細草殘花

「鳥訝《山經》傳不盡，花塡《月令》數仍稀」、「芍藥花開菩薩面，椶櫚葉散夜叉頭」，皆唐句也，試一參之。

老杜詩：「細草留連侵座軟，殘花悵望近人開。」寫景纏綿，別有風味。其後廬陵效之曰：「野花向客開如笑，芳草留人意自閑。」亦蘊藉有致。又東坡「花非識面常含笑，鳥不知名時自呼」，又「鳥不避人如有意，月常作伴若相邀」，皆脱胎於此。東坡前二句，一本云：「花曾識面香仍好，鳥不知名聲自呼。」似不如前句之穩。于少保「野花偏向愁中發，池草多從夢裏生」，詩以道性情，吾於諸公見之。

仄平互用

章碣詩：「東南路盡吳江畔，正是窮愁暮雨天。鷗鷺不嫌斜雪岸，波濤欺得逆風船。偶逢島寺停帆看，深羨漁翁下釣眠。今古欲論英達算，鴟夷高興固無邊。」通首以仄平兩韵分用到底，似有意爲之者，真倡調也。姚江談公子耑以平仄互拈爲詩病，惜不以此作示之。高季迪《吳宮詞》上句用五平字，下句用五仄字。

驪駒

「驪駒在門，僕夫俱存。驪駒在路，僕夫整駕」，《大戴禮》謂逸詩語也。沈隱侯「高門列騶駕，廣路從驪駒」，全用其語。

布衣

庾信《哀江南賦》：「咸陽布衣，非獨思歸王子。」本《史記》春申君謂應侯語。《古今樂録》云：「楚之王子質於秦，作《思歸歌》：『洞庭兮木落，涔陽兮草衰。去千乘之家國，作咸陽之布衣。』」當是後人擬作，而子山兼用之。自此轉展相沿，入爲詩料。如高達夫：「不知天下士，猶作布衣看。」又曰：「仍憐門下客，不作布衣看。」雖用張禄事，而意實出此。明皇謂李白曰：「卿是布衣，名爲朕知，非素畜道義，何以及此！」後來之紛紛稱布衣者，自問與白之才、之遇爲何如？

清庵

翟欽甫，金人也。工詩，有盛名。偶遊清庵，值諸人會飲，不之識。俾賦清庵，欽甫故拙，起一句云：「爲問清庵何以清？」衆拍手大笑。及賦次句云：「霜天明月照蓬瀛。」衆色動。續云：「廣寒宫裏琴三弄，白玉樓頭笛一聲。金井玉壺秋水冷，石田茅屋暮雲平。夜來一枕遊仙夢，十二瑶臺獨自行。」衆始知爲欽甫，延之上坐。「玉樓」、「玉壺」，二字犯重，想沖口而出，不暇計也。

聽月

有豪家以「聽月」名其樓者，丐人題詠，惟一首爽朗有致，逸其名氏：「百尺危樓接太清，耳邊消息甚分明。輾空咿軋冰輪響，擣藥玎玲玉杵鳴。樂奏廣寒聲細細，斧侵丹桂韵錚錚。有時一陣天風過，吹落嫦娥笑語聲。」此余丙午歲初上長安，於黄河舟中聞胡子濳誦之。或曰楚人萬浩挾乩筆也。《群芳譜》謂錢鶴灘詩。

石城懷果 事詳褚記室。

有士人不得志，乞夢於靈山神，以「石城懷果對清明」之句示之，莫知所謂。越十年，成進士，得石城令。夜宿縣界，見四山燈火燐然，顧問寺僧，以清明祭墓者對。其寺額乃「懷果」也。默理前夢，因借成詩曰：「眼前兒女莫關情，春若來時草自青。夢即是真真即夢，石城懷果對清明。」按：《周禮》有掌夢之條，後世失傳，競乞靈於土木。然往往有奇應者，不得謂盡屬想生也。

不平不由

《破錢》詩曰：「半輪殘月掩塵埃，依稀猶有開元字。想見清光未破時，買盡人間不平事。」又《彈琴》詩曰：「昔年剛笑卓文君，豈信絲桐解誤身。今日未彈心已亂，此心原自不由人。」乃宋毘陵女子李氏十六歲題。前首似藏鋒而實露穎，次首竟與「庭前一古桐，經時未架却」一例矣。

陽五伴侣

北齊陽俊之好作五言，歌詞蕩而拙。世俗流傳，名爲「陽五伴侣」，寫賣不絕。俊之遇於市，見其字誤，欲取改之。賣者曰：「陽五，古之賢人，君何所知，敢輕議論！」俊之大喜。常言：「有集十卷，雖家兄亦不知吾是才士。」噫！打油、釘鉸之流，每雕板以充雉匹，其不爲「陽五伴侣」者幾希。吴邁遠每作詩，得稱意語，輒擲地呼曰：「曹子建何足數哉！」然按其詩，特平平耳。與陽五同時人。

近局孤影

淵明《田居》詩：「漉我新熟酒，隻雞招近局。」又曰：「欲言無予和，揮杯勸孤影。」於醉鄉日月，另闢一世界。讀前二句，覺河朔、西園絶少山林氣味；讀後二句，覺竹林、金谷太逞名士風流。元次山曰：「坐無拘忌人，勿限醉與醒。」陶公有知，應以素心許之。

連山結子

韓昌黎將卒，召群僚曰：「吾不藥，今病將死。汝詳視吾手足，毋誑。」人曰韓愈癩死也。先大夫曰：「蘇子瞻詩：『空餐雲母連山盡，不見蟠桃結子時。』蓋指昌黎晚節也。而《語林》以方正歸之，亦見不掩人長之妙。」先公所云「晚節」者，指火靈庫事。

碁客山精

李賛皇《重賦茅山孫尊師》詩有曰：「碁客留童子。」自注曰：「瞿山童即先生弟子桃源，得仙人碁子，載在傳記。」「山精避直神。」注曰：「先生初至茅山，童子誤觸法鏡，有聲。先生疑山神所爲，書符召之。其靈異如此。」又原題二首結句曰：「想君遊下泊，方歎里閭非。」按《茅山志》：「下泊宮在中茅西，大司命君昇舉來句曲，立茅舍以候二弟處也。」道書曰：「第一福地，第八洞天。」《南徐州記》：「形如巳字，亦名巳山。」所謂金陵地肺也。

亭皋海日

陸麗京遇沈山子於竹垞坐次，誦其「梅花高館落，春草斷垣生」之句，遂定交。

「亭皋木葉下，隴首秋雲飛」，柳惲句也。王融見之，書於東壁。「海日生殘夜，江春入舊年」，王灣句也。張説手書於政事堂。古之名臣誘掖文人者如此。孔闓初有才華，未爲人知。謝玄暉見其代作讓表，折簡寫之，謂孔珪曰：「士子聲名未立，應共獎成，毋惜齒牙餘論。」

重碧晚紅

渭南《雜興》詩：「東樓誰記傾重碧。」自注曰：「叙州，蓋古戎州也。有東樓厨醖，本名『重碧』，范致能易爲『春碧』。」「北嶺空思擘晚紅。」注曰：「北嶺在福州，予少時與朱景參會嶺下僧舍，時秋晚，荔子獨晚紅在。」余按少陵詩：「重碧拈春酒，殷紅擘荔枝。」最爲風韵。文穆欲以「春」字易之，似從宋世坊庫例，以「春」名酒耳。

無魚有詩

卓彦恭過洞庭，月下有漁舟棹其旁。卓問：「有魚否？」答曰：「無魚，有詩。」乃鼓枻而歌曰：「八十滄浪一老翁，蘆花江上水連空。世間多少乘除事，良夜月明收釣筒。」問其姓名，不答。晉之劉、宋之吕，俱以捕魚聞，而此翁竟不留名姓。蘆中人後，罕見其儔。《洞庭志》。

水口行舟

楊龜山有《水口行舟》詩：「昨夜扁舟雨一蓑，滿江風浪夜如何？今朝試揭孤篷看，依舊青山緑樹多。」此即天理流行，隨處充滿之意。《性理大全》采之，亦有見，但不必多添注脚耳。吴與弼《詠桃花》：「靈臺清曉玉無瑕，獨立東風玩物華。春趣夜來深幾許，小桃又放兩三花。」吴名夢，以字行，詩亦可入《性理》。見李文達《古穰雜録》。

布帆無恙

顧愷之《與殷仲堪牋》：「行人安穩，布帆無恙。」李太白《荆門》詩「布帆無恙挂秋風」本此。《風俗通》曰：「恙，毒蟲也，喜傷人。」然《爾雅》、《説文》俱以「憂」字釋之。《戰國策》：「趙威后問齊使三無恙。」《黄庭經》云：「子能守之，可無恙。」謝朓箋：「簪履獲存，衽席無恙。」則不得泥以爲蟲矣。

秋駕

步兵《詠懷》詩：「秋駕安可學，東野窮路旁。」按《莊子》逸篇：「尹儒學御，三年而無所得。夜夢授秋駕，明日朝其師，謂曰：『今將教子以秋駕。』」「秋」字或誤作「稅」字。東野稷見《莊子・達生篇》：顔闔謂「馬力竭矣，而猶求焉，故曰敗」也。《家語》作東野畢、顔回。

天馬 一作「茀」，又作「佛」。

至正二年，拂郎國進天馬，勅周朗貌以爲圖，揭徯斯爲贊。戊申後，此圖流落人間。丁鶴年有詩曰：「春明立仗氣如山，顧盼俄空十二閑。一去瑤池消息斷，西風吹影落人間。」按：周伯温應制序云：「馬高八尺三寸，七度海洋而至。」楊廉夫詩：「佛郎獻馬七度洋，朝發流沙夕明光。任公承旨寫神駿，妙筆不數江都王。」則貌圖者又是任月山也。《海巢集》有《敬書宸翰》一絶，注曰：「庚申君手跡。」

請急

《晉書》：急假者五日一急，一歲以六十日爲限。車武子早急，出詣子敬，盡急而還是也。老杜《贈畢曜》「已令請急會通籍」本此。

獨食

應休璉遺詩曰：「豐隆窮美味，獨食有何甘？」昔羅友每伺人祠，劉毅冒請鵝炙，裴御史自携七筯以就崔瞻，皆深惡獨食之無情者也。何必黿鼎羊羹始能僨事。

餘甘

蘇子瞻《食橄欖》詩：「待得餘甘回齒頰，已輸崖蜜十分甜。」「餘甘」，見左思《吴都賦》。薛瑩《荆揚異物志》云：「餘甘如梅李，核有刺，初食味苦，後更甘。」長公雖作虚字用，然亦有來歷也。黄魯直呼橄欖爲「諫果」。有《味諫軒》詩，爲叙州蔡次律作。《本草》曰：「即菴摩勒。」與《藏經》所説不符。

醉歌

老杜《簡薛華》曰：「座中薛華善醉歌，歌辭自作風格老。」係天寶十五載詩。而王子安有《别薛華》詩曰：「無論去與住，俱是夢中人。」王著名於貞觀、永徽之際，去薛已百餘年，固可怪也。乃于良史又有《寄薛華》詩曰：「隱几讀黄老，閒居耳目清。」于與李益同時，相去又晚，不知所寄即此人否？老杜至以李白比華，而華詩從未經見，尤不可解。元稹有《酬杜甫見贈》詩十首，曰：「杜甫天才頗絶倫，每尋詩卷似情親。」按：老杜卒於大曆五年，微之於元和元年登第，本傳稱其年少，則微之不應見老杜也。詩輒稱名，亦非後生尊前輩之體。

雜箋

西河《雜箋》曰：「今人作詩以《廣輿》爲行枕之秘，雖僻縣孤壤，皆有標識。若指點略闊，翻訾不切。不知古人所見者大，名山巨浸，泛絓人齒，如『入吴不逢張子布』、『渡江不識王茂弘』，雖切認，無當也。予鄉雲門與禹穴距遠，而宋考功《雲門》詩：『山圍伯禹廟。』靈隱與江亦距遠，而駱丞《靈隱》詩：『門對浙江潮。』太湖與七里灘更遠，而喻鳧《泛太湖》詩：『灘迴七里迷。』如此不可更僕。甚者盧綸《憶崔汶》詩，因汶客江西也，故首曰『夜問江西客』，而云『晴日游瓜步』，則在揚州；『新年到漢陽』，在湖；『望嶺家何處，登山淚幾行』，在嶺；『閩中傳有雪，應且住南康』，又在閩。王維《同崔傅答賢弟》詩，爲弟客姑蘇也，故首曰『洛陽才子姑蘇客』，而中云『九江楓樹幾回青，一片揚州五湖白』，此九江與揚也；『揚州初發下江兵，蘭陵鎮前吹笛聲』，蘭陵，今常州；『夜火人歸富春郭，秋風鶴唳石頭城』，一嚴陵，一秣陵矣；『周郎陸弟爲儔侶，對舞前溪歌《白紵》』，前溪屬湖州地；『曲几書留小史家，草堂碁賭山陰墅』，山陰。」西河詩札駁議諸書，大有俾於後學。偶記此條，以破世人眼光如豆之痼。

灑行舟

梁簡文《詠疏楓》詩：「萎緑映葭青，疏紅分浪白。花葉灑行舟，仍持送遠客。」似「楓落吴江冷」一句爲題，而此詩賦之者。

横石長松

庾開府《詠懷》詩二十七首，有云：「横石三五片，長松一兩株。對君俗人眼，真興理當無。」祇此四句，而二十六首之真興具在是矣。涪翁曰：「士俗不可醫。」而世顧有在骨難挑者，奈何！放翁曰：

「俗人自是無因到，雖設柴門不上關。」所以爲閒中富貴也。

鷗識雲留

劉文房《泊湘江》詩：「萬里無故人，江鷗不相識。」《水西渡》詩：「何事還山雲，能留向城客？」鷗若忘機，則故人可狎已；雲本無心，奈何淹此留耶！

梨花

《楚辭·九歎·靈懷》篇起手六句，「靈懷」二字凡五見。

元微之《遺興》十首有云：「始見梨花房，坐對梨花白。行看梨葉青，已復梨葉赤。」疊下四句，似老杜《杜鵑行》起法。微之有《野節鞭》詩，疊下十六「鞭」字。

旗葉劍花

楊升庵《燕歌行》：「楊柳先春旗葉展，芙蓉不夜劍花開。」「先春」、「不夜」，妙甚。從庾子山「都尉青旗，即時春色；將軍大樹，已復花開」脱化出來。通首俱作俳語，似江總持。

題畫

東坡《題畫》詩：「已將鐵石充逸少，更補朱繇爲道玄。」自注云：「殷鐵石，梁武帝時人，今法帖大王書中有鐵石字。」又云：「世所收吴畫多朱繇筆。」按：「鐵石」兩見王子敬帖，非梁人也。朱繇，《畫苑》僅存其名。子敬帖云：「近與鐵石共書。」又云：「知鐵石前往。」「繇」或作「瑶」。

迴文

傅咸、温嶠皆有迴文詩。江淹《别賦》：「織錦曲兮泣已盡，迴文詩兮影獨傷。」謂若蘭也。

蘇若蘭織錦迴文，奇思幻想，巧奪天工。固千古未有之製，亦千古未有之才。武則天序曰：「計八百餘言，詩三千餘首。」蘇、黄諸公循環由繹，詫以爲神。近有因其自序，以五色繪圖，推廣其辭，滔滔無盡者。雖以夜來之神針，運出盤中之妙手，猶未能得其萬一也。景龍時，瑯琊王氏豫撰天寶迴文詩，凡八百一十二字。誡其子曰：「逢大道之朝，遇非常之主，當以真圖上獻。」明皇時，東平太守具其事以聞，高適代爲之表。此雖不及蕙子之神妙無方，而以閨閤女流，預作未來圖讖，覺劉更生、李淳風輩有其術而尚無其才也，天壤間乃有此種異物。上元初，有南海女子製《盤鑑圖》，名曰《轉輪鈎枝銘》，凡迴文一百九十二字，皆四言。王勃序之，令狐楚跋。

白布題詩

沈太史懋學《與方侍御書》曰：「聞兄疏上，署中夜坐，挑燈不能成寐。至四鼓，夢有持白布一幅求題隱居詩者，即書曰：『煙霞萬壑護茅廬，絶頂新開一逕餘。誰爲蒹葭分白露，祇因秋水到漁磯。』醒來，報兄有歸旨矣。僕何預聞佳兆如此，亦大奇哉！」詳見《藝苑彙雋》，但「磯」字疑訛。

扣角歌 見《葆光録》。

有僧於婺州山中見一叟騎牛，扣角而歌曰：「静居青嶂裏，高嘯紫煙中。世界連仙界，瓊田有路通。」僧遽揖之，不顧而去。入之《高士傳》中，知其不肯歌「白石爛」也。

柳亭詩話卷二十五終

柳亭詩話卷二十六

山陰宋長白纂

形影神

張邇公刻《陶集》，「遐」字作「促」字，「我」字作「汝」字。

《玉澗雜書》曰：「陶淵明作《形影相贈》與《神釋》之詩，意謂世俗惑於惜生，故極陳形、影之苦，而釋以神之自然。」《形贈影》曰：「願君取吾言，得酒莫苟辭。」《影答形》曰：「立善有遺愛，胡爲不自竭。」形累於養而欲飲，影役於名而求善，皆惜生之弊也。故神釋之曰：「日醉或能忘，將非遐齡具。」所以辨養之累。曰：「立善常所忻，誰當爲我譽？」所以解名之役。雖得之矣，然所致意者僅在「遐齡」與「無譽」，不知飲酒而壽，爲善而見知，則神亦可汲汲而從之乎？似未能盡了也。是以及其知，不過「縱浪大化中，不喜亦不懼。應盡便須盡，無復獨多慮」，謂之神之自然，此釋氏所謂「斷常見」也。此公天資超邁，真能達生而遺世。使其聞道，更進一關，則其言豈止如斯而已乎！《鶴林》曰：「『人爲三才中，豈不以我故』，『我』，神自謂也。人與天、地並立爲三，以此心之神也。『縱浪大化中』四句，是不以死生禍福動其心，泰然委順，養神之道也。淵明可謂知道之人矣。」

千金軀

方巨山曰：「淵明《飲酒》詩：『客養千金軀，臨化消其寶。』以寶喻軀，軀失則寶亡矣。坡公曰：『人言靖節不知道。』吾不信也。」余謂巨山非獨誤讀陶詩，抑且錯會蘇語。末云：「裸葬何必惡，人當解意表。」

傳消息

宋有兩王著，一醉哭殿庭，人謂思周世宗者；一在淳化間摹帖。不知此屬何人。元時復有一王著，即殺阿合馬於闕下者。

洛陽王著，七歲能屬文，十四成進士。少嘗受業於張嘏。嘏東京應舉，久無消息。一日忽遇於通衢，邀入茶肆。嘏賦《蝴蝶》詩曰：「今夜栖君芳草裏，爲傳消息到王孫。」忽然不見。著還，訪之，鄉人云卒已半年矣。

質羸

謝康樂《擬古》，於劉楨曰：「卓犖褊人，而文最有氣。」「褊」字下得好，蓋得氣之偏者也。平視阿甄，自非中道。

建安七子，子建之外，獨數王、劉。鍾嶸謂「粲文秀而質羸，在曹、劉間别構一體」。余謂羸莫甚於公幹。如《贈從弟》三首，一曰：「豈無園中葵，懿此出深澤。」二曰：「豈不罹凝寒，松柏有本性。」三曰：「豈不常勤苦，羞與黄雀群。」一時一事，句法重複至此。回視仲宣之《雜詩》、《七哀》，有慚德已。太白《洞庭》五絶結句三用「不知」二字，亦强弩之末也。

高足立身

《十九首》曰：「何不策高足，先據要路津。」又曰：「盛衰各有時，立身苦不早。」此四句可作「少年不努力，老大徒傷悲」注脚。世有託名高尚其志而坐老窮途者，日宜三復此言。曹子建云：「少壯真當努力，年一過往，何可攀援？」

君不歸

鮑令暉詩：「桂吐兩三枝，蘭開四五葉。是時君不歸，春風徒笑妾。」謝玄暉詩：「緑草蔓如絲，雜樹紅英發。無論君不歸，君歸芳已歇。」前首是「瞻望弗及」之意，後首是「誰適爲容」之情。徐孝嗣以二語該之曰：「願君早流眄，無令春草生。」尤含蓄有味。令暉詩或誤入花蕊夫人集。

河邊雁

揚雄《方言》:「雁,一名蒼玡。」《管子》書:「雕胡謂之雁膳。」

庾子山《别周尚書》詩:「陽關萬里道,不見一人歸。惟有河邊雁,秋來南向飛。」言簡意盡,得比興之神。

心最苦

孫名奇逢,著《理學宗傳》。戴司農、湯宫師出其門。

孫夏峰讀《許魯齋集》,題曰:「我讀公遺書,知公心最苦。不陳伐宋謀,天日昭肺腑。題墓有遺言,公意有所取。道行與道尊,兩義各千古。」按:魯齋應元世祖之聘,遲久方至。或有詢之者,曰:「輕出則道不尊,不出則道不行。」《元史》稱其以理學自任,與竇默、姚樞並重云。

乞歸

大司徒邵二泉寶乞歸終養,上疏不允。有詩曰:「乞歸未許奈親何,帝里風光夢裏過。三月春寒青草短,五湖天遠白雲多。客囊衣在縫猶密,驛路書來字欲磨。聖主恩深臣分淺,百年心事兩蹉跎。」

讀之令人感動激發，最爲海内傳誦。王南原詩：「朱顔日夜不如故，青史功名在何處？」寄慨略同。

䖙髶

皮襲美《明月灣》詩：「松癭忽似狖，石文或如䖙。」《爾雅》：「䖙，貓，食虎豹。」郭璞注曰：「即師子也。」《消夏灣》詩：「山果紅靺鞨，水苔青䰄鬆。」「䰄」字當作「髶」。《西京賦》：「猛毅髶鬆。」王逢《職貢圖》詩：「神獒髶鬆。」狀乳貙。又作「䰂」。

龍君居

張文肅籍本茶陵，而《夜過洞庭》詩亦以吴地混入於楚，何也？

洞庭山有柳毅井，葛一龍詩曰：「山根一泓碧，中有龍君居。柳生洛地客，傳得涇陽書。」按：唐人作《洞庭君傳》，自是岳陽之洞庭湖，非姑蘇之洞庭山也。毅乃郴州人，郴人至今過洞庭者，以鄉串禱於其廟，則無風波之險。《留青日札》載嘉靖辛丑王中書與神女詩，似亦未確。何仲默有「舊井潮深柳毅祠」之句，則寄題君山也。

連昌宮

曾南豐曰：「《津陽門》、《長恨歌》、《連昌宮》，俱載開元間事。微之之詞，不獨富麗，至『長官清貧太守好，揀選皆言由相公』，委任責成，治之所由興也；『禄山宫中養作兒，虢國門前鬧如市』，險陂私謁，無所不至，安得不亂耶！微之叙事，遠過二子。」余按：南豐此論，似屬皮相。此彭淵材所以爲「五恨」之一也。

午橋莊

張司空齊賢致仕歸洛，得裴晉公午橋莊爲别業，日與故舊乘小車携觴遊釣。嘗有詩曰：「午橋今得晉公廬，水竹煙花興有餘。師亮白頭心已足，四登兩府九尚書。」「師亮」，司空字也，謚文定。

一柱觀

《南史》：臨川王義慶於羅公洲造觀甚大，而惟一柱。《博物志》曰：在江陵。

劉孝綽《寄劉之遴》詩：「經過一柱觀，出入三休臺。」按：一柱觀在松滋縣，相傳爲魯般所造，俗呼「木屐觀」。「三休」，即章華臺。楚王饗客，三休而至其上，出《賈子》。

賣聲兒

李謐愛樂山水，高尚之情，長而彌固。謐字永和，棄產營書，手自删削。每歎曰：「丈夫擁書萬卷，何假南面百城。」常作《神士賦》，歌曰：「周孔重儒教，莊老貴無爲。二途雖如異，一是賣聲兒。可心聊自樂，終不爲人移。」詳見《北魏書》。較李元忠以素琴濁酒邀神武於道上者，似勝一籌。「賣聲」出《莊子》。

豪氣蓋九州

乾道丁亥，朱元晦如長沙，與張敬夫講學於嶽麓書院，倡和諸詩備載院志。敬夫贈别元晦一首失載，有曰：「君侯起南服，豪氣蓋九州。頃登文石陛，忠言動宸旒。」乃追述隆興癸未入對垂拱殿事也。晦翁以理學自任，而南軒以豪氣擬之。黄勉齋有云：「乾、淳諸儒論議與晦翁相表裏者，南軒一人而已。」又曰：「不遠關山阻，爲我再月留。南山對牀語，匪爲林壑幽。」原注引蘇潁濱《逍遥堂》詩作證，似非。南軒本旨殆用韋左司「那知風雨夜，復此對牀眠」之句也。《性理》載南軒《感興》詩二十首，於太極反覆言之。其曰：「珍重無極翁，爲我重指掌。」蓋謂周元公茂叔也。「無極」，出《逸周書・命訓解》：「正人莫如有極，道天莫如無極。」

衆樂亭

山谷詩：「人得交遊是風月，天開圖畫即江山。」錢公輔知明州，於月湖中作衆樂亭。名賢題詠成帙，惟司馬温公一首至今人傳誦之。詩曰：「横橋通廢島，華宇出荒榛。風月逢知己，江山得主人。使君如獨樂，衆庶必深顰。何以知家給，笙歌滿水濱。」以獨樂園人賦衆樂亭詩，可謂自然合拍。

岣嶁

吾越夏王廟所勒石，即此碑也。甲子秋，宿於嶽麓，欲往尋，寺僧以險僻力阻，遂快快而返。

岣嶁碑在嶽麓之上。《金壺字考》云：「音矩呂。」然考之蘇子瞻詩：「何人作頌比《崧高》，萬古斯文齊岣嶁。」與「叟」字叶，則當作「構漊」。方蜕巖詩：「蟲文鳥篆不可識，如讀岣嶁《神禹碑》。」作平聲用，又當是「勾樓」。平仄互異，似無定音。昔楊誠齋好看韵書，晁景迂日課音韵十五字，識此以爲拈詩者勸。《字考》乃宋僧適之纂。升庵《禹碑歌》妥貼排奡，幾與退之《石鼓歌》争雄。退之《岣嶁峰》詩妙於用短，升庵此歌巧於用長。

魚棗

庾肩吾《侍蘭亭曲水宴》詩：「踴躍頳魚醉，參差絳葉浮。」江總《侍宴宣猷堂曲水》詩：「醉魚沉遠岫，浮棗漾清漪。」按杜篤《祓禊賦》：「浮棗絳水，酹酒醲川。」蔡邕《月令章句·暮春》：「鮪魚時至。」張協賦：「游魚瀺灂於渌波。」二詩蓋隱栝其義。

花勝

《續漢書·輿服志》：「太后入廟，左右横簪花勝。」《釋名》曰：「言人形容正等，一人著之，則勝也。」唐制：人日賜百官剪綵花勝。沈雲卿《應制》詩：「千官黼帳杯前壽，百福香奩勝裏人。」賈充《典戒》：「人日造花勝相遺，像瑞圖金勝之形，又像西王母戴勝也。」

職田

盧肇《書春牛榜子》詩：「不得職田饑欲死，兒儂何事打春牛？」「職田」者，即古官田之遺制。自周以後，其法不常。隋開皇中，從蘇孝慈言，始有定制。至唐開元間停給，旋又復之。永泰元年，以職田充軍糧。肇係咸通中人，想此時猶未復也。宋真宗時復職田，天聖七年詔罷天下職田，范仲淹上疏論之。慶曆時限職田，紹興再復。元成宗時，鄭介夫上言請復舊制。李俟庵《義役謡》有「職田子粒尤難輸」之句，是延祐以迄至正，猶相仍也。明初官田之賜止及勳戚、近臣，而《周禮》之遺意遂亡。

省斂

荀悦論漢武曰：「好其文，不盡其實；發其始，不要其終。」吾於明皇亦云。

唐明皇《幸湯泉》詩：「薦鮮知路近，省斂覺年豐。」華清之役，窮極豪奢，而美其名曰「省斂」，豈果「朕瘦民肥」之初意歟？漢章帝《秋稼觀獲詔》禁逢迎煩擾，曰：「但患不得脱粟瓢飲耳。」於「薦鮮」之義無聞。此至性愷悌所以卒稱爲長者，而驅令供頓遂致貽譏於兩截也。

題柱

黄佐《南征詞》：「殷勤供廟薦，瀟灑事宸遊。」「秘戲徵西域，迷樓構北辰。」武宗可謂兼隋、唐之勝。

隋煬帝在廣陵，侍兒韓俊娥尤得帝意。蕭妃誣罪去之，帝不能止。暇日登迷樓憶之，因題東南二柱，有云：「閒來倚樓立，相望幾含情。」又有宫婢羅羅者，帝嘗戲之。羅畏蕭妃，避去。亦嘲之曰：「幸好爲儂伴成夢，不留儂住意如何。」其後蕭陷蕃邦，復預唐家宫讌，其去羊后之歸劉曜者幾何？宋明帝嘗令虞通之撰《妬婦記》，惜其書不傳。

愜當

顔介《家訓》曰：「文章地理，必須愜當。梁簡文《雁門太守行》曰：『鵝軍攻日逐，燕騎蕩康居。大宛歸善馬，小月送降書。』蕭子暉《隴頭水》曰：『天寒隴水急，散漫俱分瀉。北注阻黄龍，東流會白馬。』此亦明珠之纇、美玉之瑕。」旨哉斯言，可爲輕於涉筆者戒。

及時

樂安有四子：東里、西華、南容、北叟。

到溉爲建安太守，任昉求二衫段，以詩投之曰：「鐵錢兩當一，百代易名實。爲惠當及時，無待秋涼日。」溉答曰：「余衣本百結，閩中徒八蠶。假令金如粟，詎令廉夫貪。」觀此則知葛衣之痛，不必待西華而始見也。「八蠶」，詳見《丹鉛録》、《瑯琊代醉編》、《雲夢藥溪談》。

轉華庵

福州西關外轉華庵壁上有乩仙詩一首曰：「緑雲出洞又入洞，白鶴上山復下山。道人此日歸何處，雲自無心鶴自還。」筆力森挺，似非僞託。

蒙山茶

「茶」字肇見王褒《僮約》。孫樵呼爲「晚甘侯」。

六經無「茶」字，或云即「荼」也。張孟陽《登成都城樓》詩：「芳茶冠六州。」「茶」字始見吟詠。魏鶴山有《邛州先茶記》。自宋以前皆製爲餅，碾而煮之，且有加鹽與薑者。薛能《烏嘴茶》詩：「拒碾乾聲細，撐封利穎斜。鹽損添常誡，薑宜著更誇。」范石湖詩：「未暇煮茗和薑鹽。」是宋猶然也。其挼葉而瀹以湯，則自元、明間始。黎陽王《詠蒙山茶》詩：「聞道蒙山風味佳，洞天深處鎖煙霞。冰綃碎剪先春葉，石髓香粘絶品花。蟹眼不須煎活水，酪奴何敢鬭新芽。若教陸羽持公論，應是人間第一茶。」稱許之至，幾與穆陀樹葉争衡。然近來茶品最多，未可遽爲甲乙也。

七椀

玉川叟《七椀茶》詩脱胎於沈烱《獨酌謡》。東坡嘗遊杭州諸寺，一日飲釅茶七椀，吟曰：「何須魏帝一丸藥，且盡盧仝七椀茶。」又《試院作煎茶歌》末句即用玉川語。

玉童

羊祜父名道，先娶孔融女，繼娶蔡邕女。

《長慶集》有《談氏小外孫玉童》詩，頸聯曰：「中郎餘慶鍾羊祜，子幼能文似馬遷。」按：羊叔子有《讓爵表》，薦其舅子蔡襲，是中郎有子矣。第羊所自出，則非文姬。「子幼」，楊惲字。《晉書·后妃傳》：「景獻羊皇后母，蔡氏邕女也。」又《羊祜傳》：「祜，邕外孫。景獻皇后同產弟。」

金牛峽

金牛峽一名五丁峽，在寧羌州北五十里，張儀、司馬錯入蜀之路也。胡曾有詩曰：「山嶺千重擁石門，成都別是一乾坤。五丁不鑿金牛路，秦惠何由得并吞。」噫！蠶叢、魚鳧，開國茫然，造物慾聲教之廣被，自不能不假手於五丁。從古迄今，寧獨一金牛峽爲入蜀之道哉！黄叔度語負薪者曰：「藍關之險，平於九衢；太華之限，豁於戰場。」所以慷慨而悲歌也。

五臺山

《水經注》：「溥池水西注五臺山，是文殊師利鎮毒龍之所。」按《華嚴經》云：「大支那國有山名清涼，嘗有一萬肉身菩薩於内修行。」柳子厚云：「雲、代間有靈山焉，與乾竺、鷲嶺角立相望。」即此山也。遊人題詠不乏，而擅場者絶少。如「雄臨絶塞風霜苦，寒逼新春草木疏」，王琮句也；「雨少四時山自潤，雪當九夏地偏寒」，蔣瑄句也；「孤峰聳翠連三晉，八水分流潤四方」，釋覺同句也；「清磬有聲常出樹，古碑無字漫封苔」，蔣誠句也。碎金寸璧，時或有之；求其發皇揚厲，一空千古者，不數數見也。豈境當邊徼，名公鉅手未能接踵而來耶？抑山靈自閟，不欲顯名於塵世耶？

故山自寫

浮休居士，芸叟别號也。唐有張鷟，號浮休子，即所謂「萬選青錢」者；宋有張鷟，著《朝野遺記》。

張芸叟善畫，多所題識。《題劉明復秋景》曰：「我有故山嘗自寫，免教魂夢落天涯。」張名舜民，入黨碑，嘗有怏怏之色。其女亦能詩，《詠蠟燭》云：「莫訝淚頻滴，只緣心未灰。」蓋諷之也。後歸司馬朴。侯延慶《雅聞録》作「尊前獨垂淚，應爲未灰心」，似不如原句之穩。

筦字

王建《宫詞》：「柘黄新筦御牀高。」《韵彙》云：「筦，去聲，曬衣竿也。」别本作「帕」字，俗甚。

埤字

《晉語》：「醫和對趙文子曰：『松柏不生埤。』」《荀子》：「埤汙庸俗。」《子虚賦》：「其埤濕，則生藏筤蒹葭。」劉向《諫起昌陵疏》：「增埤爲高。」嵇康《聲無哀樂論》：「琴瑟之體，閒遼而音埤。」皆作「卑」字解。王褒《山家》詩：「梟林積爲籟，園竹茂成埤。」老杜《題省中壁》「竹埤」一字祖此。

不字 一音「梟」，一音「虐」。

蘇子瞻《丹桂》詩：「幽芳本長春，暫悴如蝕月。且當付造物，未易料枯不。」又《園中草木》詩：「牽牛獨何畏，詰曲自芽不。走尋荆與榛，如有宿昔約。」此字此韵，從未拈出。

軟弱

《史記》：「春申君曰：『李園，軟弱人也。』」《漢書》：「王尊之子伯，爲京兆尹，軟弱不勝任。」劉越石詩：「嗟余軟弱，弗克負荷。」當是用《漢書》語。

天長地久

張衡《思玄》詩：「天長地久歲不留，俟河之清祇懷憂。」高彪《清誡》詩：「天長而地久，人生則不然。」《抱朴子》用之於文，曰：「大陵偃蓋之松，上谷倒生之柏，皆與天齊其長，與地等其久也。」盧綸有《天長地久詞》三首。

舊府

一作《過崔兗州宅與崔明秀才話舊因寄杜趙李三掾》。注云：「安平公所薦也。」須考。

李義山《過舊府寄諸掾》詩：「莫憑無鬼論，終負託孤心。」上句用《拾遺記》田疇哭劉虞事，非泛引阮宣子也；下句則《史記》趙氏事。此必令狐楚第也，然飛卿有「自從元老登庸後，天下諸狐悉帶鈴」之語，何得如此寂寥？義山又曰：「郎君官重施行馬，東閣無緣得再窺。」則不滿於綯可知。

白雲遊

南齊褚伯玉字元璩，隱居瀑布山。王僧達邀入郡，信宿而遁。僧達《與丘珍孫書》曰：「褚先生舊從白雲遊矣。」孫逖詩「只疑仙路近，夢與白雲遊」本此。于鵠詩「獨來多任性，惟與白雲期」，更切。

荔枝來

張曲江《荔枝賦》：「物以不知爲輕，味以無比爲疑。」上無深知，與彼何異。

《遯齋閒覽》曰：「杜牧《華清宮》詩：『長安回望繡成堆，山頂千門次第開。一騎紅塵妃子笑，無人知是荔枝來。』明皇以十月幸驪山，至春即還宫。荔枝六月方熟，詞雖美而非實事。」《墨客揮犀》亦云。余謂長至、元旦諸大朝會俱在正衙，必無行宫度歲之理。况有「春寒賜浴華清池」之事，安知六月不復遊驪山乎！程大昌《雍録》云：「十月往歲盡還宫。」此亦一證。

蘭生

事見《龍城録》。

魏鄭公徵善治酒，有「醽醁」、「翠濤」二品。太宗嘗賜以詩曰：「醽醁勝蘭生，翠濤過玉薤。千日醉不醒，十年味不敗。」「蘭生」，漢武百末旨酒，見《寶鼎歌》。師古注曰：「百草花之末也。」「玉薤」，隋煬帝酒名。「百末旨酒布蘭生，泰尊柘漿析朝酲」，刻本誤作「百味」。

玉堂

世人稱翰苑曰「玉堂」，以宋太宗賜蘇易簡詩「翰林承旨貴，清淨玉堂中」也。然此二字肇見於楚大夫《風賦》，至漢則有殿名玉堂，在太液池南，《翼奉傳》「久污玉堂之署」是也。文翁講室亦號玉堂，揚雄《解嘲》：「登金門，上玉堂。」謝朓《後園賦》：「周步檐以升降，對玉堂之泬寥。」古樂府：「黄金爲君門，白玉爲君堂。」薛維翰詩：「白玉堂前一樹梅，今朝忽見數花開。」則是「白玉」亦如「鬱金」之類，不必以飛白翰苑爲定名也。

七歲及第 鄭谷有《贈劉神童六歲及第》詩。

賈參政黄中幼穎悟，讀書等身，七歲以童子及第。李司空昉贈以詩曰：「七歲神童古所難，賈家門户有衣冠。千人科第排頭上，五部經書誦舌端。」七歲神童，前有劉孝綽，後有李東陽，而黄獨以及第聞。若晏元獻殊七歲賜同進士出身，則以張知白薦之耳。《名臣言行録》曰：「殊召試闕下，見試題曰：『臣十日前已有此賦。』乞別命題。」

溝水詩

劉原博八歲作《溝水》詩曰：「門前一溝水，日夜向東流。借問歸何處，滄溟是住頭。」人目爲聖童。後與蘇平、晏鐸諸人爲景泰十才子。原博《送盛御史按廣東》詩：「最喜送人冰雪齋，臺中老柏讓孤標。」即盛昶也。

疑　冢

俞左符，《輟耕録》作俞應時。《緑雪亭雜言》誤指爲元人。

曹瞞死，作疑冢七十二。宋俞左符有詩曰：「生前欺人絶漢統，死後欺人設疑冢。人生用智死即休，何有餘機到丘壠。人言疑冢我不疑，我有一法君未知。直須發盡疑冢七十二，必有一冢藏君屍。」其後馬氏據有湖南，效其故智，爲疑冢於青草城東，且多至數倍。王莊有詩曰：「疑冢何勞苦用心，没堆青草獨相尋。屈原只葬江魚腹，留得香風直至今。」

有知音

漳河疑冢，北人歲歲增土於上。范石湖奉使過此，有詩曰：「一棺何用冢如林，誰復如公負此心。

歲歲番酋爲封土，世間隨事有知音。」七十二冢不知作何封法。老瞞地下，應笑番邦無復有識捉刀人者。按：武曌葬乾陵，俗呼爲「阿武墳」。前列諸貴人陪葬，亦疑冢之類。其碑係僞周自製，金填其字。後人題詠無算。余嘗特往視之，有「大金御弟郎君」題名，書法絶怪。

水葉風絲

六朝駢麗之句書不勝書，然生成一種風格，不得混入晚唐。若「浴鷗開水葉，戲蝶避風絲」，纖巧殊絶，似《蘭畹》、《金荃》中語。邵二泉謂是阮嗣宗作，豈步兵遂降格至此耶？抑别有一嗣宗也？陳文惠有「雨網蛛絲斷，風枝鳥夢摇」之句，仿佛近之。唐有詩人儲嗣宗，「阮」字豈「儲」字之訛與？

詩囚

昌黎嘗夢人以文書一卷强令吞之，旁有一人拊掌而笑。後遇東野，正夢中所見者。

孟東野「慈母手中線」一首，言有盡而意無窮，足與李公垂「鋤禾日當午」並傳。餘如《峽哀》、《杏殤》之類，邊幅窘縮，「寒」字不足以盡之。而昌黎謂孟郊詩高出晉、魏，浸淫乎漢，未免揚詡過情。東坡曰：「我厭孟郊詩，復作孟郊語。」遺山曰：「東野悲鳴死不休，高天厚地一詩囚。」信已！東坡詩如其書，劍拔弩張之氣時時露諸筆端。若《送戴蒙赴玉局觀》、《題張競辰萬卷堂》二首，格律嚴整，似唐音矣。遺山亦以氣勝，其穠郁處，於七言近體見之。

蹉對

庚子山「交河望合浦，玄兔想朱鳶」、徐孝穆「天雲如地陣，漢月帶胡秋」、皇甫冉「行人隨旅雁，楚樹入湘雲」、耿湋「聳刹臨回磴，朱樓間碧叢」，俱五言蹉對。

王元之詩：「春殘葉密花枝少，睡起茶多酒盞疏。」洪覺範謂「多」字當作「親」字，蓋欲以「少」對「密」、「疏」對「親」也。江朝宗謂惠洪不曉古人句格，此一聯以「密」對「疏」，以「多」對「少」，所謂交股對，亦謂之蹉對。按：李文山「裙拖六幅湘江水，鬢挽巫山一段雲。」唐人故有此格也。

石田

謝遺塵事詳《松陵唱和詩》。

黃文獻《贈石田鍊師》詩：「石田外史丹山住，如此溪山得此人。高詠久無皮襲美，清風復見謝遺塵。門前飛瀑長翻雪，洞口幽花淺駐春。老我京華歸訪隱，抱琴安得日相親。」石田者，道士毛永貞也。黃名溍，字晉卿。

尤楊

楊誠齋《和尤延之覓道院集遺騎送呈》七律一首，其起句曰：「與君鬢髮總星星，詩句輸君老更成。」結曰：「誰把尤楊語同日，不教李杜獨齊名。」延之嘗戲誠齋曰：「楊氏爲我。」楊即應曰：「尤物移人。」是嘲謔亦齊名已。

黄徐

黄九煙與徐野君同集汪憺漪許，黄有句云：「徐孺客中元第一，黄童天下可無雙。」上句極推野君，下句乃引以自遜也。徐和曰：「席上逢人多落落，鏡中自許只雙雙。」避故實而運以疊字，覺《松陵唱和》太費推敲。戊午秋，將從軍入閩，别野君於雁樓，以《百果》詩見委，走筆應之，并以小詞求正。明年郵寄弁言一篇於漳南，元晏先生謬承推奬已。

十三絃

《蘇長公外記》云：「東坡將還都，宿吴松江。夢長老仲殊携一琴來，有十三絃而中破。坡歎息，殊曰：『雖破可修。』坡曰：『奈十三絃何？』殊不答，誦詩曰：『度數形名事偶然，破琴今有十三絃。此生若遇邢和璞，方信秦筝是響泉。』覺而忘之，及夜，復夢殊來理前語。方驚覺而殊至，意其非夢也。問之殊，乃不知。」按：和璞與房琯發松下石甕，得所埋手書，琯始悟己爲永禪師後身。坡屬五祖戒和尚轉世，豈戒又屬永之後身歟？

去不還

孫伯融炎以都事知處州，書幣迎伯温，不至，貽以劍。炎還之，報以詩曰：「還君持之奉明主，若歲大旱作霖雨。」敦請再三，乃出山。

劉青田以佐命雄才，時當末造。揆其初意，亦未嘗絶念於庚申君也。如《雜感》諸詠有云：「淮海風雲連鼓角，湖山花木怨笙歌。」「古戍有狐鳴夜月，高岡無鳳集朝陽。」「江湖滿地蛟螭浪，秔稻連天鳥鼠秋。」「高牙畫戟尊方伯，繡段黄封出内朝。」「塵埃不辨風雲色，雨露全歸枳棘花。」「濟世何人希管樂，隱居無處覓求羊。」「肉食不知田野事，布衣深爲廟廊憂。」「雄豪竊據皆屠狗，功業興臺盡續貂。」胸中眼底，有無限牢騷鬱勃之氣。迨其後題望江亭曰：「興亡莫問前朝事，江水東流去不還。」天時人事，總付之不言之表而已，非好以詩鳴也。伯融迫之於前，惟庸扼之於後，吾欲以「空中變化觀龍現，塵世蒼涼誤鳳來」二語括其生平。

安歸

嵇叔夜《述志》詩：「斥鷃擅蒿林，仰笑神鳳飛。坎井蝤蛭宅，神龜安所歸？」《五君詠》所謂「立俗忤流議」者以此。阮嗣宗《詠懷》詩：「寧與燕雀翔，不隨黄鵠飛。黄鵠遊四海，中路將安歸？」所謂「識密鑒亦洞」者以此。東方朔云：「依隱玩世，詭時不逢。」設丁其時，寧爲阮，勿爲嵇，卑之無甚高論也。揚子雲曰：「説志者莫辨乎詩。」劉彦和曰：「標心於萬古之上，送懷於千載之下。」《述志》、《詠懷》，如此領會始得。

柳亭詩話卷二十六終

柳亭詩話卷二十七

山陰宋長白纂

識道知理

王摩詰詩：「少年不足言，識道年已長。」又曰：「晚知清淨理，日與人群疏。」劉昫作右丞傳曰：「維兄弟俱奉佛，日飯十數名僧，以玄談爲樂。豈凝碧池後有戒心而然耶？」然讀其全集，超悟非凡，自是夙慧所鍾，非晚年論定也。

烏皮几

謝朓有《烏皮隱几》詩。

《高士傳》：「宋明不仕，杜門注《黄》、《老》。孫登遺以烏羔皮裹几。」右丞《贈慕容承》曰：「紗帽烏皮几，閒居懶賦詩。」用此。《顔氏家訓》：「梁朝全盛時，貴遊子弟駕長簷車，坐碁子方褥，憑班絲隱囊。」右丞詩：「不學城東遊俠兒，隱囊紗帽坐彈碁。」「彈碁」，即方褥也，故曰「坐」，非與人對弈之謂。

三癸亭

李荷澤選皎然詩，有《三癸亭》一首。發端曰：「秋意西山多，列岑縈左次。繕亭歷三癸，疏址隣佛寺。」自注云：「以癸丑歲癸卯朔癸亥日立，故名。」「顔名」、「陸創」，謂魯公清臣、處士鴻漸也。按：皎然名清晝，顔魯公集聯句可證。《唐・藝文志》誤，《山堂肆考》爲正。

君子行

齊己有《白蓮集》，張光憲序《宣和書譜》云：「己項有瘤，人目爲詩囊。本姓胡，名得生。」

齊己作《君子行》曰：「聖人不生，麟龍何瑞？梧桐不高，鳳皇何止？吾聞古之君子，行藏有時，進退求己。榮必爲天下榮，恥必爲天下恥。苟進不如此，退不如此，亦何必用虛僞之文章，取榮名而自美。」其《讀李白集》曰：「須知一一丈夫氣，不是綺羅兒女言。」馬太青評前詩曰：「光明俊偉，贋儒羞殺。」又曰：「能使李白心死。」王彝《題太白像》曰：「青天無人代天語，一星西落銀河渚。」通首傲岸，可以呈似青蓮。嘗著論力詆楊廉夫，以爲文妖。後與高啓俱死魏觀之禍。

青蓮谷

長興臧侍御喟亭《題青蓮谷》云：「丹崖翠壁豈寒盟，好句曾留在化城。自古遊仙隨處是，清風明月嬾將迎。」按：太白嘗讀書廬山，老杜所謂「匡山讀書處，頭白好歸來」是也。喟亭即用太白語作起結，自是本地風光。

卧龍眺月

乙丑客長沙，喟亭携《楚遊詩》索序，今其稿已失。甲申在桃州，朱刺史以喟亭遺照見示，有二絶曰：「三江東望是蓬瀛，銀漢光浮苦竹城。遥憶當年臨眺處，蒼苔零落舊題名。」「曾城雄峙越干臺，絶頂浮雲徹夜開。我向畫圖頻掩袂，纖阿起處待君來。」蓋《卧龍眺月圖》也。

風雨虎丘

兄名永修，字敏來。十三遊庠，十九而夭。有子維翰，孫曰汝爲，皆以文行世其家。

先侍御舅有十子，余呼兄者一，餘皆弟行也。兄早世，其二曰漢章，名倬，英才逸氣，走筆成文。

二十二客死婦翁官署，遺稿罕有存者。嘗記其《風雨渡江》有「小艇鯨鯢三月渡，孤江風雨一人歸」之句。又《虎丘》詩曰：「霸業不終羞作虎，劍痕未泯孰爲龍？」而全篇失傳。

睹墅簪花

王曼仙倩遊嶺南，有《紀懷詩》四十首。内有見懷一首曰：「萬卷何當羨五車，同袍異姓隔天涯。曼仙與余爲中表。曾經峽口傳神女，指余楚游事也。空立樓頭望主家。余在都，屢館於金、張之第。少傅棋枰觀睹墅。謂侍御舅有宅相之稱。夫人筆格喜簪花。謂先慈素喜臨池。傳經共道推元季，荀氏諸兒敢並誇。指昱、晟也。」曼仙珊珊瑣骨，試輒冠軍，竟以中酒被疾，憤懣而死。倪無功會鼎、馬太青青及余皆有序，會當代梓以問世。

把酒吟詩

韋莊詩：「能詩豈是經時策，愛酒原非命世才。」吾欲以此二語規之地下。

又一首曰：「把酒曾同哭杜翁，吟詩又見弔諸公。自注云：蔣杜陵逝世九年，吴雪舫、姜克猷相繼訃聞。翻將季子金刀挂，可惜姜生布被空。新鏡彩鸞應有淚，自注云：克猷新納少姬。舊樓紅鶴竟無踪。自注云：雪舫宅有紅鶴堂。水洪花裏開門坐，賸得良宵隻影中。」三君皆與余契，誌此以示車過腹痛之意。曼仙有《空翠詞》，與雪舫《吹香詞》並傳。

清敏先生

朱多炡，寧獻王孫，嘗變姓名爲「來相如」，偕吴明卿訪王百穀於金閶，訪王元美於弇州。有集曰《倦遊》，雪浪選定之。謚曰清敏先生。《過龍沙》詩曰：「草昧君臣定，壺漿父老迎。」蓋太祖下江西事也。五排渠矱森嚴，其《送高廉訪之蜀》一首，句句典核，確是唐人家數。朱謀𡐓亦獻王七世孫，謚貞静先生，有《枳園藁》。

無家有賦

徐學謨守荆州，趙郡宋登春以詩投之，有曰：「無家自合依劉表，有賦誰能薦長卿？」徐後以大宗伯致政，登春復訪於吴。餞别城外，趨呼：「榜人勿誤我潮信。」掉頭徑去，抵海口，跳白波而逝。宋字應元，號海翁。晚寓江陵天鵝池，又號鵝池生。嘗遊京師，時謝榛詩名籍甚，生見而唾之曰：「此以聲律傭丐者也。」

滴夢梳骨

東野詩：「冷露滴夢破，峭風梳骨寒。」升庵詩：「春鉏胸内貯，石闕口中生。」寫出才人潦倒之狀，不堪回想。太白有云：「吟詩作賦北窗裏，萬言不及一杯水。」

孤桐蘿蔦

張曲江《雜詩》：「孤桐亦何爲，百尺傍無枝。疏陰不自覆，修幹欲何施？」又曰：「蘿蔦必有託，風霜不能落。酷在蘭將蕙，甘從葵與藿。」味其語氣，當是偃月排擠之候，羽扇自況之餘也。

一代言

樂天《與微之書》：「八九年來，與足下小通則以詩相戒，小窮則以詩相勉，索居則以詩相慰，同處則以詩相娱。知我罪我，卒以詩也。」

白香山《贈樊著作》詩以陽城興起元稹，又將劉闢、庾氏、盧從史、孔戡參錯序之，其末乃曰：「君爲著作郎，職廢志空存。雖有良史才，直筆無所申。何不自著書，實録彼善人。編爲一代言，以備史闕文。」戴道默曰：「直是飭諭，白之手，樊之耳，皆千古。」

知音知己

儲光羲詩：「知音盡詞客，方見交情難。」又云：「希聲盡衆人，深識惟在己。」陸放翁有云：「文章最忌百家衣，火龍黼黻世不知。」可爲儲詩合注。蘇欒城曰：「儲詩高處似淵明，平處似摩詰。」

捧劍

「青鳥銜蒲萄，飛上金井闌。美人恐驚去，不敢捲簾看」，此郭氏蒼頭《捧劍》詩也。其《題牡丹并留別》一首亦佳，倘令蕭穎士家兒見之，定當把臂爲莫逆交，誰謂髠鉗中無異人耶！餘見《雲溪友議》。萬曆時，南海歐訓導有僕曰李英，字少芝，以詩自見。宋轅文嘗稱其清勁可誦，能宗其主人。

奴才子

《水經注》：「李特至劍閣，歎曰：『劉氏有此地而面縛於人，豈不奴才也！』」《晉書》：「成都王既敗，劉元海曰：『穎不用吾言，遂自奔潰，真奴才也。』」又郭汾陽自謂：「諸子皆奴才。」老杜《寄高適》詩：「主將奴才子，崆同足凱歌。」時適爲河西書記，哥舒方以功名顯。「奴才」二字，兩下俱無交涉。按《史記》：「蘇秦謂張儀曰：『吾寧不能言而富貴子，子不足收也。』」「奴」字當是「收」字之訛，與「足」字對恰合。

中使貴

高煦《感興詩・寺人》一篇有曰：「家奴壞王道，慮患防須早。」不意庶人有此遠識。

韓邦靖字汝慶，與兄邦奇同舉進士。《觀谷太監出軍歌》：「五千精鋭下良鄉，雲裏旌旗鬬日光。諸將不知中使貴，夜來馬上別君王。」按：正德三年，乾清宫災，汝慶爲水曹郎，應詔陳言云：「危亂之形已成，社稷之憂方大。」繫詔獄奪官。金射堂曰：「讀此詩，則前二語乃實録也。」邦奇字汝節，即苑洛先生。

狀元兒

宋真宗東封，放梁固以下及第；祀后土於汾陰，放張師德以下及第。魏野以詩賀之曰：「封禪汾陰連歲榜，狀元俱是狀元兒。」固，灝子；師德，去華子也。又安德裕與其子守亮亦父子狀元，見《文獻通考》。

平康夜過

徐遹，崇寧中狀元，瓊林宴罷，作詩曰：「白髮青衫晚得官，瓊林頓覺酒腸寬。平康夜過無人問，留得宫花醒後看。」是宋朝狀元之老者，適又在陳同甫之上矣。而《文昌雜録》、《遁齋閒覽》皆謂梁灝八十二歲，載其謝啓云云。然按灝本傳，雍熙二年及第，景德二年以翰林學士知開封府，暴卒，年四十三。則灝及第正二十三歲，實少年狀元也。何文肅喬新《題梁秘書墓》詩亦考晰未盡。嵇康聞長嘯於蘇門山，在魏、晉之際；孫綽作《蘭亭序》，在永和之時。《筆叢》反以孫登爲綽之子，其倒置如此，何以服新都之心耶？

二十三

《清夜録》載詹義登科後作《解嘲》詩曰：「讀盡詩書四五擔，老來方得一青衫。佳人問我年多少，五十年前二十三。」《鶴林玉露》載陳修唱名時，高宗問其年，對曰：「七十三。」問幾子？對曰：「未娶。」遂以宫人施氏嫁之。時人戲爲詩曰：「新人若問郎年紀，五十年前二十三。」義與修同出一轍矣。陳修，《山堂肆考》作陳敏修。

鶴仙靈

周宗伯洪謨計偕日舟泊邗江，夢一異人謂曰：「吾即子之前身也。」問其姓，曰：「吾友鶴山人，丁其姓，家維揚。」及公官留都，以詩訊維揚守王三原恕曰：「生死輪迴事杳冥，前身幻出鶴仙靈。當年一覺揚州夢，華表歸來又姓丁。」王得詩甚訝，訪諸耆舊。羅文節曰：「友鶴山人，吾友丁啓宗之父，以詩名家。元末隱處，至建文元年卒於成都。以儒雅重於藩王，有德人也。」王即以此復之。右見《雙槐歲鈔》。鉅公名宿於禪定中易形而來者，比比皆是。若友鶴，則又似羽客矣。黄涪翁前身是一女子，夢中告其腋氣，改葬而愈。輪迴之説，故當不妄。

石材廟

瀘溪《贈澹庵》詩：「癡兒不了公家事，男子要爲天下奇。」

吉州縣江濱有石材廟，隆祐太后避敵，泊舟廟下，夢神告曰：「速行，敵且至。」遂放舟趨章貢，後封廟神剛應侯。胡澹庵乞斬秦檜，寺丞陳彦柔以啓賀之，坐貶安遠。南行過此，題詩廟柱云：「疏爵新剛應，論功舊石材。能形文母夢，還訝佞人來。海市爲誰出，衡雲豈自開。乞靈如見告，逐客幾時回？」時王瀘溪以詩賀澹庵，亦貶辰陽。孝宗朝，瀘溪召赴闕，壽踰九十；而彦柔竟卒於貶所。瀘溪名廷珪，彦柔名剛中。詳見《鶴林玉露》。

玉帶生

張都事《玉帶生歌》有曰：「鸞刀夜割黑龍尾，碾作端溪蒼玉砥。」蓋詠文丞相遺研也。有曰：「景炎丞相魁龍榜，撫玩不殊珠在掌。背銘刻骨四十四，血録至今猶可想。謝公古文今所師，西臺一慟神血垂。獨持老瓦出門去，冬青樹邊書憤詞。」是此硯爲臯羽所得，而後流入會稽也。但原序詞多隱約，而冬青事又與《遂昌雜録》不符。所云「上皇」者，豈此硯爲紹陵所賜歟？丞相硯銘四十四字，詳本集小注。

圓圓曲

陳沅也。宋轅文「虎卧遼陽已十年」，抵不過邵爲章「君臣父子總無公」之句。

吴梅村《圓圓曲》，其發端曰：「慟哭六軍皆縞素，衝冠一怒爲紅顔。」二句已檃栝一篇之旨，以下只參錯序事，使人自得於言外。至結尾復云：「全家白骨成灰土，一代紅妝照汗青。」明明以「忠孝」二字作兩頭關鍵。其《雜感》有云：「只爲君親來故國，不因女子下雄關。」尤見味外味也。

進士將軍

郭彦章詩：「梁震每稱前進士，灞陵誰識舊將軍？」

「江湖萬里破征雲，秋水微茫白鷺群。旅塞自稱前進士，夜亭誰識故將軍？鋃鋙摇落星辰氣，鞈沈涵虎豹文。泗上重來歌舞地，空樓涼月落紛紛」，此閻古古《贈太康軒綖》詩也。軒初生時，其父夢劉將軍入其室，因以爲名，而字曰公劉。頸聯二語蓋指此。閻名爾梅，沛縣人。古古《題函谷關》曰：「張禄入來人未覺，田文歸去吏猶眠。」深得風人之旨。

青鸞尾

沈石田《題趙善長所畫折枝竹》云：「青鸞有尾不可割，飛過猶餘五尺强。借得庭前夜來月，倒描一影在東墻。」憶幼時於書塾見徐文長畫折枝竹一幅，自題其首曰：「青鸞五尺尾，一半入青霄。老眼摩挲看，方知是竹梢。」二詩命意全同，俱可誦也。

石湖

姑蘇上方寺踞石湖之上，與虎丘競傳。袁中郎謂「虎丘如艷妝冶女，上方如披褐道人」，是已。然虎丘吟詠最多，而石湖自許丁卯「一聲山鳥曙雲外，萬點水螢秋草中」之後，絶無佳者。范致能詩：「一川新漲熨秋光，挂起蓬窗受晚涼。楊柳無窮蟬不斷，好風將夢過横塘。」殊有興味，而前後二首不稱。楊鐵厓「三月十日春濛濛」一首，兩句一轉，情叙錯綜，原以「花遊曲」爲題也。

問道

柳展如，東坡甥也。不問道於東坡，而問道於山谷。山谷作八詩贈之，以「柳李不言下自成蹊」爲韻。其曰：「寢興與時俱，猶我屈伸肘。飯羹自知味，如此是道否？」是告之以佛理也；其曰：「咸池浴日月，深宅養靈根。胸中浩然氣，一家同化元。」是告之以道教也；其曰：「聖學魯東家，恭惟同出自。乘流去本遠，遂有作書肆。」是告之以儒理也。略見《韻語陽秋》。按：展如名闓，子玉之孫，仲遠之子。坡集有《祭子玉仲遠文》。

猛燭

文帝有「炎燭繼望舒」之句，似「猛」字爲精。

魏明帝樂府：「晝作不停手，猛燭繼望舒。」晉庾闡《藏鬮賦》：「督猛炬以增明，從因朗而心隔。」蓋《周禮》所謂「賁燭」、《楚詞》所云「懸火」也。杜詩「銅盤燒蠟光吐日」，殆指此乎？詳見《藝苑醍醐》。《歲時雜記》曰：「除夕作蕡燭如庭燎。」「蕡」字即「賁」字之義。

雞人

《周禮》：「雞人夜呼旦，以嘂百官。」晉《太康地記》曰：「後漢時，固始、公安、細陽、鮦陽四縣衛士習《雞鳴曲》，於闕下歌之。」明制：升殿，雞人於東廊下唱《日出曉》之歌。劉孝標文：「雞人曉唱，鶴蓋成陰。」王右丞詩：「絳幘雞人報曉籌。」

玉帳

《抱朴子・外篇》：「兵在太乙玉帳之中，不可攻也。」袁卓《遁甲專征賦》：「或倚直史之遊宫，或居貴神之玉帳。」蓋玉帳乃兵家厭勝之方位，其法出於黄帝遁甲，以月建前三位取之。如正月建寅，則巳爲玉帳，主將宜居之也。李太白《司馬將軍歌》：「身居玉帳臨河魁。」謂戌爲河魁，主將之帳在戌也。齊賢注謂《唐・藝文志》有《玉帳經》，河魁在九星爲文曲，似當再考。袁卓，《尚友録》作員卓。譜系混淆，難更僕數。

鹿葱

趙韓王令道士上章，訴光美事，手書青詞，吹墮闕門，與此正同。

沈休文爲梁朝佐命，晚年，新進構之，取所爲《鹿葱》詩以白武帝，帝銜之。未幾，得道士赤章事，遂大怒，約以憂死。詩曰：「野馬不可騎，兔絲詎宜織。爾非莘與蒿，豈供麏鹿食。」灌畦老圃曰：「身處嫌疑之地，口陳形跡之語，加以媒孽之人爲構於旁，約之不終也固宜。」

奪情

南陽、江陵皆以奪情而干清議。李因柄政日淺，故身後之訾毁猶輕。

趙定宇諫奪情事，予杖歸。沈君典以詩送之，有曰：「愧殺虚名成畫虎，愁來吾道繼書麟。」江陵於神廟，功過自不相掩。于穀山《上丘月林書》，故是平情之論。楊四知爲御史，有《追論黨惡權姦》一疏，蓋因江陵既死，而追論馮保、徐爵并及游七也。陸冢宰五臺見之曰：「太岳嘗貽余一偈：『横岡虎方怒，深林蟒正嗔。世無行路客，終是不傷人。』則其剛愎可知。廉峰此疏，足爲人心大快。」廉峰，楊字也。見《詞林館課》注。

欲上天

《後漢書·五行志》曰：「隗囂起兵於天水，民間謡曰：『出吴門，望緹群。見一蹇人，言欲上天。令天可上，地上安得民？』囂少病蹇。」「吴門」，冀郭門也；「緹群」，山名。李天生曰：「此謡真爲癡妄人寫照。」末二句尤奇快，世多蹇者，可以悟矣。天，鐵因反。

醉如泥

劉毅居齋宫，妻省之，即奏加妻罪，請解齋。故知「閉門迎使客，滅燭看家書」不足怪也。

《漢官志》曰：「北海周澤爲太常，恒齋。其妻憐其年老疲病，窺内問之。澤大怒，以爲干齋。掾吏叩頭争之，不聽。遂收送詔獄，并自劾。時論非其矯激，爲之謡曰：『居世不諧，爲太常妻。一歲三百六十日，三百五十九日齋，一日不齋醉如泥。既作事，復低迷。』」此歌恢諓得妙，覺李戴仁「河魁在房，不宜行事」之語，猶讓此老道學三分。澤字雉都。

怯如黽

恒、靈之世，更相濫舉。人爲之謡曰：「舉秀才，不知書。舉孝廉，父别居。寒素清白濁如泥，高第良將怯如黽。」《譚苑醍醐》曰：「泥，音涅；黽，音篾，或音密，則泥當音匿。古音例無定也。《晉書》作『怯如雞』，蓋不得其音而改之。」李天生曰：「注論最是，古音漸失，後人妄言轉叶，甚有改其字者。亭林先生《韵正》所爲作也。」

機上絲

魏有王肅，乃朗之子。隨父在會稽，注《易》於東齋者。

王肅仕齊爲秘書丞，娶謝氏。後奔魏，復尚陳留公主。謝氏爲尼來奔，以詩與肅曰：「本爲箔上蠶，今作機上絲。得路逐勝去，頗憶纏綿時。」公主代肅答曰：「鍼是貫綿物，目中恒任絲。得帛縫新去，何能納故時。」此尼殊乏林下家風，公主又無南康器宇。兩賢相厄，不能特置左右夫人也。按肅本傳，景文之孫，奂之子。奂爲武帝所殺，乃奔魏。陳留即彭城公主，先爲劉昶子婦。前妻謝氏生子紹，肅臨薨，謝氏始携子女至壽春，紹遂嗣爵。二詩不知何據，諸家每載之。

如循環

伉儷之篤者，莫如徐淑、秦嘉。往還贈答，何其悱惻纏綿耶！《白頭吟》可以却茂陵之聘，《織錦》詩可以息陽臺之妬。吾獨怪夫王子敬之於郗，李易安之於趙，非所稱士女中之錚錚者，而何以迷謬至此耶？「一别懷萬恨，起坐爲不寧」、「憂來如循環，匪席不可卷」，不能不三復於此言。汪清湖初聘龔氏女，未娶而女卒。繼聘張。將奠雁設祭於龔墓，哭之慟。夜夢龔來慰曰：「紅蓮大夫欲害君，須防之。」及寤，不解所指。後僉江西憲，過紅蓮渡，忽憶前夢，託故維舟。而解纜者俱覆。張子正曰：「汪、龔生未相逢，而死猶相顧如此。世有朝夕相覩而終身相惡者，能無愧乎！」汪名應軫，以庶常謫守泗州，武宗時有直聲。

茜衫温

「黄金小紐茜衫温，袖摺猶存舉案痕。開匣不知雙淚下，滿庭積雪一燈昏」，此文長《憶内》詩也。序云：「内子亡十年，其家以甥在，稍還母所服潞州紅衫，頸汗尚泚，余爲泣下數行。時夜天大雨雪。」文長篤於伉儷如此，不知何以致後妻之寃？前乎此者，不止一酈文勝；後乎此者，寧僅一屈翁山。

對馬軍

韓維《謝堯夫寄新酒》詩：「有客忽傳龍坂至，開尊如對馬軍嘗。」自注云：「嘗怪杜詩『洗盞開嘗對馬軍』之句，及得錦屏山，題名有『寄河南府使馬軍送對酒』者，然後了然。」余按：杜詩以「對馬軍」爲句，持國似乎以「對」字截斷，須更質之知者。

月石屏

蘇子美《月石屏》詩有云：「老蚌向月月降胎，海犀望星星入角。彤霞鑠石變靈砂，白虹貫巖生美璞。」刻畫精到，物無遁形。廬陵所謂「不經老匠先指抉，有手誰敢施鐫鑱」，傾倒至此，洵乎滄浪非易才也。然禪家有「犀因望月紋生角」之語，似「望星」特因「向月」而借對耳。通天之暈，於星乎何庸！

秋山畫竹

沈石田《題許道寧秋山暮靄圖》有云：「平生見此真有幾，不負長安許道寧。殘山豈合推馬遠，寒林亦宜矜李成。」《題夏仲昭畫竹》有云：「近來畫竹有數家，世人皆愛我不憐。我非能畫却能看，别有苦思通幽玄。」蓋白石翁自擅絶技，其所推許，非苟然也。二歌甚長，當於本集觀之。許道寧畫，孫穀祥比之。《新唐書》：「夏杲與張益同年，俱善寫竹。益見仲昭畫竹妙絶，遂不複寫。」此與唐人各畫水火者意同。

畫狀元

吴小仙幼居鄉塾，嘗以倣紙作畫，題詩於上曰：「白頭一老子，牽驢來飲水。岸上蹄踏蹄，水中嘴對嘴。」蒙師搜得之，驚曰：「吾非汝師也。」遂辭去。其後爲武英殿待詔，宣宗呼爲「畫狀元」。小仙名偉，筆墨僅可與平山匹對，而浪受重名如此。彼以紅衫作釣魚人者，能勿致同儕之譖耶？

畫　魚

劉進善畫魚，名重一時。魯祭酒鐸題曰：「劉生亦是丹青豪，近來作畫無此曹。戲將秃筆作鱗介，已覺四壁生風濤。」董宗伯其昌題曰：「魚爲水族類最稠，近來畫手安成劉。生綃如雲筆如雨，恍惚變態不可求。」二歌甚長，有神彩氣燄，非獨劉生藉之以傳，亦覺纖鱗巨鬐皆活潑潑地也。

應夢羅漢

紫柏尊者嘗夢十六僧求挂瓶鉢，翌日，購得禪月所繪，舍供都城明因寺。

歐陽炯《題禪月大師應夢羅漢歌》有云：「閉目焚香坐禪室，脱下袈裟點神筆。逡巡便是兩三軀，不似畫工虚費日。」通首形容俱極豪放，疑其翰墨有意到筆隨之致。此畫尚在咸陽。丁卯歲，鳩茲張岫庵與予同赴靈武，予抱病邸中，張獨至水陸寺觀之，以爲工緻無比，不知即歐陽所題否？禪月者，貫休也，字德隱。

行學規

會稽吴孜嘗從胡安定學，馳名嘉祐、治平間。郡人謀建學，即捨宅爲基。學成，太守張伯玉至，以便服坐堂上。孜鳴鼓，行學規，伯玉欣然受其罰。王龜齡贈以詩曰：「右軍宅作空王寺，秘監家爲羽士宫。惟有先生舊池館，春風歸在杏壇中。」人知姑蘇學宫爲范文正故宅，不知會稽學宫捨自吴君，何耶？然非太守雅量，恐學規亦未敢行。伯玉嘗守太平，令司户曾子固作《六經閣記》，唐坰指爲王安石爪牙，與李定同稱。先輩謂歷朝小人易識，而宋朝小人難識者，以其多託於理學之林也。

叩銅鉢

《齊書》：「蕭之琰與丘全楷並以文稱。竟陵王子良夜集，令賦詩四韻，刻燭一寸。琰曰：『燒一寸燭而成四韻，何難之有。』乃與楷共叩銅鉢，響絶詩成。」觀此覺「研《京》練《都》」、「十年吟《古鏡》」者，未免迂鈍。丘全楷，《初潭集》誤作江洪。

鍾山公

李司空建勳既致政，自稱「鍾山公」。詔授司徒，不起。學士湯悦以狀賀之。勳答以詩曰：「司空猶不作，那敢作司徒。幸有山公號，如何不見呼？」先是，宋齊丘求退，歸青陽，自稱「九華先生」。未幾復起，時論薄之。建勳年德未衰，或以宋公爲比，因賦詩曰：「桃花流水須相信，不學劉郎去又來。」可謂知止不殆者矣。許載吴《唐拾遺録》有齊丘《致徐知誥書》，實爲勸農上策。而《九國志》本傳不書，似不當以人廢言。

騎鶴來

葛稚川曰：「道士淵博洽聞者寡，而意斷妄説者衆。」世之妄意求仙者，可以悟矣。

白雲平章求仙於燕京西山頂。一日適出，滕玉霄訪之不值，戲題於壁曰：「西風短褐吹黄埃，何不從我遊蓬萊。振衣長嘯下山去，後夜月明騎鶴來。」不留姓名而去。人傳吕仙過之，朝野輻輳。平章，察罕也，見《草木子》。玉霄名賓，睢陽人，嘗提舉江右儒學。後棄家入道，居天台山。

青山瘦

來元成作《彙書》十二卷，自序末云：「郭清狂詩：『市城誰念青山瘦，盡日廚頭不斷煙。』青山瘦矣，而薪之樵之，樵蘇不已。無乃心爲形役，行盡如馳，汩汩於塵垢糠粃而不知返乎？『伐柯伐柯，其則不遠』，盍若洗心而退藏於密也。」按：對山堂著述充棟，而自序乃復如此。知其解者，安能旦暮遇之耶？

春秋筆

明祖遣詹同徵楊維楨，楊賦《老客婦詞》以進，留百二十日放還。又嘗有句曰：「老夫一管《春秋》筆，留向胸中取次裁。」宋濳溪詩：「不受君王五色詔，白衣宣至白衣還。」廉夫病亟，撰《歸全堂記》，頃刻而就，曰：「九華伯潘君迎我。」遂擲筆而逝。

研露珠〔一〕

《沈約傳》曰：「暗與理合，匪由思至。」又云：「縟旨星稠，繁文綺合。」知其解者，可與論詩已。

先公遁世以後，手不釋卷。家庋賜書萬軸，朱墨淋漓。兵燹之餘，散亡過半。偶檢宋元詩話百有餘種，皆先公評騭，并系以詩曰：「老病閒吟萬慮除，桃花亂撲案頭書。祇疑天遣成批點，絶勝清溪研露珠。」識此以見手澤之僅存者如此。

【校勘記】

〔一〕「珠」，原文誤作「硃」，據下文改。

浸野梅

史稱葵年八十而衛國之志益堅，理宗嘗稱爲儒臣之所難。

趙信庵葵《題慧山寺》詩：「古木森森映緑苔，嵯峨樓閣倚雲開。山僧不問朝天客，自注冰泉浸野梅。」風骨森挺，足與宗留守、岳鄂王旗鼓相當。

柳亭詩話卷二十七終

柳亭詩話卷二十八

山陰宋長白纂

紀行

紀行詩，前有康樂，後有宣城。譬之於畫，康樂則堆金積粉，北宗一派也；宣城則平遠閒曠，南宗之流也。兼斯二美，斷推少陵矣。范石湖有句云：「扁舟風露熟，半世江湖遍。」非足跡遍天下者，紀行詩未易措手。楊元孚《灤京雜詠》一百首乃紀行變調，然亦足以備一朝之風物云。

和韻

徐伯魯論詩，於「和韻」一條極爲詳核。

顏延年、謝玄暉有《和伏武昌登孫權故城》等篇，此和詩之始。梁武帝《同王筠和太子懺悔》詩，云「仍取筠韻」，蓋同用「改」字十韻，此和韻之始。筠後又取所餘未用者十韻，别爲一篇，所謂「聖智比三明，帝德光四表」，故史於諸文士中獨言筠善押强韻。逮及唐人，和意而不和韻，至元、白而此風一變，至皮、陸而爲之再變。自宋以還，誇奇鬭險，毋論元氣索然，即腠理之間亦覺不相連綴。刻楮雕冰，幾何而不唐喪耶？東坡《和蕭大夫》：「贈我皆强韻，知君得異書。」

琴操竹枝

退之《琴操》、夢得《竹枝》、仲初《宫詞》、文昌樂府，皆以古調而運新聲，脱盡尋常蹊徑。至若李賀、盧仝、孟郊、杜牧、賈島、曹唐輩，亦各自立門墻，不肯寄人籬下。雖非堂堂正正之師，而偏鋒取勝，亦足稱一時之傑矣。

義山渭南

李義山、陸渭南皆祖述少陵者。李之藴藉，陸之排奡，皆能寓變化於規矩之中。李去其靡，陸汰其粗，其於大曆、元和也何有！松雪之近體，空同之古風，一失之膚，一失之率，皆學杜而不得其指歸者也。

文章之厄

洪覺範曰：「詩至義山，乃文章之厄。」吾謂此言太過，甚於秀鐵面之呵魯直矣。隋煬木刻柳詈，昌黎遥拜孟郊，李洞念賈島佛，王晉卿禮楊大年，瓣香授記，何以過之？義山生前有里娘結帶而求，死後有劉筠肖像而禱，不可謂非文采風流之一助也。筠字子儀。

不如誠齋

史稱誠齋歷事三朝，始終一節。韓侂冑築南園，屬記，楊曰：「官可棄，記不可作。」遂告歸。

渭南全集畢竟以七律擅長，遠撮錢、劉之標，近萃蘇、黃之勝，而乃曰：「我不如誠齋。」毋乃嗚謙太甚乎！昌黎傾倒於東野，廬陵尊獎於聖俞，特以耽奇之故，不覺言之娓娓。試取楊、陸二集並觀，必有辨其爲邢、尹者。

明詩

戴司農明説選詩，自魏迄明凡十一朝，除少陵、供奉外，僅五十六家，宋一人，元一人。

明詩繼唐人之絶緒，挽風氣於一朝。高季迪、楊孟戴、袁海叟、劉誠意，蓽輅藍縷，以啓山林，則四傑之前驅也。北地、信陽，闢蠶叢而保凫、繹，謂非少陵、供奉之遺風乎？茶陵應制諸體，故是臺閣規模；至新翻樂府，則獨步一時，鐵厓、玉笥，不足多也。嘉、隆七子，大如王、謝子弟，舉止動人，所恨冠裳一例，略無差别，置諸大曆才子之内，未免退避三舍。嗣是以往，各有微長，而鬼不如賀，怪不如仝。若青藤之「好人不住世，惡人磨世尊」、「有鼻有眼孔，無頭無尾巴」，中郎之「船如木屐大，士比鯽魚多」、「一个莊嚴佛，千秋骨董人」，直是徉狂玩世，英雄欺人語耳。詩之爲教，不如是也。街談市語混入詩歌者，濫觴於元、白，横溢於蘇、黄。此如太倉之有朽粟，大海之宿死屍，而後人每每效之。審如是也，則荆妻柏酒，盡可詠懷；冷飯枯魚，總堪紀事。而「肩挑兩个活雷公，洗出方知陳本中」，竟可奉爲金科玉律矣。

漢宮篇

崑山王逢年，字舜華，爲諸生時，試經義多入古文奇字，爲有司所黜。嘗作《漢宮篇》，有云：「吾道欲興周禮樂，聖朝空老漢文章。」詩名《海岱集》，王弇洲序之，極推許。而舜華顧時時摘王、李句，嗤爲俗調。弇洲怒而排之，卒弗改。同時有袁景休，字孟逸，賣卜於市，嘗摘劉御史詩以爲笑。御史屬郡尉笞之，景休寧受笞，不改口，尉笑而遣之。蔡九逵所謂「少陵不足法」者，尚未嘗顯言攻北地也。

梅村

張横渠曰：「詩人之志至平易，今以艱險求詩，何由見詩人之志？」朱紫陽曰：「立志不定，如何讀書？」

北地、信陽之變而爲公安、竟陵也，舍蒼彝緑鼒而求瓦棺木甈也。矯之以雲間，却菅蒯而披縞紵矣；扼之以虞山，舍康莊而趨九折矣。汪鈍翁《與計甫草》詩曰：「天下幾人稱作者，翰林獨數吴梅村。」又曰：「黄門得名三十載，體勢皆與梅村同。」平心之論，不得謂阿其所好也。

水谷

歐陽公《水谷夜行》詩，於子美、聖俞極爲推獎。蘇則狀其超邁横絶，所謂「子美氣尤雄，萬竅號一噫。譬如千里馬，已發不可殺」；梅則形其深遠閒淡，所謂「梅翁事清切，石齒漱寒瀨。譬如妖韶女，老自有餘態」。二公當日齊名，而蘇頗不足於梅，嘗曰：「平生作詩被人比梅堯臣，寫字比周越，良可笑也。」按：越在天聖、景祐間嘗爲尚書郎，雖以書得名，而時論謂其輕俗無古法。

白袷

《禮記》：「深衣曲袷，如矩以應方。」注曰：「交領也。」

李昌谷詩：「白袷王郎寄桃葉。」正用大令故事。而坊本誤以「王」爲「玉」，遂覺情致索然。按：公鼐《元宵曲》「白袷裁衫玉滿頭」，吴梅村集「白袷」二字凡數見。蓋自唐以來，不勝枚舉。憶辛巳歲，予爲羊頭小婢所侮，移文詬之。内有「素冠白袷」之句，以其重服横行也。而不識「紞」字者，指「袷」當爲「帢」，助其狂吠。時亡友趙使君過予相質，予謂冠、袷自是二物。摯虞《决疑要注》「白袷深衣」，正喪服也。此輩文義不通，姑置勿論；即「袷」之一字，《説文》、《廣韵》箋注甚明，若證之經史文集，則

《禮記》有「不上於袷」，《史記》有「錦袷」、「繡袷」，《廣異編》、《續異志》有「黄袷」、「皂袷」，不但詩人摭拾已也。趙君曰：「何不備晰其原，以爲妄人針砭？」予笑曰：「是欲以『太形』作『太行』者，爲教猱之具耶？」附此以博一噱。

荷亭辨論

劉蕺山序《荷亭集》曰：「後儒不及前人，由其果於自信之意多，而存疑者寡也。」

盧正夫著《荷亭辨論》，多駁古人成説。有人寄以詩曰：「桃花開遍玉樓春，杜宇聲聲花外聞。啼得血流唇舌破，桃花依舊發精神。」觀此，則孫楚《反金人銘》、王粲《反金人贊》可以不作。盧名格，東陽人，自任爲朱子忠臣，與章楓山友善。詳見《雅溪家乘》。

輕雲飛雨

晉羊球《登西樓賦》云：「晝棟浮細細之輕雲，朱栱濕濛濛之飛雨。」王子安《詠滕王閣》曰：「畫棟朝飛南浦雲，朱簾暮捲西山雨。」杜少陵《題江陵樓》曰：「碧窗宿霧濛濛上，朱栱浮雲細細輕。」王合用其意，杜則離而化之，皆善於取材者也。

縱横舒

陶淵明《擬古》詩：「仲春遘時雨，始雷發東隅。衆蟄各潛駭，草木縱横舒。」静觀元化，得天理流行之妙。《莊子》曰：「春雨日時，百草怒生。銚鎒於是乎始修，草木之倒植者過半，而不知其然。」「怒」字、「駭」字，二老滿腹天機。

竹香

《丹鉛録》所引「香」字甚多。

少陵詠竹，有「風吹細細香」之句。元遺山兩用其語，曰：「潭影乍從明處見，竹香偏向静中聞。」又曰：「魚樂定從濠上得，竹香偏向雨中聞。」

青雲干吕

《十洲記》曰：「月氏國獻神香，曰：『青雲干吕，連月不散，中國有妙道之君乎？』」唐試院以此爲題，王履真有曰：「異方占瑞氣，干吕見青雲。表聖興中國，來王見大君。」叙其事也。令狐楚有云「色令天下見，候向管中分」，言望氣而應律也；「恭惟漢武帝，餘烈尚氛氳」，推原其所自也。如此相題，可無恍惚物象之譏已。彭伉：「遠示無爲化，將明至道君。」林藻：「還同起封上，更似出横汾。」亦熨貼有情。

霜

《山海經》曰：「豐山有九鐘，是知霜鳴。」郭璞注曰：「霜降則鐘鳴，故言知也。」

蘇味道《詠霜》詩：「孕冷隨鐘徹，飄花逐劍飛。」徐文長用以詠劍，曰：「揮空霜欲落，脱匣水堪抽。」下句則用李長吉「先輩匣中三尺水」之句，可謂精切不浮。

岫

《爾雅》：「山有穴曰岫。」《説文》從之。《黄氏日抄》曰：「山谷謂謝玄暉『窗中列遠岫』、徐季海『孤岫龜形在』皆誤用。」然山谷《雨晴過石塘》詩有「晴岫插天如畫屏」之句，不幾自背其説乎！玄暉好用「岫」字：「日隱澗疑空，雲聚岫如複。」「雲端楚山見，林表吴岫微。」

帆

張燕公詩：「離魂似征帆，常往帝鄉飛。」孟襄陽詩：「嶺北迴征帆，巴東問故人。」「帆」，舟幔也。

詩人多作平聲。徐孝穆詩：「南茨大麓，北帆清湘。」始作仄音。升庵謂在舟則平聲，使風則去聲，以動静之異也。似太泥。

山帶

張野《廬山記》曰：「天將雨，有雲冠岑巖，謂之山帶。」陰鏗《對雨》詩：「山雲遥似帶，庭葉近成舟。」韓翃《江州》詩：「風吹山帶遥知雨，露濕荷裳已報秋。」

白楊

古詩《豫章行》：「白楊初生時，乃在豫章山。」按《通誌》：「白楊一曰『高飛』，一曰『獨摇』。」《古今注》曰：「白楊葉圓，青楊葉長。」《南史》：「何妥住白楊巷，蕭賚住青楊巷。」古人未嘗以楊爲嫌也。太白《金陵》詩亦有「白楊十字巷」之句。《正韵》因《十九首》「白楊何蕭蕭，松柏夾廣路」，遂專指爲墟墓間物。仲長統《昌言》曰：「古之葬者，梧桐松柏以識其墳。」則不止白楊也。《宋書》：「蕭惠開除少府，不得意。剗除堦前花草，列種白楊，曰：『人生不得行胸懷，雖壽百歲，猶爲夭也。』」亦墟墓間意。

樺燭

陳藏器《本草注》：「樺木似山桃，皮堪爲燭。」《秦中歲時記》：「宰相入朝，金吾卒以樺燭導引。」《待漏院記》所謂「火城」也。白樂天詩：「宿雨沙隄潤，秋風樺燭香。」因其弟行簡自拾遺入閣而言。鄭谷詩：「樺飄紅燼趨朝路，蘭縱清香宿省時。」則借以贈禮部郎中者。嘗見一扇頭賀新婚詩：「樺燭雙開出艷妝。」恐非韋、平世胄，不可濫用也。

花乳

張率《對酒》詩：「如花良可貴，似乳更堪珍。」乳以味言，花以色言也。「乳」字易擬，「花」字未經人道。率字士簡，梁待詔。武帝嘗敕曰：「相如工而不敏，枚皋速而不工，卿兼之矣。」然其詩不多見。《世說》所謂「壯哉雀鼠」者，即此人也。

明駝

槖駝蹄白如玉，卧時腹不著地，日行千里，所謂「明駝」也。《木蘭詩》：「願借明駝千里足，送兒還故鄉。」刻本或誤作「鳴駝」。唐史：哥舒翰在隴右，遣使入奏，常乘白駱駝，日馳五百里。

鶱

音「軒」。江淹《知己賦》：「聳孤韵以風邁，鶱逸氣以煙翔。」謂吏部殷孚也。

杜詩：「風雅藹孤鶱。」韓詩：「挾勢欲騰鶱。」《韵會》云：「從鳥，不從馬。讀作愆者誤。」楊去奢陖引《西都賦》「鳳鶱翥於甍棟」，謂即《世説》所謂「軒翥」也。按：《楚詞》「鳳鶱翥而飛翔」，賦本此。

霓

蔣涣詩：「三休尋磴道，九折步雲霓。」汪廣洋詩：「倒藤懸宿鳥，絶壁挂晴霓。」則用平韵。

陳思王《孔廟頌》：「德倫三五，配皇作烈；仁塞宇宙，志凌雲霓。」作入聲。沈隱侯「雌霓」所本也。《爾雅》云：「蜺，雌虹也。」一名「挈貳」。《春秋孔演圖》曰：「斗之亂精也。」張衡《東京賦》：「雲旗拂霓。」叶音「孽」。原有平、去、入三聲。范鎮試院用「彩霓」作平，非誤也。

飛墒

《丹鉛録》：「宋世有抛墒之戲。」《正韵》曰：「七禾切。」或曰起於堯民之擊壤。梅聖俞《禁煙》

詩：「窈窕踏歌相把袂，輕浮賭勝各飛墒。」疑即北方兒童之戲，所謂「打陀羅」也。錢牧齋《高會堂八百字》：「拔河群作隊，蹀墒巧相當。」自注云：「拋磚戲。」

颶母

《嶺表録》云：「春夏間有暈如虹，謂之颶母。必有暴風。」柳子厚詩：「颶母偏驚估客船。」房千里《投荒雜録》云：「南方諸郡皆有颶風，以其四面風俱至也。」作「颶」字者非。蘇叔黨有《颶風賦》。昌黎《贈裴行立》詩：「峽山逢颶風，雷電助撞捽。」顧況《送從兄使新羅》詩：「颶風晴自起，陰火暝潛燒。」刻本俱作「颶」。

水中央

少陵《除草》詩：「轉致水中央，豈無雙釣舟。」自注曰：「去蓺草也。」《蜀都碎事》曰：「燖麻也，葉能螫人，有花無實。俗呼蝎子草。」按《周禮》：「薙人善殺草。」有水火之化，以舟載致，則水化也。

閣欄頭

《博物志》：「南越巢居，北朔穴處。」元微之《通州》詩：「平地纔應一頃餘，閣欄都大似巢居。」注云：「巴人都在山陂架木爲居，自號『閣欄頭』。」史稱「板升」，更雅。

虎樹亭

王梧溪《題虎樹亭》詩：「舟泊東西客，詩招大小青。山高白月墮，草偃黑風腥。植物鍾英爽，精藍被寵靈。涼陰慎翦伐，留護石函經。」注云：「宋聰禪師住華亭時，有二虎噬人。師降伏之，命名曰『大青』、『小青』。師卒，虎亦死。弟子瘞之塔傍，踰年生銀杏樹二。」今主僧隱公闢亭樹間，扁曰「虎樹」。西山潭柘寺有巨蛇二，亦呼「大青」、「小青」。聞磬聲即出，以應供。予嘗往尋之，不復見。

天山雪

徐荆庵元禹嘗爲川督幕賓，烏蒙、畢節之區遊歷殆遍。有《紀事》詩曰：「五月天山雪未收，將軍毳帳怯重裘。却教蠻女三冬跣，采藥淘金捉石猴。」後令華容，幾爲鼓鑄罣誤。余解紛於管亭，得釋。有《治華集》貽余，爲姜蒼厓持去。

來不時

曹子建《九詠》曰：「臨回風兮浮漢渚，目牽牛兮眺織女。交有際兮會有期，嗟痛吾兮來不時。」此思王借以自況，不自覺其沉痛至此。少陵會得此意，故曰：「方圓苟齟齬，丈夫多英雄。」若沈休文代織女答牽牛，王元禮代牽牛答織女，總是借面弔喪，雖悲弗哀矣。

薩蠻江

「薩蠻江上女，樂舞最婆娑。慢擊雙聲鼓，低翻小洛河」，此無名氏無題之一也。鈔本一百三十五首，有兀喇江、白石堡、灰攞國、鷹鞲關諸地名，而系以壬寅之歲，當是明史株連，播遷口外者。陶燕公弁其首曰：「此卷乃萬里寄歸，慘淡經營，不可卒讀云。」燕公名芳賓，筠厂族人。

鳳皇池

范雲《古意贈王中書》起句云：「攝官青瑣闥，遥望鳳皇池。」已見比興之體。末段云：「竹花何莫莫，桐葉何離離。可栖復可食，此外亦何爲？」有感、有諷，何減炎熱場中投以清涼散耶！而元長少年嗜進，波及竟陵之譖。迄今觀其遺集，盡屬琳瑯錦繡，使天假之年而老其才，徐、庾不得專美於後已，惜哉！沈約《懷舊》詩：「眷言懷祖武，一簣望成峰。」融乃僧達之孫，道琰之子也。晉有王融，則太保祥之父；永明中有一王融，則雍州刺史奐之子。元長在隆昌之末，相去十年，同仕齊，同一瑯琊派，亦奇。

戲馬臺

洪景盧曰：「蘇端明事多誤用。」

蘇長公守徐，嘗與客登項氏戲馬臺，賦詩曰：「路失玉鈎芳草合，林亡白鶴野泉清。」陳後山謂廣陵有戲馬臺，其下有路，號「玉鈎斜」。唐高宗東封，有鶴一焉，乃詔諸州爲老氏築宮，名以「白鶴」，非徐州也。周文襄忱詩：「沐猴不免當時笑，戲馬空傳此地名。」亦指彭城。

麴塵

鄭樵《通誌》：「鞠衣，黄桑服也。色如麴塵。」用《周禮》注。《北户録》云：「鶴子草，蔓生。其花麴塵色，即媚草也。」

張樞密嵇仲面目嚴冷，而小詩極有風味。岐王宫嘗有侍兒，祝髮爲尼，張以詩贈之曰：「六尺輕羅染麴塵，金蓮穩步襯湘裙。從今不入襄王夢，剪盡巫山一朵雲。」「麴塵」，疑即麥塵。前此惟劉夢得

「龍墀遥望麴塵絲」、白樂天「墻柳誰家曬麴塵」，俱係詠柳；若李義山「小眼紅窗暗麴塵」，始别用矣，但注家俱未之解。後此則「百尺長條涴麴塵」，亦徐鼎臣詠柳；「緑岸波生染麴塵」，則陸放翁野飲；「仿佛新妝改麴塵」，則錢牧齋詠臘梅。

一束綾

寇萊公雄姿偉望，冠絶一時。燕寢敝幃，補苴過半；而賓筵嘉會，燭淚成堆，纏頭之費，更爲豪侈。侍兒蒨桃以詩諫之，有曰：「一曲清歌一束綾，美人猶自意嫌輕。不知織女寒窗下，幾度拋梭織得成。」老乳母外復有此人。後竟預定死期，蟬蜕而去，世間那得有此青衣？《涑水紀聞》：「萊公少時，頗愛鷹犬。母性嚴，一日怒舉秤鎚投之，中足，流血。由是折節從學。及貴，母已亡，每捫瘡痕輒哭。」

梳妝臺

章宗宿仰山，有句曰：「鶴驚清露三更月，虎嘯疏林萬壑風。」

梳妝臺，乃金章宗時李宸妃築。後人誤指爲遼后。按：葛邏禄廼賢詩：「廢苑鶯花盡，荒臺燕麥生。韶華如逝水，粉黛憶傾城。野菊金鈿小，秋潭玉鏡清。誰憐舊時月，曾向日邊明。」其落句蓋因章宗有「二人土上坐」之語，而宸妃以「一月日邊明」對之也。

新安新建

「我來萬里駕長風，絶壁層雲許盪胸。濁酒三杯豪氣發，朗吟飛下祝融峰。」「金山一點大如拳，打破維揚水底天。醉倚妙高臺上月，玉簫吹徹洞龍眠。」此新安新建本色真詩也。若全集所載，多爲「道學」二字掩却。晦翁《廬山雜詠》於古樸中特饒雋永之致，洗盡頭巾習氣，真軼才也。

移居

杜牧之自序云：「自幼孤貧，八年中十徙其家。」

劉後村《移居》詩：「隣曲無來往，何由有別情？惟應小窗月，長記讀書聲。」余避地木蓮巷，爲青藤故里。三十年許，隣里罕識姓名，并有未經謀面者。架上殘書，半以質米。求一素心晨夕之人，杳不可得。潛夫此作，足以發吾覆矣。《潛夫論》曰：「董仲舒終身不問家事，景君明經年不出户庭。」我思古人，實獲我心已。

風韻

陸濛妻蔣氏，善屬文而耽酒。或有勸其節飲加餐者，即吟曰：「平生偏好酒，勞爾勸吾餐。但得尊中滿，時光度不難。」一日，有詩僧知業訪濛，清談之際，蔣氏遽自内遞酒一杯。業曰：「已戒。」蔣氏隔簾應曰：「祇如上人詩『接壘橋通何處路，倚闌人是阿誰家』，有此風韵，得不飲乎？」此髡以受戒爲辭，確是寒巖枯木。詩雖風韵，得無效竇月故事耶！潘良耜《古逸書注》：「陸龜蒙妻蔣氏善屬文，亦嗜酒。」與馮子猶所載疑有一誤。

趣

淵明詩：「但得琴中趣，無勞絃上聲。」太白詩：「但得醉中趣，勿爲醒者傳。」譚友夏云：「琴酒之趣，但以含蓄，不做破、不説破爲妙。」此言是已。然亦有説破而妙者，如太白云：「我醉欲眠卿且去，明朝有意抱琴來。」王季重序《雪香庵詩》曰：「昔人讀『空翠濕衣』、『月明生渚』之句，輒言得天趣。問何以識其天趣，曰：『能知蕭何所以奇韓信，則天趣可解矣。』」

白頭

香山詩：「何故水邊雙白鷺，無愁頭上亦垂絲。」楊誠齋全用其意，曰：「君道愁多頭易白，鷺絲從小鬢成絲。」宋子虚亦云：「吴霜兩鬢早先秋，聞道愁多會白頭。溪上鷺絲渾似雪，想應無那一身愁。」

鳳皇驛　此人與潭州忠節公姓名適同，不得誤認。

李芾將歸江西，宿鳳皇驛，見壁上有詩曰：「富川遥望劍江西，一片孤帆對落暉。有淚應投煙樹斷，無書堪寄雁鱗稀。問安已負三千里，流落空懷十二時。海闊天高俱足念，憑誰爲我説歸期？」夜夢素衣女子歛衽而前曰：「妾楊氏女也，可附載否？」遲明起視，廨後一棺没荒草中，題曰：「江西楊氏雲瑶之柩。」乃設奠載歸，葬於苧溪庵側，題詩墓碣曰：「生前應識杜蘭香，謫下相思命若霜。一束愁魂飛不去，紅塵高夢正黄粱。」雲瑶矢口成文，似非風塵中物，何以内外二姓遂無過而問之者？李生惠及旅魂，揭詩墓石，環珮珊珊，當不在鳳皇驛，而在苧溪庵矣。「吴妖小玉飛作煙，越艷西施化爲土」，若非壁上留題，姓氏永歸長夜。

鶴窗　名洪，字浩瀾。

馬鶴窗嘗泛西湖，與友人分韵賦詩，得「十灰」。明日，有人召箕仙者，運筆如飛，詩曰：「此地曾經歌舞來，風流回首即塵埃。王孫芳草爲誰緑，寒食梨花無主開。郎去排雲叫閶闔，妾今行雨在陽臺。衷情訴與遼東鶴，松柏西陵正可哀。」後書「錢塘蘇小小敬和鶴窗先生疇昔河橋首唱」。即此可證小小非秀州人。然以齊鬼而作唐音，豈亦降格爲之耶？

春睡秋情

朝鮮學士趙瑗妾李氏，工吟詠，有曰：「虛簷殘漏雨纖纖，枕簟輕寒曉漸添。花落後庭春睡美，呢喃燕子要開簾。」又曰：「翡翠簾疏不蔽風，新涼初透碧紗櫳。涓涓玉露團團月，説盡秋情草下蟲。」描寫閨院之情，玲瓏欲活，不愧與許景樊並傳。餘見《平攘録》。

五傳

昌黎《贈玉川》詩：「《春秋》五傳束高閣，獨抱韋編究終始。」「韋編」或作「遺經」。「五傳」者，班固謂左氏、公羊、穀梁、鄒氏、夾氏也。三傳行世，而鄒、夾二書失傳，不知玉川從何得之？若云「韋編」，則是《易》矣。許彦周謂玉川《春秋傳》，其家有之，「得聖人之意爲多」。又云：「其書已失。」季彭山《春秋私考》一書引昌黎詩，仍作「遺經」。

踏歌歸去

陳白沙《元夕》詩：「村南村北此宵同，好景難消一老翁。在處恐妨年少樂，踏歌歸去月明中。」與唐人「不待管絃終，摇鞭背花去」同一眼識。

不著書

遼東賀欽聞白沙之學，解官，執弟子禮，人稱「醫閭先生」。

白沙嘗有句云：「文字費精神，百凡可以止。」又云：「他年倘遂投閒計，只對青山不著書。」先莊獻有言曰：「文字亦静中一業，俊每服膺家訓，而舍此别無生活。」殆亦結習難忘耶？著書正一業也。《大戴禮》曰：「其少不諷誦，其壯不論議，其老不教誨，亦可謂無業之人矣。」白沙、莊獻二公語，又當活看。

鶴梅

袁石公詩：「鶴有累心猶被斥，梅無高韵也遭删。」又：「流水有方能出世，名山如藥可輕身。」句甚森峭，不必定其爲唐、爲宋，自是可人。梅聖俞曰：「作者得於心，覽者會以意。」凡讀詩者，應如是解。

天魔戲

石公詩脱胎於昌黎、昌谷，肖貌於香山、眉山，方言市語，並采兼收。當七子頽波之後，而故以狡獪行之。有曰：「插身浄丑場，演作天魔戲。」又曰：「莫把古人來比我，同牀各夢不相干。」其自爲品置，概可見矣。至比王、李爲重臺，見天池而驚躍，無非爲優孟衣冠痛下針砭，非好作蓬山駡座人也。

夢歸時

「青山白社夢歸時，可但前身是畫師？記得西泠風雨後，真堪圖取大蘇詩」，此祁正祥先生遺墨，偶撿敝篋得之。人但知先生以書畫擅名，而不知其吟詠有過人者，存此以見吉光片羽云。正祥，忠敏公弟也。毛大可曰：「忠敏公以大節自見，閫門内外，悉隔絶人事，以吟詠寄志。侍妾家婢，無不能詩。真盛事也。」

柳亭詩話卷二十八終

柳亭詩話卷二十九

山陰宋長白纂

名媛詩

大中時，博士沈朗進新添《毛詩》四篇，謂《關雎》后妃之德，不可爲《三百》之首，别擬二篇爲堯、舜詩，取《虞人之箴》爲禹詩，以《大雅・文王》之篇爲文王詩，先帝王而後后妃，朝廷嘉之。丘光庭曰：「沈朗論《詩》，一何狂謬。」詳載《兼明書》第二卷。

《吕氏春秋》：「塗山氏女令其妾待禹於塗山之陽，作《候人歌》，始爲南音。周公、召公取風焉，以爲《周南》、《召南》。」則是虞廷《賡歌》之後，詩教實托始於婦人。至漢而唐山氏《房中》著述，博大昌明，遂爲一朝典制。嗣是以降，代有傳人。可見天地英靈之氣，原不專屬於男子也。每歎名媛詩篇搜羅未盡，且假借者多。安得廣爲釐定，使《玉臺》、《彤管》流輝勿替耶！蔡文姬《悲憤詩》二首，五、七言各一，纏綿悱惻之中絕無一毫粉飾，真漢人文字，非後人所能擬議者。同時卞庾有《蔡伯喈女賦》一篇，大似周昉寫生，可參玩也。至《十八拍》則當别論。

徐賢妃

明洪熙張皇后有《賜司賓黄維德歸南海》七言一篇，可謂高文典册，獨超千古。

唐太宗嘗召徐賢妃，良久不至，怒之。妃獻詩曰：「朝來臨鏡臺，妝罷且徘徊。千金始一笑，一召詎能來？」妃能上疏直諫，而風情亦復如許，未可與明空《如意曲》一例雌黄也。鍾伯敬謂長孫皇后作艷詩，有傷盛德，當不其然。

李易安

朱紫陽云：「今時婦人能文，只有李易安與魏夫人。李有詩曰：『兩漢本繼紹，新室如贅疣。所以嵇中散，至死薄殷周。』中散非湯、武得國，引之以比王莽，如此等語，豈女子所能？」愚按：易安在宋，自是閨閣勝流。然以殷、周比莽，殊覺不倫。況桑榆一札，未免被人點檢耶！若魏夫人《詠虞美人草》，方見英雄氣概。

徐都講

都講幼時受業於西河太史。毛翰林集有《徐都講詩》一卷。

吾越閨秀以詩鳴者，祁湘君、商雲衣、王玉暎，後則徐都講爲最。都講者，名昭華，字伊璧，余友曼倩之女弟，而駱君加釆之室也。倡隨之暇，雅好蒔蘭，因自號蘭癡。有《素蘭詩》四首，余嘗和之，而《西河集》中失載。宜興陳檢討維崧序都講詩，詳而核。鹽瀆宋舍人恭貽贈曼倩詩：「庭際春暉娱壽母，壁間遺教奉徵君。」簡而切。

衲子

衲子詩，帛道猷《陵峰采藥》、慧遠《遊廬山》二首，古澹天成，絕無瓶鉢氣味。繼此則湯茂遠，聲名籍甚，然而反初服矣。宋李龏《弘秀集》十卷純駁互收，正如禪門所云「野狐跳入金毛隊」，未免旁觀者哂。禪月以後，若寂音之清矯、石屋之真率，亦須與偈語分别觀之。射堂選明僧詩，自楚石琦以下凡二十四人，去取頗當。道士詩則落落如晨星，爲之歌「自鄶以下」矣。

曹葛

曹唐、葛長庚頗有思致，然曹如李少君招魂，在是耶非耶之間；葛則似雲水全真，未脱走方賣藥之態。王南雲詩：「石鼎夜聯仙筆健，布囊春醉酒錢饟。」汪麗陽詩：「石榻枕泉眠竹影，柴門留月浴金丹。」道士中所僅見，然究竟是本色語。至馬虚中、張伯雨輩，全集始可觀已。明代如張宇初、席應珍諸人，亦可採。閨秀詩無脂粉氣，衲子詩無蔬笋氣，黄冠詩無丹藥氣，武弁詩無弓刀氣，道學詩無頭巾氣，此皆從性分中帶來，非「學問」二字所能伐毛换髓者也。

無題

閨怨、宫詞，以鬚眉而效巾幗，正如宓妃、佚女之類，有托而逃焉者也。若羅虬《比紅兒》百首，得毋類崔灝之見訶於北海耶？近日宛丘蔓草之流，折腰齲齒之輩，名教盪然，輒以「無題」二字概之。張承吉有云：「等閒緝綴閒言語，誇向時人唤作詩。」戴石屏亦云：「時把文章供戲謔，不知此體誤人多。」操觚家試一猛省。

呈佛

貫休《贈栖一》詩：「得句先呈佛，無人知此心。」《雙樹幻鈔》曰：「禪機中有絶類詩句者，集之左方。凡緇流題詠概不録。」所摘凡數百句。余謂宗門提唱，别有鑪錘從上。古惟以聲音作佛事，一言半偈，如五色摩尼，流光無定。而輓近衲子每每拾人餘唾，爲梨棗災，安得妙香文字浄掃伊蘭耶？

典袈裟 見《靈隱寺誌》。

恭行己者，高僧也，與趙松雪遊。嘗有《思母》詩曰：「霜殞蘆花淚濕衣，白頭無復倚柴扉。去年五月黄梅雨，曾典袈裟糴米歸。」陳尊宿後僅見此僧。若俗傳黄檗禪師隔江焚母事，真亂談也。錢起集有《送外甥懷素上人歸鄉侍奉》詩，可見父母反拜之語，寃陷如來不少。

簡寂觀

廬山簡寂觀乃陸修静棲真處。觀旁有古松十餘株，相傳是六朝物，楊誠齋詩「青松數過復重數，依舊從前八九株」是已。余友鐵夫和尚主席雲谷，訪同門心壁於開先，匡廬之勝，領略殆遍。凡諸吟詠，彙成一帙。其《題簡寂觀》云：「徑荒人跡少，觀破鶴聲消。白社思三笑，蒼松見六朝。有枝横覆地，無樹不摩霄。因憶誠齋句，循環數幾遭。」蓋指此也。秦留仙太史《題鐵公黄山紀遊》詩曰：「清古無倫，直與名山相映發。」余謂此語可兼《焦洞》、《匡廬》諸集評之。畫家作《三笑圖》，謂惠遠、淵明及修静也。遠公示寂於義熙十二年，年八十三；修静生於義熙四年，元嘉末始來廬山，殁於元徽五年，年七十二。蓮社之時，陸纔十歲，安得有「三笑」之事乎？或曰：晉蓋有兩人也。

卜居心

蓮花、天都二峰詩，奇峭幽幻，括盡黄山之勝。雖非親歷其境者，亦如身在此山中也。二詩具見鐵公全集。汪思白學使謂爲造物忌者，故當不妄。王文成嘗曰：「每逢山水地，便有卜居心。」余於匡阜、黄山，不禁神觀飛越矣。

忘死忘歸

白樂天與元微之論廬山曰：「不惟忘歸，可以忘老。」「老」字替却「死」字，何如？

汪思白嘗於夏日攜其嗣君訪鐵公於雲谷，愛寺前磐石最佳，欲鎸「忘歸」二字於上。嗣君曰：「蔡忠惠曾題於福州鼓山矣。」因笑謂鐵公曰：「死不可諱，曷以『忘死』識之！」遂系以詩曰：「欲别桃源更徜徉，火輪雖熱客心涼。磨崖兩字渾難定，忘死忘歸總不妨。」其《題檗庵和尚塔》曰：「青山是處堪埋骨，埋向黄山骨更香。」讀其詩，可知其境，并可知其人矣。

禪狀元

吾越平陽寺爲弘覺國師道場，中燬於火。辛未歲，寒泉老人復爲營繕。襄其事者，余與劉存白、聞人漢遠。老人既以偈授余，復以三絶付漢遠曰：「耶溪上溯洞天開，繞屋山花石上栽。雲路險巇山又滑，知君不是等閒來。」「當年神運殿尤奇，木湧崖泓且十圍。修德愧予非惠遠，却煩公等鵲銜枝。」「喜怒常看未發前，個中儒釋本同源。功名會見探囊得，預作吾宗禪狀元。」未及十年，殿復火，老人已住天童祖席，於乙酉春具疏請額，得「傳燈寺」三字，其建興可立俟已。老人復有一偈授存白，今存豹隱堂。

湖州賣米 青士遊燕，有《析津日記》。

周青士貧隱於市廛，傾家結客。歲丁卯，携《和陶詩》索余序於長安旅次。時余主達司業第，而青士則塞太僕冷館之。陳健夫于王爲余言：「青士不特讀書嗜古，兼於禪悦甚深。」因口述靈隱和尚所贈偈曰：「湖州賣米周青士，白業於今精進無？曾記歲朝深雪裏，扁舟訪我過西湖。」則知青士乃劉遺民、吕逸人輩，而偶托於雙林棗柏之間者也。一别廿年，宛然見其面目。

寶華衮冕

都城大聖安寺，金章宗所建。相傳栴檀佛像曾駐於此，前殿有孝宗、章宗御容，後殿奉李宸妃像。葛易之詩：「寶華幢蓋合，衮冕畫圖開。」蓋指此也。《湛然居士集》謂「庭前有怪柏數株」，居士即耶律楚材，受記於萬松老人者。余七上長安，三寓此寺，栴檀刻石尚存，而二宗、宸妃之像無矣。主僧一覺元公與余善，别後二十年，自京之越，獲授記于天童老人。

應制

顔魯公撰《廣平公神道碑》云：「公《長松篇》、《梅花賦》，蘇味道見之，以爲有王佐之才。」

唐人應制詩典雅莊重，自是專門。然有體有要，屏去一切應副套頭者，惟廣平公《奉和聖製送張説巡邊》并三相《同日上官命宴都堂》詩二首，寓頌於規，有古大臣陳善納誨之意。文貞相業，不獨見之《梅花》一賦也。

成句相襲

李陵詩：「明月照高樓，想見餘光輝。」曹子建：「明月照高樓，流光正徘徊。」宋子侯：「花花自相對，葉葉自相當。」曹子建：「枝枝自相值，葉葉自相當。」曹子建：「公子敬愛客，終宴不知疲。」應德璉：「公子敬愛客，樂飲不知疲。」劉公幹：「步出北寺門，遥望西苑園。」謝康樂：「步出西城門，遥望城西岑。」王粲：「合坐同所樂，但愬杯行遲。」潘岳：「玄醴染朱顔，但愬杯行遲。」謝康樂：「揚帆采石華，挂席拾海月。」李太白：「揚帆采石華，乘船鏡中入。」陸凱：「折梅逢驛使，寄與隴頭人。」楊嗣復：「折花當驛路，寄與隴頭人。」梁簡文：「吴戈夏服箭，冀馬緑沉弓。」康太宗：「雕戈夏服箭，羽騎緑沉弓。」謝貞：「風定花猶舞，鳥鳴山更幽。」王籍：「蟬噪林逾静，鳥鳴山更幽。」李嶠：「帝澤傾堯酒，薰風入舜絃。」宗楚客：「湛露飛堯酒，薰風入舜絃。」張燕公：「《大風》將《小雅》，一字重千金。」韓君平：「題詩更相應，一字重千金。」古人成句，不嫌相襲如此。

蘭若

佛寺曰「蘭若」，梵言爲「阿練若」，華言爲「無喧静處」。《辨林》曰：「蘭，香草也；若，乾草也，乃香潔草庵之義。」上官儀《萬年宫寓直》詩：「東望安仁署，西臨子雲閣。長嘯求煙霞，高步尋蘭若。」如字讀，不作轉音。《永嘉證道歌》亦然。

香阜

佛寺曰「香阜」，亦曰「香界」、「香境」、「香壇」。江總詩：「息舟候香阜，悵别在寒林。」孟浩然詩：「地偏香界遠，心浄水亭幽。」成蕚詩：「香境超三界，清流振六渾。」劉禹錫詩：「來人望金刹，講席繞香壇。」

䉴字

張冕詠海棠有七言排律二十韵，亦欠精整。

沈立《詠海棠一百韵》有曰：「絶代知無價，生香不減䉴。」「䉴」字疑「馢」字之訛。陸法言《切韵》

有之，《正韵》收「篯」，《集韵》收「戋」。范曄序曰：「柬膏蒙昏，甲戋淺俗。」

坐字

古樂府：「烏生八九子，端坐秦氏桂樹間。」北齊劉逖詩「無由似玄豹，縱意坐山中」本此，而少陵集中凡數見。薛能「花闌鳥坐低」、皮日休「啼鶯偶坐身藏葉」、薛逢「燕窺巢穩坐雕梁」，俱精妙。

雪詩

雪詩最難著筆。昌黎《贈張籍》詩：「隨車翻縞帶，逐馬散銀杯。」刻畫太深，未見陳言之務去也。至「助留風作黨，勸坐火爲媒」，有其意而無其詞，殊覺經營慘淡之勞矣。《獻裴尚書二十韵》亦然。方虚谷句：「静夜有窗皆貯月，寒空無樹不飛花。」何其靈秀也。

黑紅

陰鏗《晚泊五洲》詩：「水隨雲渡黑，山帶日歸紅。」琢句詭幻，自鮑照《遊思賦》「暮氣起兮遠岸黑，陽精滅兮天際紅」得來。王摩詰曰：「古壁蒼苔黑，寒山遠燒紅。」又：「鼊身映天黑，魚眼射波紅。」與岑嘉州「黑」、「黄」二字，未易軒輊。

退紅　即今之粉紅色，所謂「出鑪銀」也。古樂府有《休洗紅曲》。

王貞白《倡樓行》：「龍腦香調水，教人染退紅。」王建《牡丹》詩：「粉光深紫膩，肉色退紅嬌。」又《宫詞》云：「嫌羅不著索輕褲，對面教人染退紅。」「褲」當作「褣」。薛能《吴姬》詩：「退紅香汗濕輕紗，高捲蚊廚獨卧斜。」

伴梨花

「三月雪連夜，未應傷物華。只緣春欲盡，留着伴梨花」，此首見温飛卿集，而楊升庵以爲老杜逸詩，不知何據。又「寒食好天氣，春風多柳花」，又「小桃知客意，春盡始開花」，《合璧事類》皆云杜句，劉氏《鴻書》採之，惜無善本可考耳。又老杜有《王録事宅》詩：「近鬟看烏帽，催蓴煮白魚。」僅見郭知達刻本，他集皆不載。嚴武《贈别杜二》一首，邵二泉以「杜嚴」爲題，且以武詩爲甫而并注之，過汝器又從而并箋之，於郭受詩亦然。《正字通》所引，訛舛尤多。

廢井秋霜

賈島云：「一日不作詩，心源如廢井。」杜牧云：「欲識爲詩苦，秋霜若在心。」土摩詰走入醋甕，楊景山病極搖頭，皆此物也。險覓狂搜，寧獨一盧延遜耶！

異代同悲

唐衢善歌詩，應進士不第，見人文章有傷歎者，讀訖必哭。白樂天贈以詩曰：「賈誼哭時事，阮籍哭路歧。唐生今亦哭，異代同其悲。」金聖歎嘗謂：「哭者，人生暢遂之事。」則凡有杜默、謝翺之感者，不必向高山頂上作十日計也。許伯哭世，代有傳人。

煉　心

劉静修《題瘍醫詩卷》曰：「煉心如石補天缺，煉心如泥補地裂。白蓋正飽丹鳳飢，心能竹石亦能鐵。」琢句恢譎，似盧玉川。《元史》：「劉因邃於性理之學，性不苟合，家雖貧甚，一介不取，隱居教授，累徵不就。」

老態

蘇長公曰：「治目如治民，治齒如治軍。治目如曹參之治齊，治齒如商鞅之治秦。」

陸放翁《老態》詩：「齒如强留客，雖住無久理。目如新募兵，臨敵烏可使。浮世真幾何，用短亦自喜。」廉隅峭覈，自陶公「家如逆旅舍，我如當去客」脱化得來。

孤生竹

曹鄴詩：「自憐孤生竹，出土便有節。每聽浮競言，喉中似無舌。」韋應物詩：「渴者不思火，寒者不求水。人生羈寓時，去就當如此。」前四句可以觀人，後四句可以閱世。

遊子線

樹欲静而風不寧，子欲養而親不待。被褐擁鎌，不能不失聲於皐魚。「愁摧斷柳柳還稀，淚灑殘花花更飛。一寸未忘遊子線，萬年難覓老萊衣」，何大復《過先墓》詩也。柳子厚「夏畦馬醫」之痛，殆無以過。

受恩

鄭所南《題齊子芳齋壁》曰：「此世但除君父外，不曾别受一人恩。」張侗初曰：「每中夜誦此語，未嘗不瞿然披衣起也。」陳白沙《病中寫懷》詩：「多病一生長傍母，孤臣萬死敢忘君。」則在承平之際，因受薦而請終養也。由衷之言，不堪多讀。駱義烏《辭裴行儉書》：「義士期於壯夫，忠臣出於孝子，不能推心奉母，焉能死節事人？」吾讀張養浩《長安孝子賈海》詩，爲之撤餐者累日。

神鴉

黄山有神鴉一雙，遊客往來，必相迎送。許方城詩：「五百僧埋黄葉脚，一雙鴉出白雲腰。」

江湖行旅，崇祀水神。風檣雨檝之間，嘗有群烏飛繞。舟人拋食空中，競接以去，謂之「神鴉」。張裕《送韋整》詩：「風帆彭蠡疾，雲水洞庭寬。木客提蔬束，江烏接飯丸。」此則在長沙也。顧況《小孤山》詩：「古廟楓林江水邊，寒鴉接飯雁横天。」熊孺登《過董監廟》詩：「神烏慣得商人食，飛趁征帆過蠡湖。」此則在鄱陽也。蘇子瞻《巫山廟》詩：「群飛來去噪行人，得食無憂便可馴。」此則在三峽也。

信天翁

陶九成云：「一名信天緣。形似漫畫，而性相反。」李時珍曰：「即青莊。」

信天翁食魚，而不能捕，俟魚鷹所攫而墜者，則啄食之。蘭廷瑞詩曰：「荷錢荇帶緑江空，唼鯉銜鯊淺草中。波上魚鷹貪未飽，何曾餓死信天翁。」徐莘叟《雜感》詩：「不見信天翁，耽立遜無能。深識盈滿忌，飢餓亦何曾。」鄒長倩《與公孫弘書》：「士有聚斂而不能散者，將有撲滿之敗。」讀蘭、徐二公詩，可以示戒。

批書尾

李建勳出鎮臨川，方與僚屬會飲，郡齋忽報九江帥周宗書至，以赴鎮日近，器用儀仗稍缺，求輟於臨川。李乘醉無復報簡，批其書尾曰：「偶罷阿衡來此郡，固無閒物可應官。憑君爲報群胥道，莫作循州刺史看。」落句似引牛奇章爲證，然奇章出爲長史，非刺史也。以前又無別據。若吴、賈二人，則在司空之後。

誤入行館

楊學士守阯從侍謁陵，暮抵昌平，誤入御史行館。因賦詩曰：「雙眼風沙百里程，敝衣瘦馬到昌平。欲尋泮水先生館，誤入分司御史廳。導引輿臺顔盡赤，將迎豸繡眼偏青。只愁太史明朝奏，昨夜文星犯法星。」陪侍諸臣例多假宿。故事：察院爲御史所居，翰苑居黌校也。

林於

左思《吴都賦》：「其竹則篔簹林於。」或作「箖箊」。

米太僕萬鍾别業曰勺園，有林於澨水，竹交生處也。按庾子山《言志》詩：「含風摇古度，防露動林於。」「林於」，竹名，越女試劍竹也，見戴慶豫《竹譜》。「古度」，樹名，《三都賦》有之。

古屋紅妝

後山詩：「壞墻得雨蝸成字，古屋無人燕作家。」淮海詩：「翡翠側身窺緑酒，蜻蜓偷眼避紅妝。」一則寫盡荒涼之景，一則描出駘盪之情，二子生平出處畢現於此。至若「月明銀漢三千里，人醉金風十二樓」，「潮聲出海鳥歸樹，月影下山人上樓」，一則英鋭逼人，一則曠懷自若，是又在具眼者爲能識其氣味耳。上二句出阮大鋮，下二句則南海梁藥亭也。

無雙第一

「文章天下無雙譽，伯仲人間第一流」，此廬陵挽先司空句也。上句用江夏黄童語，下句用《世説》「願爲古今第一流人物」，非莊獻、景文二公，何足以當之？

詩似其文

廬陵於子美、聖俞最爲傾倒，五、七言古多宗其派，至七言近體，則又自爲憲章矣。如「桑城日煖鬘傕浴，麥壠風和雉應媒」、「組甲光寒圍夜帳，彩旗風暖看春耕」、「霜後樓臺明曉日，天寒煙霧着宫槐」、「東風楚岸神靈雨，殘月吴波上下潮」、「山浦轉帆迷向背，夜江看斗辨西東」、「萬馬不嘶聽號令，諸蕃無事樂耕耘」，皆紆徐不迫，雅似其文境矣。元裕之曰：「九原如可作，吾願從歐陽。」故遺山詩集雅似廬陵。

創句

詩有劈空創造之句恣縱自如者，如孟東野《看花》詩五首，其二曰：「芍藥誰爲壻，人人不敢來。」

末章曰：「料得一孀婦，經時獨淚垂。」空前絶後，難以理斷。盧玉川竹、石、馬蘭，請客、代答之類，非但詩奇，題便作怪。倘率意效之，則有一種高貢我慢之魔入其心腑，此正李北海所云「似我者拙，學我者死」也。

誤用

李獻吉《題崔後渠書屋》詩：「是否龜蒙鴨，將無逸少鵝。」下句有典，上句魯望實無其事，不知楊大年《談苑》從何考據。甫里葉茵辨之至悉。東坡《吴江三賢堂》詩：「却因養得能言鴨，驚破王孫金彈丸。」李用章《和王百一》詩：「若爲養得能言鴨，未解除他引睡蛇。」借以寓意，非實事也。

所欽 字本《秦風》。

嵇中散《贈弟》詩「感悟馳情，思我所欽」，則以「所欽」爲弟，謝宣遠《答康樂》詩「布懷存所欽」亦然；陸平原《贈從兄》詩「寤寐靡安豫，願言思所欽」，則以「所欽」爲兄；又《贈馮文羆》詩「慷慨誰爲感，願言懷所欽」，則以「所欽」爲友；張司空《情詩》「憂來結不解，我思存所欽」，則又以「所欽」爲妻憶其夫。張燕公《酬韋祭酒十韵》「來藻敷幽思，連詞報所欽」、曲江《和許給事》皆從友説，朱晦庵《酬子壽子静》詩「德義風流夙所欽」亦然。

比玉

王元美《題周公瑕小像》腹聯有曰：「名似盧郎堪比玉，頰如裴令欲添毫。」乃用劉越石《贈盧諶》詩，所謂「握中有玄璧，本自荆山璆」也；下句則顧虎頭事，而注七子詩者，謂「盧郎」未詳，何憒憒耶！又梁公實《厓門弔古》起句曰：「誰晤當年讖已真，汴杭回首總成塵。」即「直把杭州作汴州」之意，而注引《唐書》裴儉説秦王語，可謂全無交涉。至吴明卿《張園宴集》詩：「十畝新營百卉移，主人猶是黑頭時。」則用《世説》「王掾當作黑頭宰相」語，而又引《隋書》江總云云，不知江令入隋，年已七十餘矣。少陵所謂「還家尚黑頭」，意别有在。注釋如此，何得駕名鹿門、大樽耶！餘可類推。

諷諫

韋孟《諷諫詩》援古證今，有典有則。然述王戊事，亦覺發露無餘矣。惟「穆穆天子，照臨下土。明明群司，執憲靡顧」四語，得詩人忠厚之旨。王右丞「執政方持法，明君無此心」、韓昌黎「臣罪當誅兮，天王聖明」，大概近之。或曰孟之子孫述其先人之志，而作是詩。

山石

司空圖曰：「韓吏部歌詩驅駕氣勢，若掀雷抉電，撐扶於天地之間。」

瞿宗吉曰：「元遺山《論詩三十首》内一首曰：『有情芍藥含春淚，無力薔薇卧晚枝。拈出退之《山石》句，始知渠是女郎詩。』初不曉所謂，後見《詩文自警》一編，亦遺山所著，謂此二句秦少游《春雨》詩也，非不工巧，然以退之《山石》句觀之，則渠乃女郎詩也。」按：退之詩「山石犖确行徑微，黄昏到寺蝙蝠飛。升堂坐堦新雨足，芭蕉葉大梔子肥」，遺山因爲此論。然詩須相題而作，不可拘以一律。如老杜云：「香霧雲鬟濕，清輝玉臂寒。」「俱飛蛺蝶元相逐，並蒂芙蓉本自雙。」亦可謂「女郎詩」耶？宗吉年十四，和楊鐵厓《香奩八詠》，即席便成。鐵厓謂其從祖士衡曰：「此君家千里駒也。」

弄猴

羅鄴《有感弄猴人賜朱紱》詩：「十二三年就試期，五湖煙月奈相違。何如買取猢猻弄，一笑君王便著緋。」此昭宗時事，後人屢困名場，往往引之。《幕府燕閒録》云：「是昭諫詩，第三句作『何如學取孫供奉』，提出官銜，比於大書特書，更覺有情。」蔣永公曰：「朱温之篡，唐臣皆稱佐命，獨猢猻上殿搏擊。滿朝將相，安能學孫供奉哉？」

忙閒

白香山詩：「見苦方知樂，經忙始愛閒。」又：「巧未能勝拙，忙應不及閒。」皆閱歷到家語。高房山曰：「無限飛紅隨馬足，春光更比路人忙。」可見「不是閒人閒不得，閒人不是等閒人」也。祝無功曰：「吾儕聰明不在人先，年力不在人後，安得閒工夫，爲人説閒話、管閒事。必閒人之所忙，忙人之所閒，庶幾無忝所生。」

開船立馬

貢師泰《發通州作》：「日日思歸未有期，及歸翻恨數年遲。開船聽得吴歌起，絶似閶門送别時。」文徵仲《出都》詩：「立馬雙橋日欲斜，沙塵吹霧暗征車。從今絶跡江南去，只見青山不見沙。」一則思其既往，一則誡其復來。兩首參看，曲折盡情。余七上長安，每於軟紅塵中回憶故鄉風景，未嘗不嘆二公之勇决也。劉静修詩：「歎老自非緣白髮，愛閒元不爲青山。」李用章詩：「白髮不公人易老，青山有素恨無涯。」世有顛毛種種而夜行不休者，急宜猛省。

微月松聲

王敬美曰：「常徵君《贈王龍標》詩有『松際露微月，清光猶爲君』之句，膾炙人口。然王子安《詠風》詩曰：『日落山水静，爲君起松聲。』則已先標此義矣。」二詩句雅堪作配，未易優劣也。王詩，《韵匯》作董思恭。

倪王

明末詩文之弊，以雕琢小巧爲長，篠驂飊犢之類，萬口一聲。吾鄉先正如倪文正鴻寶、王文節季重，皆名重一時，代言文飯，有識者所共見矣。至其詩，若倪之「曲有《公無渡》，藥難王不留」、王之「買天應較尺，賒月不論錢」，歇後、市語，信手拈來，直謂之遊戲三昧可耳。昌黎云：「險語破鬼膽，高詞媲皇墳。」「險」字易擬，「高」字難能。馬虚中云：「苦心雕琢易，開口渾成難。」

除夕

湯氏素畹，字雅卿，大都吴嚇雯婦也。僑寓吴中，以避風鶴之警。丙戌除夕，有詩曰：「病餘弱質困風煙，髩入今宵怕説年。臘盡不知秦歲月，春來猶見漢山川。何勞茂草牽鄉夢，自有梅花作客緣。眉案未輸鴻與耀，只愁時事正紛然。」筆筆藏鋒，可云哀而不怨，微而婉已。

馬嵬坡

馬嵬坡題詠甚多，惟杜全期一首極婉麗：「楊柳依依水拍堤，春晴茅屋燕争泥。海棠正好東風惡，狼籍殘紅襯馬蹄。」崔櫓《華清宮》後，此爲優矣。

去酷吏

《聞見録》：「范質坐茶肆，執扇書『大暑去酷吏，清風來故人』二句。忽一人貌怪陋，揖曰：『酷吏寃獄，何止如大暑，公他日當深究此弊。』因携扇去。後至一廟，見土偶適如其狀，扇尚存。」此輩自腐遷立傳後，何代無賢，然亦有江河日下之勢矣。冥報不於其身，必於其子孫。吾願有民社之責者，當以「天理人心」四字銘諸肺腑。

柳亭詩話卷二十九終

柳亭詩話卷三十

山陰宋長白纂

歌行

盧思道《聽鳴蟬》、薛道衡《豫章行》，開闔變化，爲初唐四傑所祖。

晉、宋之交，七言歌行畢竟以鮑照爲第一。朱晦翁曰：「明遠才健，其詩乃《選》之變體。李太白專學之，如『腰鐮刈葵藿，倚杖牧雞豚』，分明説出個崛强不肯甘心之意；如『疾風衝塞起，砂礫自飄揚。馬毛縮如蝟，角弓不可張』，分明説出邊塞之狀，語又俊健。」此特就其《選》體言之耳。若七言長短句，則敖陶孫所云「飢鷹獨出，奇矯無前」，庶幾盡之。王弇州集有《罷官雜言效鮑明遠體》十章，亦奇横有氣魄。

潘江陸海

建安七子之後，斷推阮公爲第一。自陸平原組織成文，遂開康樂俳偶一派。劉勰曰：「士衡矜重，故情繁而詞隱；嗣宗俶儻，故響逸而調遠。」鍾嶸謂「潘江陸海」，似是而非。譬諸書法，陸似顔清臣，未免有堆餅之誚；潘則舉止羞澀，似羊欣婢作夫人矣。遺山《論詩》：「鬭靡誇多費覽觀，陸文猶恨冗於潘。」注云：「陸蕪而潘浄，語見《世説》。」似爲河陽左袒。

擬古

鄭夾漈謂擬古始於太白，誤。

擬古不如代古，此竟陵之説也。平原擬古諸什，借題寫意，與原倡絶不相蒙。然思致沉着，亦足動人咀味。鮑明遠、江文通雖聲口韶秀，要是本色當行語耳。永和、元嘉已遜一籌，安望黄初以上耶！步兵《詠懷》、記室《詠史》、弘農《遊仙》、彭澤《飲酒》，皆自出機杼，爲古今絶唱。

十九首

蕭子顯曰：「屬文之道，事出神思。感召無象，變化不窮。」吾安得蕭郎而與之談詩。

《古詩十九首》渾淪磅礴，純乎元氣。鍾嶸謂：「十四首是陸機所擬，幾於一字千金。」余謂平原手腕癡重，要非蘇、李一流人物，未易得其神境。建安諸子猶當望而却步，何況泰始以下耶！徐陵以九篇爲枚乘作，王弇洲從而韙之，則亦未可遽定也。徐禎卿曰：「古《詩三百》，可以博其源；遺篇《十九》，可以約其趣；樂府雄高，可以厲其氣；《離騷》深永，可以裨其思。」

排律

薛道衡《昔昔鹽》十韵，足與陰鏗《安樂宫》並傳，真排律之祖也。

自六朝以駢儷成詩，而唐人遂製爲排律，大約以六韵爲準，蓋試格也，其長者不過十數韵而止。杜必簡《送李嗣真存撫河東》詩四十韻，渠矱森嚴，遂爲文孫衣鉢。即少陵集中，百韻者僅得一首。迨元、白倡酬，誇多鬬靡，而後之傚尤者益衆。然連牀架屋，不患無材，而患無法；堆金積粉，不恨無情，而恨無氣。閩人徐存永《挽曹能始》一首，排至一百八十韻，有聲有淚，如頌如銘。虞山錢宗伯評曰：「述《陽秋》，詢《琬琰》，富矣哉，古良史也。」徐名延壽，嘗爲周櫟園頌寃。七言排律，忌似歌行。自唐迄明，全璧無多。少陵《清明》二首，朱瀚駁其庸軟，笑其蛇足。若李獻吉《送胡主事》十六韻、何大復《寄李郎中》十七韻，部署釐然，足使唐人閣筆。

百　韻

百韻排律，杜少陵後，如元、白《東南行》，温岐《抱疾書懷》，韋莊《秋日感事》，俱極精到，可入風人之選。宋沈立《詠海棠》、王阮《聖德惠民詩》，皆散漫無法；王元之排至百五十韻，亦奚以爲？耶律楚材《懷古》一百韻，於宋、遼、金三朝故實極爲羅縷。自跋其後曰：「使世之人，知成敗之可鑑；出世之人，識興廢之不常。」系之以偈，殊可摭拾也。

池塘生春草

《謝氏家録》云：「康樂每對惠連，輒得佳語。後在永嘉西堂，思詩竟日不就。寤寐間忽見惠連，即成『池塘生春草，園柳變鳴禽』之句。故嘗曰：『此語有神助，非吾語也。』」《吟窗雜録》云：「靈運坐此詩得罪，遂託以阿連夢中授之。有客以請舒王，舒王曰：『權德輿已常評之：池塘者，泉洲瀦溉之地，今日生春草，是王澤竭也；《豳風》所紀一蟲鳴則一候變，今日變鳴禽者，候將變也。』」半山讀書辨而且博，所引故當不妄。然信如德輿所解，則文人動口皆成詩賬矣。司空圖有云：「詩中有慮猶須戒，莫向詩中著不平。」此「矯矯名臣郝鐺山」之句，所以不免爲吴處厚摭拾也。

客部

茅止生元儀有《酹客部》、《哀客部》二詩，事詳二序。序則發潛德之幽光，詩則干青雲而直上。《酹》之曰：「聊成九百字，酹君自報恩。」《哀》之曰：「傳家無用尚書履，破帽青衫拭眼看。」按：國本一局，董伯念以疏救孟養浩，謫死後雖邀卹典，而石民未知，故有此作。孫夏峰聞止生訃，有句曰：「乾坤未了揮戈恨，海岳空懸報國心。」又挽之曰：「猛力窺天小，雄心拓地長。」《語録》云：「止生嘗欲選千古功名之士，以樓三層祠之。惟范少伯、張子房、李長源居最上，亦其志之所存也。」

罪松

王仲淹謂：「狷者，其文急以怨；狂者，其文怪以怒。」吾謂東野、玉川二人正在狂、狷之間。

孟東野有《罪松篇》，末云：「天令設四時，榮衰有常期。榮合隨時榮，衰合隨時衰。天令既不從，甚不敬天時。松乃不臣木，青青獨何爲？」陶靖節詩：「青松在東園，衆草没奇姿。凝霜殄異類，卓然見高枝。連林人不覺，獨樹衆乃奇。」莊生所云：「彼亦直寄焉，以爲不知己者詬厲也。」吾於東野之詩而追憶陶公者以此。

嬋娟

《丹鉛録》「妓嬋娟」作「雪嬋娟」。

東野《嬋娟篇》曰：「花嬋娟，泛春泉。竹嬋娟，籠曉煙。妓嬋娟，不長妍。月嬋娟，真可憐。夜半姮娥朝太乙，人間本自無靈匹。漢宮承寵不多時，飛燕婕妤相妬嫉。」以花、竹起興，以妓比月，接入姮娥，則猶是月也。陡以「人間」二字跌出飛燕、婕妤，不倫不次，變幻非常，可謂善鳴其不平者已。敖陶孫評東野詩「如埋泉斷劍，卧壑寒松」。

暗室碧霄

賈長江《寓興》曰：「莫居暗室中，開目閉目同。莫趨碧霄路，容飛不容步。暗室未可居，霄路未可趨。」此禪家所謂「兩頭坐斷」也。戴滄洲曰：「郊、島皆工於寫愁，譬蛩與猿，造物不廢其聲，以成天地之大。」洵然。

醉翁亭

歐陽公《題醉翁亭》曰：「野鳥窺我醉，溪雲留我眠。山花徒能笑，不解與我言。惟有巖風來，吹我還醒然。」有行雲流水自得其樂之意。《會峰亭》結語四句全同。白香山《閒居》詩：「深閉竹間扉，静掃松下地。獨嘯晚風前，何人知此意？」二公胸次固非「寒」、「瘦」者可比。

妾命薄

陸渭南擬古樂府有《妾命薄》，自注曰：「太白作此篇，言長門事，予反之。」其結句曰：「不須悲傷妾命薄，命薄却令天下樂。」此借用明皇「朕瘦民肥」之語，爲阿嬌解嘲，非故翻成案也。太白《白頭吟》：「莫捲龍鬚席，從他生網絲。且留琥珀枕，或有夢來時。」蕭士贇注解甚明。

傷此曲

義仍《答凌初成》曰：「《牡丹亭記》大受吕玉繩改竄，云便吴歌音。有嫌摩詰之冬景芭蕉，割蕉加梅，冬則冬矣，然非王摩詰冬景也。」按：徐摛有《雪中芭蕉賦》，則摩詰亦非創造。

湯義仍有《哭婁江女子》詩，序略曰：「婁江女子俞二娘，年十七，未適人。酷嗜《牡丹亭》傳奇，批注其側。幽思苦韵，有痛於本詞者，憤惋而終。周明行中丞言王相國嘗出家樂演此劇。曰：『吾老年人頗爲此曲惆悵。』王宇泰亦曰。乃至俞家女子好之至死，情之於人甚哉！」詩曰：「畫燭摇金閣，真珠泣繡窗。如何傷此曲，偏只在婁江。」臨川四《夢》，首推《還魂》，俞氏女豈即阿麗現身耶？批之、注之，可無憾於王維《蕉雪圖》已。吴山三婦評梓行於浙，而俞二娘之批注失傳。

英雄死

臨川《十詠》有《信陵君飲酒近婦人》一題，詩曰：「魏國乃爲累，萬古悲公子。世上無神仙，英雄如是死。」骯髒拉雜，與王弇洲所謂「不欲生爲秦虜」者同一悲痛。

白雪長風

宋太宗以策論取士，廖融語潘若仲曰：「豈知今日詩如大市裏賣平天冠，並無人問耶？」可見「閒來寫幅青山賣」，不如「多買胭脂畫牡丹」。

李于鱗《寄王元美》曰：「憑將白雪寫朱絲，總是人間此調悲。縱使霑裳君莫管，古來能得幾鍾期？」又曰：「櫪下長風萬里生，誰憐汗血老無成？若教一奉瑶池御，八駿如雲不敢鳴。」濟南、瑯琊聲望正等，此倡彼酬，略無瑜、亮之憾，飯顆山頭似猶讓其義氣。嗚呼！吾安得御二龍於長途耶?」滄溟别有句曰:「《陽春》若許千人和,明月何須萬里投。」又曰:「非時按劍投珠起,無意償城抱玉還。」皆沉雄激越,讀之使人意銷。

吮毫

唐荆川嘗曰:「吾不欲此生爲言語文字人也,吾嘗以刻文字爲無恥之一節。」

「平臺新賦許誰賢,惟有相如賜獨偏。若要上林天子問,吮毫應更十餘年。」題曰:「無錫陳生自樊山王邸來,將梓其詩,乞序,姑與飯,而以二絶句止之。」按柳子厚《送薛存義序》曰:「賞以酒肉,而重之以辭。」曰「賞」、曰「重」,則可取在薛;曰「姑」、曰「止」,則可鄙在陳。比見有人偶一曳裾侯門,而遽以苦海中物炫諸鄉串者,皆陳生類也。

迪志

傅毅《迪志》詩:「二事敗業,多疾我力。如彼遵衢,則罔所極。二志靡成,聿勞我心。如彼兼聽,則溷於音。」八句開闔入神,可銘座右。毅字武仲,建中初爲蘭臺令史,與賈逵、班固共典校書。此詩作於平陵習章句時,故上引祖宗,下率朋友,而以庶士爲勖也。

遲速

楊德祖謂：「子建作文，若成誦在心，借書於手。」以彼八斗之才，故應有此。劉彥和謂：「人之稟才，遲速異分；文之制體，大小殊功。」斯言是也。「潘緯十年吟《古鏡》，何涓一夕賦《瀟湘》」，「閉門覓句陳無己，對客揮毫秦少游」，匪獨文也，詩亦有之。歐陽公《讀書》詩：「初如兩軍交，乘勝方酣戰。至哉天下樂，終日在書案。」

不讀書

沈攸之曰：「早知窮達有命，恨不十年讀書。」袁小修謂南唐馮贄語，誤。

北齊盧潛與弟子邃少爲崔昂所知，曰：「此昆季足爲後先之俊，但恨其俱不讀書耳。」太白《遊獵篇》：「生平不讀一字書，但將遊獵誇輕趫。」長吉《嘲少年》：「生來不讀半行書，只把黄金買身貴。」「誇」字尚淺，「買」字特深，二李眼光爍破千古。鈕玉樵《相逢行贈三孝廉》有曰：「但求通籍列鵷鸞，不用開編辨魚豕。」

白附鳩

晉樂府有《白附鳩》，曰：「石頭龍尾灣，新亭送客渚。酤酒不取錢，郎能飲幾許？」劉夢得《經檀道濟故壘》曰：「萬里長城壞，荒臺野草秋。秣陵多士女，猶唱《白符鳩》。」按：宋滎陽之廢雖始於傅亮、謝晦、徐羨之，而道濟實與其謀，況廬陵與之俱斃耶！文帝之誅，勢所必至。迨魏兵南下，而白面書生無所恃其喙，則長城之壞，亦可謂自貽伊戚矣。楊泓《舞序》云：「自到江南，見《白鳧舞》，本吴人患孫皓虐政，而思屬晉也。」晉曲作於盛時，中山蓋借往事以喻元嘉耳。「附」、「符」、「鳧」，疑傳寫之訛。

斧藻

昌黎《和席八十二韵》有曰：「芳菲含斧藻，光景暢形神。」上句出《楊子》「吾未見斧藻其德若斧藻其粢者」，下句則用嵇中散《養生論》。又曰：「傍砌看紅藥，巡池詠白蘋。」一謝宣城句，一柳吴興句。韓詩舊注，以「席八」爲「席謙」。按：少陵有「席謙不見舊彈碁」之句，是大曆時已作古矣。蔣之翹引《諱行録》席夔，係貞元十年進士，是已。六書無「夔」字，當作「夔」。

雲和

《周禮・大司樂》：「奏雲和之琴瑟。」注云：「雲和，地名。」産良材，中琴瑟。《漢武内傳》：「王母命董雙成吹雲和之笙。」則又非琴瑟也。張景陽《七命》曰：「吹孤竹，拊雲和。」王龍標《宮詞》：「斜抱雲和深見月。」是以地名作器具矣。白香山詩「非琴非瑟亦非箏」，不知確似何物？太白「綘手弄雲和」，老杜「朱袖拂雲和」，或樂器另有其製也。

秋千

蹋鞠、緣橦、拔河、跳丸，古人皆順時氣爲之，非漫爲劇戲也。

《復古編》曰：「高無際作《鞦韆賦》。」漢武帝後宮之戲，本千秋祝壽詞也，訛爲「秋千」，又爲「鞦韆」。韋莊《清明》詩：「緑楊高映畫秋千。」李山甫《寒食》詩：「秋千女兒飛出墻。」此戲特宜於春，與風鳶相類，所以疏導三冬伏藏之氣也。但呼爲「秋千」則可，若王仲初之呼爲「韆鞦」，則舛已。

蜜點梅花

楊誠齋詩：「甕澄雪水釀春寒，蜜點梅花帶露餐。句裏略無煙火氣，便教獨卜少陵壇。」林洪《山家清供》曰：「剥白梅肉少許，浸雪水梅花温釀之露。一宿取出，蜜漬之，可薦酒。較之敲雪煎茶，風味尤勝也。」

麥飯葱湯

江西甘矮梅以五經教授，從學者多其徒。有爲行臺御史者來謁，與之飯。口占一絶曰：「葱湯麥飯丹田煖，麥飯葱湯亦可憐。試向城樓高處望，人家幾處有炊煙？」詳見《讀書鏡》。教授忌似東瓜印板，令人生意索然。設絳帳、撤皋比，相去何太懸耶！折中而論，以清溪、草堂爲雅。

新築書堂

裘萬頃登淳熙進士，累遷大理司直。在朝賦詩曰：「新築書堂壁未乾，馬蹄催我上長安。兒時只道爲官好，老去方知行路難。千里關山千里夢，一番風雨一番寒。何如静坐茅齋下，翠竹蒼梧仔細看。」遂致仕歸。錢若水爲樞密，四十而乞休；陶貞白奉朝請，三十六而挂冠；裘君有「兒時老去」之語，或亦在引年之候耶？

歸去來圖

劉静修《題歸去來圖》：「淵明豪氣昔未除，翺翔八表陵天衢。歸來荒徑手自鋤，草中恐生劉寄奴。」詠淵明者多矣，如此着想，千古無偶。「豪氣」二字，張南軒以之稱紫陽。

米家燈

米仲詔爲水曹郎，築勺園於北淀。以園中景物製爲燈，號「米家燈」。嘗於元夜召客，吕邦耀即席口占二闋曰：「玉綃疊出上元村，雙炬懸來景物繁。恍惚重遊丘壑裏，米家燈是米家園。」「輕舟寒夜渡無冰，波入銀綃訝月升。宛似夢中曾一照，米家園是米家燈。」二結如明珠走盤，流光無定。日誦一過，宛若入林於澨、上書畫船矣。曹石倉《詠剔墨紗燈》：「鳥向空中度，花從鏡裏開。」黄星甫《詠燈花》：「自喜結根依小草，不愁飛片落蒼苔。」謝宗可《詠冰燈》：「珠浮赤水光猶濕，火浴丹池夜未乾。」

一枝春

劉向《説苑》：「越使諸發執一枝梅遺梁王，梁之臣有韓子者，顧左右曰：『烏有一枝梅遺列國之君耶？』」陸凱自江東遣使，寄梅花一枝於長安與范曄，并系以詩曰：「折梅逢驛使，寄與隴頭人。江南無所有，聊贈一枝春。」正用其事。此事此詩，爛熟人口。而近有混入唐詩中者，且改其名曰「陸閒」，真著述苦海也。

一葉落

唐子西曰：「唐人詩『山僧不解數甲子，一葉落知天下秋』，及觀淵明《桃源》詩『雖無紀曆誌，四時自成歲』，便覺唐人費力如此。」此言雖雋，不得尊大樸而廢雕鏤，惟善悟者得之。

白蓮

洛陽無白蓮花，樂天自吴中帶種歸，乃始有之。其《白蓮泛舟》詩曰：「白藕新花照水開，紅窗小舫信風回。誰教一片江南興，逐我殷勤萬里來。」又《種白蓮》詩曰：「吴中白藕洛中栽，莫戀江南花嬾開。萬里攜歸爾知否，紅蕉朱槿不將來。」周濂溪謂蓮爲花中君子，況純白者耶！但移入洛陽，是以君子而入富貴之鄉矣。

一斗霜鱗

蔣永公曰：「蓋以柳斗盛魚耳。」越俗有斗籃，即此。

皮日休《釣侣》詩：「一斗霜鱗換濁醪。」注云：「吴中賣魚論斗，酒乃論升。」或謂賣魚無論斗之例，然《前漢·貨殖傳》：「水居千石魚陂，山居千章之萩。」既以石計，似不妨論斗也。「萩」字，《韵會》謂「楸」字通。《韵語陽秋》謂其香色俱佳。富鄭公知汝州，常植數百本於後圃。又，材宜棋枰，謂之「楸枰」，刻本多誤作「萩」字。

抑鮓

景文公詩：「蟹美持螯日，魚香抑鮓天。」出楊淵《五湖賦》「連筕抑鮓」。

比冬青

白傅《贈夢得》云：「詩稱國手徒爲爾，命壓人頭不奈何。」

劉夢得自嶺外召還，賦《看花》詩曰：「玄都觀裏桃千樹，盡是劉郎去後栽。」以是再黜。及冉召，又賦詩曰：「種桃道士歸何處，前度劉郎今又來。」遂連黜。晚始還朝，同輩零落殆盡。有詩曰：「二十年來零落盡，兩人相遇洛陽城。」又曰：「休唱貞元供奉曲，當時朝士已無多。」又曰：「舊人惟有何戡在，更與殷勤唱《渭城》。」蓋自德宗後，歷順、憲、穆、敬、文、武、宣，凡八朝，暮年乃與裴、白優遊緑野，故有「在人稱晚達，於樹比冬青」之句。又曰：「莫道桑榆晚，爲霞尚滿天。」其英邁之氣，老而不衰如此。

挾字

嚴有翼《藝苑雌黄》云："予與翁行可同舟泝、汴，因談及詩。行可曰：『王介甫最善下字，如「荒埭暗雞催月曉，空場老雉挾春驕」，下得「挾」字最好，如《孟子》「挾長」、「挾貴」之「挾」。』予謂介甫又有『紫莧凌風怯，蒼苔挾雨驕』。陳無己有『寒氣挾霜侵敗絮，賓鴻將子度微明』，其用『挾』字，正與介甫前一聯同。"

牛船

西涯嘗作班般韵律詩五首戲吴匏庵，匏庵和之。《戒庵漫筆》載其警聯於卷首。

李西涯云："「紅梅詩押『牛』字韵有曰『錯認桃林欲放牛』，蛺蝶詩押『船』字有曰『跟個賣花人上船』，皆前輩所傳，不知爲何名字也。」按：前句相傳乩仙降筆，後句未詳。

無乖商確

晉人謂衛玠神清，杜乂膚清。得其解者，可與論詩。江文通《雜體三十首》，自謂無乖商確，然徘調太多，未是邯鄲故步。惟《古别離》一首差近自然，《擬班倢伃》神詣兼到，若《劉太尉》、《陶徵君》、《謝法曹》、《休上人》諸首，僅能得其形似，非彩筆所能勝任也。《詩藪》謂遠出齊、梁之上，殆不其然。

《藝苑卮言》曰：「詩以專詣爲境，以饒美爲材。師匠宜高，捃拾宜博。」

變　體

謝惠連《秋憶》詩：「雖好相如達，不同長卿慢。頗悦鄭生偃，無取白衣宦。」二事串作四句，詩家之變體也。老杜「羞將短髮還吹帽，笑倩旁人爲正冠」，始爲精妙。

腹聯隔扇對

隔扇對惟起句爲多，在腹聯者，丘遲《酬柳僕射》一首：「雀飛且近遠，暮入綺窗前。魚戲雖南北，終還荷葉邊。」唐以後祖此。

起　句

對起用韵，如李嶠：「仙蹕九重臺，香筵萬壽杯。」李端：「雁塞月初晴，狐關雪復平。」俱佳。

楊升庵謂五言難於發端。唐人多以對偶起句，雖森嚴而乏高古之致。因取柳吴興「汀洲采白蘋」諸句實之，皆平調也。余按：近體莫盛於唐，即以平調論，如李、杜、王、孟諸大家，難更僕數。次則如楊炯「驄馬鐵連錢，長安俠少年」、宗楚客「御輦出明光，乘流泛羽觴」、岑參「片雨過城頭，黃鸝上戍樓」、儲光羲「朝隨秋雲陰，乃至青松林」、張謂「半額畫雙蛾，盈盈燭下歌」、盧綸「樹老野泉清，幽人好獨行」、李賀「春月夜啼鴉，宮簾隔御花」、喻坦之「誤入杏花塵，晴江一看春」、鄭谷「萬仞白雲端，經春雪未殘」、許渾「香徑繞吴宮，千帆落照中」，略舉數條，以概其餘。要皆鏜鈜鏜鎝，擲地作金石聲，寧有讓於「大江流日夜，客心悲未央」雄壓千古耶！楊《詠驄馬》、宗《侍宴滻水》、岑《武威暮春》、儲《辨覺精舍》、張《觀伎》、盧《秋晚》、李《過華清宫》、喻《春游曲江》、鄭《蛾眉山》、許《重經姑蘇》。

對結

律體對結，惟七言爲宜，然要生成是收煞語氣方妙。如老杜「請看石上藤蘿月，已映洲前蘆荻花」、「先踏鑪峰置蘭若，徐飛錫杖出風塵」之類，直是顛撲不破。按：此體實始於杜必簡《大酺》一首：「火德雲官逢道泰，天長地久屬年豐。」字字填實，一絲不走。少陵亦云：「艱難苦恨繁霜鬢，潦倒新停濁酒杯。」倘無二公全副精神，而率意效之，非疥駱駝則金貼蝦蟆矣。

疊韻

疊韻始於韋莊《和薛先輩初秋寓懷二十韵》，凡三見。韓偓《無題》亦三首，其一首係倒押。自宋以後，勢若履豨矣。

險韻

《松陵夜宴聯句》云：「清言聞後醒，强韻壓來閒。」「强」猶險也。《梁書》謂王筠善押强韻。

大曆以前，用險韻者不過數字而止。韓、孟聯句，始濫觴矣。如皮襲美《新秋書懷寄魯望三十韻》用三肴，《江南書情二十韻》用十五咸，魯望皆步韵和之。元微之《江邊四十韻》亦用三肴，《痁卧三十韻》用九佳；白樂天《和令狐公二十二韻》用十四鹽；柳柳州《述舊感時》詩用六麻，增至八十韵。愈出愈奇，始覺髯蘇「叉」、「尖」二字未足多也。東坡《雪》詩，「叉」字用劉叉，即指昌黎爲「諛墓中人語」者。唐詩屢見此人。《苕溪漁隱》、《麓堂詩話》俱作劉義。《正字通》從之。

芙字

江總詩：「風高暗緑凋殘柳，雨駛芳紅濕晚芙。」「芙」字押韵甚險。

犯字

梁元帝：「寒沙逐風起，春花犯雪開。」沈隱侯：「山光浮水至，春色犯寒來。」二「犯」字未易優劣，而沈句對仗尤工。李衛公「海上東風犯雪來」本此。王子安《春思賦》：「雪裹梅花犯雪妍。」

金字

《北史》：「斛律敦不識『敦』字，難於署名。神武令改名『金』，猶以爲難。神武指屋角示之。」陸渭南詩：「屋角明金字，溪流作縠紋。」上句用其事，下句則蘭溪地也。

宗衮

謝宣城《和王著作八公山詩》：「阽危賴宗衮，微管寄明牧。」「宗衮」，謂太傅安也，此二字創於劉宋。「微管」生硬可笑，與「殆庶」同。此四字俱見傅亮《爲宋公修張良廟教》。

阡陌

秦廢井田而爲阡陌。《風俗通》曰：「南北曰阡，東西曰陌。」《史記正義》亦同。古逸詩：「越阡度陌，互爲主客。」陳思王詩：「東西經七陌，南北越九阡。」又《籍田説》：「經以大陌，帶以横阡。」與前二說互異，詩家每參用之。

嫖　姚

《漢書》作「票姚」，《漢紀》作「票鷂」。趙統注杜詩，謂唐人謁爲平聲，似未見服注也。廖連陽謂可平可仄，杜詩不誤。何不引蕭、庾二詩正之。

《史記》：「霍去病爲嫖姚校尉。」服虔注：「音飄颻。」顏籀注：「嫖，頻妙切；姚，羊召切。」蕭子顯《日出東南隅行》：「漢馬三萬匹，夫壻仕嫖姚。」庾信《畫屏風》詩：「寒衣須及早，將寄霍嫖姚。」皆用服音。

春寒曲

王世昌《春寒曲》曰：「二月邊城雪尚飛，年年草色見春遲。不知上苑新桃李，開到東風第幾枝？」王登景泰進士，廷試日，旋風掣其卷去。明年，高麗貢使携以進，識者曰：「此封侯萬里之徵也。」後屢立邊功，封威寧伯，謚襄敏。至云：「鬢爲邊笳吹作雪，心因烽火煉成丹。」亦可慨已。

天風海濤

《宋史》：汝愚爲相，首薦朱熹，一時正類皆獲登用。熹予祠，汝愚泣請留之。

福州鼓山石刻朱晦翁書「天風海濤」四字，乃趙丞相汝愚詩：「江月不隨流水去，天風常送海濤來。」見《丹鉛録》。

讀書癖

王縉詩：「老大誰能更讀書。」

「讀書乃一癖，吾亦不自知。坐書窮至老，更欲傳吾兒」，此放翁自譜行述也。流離僵仆之餘，未嘗一日釋卷，年已耄而志不衰，僅於此老見之。其後《示兒》曰：「王師北定中原日，家祭毋忘告乃翁。」其心事爲何如者！而後世徒以風流駘盪目之，亦淺之乎視讀書人矣。北魏李琰之恒閉門讀書，不交人事。嘗語人曰：「吾讀書不求身後名，但異見異聞，心之所願。是以孜孜披討，欲罷不能。豈爲聲名勞七尺也。」此乃天性，非爲力强。隋崔儦以讀書爲務，大署其户曰：「不讀五千卷書者，毋得入此室。」

九雲誥

《元史》：至正二年，追謚杜甫曰「文貞」。

杜子美十餘歲夢人令采文於康水，如言而往，有鵝冠童子告曰：「天賜汝以九雲誥，可往豆隴下求之。」果得一石，上有金字曰：「詩王本在陳芳國，九夜捫之麟篆熟，聲振扶桑享天福。」後因佩入蔥市，歸而飛火滿室，有聲曰：「邂逅穢吾，令汝文而不貴。」觀此則知少陵之萬古不磨者，原有造物以主之也，而何嘆老嗟卑之有？東坡《南華寺》詩：「我本修行人，三世積精練。中間一念失，受此百年譴。」文星典吏何減奎星奏事時。

騎牛圖

南康郡治後有冰玉堂，涣故居也。東坡嘗曰：「凝之父子，冰清而玉剛。」堂名以此。

李龍眠畫《劉凝之騎牛圖》，山谷見而拜之，且賦詩曰：「棄官清潁尾，買田落星灣。身在菇蒲中，名滿天地間。誰能四十年，保此清净退。往來澗谷中，神光射牛背。」按：凝之名涣，與歐陽公同舉進士，以剛直棄官，隱於廬山之陽，號「西澗先生」。歐公作《廬山高》以美之。張文潛曰：「文章似談、遷，而談、遷無其氣節；氣節似廣、受，而廣、受無其文章。」蓋兼其子恕言之也。恕字道原，同司馬公修《資治通鑑》。

重疊字

戲題所引未盡，因復綴此。

詩有一句内疊三字者，如吴融「一聲南雁已先紅，槭槭凄凄葉葉同」。有一句内重三字者，如杜荀鶴「一更更盡到三更，吟破離心句不成」。有一句連三字者，如劉駕「日日日斜空醉歸」，又「夜夜夜深聞子規」。有兩句重四字者，如李頎「少室衆峰幾峰别，一峰晴見一峰雪」、方干「十六聲中運手輕，一聲聲似自然聲」。有一句重二字、疊四字者，如方干「馬首寒山黛色濃，一重重盡一重重」。有兩句連三字者，如魏文帝「西山一何高，高高殊無極」、阮步兵「鴻鵠相隨飛，飛飛適荒裔」。有兩句疊八字者，如李義山「暗暗淡淡紫，融融冶冶黄」。有兩句疊四字、重二字者，如孟東野「連山何連連，連天碧岑岑」、劉駕「香風滿閣花滿樹，樹樹樹梢啼曉鶯」。有四句平頭疊八字者，如曹攄「涓涓谷中泉，鬱鬱巖下林。泄泄群翟飛，咬咬春鳥吟」，謝惠連、鮑明遠、李太白亦有之。有二聯四字平頭、下疊八字者，如蕭中郎「山樹高高影，山花寂寂香。山天遥歷歷，山水急湯湯」。有三聯疊十二字者，如古詩云「青青河畔草，鬱鬱園中柳。盈盈樓上女，皎皎當窻牖。娥娥紅粉妝，纖纖出素手」是也。有七聯疊十四字者，如昌黎《南山詩》云「延延離又屬，夬夬叛還遘。喁喁魚闖萍，落落月經宿。誾誾樹墻垣，巘巘架庫廄。參參削劍戟，焕焕銜瑩琇。敷敷花披萼，闟闟屋摧霤。悠悠舒而安，兀兀狂以狃。超超出猶奔，蠢蠢駭不懋」是也。劉彦和曰：「詩有恒裁，思無定位。」拈此以爲學詩者告。

柳亭詩話卷三十終　（吴忱、楊焄點校）